Kim Stone
3
Lost Girls

킴스톤 시리즈 3

사라진 소녀들

앤절라 마슨즈 지음 | 강동혁 옮김

일러두기

주석은 모두 옮긴이주입니다.

내 배우자인 줄리 포스터에게 이 책을 헌정한다.
그녀는 한 번도 나에 대한 믿음을 그치거나
내가 꿈을 잊도록 내버려 두지 않았다.

차례

프롤로그

2014년 2월

에밀리 빌링엄은 입이 손으로 틀어막혔지만 비명을 지르려 애썼다. 그녀의 아래턱을 잡은 그자의 손가락은 가느다란 데 비해 힘이 셌다. 억지로 소리를 내면 소리가 그자의 살에 닿아 튕겨 나왔다. 에밀리는 풀려나려고 고개를 뒤로 홱 젖혔다. 뒤통수가 뭔가 단단한 것에 닿았다. 갈비뼈였다.

"소용없어, 이 멍청한 년." 그자가 에밀리를 뒤로 끌고 가면서 말했다.

귓속에서 나는 맥박 뛰는 소리에 그자의 말은 거의 들리지 않았다. 에밀리는 심장이 세게 뛰는 것을 느꼈다. 눈을 가린 천 때문에 주위는 보이지 않았지만 발밑의 자갈은 선명하게 느껴졌다. 한 발 디딜 때마다 수지와 멀어졌다.

에밀리는 다시 머리를 치받았다. 위팔을 써서 그자에게서 떨어지려 했지만 그자는 에밀리를 더욱 강하게 끌어당길 뿐이었다. 에밀리는 몸을 움찔거려 그자의 손아귀에서 벗어나려 했으나 그자는 팔에 더욱 힘을 주었다. 에밀리는 그자와 함께 가고 싶지 않았다. 풀려나야 했다. 도움을 받아야 했다. 아빠라면 무슨 일을 해야 할지 알 것이다. 아빠라면 에밀리와 수지를 둘 다 구해 줄 것이다.

문이 삐걱거리는 소리가 들렸다. 안 돼, 그 밴이었다. 에밀리는 소리

9

지를 힘을 끌어모았다. 다시 밴에 타고 싶지는 않았다.

"안 돼요…. 제발요…." 에밀리는 그자의 손아귀에서 벗어나려고 몸부림치며 울었다.

그자는 에밀리의 오금을 세게 걸어찼다. 에밀리는 휘청이며 앞으로 넘어졌다. 하지만 그자가 에밀리의 머리를 한 움큼 움켜쥐며 그녀가 땅에 쓰러지지 못하게 막았다. 두피가 뜯겨나가는 것 같았다. 눈에서는 눈물이 줄줄 흘렀다.

그자는 단번에 에밀리를 자동차 뒷좌석에 태우고 문을 쾅 닫았다. 며칠 전 에밀리가 학교로 걸어갈 때도 똑같은 쾅 소리가 났었다. 이제는 교실이 너무도 멀게만 보였다. 과연 친구들을 다시 볼 수 있을까?

밴이 빠르게 후진하는 바람에 에밀리는 문에 부딪히고 말았다. 뒤통수에서 통증이 불꽃놀이처럼 번졌다. 자세를 바로잡으려고 몸을 움직였지만, 밴이 빠르게 움직이면서 그녀를 또다시 옆으로 쓰러뜨렸다. 곧이어 밴이 빠르게 덜컹거리자 에밀리의 뺨이 나무 바닥에 부딪혔다. 에밀리는 움찔했다. 맨 종아리가 못에 긁혔다. 뜨뜻한 피 한 줄기가 발목을 따라 흘러내렸다.

수지라면 강해지라고 말할 것이다. 체육 시간에 손목을 삐었을 때처럼. 수지는 에밀리의 다른 쪽 손을 잡고 꽉 쥐며 에밀리의 마음속에까지 힘을 불어넣었다. 다 괜찮아질 거라고 말했다. 그러면 에밀리는 괜찮아지곤 했다. 하지만 이번에는 괜찮아지지 않았다.

"못하겠어, 수지. 미안." 에밀리는 속삭였다. 눈물이 흐느낌으로 바뀌었다. 친구를 위해서라도 용기를 내고 싶었지만 다리에서 시작된 떨림이 이제는 몸 전체로 번져 가고 있었다.

에밀리는 무릎을 턱까지 끌어당기며 몸을 작게 움츠렸다. 몸을 더 작은 공으로 만들려고 했다. 그래도 떨림은 잦아들지 않았다. 소변 한 방울이 허벅지 사이로 새어 나갔다. 한 방울 한 방울 떨어지던 소변이 마침내 물줄기로 바뀌었고 에밀리는 그 흐름을 막아 낼 힘이 없었다. 시련이 끝나기를 기도하는 에밀리의 몸에서 겁에 질린 흐느낌이 찢기듯 새어 나왔다.

그때, 밴이 갑자기 멈추었다.

"엄마, 제발…. 와서 나 좀 구해 줘." 불길하고 갑작스러운 정적이 주변에 내려앉자 그녀가 속삭였다.

에밀리는 움직이지 않고 문에 기대 누웠다. 하도 떠느라 팔다리가 굳어 버렸다. 그녀는 더 이상 그자와 맞설 힘이 없었다. 앞으로 닥칠 일이 뭐든 기다릴 수밖에.

납치범이 문을 여는 순간 에밀리는 목구멍에 두려움이 뭉치는 것을 느꼈다.

1

블랙컨트리

2015년 3월

킴 스톤은 마음속에서 끓어오르는 분노를 느꼈다. 머리부터 시작된 분노는 전류처럼 발바닥까지 아래로 흘렀다가 다시 솟구쳤다. 킴의 동료 브라이언트가 곁에 있었다면 아마 그녀에게 진정하라고 했을 것이다. 생각한 다음에 행동하라고. 직업을, 생계를 생각하라고.

그러니 지금 브라이언트가 곁에 없는 건 잘된 일이었다.

퓨어 헬스장은 브라이얼리힐의 레벨 가에 있었다. 메리힐 쇼핑센터와 워터프런트 사무용 건물 및 주점 단지 사이였다. 일요일 점심시간이라 주차장은 꽉 차 있었다. 킴 스톤은 주차장을 한 바퀴 돌며 찾고 있던 자동차를 발견한 다음 정문 바로 앞에 닌자를 세웠다. 오래 머물 생각은 없었으니까.

킴은 로비로 들어가 접수대로 다가갔다. 예쁘장하고 몸매가 탄탄한 여자가 환한 미소를 지으며 손을 내밀었다. 무슨 회원 카드 같은 것을 달라는 듯했다. 물론 킴에게도 보여 줄 카드가 있었다. 경찰 신분증 말이다.

"회원은 아니지만, 여기 고객 중 한 명하고 잠시 얘기를 나눠야겠습니다."

여자는 조언을 구하려는 듯 주위를 둘러보았다.

"경찰 일입니다." 킴이 말했다. 굳이 따지자면 맞는 말이라고 생각하면서.

여자가 고개를 끄덕였다.

킴은 안내판을 보고 어디로 가야 하는지 확실히 알 수 있었다. 왼쪽으로 돌자 눈앞에 세 줄로 늘어선 운동 기구가 보였다. 그 위에서 사람들이 걷거나 뛰거나 가볍게 달리고 있었다. 킴은 어디로도 가지 못하면서 에너지를 쓰고 있는 사람들의 뒷모습을 훑어보았다.

그녀가 찾던 사람은 저쪽 구석에서 스테퍼를 하고 있었다. 하나로 묶은 긴 금발이 단서였다. 그녀의 핸드폰이 스테퍼 화면 앞에 놓여 있다는 사실이 결정타였고. 표적을 발견하자 사람들이 팔다리를 올렸다 내렸다 하거나 성큼성큼 걷는 소리는 더 이상 신경 쓰이지 않았다. 이 공간에서 유일하게 옷을 다 갖춰 입은 킴에게 호기심 어린 시선이 쏟아지는 것도. 킴은 저 여자가 드웨인이라는 열아홉 살 소년의 죽음에 끼친 영향에 관심이 있을 뿐이었다.

킴은 스테퍼 앞에 걸터앉았다. 트레이시 프로스트의 놀란 표정에 하마터면 킴의 분노에도 구멍이 날 뻔했다. 하마터면 말이다.

"얘기 좀 하죠?" 킴이 물었다. 진짜 질문은 아니었지만.

트레이시는 순간 발을 헛디뎠다. 더 넘어졌으면 좋았을 텐데.

"대체 여긴 어떻게…?" 트레이시가 주위를 둘러보았다. "설마 경찰 신분증을 보여 주고 들어온 건 아니죠?"

"얘기 좀 합시다, 둘이서." 킴이 다시 말했다.

트레이시는 계속 스테퍼를 했다.

"뭐, 나야 여기서 해도 아무 상관 없습니다." 킴은 목소리를 높이며 말했다. "나야 이 사람들을 다시 볼 게 아니니까." 킴은 헬스장 사람의 최소 절반이 이미 이쪽을 보고 있다는 걸 느낄 수 있었다.

트레이시는 뒷걸음질 쳐 스테퍼에서 내려온 다음 핸드폰으로 손을 뻗었다.

킴은 이 여자의 키에 놀랐다. 기껏해야 157센티미터쯤 될 듯했다. 트레이시가 눈이 오나 비가 오나 15센티미터짜리 하이힐을 신고 다녔기에 킴은 트레이시가 구두를 벗은 모습을 한 번도 본 적이 없었다.

킴은 문을 밀치고 여자 화장실로 가 트레이시를 벽으로 떠밀었다. 트레이시의 머리가 손 건조기를 겨우 몇 센티미터 차이로 비켜 나갔다.

"씨발, 무슨 생각으로 그런 짓을 한 겁니까?" 킴이 소리쳤다.

화장실 칸의 문이 열리더니 십 대 한 명이 화장실 밖으로 도망쳤다. 이제는 둘뿐이었다.

"이런 식으로 내 몸에 손을 댈 수는 없…."

킴은 아주 조금 물러섰다. "도대체 어떻게 그 이야기를 흘릴 수 있는 겁니까? 이 망할 년 같으니. 드웨인이 죽었습니다. 드웨인 라이트가 당신 때문에 죽었다고요."

지역 신문사의 인간쓰레기, 트레이시 프로스트는 두 차례 눈을 깜빡였다. 그때야 킴의 말이 이해된 모양이었다. "하지만…. 내 기사는…."

"당신 기사 때문에 드웨인 라이트가 죽었단 말입니다."

트레이스가 고개를 저으려 했다. 킴은 고개를 끄덕였다. "아니, 확실합니다."

드웨인 라이트는 홀리트리 지구에 사는 청소년이었다. 약 3년간 홀리트리 후드라는 갱단에 속해 있었지만 이제는 빠져나오고 싶어 했다. 갱단에서는 드웨인이 조직에서 빠져나가려 한다는 눈치를 채고 그를 칼로 찌르고 도망쳤다. 놈들은 드웨인을 죽였다고 생각했지만 지나가던 사람이 드웨인에게 심폐소생술을 해 주었다. 그때 킴이 신고를 받고 살인 미수에 관한 수사를 시작했다.

킴이 가장 먼저 내린 명령은 드웨인이 아직 살아 있다는 사실을 가족을 제외한 모두에게 비밀로 하라는 것이었다. 드웨인이 살아 있다는 소문이 홀리트리에까지 퍼지면 갱단이 드웨인을 끝장낼 방법을 찾아낼 게 뻔했으니까.

킴은 그날 밤을 드웨인의 침대 곁 의자에서 지새며 드웨인이 의사들의 예상을 뒤엎고 스스로 호흡할 수 있게 해 달라고 기도했다. 드웨인의 손을 잡고 그가 이 세상으로 돌아올 힘을 낼 수 있도록 자신의 힘을 불어넣었다. 인생을 변화시키고 운명과 맞서 싸우려 했던 드웨인의 용기에 감동했기에. 킴은 갱단에서의 삶이 자기에게는 어울리지 않는다고 생각한 용감한 청년과 아는 사이가 되고 싶었다.

킴은 트레이시에게 가까이 몸을 숙이고 그녀의 두 눈을 뚫어지게 바라보았다. 트레이시는 빠져나갈 방법이 없었다. "내가 이야기를 흘리지 말아 달라고 그렇게 빌었는데 도저히 참을 수 없었습니까? 전국구 신문사의 눈에 띄고 싶은 마음이 너무 간절해서 어린애 목숨 따위는 상관없었어요?" 킴은 트레이시의 얼굴에 대고 소리를 질렀다. "뭐, 꼭 그 신문사들 눈에 들었으면 좋겠습니다. 여기에는 더 이상 당신 자리가 없으니까. 내가 꼭 그렇게 만들 겁니다."

"그건 나 때문이 아니⋯."

"당연히 당신 때문이었습니다." 킴은 분노를 터뜨렸다. "드웨인이 아직 살아 있다는 사실을 어떻게 알아냈는지는 모르겠지만 걘 이제 죽었습니다. 이번엔 진짜로 죽었어요."

트레이시는 혼란스럽다는 듯 얼굴을 일그러뜨렸다. 이 멍청한 여자는 차마 할 말을 찾지 못했다. 어쨌든 킴은 무시했겠지만.

"드웨인이 빠져나오려 했다는 건 알고 있죠? 드웨인은 그저 살려고 애쓰는 착한 녀석이었습니다."

"나 때문일 리가 없어요." 트레이시가 말했다. 그녀의 얼굴에 안색이 돌아왔다.

"아뇨, 트레이시. 당신 때문에 죽은 게 맞습니다." 킴이 강조해서 말했다. "드웨인 라이트의 피가 당신의 그 멍청한 손가락에 묻어 있습니다."

"난 그냥 내 일을 했을 뿐이에요. 세상 사람들도 알 권리가 있다고요."

킴이 그녀에게 바짝 다가갔다. "하늘에 맹세하는데, 트레이시. 난 당신이 이 업계에서 할 수 있는 일이라고는 신문 배달밖에 없어질 때까지 결코 쉬지 않…."

킴은 핸드폰이 울리는 바람에 말을 멈추었다. 트레이시는 그 기회를 잡아 킴의 손아귀에서 빠져나갔다.

"스톤입니다." 킴이 전화를 받았다.

"경찰서로 와. 당장!"

우디 경감은 세상에서 가장 따뜻한 상관이라고 할 수 없었지만 보통은 짧게라도 인사를 건네곤 했다. 킴은 빠르게 머리를 굴렸다. 하루 휴가를 내라고 그렇게 강권하던 우디가 일요일 점심시간에 전화를 걸었다. 게다가 무슨 이유에서인지 이미 화가 나 있었다.

"지금 갈게, 스테이시. 화이트와인 한 잔 준비해 줘. 드라이한 걸로." 킴은 전화를 끊으며 그렇게 말했다. 우디 경감이야 방금 킴이 자신을 스테이시라고 불러 어리둥절할지 모르겠지만 나중에 설명하면 될 일이었다.

지금은 여태 만났던 기자 중 가장 혐오스러운 인간이 침 뱉으면 닿을 거리에 서 있었다. 상관이 긴급한 전화를 걸었다는 사실을 티 내고 싶지는 않았다. 무슨 일이 있어도. 용건은 둘 중 하나일 터였다. 킴이 엄청난 말썽에 휘말린 것이든지, 뭔가 큰 사건이 벌어진 것이다. 어떤 경우든 이 천박한 인간이 대화를 엿들어서 좋을 건 없었다.

킴은 다시 트레이시 프로스트를 돌아보았다. "이걸로 끝났다고는 생각하지 마십시오. 당신이 한 짓에 대가를 치르게 할 방법을 찾고 말 테니까. 반드시." 킴은 화장실 문을 열며 말했다.

"이런 짓을 벌이다니, 나야말로 당신을 경찰에서 쫓아낼 거예요." 트레이시가 킴의 등 뒤에 대고 소리쳤다.

"어디 해 보시죠." 킴이 어깨 너머로 맞받아쳤다. 어젯밤에 열아홉 살짜리가 아무 이유 없이 죽었다. 요즘이 킴에게 딱히 기분 좋은 시절은 아니었다.

그리고 오늘은 더 나빠질 거라는 예감이 들었다.

2

킴은 헤일조웬 경찰서 뒤에 닌자를 세웠다. 버밍엄, 코번트리, 울버햄튼 등의 도시와 블랙컨트리 일대를 담당하는 웨스트미들랜드 경찰서에서는 290만 명에 이르는 주민들을 관할하고 있었다. 경찰 조직은 열 개의 지역 경찰로 나뉘었으며 킴이 속한 더들리 지역 경찰도 그중 하나였다.

킴은 4층의 사무실에 도착해 문을 노크하고 들어갔다가 그대로 얼어붙었다. 킴이 놀란 건 우디 경감과 함께 앉아 있는 위압적인 사람이 우디보다도 높은 사람인 볼드윈 경정이어서가 아니었다. 우디가 평소에 입는 경찰 견장이 달린 흰 셔츠 대신 폴로셔츠를 입고 있어서도 아니었다. 킴이 놀란 건 우디의 캐러멜색 두피에 송골송골 맺혀 있는 땀방울이 문 앞에서부터 보였기 때문이다. 우디는 불안감을 전혀 감추지 못하고 있었다. 이제는 킴도 걱정됐다. 우디가 땀 흘리는 모습은 한 번도 보지 못했으니까.

킴이 문을 닫자 두 사람의 눈이 그녀에게 향했다. 킴은 자기가 무슨 일을 했기에 저 둘을 모두 화나게 한 건지 알 수 없었다. 볼드윈 경정은 버밍엄에 있는 로이드 하우스 경찰서 소속으로 킴과도 자주 만나는 사이였다. 텔레비전을 통해서 말이다.

"부르셨습니까?" 킴은 이 사무실에서 그녀에게 조금이나마 의미가 있는 유일한 사람을 보며 말했다. 우디를 볼 때면 해군 군복을 입은 스물두 살짜리 아들의 사진이 늘 함께 눈에 들어왔다. 우디는 그 사진이 찍힌 지 2년 뒤 해군으로부터 아들을 시신으로 돌려받았다.

"앉아, 스톤."

킴은 앞으로 나아가 사무실 한가운데에 주인 없이 놓여 있는 단 하나의 의자에 앉았다. 그때야 킴은 두 사람을 번갈아 보았다. 뭔가 실마리를 찾고 싶었다. 우디는 킴과 대화를 나누기 전에 종종 책상 앞에 놓인 스트레스 볼을 꽉 쥐었다. 우디가 스트레스 볼을 주무른다는 건 보통 둘 사이에 아무 문제가 없다는 마음 놓이는 신호였다. 하지만 지금은 스트레스볼이 책상에 그대로 놓여 있었다.

"스톤, 오늘 아침에 사건이 터졌어. 납치 사건이야."

"확실한 겁니까?" 킴이 즉시 물었다. 사람들이 실종되었다가 두어 시간 안에 나타나는 일은 자주 있었으니까.

"그래, 확실해."

킴은 인내심 있게 기다렸다. 확실한 납치 사건이 일어났다 해도 경감은 물론 경감의 상관까지 자신을 부른 이유는 알 수 없었다. 다행히 우디는 불필요한 자극이나 긴장을 즐기는 사람이 아니었으므로 즉시 요점을 말했다.

"여자애 둘이다."

킴은 눈을 감고 심호흡했다. 이제야 경찰 상부 조직이 움직인 이유를 알 수 있었다.

"저번 건과 같습니까?"

킴은 13개월 전의 수사에 직접 참여하지 않았다. 그러나 웨스트미들랜드 경찰 전체가 그 사건에 관심을 가졌다. 사건 이후의 수색에도 여러 명이 간접적으로 도움을 주었다. 킴은 과거 사건에 대해 여러 사실들을 알고 있었지만, 그중에서 가장 강렬한 것이 곧장 머릿속에 떠올랐다. 두 아이 중 한 아이가 돌아오지 않았다는 사실.

우디가 킴의 관심을 다시 현재로 돌려놓았다. "지금은 확실하지 않아. 일단 비슷하게 보이기는 하지만. 두 아이는 단짝 친구였고 올드힐 문화 센터에서 마지막으로 목격됐네. 두 아이 중 한 명의 어머니가 열두 시 삼십 분에 아이들을 데리러 가기로 했지만 자동차가 퍼져 버렸어. 두 아이의 어머니 모두 열두 시 이십 분에 납치범들이 아이들을 데리고 있다는 문자 메시지를 받았고."

지금은 겨우 1시 15분이었다. 아이들이 납치된 지 한 시간도 채 지나지 않았지만, 문자 메시지가 왔다는 사실은 친구나 이웃들을 탐문할 필요가 없다는 뜻이었다. 아이들이 그냥 길을 잃고 헤매고 있을 희망은 없었다. 아이들은 실종된 게 아니라 납치된 것이었다. 사건은 이미 진행 중이었다. 킴은 경정에게로 시선을 돌렸다.

"지난번엔 뭐가 잘못된 겁니까?"

"뭐라고?" 볼드윈이 놀라서 물었다. 킴이 직접 말을 걸 줄 몰랐던 게 분명했다.

킴은 대답을 생각해 내는 그의 얼굴을 찬찬히 살폈다. 경찰의 언론 대응 훈련이 진가를 발휘하고 있었다. 움푹 파인 주름도, 머리털 가장자리에 맺힌 땀방울도 보이지 않았다. 놀랄 일도 아니었다. 볼드윈 밑에 지난번 사건에 대한 책임을 져야 할 사람들이 줄줄이 있었으니까. 볼드윈은 킴의 질문에 대한 반응으로 그녀를 무심히 응시했다. 입 다물고 있으라는 경고였다.

킴도 그를 마주 쏘아보았다. "뭐, 아이가 한 명만 돌아왔잖습니까? 뭐가 잘못된 거죠?"

"내 생각이지만, 자세한 사항은⋯."

"경감님, 왜 저를 부르신 겁니까?" 킴은 다시 우디를 보며 물었다. 이중 납치가 벌어졌다. 이건 CID*에서 다뤄야지 지역 경찰이 다룰 만한 문제가 아니었다. 이런 사건은 다양한 분야에서 접근해야 했다. 단서도 찾아야 했고 배경 조사와 탐문, CCTV 조사와 언론 대응도 필요했다. 우디라면 킴에게 결코 언론 대응을 맡기지 않을 터였다. 우디와 볼드윈은 시선을 주고받았다.

킴은 그들의 대답이 마음에 들지 않을 거라는 느낌을 받았다. 가장 먼저 든 생각은 그들이 수사를 보조하라고 자신을 불러왔을지 모른다는 것이었다. 드웨인 라이트 사건 마무리는 물론 지금 다루고 있는 성폭행, 가정 폭력, 사기, 살인 미수 사건도 다 잊어버리라는 것이다.

"저희 팀이 수색에 참여하기를 원하시는 거라면⋯."

"수색은 없어, 스톤. 비공개 수사로 진행한다."

"예?"

납치 사건을 이런 식으로 다룬다는 얘기는 들어 본 적도 없었다. 납치가 벌어지면 언론에서 보통 몇 분 안에 눈치를 챘으니까.

"경찰 무전에 뜬 내용은 아무것도 없고 현재로서는 부모들도 입을 다물고 있어."

킴은 고개를 끄덕였다. 킴의 기억이 맞는다면 지난번에도 경찰은 같은 노력을 기울였다. 하지만 사건 사흘째에 소식이 새어 나갔다. 살아남은 아이가 그날 늦은 시각에 길가를 헤매다 발견되었다. 다른 아이는 발

---

* 영국 경찰청 범죄수사과.

견되지 않았다.

"지금도 이해가 안 됩니다만….

"자네에게 이 사건을 맡겨 달라는 요청이 있었어, 스톤."

10초가 흐르는 동안 킴은 반전의 한마디가 나오기를 기다렸다. 그런 말은 나오지 않았다.

"무슨 말씀이십니까?"

"물론, 그럴 수는 없지." 볼드윈이 말했다. "자네에게 이런 규모의 수사를 책임질 자격이 없다는 건 확실하니까."

킴도 그 말에 딱히 반대하는 것은 아니었다. 하지만 그녀는 십 대 소녀 넷을 죽인 살인범을 팀원들과 함께 검거했던 크레스트우드 사건을 언급하고 싶은 충동을 느꼈다. 킴은 우디만 보이도록 앉은 자리에서 몸을 돌렸다.

"누가 요청한 겁니까?"

"부모 중 한 사람이야. 그 사람이 자네를 구체적으로 지명했어. 다른 사람과는 말도 섞지 않으려 하더군. 우리가 팀을 조직하는 동안 자네가 가서 먼저 자세한 내용을 들어 봤으면 해. 즉시 우리에게 보고하고 책임자에게 사건을 넘기도록."

킴은 고개를 끄덕였다. 하지만 우디는 아직 그녀의 질문에 완전히 대답한 게 아니었다.

"경감님, 납치당한 아이들과 저를 요청했다는 부모의 이름을 알 수 있습니까?"

"아이들 이름은 찰리 티민스와 에이미 핸슨이야. 자네를 참여시키라는 요청은 찰리의 어머니가 한 것이고, 이름은 캐런이네. 자네 친구라던데?"

킴은 전혀 감이 오지 않아 고개를 저었다. 말도 안 되는 일이었다. 킴은 캐런 티민스라는 사람을 몰랐다. 딱히 친구도 없었고. 우디는 책상에 놓인 서류를 보았다.

"미안하네, 스톤. 결혼 전 이름을 더 잘 알지 모르겠군. 캐런 홀트야."

킴은 등이 뻣뻣해지는 것을 느꼈다. 캐런 홀트는 과거에 안전하게 넣어 둔 이름이었다. 킴이 자주 들춰 보지 않는 과거에.

"스톤, 표정을 보니 이 여자를 아나 보군."

킴은 자리에서 일어나 우디만 보았다.

"경감님, 제가 가서 초기 심문을 하고 사건을 담당자에게 넘기겠습니다. 그 전에 한 가지만 분명히 말씀드리죠. 이 여자는 제 친구가 아닙니다."

3

킴은 늘어선 차량들 맨 앞까지 닌자를 몰고 갔다. 노란불이 켜질 기미를 보이자 그녀는 닌자에 박차를 가하고 굉음을 내며 교차로를 가로질렀다. 다음번 교통섬에서는 킴의 무릎이 시속 65킬로미터의 속도로 아스팔트에 스치다시피 했다.

킴은 남쪽으로 이동하면서 블랙컨트리의 중심부를 벗어났다. 이 고장에 블랙컨트리라는 이름이 붙은 건 10미터 두께의 철광석과 석탄층이 다양한 장소에 매장되어 있기 때문이었다. 역사적으로 이 지역의 수

많은 사람들은 소규모 농업으로 생계를 유지하면서 못 제조나 대장장이 일로 모자란 소득을 메웠다. 1620년대에는 더들리 성 주변 15킬로미터 이내에 대장장이 2만 명이 거주했다.

킴은 주소지를 전달받고 놀랐다. 그녀는 캐런 홀트가 블랙컨트리의 부유층 거주 지역에 살 거라고는 상상하지 못했다. 사실, 캐런이 살아 있다는 것 자체가 조금은 놀라운 일이었다.

페드모어를 가로질러 가면서부터는 주택들이 도로에서 떨어진 곳으로 물러나기 시작했다. 도로와 집 사이의 공간이 넓어지고 나무는 높아졌으며 집 사이의 간격도 멀어졌다. 이 지역은 원래 우스터셔 지방에 속해 있었다. 하지만 두 번의 세계 대전 사이에 주택 건설이 광범위하게 일어나면서 스타워브리지에 통합됐다.

킴은 레드레이크 대로에서 빠져나와 주택 진입로로 접어들었다. 오토바이 타이어가 밟고 지나가는 곳마다 돌 부서지는 소리가 났다. 킴은 시동을 끈 오토바이를 주택으로 끌고 가며 속으로 감탄했다. 그 집은 현관 양옆으로 창이 나 있는 빅토리아식 건축물로 완벽한 대칭을 이루고 있었다. 흰 벽돌은 최근에 칠한 것 같았다.

킴은 정교하게 장식된 현관 앞에 오토바이를 세웠다. 그 현관이 위층의 난간 달린 발코니를 떠받치고 있었다. 양옆으로는 돌출형 창문이 나 있었다. 성공의 상징 같은 집이었다. 킴은 캐런 홀트가 이 자리에 이르기 위해서 무슨 일을 했을지 궁금해졌다. 브라이언트가 함께 왔다면 둘은 평소처럼 집값 맞히기 내기를 했을 것이다. 킴이 처음 부를 가격은 150만 파운드였다.

은색 레인지로버 옆에 주차된 자동차는 보크스홀 카발리에로, 암행 경찰차였다. 잠깐 살펴보니 어느 방향에서도 이 집을 내려다보는 건물이 없다는 것을 확인할 수 있었다. 킴은 걸어가면서 우디가 책임자로 지명할 경찰관에게 이 점을 말해 주기로 했다.

현관문은 킴이 예전 사건으로 알게 된 순경이 열어 주었다. 킴은 민턴 세라믹 바닥을 자랑하는 응접실에 들어섰다. 응접실 한가운데를 차지하고 있는 것은 둥근 참나무 테이블로 그 위에는 킴이 본 것 중 가장 높다란 꽃병이 놓여 있었다. 복도 양옆이 모두 응접실이었다.

"어디야?" 킴이 순경에게 물었다.

"주방입니다, 경위님. 다른 아이의 어머니도 와 있습니다."

킴은 고개를 끄덕이고 넓디넓은 계단을 지나갔다. 그녀는 가던 길에 한 여자와 마주쳤다. 킴은 그 여자를 알아보기까지 좀 시간이 걸렸지만 눈앞의 여자는 킴을 즉시 알아본 듯했다.

캐런 티믹스는 캐런 홀트였던 시절과 닮은 점이 거의 없었다. 몸의 굴곡을 그대로 드러내던 찢어진 청바지는 세련되고 늘씬한 바지로 바뀌었다. 푹 파이고 꽉 끼어 가슴을 간신히 가리던 상의도 달라졌다. 그녀가 지금 입고 있는 브이넥 스웨터는 그 옷 아래의 몸에 대해 시끄럽게 소리치는 대신 은밀하게 속삭이는 듯했다. 염색했던 금발은 원래의 갈색으로 되돌려 세련되게 잘랐다. 그 머리카락이 놀랄 정도는 아니지만 매력적인 얼굴 주변에 늘어져 있었다. 성형 수술도 했다. 아주 많이 한 것은 아니지만 얼굴을 유의미하게 바꿔 놓을 정도였다. 킴은 캐런이 아마 코수술을 했을 거라고 추측했다. 캐런은 예전부터 자기 코를 싫어했다. 싫어한 게 그것만은 아니었지만.

"킴, 세상에. 와 줘서 고마워. 정말 고마워."

킴은 3초를 꽉 채워 여자가 자기 손을 쥐도록 해 준 다음 손을 뺐다.

두 번째 여자가 캐런 옆에 나타났다. 그 여자의 두 눈에 담겨 있던 공포가 희망으로 바뀌었다.

캐런이 옆으로 물러섰다. "킴, 이쪽은 엘리자베스야. 에이미의 엄마."

킴은 마스카라가 번져 눈언저리가 까매진 여자에게 고개를 끄덕였다. 엘리자베스의 머리카락은 고동색 단발로 헬멧처럼 매끄러워 보였다. 그녀는 캐런보다 몸무게가 몇 킬로그램쯤 더 나가는 듯했고 크림색 치노 바지와 연분홍색 스웨터를 입고 있었다.

"넌 찰리 엄마고?" 킴이 물었다.

캐런이 세게 고개를 끄덕였다.

"아이들은 찾으셨나요?" 엘리자베스가 숨 가쁘게 물었다.

킴은 고개를 저으며 두 사람을 다시 주방으로 데려갔다.

"제가 온 건 초동 수사를 위해서…."

"아이들 찾는 걸 도와주지 않겠다는 거야?"

"그래, 캐런. 지금 수사팀이 꾸려지는 중이야. 나는 초동 수사만 하러 왔어."

캐런이 대꾸하려고 입을 열었지만 킴이 손을 들며 그녀를 안심시키려 미소 지었다.

"이런 사건에 대해서 훨씬 더 많은 경험을 가진 경찰관들이 배치될 거야. 내가 자세한 정보를 빨리 알려 줄수록 내가 그 정보를 빨리 전달하고 아이들을 안전하게 집으로 데려올 수 있어."

엘리자베스는 알겠다는 뜻으로 고개를 끄덕였지만 캐런은 눈을 가늘게 떴다. 아, 그래. 저 표정은 아는 표정이었다. 십 대 때 그랬듯, 킴은 그 표정을 능숙하게 무시했다.

"메시지를 받았다면서?" 킴이 물었다.

두 사람은 킴에게 각자의 핸드폰을 내밀었다. 킴은 캐런의 핸드폰을 먼저 받아서 싸늘한 검은색 글자들을 읽었다.

서두를 필요 없다. 찰리는 오늘 집에 돌아가지 않는다. 이건 장난이 아니다. 내가 당신 딸을 데리고 있다.

킴은 핸드폰을 캐런에게 돌려주고 엘리자베스의 핸드폰을 가져갔다.

에이미는 오늘 집에 돌아가지 않는다. 이건 장난이 아니다. 내가 당신 딸을 데리고 있다.

"그럼 정확히 무슨 일이 있었는지 말해 주시죠." 킴은 엘리자베스에게 핸드폰을 돌려주며 말했다.

두 여자는 주방 아일랜드에 앉았다. 캐런이 커피를 한 모금 마시더니 말했다. "내가 오늘 아침에 애들을 문화 센터에 내려 줬는데…."

"시간은?"

"열 시 십오 분. 수업이 열 시 삼십 분에 시작해서 열두 시 십오 분에 끝나. 나는 항상 열두 시 삼십 분에 아이들을 데리러 가고."

킴은 캐런의 목소리에서 그녀가 눈물을 애써 참고 있음을 느낄 수 있었다. 엘리자베스는 캐런의 손을 감싸 쥐고 그녀에게 계속 말하라고 했다.

캐런이 침을 삼켰다. "나는 시간에 맞게 아이들을 데려가려고 집을 나섰어. 아이들은 내가 도착할 때까지 늘 로비에서 기다리거든. 그런데 시동이 안 걸리는 거야. 그때 메시지를 받았어."

"이 집에 CCTV가 있어?" 킴이 물었다. 자동차 고장은 범인이 의도한 것이었다고 생각할 수밖에 없었다. 누군가가 집에 접근해 그런 일을 한 것이다.

캐런은 고개를 저었다. "그럴 이유가 없잖아?"

"이제 자동차는 건드리지 마. 과학수사팀이 뭔가 찾아낼 수 있을지도 몰라." 가능성은 있는 얘기였다. 그렇게 큰 가능성은 아니었지만. "납치범들은 네 일과를 잘 알고 있었어."

엘리자베스가 고개를 들었다. "납치범이 한 명이 아닌가요?"

킴은 고개를 끄덕였다. "제 생각은 그렇습니다. 따님들은 아홉 살입니다. 둘이 같이 있는데 마음대로 다루기는 쉽지 않죠. 어른 하나에 아이 둘이라면 몸싸움 없이 데려가는 건 어려웠을 겁니다. 시끄러운 소리가 났겠죠."

엘리자베스가 작게 신음했지만 킴도 그건 도와줄 수 없었다. 운다고 아이들이 돌아오는 건 아니었다. 도움이 된다면야 킴 자신도 눈물 몇 방울을 짜내겠지만.

"두 분 다 최근에 이상한 일은 없었습니까? 어떤 사람이나 자동차가 자주 눈에 띄었다든지, 누가 감시하는 것 같은 느낌이 들었다든지요."

두 여자는 고개를 저었다.

"아이들이 평소와 다른 얘기를 한 적은 없습니까? 낯선 사람이 다가왔다든가."

"그런 적은 없어요."

"나도 없어."

"아이들 아버지는 어디에 있습니까?"

"골프 치고 돌아오는 중이야. 네가 도착하기 직전에 간신히 연락했어."

이걸로 킴은 답을 모두 들었다. 아버지들이 둘 다 있으니 양육권 싸움이 벌어지고 있을 가능성은 무척 낮았다. 그리고 이 답변으로 두 가족이 매우 가까운 사이라는 것도 알 수 있었다.

"솔직하게 말해 주세요. 다른 사람에게 연락한 적 있으십니까? 친구라든지, 친척이라든지요."

둘 다 고개를 저었다. 캐런이 말했다. "우리가 연락한 경찰관이 다른 연락을 받을 때까지는 아무한테도 얘기하지 말라고 했어."

그건 납치가 확인됐기 때문에 해 준 적절한 조언이었다. 아이들은 실종된 게 아니라 납치당한 것이다.

"저흰 어떻게 해야 하죠, 형사님?" 엘리자베스가 물었다.

킴은 두 사람이 본능에 따라 아이들을 찾으러 돌아다니는 등 뭔가 하기를 바란다는 걸 알고 있었다. 아이들이 없어진 지 약 한 시간 삼십 분이 지났다. 앞으로 상황은 훨씬 더 악화될 터였다.

킴은 고개를 저었다. "아무것도 하지 마십시오. 지금은 이 사건을 숙련된 사람들에 의한 계획적 납치라고 볼 수 있습니다. 그들은 두 분의 일과를 잘 알고 있고 가까이에서 두 분을 감시해 왔습니다. 아이들은 문화 센터 입구에서 셋 중 한 가지 방법으로 유괴됐을 가능성이 큽니다. 첫 번째 방법은 아는 사람에게 넘어간 겁니다. 두 번째 방법은 믿을 만하게 보이는 사람을 따라간 경우고 세 번째 방법은 어떤 약속에 넘어간 경우입니다."

"약속?" 캐런이 물었다.

킴은 고개를 끄덕였다. "사탕에 넘어갈 나이는 지났으니까 강아지나 새끼 고양이를 미끼로 썼을 가능성이 커."

"세상에." 엘리자베스가 헛숨을 들이켰다. "에이미가 몇 달 동안 저한테 새끼 고양이를 사 달라고 졸랐어요."

"그런 유혹에 저항할 수 있는 아이는 거의 없습니다. 그래서 이런 방법이 통하는 겁니다." 킴은 심호흡했다. "잘 들으세요. 이 사건은 비공개로 수사합니다."

이 시점에서는 비공개 수사로 진행하는 이유를 알려 줄 필요가 없었다. 두 사람은 지난번 사건에 관해 아는 게 적을수록 좋았다.

킴은 말을 이었다. "그래서 수색은 없을 겁니다. 그럴 필요가 없습니다. 여기저기 찾아다닌다고 아이들을 발견하지는 못할 테니까요. 이건 계획범죄고 범인들은 이미 연락을 해 왔습니다. 따님들은 어딘가의 들판을 헤매고 다니며 누군가가 발견해 주기만을 기다리고 있는 게 아닙니다."

"그런데 뭘 원하는 걸까?" 캐런이 물었다.

"그건 놈들이 알려 줄 거야. 하지만 그때까지는 비밀을 지켜야 해. 가족들한테도 말하면 안 돼. 예외는 없어. 언론이 눈치를 채면 수사 방향이 달라져. 수백 명이 이 지역을 뒤지는 방법으로는 아이들을 되찾을 수 없어."

킴은 두 여자의 얼굴에 떠오른 불안을 보았지만 그건 조만간 다른 사람이 처리해야 할 문제였다. 지금 킴은 침묵을 지키라고 두 사람을 설득해야 했다. 최소한 킴이 경찰서로 돌아가 이 문제를 다른 사람 손에 넘길 때까지는 말이다.

"두 분이 아는 모든 사람을 동원해 아이들을 찾고 싶은 게 본능적인 반응일 수 있습니다. 직접 나가서 아이들을 찾아다니고 싶으시겠죠. 하지만 그건 좋은 방법이 아닙니다." 킴은 자리에서 일어났다. "책임자가 곧 도착할 겁니다. 그때까지 아이들이나 두 분이 자리를 비우는 이유를 설명해야 하는 사람들의 명단을 만드시는 게 좋겠습니다."

캐런은 충격받은 표정이었다. "하지만 난 네가…. 넌 안 되는 거야?"

킴은 고개를 저었다. "납치 사건에는 더 경험 많은 사람이 필요해."

"하지만 난…."

바로 그 순간 옆방에서 아이가 울기 시작했다. 엘리자베스가 의자를 밀고 일어났다. 킴도 그녀를 따라 현관으로 향했다.

캐런이 킴의 팔을 잡았다. "부탁이야, 킴…."

"캐런, 나는 이 사건을 맡을 수 없어. 나한텐 경험이 없거든. 미안하지만, 담당 형사가 배치되면 그분이 가능한 모든 노력을 기울일 거라고 약속…."

"예전에 날 싫어해서 이러는 거야?"

킴은 놀랐다. 딱히 틀린 말은 아니었다. 하지만 킴은 아이 두 명의 목숨이 달린 상황에서 그런 감정에 휘둘리지 않았다. 킴은 절박한 상황에 빠진 이 여자를 도와줄 수 없다는 생각에 점점 답답해졌다. 하지만 상관들은 킴이 맡을 역할을 아주 확실하게 정해 주었다.

"왜 그러는 거야, 캐런? 왜 나야?"

캐런은 반쯤 미소 지었다. "우리가 프라이스 가족한테 위탁됐을 때 기억나? 그때 맨디의 운동화가 닳아서 구멍이 났었지. 넌 다이앤한테 새 운동화를 달라고 했고 다이앤은 싫다고 했어."

맨디는 거의 입을 열지 않는 숫기 없고 조용한 아이였다. 그 애의 발바닥은 쓸리고 상처가 나 있었다. 자갈에 긁혀 빨갛게 부어올라 있었다.

"당연히 기억하지." 킴이 말했다. 킴에게는 프라이스 가족이 일곱 번째 위탁 가정이었다. 마지막 위탁 가정이기도 했고.

"난 그때 네가 어떻게 했는지 기억하고 있어. 너는 그 사람들이 우리를 돌보는 비용으로 한 달에 얼마를 받는지 알아냈어. 그런 다음 그 사람들이 식품과 청구서, 임대료에 얼마를 쓰는지 적었지."

그랬다. 킴은 프라이스 가족이 토요일 아침마다 내리는 짐을 지켜본 다음 슈퍼마켓을 돌아다니며 그 가격을 전부 더했다. 어느 날은 밤늦게까지 깨어 있으면서 청구서를 뒤지기도 했다.

"한 달 뒤에, 넌 사회 복지국에 부칠 서류를 그 사람들한테 보여 줬어."

프라이스 가족은 돈벌이 수단으로 아이들을 돌보아 왔고 가장 높은 수당을 받기 위해 늘 나이가 많은 아이들을 받았다.

"난 지금도 네가 그 사람들한테 맞섰을 때 무슨 일이 일어났는지 기억나." 캐런이 미소 지으며 말했다. 그 웃음은 그녀의 눈가 근처에도 미치지 못했다. "모두가 새 운동화를 받게 됐지." 캐런은 고개를 저었다. "그 시절에 우린 너에 대해서 아무것도 몰랐어. 너는 그 누구에게도 과거 얘기를 하지 않았으니까. 사실, 넌 거의 아무 말도 하지 않았어. 하지만 넌 결단력이 있었지."

킴은 짧게 미소 지었다. "그러니까, 내가 너한테 새 운동화를 갖게 해 줬다는 이유로 이 사건을 맡아 줬으면 한다는 거야?"

"아니, 킴. 내가 너한테 이 사건을 맡기고 싶은 건 네가 우리를 도와주기로 마음만 먹는다면 내가 우리 딸을 다시 보게 되리라는 걸 확신하기 때문이야."

4

20분 뒤 킴이 문을 두드렸을 때 우디는 혼자 있었다.

"경감님, 제가 하고 싶습니다." 킴이 말했다.

"뭘 하고 싶다는 건가, 스톤?" 우디는 다시 자기 의자에 앉으며 물었다.

"이 사건이요. 제가 맡고 싶습니다."

우디가 턱을 문질렀다. "경정님 말씀 못 들었나?"

"아뇨, 제대로 들었습니다. 하지만 경정님이 틀렸습니다. 저는 아이들을 집으로 데려올 겁니다. 그러니까 누구한테 딸랑이를 흔들어야 하는지만 알려 주시면….."

"그럴 필요 없어." 우디는 스트레스 볼로 손을 뻗으며 말했다.

제기랄. 아직 영업을 시작하지도 않았는데 지고 말았다. 하지만 킴은 과거에도 패배의 구렁텅이에서 승리를 끄집어내곤 했다.

"경감님, 저는 집요하고 결단력 있고 추진력이 강합니다."

우디가 의자에 기대앉으며 고개를 한쪽으로 기울였다.

"끈기 있고, 고집 세고….." 킴은 말을 이었다.

"아, 그래. 그건 맞지, 스톤." 우디가 말했다.

"아이들을 찾을 때까지는 먹지도, 자지도, 마시지도 않겠습니다."

"그래, 스톤. 자네가 맡아."

"저보다 열심히 일할 사람은 아무도…. 어, 네?"

우디는 몸을 앞으로 숙이며 스트레스 볼을 놓았다.

"자네가 나간 뒤 경정님과 얘기를 좀 했어. 나도 그 단어들을 늘어놨네. 다른 단어들도 썼지만. 애들을 되찾아 올 수 있는 사람이 있다면 그건 바로 자네라고 했지."

"경감님, 전…."

"우리 둘 다 목숨이 걸린 일이야, 스톤. 뭔가 잘못되더라도 경정님은 책임지시지 않을 거다. 지난번 사건이 있었으니 특히 그렇고. 이 사건에는 조금도 여유가 없어. 한 발만 잘못 디뎌도 우리 둘 다 나가리라고. 알겠나?"

킴은 자신의 능력을 믿어주는 우디가 고마웠다. 우디를 실망시키지는 않을 것이다. 킴은 우디와 경정 사이에 오갔을 대화를 상상했다. 눈앞의 이 남자는 볼드윈을 설득하기 위해 열정적으로 영업했을 것이다.

"필요한 건?" 우디가 펜으로 손을 뻗으며 물었다.

킴은 심호흡했다. "지난번 수사 자료 전부가 필요합니다. 그것만 있으면 어떤 수사를 했는지 알 수 있습니다."

"그건 이미 준비하고 있어. 다음은?"

"지난번 사건에 참여했던 가족 연락 담당관이 필요합니다."

우디는 이 요청을 받아 적었다. 까다롭지만 킴에게는 꼭 필요한 조건이었다. 가족 연락 담당관은 사건이 벌어지는 내내 가족들과 함께 있었을 것이다. 그러니 사건에 관한 통찰력을 제공하고 두 사건에 비슷한 점이 있는지 알려 줄 수 있을 터였다.

"그렇게 하지. 다음."

"티민스의 집에 수사본부를 꾸리고 싶습니다. 거기서 수사를 지휘할 생각입니다."

"스톤, 그건 별로….""

"꼭 필요한 일입니다, 경감님. 제가 자리를 비우면 안 됩니다. 첫 번째 메시지는 문자로 왔습니다. 하지만 놈들이 계속 그런 방식으로 의사소통할지는 알 수 없습니다. 저는 늘 그 집에 있으면서 어떤 상황이 벌어지든 대응할 수 있어야 합니다."

우디는 잠시 생각에 잠겼다. "볼드윈 경정님께 허가를 받아야 해. 하지만 그건 내 문제니 신경 쓸 것 없네. 단, 나는 자네가 계속해서 적절한 보고를 해 줬으면 해. 자네 기준이 아니라 내 기준에 맞는 적절한 보고."

"물론입니다." 킴은 그렇게 말하고 자리에서 일어나 문 쪽을 보았다. "팀원들을 부르겠습니다."

"다들 이미 위층에서 자네를 기다리고 있어."

킴은 인상을 찌푸렸다. "경감님, 제가 이 사건을 달라고 한 건 조금 전 일인데요?"

"자네가 나가자마자 불러들였어. 자네 팀원들은 이유를 모르고 있으니 소식을 전하는 일은 자네가 맡아."

킴은 고개를 한쪽으로 기울였다. "어떻게 아셨습니까?"

"자네한테 사건을 맡기지 않겠다고 했잖나. 자네가 얌전히 받아들일 리 없지."

킴은 입을 열었다가 다시 다물었다. 이번만큼은 동의할 수밖에 없었다.

5

킴은 회의실로 들어가 문을 닫았다. 팀원들은 문이 문틀에 닿기도 전에 그녀에게 집중했다.

"안녕하십니까, 대장." 모두가 입을 모아 말했다.

킴은 잠시 팀원들을 살펴보았다. 그래, 모든 팀원을 바로 불러들였다는 우디의 말은 사실이었다.

브라이언트 경사는 오후 연습 때 입는 럭비 셔츠를 지금도 걸치고 있었다. 왼쪽 눈 밑에는 흙까지 묻어 있었다. 그는 럭비에 맞는 체격을 타고났지만 40대 중반이 된 지금은 부상 없이 경기장에서 걸어 나가기도 힘든 처지였다. 킴과 브라이언트의 아내가 여러 차례 이야기했듯이 말이다.

케빈 경사는 늘 그렇듯 완벽한 모습이었다. 그는 사람은 입은 옷으로 평가받는다며 180센티미터를 넘는 키에 늘 적절한 옷을 차려입었다. 쉬는 날인데도 흠잡을 데 없는 옷차림이었다. 그 너머로 헬스장에서 만든 몸매가 드러났다. 굳이 추측하자면 킴은 케빈이 스쿼시를 하고 샤워를 한 다음 옷을 갈아입고 친구들과 낮술을 마실 준비를 했을 거라고 생각했다. 쓸데없는 생각이었지만.

나머지 팀원들과는 달리 스테이시 순경은 남색 바지에 단순한 흰색 셔츠를 입고 직장에 왔다. 아마 집에서 컴퓨터에 푹 빠져 〈월드 오브 워크래프트〉의 발록이나 고블린들과 싸우고 있었을 것이다.

킴은 브라이언트의 책상 옆 남는 책상 가장자리에 걸터앉았다.

케빈이 닫힌 문을 힐끗 보았다. "아니, 대장. 우리가 뭘 잘못한 거예요?"

"케빈 네 잘못이라면 뭔가 생각날 것도 같지만 이번은 드물게도 우리 문제가 아니야."

"할렐루야." 브라이언트가 말했다.

"오예." 스테이시가 덧붙였다.

"자, 일단 음주 상태는?"

오늘은 일요일이었지만 지금은 모두가 일해야 했다.

"한 잔도 안 마셨습니다." 스테이시가 말했다.

"저도요." 브라이언트가 말했다.

"거의 안 마셨습니다." 케빈이 투덜댔다.

킴은 열여섯 살 이후로 술을 한 방울도 마시지 않았으니 모두 상태가 괜찮은 셈이었다.

"좋아. 우디가 아무 말도 해 주지 않은 건 알고 있는데, 그럴 만한 이유가 있었다." 킴은 심호흡했다. "두 시간 전에 아홉 살짜리 여자아이 두 명이 올드힐 문화 센터에서 납치당했다. 확실해. 두 아이는 단짝이고 애들 부모도 마찬가지야."

킴은 모두에게 이 정보를 이해할 시간을 주고자 잠시 말을 멈추었다.

브라이언트가 닫힌 문을 힐끗 보았다. "언론에도 비공개에, 경찰한테까지 비공개란 말이에요?"

킴은 고개를 끄덕였다. "현장 요원 네 명만 알고 있고 그 사람들은 비밀을 지키기로 약속했습니다. 무전으로는 아무런 정보도 전달되지 않을 겁니다. 이 소식이 새는 위험을 감수할 수는 없습니다."

"납치는 어떻게 확인된 거예요?" 케빈이 물었다.

"양쪽 엄마가 문자 메시지를 받았어."

"세상에." 스테이시가 숨죽여 말했다.

"그럼 수색은 안 하나요?" 브라이언트가 물었다.

브라이언트도 십 대 딸이 있으니 본능적으로 밖에 나가 아이들을 찾고 싶을 터였다.

"안 합니다. 상대는 전문가예요. 지금까지 우리가 알고 있는 건 열두 시 삼십 분에 부모가 아이들을 데리러 가게 되어 있었다는 것뿐입니다. 문자 메시지는 열두 시 십육 분에 왔고 아이들을 데리러 가기로 했던 부모의 자동차를 누가 건드렸습니다."

"대장, 이거 저번이랑 엄청 비슷한 것 같은데요." 케빈이 말했다.

"같은 생각이야. 우리 모두 알다시피 작년 납치 사건의 배후는 잡히지 않았어. 그때와 같은 놈들일 수도 있고 모방 범죄일 수도 있다."

"어느 쪽이 나으려나요?" 스테이시가 물었다.

킴은 확신할 수 없었다. 같은 놈들이 맞는다면 놈들은 지난번 경험을 통해 더 많은 것을 알게 되었을 것이다. 기술도 더 다듬었을 테고. 놈들에게는 대비책이, 출구 전략이 있을 터였다. 하지만 긍정적인 면을 보면 킴도 그들이 했던 일을 살펴볼 수 있었다. 지난번 납치 사건의 기록을 통해 놈들의 방법을 연구하는 것이다.

"대장, 지난번에는 뭐가 잘못된 겁니까?" 브라이언트가 물었다.

"잘 모르겠지만 알아봐야죠." 킴은 심호흡했다. "모두 잘 들어. 힘든 사건이 될 거다. 우린 티민스의 집에서 완전히 넋이 나간 부모들과 함께 일하게 될 거야. 아이들을 집으로 데려올 때까지."

"우리가 아이들을 데려올 수 '있다면' 말이죠, 대장." 케빈이 말했다.

킴은 그에게 시선을 돌렸다. "아니, 케빈. 문제는 언제 데려오느냐는 거야."

케빈은 고개를 끄덕이고 눈길을 돌렸다.

킴은 시작하기도 전에 패배를 생각하고 싶지 않았다. 지난번 팀은 50퍼센트의 성공을 거두었다. 그 성공조차 부전승이었다. 납치범들이 아이를 놓아주었으니까. 킴은 팀원 중 한 명이라도 이미 진 것 같은 기분으로 티민스의 집에 들어가는 것을 바라지 않았다.

"가족 모두가 우리에게서 뭔가를 원할 거다. 자기들은 모르는 뭔가를 우리가 알고 있다고 생각할 거야. 모든 걸 알고 싶어 하겠지. 하지만 우리는 거리를 둬야 해. 그 사람들의 친구나 친척 노릇을 하는 건 우리 역할이 아니야. 우리는 상담가도, 목사도 아니다. 우린 애들을 찾으려고 거기에 있는 거야. 두 아이 다."

킴이 케빈을 똑바로 보자 케빈은 알겠다는 뜻으로 고개를 끄덕였다.

"좋아, 스테이시. 원격 장비와 이동식 장비 목록을 만들어 줘. 필요할 것 같은 장비를 전부 적은 다음 경감님한테 갖다 드려. 경감님이 장비를 구해 줄 거야."

스테이시는 고개를 끄덕이고 키보드를 치기 시작했다.

"케빈, 너는 로이드하우스 경찰서로 가서 수사 자료를 줄 때까지 징징거려. 경감님이 자료를 요청하긴 했지만 최대한 빨리 가져와야 해."

"알겠습니다, 대장."

"브라이언트, 부탁이니까 집에 가서 샤워하고 옷 좀 갈아입으세요. 자물쇠랑 드릴을 하나씩 챙기고 이리로 와서 스테이시가 장비 목록 만드는 걸 도와주시면 됩니다."

브라이언트가 자리에서 일어났다. 스테이시와 케빈이 웃음을 터뜨렸다. 킴은 둘의 시선을 따라가다 경악했다.

"브라이언트, 장난합니까?"

책상에서 일어난 그는 검은 반바지 차림이었는데 그 밑으로 드러난 두 다리는 동물원에서나 볼 수 있을 법한 모습이었다.

"경감님이 부르시자마자 와서요, 대장."

킴은 미소를 눌러 참고 눈을 돌렸다. "부탁이니까, 브라이언트. 좀 가십시오."

브라이언트가 문에 이르기 전에 킴이 다시 말했다.

"아, 굳이 말할 필요 없겠지만 이 사건에 대해서는 누구에게도 말하면 안 돼. 다들 무슨 뜻인지 알겠지?"

다들 킴의 경고를 알아들었다. 가끔은 가족에게도 직장에서 벌어지는 일을 알려 주면 안 될 때가 있다.

킴은 '어항'으로 들어갔다. 그곳은 사무실 오른쪽 구석에 있는 유리 구조물로 킴의 개인 사무실로 쓰였어야 할 곳이었다. 널찍한 엘리베이터 정도 크기의 그 공간은 가끔 부하들을 '참교육' 할 때나 쓰였다. 대부분 킴은 남는 책상에 걸터앉아 다른 팀원들과 함께 시간을 보냈다.

킴은 돌아서서 동료들을 힐끗 보고 힘을 내 수사를 시작했다. 팀원들에게는 자신감을 보여 줘야 했다. 모든 의심은 킴이 하게 될 것이다.

6

킴은 어둠이 위협적으로 깔리기 시작했을 때 티민스의 집에 돌아왔다. 날이 어두워졌다는 것은 부모의 정신 건강에 도움이 되지 않는 변화였다. 3월 초의 날씨는 2월의 차가운 공기를 내버려 두고 떠나기가 아쉬운 듯 매일 오후 3~4시부터 기나긴 밤 인사를 건넸다.

킴은 노크하고 들어갔다. 순경이 문 뒤에 앉아 있었다.

"보고할 내용은?"

순경은 군대 상사에게 보고하듯 자리에서 일어났다. "남편들이 돌아왔습니다. 다들 소리를 지르고 한바탕 울음바다가 됐습니다."

킴은 고개를 끄덕이고 주방으로 갔다.

캐런이 복도에서 모습을 드러냈다. 그녀는 두 손을 가슴에 대고 있었다.

"킴, 네가…."

"이 사건 책임자야." 킴이 반쯤 미소 지으며 말을 맺었다.

캐런은 고마워하며 고개를 끄덕인 다음 킴을 주방으로 데려갔다.

"제기랄, 벌써 밤이잖습니까, 형사님. 내 딸은 찾았습니까?"

"스티븐." 캐런이 그를 막았다.

"괜찮아." 킴은 두 손을 들며 말했다. 가족들은 수많은 감정을 처리해야 했다. 그중에서도 분노는 높은 순위에 올라 있을 터였고.

킴은 서둘러 고개를 저었다. 한 공간에서 완전히 다른 두 개의 시간대가 진행되고 있었다. 킴의 입장에서는 지난 몇 시간이 쏜살같이 지나갔지만 부모에게는 같은 시간이 영원처럼 느껴졌을 것이다. 킴은 부모들이 답답해하고 화를 낼 거라 생각했다. 그들은 킴을 비난하고 불신할 터였다. 그리고 킴은 기꺼이 그 모든 감정을 받아 줄 생각이었다. 정도는 있겠지만.

킴은 방금 말한 남자를 돌아보았다. 그는 킴처럼 머리카락이 검었다. 새치의 흔적은 전혀 보이지 않았다. 군살이 10킬로그램쯤 붙은 몸집에 두 손의 손톱은 깔끔하게 다듬어져 있었다.

캐런은 그를 소개하며 지친 듯 눈짓했다. "킴, 이쪽은 엘리자베스의 남편 스티븐 핸슨이야. 이쪽은 내 남편 로버트고."

킴은 놀란 기색을 감추었다. 로버트 티민스는 185센티미터가 넘었다. 킴은 캐런이 자신과 같은 나이인 34세라는 걸 알고 있었지만 로버트는 훨씬 더 나이가 들어 보였다. 매력이 없는 사람은 아니었다. 자기 관리를 잘하는 것 같았다. 관자놀이의 흰머리가 그의 얼굴과 잘 어울렸다. 표정이 개방적이고 솔직했다. 로버트의 오른손이 캐런을 지켜 주려는 듯 그녀의 어깨에 놓여 있었다.

킴은 캐런이 이런 남자와 인생을 함께할 거라고 상상하지 못했다. 십 대였을 때 캐런은 나쁜 남자들을 쫓아다녔다. 나쁜 남자의 기준에는 문신과 피어싱, 반사회적 행위 금지 명령을 받은 이력 등이 포함되었고.

캐런에게는 그런 나쁜 남자 중에서도 특별한 사람이 한 명 있었다. 보육원에 맡겨진 또 다른 아이였다. 캐런은 그 애를 도저히 떠나지 못하고 맴돌았다. 둘은 십 대 시절 내내 수없이 갈라서고 부딪혔다. 남자가 캐런을 차 버릴 때마다 그녀는 절대 돌아가지 않겠다고 맹세했다. 같은 일이 네 번인가 다섯 번째 벌어진 다음부터는 아무도 캐런의 말에 귀 기울이지 않았다.

"두 분 다 반갑습니다. 이제 새로운 소식을 알려 드리겠습니다. 제가 팀원들을 만나고 왔는데, 팀원들은 앞으로 몇 시간 안에 도착…."

"망할 수색팀은 어디 있습니까? 수색팀, 헬리콥터는 어디 있냐고요?"

스티븐 핸슨이 킴에게 다가오며 소리쳤다.

킴은 꼼짝도 하지 않았다. 스티븐은 킴의 코앞에서 멈춰 섰다.

스티븐이 킴을 위아래로 훑어보았다. "씨발, 겨우 이딴 걸 보내 주고."

엘리자베스는 최소한의 예의를 지켜 고개를 돌렸다. 하지만 킴은 부모 모두의 마음속에 스티븐의 고함이 어떤 식으로든 아이들을 돌아오게 할지 모른다는 희망이 깃들어 있다는 걸 느꼈다.

"핸슨 씨, 이 사건에 대해서는 언론 보도를 통제할 겁니다. 소수의 사람들만이 따님이 납치당했다는 걸 알고 있습니다."

스티븐의 눈이 킴의 냉정하고 침착한 말투에 불타올랐다.

"그러니까 지금은 아무것도 하는 일이 없으시다?"

"핸슨 씨, 진정하시기 바랍니다. 이 사건을 언론에 노출하는 방법으로는 아이를 되찾을 수 없습니다."

다른 세 사람은 킴과 스티븐의 대화에 귀 기울였다. 매 순간이 흐를수록 이 집단의 관계가 설명됐다. 스티븐 핸슨은 영웅 역할을 자처했다. 킴은 스티븐의 본능이란 동굴에 사는 원시인처럼 무리를 지키고 앞장서는 것임을 알 수 있었다.

"도대체 왜 수색이 도움이 안 된다는 겁니까? 많은 사람이 알수록 정보를 얻을 가능성도 커질 텐데."

"어떤 정보 말입니까?"

"여자애 둘을 자동차에 억지로 태우는 남자를 봤다든지." 스티븐은 어린애한테 말하듯 말했다.

"그런 일이 있었다면 이미 누군가 신고했을 거라고 생각하지 않으십니까?" 킴은 한쪽 눈을 치뜨며 대답했다.

스티븐은 망설였다. "아니죠. 사람들은 정보가 공개되기 전까지는 자기가 뭘 봤는지 제대로 생각하지 않으니까."

"우리가 목격자 제보로 얻을 수 있는 최선의 정보는 납치 시점까지의 목격담입니다. 지금 우리에게는 그 정보가 아무 쓸모도 없고요. 우리는 아이들이 납치당했다는 걸 이미 알고 있으니 말입니다. 목격자가 용의자의 차량 등록 번호와 인상착의, 이동 경로까지 제보할 수 있는 게 아니라면 위험을 감수할 만한 가치가 없는 정보입니다."

스티븐 핸슨은 고개를 저었다. "미안하지만 내 의견은 정반대요. 나는 이 나라의 모든 방송국에 전화를 걸어서라도 내 딸을 되찾을 생각입니다."

스티븐이 핸드폰을 꺼냈다.

"핸슨 씨가 필요하다고 느끼는 행동을 하는 걸 제가 막을 수는 없습니다. 하지만 일단 그 전화를 하고 나면 따님의 운명은 그걸로 끝날 가능성이 크다는 것만 알아 두십시오." 킴은 침착하게 말했다.

두 여자가 헛숨을 들이켰다. 스티븐은 잠시 망설였다.

로버트 티민스가 앞으로 나섰다. "스티븐, 전화 내려놔요." 그의 목소리는 침착하고 조곤조곤했지만 위엄이 있었다. 그 목소리가 이 공간을 가득 채우고 있던 긴장감을 누그러뜨렸다.

스티븐이 친구를 돌아보았다 "아니, 로버트. 설마 이 여자랑 같은 생각인 건….".

"내 생각에는 형사님 말씀에 귀 기울여야 할 것 같아요. 일단 전화를 하고 나면 무를 방법이 없습니다. 나중에 생각해 봐도 되는 방법이에요."

"씨발, 그때쯤이면 애들이 다 죽었을 수도 있어요." 스티븐이 성질을 터뜨렸다. 확실히 누구에게서든 명령받는 걸 좋아하지 않는 사람이었다. 하지만 아직 그는 핸드폰 버튼을 누르지 않았다.

"이미 죽었을 수도 있고요." 로버트가 침착하게 말했다.

엘리자베스와 캐런이 울음을 터뜨렸다. 로버트는 안심시키려는 듯 아내의 어깨를 꽉 잡았다. "나도 애들이 이미 죽었다고 생각하지는 않아요. 하지만 스카이뉴스 보도 차량이 요 앞 잔디밭에 주차된다고 해서 이득이 될 거라는 생각도 들지 않습니다."

킴은 스티븐에게서 억눌린 분노가 뿜어져 나오는 것을 느꼈다.

킴이 끼어들었다. "잘 들으십시오. 따님들은 살아 있습니다. 범인들은 기회를 노려 아무나 납치한 게 아닙니다. 이건 계획적인 납치 사건이고 그에 따른 부수적인 상황들이 있을 겁니다. 더들리에서 여자아이 두 명이 납치당한 작년 사건 기억하십니까?" 두 여자가 고개를 끄덕였다.

"지금까지는 이 사건이 그때 일어났던 사건과 매우 비슷합니다. 어찌된 영문인지 모르지만 그때는 두 아이 중 한 명만 돌아왔습니다. 두 번째 아이의 시신은 발견되지 않았고요. 그때도 보도 통제가 이루어졌지만 납치 사흘째에 뉴스가 샜습니다. 당시에는 사건이 공개되자 범인들이 겁을 먹고 성급한 짓을 했을 가능성이 있습니다. 이번에는 그런 일이 벌어지지 않기를 바랍니다. 납치범들은 이미 연락을 취했습니다. 우린 아이들이 납치당한 데는 어떤 이유가 있다는 걸 알고 있습니다. 웬 소아성애자가 아무나 납치한 게 아닙니다."

킴은 부모들의 얼굴에 떠오른 공포를 못 본 체했다. 그들도 진실을 알아야 했다. 킴의 진실이 차 한 잔과 공감을 담아 전달되지 않는다는 건 불행한 일이었지만.

"범인들이 연락해 올 겁니다. 놈들은 여러분 중 한 명, 혹은 여러분 모두에게 원하는 게 있습니다. 가장 논리적인 답은 돈입니다. 하지만 다른 요소도 배제할 수는 없습니다."

그때에야 킴은 모두의 주목을 받을 수 있었다. "생각나는 원한 관계가 있으십니까? 불만을 품은 직원이나 고객, 가족은요? 모든 사람을 고려해야 합니다."

"내가 직장에서 얼마나 많은 사람들을 화나게 하는지 알긴 합니까?" 스티븐 핸슨이 물었다.

킴은 '나만큼은 아닐 텐데'라고 생각했다.

"난 조직범죄 전담반 검사라고요."

다른 상황이었다면 킴은 스티븐에게 더 많은 사람들을 화나게 했어야 한다고 말했을 것이다. 겨우 그 정도 일하는 걸로 충분하겠느냐고.

스티븐이 일하는 부서는 검찰의 독립 조직으로 킴이 수사한 사건들을 기소했다. 하지만 그 부서는 법률가들로만 이루어져 있었다. 그래서 전에는 킴이 스티븐을 만나 본 적이 없는 것이다.

아무튼 대부분 경찰과 검찰의 관계는 아무리 잘 봐줘도 긴장되어 있었다. 몇 주, 몇 달, 심지어 몇 년 동안 작업했는데 검사가 증거 부족이라는 이유로 기소를 중지하는 것보다 나쁜 일도 없었으니까.

"기소한 범죄자 중 이런 일을 벌일 만한 능력을 갖춘 자들이 몇 명이나 됩니까? 이건 벽돌로 창문을 깬 정도의 사건이 아니니까요."

"명단을 만들어 보죠."

스티븐의 태도가 변했다. 그가 적극적으로 움직일 거라는 예감이 들었다. 킴은 머릿속에 스티븐 핸슨을 계속 바쁘게 만들어야 한다는 메모를 남겼다.

"엘리자베스 씨는요?"

엘리자베스는 힘없이 어깨를 으쓱했다. "저는 그냥 법무사 사무소의 직원이에요. 그래도 생각해 볼게요."

"로버트 씨?"

로버트는 깊은 생각에 잠겨 인상을 쓰고 있었다. "저는 유통 회사를 가지고 있습니다. 7개월 전에 몇 사람을 해고해야 했지만 설마 그 사람들이…."

"명단을 주십시오. 그 사람들을 용의선상에서 배제하기 위해서라도요."

정적이 내려앉았다.

"캐런?"

캐런은 고개를 저었다. "전혀 모르겠어. 나는 주부인걸." 그녀는 그 말로 충분하다는 듯 어깨를 으쓱했다.

"과거에는 뭐가 없고?" 킴이 날카롭게 물었다.

"당연히 없지." 지나치게 빨리 튀어나온 대답이었다. 캐런은 자기가 너무 빠르고 단호하게 말했다는 것을 깨닫고 덧붙였다. "그래도 생각해 볼게."

"지금 단계에서 마지막으로 할 일은 내일 전화 걸 사람들의 목록을 정리하는 겁니다. 아이들이 자리를 비운 이유에 대해서 입을 맞추세요. 누구도 의심하지 않도록 말입니다. 아시겠습니까?"

다들 고개를 끄덕였다. 킴은 안도의 한숨을 내쉬었다. 모두가 협조적이었다. 지금 당장은. 하지만 이런 분위기가 오래 계속되지는 않을 터였다. 지금은 부모들에게 해야 할 일이 있었다. 그들은 아이들이 돌아오는 데 도움이 될지도 모를 만한 일들을 생각해야 했다. 하지만 부모들이 온갖 감정을 겪게 되면 킴과 팀원들이 그 감정을 받아 줘야 할 것이다.

킴은 잠깐 숨을 돌리려고 거실에서 나왔다. 그때 집 전체에 초인종이 울렸다. 킴이 그리로 가는 동안 순경이 문을 열었다.

킴이 맞이한 사람은 옅은 금발의 중년 여자였다. 살짝 살이 쪘지만 권위가 있어 보였다. 그녀는 묵직한 겨울 코트에 밝은색 청바지와 아란 트위드 스웨터를 입고 있었다. 여자가 순경 뒤의 킴을 똑바로 바라보며 미소 지었다.

"헬렌 바튼이에요. 저를 호출하셨다고요."

킴은 멍하니 그녀를 보았다.

여자가 손을 내밀었다. "가족 연락 담당관이에요."

"아, 다행입니다." 킴이 그녀의 손을 잡으며 말했다.

이제야 차 한 잔과 공감을 베풀어 줄 사람이 도착했다.

7

"빌어먹을." 브라이언트가 어두워진 문화 센터 앞에 차를 세우자 킴이 말했다.

스테이시는 컴퓨터 장비를 설치하는 중이었고 케빈은 지난번 수사 자료를 티민스의 집으로 가져오고 있었다. 어쩔 수 없이 초조해진 킴은 티민스의 집에서 나와 첫 단서이자 유일한 단서를 따라왔다. 그녀는 차에서 내려 문화 센터 주위를 한 바퀴 돌아보았다.

건물을 따라 난 도로가 언덕을 올라가서 반대편으로 이어졌다. 문화 센터 옆에는 공사장이 있었다. 지역 의회 건물을 허물고 그 자리에 뭔가를 지으려는 듯했다. 오른쪽은 공원 입구였다. 흙길이 두 구역을 나누고 있었다. 길 반대편에는 인도에서 조금 떨어진 토대 위에 건축된 주택들이 서 있었다. 새로 지은 집 몇 채가 모여서 그 뒤의 작은 공영 주택 단지로 이어지는 길을 가렸다.

"이동 경로가 너무 많습니다." 킴이 말했다.

킴은 납치범들이 문화 센터 건물과 공원 사이의 흙길에 차를 댔을 거라고 생각했다. 빠르게 도주할 수 있을 만큼 도로와 가깝지만 아이들이 저항한대도 의심을 불러일으킬 만큼 가깝지는 않은 지점이었다. 하필 그 자리에 자작나무가 한 그루 있어서 다른 집들의 시야를 가렸다.

브라이언트가 킴의 시선을 좇았다. "저기서 사건이 벌어졌다고 생각하세요?"

"놈들이 사전 조사를 제대로 했다면 그럴 겁니다."

킴은 오솔길을 따라가 문화 센터 유리문에 얼굴을 바짝 가져다 댔다. 움직이는 것은 없었다.

"CCTV가 필요합니다, 브라이언트."

"어…. 밤에는 문을 닫는 것 같은데요."

"세상에, 그럴 리가요." 킴은 문틀을 자세히 살펴보며 말했다.

"네, 대장 혹시 모르실까 봐 드리는 말씀인데 침입은 범법 행위입니다."

"흠…. 브라이언트, 차로 돌아가서 무전기 켜십시오."

"아니, 무슨…?"

"좀 가요." 킴이 명령했다.

브라이언트는 한숨을 쉬고 차로 돌아갔다.

킴은 문의 아래쪽을 보려고 웅크렸다. 경보기 센서가 옆쪽에 붙어 있었지만 자물쇠는 없었다. 위쪽도 마찬가지라는 건 이미 확인했다. 잠금 장치는 가운데에만 달려 있었다.

킴은 문의 아래쪽을 따라 둘러 있는 금속 띠를 걷어찼다. 아무 반응도 없었다. 킴은 유리를 깨지 않으려고 신경 쓰며 다시 걷어찼다. 그래도 아무 반응이 없었다. 킴은 오른쪽 다리를 뒤로 젖혀 세 번째로 걷어찼다. 그제야 고막이 찢어질 듯한 경보음이 울리며 머리 위에서 경광등이 번쩍였다.

킴은 느긋하게 걸어가 차에 탔다. 브라이언트가 운전대에 머리를 박고 있었다.

"대장, 도대체 왜 꼭 이렇게…."

브라이언트의 말은 문화 센터에 침입자가 있을지 모르니 경찰관 확인이 필요하다는 신고 센터의 무전 신호에 끊겼다.

킴이 어깨를 으쓱했다. "우리가 간다고 하십시오, 브라이언트. 마침 가깝네요."

브라이언트는 고개를 젓고 무전을 받았다.

이제 킴이 할 일은 기다리는 것뿐이었다. 경비 업체에서는 일단 경찰에 연락했다. 다음으로는 열쇠를 가진 사람에게 연락할 터였다.

"조금만 인내심을 보일 수는 없었어요?" 브라이언트가 물었다.

킴은 그 말을 못 들은 체했다. 일요일 저녁에 문화 센터 문을 열어 줄 만한 사람을 찾으려다 보면 시간이 걸릴 게 뻔했다. 그 사람에게 직장으로 돌아와 CCTV를 살펴보도록 도와달라고 설득하는 데는 더 오랜 시간이 걸릴 테고. 안 되지. 킴은 자기 방법이 더 마음에 들었다. 열쇠 주인이 바로 오고 있었으니까. 그 사람을 협박할 필요도 없었고. 우디가 좋아할 것이다.

"인내심이요? 이제 와서 왜 이러십니까, 브라이언트. 날 그렇게까지 모르진 않을 텐데요."

8

"저 사람일 겁니다." 폭스바겐 폴로가 옆에 다가와 서자 킴이 말했다.

브라이언트는 이미 건물에 이상이 없다고 연락했다. 하지만 경보기는 재설정해야 했으니까.

킴은 차에서 내려 20대 중반에 머리를 탈색한 남자를 마주 보았다. 손에는 이미 신분증을 들고 있었다.

"관리자입니까?" 킴이 물었다.

"브래드 에번스예요." 그가 고개를 끄덕이며 말했다.

"출동 경찰관입니다. 침입자는 없습니다." 킴이 확인해 주었다.

에번스가 미소 지었다. "그럼⋯. 어⋯. 감사한데, 그럼 왜⋯?"

킴은 문화 센터 입구로 걸어가는 브래드의 옆에 따라붙었다. "글쎄요. 이상한 일이지만 지원 요청을 받았을 때 저희가 이 근처를 지나고 있었습니다."

출입구에 이른 에번스가 킴을 돌아보았다. 경보음은 멎었지만 머리 위에서 파란색 경광등이 간헐적으로 깜빡이며 그의 잘생긴 얼굴과 찡그린 표정을 비추었다.

"네, 그거 이상하네요."

브라이언트가 킴 뒤에서 헛기침을 했다. 브래드는 문을 열고 현관 로비로 들어갔다. 조명이 자동으로 들어왔다. 두 번째 문은 버튼을 눌러 열도록 되어 있었다. 킴은 천장을 보고 카메라를 발견했다. 그녀는 브래드를 따라 접수대가 있는 곳으로 들어갔다. 수영장 소독약 냄새가 났다. 카페 공간은 넓게 트여 있었다. 플라스틱 의자와 탁자 들이 여기저기 흩어져 있었다. 왼쪽 벽에 자판기들이 한 줄로 늘어서 있었다. 그 뒤로는 탈의실로 향하는 출입구가 있었다. 반대편 끝은 유리로 칸막이를 만들어 얕은 수영장을 내다보게 만든 공간이었다. 킴이 그 공간을 살펴보는 동안 브라이언트는 심각한 폭행 사건 때문에 CCTV를 보러 왔다고 설명했다.

"기다렸다가 평범한 시간에 보실 수는 없나요?" 브래드가 물었다.

"안 됩니다." 킴이 딱 잘라 말했다.

브라이언트도 같은 생각이라는 뜻으로 어깨를 으쓱했다. 브래드의 표정이 굳었다. 킴은 관심 없었다. 브래드의 일요일 밤 일정은 조금 기다렸다가 진행하면 될 터였다.

"따라오세요." 브래드가 수영 시설에서 먼 쪽으로 걸어가며 말했다. 그들은 오른쪽의 헬스장과 왼쪽의 화장실을 지났다. 복도 끝에 "관계자 외 출입 금지"라고 표시된 문이 있었다.

브래드가 비밀번호를 입력하고 들어가더니 자리에 앉아서 시스템에 접속했다. 킴은 디지털 시스템이 구축되어 있어 마음이 놓였다. 그러면 브라이언트의 일이 훨씬 쉬워질 것이다.

"CCTV는 문화 센터 모든 구역을 촬영해요. 당연히 탈의실은 찍지 않지만요. 하지만 탈의실 출구를 찍는 고정식 카메라가 있어요."

브래드가 말했다. 그는 CCTV를 정면 화면에 띄워 놓고 팔을 들어 손목시계를 확인했다.

킴은 그 불만 어린 태도를 놓치지 않았다.

"그래서, 뭘 보고 싶으신데요?"

"뭐, 여기부터는 저희가 하면 됩니다. 가해자 인상착의를 알거든요." 브라이언트가 말했다.

브래드는 자리를 비울 생각이 없어 보였다. "아, 그거 말 되네요. 인상착의를 알려 주시면 제가…."

킴은 뭐가 말이 된다는 건지 알 수 없었다. 브라이언트가 브래드의 불평에도 아랑곳하지 않고 밀어붙였다.

"시간이 좀 걸릴지 몰라서요. 가서 경보기를 재설정하시는 게 좋을 듯합니다."

브라이언트가 의자 등받이를 탁탁 두드리며 말했다. 브래드는 킴과 브라이언트를 번갈아 보더니 마지못해 일어났다.

"건물을 확인하는 데는 몇 분 정도 걸릴 거예요." 그는 불만스러운 눈으로 킴을 보았다. "하지만 분명 아무 문제 없겠죠."

"그래도 확실히 하는 게 좋을 겁니다." 킴은 길을 비켜 주며 말했다.

브래드는 인터폰을 가리키며 자기 핸드폰을 들어 보였다. "0번 누르시면 저한테 바로 연결돼요. 혹시 다른 게 필요하시면요."

킴은 그에게 미소 지었다. "고맙습니다, 브래드."

브라이언트가 CCTV 조작을 맡았고 킴이 지시했다. "탈의실 근처 카메라를 여십시오. 아이들이 나왔을 때 주변에 아무도 없었는지 확인하고 싶습니다."

브라이언트가 날짜와 시간을 입력했다. 창 아홉 개가 화면에 떴다. 모두 오후 12시 5분 시점으로 설정되어 있었다.

"맨 위 오른쪽 창을 전체 화면으로 띄우세요. 아이들을 먼저 확인합시다."

브라이언트가 재생 버튼을 누르자 실시간 영상이 재생됐다. 둘은 조용히 화면을 지켜보았다. 2분 뒤 아이들이 탈의실에서 나왔다. 에이미는 핑크색 청바지에 남색 스웨터를 입고 있었다. 찰리는 검은색 레깅스에 긴 티셔츠 차림이었다. 둘 다 코트와 배낭을 들고 있었다.

"5번 카메라를 여십시오." 킴이 말했다. 브라이언트가 몇 차례 키보드를 누르자 휴게실 대부분을 비추는 카메라 영상에서 아이들 모습이 확인됐다.

두 아이는 휴게실을 가로질러 자판기로 가더니 소지품을 옆에 내려놓았다. 아이들은 간식 자판기를 살펴보고 손가락질을 하며 뭘 먹을지 고르고 있었다. 에이미는 감자 칩을 선택했고 찰리는 사탕 한 봉지를 샀다. 둘 다 따뜻한 음료를 골랐다. 두 아이는 소풍이라도 나온 것처럼 콜라 자판기 옆에 책상다리를 하고 앉았다.

킴은 아이들에게 특별히 관심을 보이는 사람이 있는지 보려고 아이들 주변을 살폈다. 아이들의 살아생전 마지막 모습을 보고 있는 거라는 생각에 섬뜩해졌지만 킴의 직감이 그 생각을 밀어냈다. 보통은 직감이 킴의 감각 중에서 가장 믿을 만했다. 지금의 킴으로서는 그 직감을 믿는 것밖에 도리가 없었다.

단 한 순간도 이 아이들이 이미 죽었다는 생각은 할 수 없었다. 킴은 아이들을 살려서 집으로 데려갈 생각이었다. 전과는 달라졌겠지만 어쨌거나 살아 있는 상태로.

"마지막 순수의 시간이네요, 대장." 브라이언트가 킴의 생각을 반영하듯 말했다.

둘은 이 아이들이 다시는 세상을 전과 같은 방식으로 볼 수 없으리라는 걸 알고 있었다. 결과가 어떻든 간에 말이다.

12시 23분에는 둘 다 자리에서 일어섰다. 찰리가 쓰레기를 휴지통으로 가져갔다. 아이들은 재킷을 걸쳤다. 에이미는 배낭 어깨끈에 왼팔을 집어넣었지만 코트를 입고 있었기에 오른팔은 집어넣지 못했다. 찰리가 어깨끈을 잡아 돌려 에이미의 팔에 끼워 주었다. 친구로서 둘이 맺고 있는 관계는 이런 작은 행동을 통해서도 드러났다.

아이들은 현관으로 나갔다. 어째서인지 찰리가 카페 공간을 돌아보았지만 멈추지는 않았다.

"외부 카메라로 전환하십시오." 킴이 지시했다. 하지만 그녀는 이미 알고 있었다.

"제기랄, 카메라는 길 아래쪽을 찍고 있고 놈은 카메라 밑에 있습니다." 카메라에는 풀밭의 오솔길 전체가 잡히지 않았다.

"여기서 정지하고 몇 프레임만 뒤로 돌려보세요."

브라이언트는 킴이 시킨 대로 했다. 킴은 찰리가 어른의 얼굴을 보려고 고개를 드는 모습을 보았다. 다른 뭔가가 킴의 눈길을 사로잡았다.

"브라이언트, 다시 돌리십시오."

이제는 의심의 여지가 없었다. 킴은 핸드폰을 들고 브래드에게 전화했다.

"브래드, CCTV실로 돌아오십시오. 당장."

9

"저거 브래드 씨 맞죠? 현관을 가로질러 달리는 사람 말입니다." 킴이 물었다.

브래드는 눈을 가늘게 뜨고 화면을 보더니 어깨를 으쓱했다. "저 옷은 여기 직원 모두가 입는…."

빌어먹을, 이걸 기억하는 게 그렇게 힘들단 말인가?

"브래드 씨, 이건 오늘 점심시간에 있었던 일입니다. 당신이 뛰어가고 있잖아요."

"아, 네, 네. 저 맞아요. 센터 중심 구역에서 어떤 여자가 쓰러졌거든요. 구급차를 안내하고 구급 요원들을 빠르게 현장으로 데려가는 게 제일이라서요." 그는 화면을 보며 잠시 말을 멈추었다. "근데 이게 도로에서 벌어진 폭행 사건하고 무슨 상관이죠?"

세상에. 하늘은 이 남자에게 예쁘장한 얼굴만이 아니라 뛰어난 지능까지 준 모양이었다. 킴은 브라이언트와 눈짓을 주고받았다. 두 사람의 눈앞에는 납치범 코앞을 지나쳐 간 남자가 있었다.

"브래드, 이 아이들에게 말을 걸던 남자를 봤습니까?"

브래드의 표정이 굳었다. "아, 네. 분명히 말씀드리지만 쌍욕을 들어도 싼 놈이었습니다."

"어떻게 생겼는지 말해 줄 수 있습니까?"

브래드는 잠시 생각하더니 킴을 위아래로 훑어보았다. "키는 형사님이랑 비슷하고요. 2~3센티미터쯤 클지도 모르겠네요. 체중은 80~90킬로그램쯤 되는 것 같았어요. 얼굴은 평범한 편이었고요. 코가 좀 길었지만 목소리는 부드럽고 조용했습니다. 사투리는 안 썼고요."

킴은 인상을 썼다. "목소리를 어떻게 압니까?" 브래드는 그냥 그 남자 곁을 달려갔을 뿐이었는데 말이다.

"제가 좀 도와달라고 했거든요. 응급 구조가 필요한 상황이 발생했다고 했는데 그 사람이 딱 잘라서 거절했어요. 무례했던 건 아니지만 저는 예의를 지키고 싶지 않아졌어요. 형사님이라도 그렇게 생각하실걸요. 그 사람은…."

"브래드, 헤일조웬 경찰서로 가서 몽타주 작성에 도움을 주십시오. 이 남자가 누군지 알아야 합니다."

브래드는 인상을 쓰더니 신경질적으로 웃었다. "농담하시는 거죠?"

킴은 고개를 저었다. 토할 것 같은 느낌이 들었다.

"경찰 시스템으로 추적하시면 안 돼요?"

"어째서 저희가 이 남자를 알 거라고 생각하시는 거죠?" 브라이언트가 물었다. 하지만 킴은 이미 그 답을 알고 있었다.

"그야 이 남자가 경찰이었으니까요."

10

"고맙습니다, 브래드." 브라이언트가 말했다. "필요하면 다시 전화하겠습니다."

"어…. 오래 걸리실까요?" 그가 물었다.

"아뇨. 1분만 있으면 끝납니다."

브래드가 천천히 방에서 나갔다.

"망할, 브라이언트." 킴이 짓씹어 뱉었다.

브라이언트도 킴의 기분을 정확히 이해했다. 둘 다 경찰 행세를 하는 범죄자를 혐오했으니까.

"이제 다 된 건가요?" 브라이언트가 책상에서 의자를 밀며 물었다.

킴은 그렇다고 말하려고 입을 열었지만 어떤 생각이 떠올랐다.

"잠깐만요. 아이들이 열두 시 구 분에 탈의실에서 나오는 걸 봤으니 열두 시 정각으로 가 봅시다. 이번에는 수영장이 내다보이는 구역의 카메라를 보죠."

브라이언트가 시간을 입력한 다음 3번 카메라를 선택했다. 화면에 불이 들어오고 영상이 재생됐다. 킴은 작은 수영장이 있는 곳과 가장 가까운, 의자가 놓여 있는 구역을 자세히 살폈다. 사람들을 하나하나 뜯어보았다. 1분 30초쯤 살펴보았을 때 킴은 찾던 것을 발견했다.

"정지." 영상이 멈추었다. 킴은 오른쪽 위 구석을 짚었다. "재생 버튼 누르고 저 여자를 계속 지켜보십시오. 1분 뒤에 저 여자가 쓰러질 것 같다는 느낌이 드는데."

둘 다 화면을 지켜보았다. 시선은 주로 금발 여자의 뒤통수에 머물렀다. 그 머리가 20초에 한 번씩 살짝 돌아갔다.

"탈의실 출구를 지켜보고 있네요." 브라이언트가 말했다.

킴은 고개를 끄덕였다. "계속 보죠."

같은 행동이 계속됐다. 여자는 몇 번 왼팔을 빠르게 들어 올렸다. 손목시계를 확인하는 것이었다. 12시 9분. 킴은 화면 왼쪽 아래에서 탈의실을 빠져나오는 아이들을 보았다.

여자는 완전히 얼굴을 돌리고 왼쪽 관자놀이를 긁는 척하며 몇 초 동안 얼굴을 가리고 있었다. 그런 다음 의자에 앉은 채로 살짝 돌아앉았다. 수영장 전망 공간을 등진 채 자판기를 곁눈질할 수 있는 위치였다. 여자는 찰리와 에이미가 보지 못하게 계속 손으로 얼굴을 가리고 있었다. 아이들이 일어나서 떠나려고 할 때 킴은 여자가 가방에서 핸드폰을 꺼내는 것을 보았다. 여자는 핸드폰을 몇 초 동안 만지작거리고 다시 집어넣었다.

찰리와 에이미가 출구로 가자 여자가 자리에서 일어나더니 수영장 전망 공간을 벗어났다. 그녀는 세 걸음을 걷더니 바닥에 고꾸라졌다. 킴은 2번 카메라를 보았다. 무슨 소란이 일어나는지 보려고 뒤돌아보는 찰리가 보였다. 하지만 찰리는 너무 멀리 있어서 아무것도 보지 못했다.

"일부러 주의를 끌었네요." 브라이언트가 말했다.

킴이 고개를 끄덕였다. "솜씨도 좋습니다. 모두가 저쪽을 보고 있었을 겁니다. 그게 인간의 본성이니까요. 구경꾼들은 두 아이가 건물을 나서는 모습 따위는 눈여겨보지 않았을 겁니다. 찰리는 무슨 일이 벌어지는 건지 보려고 돌아봤지만 멈춰 서지는 않았어요. 엄마가 앞에서 기다리고 있을 거라고 생각한 겁니다."

"영악한 놈들." 브라이언트가 중얼거렸다.

맞는 말이었다. 킴은 바로 이런 상황이 두려웠다.

"하지만 한 가지 더 알게 된 게 있습니다, 브라이언트. 아이들이 탈의실에서 나왔을 때 여자가 손을 들어 얼굴을 가렸습니다. 아이들이 자기를 보지 못하게 말입니다."

"하, 젠장." 브라이언트가 고개를 저으며 말했다. 브라이언트도 그게 무슨 뜻인지 알고 있었다.

일부러 시선을 끈 여자는 아이들이 아는 사람이었다.

11

브라이언트가 전화를 걸어 브래드를 CCTV실로 다시 불렀을 때 킴은 문제가 생겼다는 걸 알아챘다. 이 사건은 극비 사항이었고 킴은 자세한 내용을 누구에게도 말해 줄 수 없었다.

브래드는 조바심을 내며 문 너머로 얼굴을 내밀었다. "이번엔 또 무슨 일인가요?"

"몽타주 말입니다." 킴이 상냥하게 말했다. "지금 저희랑 가서 작업을 시작해 주실 수 있겠습니까?"

브래드의 눈이 휘둥그레졌다. 킴은 그가 인내심의 한계를 넘어서고 있다는 걸 알 수 있었다.

브래드가 고개를 저었다. "죄송하지만 안 되겠는데요. 저도 계획이 있습니다, 경찰관님."

"브래드, 꼭 같이 가 주셔야 합니다. 이건 폭행 사건이 아니라 훨씬 더 심각한 사건입니다. 이젠 당신도 이 사건에 연루됐습니다."

브래드는 브라이언트와 킴을 번갈아 보았다. 그의 얼굴이 창백해졌다. "하지만…. 무슨 말씀이신지 모르겠는데요. 그 남자는 경찰이었어요."

킴은 고개를 저었다. "아뇨, 경찰이 아니었습니다. 그 남자는 자기가 원하는 것을 얻으려고 경찰관을 사칭한 겁니다. 브래드 씨가 그 사람 신원을 확인해 줄 수 있습니다. 제 생각에는 브래드 씨도 위험한 상황입니다."

브래드는 이제 완전히 방 안에 들어와 서 있었다. "그 사람이 무슨 짓을 한 건가요? 누굴 죽이기라도 했나요?"

"그건…. 우리가 아는 한은…."

"형사님, 수수께끼 같은 답변은 이제 그만두시죠. 무슨 일이 벌어진 건지는 말해 줄 수 없는데 저더러 일정을 취소하라고요?"

꼭 지금 이렇게 오버해야 하는 걸까? 맥주 몇 잔 못 마신다고 세상이 끝장나는 건 아니었다. 일평생 후회할 만한 희생은 아니지 않은가.

"브래드, 저로서는 부탁하는 수밖에….”

“얘기 끝나신 거죠?” 브래드가 물었다. 얼굴이 붉어져 있었다.

킴은 주머니에 손을 넣어 브래드에게 명함을 내밀었다. “뭐, 정신 똑바로 차리고 계십시오. 평소와 다른 것이 있으면 전화 주시고요. 알겠습니까?”

브래드는 보지도 않고 명함을 주머니에 넣더니 킴과 브라이언트가 나갈 수 있도록 문을 열어 두었다.

킴은 브래드를 따라잡고 잠시 멈춰섰다. “브래드, 부탁이니 말 좀 들을 수 없습니까?”

“경찰관님, 부탁이니 제가 이 문을 닫고 제 인생을 살도록 해 주실 수 없습니까?”

킴은 잠시 더 망설였지만 브라이언트가 그녀를 쿡 찔렀다.

“젠장.” 킴은 열리기도 전에 자동문을 밀치며 말했다.

브라이언트는 자동차를 향해 가는 킴의 발걸음에 박자를 맞추었다. “대장, 아무리 그러고 싶어도 모든 사람을 보호할 수는 없어요.”

사실이었다. 하지만 빌어먹을, 시도는 해 봐야 했다.

브래드가 문을 잠그고 있을 때 킴이 그를 돌아보았다.

“미안하지만, 살펴봐야 할 게 하나 더 있습니다.” 킴은 그렇게 말하며 미소 지었다. 미안해하는 표정으로 보였으면 했다.

브래드의 표정이 어두워졌다. “장난해요?”

킴이 그에게 다가갔다. “예의는 지킵시다, 브래드. 나도 예의를 지키잖아요. 난 그냥….”

“아니, 내가 무슨 예의를 어겼다고 그래요? 무슨 이런 개같은….”

킴은 다시 앞으로 한 발 나서며 인상을 썼다. "욕은 하지 마시죠. 욕설은 범법 행위입니다."

"이거 진심으로 하는 소리예요?" 브래드가 브라이언트에게 물었다.

"저 사람한테 물어보지 마십시오, 브래드. 나한테 말해요. '남자'만 상대하는 방식으로 나를 모욕하려는 게 아니라면 말입니다. 설마 그런 겁니까?"

"씨발, 당신 미쳤어?" 브래드가 그렇게 말하며 뒤로 물러나 벽에 기댔다. 이제 브래드는 갈 곳이 없었다.

킴은 다시 한발 다가갔다. 브래드가 위협적으로 여길 만큼 가까운 거리였다. 킴의 얼굴이 그에게서 한 뼘도 떨어지지 않은 곳에 있었다. "저는 그냥 협조를 요청했을 뿐입니다."

"물러서요, 경찰관님." 브래드가 킴의 어깨를 밀치며 말했다.

킴이 미소 지으며 브라이언트를 돌아보았다. "자, 수갑 채우고 미란다 고지 하세요."

우디가 아주 좋아할 만한 일이었다. 하지만 이건 브래드를 지키기 위해 킴이 할 수 있는 최소한의 행동이었다. 그래 봐야 오래가지는 않겠지만.

킴은 그저 잠깐으로 충분하기를 바랄 뿐이었다.

12

"지금 이게 무슨 짓인지 알고 하시는 거면 좋겠네요." 브라이언트가 뒷좌석 문을 닫으며 이를 악물고 말했다.

킴은 조수석 문으로 걸어가며 브라이언트나 지금 하는 짓이 무슨 짓인지 알았으면 좋겠다고 생각했다. "경사님이 운전하세요. 제가 신고 센터에 연락하겠습니다."

기온은 2도 떨어져 간신히 영상에 머물고 있었다.

닌자를 타고 나서 차를 타면 늘 10킬로그램짜리 배낭을 메고 산을 터덜터덜 올라가는 것처럼 느껴졌다. 자동차는 금속과 뼈대가 너무 많아 거추장스럽게 느껴졌다. 킴은 바니를 클렌트힐로 데려갈 때나 도로에 얼음이 껴 있을 때만 낡아 빠진 골프를 몰았다.

"스톤 경위입니다. 협조 요청합니다." 킴이 전화에 대고 말했다.

"말씀하십시오." 여자가 대답했다.

"올드힐 문화 센터에서 여성 한 명이 쓰러져 구조 요원들이 출동했습니다. 오늘 점심쯤입니다."

신고 센터 요원이 키보드를 누르는지 수화기 반대편에서 침묵이 흘렀다.

"네, 확인됩니다."

"그 여성이 어디로 이송됐는지 알 수 있습니까?" 킴이 물었다.

"환자는 러셀홀 병원으로 이송됐습니다."

"환자 이름을 알 수 있을까요?"

"아뇨, 죄송하지만 그 정보는 드릴 수 없습니다."

"개인 정보 보안 문제는 이해하지만 이 여성의 신원을 꼭 확인해야 합니다."

"경위님, 죄송하지만 그런 자세한 정보는 정말로 드릴 수가 없습니다."

킴은 끙 소리를 냈다. 그들은 여자가 납치에 참여했는지 확인해야 했다. 하지만 가끔은 개인 정보 보호법이 늪처럼 움직임을 굼뜨게 만들었다.

"잘 들으십시오. 저희는⋯." 킴이 수화기에 대고 소리쳤다.

"저는 아무 정보도 드릴 수 없습니다." 통제 요원이 차갑게 말했다. "드릴 만한 정보가 없어요. 문제의 여성은 병원에 도착하지 못했습니다. 구급차 문이 열리자마자 도주했으니까요."

13

킴은 거실을 지나 곧장 상황실로 들어갔다. 스테이시가 노트북 두 대와 공유기에 전선을 연결하고 있었다. 케빈이 네 번째 플라스틱 상자를 구석에 쌓아 놓았다.

"이게 다야?" 킴은 로이드하우스에서 가져온 사건 파일을 살펴보며 물었다. 이것보다는 많을 줄 알았다. 이중납치와 한 건의 살인 사건을 수사한 기록이니까. 케빈은 고개를 끄덕였다.

"좋아, 소식은 브라이언트가 전해 줄 거다. 나는 가족들과 이야기를 해 봐야겠어."

킴은 만남의 장소가 되어 버린 비공식 거실로 향했다. 모두가 기대감에 차서 킴을 보았다.

"자, 이제 팀원들이 도착했습니다. 저희는 응접실에서 작업할 테니 거기에는 들어오지 마세요."

세 사람은 고개를 끄덕였지만 스티븐은 그냥 그녀를 노려보았다.

킴도 마주 노려보았다. "저 문에 자물쇠를 걸어 두겠습니다. 만일을 대비해서요. 지금은 동의하실지 몰라도 저희가 며칠 뒤까지 이곳에 있다면 약속을 깨실지 모르니까요.

모두 헬렌과 인사하셨을 겁니다. 헬렌은 거의 하루 종일 여러분과 함께 있을 겁니다. 하지만 나머지 팀원들은 들락날락할 겁니다. 수사 기간 내내 경찰관 한 명이 현관에 배치될 테고요. 자, 아이들에 대해서는 어떤 이야기를 준비하셨습니까?"

"식중독이요." 로버트와 엘리자베스가 동시에 말했다.

"저희 모두가 내일 아침에 학교에 전화할 거예요. 그렇게 이상하진 않을 것 같아요. 아이들이 늘 함께 지내니까요."

"가족들한테는요?"

"같은 이야기를 할 겁니다." 스티븐이 말했다. "내가 얼마 뒤 니콜라스를 데리고 우리 부모님을 찾아갈 거요. 그때 부모님에게도 같은 얘기를 할 겁니다."

킴은 엘리자베스가 꿀꺽 침 삼키는 것을 보았다. 확실히 엘리자베스는 동의하지 않은 결정인 듯했다. 킴도 이해할 수 있었다. 한 아이가 사라졌으니 엘리자베스는 다른 아이가 자기 품을 떠난다는 생각을 견딜 수 없었을 것이다. 하지만 엘리자베스는 남편의 결정에 따르기로 한 것 같았다. 킴은 스티븐의 결정이 실수라고 생각했다. 아이가 있으면 이들 모두가 잠깐이나마 다른 생각을 할 수 있을 텐데. 부부 관계야 킴이 참견할 문제가 아니었지만 시간이 지날수록 킴은 더 많은 것을 알게 되었다.

"돌아오면서 우리 집에 들러 옷가지와 개인 소지품도 챙겨 오겠습니다. 우리도 여기에 머물 겁니다." 스티븐이 말했다.

"좋은 생각입니다." 킴이 말했다. 모두를 한 곳에 두면 킴의 인생은 확실히 편해질 것이다.

"그래야 서로 힘이 되어 줄 수 있으니까요."

킴은 스티븐이 자기 결정에 대해 불필요한 설명을 내놓는다고 느꼈다. 진정성도 없는 것 같았다. 스티븐은 아마 아내도 같은 이유를 들어 설득했을 것이다. 하지만 킴은 스티븐이 이런 제안을 내놓은 이유가 수사팀과 가까운 곳에서 지내기 위해서라고 보았다. 킴 자신도 스티븐과 같은 처지였다면 똑같이 행동했을 것이다.

"가서 남는 방을 마련해 드릴게요." 캐런이 말하며 벌떡 일어섰다. 그녀는 뭐라도 할 수 있게 되어 기운이 난 듯했다.

"잠깐, 한 가지 더 있습니다. 따님들의 납치에 연루된 여성이 한 명 있는 것으로 보입니다. 납치 지점에서 어떤 여자가 아픈 척하며 사람들의 주의를 끌었습니다. 저는 그 여자가 여러분의 지인일 거라고 생각합니다."

킴은 주머니에서 사진을 꺼냈다. 엘리자베스가 즉시 헛숨을 들이키며 입을 가렸다. 그녀의 표정에서 못 믿겠다는 충격이 드러났다. 그녀는 사진을 빤히 보더니 고개를 젓기 시작했다. 킴은 확인차 스티븐을 보았다.

스티븐의 안색이 창백해졌다. "무슨 실수가 있었을 겁니다. 저 사람은…."

"누굽니까, 스티븐 씨?"

"잉가입니다. 우리 딸의 보모였던 사람이에요."

14

잉가 바우어는 주변의 인파가 줄어드는 것을 느꼈다. 지난 열한 시간이 그녀의 인생에서 가장 긴 시간이었다. 선술집에서는 연인과 친구들이 빠져나가고 있었다. 집으로 돌아가기 전, 주말의 마지막 몇 시간을 쥐어 짜내서 만족스러운 듯했다. 그러나 잉가는 집으로 돌아갈 수 없었다.

앞서 쇼핑센터에서 쫓겨나기 전에 그녀는 낮의 쇼핑객들이 아이쇼핑과 구매를 끝내고 양팔 가득 쇼핑백을 든 채 집으로 돌아가는 것을 보았다. 그들은 이야기하고 웃고 값비싼 커피를 홀짝였다. 점심을 먹거나 간식을 사 먹고 돈을 썼다. 그런 다음 떠났다. 잉가는 그러는 내내 그들과 함께 있었다. 죽지 않으려고.

잉가는 과일 자판기에 기댄 채 자세를 바로잡았다. 지난 몇 시간 동안은 이 장소 덕분에 눈에 띄지 않을 수 있었다. 하지만 이제 다시 위험이 슬금슬금 돌아오고 있었다. 어지간하면 취하지 않는 두어 명만이 바에 남아서 유리잔 속 거품이나 다름없는 술만을 홀짝이고 있었다. 남자 바텐더 두 명은 설거지를 하고 그릇을 쌓아 놓느라 바빴다. 오늘 밤 장사를 마무리하고 가게를 정리하는 것이었다.

잉가는 아직 떠날 수 없었다. 시간이 더 필요했다. 몸이 너무 지쳐 있었다. 그녀는 긴장감 때문에 간신히 버티고 있을 뿐이었다. 자야 했다. 쉬어야 했다. 두려움을 몰아내야 했다. 잠깐이라도.

그녀는 본능적으로 사람이 많은 곳을 찾았다. 하지만 지금은 일요일 밤이었기에 사람 많은 곳이 별로 없었다.

그들은 이미 그녀를 찾고 있을 것이다. 확실했다. 잉가는 계획을 철저히 따르지 않았다. 그녀는 찰리와 에이미를 확실히 숨기기 전까지 병원에 남아 있기로 했었다. 그 뒤 그 사람들이 잉가를 데리러 오는 것이 작전이었다.

바의 두 남자가 선술집을 나섰다. 이제 잉가는 혼자였다. 키 작은 바텐더가 불만스럽게 그녀를 쳐다보았다. 잉가도 눈치는 있었다.

그녀는 바에서 나가며 추위에 맞서 몸을 웅크렸다. 한기에 두 뺨이 즉시 굳었다. 발치를 스치고 지나가는 비닐봉지에 심장이 멎을 뻔했다.

그녀는 주차 빌딩으로 향했다. 거기서라면 최소한 바람을 피하며 생각할 시간을 벌 수 있을 테니까.

자동차 몇 대가 천장에 박혀 있는 노란색 조명을 받고 있었다. 잉가는 주차 빌딩을 돌아다니며 이 상황이 이것 아니면 저것을 선택해야 하는 일종의 게임이라는 걸 깨달았다. 밝고 북적북적한 곳에 머물든지 어둡고 조용한 구석을 찾아야 하는 것이다.

잉가는 몸을 웅크리고 있으면 눈에 띄지 않을 법한 구석이나 틈새가 어딘가에 있을 거라고 확신했다. 거기서라면 단 몇 시간이라도 쉬면서 생각할 수 있을 것이다.

그녀는 반대편 오른쪽 구석에 엘리베이터 통로가 있는 것을 보았다. 멀리서 보니 어둡고 스산해 보였다. 혼자 다니는 여자라면 누구든 피할 만한 곳이었다. 잉가는 곧장 그리로 향했다.

잉가는 그쪽으로 다가간 뒤에야 그곳에 구석이라 할 만한 곳이 없다는 것을 알아챘다. 엘리베이터 통로 주변에 인도가 있었다. 너무 노출된 곳이었다. 잉가가 잠시라도 눈을 붙이면 사방에서 위험이 닥칠 수 있었다.

잉가는 주차장을 벗어나며 주변을 훑어 몸을 숨길 만한 건물과 어두운 곳을 찾았다.

출구는 두 주차장 사이의 길을 향해 나 있었다. 주차장 가장자리에는 놀이터가 있었고 잉가의 가슴 높이까지 오는 초록색 그물 울타리가 그 놀이터를 감싸고 있었다.

갑작스러운 기억이 밀려들었다. 잉가는 알록달록한 놀이 기구 쪽으로 홀린 듯이 걸어가기 시작했다. 흰색 순찰차가 다가왔다. 그녀는 몸을 숙였다. 숨을 참으며 벽에 기대서 자동차가 지나가기를 기다렸다. 순찰차가 일상적인 순찰을 하고 있는 거라면 다시 이곳에 오기까지 10분은 충분히 있을 터였다.

잉가는 그림자 사이를 지나 쓰레기통 옆에 웅크렸다. 가만히 있으면서 무슨 소리가 나는지 귀 기울였다. 아무 소리도 들리지 않았다. 잉가는 계속 나아가도 안전할 거라고 확신했다. 그녀는 쓰레기통으로 올라가 울타리를 넘었다. 발이 반대편의 나무 벤치에 닿았다.

귓속에서 맥박 뛰는 소리가 들렸다. 이제 그녀는 사유지에 무단침입하고 있었다. 들키기라도 하면 경찰이 도착할 때까지 붙잡혀 있게 될 것이다. 그 생각을 하자 가슴속에 새로운 공포가 밀려들었다. 하지만 이제

와서 돌아가기에는 너무 먼 길을 와 버렸다.

잉가는 나무껍질을 깔아 놓은 놀이터를 천천히 가로질러 나무로 된 놀이 기구로 갔다. 놀이 기구는 밧줄과 계단, 사다리가 달린 성처럼 생겼으며 꼭대기에는 첨탑이 있었다. 작고 사방이 막혀 있으며 안전한 곳이었다.

잉가는 놀이 기구로 들어가 구석에 몸을 처박았다. 등이 나무 벽에 닿자 마침내 숨을 내쉴 수 있었다. 널빤지 사이에 2센티미터 정도 되는 틈새가 있었다. 그 틈새 때문에 별로 따뜻하지는 않을 것이다. 대신 밖을 볼 수 있을 테니 누가 다가오면 알 수 있을 터였다.

잉가는 잠시 눈을 감았다. 조금이나마 안전해진 느낌이었다. 당분간이지만.

긴장이 풀리고 몸에서 두려움이 빠져나가며 피로가 밀려들었다. 그녀는 땅에서 2미터쯤 떨어져 있는 작은 나무 구조물에 틀어박혀 있었다. 여기라면 그들도 잉가를 찾지 못할 것이다.

그 한 가지 생각이 잉가의 배 속에 뭉쳐 있던 마지막 긴장감을 빼냈다. 탈출 전략은 나중에 생각하기로 했다. 계획을 세울 시간은 몇 시간이나 있었다. 하지만 지금은, 지금만큼은 몸과 마음을 모두 쉬게 할 수 있었다.

피로가 블라인드처럼 잉가의 눈꺼풀을 내리눌렀다. 그녀는 의식이 멀어지는 것을 느꼈다. 생각이 흩어지며 머리 바깥을 떠다녔다. 그녀를 이 안전한 곳으로 데려다준 기억이 영화처럼 눈앞에 재생됐다.

에이미가 놀이 기구를 올라가고 있었다. 에이미가 평행봉에 매달려 있었다. 에이미가 밧줄 그네에서 손을 흔들고 있었다. 에이미가 첨탑 아랫부분에 레이스가 끼는 바람에 넘어지고 있었다.

에이미가 잉가를 꼭 끌어안고 있었다.

잠시나마 몸에서 두려움이 빠져나가자 잉가는 자기가 납치에 연루되었다는 사실을 온전히 실감했다. 두 뺨으로 눈물이 흘렀다.

"아, 에이미. 대체 내가 무슨 짓을 한 거야?"

15

윌 카터는 만족스러워하며 물러나 앉았다. 첫째 날은 계획대로 진행됐다. 아주 작은 부분에서 두어 가지 엇나간 점은 있었지만 머잖아 그 문제도 해결될 게 확실했다. 영원히.

잉가, 그 멍청한 년은 그들이 데리러 갈 때까지 병원에서 기다렸어야 했다. 단순한 명령이었는데 이제는 그년을 죽여야 했다. 원래 계획보다 일찍. 잉가는 아이들과 놀아 주며 응급실에서 한두 시간을 보내기로 되어 있었다. 윌은 잉가에게 사임스가 최대한 빨리 데리러 갈 거라고 말했다. 몸값 교환을 마칠 때까지 아이들을 돌보고 있으라고. 그 부분은 순전히 거짓말이었다. 사임스는 병원에서 나온 뒤 얼마 지나지 않아 잉가를 죽일 예정이었다.

이런 문제가 발생할 줄은 몰랐다. 하지만 그래서 사임스를 끌어들인 것 아니던가.

"지금 당장 메시지를 보내, 썅." 사임스가 등 뒤에서 말했다.

월은 그의 말을 무시하고 세 모니터를 모두 조정했다. 카메라 한 대는 밖에, 두 대는 안에 있었다.

월 앞의 책상은 〈스타 트렉〉에 나오는 우주선 엔터프라이즈호와 비슷한 모습이었다. 물론 그는 커크 선장이 아니었지만. 커크는 외계 종족과 세상을 구하겠다고 우주를 쏘다니는 재수 없는 새끼였다. 나약한 주제에 착한 척만 하는 찐따. 은하계를 돌아다니는 내내 강간당하고 약탈당하고 침탈당했어야 할 새끼. 그런 내용의 40분짜리 영화가 더 재미있었을 것이다.

"아, 씨발, 그냥 보내라고. 그래야 쉴 거 아냐?"

"시간에 맞춰 보낼 거야. 계획대로."

사임스가 구석에 침을 뱉었다. 월은 자기도 모르게 숨을 골랐다. 진짜 이딴 꼴까지 봐야 하나?

"쌍, 누가 너더러 명령질하래?" 사임스가 씨근거렸다.

'그야 내가 가방끈이 기니까.' 월은 그렇게 대답하고 싶었지만, 애써 입을 다물고 있었다.

사임스는 건달이었다. 돈을 주고 쓰는 용역 말이다. 타고난 재능과 능력 때문에 뽑힌 부하. 사임스에게는 영혼이 없었다. 앞으로 며칠 동안은 그 점이 유용하겠지만.

월은 사임스가 느끼는 조바심을 이해했다. 사임스는 선물을 약속받았지만 그 선물을 빼앗겼다. 하지만 월은 작은 깜짝 선물을 마련해 두었다. 때가 되면 그 선물을 줄 것이다.

월에게 중요한 건 전략과 계획이었다. 그는 거의 2년을 허비하고 심지어 한 번 실패한 끝에 여기까지 올 수 있었다.

이제는 끝이 보였다. 자유의 맛이 느껴질 듯했다. 최대의 충격을 주기 위해서라면 잠깐 참을 수 있었다. 이 일에는 정해진 순서가 있었고 월은 그 일정을 반드시 지킬 생각이었다.

"가서 애들 밥이나 줘. 그럼 준비가 될 거야."

사임스는 거대한 덩치를 일으키더니 방에서 나갔다.

사임스의 불평은 아무래도 상관없었다. 그는 타고난 군인이었다. 지시받고 명령을 따르는 군인.

월은 왼쪽 모니터 화면을 바꾸었다. 사임스는 그 구역의 복도가 CCTV로 촬영되고 있다는 것을 몰랐다. 이곳에 있는 카메라는 아이들이 있는 방의 문을 찍는 것뿐이라고 생각했다. 저 멍청이는 작은 돔 형태의 장치가 화재경보기라고 생각했다.

'대체 여기에 화재경보기가 왜 있겠나?'

하지만 월은 사임스를 감시해야 했다. 둘 사이에 거래가 있는 건 사실이었고 월은 진심으로 그 계약을 지킬 생각이었다. 하지만 멍청이가 조바심이 나서 보상을 너무 일찍 챙기는 일은 없어야 했다. 그래서 그는 사임스가 임무를 마치는 모습을 지켜보았다. 사임스는 잔인함을 즐기는 자였고 솔직히 말해 월은 그런 성향이 계획에 지장을 주지만 않는다면 상관없었다. 그러나 지금 단계에서는 일탈이 벌어지면 안 됐다.

월은 사임스가 계단을 오르는 소리를 듣고 건물 주변을 보여 주는 4분할 화면으로 전환했다.

사임스가 잠들면 한번 아래층에 내려가 볼 것이다. 그들 모두에게는 비밀이 있었다. 그리고 월의 비밀은 누구도 알아서는 안 되는 것이었다.

그는 자리에서 일어나 구석의 테이블로 갔다. 핸드폰 열 대가 일렬로 세워 둔 충전기에서 충전되고 있었다.

그는 무음으로 설정해 주머니에 넣어 둔 핸드폰을 툭툭 두드렸다. 중요한 핸드폰이었다. 보험이니까.

어느 것을 고를까요, 알아맞혀 보세요. 그의 손가락이 왼쪽에서 세 번째 핸드폰에 닿았다. 저 핸드폰으로 2번 메시지를 보낼 것이다.

"지금 보내려고?" 사임스가 소파에 다시 털썩 주저앉으며 물었다.

윌은 사임스가 왜 저토록 열성적인지 알 수 없었다. 이번 메시지가 가족들의 삶을 영원히 바꿔 놓을 메시지도 아닌데. 이번 메시지는 그들의 존재를 파괴하고 돌이킬 수 없는 피해를 일으킬 수 있는 메시지가 아니었다. 그 메시지는 내일 보낼 것이다. 윌은 그 순간이 도저히 기다릴 수 없을 만큼 기대됐다.

"메시지는 미리 정한 시간에 보낼 거야." 윌이 침착하게 말했다. 그는 등 뒤의 멍청이를 돌아보았다. "일단은 인상 펴. 맡길 일이 있어."

16

"준비됐어, 스테이시?" 킴이 물었다.

스테이시는 시트가 깔린 유리 식탁에 자리 잡고 있었다. 문에서 가장 먼 곳이었다. 컴퓨터 두 대의 화면은 다른 사람이 엿보지 못하도록 돌려져 있었다. 불필요한 가구를 전부 치우자 180센티미터 길이의 탁자와 가죽 의자 여섯 개만 남았다.

"거의 다 됐어요, 대장. 신호가 제일 강한 곳을 찾으려고요."

"문에는 자물쇠를 채웠습니다." 브라이언트가 일어서며 말했다.

조용히 문 두드리는 소리가 났다. 브라이언트가 문을 열어 주었다. 로버트가 지친 듯 미소를 지으며 자기 집 응접실에 들어가도 된다는 허락을 기다렸다.

킴은 들어오라고 말하지 않았다. 가족들은 이 집이 웨스트미들랜드 경찰에 징발되었으며 지금은 그들이 들어올 수 없는 공간이라는 사실을 받아들여야 했다.

"어…. 이게 도움이 될지도 모른다고 생각해서요." 로버트는 거실 한 구석을 장식하고 있던 빨간색 벨루어 천 안락의자를 눈에 보이는 곳으로 당겨 놓으며 말했다. "이 의자가 더 편안할 겁니다."

킴은 그의 배려에 고마움을 느꼈다. "고맙습니다, 티민스 씨."

브라이언트가 의자를 방 안으로 끌고 왔다.

"로버트라고 부르세요."

킴이 고개를 끄덕였다. "로버트, 벽에 있는 그림을 떼어도 되겠습니까?"

킴 나름대로 배려한 것이었다. 원래는 물어보지 않고 뗄 생각이었으니까.

"네, 내리셔도 됩니다. 저한테 건네주시면 제가 치워 둘게요."

브라이언트가 해변을 그린 수채화들을 내리기 시작했다. 그러다가 그는 세 가족이 담겨 있는 가족 초상화에서 멈추었다.

"그건 저 주십시오, 형사님." 로버트가 손을 내밀며 말했다. "뭐든 필요한 걸 벽에 박으세요."

킴은 고맙다는 뜻으로 고개를 끄덕였다. 마침 그래도 되냐고 물을 생각이었는데.

"그리고 찰리의 방 말인데요. 혹시…?"

"그럼요." 로버트는 고개를 끄덕이며 말했지만 고통스러워하는 게 분명했다. "오른쪽 네 번째 방입니다."

킴은 고맙다고 인사했다. 로버트가 그림을 가지고 나갔다.

킴이 돌아보았다. "뭐, 들었잖습니까, 브라이언트. 드릴 한 번 제대로 써 보세요."

"대장, 제가 목수가 되고 싶었다면 진작 됐겠죠." 그가 투덜거렸다.

"나도 학교 선생이 되고 싶었다면…." 킴은 칠판 하나를 끌어와 문 뒤 벽에 대면서 말했다. 문 앞에 서 있는 사람이 사건 관련 기록을 볼 수 없도록 의도적으로 그 자리에 둔 것이었다.

"그럼 짐은 다 푼 겁니까?" 킴이 방을 둘러보며 물었다.

"식탁 밑에 상자가 하나 더 있어요." 브라이언트가 두 번째 구멍을 뚫으며 말했다.

킴은 아래로 손을 뻗어 상자를 꺼냈다. 그녀는 뚜껑을 열고 미소 지었다. 상자에는 새 커피 머신과 머그잔 여러 개, 콜롬비아 골드 네 팩이 들어 있었다. 킴이 가장 좋아하는 커피였다.

"브라이언트, 나랑 결혼하고 아이를 낳아 주시겠습니까?"

"못해요, 대장. 마님이 우리의 결혼 생활에는 아무 문제가 없다고 하시네요."

스테이시가 일어서서 식탁 너머를 들여다보았다. "와, 맛있겠다. 제가 물을 좀 떠 올게요."

스테이시가 방을 나서자 브라이언트가 돌아보았다. "대장 직감은 좀 어떻습니까?"

킴이 미소 지었다. 그녀와 브라이언트는 거의 3년간 호흡을 맞추었다. 결과적으로 브라이언트는 킴에게 친구와 가장 가까운 존재가 되어 있었다.

"부자연스러울 정도로 조용합니다."

킴의 솔직한 말에 브라이언트가 대답했다. "하지만 금방 난리가 날 거예요. 지금까지 본 여기 사람들은 어떻게 생각하세요?"

킴이 어깨를 으쓱했다. "이 사람들의 관계에는 흥미로운 부분이 있습니다. 스티븐은 약간 난폭한 편이지만 아직 확신이 없어서 망설이는 것 같더군요."

"전형적인 검사죠." 브라이언트가 말했다.

"로버트는 친절한 사람으로 보입니다만 눈에 보이는 것 이상의 뭔가가 있을 것 같습니다. 엘리자베스는 남편이 말만 하면 유리 겔러의 숟가락처럼 고분고분 허리를 숙이는 것 같고 캐런은 제 기억과는 완전히 다릅니다."

"보육원에서의 기억이요?"

킴이 고개를 끄덕였다. "일곱 번째 위탁 가정에도 같이 있었습니다."

브라이언트가 드릴을 내렸다. "세상에, 대체 위탁 가정을 몇 곳이나 거치신 거예요?"

브라이언트의 질문을 통해 알 수 있듯 킴과 가장 가까운 사람도 그녀의 과거에 대해서는 아는 게 거의 없었다. 완벽했다.

킴의 핸드폰이 바로 그 순간 울린 것도 완벽했다. 전화를 건 사람이 누군지 알기 전까지 얘기지만.

"스톤입니다." 킴이 전화를 받았다.

우디가 쩌렁쩌렁한 목소리로 소리쳤다. "대체 무슨 생각인가?"

"무슨 말씀이십니까?"

브라이언트가 조용히 고개를 저었다.

"경찰서에 자네를 폭행했다고 체포당한 꼬마가 와 있어. 그게 사실인가?"

"네, 그 녀석이 저한테 손을 댔습니다."

"누굴 바보로 아나. 사실을 말해. 당장!"

킴은 속으로 투덜거렸다. 언젠가 이 대화를 해야 한다는 건 알고 있었지만 가급적 내일이었으면 했다.

"브래드가 납치범 중 한 사람을 봤습니다, 경감님. 거리를 나다니게 두면 위험할 겁니다."

"브래드에게도 제대로 조언한 건가?" 우디가 물었다. 어째서인지 그의 분노가 전화선을 타고 킴의 귓속으로 곧장 파고들었다.

"그럼요."

"그런데도 그따위 수작으로 브래드를 경찰서에 보내서 안전을 확보해야겠다고 생각했다?"

"제가 보기에는 브래드가 상황의 심각성을 이해하지 못하는 것 같았습니다. 사실대로 말해 줄 수도 없었고요."

"스톤, 뭐가 어쨌든 나는 자네가 날조한 혐의로 젊은 애를 잡아 놓을 수 없네. 앞으로 어떤 소송이 벌어지든 자네 책임이야. 나는 브래드가 몽타주 작업을 마치는 대로 어디든 원하는 곳에 갈 수 있도록 하겠네.

웨스트미들랜드 경찰서 명의로 충분히 사과하면서 말이야."

킴은 잠시 눈을 감았다. "브래드가 위험한 건 확실한…."

"그리고 이딴 장난질을 한 번만 더 하면 볼드윈이 자네를 사건에서 빼 버릴 필요도 없을 거야. 그 전에 내가 기꺼이 빼 줄 테니까."

전화가 끊겼다.

"젠장." 킴은 핸드폰을 테이블에 던지며 말했다.

"그럴 줄 알았잖아요." 브라이언트가 말했다.

킴은 어깨를 으쓱했다. 물론 알고 있었지만 그렇다고 이런 대화가 재미있어지는 건 아니었다.

"세상에, 대장." 케빈이 문을 열며 말했다. "벌써 영하 2도예요."

킴은 케빈이 재킷을 벗을 때까지 기다렸다. 케빈에게는 잉가의 주소지에 가 보는 일을 맡겼었다. 엘리자베스 핸슨에게서 대강의 정보를 들었기에 집을 찾는 게 그리 어렵지는 않았다.

불행히도 킴이 부모들에게서 알아낼 수 있었던 정보는 그게 전부였다. 그들은 잉가를 고용했으면서도 그녀의 친구나 남자친구, 가족에 대해 아무것도 몰랐다. 잉가가 말했더라도 귀담아듣지 않은 것이다.

스테이시는 잉가와 직전 사건의 피해자 가족들 사이에 아무 연관성을 찾지 못했다. 그러니 잉가가 연결 고리일 가능성은 배제되었다.

"그래서?" 킴이 물었다.

"잉가의 집은 몬스터트럭으로 밟아 놓은 것 같은 모습이었어요. 두 번이나요. 문이 열려 있었습니다. 잉가가 안에 있는지는 확인해 볼 필요도 없었어요. 누군지 모르지만 잉가를 찾는 사람이 별로 기분이 안 좋았나 보던데요. 모든 게 뒤죽박죽이었어요. 말 그대로 모든 게요. 가구든, 장식품이든, 그림이든, 접시든."

"경고였을까?"

"네. 잉가는 놈들에게 발견되기 전에 우리한테 발견되기를 바라야 할 겁니다."

"경고일 수도 있고 자제력이 없는 사람의 짓일 수도 있고." 킴이 턱을 톡톡 두드리며 말했다.

"둘 다일 수도 있고요." 케빈이 말했다.

킴은 고개를 끄덕였다. "남자를 목격했다는 이웃 증언은 없었고?"

케빈이 눈알을 굴려 댔다. "아래층에 사는 치매 걸린 노인이 엄청나게 자세한 인상착의를 알려 주긴 했습니다. 키가 160센티미터가 안 되고 머리카락은 검은 곱슬머리였다더군요. 안경을 쓰고 남색 셔츠를 입었 대요."

"그런데?"

"그 사람 아들이 나왔는데, 어떻게 됐게요? 맞습니다. 아들이 160센 티미터가 안 되는 키에 머리카락은 곱슬머리이고, 남색 셔츠에…."

"안경을 썼겠지." 스테이시가 말을 마쳤다.

킴은 끙 소리를 냈다. "알았어, 케빈. 일단은 잉가 바우어부터…."

킴의 말이 갑자기 끊겼다. 시끄럽고 날카로운 비명이 집을 가득 채웠다.

17

사임스는 그림자 속에 앉아 기다렸다. 잉가라는 멍청한 년이 사기를 치는 바람에 월급날에 약속한 대가를 받지 못했다. 하지만 결국은 사임스가 그녀를 찾아낼 것이다. 그때가 되면 잉가도 유감스러워하겠지. 이 자까지 쳐서 갚아야 할 테니까. 하지만 지금 사임스는 예상치 못했던 보너스를 받았다.

그는 사람들이 자기를 무서워한다는 걸 알고 있었으며 그 사실을 내심 즐겼다. 사람들이 사임스를 보고 가장 먼저 인식하는 것은 그의 키와 거대한 근육이었다. 다음으로 사람들은 그의 민머리와 문신을 알아보았다. 그러면 어떤 이미지가 떠올랐다. 아마 정확한 이미지였을 것이다.

하지만 그게 전부는 아니었다. 사임스의 눈빛은 누구든 그를 곁눈질하는 사람에게 위기감을 느끼게 했다. 그의 표정은 사임스가 언제든 싸울 준비가 되어 있다는 것을 온 세상에 알려 주었다.

지금도 한 무리의 남자들이 그리 멀지 않은 곳에 서 있었다. 한 손에는 시가를, 다른 손에는 맥주잔을 들고 있지만 감히 사임스와 눈을 마주치지는 못하는 자들.

늘 그랬던 건 아니었다. 한때는 사임스에게도 반격할 힘이 없었다. 하지만 그런 힘을 갖췄을 때는 적이 이미 죽어 있었다. 사임스의 아버지는 어린 그에게 주먹질과 발길질, 침 세례를 퍼부었다. 아내가 자신을 버렸다는 데서 오는 모든 좌절감이 아들의 몸으로 곧장 쏟아졌다. 사임스가 결국 어머니를 증오하게 될 거라는 사실을 아버지가 알았더라면, 그 점에 대해서는 둘이 합의를 볼 수 있었을 텐데 말이다.

어렸을 때 사임스는 자신의 고통이 오직 타인에게 고통을 줄 때만 누그러진다는 것을 알게 됐다. 타인을 괴롭히면 해방감이 느껴졌다. 한 번도 경험하지 못했던 일종의 황홀경이었다. 하지만 강한 힘은 그를 한 차원 더 높은 곳으로 끌어올렸다. 성적인 것을 넘어선 황홀함, 순수하다는 면에서는 거의 종교적인 쾌감이었다. 숭배할 만한 어떤 것.

사임스의 시야에서 뭔가가 움직였다. 그는 그 사람을 위아래로 훑어보았다.

기도할 시간이었다.

18

"문자가 하나 더 왔어요, 경위님." 헬렌이 문간에서 머리를 내밀며 말했다.

킴도 캐런의 비명을 듣고 그럴 거라 짐작했다. 그녀는 가족 연락 담당관을 스치고 지나갔다.

부모 네 사람은 킴이 '편안한 거실'로 생각하기로 한 공간에 있었다. 이곳에서 벌어지는 일은 방의 분위기와 전혀 어울리지 않았다. 복도 맞은편의 큰 거실과는 달리 이 방은 베이지색으로 감싸여 있었다. 벽난로와 TV를 둘러싸고 소파들과 부드럽고 따뜻한 느낌의 가구들이 놓여 있었다. 밤에 가족끼리 모여 쉬는 공간으로 만든 게 분명했다. 하지만 지금, 킴은 이 방이 어느 순간에든 긴장감으로 터져 나갈지 모른다고 느꼈다.

스티븐이 소파 뒤를 어슬렁거렸다. 로버트는 창가에 서서 자기 손을 잘근거렸다. 캐런과 엘리자베스는 가까이 붙어 앉아 핸드폰을 응시했다.

"저게 무슨 뜻입니까?" 스티븐이 외쳤다.

킴은 캐런에게 손을 내밀었고 캐런은 기다렸다는 듯 핸드폰을 건네주었다. 킴은 문자 메시지가 처음과는 다른 핸드폰으로 보낸 것임을 즉시 알아차렸다. 다음으로 킴은 엘리자베스의 핸드폰을 받았다. 문자 메시지는 정확히 같았다.

지금은 네 딸이 무사하다. 게임은 내일 시작된다.

"말해 보십시오, 형사님. 이게 무슨 뜻입니까?" 스티븐이 화를 냈다.

킴은 고개를 저었다. 지금은 상대에 관한 단서가 없었다. 문자 메시지의 목적이 궁금해졌다. 메시지는 아무것도 요구하지 않았다. 아무것도 지시하지 않았다. 찔러보는 것처럼 보였다.

"이런 게 올 거라고 예상했습니까?" 스티븐이 물었다. "어떻게 반응해야 합니까? 무슨 말을 해야 합니까?"

"지금으로서는 아무 말도 하지 말아야 합니다, 스티븐 씨. 이 메시지는 답장을 요구하지 않으니까요." 킴이 침착하게 대답했다. 스티븐은 두 손을 번쩍 들었다.

"정말 이번 수사를 그런 식으로 관리할 셈입니까, 형사님? 답장을 안 보내겠다?"

스티븐의 분노는 두려움 때문에 일어난 게 분명했다. 킴은 아무 반응도 보이지 않으려 했지만 그가 화를 낼 때마다 그녀를 표적으로 삼을 것임은 점점 확실해졌다.

킴이 입을 열었지만 헬렌이 앞으로 나섰다.

"메시지 첫 부분을 잘 보세요." 그녀는 부모들을 둘러보며 말했다. "따님들은 안전해요."

엄마들은 친절한 여자를 바라보았다. 헬렌은 소파 끝에 자리를 잡고 앉았다. 엘리자베스는 눈물을 억누르려고 애썼지만 아무 소용이 없었다. 캐런은 눈물이 멋대로 흐르도록 놔두었다.

헬렌은 계속 말해도 좋다는 허락을 구하려고 킴을 보았다. 킴이 살짝 고개를 끄덕였다. 이런 일은 킴의 전문 분야가 아니었다.

"자, 논리적으로 생각해 봐요. 누군지는 모르지만, 이 사람들은 여러분에게서 뭔가를 원하고 있어요. 어떤 식으로든 따님들을 해치는 건 이 사람들 이익에도 맞지 않아요."

모두의 눈이 헬렌에게 향했다. 헬렌의 따뜻하고 위안이 되는 목소리는 신도들을 불러 모으듯 그들을 끌어당겼다. 제대로 된 상담 기술이 효과를 발휘했다.

로버트는 캐런 옆에 앉아 가만히 그녀의 손을 잡았다. 캐런은 무의식적으로 그에게 기댔다. 모두가 헬렌에게 집중하면서 눈물이 흐르는 속도도 느려졌다.

킴은 거실에서 천천히 빠져나와 식당으로 다시 들어간 다음 문을 닫았다.

"좋아, 오늘 밤은 더 이상 할 일이 없으니 다들 집에 갔다가 내일 좋은

컨디션으로 다시 와. 여섯 시 정각에 시작한다. 이번 사건을 처리하는 동안 밤새우는 일이 없을 거라고는 약속 못 하겠지만 오늘 밤은 괜찮아."

"대장도 집에 가세요?" 브라이언트가 물었다.

킴은 고개를 저었다. 오늘 밤에는 이곳을 잠자리로 삼을 생각이었다.

"그럼 우리라고 왜…."

"내가 명령했으니까요, 브라이언트." 킴의 목소리에는 반박할 구석이 없었다.

케빈과 스테이시가 천천히 소지품을 챙겨 방을 빠져나갔다. 그들에게는 집에 가서 잠을 자고 다시 돌아올 때까지 도합 일곱 시간이 있었다.

브라이언트는 여유를 부렸다. "'왕자님'은요?" 그가 다 안다는 듯 히죽 웃으며 물었다.

킴이 한쪽 눈썹을 치켜올렸다. '왕자님'이란 킴의 개 바니를 부르는 브라이언트만의 애칭이었다. 킴이 그 개를 왕족처럼 대한다는 이유로 그렇게 부르는 듯했다.

"아까 던을 불렀습니다. 던이 집에 와 있어요."

킴은 몇 달 전 바니를 유기견 보호소에서 데려왔다. 바니는 주인이 잔혹하게 살해당한 뒤 보호소에 맡겨져 있었다. 녀석은 누구와 잘 어울리는 성격이 아니었다. 사람이 많은 곳도 싫어했고 그런 성격이 변할 가능성도 거의 없었다. 그래서 킴과 완벽하게 어울렸다.

다만, 바니도 애견 미용실의 아르바이트생만큼은 받아들인 듯했다. 그 아르바이트생이 일하는 가게의 주인은 진심으로 싫어하면서도 말이다. 아르바이트생은 부모와 함께 사는 열아홉 살짜리 소녀였다. 그 애는 바니를 돌볼 때마다 누릴 수 있는 자유를 무척 즐겼다.

"던이 신원 확인을 통과한 거였으면 좋겠네요." 브라이언트가 말했다. "제가 알기로는 범죄 경력 조회를 거친 유일한 펫시터인 것 같은데."

킴은 대답하지 않았지만 브라이언트의 생각이 크게 틀린 건 아니었다.

"잘 가십시오, 브라이언트." 킴은 도끼눈을 뜨고 문을 보며 말했다.

브라이언트는 킴에게 경례하고 떠났다.

킴은 배낭의 내용물을 꺼내기 시작했다. 갈아입을 옷은 깔끔하게 개어 안락의자 밑에 두었다. 세면도구는 옆에 쌓아 두었지만 오토바이 잡지는 배낭에 그대로 두었다.

살며시 문 두드리는 소리가 났다. 헬렌이었다.

"부모님들을 모두 잠자리에 드시도록 설득했어요, 경위님. 얼마나 주무실지는 모르겠지만 한두 시간이라도 선잠을 잘 수 있다면 괜찮을 거예요."

"고맙습니다, 헬렌. 이제 집에 가세요." 킴은 손목시계를 확인했다. "아홉 시쯤 돌아오실 수 있습니까?"

헬렌은 고개를 저었다. "아뇨. 다른 분들과 같은 시간에 돌아올게요."

킴이 미소 지었다. "여섯 시입니다."

"그럼 그때 뵐게요." 헬렌은 문에서 물러나며 말했다. 갑자기 그녀가 다시 머리를 불쑥 내밀었다. "조금이라도 쉬세요, 경위님."

킴은 고개를 끄덕이고 식탁 의자에 앉았다.

현관문 닫히는 소리가 들렸다. 헬렌은 킴에게도, 수사 팀 전체에도 무척 소중한 존재가 될 것이다. 그녀는 팀원과 가족들 사이에 다리를 놓아 주고 자세한 내용을 공유하지 않고도 가족들을 안심시켜 줄 것이다. 덕분에 킴은 사건에 집중할 수 있을 테고.

킴은 헬렌에게 현장을 떠나 있을 시간을 충분히 주어야겠다고 생각했다. 그러지 않으면 헬렌은 슬픔과 공포, 기대감의 무게에 무너져 내릴지도 몰랐다.

어쩌면 아이들의 죽음에 슬퍼하다가 무너질지도 모르지. 머릿속의 작은 목소리가 말했다.

킴은 그 생각을 밀어내고 식당을 나섰다. 킴이 계단을 오르자 문을 지키던 루카스 순경이 고개를 끄덕였다.

킴은 복도를 지나면서 어디선가 들려오는 이야기 소리와 다른 어딘가에서 들려오는 조용한 울음소리를 들었다. 그녀는 오른쪽 네 번째 방으로 조용히 들어갔다. 문을 닫은 다음 전등 스위치를 더듬어 켰다.

왼쪽 벽에서 침대 하나가 툭 튀어나와 있었다. 남자 다섯 명이 그려진 포스터가 디즈니 영화에서 따온 퀼트 천 이불보와 베갯잇을 내려다보고 있었다. 누군가 앉았었는지 침대 일부에 푹 꺼진 자리가 있었다. 원숭이가 그려진 잠옷 두 벌이 깔끔하게 개어진 채 찰리가 돌아오기를 기다리며 베개에 놓여 있었다.

킴은 아마 캐런이 앉았을 그곳에 걸터앉아 아이의 공간을 둘러보았다. 가구는 흰색 고가구로 마감이 닳아 있었다. 책장에는 장식품과 봉제인형, 책 몇 권이 놓여 있었다. 구석의 서랍장 위에는 작은 TV가 있었으며 화장대에는 꼬마전구로 둘러싸인 거울이 달려 있었다.

눈이 닿는 곳곳에서 캐런의 딸의 성격이 드러났다. 팔찌와 반지, 알록달록한 머리 장식. 머리띠 몇 개와 어느 청바지에 코디해도 어울릴 법한 여러 가지 색깔의 멜빵. 옷장 앞에는 운동화들이 모여 있었다. 가벼운 운동화 한 켤레, 바퀴 달린 것 한 켤레, 이것저것 섞어서 맬 수 있는 여러 가지 색깔의 신발 끈 여러 개.

킴은 침대 옆 탁자의 전등을 켰다. 그 즉시 태양계 영상이 천장에서 빙빙 돌기 시작했다. 킴은 미소 지었다. 전등을 끄려고 몸을 숙이니 팔에 침대를 마주 보는 사진이 걸렸다. 단순한 은색 액자에 신문 기사에서 스크랩한 사진이 들어 있었다. 젖은 머리카락으로 카메라를 향해 활짝 웃고 있는 두 아이의 사진이었다. 장문의 기사에는 전국 수영 대회에서 공동 우승을 했다는 제목이 붙어 있었다.

찰리는 분명 잠들기 전 그 사진을 보는 걸 좋아했을 것이다. 킴은 액자를 다시 침대 옆 서랍장에 올려놓았다. 그때 킴이 침대 옆자리에 놔두었던 핸드폰이 울렸다. 귀에 거슬리는 그 소리가 평화를 깼다. 킴은 즉시 볼륨을 줄이고 싶었다.

모르는 핸드폰 번호였다.

"스톤입니다." 킴이 전화를 받았다.

"웨스트머시아 경찰서의 트레비스 경위인데."

"그래." 킴이 눈살을 찌푸리며 말했다. 한때는 둘이 서로 친근하게 이름을 부르던 시절도 있었다. 둘 다 웨스트미들랜드 경찰서에서 일하던 시절이었다. 그러다가 킴이 트레비스보다 먼저 경위가 된 이후 트레비스는 더 작은 이웃 경찰서로 전근을 가면서 앙심도 품고 갔다.

"시체가 나왔어." 그가 말했다.

킴은 트레비스가 단 한 번도 그녀를 '경위'라는 직급으로 부르지 않는다는 걸 재미있게 여겼다. "그런데?" 킴이 물었다. 뭐 어쩌라고? 깃발이라도 흔들면서 파티라도 열어 달라는 건가?

"네가 아는 사람일지도 몰라."

몇 시간 동안 킴을 따라다니던 두려움이 마침내 배 속에 고여 들었다.

"말해 봐." 킴은 앞으로 닥쳐올 일이 무엇인지 알고 각오를 다지며 말했다.

"남자야. 금발에 20대 초반. 주머니에 네 명함이 들어 있었어."

19

킴은 폴리스 라인에 이르러 닌자의 시동을 끄고 헬멧을 벗어 오토바이 손잡이에 걸었다.

리틀턴암즈는 해글리의 브롬스그로브 가에 있는 미국식 선술집이었다. 웨스트미들랜드와 웨스트머시아의 관할 구역이 겹치는 경계선에서 1.5킬로미터도 채 떨어지지 않은 곳이었다.

선술집은 대로 끝에 있었다. 그 뒤로는 길이 점점 좁아져, 양옆에 산울타리가 있는 작은 길로 바뀌었다. 그 선술집에서 15미터쯤 떨어진 곳에 트레비스가 킴의 앞길을 막고 서 있었다. 그는 닌자 때문에 킴이 도착한 것을 알게 된 게 분명했다. 교통섬에서 차량 출입이 통제되고 있는 만큼 모든 소음이 그대로 전달됐을 테니까. 트레비스가 들고 있는 손전등 불빛이 둘 사이의 공간을 비추었다.

"이 사건은 내가 맡아야 돼." 킴은 앞을 자르고 말했다. 둘 사이에 인사말 같은 건 3년도 더 전에 사라졌다.

"그건 안 되지." 트레비스가 고개를 저으며 말했다. "기억 안 나? 여기서 그리 멀지 않은 곳에서 내가 너한테 그렇게 말했더니 네가 먼저 왔다는 이유로 거절했잖아."

아, 그래. 킴도 그 일을 기억하고 있었다. 테레사 와이어트의 시신이 나왔을 때였다. 그 시신의 발견은 대대적인 크레스트우드 수사로 이어졌었다.

"감정적으로 반응하지 마, 트레비스. 지금은 나한테 복수할 때가 아니야." 킴은 트레비스를 돌아가며 말했다. 트레비스가 킴의 앞길을 가로막았다.

"이 녀석 주머니에서 왜 네 명함이 나온 거야?"

"피해자 이름은 브래드야. 내 명함을 갖고 있는 건 내가 줬기 때문이고." 킴은 왼쪽으로 움직이며 말했다. 이번에도 트레비스가 킴의 앞을 막아섰다.

"대체 왜 이래?" 킴이 이를 악물고 말했다.

"절대 너한테는 이 사건 안 넘겨, 스톤."

"돌겠네. 내가 범죄 현장을 집어 들고 도망가기라도 할까 봐? 그냥 한 번 보겠다는 거잖아." 착하게 굴라는 우디의 명령이 킴의 무의식을 파고든 모양이었다. 트레비스에게 아직 한 번도 욕을 하지 않았으니까.

"5분 줄게, 스톤. 내 범죄 현장에 있을 시간을 5분이나 주겠다는 거야."

킴은 고개를 젓고 트레비스를 지나쳐갔다. 아, 욕설이 혀끝을 맴돌았다.

"난 지금도 네가 이 사람을 어떻게 아는지 궁금한데." 트레비스는 킴을 따라 걸어오며 말했다.

"내가 말해 주면 재미가 없어지겠네." 킴이 말했다.

손전등 세 개가 그녀 쪽을 비추었다. 킴은 눈을 가리고 계속 걸었다. 다른 손전등 두 개가 브래드 에번스의 시신을 비추고 있었다.

킴은 청년의 얼굴에 떠올랐을 마지막 표정에 대비해 마음을 다잡았다. 몇 시간 전만 해도 브래드는 혈기 왕성하고 활동적인 청년이었다. 그는 친구들과 함께 밤을 즐기러 가기 전 킴과 브라이언트를 도와주었다. 그런데 이제는 죽어 있었다. 킴은 날씨와 상관없이 온몸을 휩쓰는 한기를 느꼈다.

브래드의 죽음을 막기 위해 뭔가 더 할 수 있었을지도 몰랐다. 킴은 분명히 그렇다고 생각했다. 정확히 무슨 일을 할 수 있었는지는 모르겠지만 뭔가 방법이 있었을 것만 같았다.

문화 센터 열쇠가 손전등 불빛을 받아 반짝였다. 브래드의 주머니에서 떨어진 것이거나 트레비스가 꺼낸 것일 터였다.

"과학수사팀은 아직이고?" 킴이 물었다.

"오는 중이야."

"몇 시에 발견됐어?"

"열두 시 이십 분."

지금은 새벽 1시였고 법의학자는 아직 도착하지 않았다. 킴이 이 사건의 책임자였다면 이미 차고 넘치는 경찰관들과 함께 가만히 서 있지는 않았을 것이다. 킴이라면 핸드폰을 귀에 대고 당장 달려오지 않으면 직접 시신을 옮기겠다고 협박하고 있을 것이다. 짧지만 어중간한 이 시간에도 단서는 사라지고 증거는 파괴되고 목격자들은 멀어지고 있을지 몰랐다. 그럼에도 과학수사팀이 도착하기 전까지 수사는 지체됐다.

하지만 킴은 이곳이 그녀의 사건 현장이 아니라는 사실을 기억해야 했다.

킴은 가장 가까운 곳에 있는 경찰관에게 손을 내밀었다. "좀 주시죠?"

경찰관은 손전등을 건네주었고 킴은 그걸로 땅을 비추었다.

작은 길은 양옆에 나 있는 도랑까지 점점 낮아지다가 산울타리 아래의 흙과 만나는 형태였다. 브래드의 시신은 낙엽이 있는 곳으로 굴려져 옆으로 누워 있었다. 손전등이 그의 전신을 비추었다. 시신은 검은 옷을 입고 있어 어둠 속에서 거의 보이지 않았다. 손전등 불빛이 그의 어깨를 비추기 전까지는 말이다.

"염병할." 킴이 숨죽여 말했다.

브래드의 머리는 더 이상 온전한 형태가 아니었다. 평범한 두개골의 매끄러운 둘레는 사라지고 없었다. 마치 바람 빠진 축구공으로 바뀐 듯했다. 킴은 손전등으로 주위를 비추었다. 브래드가 말 그대로 머리를 걷어차이며 굴러다녔던 도로에 핏자국이 보였다.

지금 브래드의 두개골이 놓여 있는 자리 밑에는 피가 고여 있고 뇌가 나와 있었다. 범인이 입힌 수많은 상처에서 흘러나온 것이었다. 브래드가 똑같은 옷을 입고 있지 않았다면 킴은 그를 알아보지 못했을 것이다. 브래드는 더 이상 예전의 브래드처럼 보이지 않았다. 아니, 아예 사람처럼 보이지 않았다.

"누가 이 녀석을 아주 싫어했나 봐." 트레비스가 킴 옆에서 말했다.

킴은 도저히 대답할 마음이 들지 않았다. 브래드에게 이런 짓을 한 자는 브래드를 알지도 못했다. 브래드는 그저 운이 나빠 어느 시간, 어느 장소에 있었을 뿐이었다. 누군가에게 도와달라고 했을 뿐이었다.

킴은 오른쪽에 있는 경찰관에게 손전등을 돌려주었다. 현장은 볼 만큼 보았다. 그녀는 시신에서 두 발짝 물러나 다시 도로로 올라갔다.

"세상에, 스톤. 내 시계로는 아직 1분 30초가 남았는데." 트레비스가 물러나는 그녀의 등 뒤에 대고 비웃음을 날렸다.

그런 조롱에는 힘을 쏟을 가치도 없었다. 트레비스는 이번 사건의 단서를 자기 나름대로 쫓아야 할 터였다. 아마 아무것도 발견하지 못하겠지만. 킴은 그곳을 떠나며 브래드를 죽인 자가 대가를 치르게 하겠다고 조용히 맹세했다.

그녀는 닌자에 다가가던 중 익숙한 자동차가 헤드라이트를 끄는 것을 보고 신음했다. 기자 트레이시 프로스트가 킴과 정확히 같은 순간에 폴리스 라인에 도착했다.

"뭡니까?" 킴은 인사차 그렇게 물었다. 트레이시한테 할 수 있는 말은 그게 최선이었다. '착하게 굴라'는 우디의 명령을 따르는 데도 한계가 있었다. 아무리 우디라지만 그 이상을 바랄 수는 없는 것이다.

솔직히 말해 킴은 기자가 현장에 이토록 빨리 나타난 것이 놀랍지 않았다. 저 여자가 경찰용 무전기를 귀에 박아 놨으리라 확신하고 있었으니까.

"그냥 제 일을 하고 있을 뿐이에요, 형사님." 트레이시가 가죽 장갑을 벗으며 말했다.

킴은 트레이시 뒤쪽을 보았다. "그러네요. 달팽이처럼 진액을 질질 흘리며 기어 온 걸 보니."

트레이시는 딕터폰(녹취록을 만들기 위한 녹음기—옮긴이 주)을 꺼내 전원을 켰다. "형사님, 더 중요한 문제는 형사님이 여기서 뭘 하고 있느냐는 거예요. 여긴 웨스트머시아 관할인데요."

킴은 둘의 대화를 엿듣지 않는 척하는 경찰관에게 다가갔다.

"이 여자가 통제선을 몰래 넘어가지 못하도록 막으십시오. 뭐, 꼭 필요하다면 쏴 버리고." 킴은 트레이시를 돌아보며 딕터폰에 시선을 두었다. "방금 한 말, 녹음됐기 바랍니다."

킴은 트레이시를 지나쳐 걸어가려 했지만 그 여자가 킴을 따라왔다. 제기랄, 저 코뿔소 가죽처럼 두꺼운 낯짝을 뚫을 수 있는 게 있긴 있을까?

"정보 좀 주세요, 형사님." 그녀가 미소 지으며 말했다. 바로 오늘 아침에 킴이 그녀를 벽에다 몰아세우고 위협했다는 걸 생각하면 솔직히 놀라웠다.

"성질 긁지 말죠, 트레이시." 킴이 헬멧을 쓰며 말했다. 불행히도 헬멧은 바로 옆에서 들려오는 목소리를 막지 못했다.

"다른 문제에 대해서 얘기 나누고 싶었어요."

킴이 그녀를 돌아보았다. "다른 문제라면, 드웨인 라이트라는 청년의 사망과 그 사망에 당신이 어떤 기여를 했느냐는 문제 말입니까?"

"네, 맞아요." 트레이시가 자기 자동차에 기대며 말했다.

"난 더 말할 게 없습니다."

트레이시가 수줍은 듯 미소 지었다. "형사님 생각이 틀렸다는 걸 알게 되면 아주 바보가 된 기분이 드실 텐데요."

"당신에 대한 내 생각은 틀리지 않았습니다, 트레이시. 난 당신의 정체도, 당신이 일하는 방식도 정확히 알고 있습니다."

트레이시는 어깨를 으쓱했다. "마음대로 생각하세요. 하지만 전 경고했어요."

"아, 뭐. 이젠 내가 경고하죠. 비키지 않으면 내가….'"

트레이시는 킴이 지나가도록 옆으로 물러났다. "알았어요. 하지만 절 보는 게 지금이 마지막이라곤 생각하지 마세요."

하, 딱 하나만 소원을 빌 수 있다면 좋겠는데.

킴은 오토바이 시트 위로 한쪽 다리를 넘기고 트레이시가 폴리스 라인의 경찰관에게 다가가기를 기다렸다. 이번만큼은 트레이시도 웨스트 머시아에서 처리해야 할 골칫거리였다.

킴은 어둡고 좁은 길에서 바삐 오가는 사람들을 돌아보았다. 지금 그녀의 관심사는 한 가지뿐이었다. 브래드에게 이런 짓을 저지른 사람이 찰리와 에이미 근처에 있다면 모두에게 신의 도움이 필요할 것이다.

20

킴은 맞은편에 앉아 있는 경찰관의 관심을 끌려고 문을 가볍게 두드렸다. 경찰관이 문을 열어 주자 킴은 그가 12시간 넘게 교대하지 못했다는 걸 떠올렸다.

"소파에서 좀 쉬십시오, 루카스." 킴이 헬멧을 벗으며 말했다.

루카스는 고개를 저었다. 눈이 게슴츠레하고 붉었다.

"가세요." 킴이 고집을 부렸다. "교대자가 아침에 도착할 겁니다."

"저를 이 사건에서 빼지 말아 주십시오, 경위님." 그가 애원했다.

"안 뺄 겁니다. 하지만 24시간 내내 일할 수는 없습니다."

그 말에 루카스는 고개를 끄덕이더니 까치발로 복도를 가로질러 작은 거실로 향했다. 킴도 까치발로 걸었다. 값비싼 타일 바닥에 부딪히면 어떤 신발이든 요란한 소리를 냈다. 킴은 주방 문을 지나며 열쇠를 꺼내려고 주머니에 손을 집어넣었다. 어둠 속에서 누군가의 그림자가 튀어나왔다. 킴은 놀라서 심장이 멎을 뻔했다.

"제기랄, 캐런. 자는 줄 알았는데."

"어디 갔었어? 네가 없길래 응접실 문까지 열어 보려 했어. 잠겨 있었지만." 캐런은 물 잔을 홀짝이며 말했다. 킴이 불을 켰다.

"가끔 밤늦게 바람 쐴 겸 오토바이를 타. 그러면 머리가 맑아지거든." 거짓말이었다. 물론 평소에 킴은 실제로 머리를 비우려고 오토바이를 탔다. 오늘 밤은 아니었을 뿐이다. 어쨌든 상황실 열쇠가 주머니에 안전하게 들어 있다는 건 마음이 놓였다.

"다른 사건을 맡은 거야? 내 딸이 가장 중요한…."

"캐런, 다른 사건은 전혀 맡지 않았어. 찰리와 에이미를 집으로 데려올 때까지 내가 맡을 사건은 이것뿐이야."

"약속해?"

정신을 놓지 않으려고 처절하게 애쓰는 여자가 너무도 아이 같은 부탁을 하고 있었다.

"약속해." 킴은 그렇게 말하고 고개를 갸웃했다. "혼자 여기 내려와서 뭐 하는 거야?"

"잠자는 척 노력하는 게 질려서. 로버트는 계속 뒤척거리고 있어. 복도 저쪽에서는 엘리자베스가 우는 소리가 들리고. 난 물이나 한잔 마시려고 내려왔다가 그냥…. 여기 있었어."

캐런은 핸드폰을 확인했다. 킴은 캐런이 몇 번이나 그 행동을 했을지 궁금해졌다. 어림잡아 백 번은 되지 않을까.

"계속 확인하게 돼. 핸드폰이 울렸으면 좋겠다고 생각하면서도, 또 울릴까 봐 두려워."

킴은 아일랜드 식탁 맞은편 의자에 앉았다. 주변은 조용했다.

"간절히 바라면 시간을 되돌려서 아이들이 문화 센터에 가지 못하게 막을 수 있을 것만 같아."

킴은 그랬다고 해도 별 차이는 없었을 거라고 생각했다. 납치는 계획된 것이었다. 범인은 이 가족을 선택했다. 어느 순간에든 일어났을 일이었다.

"어떤 때는 누가 내 딸을 데리고 있다는 사실에 분노가 차오르고 다른 때는 우리 아기를 돌려주기만 하면 그 사람한테 내 목숨이라도 주고 싶어. 난 머릿속에서 이미 모든 자선 단체에 기부하기로 서약했고 더 나은 사람이 되겠다고 맹세했어. 찰리를 되찾기 위해서라면 내놓지 못할 게 없어. 찰리는 나한테 이 세상 전부야."

캐런이 등 뒤로 손을 뻗어 두 아이가 담긴 액자 속 사진을 전화기 옆에 놓았다.

"방에 가져갈래? 혹시 모르니까."

킴은 고개를 저었다. 다른 물건이 없어도 킴은 아이들을 얼마든지 떠올릴 수 있었다. 하지만 그녀는 시간을 들여 아이들을 더 자세히 살펴보았다. 찰리는 에이미보다 피부색이 짙은 편이었다. 친구보다 키가 약간 컸고 숱도 많고 제멋대로 자란 금발 곱슬머리를 자랑했다. 입가에 아이

스크림이 콧수염처럼 묻어 있었다. 눈은 상대방을 꿰뚫어 보는 듯한 파란색이었다.

에이미는 가장자리가 깔끔하지 않은 까만색 바가지머리였다. 두 아이 모두 목을 쭉 뻗고 가슴에 손을 모은 채 표정을 구기고서 카메라를 보고 있었다.

캐런이 금발 아이의 윤곽선을 따라 그렸다. "미어캣 흉내를 내는 거야. 사파리에 갔었거든. 도저히 미어캣 우리를 떠나지 않으려 하더라. 놀이 기구를 타러 가자고 하는데도. 애들이 미어캣 한 마리, 한 마리에 이름을 붙여 주려고 했는데 미어캣들이 가만히 있질 않았어."

"찰리는 어떤 애였어?" 킴은 덥수룩한 곱슬머리를 보며 물었다.

캐런이 미소 지었다. "씩씩하다고 하면 맞을 것 같아. 저 머리카락을 좀 봐. 유치원 다닐 때부터 저 머리카락 때문에 튀었다니까. 애들이 '대걸레'라느니 뭐라느니 놀렸지만 찰리는 머리를 자르거나 다듬으려고도 하지 않았어. 찰리는 자기 머리카락을 좋아했고 그럼 된 거였거든.

오해하지는 마. 제멋대로 큰 애는 아니야. 로버트가 오냐오냐하는 편이긴 한데 예의범절 면에서는 까다롭거든. 찰리가 자기표현을 할 수 있게 해 주긴 했지만 못된 짓이나 나쁜 행동은 참아 주지 않았어. 로버트는 세상 누구보다 찰리를 사랑해. 누가 시키지 않아도 바닥을 굴러다니거나 동물 흉내를 내면서 찰리를 따라 정원을 뛰어다니곤 했어."

킴은 앉아서 이야기를 듣는 것이 좋았다. 브래드의 모습이 머릿속에 박혀 있으니 잠이 올 거라는 생각은 전혀 들지 않았다.

"넌 아이가 있어?" 캐런이 물었다.

킴은 고개를 저었다.

캐런은 슬픈 표정을 지었지만 킴은 굳이 그녀의 생각을 바로잡지 않기로 했다. 킴에게 아이를 갖지 않겠다는 것은 의식적인 선택이었다. 어머니의 유전자는 킴에게서 끝나야 했으니까.

"좋은 기회를 놓치는 거야, 킴. 엄마가 되기 전까지는 사랑을 알 수 없어. 다른 모든 사랑은 어머니의 사랑 앞에서 빛이 바래기 마련이야."

뭐, 그렇다 해도 이놈의 혈통을 계속 이어 갈 가치는 없었다. 킴은 아무 말도 하지 않았다. 그녀는 캐런의 푸르른 꽃밭 같은 그림에 어울리지 않는 아동 학대와 방임의 사례를 수도 없이 인용할 수 있었다. 젠장, 킴 자신의 사례를 인용할 수도 있었다. 하지만 그러지 않았다.

"예전에 넌 날 별로 안 좋아했지?"

킴은 갑자기 화제가 바뀌어 놀랐다. '별로 안 좋아했다'는 말은 심하게 부족한 표현이었지만 그냥 고개만 끄덕였다.

"왜 그랬어?"

"지금은 그런 이야기를 할 때가…."

"부탁이야, 킴. 뭔가 다른 얘기를 좀 해 줘. 내 머릿속에서 벗어날 시간이 필요해. 머릿속에 떠오르는 모습만으로는 미칠 것 같아. 넌 그 시절을 어떻게 기억하는지 말해 줘."

너보다는 선명하게 기억하는데. 이런 이야기를 해 봐야 의미가 없었다. 다 과거의 일이었다. 바꿀 수 없었다.

캐런이 말을 이었다. "우리가 친하지 않았다는 건 알아. 그래도 우리 모두에게는 어떤 끈끈함이 있었잖아. 자매애가 있었어. 우리 모두가 서로를 돌봐 줬는걸."

"진짜 그렇게 기억해?"

캐런은 대답 대신 개방적이고 솔직한 표정을 지었다. 킴은 전에도 이런 일을 본 적이 있었다. 어떤 사람들은 자신의 과거를 다시 썼다. 자기 자신을 완전히 새로 발명하는 방법으로 실제와 거리를 두었다. 킴은 그 사실들을 상자에 담아 놓고 건드리지 않는 편을 선택했다.

"캐런, 자매애 같은 건 없었어. 우리가 서로를 돌봐 준 일은 확실히 없었고."

"내가 가끔 공격적이었던 건 알지만 그건 그냥⋯."

"너는 다른 사람이 가진 건 전부 다 가지고 싶어 했던 이기적인 사람이었어." 킴이 솔직하게 말했다.

사실 킴은 캐런의 기억을 지금 그대로 공상 속에 놔둬도 아무 불만이 없었다. 하지만 말을 먼저 꺼낸 사람은 캐런이었고 킴은 언제나 응원만 해 주는 사람이 아니었다.

그 시절은 모두에게 가혹했다. 어떤 아이들은 서로 뭉치는 편을 선택했다. 어딘가에 소속되고 대안 가족을 이루기로 했던 것이다. 킴은 그러지 않았다. 킴은 변치 않는 우정을 쌓지도 않았고 누군가와 끈질긴 인연을 맺지도 않았다. 하지만 남을 괴롭히는 사람은 진심으로 싫어했다.

여섯 살 때부터 킴의 인생은 캐런의 인생과 간간이 겹쳤다. 그 막간에 생긴 일은 그리 즐겁지 않았고, 둘이 실제로 함께 시간을 보낸 건 문제의 마지막 위탁 가정에서가 처음이었다.

"셔필리어라는 이름의 깡마른 인도 여자애 기억나?" 킴이 물었다.

캐런이 머릿속을 뒤졌다. "어머, 맞다. 기억나. 웃기는 애였는데. 맞지? 내가 기억하는 게 맞다면 머리가 엄청나게 큰 애였어."

그래, 셔필리어는 머리가 크고 몸이 무척 작았다. 그녀는 찢어진 청바지를 입었다는 이유로 그녀를 몇 달이나 굶긴 부모와 살다가 분리됐다. 킴은 위탁 가정의 부모들이 불평하는 소리를 엿들은 적이 있었다. 셔필리어의 근육을 무리 없이 강화하기 위해 엄격한 식단과 영양식 메뉴를 따라야 한다는 것이었다. 킴은 몇 차례 셔필리어에게 말을 걸어 보려 했지만 그 애는 1주일에 세 번씩 심리 치료사를 만나러 갔는데도 입을 열지 않았다.

"차를 마신 다음에 걔가 마시던 음료 기억나?"

캐런이 미소 지었다. "응, 우리 모두 왜 걔만 밀크셰이크를 마시고 우리는 못 마시는지 궁금해했지."

킴은 캐런의 비틀린 기억에 놀라움을 감추기 힘들었다. 대체 언제 그때의 위탁 가정이 나비와 요정들로 가득한 반짝이는 동화 속 성으로 변한 걸까. 사실, 그 집은 공영 주택 두 채를 허물어 한 채로 합친 곳이었다. 집 안에는 이케아 매장에 있는 것보다 많은 2층 침대들이 있었고.

"그건 영양실조에 걸린 셔필리어의 몸을 튼튼하게 해 주는 단백질 보충제였어."

"아, 난 몰랐…."

"난 너랑 가장 친한 친구가 셔필리어한테 그 보충제를 내놓으라면서 걔 머리를 변기에 처박는 걸 봤고."

캐런은 의심스럽다는 표정으로 고개를 젓기 시작했다.

"걘 열 살이었어."

캐런은 경악한 표정이었다. 당시의 셔필리어는 지금 캐런의 딸보다 겨우 한 살이 많았다.

"아니, 네가 잘못 알았을 거야." 캐런이 말했다. 하지만 그녀의 말에는 자신이 정의롭다고 생각하는 사람 특유의 확신이 빠져 있었다.

"뭐, 분홍색 반짝이 리본으로 머리를 땋고 있지는 않았지." 킴이 쏘아붙였다.

캐런이 손으로 입을 틀어막았다. "어머, 세상에. 그게 너였구나?"

킴은 굳이 대답하지 않았다.

"일레인을 두들겨 팬 게 너였어. 일레인은 아무 말도 하지 않았고 그건 너도 마찬가지였지만 기억나. 지금 생각하니까 일레인이 널 정말로 싫어하긴 했어."

이제야 좀 생각나나 보네.

킴은 그날 행동이 별로 자랑스럽지 않았다. 하지만 일진들에게는 가끔 일진에게 통하는 언어를 써야 했다.

둘 다 과거의 기억을 정리해 담아 두는 동안 침묵이 내려앉았다.

"있잖아, 킴. 그 시절에 대해서는 네 생각이 맞을지도 몰라. 하지만 지금 내가 신경 쓰는 건 찰리를 다시 보는 것뿐이야."

킴은 고개를 끄덕였다. 캐런은 하품을 하느라 입을 가렸다.

킴이 손목시계를 확인했다. "거의 세 시네. 가서 몇 시간이라도 자 봐."

캐런이 고개를 끄덕이고 다시 한번 핸드폰을 확인했다.

킴은 몸을 숙여 캐런의 손에 자기 손을 얹었다. 겁에 질린 두 눈이 킴에게 애원하고 있었다. 둘의 시선이 몇 초간 얽혔다.

"내가 네 딸을 집으로 데려올게."

캐런은 고개를 끄덕이고 대답 대신 킴의 손을 꽉 잡았다. 그녀는 한번 더 하품하더니 주방에서 나갔다. 상황이 어떻든 몸에는 휴식이 필요했다. 스트레스와 에너지, 두려움, 걱정으로 그 휴식의 순간을 미룰 수는 있지만 결국은 피로가 밀려온다.

여태 미루고 있었지만 이제는 상황실로 갈 시간이었다.

킴은 손을 뻗어 사진을 집어 들었다.

21

킴은 다 쓴 필터를 쓰레기통에 비웠다. 젖은 커피 가루가 철퍽하며 떨어졌다. 그녀는 빳빳한 흰색 삼각형 종이를 커피 머신에 집어넣고 커피를 네 스푼 넉넉히 넣은 다음 행운을 비는 의미로 한 스푼 더 넣었다.

킴은 테이블에 앉아서 기다렸다. 시선이 벽에 걸려 있는 사진으로 향했다. 그 사진을 보고 있으면 아이들의 순수함에 홀리는 것만 같았다. 아이들은 둘 다 카메라를 보며 활짝 웃고 있었다. 기쁨을 영원히 잡아둔 스냅 사진이었다. 잘 가꾸어진 환경, 가족과 친구, 순수함이라는 세계에 안전하게 머물러 있는 두 어린이.

킴은 자신의 어린 시절에도 이런 식으로 포착할 만한 순간이 있었을지 궁금했다. 열 살에서 열세 살 사이에 사진을 찍었다면 미소가 담겼을지도 몰랐다. 에리카와 키스가 있었던 4번 위탁 가정에서는 킴도 안전하다고 느낄 수 있었다. 하지만 그때도 킴의 눈에서는 내면의 슬픔이 비쳤을 것이다. 다정한 부부도 킴의 과거를 완전히 지워 버릴 수는 없었다.

킴은 마이키를 생각하지 않고는 키스와 에리카도 생각할 수 없었다.

'상실'이라는 이름표가 붙은 머릿속 상자에 그 모든 기억이 들어 있었다.

킴은 잠시 눈을 감았다. 킴과 마이키에게 에리카 같은 어머니가 있었다면 그들의 인생은 어떻게 달라졌을까?

킴은 빠르게 고개를 저어 그 생각을 떨쳐냈다. 머릿속으로 뛰어드는 것은 지뢰밭에 뛰어드는 것이나 마찬가지였다. 너무 오래 있다가는 킴이 산산이 조각나게 될 터였다.

킴은 인정하기 싫었지만 캐런의 말에 불안해진 건 사실이었다. 캐런이 말한 모성애는 킴 자신의 경험과 너무도 거리가 멀었다. 킴은 캐런이 말한, 모든 것을 감싸 안는 헌신을 겪어 보지 못했다. 킴에게는 참고할 만한 기준이 없었다. 그래서 그런 개념을 이해할 수가 없었다. 킴과 그녀의 어머니 사이에는 마법적인 연대감이 없었다. 킴은 죽지 않으려고, 마이키가 죽지 않게 하려고 애쓰느라 너무 바빴다.

캐런과의 잡담은 킴을 과거로 끌고 갔다. 이제는 과거가 킴과 함께 있었다. 여기, 이 방에.

킴은 의자를 뒤로 밀고 문을 열었다. 그녀는 복도를 천천히 걸었다.

"괜찮으십니까, 경위님?" 구석에서 누가 말했다.

"자는 줄 알았는데." 킴이 루카스에게 말했다. 루카스는 이미 자기 위치로 돌아와 있었다.

"두어 시간 잤습니다. 이젠 교대자가 올 때까지 괜찮습니다." 젊은 경찰관이 대답했다.

킴은 고개를 끄덕이고 묵직한 참나무 문을 당겨 열었다. 얼어붙을 것 같은 공기가 밀려들어 킴의 맨살을 꽉 움켜쥐었다. 킴은 기꺼이 밖으로 나가 그 공기를 맞이했다. 킴은 두 손을 주머니에 찔러 넣은 채 차가운 바람을 정면으로 마주했다.

바람은 킴의 머리 주위에서 소용돌이를 일으켰다. 귀가 얼얼해졌다. 그런 다음 바람은 나무 한 그루를 밀어젖혔다. 그 움직임이 전달돼 줄지어 서 있던 침엽수 전체가 오른쪽으로 기울어졌다.

킴은 나무들이 서 있는 곳으로 다가가며 손을 더 깊이 집어넣었다. 바람이 갑자기 멈추었다. 들리는 소리라고는 킴이 잔가지를 밟는 소리뿐이었다. 얼어붙은 잔가지는 바람이 불 때마다 꺾여 떨어졌다.

킴은 갑작스러운 바람에 등을 돌렸다. 돌풍에 바퀴 달린 쓰레기통 뚜껑이 열렸다가 도로 닫혔다.

킴은 다시 걷기 시작했다. 부스럭거리는 소리가 귀에 들어왔다. 식물이나 나무는 움직이지 않았다.

킴의 몸이 즉시 반응했다. 감각이 고도의 경계를 시작했다. 킴은 그 소리를 다시 들으려고 꼼짝하지 않고 서 있었다.

정적.

진입로 끝의 가로등 불빛은 킴이 있는 곳까지 닿지 않았다. 집 정면에서 나오는 빛은 복도 불빛뿐이었다. 그마저도 루카스가 달아 놓은 묵직한 참나무 문 때문에 가려져 있었다.

어떤 향기가 킴의 코를 스쳤다. 피튜니아 향이 살짝 섞여 있었지만 이곳에 피어 있는 꽃은 한 송이도 없었다.

킴은 부스럭거리는 소리가 난 쪽으로 고개를 살짝 돌렸다. 늘어선 나무들을 따라 돌풍이 불며 빽빽한 산울타리 너머의 어떤 형체를 드러냈다. 그 형체가 약간 왼쪽으로 움직이자 냄새가 강해졌다. 이제 두 사람은 같은 선상에 있었다. 단지 나무들이 둘을 갈라놓고 있을 뿐이었다.

킴의 귓속에서 심장 소리가 크게 들렸다. 지금 이대로 돌아가면 킴은 그림자 속에 숨어서 지켜보던 사람이 누군지 영영 모르게 될 것이다.

킴은 부지 경계선으로 반쯤 나아갔다. 어느 쪽으로든 전력 질주해 모퉁이를 돌아가면 귀한 시간을 잃게 될 터였다.

킴은 아주 잠깐 가만히 서 있다가 산울타리 너머로 손을 뻗었다. 손이 두껍고 성긴 천에 닿았다. 킴은 손을 움켜쥐었다. 바람이 잠깐 잠잠해진 틈에 킴은 누군가가 급히 숨 들이쉬는 소리를 들었다. 그런 뒤에는 웃음소리가 들렸다.

"대체 누구…?" 킴은 나무 너머로 재킷을 당기며 말했다.

킴은 상대를 놔주었다. 상대는 얼굴에서 나무에 있던 거미줄을 걷어 냈다.

"또 특유의 장난을 치시네요, 스톤 경위님. 숨기는 거라도 있으신가요?"

킴은 심장에 전류가 흐르는 듯했다.

기자 트레이시 프로스트가 재킷에서 킴의 손을 쳐냈다. 하지만 킴은 굳게 버텼다. 이번 만남은 끝이 좋지 않을 것이다.

"대체 여기서 뭘 하는 겁니까?" 킴이 내뱉었다. 하지만 그녀는 이미 답을 알고 있었다. 좋은 답은 아니었다.

"저도 같은 질문을 하고 싶네요." 트레이시가 고개를 갸웃하며 말했다.

"알겠지만, 난 대답하지 않을 겁니다."

킴은 그렇게 말하며 머리를 굴렸다. 이 여자에게는 한 뼘도 양보할 수 없었다.

"뭔가 큰일이 벌어지고 있는 건 알겠는데…."

"네, 얼마든지 내일 자 〈더들리 스타〉에 기사를 내십시오." 킴은 물러서지 않고 말했다. "근데 나를 따라다니는 것 말고는 할 일이 없습니까?"

"형사님이라면 훌륭한 기삿거리가 될 테니까요."

"범죄 현장에서부터 날 따라온 거죠?"

트레이시는 어깨를 으쓱했지만 자신이 무척 자랑스럽다는 표정이었다.

"대체 뭘 원하는 겁니까?" 킴이 물었다. 인내심이 빠르게 사라지고 있었다. 새벽 4시, 얼어 죽을 것 같은 날씨에 누군가와 대화하는 것만으로도 충분히 나쁜 일이었다. 이 천박한 여자와 대화한다는 건 그야말로 견딜 수 없었다.

"납치 같네요." 트레이시가 미소 지으며 말했다.

킴은 역겨움이 온몸을 휩쓰는 것을 느꼈다. 이런 말을 미소 지으며 할 수 있는 건 여자라고 부르기도 어려운 이 여자뿐일 것이다.

"좋겠네요." 킴은 돌아서며 말했다.

심장이 미친 듯이 뛰었다. 킴은 문제가 생겼다는 걸 직감했다.

"언론 통제에, 경찰 내부에서도 비밀이라니. 형사님이 다시 일을 망칠까 봐 겁나시나 봐요."

"그런 일은 없도록 합시다, 트레이시."

"하, 아직도 그때 일이 저 때문이라고 생각하세요?"

킴이 이를 악물었다. "당신 때문이라는 거 확실히 알고 있습니다. 당신이 드웨인 라이트의 이야기를 흘리는 바람에 드웨인이 목숨을 잃었습니다."

트레이시는 고개를 저었다. "제가 아니라니까요." 트레이시는 같은 말을 반복하는 것이 싫증 난다는 말투였다.

킴도 같은 소리를 계속 듣는 것이 싫증 났다. 킴은 트레이시를 도저히 믿을 수 없었다.

"있잖아요, 드웨인 라이트를 죽음으로 몰아간 건 진실을 감춘 형사님이에요. 형사님도 그걸 알고 있고요."

킴은 돌아섰다. "트레이시, 당장 꺼지…."

"전 무슨 일이 벌어지고 있는 건지 알아야겠어요, 스톤. 그리고 진실을 알아내면…."

"잠자코 알고만 있어야 할 겁니다, 이 양심 없는 버러지 같으니. 그러지 않으면 죽을 때까지 우리 둘 다 후회할 일이 생길 테니까."

트레이시가 앞으로 나서며 도전을 받아들였다. "그래도 제가 비밀을 지키지 않는다면요?"

"그럼 나도 내가 아는 이야기를 흘릴 겁니다. 분명 사람들도 당신이 술을 좋아한다는 걸 알고 싶어 할 테니까. 술을 보통 좋아하는 게 아니잖아요? 언젠가 당신은 웬 남자가 당신 사진을 찍었다는 이유로 너무 화가 나서 그 사람을 구타했죠. 우리 팀 경찰관 중 한 명이 그 자리에 있어서 당신이 체포당하지 않을 수 있었고요. 원래대로라면 케빈이 당신을 주취 폭력과 공공질서에 관한 법 5조 위반, 성추행으로 입건했어야 합니다."

트레이시가 물러섰다.

킴이 말했다. "정말로 내가 모를 줄 알았습니까? 케빈은 골칫덩어리이기도 하지만 매우 충성스러운 사람입니다. 난 몸싸움을 벌이던 중 당신 손이 케빈 바지로 들어갔다는 걸 알고 있습니다. 범죄 전문 기자에 관한 신문 기사 제목으로는 훌륭하지 않겠습니까? 당신 편집장은 기꺼이 기사를 싣겠죠. 당신 사직서에 서명한 직후에 말입니다."

트레이시는 킴을 잘 알았기에 이 말이 허풍이 아니라는 걸 알았다. 협박이 제대로 통하려면 뭘 해야 하는지 아는 사람은 둘 중 킴뿐이었다. 언론 보도는 통제되고 있었지만 트레이시는 입이 가벼운 사람이었다. 트레이시가 자기 의심을 입 밖에 내지 않는 것만으로도 킴에게는 도움이 됐다.

"며칠만이에요. 단 며칠만 기다리겠어요." 트레이시가 완전히 물러나며 말했다. "그런 다음에는 파헤칠 거예요."

킴은 온몸에 안도감이 넘쳐흐르는 것을 느꼈다. 절대로 필요하지 않은 게 한 가지 있다면 그건 지금 당장 트레이시가 이 사건 냄새를 맡으려고 킁킁거리고 돌아다니는 것이었다.

트레이시는 몇 발짝을 걸어가더니 돌아섰다. "당신이 무슨 생각하는지 알아요, 스톤. 굳이 다시 말하지는 않을게요. 하지만 잘못된 일을 곧바로 내 탓으로 돌리는 대신 시간 순서를 따져 보는 건 어떨까요?"

킴은 대답 대신 돌아서서 집으로 들어갔다. 확인 같은 건 필요 없었다. 드웨인 라이트의 죽음은 트레이시 프로스트의 책임이었다. 알아야 할 건 그것뿐이었다. 트레이시는 그저 탓할 사람이 킴 자신이라는 헛소리로 비난을 모면하려는 것일 뿐이었다.

젠장. 킴은 기록을 살펴보고 마지막으로 한 번 더 자신이 옳았음을 입증하기로 했다.

22

　찰리 티민스는 벽에 등을 기대고 앉았다. 사방은 고약한 냄새가 나는 차갑고 축축한 진흙으로 뒤덮여 있었다. 지금 찰리가 앉아 있는 공간만이 예외였다.

　다리 위쪽에 쥐가 났지만 그녀는 움직이지 않으려고 최선을 다했다. 이건 아빠랑 같이 했던 '나처럼 해 봐요 이렇게' 놀이와 비슷했다. 그때는 엄마가 음악을 멈추면 찰리와 아빠가 최대한 오랫동안 버텨야 했다. 찰리는 그 놀이가 좋았다. 하지만 그 놀이를 하다 보면 가만히 있으려고 할수록 온몸이 움직이고 싶어 했다. 그럴 때마다 갑자기 온몸이 보이지 않는 가려운 뭔가로 뒤덮이곤 했다. 그러면 찰리는 생각을 돌리고자 주변의 다른 것에 집중했다.

　지금 찰리가 그녀의 무릎을 베고 겨우 잠든 아이의 머리를 멍하니 쓰다듬는 것도 그래서였다.

　찰리는 지금이 밤인지 낮인지, 이 참담한 어둠 속에 얼마나 오랫동안 머물렀는지 알 수 없었다.

　경찰은 차가 고장 나서 엄마가 자기를 대신 보냈다고 말했다. 아빠는 낯선 사람과 절대로 말하면 안 된다고 했지만 그 사람은 경찰이었다.

　아빠를 생각하니 목구멍이 심하게 아팠다. 찰리는 습관적으로 눈물을 삼켰다. 그녀가 겁먹으면 에이미는 더 심하게 겁을 먹었다. 에이미는 겁을 먹으면 얼굴이 굳어져서 우스꽝스럽게 숨을 쉬었다. 지금까지 찰리는 두 차례 놀이를 통해 에이미를 진정시킬 수 있었다.

찰리는 눈물을 삼켰다. 아직은 아무도 찰리를 도와주지 않았다. 엄마도, 아빠도 오지 않았다. 처음에는 화가 났지만 점점 다들 그녀가 어디에 있는지 모른다는 걸 이해하게 됐다.

찰리는 엄마, 아빠가 올 수만 있으면 왔으리라는 걸 알았다.

온몸이 덜덜 떨렸지만 추워서 그런 것은 아니었다. 아빠와 함께 스케이트를 타러 갔을 때와는 다른 느낌이었다. 그날은 이가 딱딱 부딪히고 살갗이 차가워졌다. 하지만 빙판에서 1분만 나와 있어도 몸의 떨림이 멈추었다.

찰리는 뱃속 깊은 곳으로 두려움을 삼키고 겁나지 않는다고 자신을 타일렀다. 지금까지 벌어진 모든 일을 생각해 보자 떨림이 잦아들었다.

방에는 2인용 침대 매트리스 하나와 양동이 하나가 있었다. 찰리는 에이미보다 겨우 몇 초 앞서 그 양동이의 용도를 알아냈다. 천장에 전구 하나가 매달려 역겨운 노란빛을 비추고 있었다.

찰리는 이제 아는 것에 집중하려 했다. 남자가 두 명 있었다. 그들은 방에 들어오지 않았지만 찰리는 서로 다른 발소리를 듣고 사람이 둘이라는 걸 알았다. 그들은 찰리와 에이미에게 두 차례 음식을 주었다. 한 남자는 문 바로 안쪽에 음식을 두었고 또 한 남자는 바닥을 가로지르도록 음식을 미끄러뜨렸다.

음식은 똑같았다. 플라스틱 통에 든 샌드위치와 감자칩 한 봉지, 주스 한 팩.

마지막 식사는 음식을 미끄러뜨리는 사람이 가져왔다. 찰리는 에이미에게 쉿 소리를 내고 계단을 내려오는 발소리와 그 뒤에 바로 이어진 문 열리는 소리에 귀 기울였다. 문이 닫히고 발소리는 멀어졌다. 또 다른 문이 그리 멀지 않은 곳에서 열렸다가 닫혔다. 그런 다음 발소리가 한 번 더 그들의 문을 지나쳐 위층으로 돌아갔다.

피곤하지 않았다면 찰리는 이 문제에 대해 더 생각했을 것이다. 어쩌면 머리를 기대고 조금 잘 수 있을지도 몰랐다. 에이미의 깊은 숨소리를 듣고 있으니 긴장이 풀리는 듯했다. 아주 잠깐만, 에이미가 자는 동안만 잘 수 있을까. 허벅지를 파고드는 매트리스 스프링만 무시할 수 있다면.

찰리는 울퉁불퉁하고 차가운 벽에 다시 머리를 기댔다. 거친 벽돌이 머리에 파고드는 감촉조차도 눈꺼풀이 무겁게 처지는 것을 막지는 못했다. 찰리는 묵직한 어둠이 내려앉는 것을 느꼈다. 마음에 들었다. 그 어둠을 따라가고 싶었다. 어둠은 안전해 보였다. 잠에서 깨고 나면 혹시 엄마랑….

"좀 어떠냐, 꼬맹이들아."

문 반대편에서 목소리가 들렸다.

찰리는 불쑥 몸을 일으켰다. 피로가 그녀를 잠결로 끌어당기는 바람에 귀 기울여 듣던 위험 신호를 놓치고 말았다.

"찰리…. 무슨…?" 에이미가 움찔하며 고개를 들었다. 찰리의 갑작스러운 움직임에 정신을 차린 것이다.

"쉿…." 찰리가 에이미에게 조용히 하라고 신호했다.

"오늘은 내가 좀 바빴어, 꼬맹이들아. 문화 센터에 브래드라고 알아?"

에이미는 찰리의 손을 꼭 잡았다. 남자의 목소리는 친절함을 가장하고 있었다. 부드러웠지만 따뜻하지는 않았다. 기분 좋은 듯했지만 우호적이지는 않았다.

"브래드가 누구야?" 에이미가 속삭였다.

"가끔 프런트에서 돈을 받던 분이야." 찰리가 속삭였다. 한 번은 브래드가 에이미의 발가락에 임시 깁스를 대 주기도 했다.

"대답해, 꼬맹이들아." 남자가 소리쳤다.

"어…. 네." 찰리가 마주 소리쳤다. 에이미가 그녀에게 서둘러 파고들었다.

"내가 오늘 브래드를 만나서 게임을 좀 했어. 난 게임을 좋아하거든."

에이미는 크게 숨을 들이쉬고 찰리를 보았다. 찰리는 계속 문을 쳐다보면서 자기 눈이 휘둥그레지는 것을 느꼈다.

"브래드의 머리가 터질 때까지 내가 몇 번을 걷어찰 수 있는지 알아보는 게임이었어. 내 부츠에 브래드의 코가 으스러졌을 땐 정말 재미있었지. 한 번 더 걷어차니까 눈깔이 눈구멍에서 깨끗하게 떨어져 나왔어."

"찰리…." 에이미가 속삭였다. "안 듣고 싶어…."

"손으로 귀 막아." 찰리가 말했다. 자기도 그렇게 할 생각이었다.

"못하겠어." 에이미는 찰리의 손을 놓고 싶지 않아 그렇게 말했다.

"이리 와." 찰리가 말했다. 그녀는 이어폰을 나눠 쓸 때처럼 맞잡은 손을 둘의 머리 사이로 들어 올렸다. "이제 이렇게 해." 찰리는 남은 손을 들어 다른 귀를 막으며 말했다.

"…아기처럼 울면서 빌었어…. 멈춰…. 다시 걷어찼어. 제대로…. 럭비 할 때처럼…. 나는…. 목에서 머리가 떨어져 나갔을지도 몰라…."

귀를 틀어막기는 했지만 찰리는 여전히 남자가 하는 말 대부분을 들을 수 있었다. 그것만으로도 머릿속에서 무시무시한 그림을 그리는 데는 충분했다. 그녀는 눈을 꽉 감고 남자의 말과 머릿속 그림들을 막으려 애썼다.

"…뚝 하더니 피가…. 귀에서…. 쏟아지고…. 치아가…. 바닥에 떨어졌어."

에이미가 작게 훌쩍였고 찰리는 그녀를 더 가까이 끌어당겼다.

"…뇌가 흘러나와서…."

"찰리…." 에이미가 헐떡였다.

찰리에게는 남자의 말을 막을 힘이 없었다. 그녀는 눈을 더 꽉 감고 남자의 말을 막으려고 온 얼굴을 찡그렸다.

"…재미있었어, 꼬맹이들아. 한순간 한순간이…. 너무 좋아서…. 그게 보상이야. 돈 같은 건…. 관심 없어…. 고통을 주는 게. 나는 사람을 해쳐…. 심하게…. 우리 예쁜이들…."

찰리는 여전히 남자가 하는 말의 일부만을 듣고 있었다. 그것만으로도 구역질이 났다. 하지만 마지막 문장은 한마디도 놓치지 않고 전부 들을 수 있었다.

"너희와 게임할 날도 못 견디게 기다려져."

23

첫 팀원이 도착했을 때 킴은 이미 식탁에 앉아 있었다. 오늘 아침 브리핑은 빠르게 진행할 예정이었다. 기분이 별로 좋지 않았다. 킴은 밤에 사람이 찾아오는 걸 좋아하지 않았다. 거짓말쟁이들은 특히 경멸했다.

트레이시는 둘 다에 해당했다.

"안녕하세요, 대장." 브라이언트가 코트를 벗으며 말했다. 평소의 가벼운 복장이 아니었다. 오늘은 월요일, 본격적 수사의 첫날이었고 브라이언트는 형사였다. 그 말은 브라이언트가 검은색 정장과 흰 셔츠, 넥타이를 걸쳤다는 뜻이었다. 검은 정장과 흰 셔츠에는 타협의 여지가 없었지만 가끔 넥타이는 약간 자유롭게 맬 수 있었다. 하지만 브라이언트에게는 평범한 복장을 입으라는 규정이 금요일에나 입을 법한 편한 옷을 입으라는 뜻이 아니었다. 겨우 47세였지만 브라이언트에게는 '꼰대' 기질이 꽤 있었다.

"커피는 준비됐습니다." 킴이 말했다.

브라이언트가 머그잔을 가지고 가서 커피를 따랐다. "헬렌은 부지런한가 봐요?"

킴은 고개를 끄덕였다. 가족 연락 담당관은 5시 45분에 칼같이 현관문을 노크했다.

"문에서 보초 서는 녀석은 어제부터 쭉 같은 녀석인가요?"

"네." 킴이 말했다. "낮 시간 당번 경찰관이 오고 있습니다. 루카스는 오늘 밤에 돌아올 거고요."

"우디랑은 이미 얘기하셨나요?"

"문자 보냈습니다."

브라이언트는 두 손으로 머그잔을 잡고 벽에 걸린 사진을 보았다. "애들이 예쁘네요." 그가 말했다. "특히 머리 스타일이 멋져요."

킴이 미소 지었다. 그때 케빈과 스테이시가 함께 들어왔다. 킴은 케빈이 외근을 나왔다는 점을 이용해 남색 지스타 청바지에 대학교 운동복을 입은 것을 바로 알아차렸다.

"바빴나 보네, 케빈?" 킴은 케빈의 하반신을 날카롭게 훑으며 물었다. 팀원 중에서는 케빈만이 늘 킴을 거슬리게 했다. 딱 이 정도로.

"아뇨, 대장. 그냥…."

킴은 그를 빤히 노려보았다. 케빈은 5초 정도 킴과 눈을 마주치더니 시선을 돌렸다.

"다시 말해 줄 필요는 없기를 바란다. 자, 칠판 가져와."

스테이시가 식탁의 상석에 앉아 장비를 켰다.

"좋아, 칠판 위쪽에는 '찰리와 에이미'라고 쓴다. 왼쪽에는 납치 날짜와 시각을 썼으면 좋겠어. 다음 칸에는 지금까지 온 문자 메시지 두 개를 그대로 적고. 두 번째 칠판에는 수사 경로를 정리해."

킴은 말을 늦추었다. 케빈은 킴의 말을 따라가려고 최선을 다하고 있었지만 아직도 두 번째 문자 메시지의 내용을 적고 있었다.

"첫 번째 수사 경로는 CCTV야. 그쪽에 잉가의 이름을 적어 둬. 두 번째 수사 경로는 문자 메시지를 보내온 핸드폰의 번호다. 세 번째 수사 경로는 지난번 사건의 수사 자료이고 네 번째 경로는 가족에게 원한이 있을 만한 사람들의 명단이야. 스티븐은 검사니까 적이 될 만한 사람도 많을 거야. 아마 가장 연관성이 높을 거다. 그다음으로는 엘리자베스한테 받은 이름들을 모두 살펴보고 로버트의 명단도 살펴본다."

킴은 케빈이 따라잡기를 기다렸다.

"마지막 칸의 제목으로는 'FM'이라는 머리글자만 적어 둬. 가족 구성원(Family Members)이라는 뜻이다. 이 수사 경로에는 신중하게 접근해야 해. 가족들을 수사하다 보면 우리와 가족들 사이에 분열이 일어날 테니까, 가족들이 모르는 편이 나아." 킴은 스테이시를 돌아보았다. "가족들의 친구와 지인, 친척, 금전 관계가 있는 사람들을 파 봐."

"하지만 가족들한테 알리지 않고 어떻게….''

킴이 케빈의 말을 끊었다. "그래서 헬렌이 필요한 거다. 헬렌이 의심을 불러일으키지 않고 이름과 정보를 얻어다 줄 거야."

"하지만, 대장."

"왜, 케빈?" 킴은 케빈에게 온전히 관심을 집중하며 말했다.

"지난번과 범행 수법이 동일하다면요? 전과 같은 범인이라면요? 그럼 이 모든 일이 시간 낭비가 되는 것 아닌가요?"

"와, 케빈. 나도 그 생각을 해 볼걸 그랬네. 그러게 말이야, 칠판은 싹 지우는 게 좋겠어. 내가 다음번에 납치범들을 만나게 되면 지난번 사건도 그놈들 소행이었는지 물어봐 줄게. 모두 자리에 앉으십시오. 그냥 납치범들이 전화할 때까지 기다리죠."

킴도 자기가 케빈에게 좀 심하게 굴었다는 것을 알고 있었다. 하지만 가끔은 케빈의 태도가 거슬렸다.

"케빈, 동일한 납치범이라도 이 두 가족이 선택된 데는 어떤 이유가 있을 거야. 그러니 연결 고리가 있을 게 틀림없어."

케빈은 고개를 끄덕였다.

"그러니까 나가서 잉가를 추적해 봐. 이웃들, 친구들, 잉가의 소재지에 관한 단서를 줄 수 있는 모든 사람들과 이야기해. 우린 잉가가 이 사건에 연루돼있다는 걸 알아. 놈들이 아이들의 일과를 자세히 알고 있었던 것도 잉가를 통해서야. 또, 우린 잉가가 겁을 먹고 튀기로 했다는 것도 알고 있어. 잉가가 가장 중요해."

"알겠습니다." 케빈이 말했다.

"좋아. 스테이시, 핸드폰에서 나올 만한 건?"

스테이시가 인상을 썼다. "엄청나게 많죠."

킴이 걱정하던 것도 바로 그것이었다. 킴은 스테이시가 설명하기를 기다렸다.

"문자 메시지로는 각 핸드폰이 어느 통신망에 연결되어 있는지 알 수 없어요. 아마 놈들은 전산망에 등록되지 않은 선불 핸드폰을 엄청나게 많이 가지고 있을 거예요. 놈들이 우리 바람과는 달리 영리하다면 그 핸드폰이 전부 다른 통신망에 연결되어 있을 테고요. 그 경우에는 놈들이 활용한 통신사를 알아내는 게 거의 불가능해요."

"그냥 핸드폰 번호 자체를 추적하면 안 돼?" 케빈이 물었다. 형사치고는 TV를 너무 많이 보는 모양이었다.

스테이시가 고개를 저었다. "핸드폰 위치 추적은 핸드폰의 대략적인 소재지를 특정하기 위해서 통신사가 활용하는 기술이야."

스테이시는 자기 머그잔과 브라이언트의 머그잔을 30센티미터 정도 떨어뜨려 놓고 그 사이에 연필을 두었다.

"신호 강도와 전파 패턴을 측정하는 게 기본이야. 켜져 있는 핸드폰은 늘 가장 가까운 기지국과 무선으로 통신하거든. 첨단 시스템이 핸드폰이 있는 곳을 대강 확인하고 기지국까지의 거리를 대략적으로 추산해. 도시에서는 50미터 범위까지 추정할 수도 있어."

"뭐, 그 정도면 출발점으로 삼을 만하잖아?" 케빈이 물었다.

스테이시는 머그잔을 식탁 가장자리로 옮겨두고 연필은 있던 자리에 두었다. "시골 지방에서는 기지국 사이의 거리가 몇 킬로미터에 이를 수 있어. 그러니까 어떤 기지국에 신호가 걸렸다고 해도 위치 추적을 하는 데는 별 쓸모가 없지."

"그래도 핸드폰 번호가 있잖아." 케빈이 말했다.

스테이시는 눈알을 굴려대며 킴을 돌아보았다. "대장?"

"핸드폰이 꺼져 있을 테니까, 케빈. 핸드폰이 켜져 있지도 않은데 작동하는 추적 기술은 없어."

"핸드폰이 꺼져 있는 건 확실한가요…?"

"어젯밤에 두 대 다 확인했어. 핸드폰은 꺼져 있다. 아마 지금쯤은 부숴서 내다 버렸을지도 몰라." 킴이 말했다.

브라이언트가 핸드폰 기지국으로 썼던 자기 머그잔을 가져가 홀짝였다.

케빈은 별로 믿지 않는 표정이었다. 가끔은 케빈의 그런 고집이 진가를 발휘하기도 했다. 하지만 가끔은 고집의 방향이 틀렸다.

"전에 핸드폰의 내장 마이크에 접근해 대화를 엿들을 수 있다는 기사를 읽은 적이 있는데요."

"그래, 행운을 빌어 줄 테니까 그 기술을 쓰게 해 달라고 영장을 청구해 봐. 그래봤자 별 소용은 없겠지만. 내 생각엔 핸드폰에 배터리도 빼냈을 거야." 스테이시가 말했다.

"그래서 아무것도 못 한다는 거야?"

스테이시가 한숨을 쉬었다. "하, 케빈. 비상 상황에서 핸드폰 위치를 추적하라는 허가는 받을 수 있지만 납치범이 통신할 때마다 다른 핸드폰을 사용할 건 거의 확실해. 어쨌거나 핸드폰이 켜져 있어야 하기도 하고. 내가 할 수 있는 일은 핸드폰 번호가 연결됐던 네 개의 주요 통신사에 이메일을 보내고 그쪽에서 핸드폰 위치를 추적해 줄지 기다려 보는 것뿐이야. 하지만 그렇게 하려면 며칠, 심지어 몇 주가 걸려. 각 회사에서는 수천 파운드에 이르는 청구서를 보낼 테고."

스테이시가 자기 말을 확인해 달라는 뜻으로 킴을 보았다.

킴은 망설이지 않았다. "그래도 해 봐. 아무도 모르는 거니까. 이번 사건에서는 실낱같은 희망이라도 잡아야 해."

방이 조용해졌다. 덕분에 킴은 주방에서 나는 소리를 들을 수 있었다.

킴이 의자를 뒤로 밀며 일어났다.

"자, 남는 시간은 전부 지난번 사건 수사 자료를 읽으면서 보낸다. 운이 따라 주면 지난번에 간과했던 걸 볼 수 있을지도 몰라."

킴은 아직 자신과 브라이언트에게 할 일을 배정하지 않았다.

다시 현장에 가 봐야 할 것 같다는 느낌이 들었다.

24

잉가는 인도에 다가가다가 튀어나온 보도블록에 발이 걸려 휘청거렸다.

그녀는 눈에 띄지 않고 놀이터를 빠져나오는 데 성공했다. 나무 성에서 보낸 밤은 춥고도 불편했다. 하지만 그녀는 몇 시간이나마 안전하다고 느꼈다. 상황 때문에 깊이 잠들지는 못했지만 몸은 이따금 선잠을 잤다. 순찰하면서 지나가는 경찰차의 헤드라이트 불빛 때문에 가끔 깼을 뿐이다.

잉가는 구급차를 타고 가면서 자신이 철저히 이용당했다는 사실을 깨달았다. 그녀는 가만히 누워서 낯선 사람들이 자신을 진심으로 걱정하는 목소리를 들었다. 그러면서도 그들을 속였다. 꽉 감은 눈꺼풀이 눈물 때문에 따끔거렸다. 잉가는 살면서 그때처럼 외로웠던 적이 한 번도 없었다. 아니, 한 번은 있었을까.

잉가는 자신의 신념과 정반대인 일을 하도록 그녀를 구슬린 자들의 능력에 다시 한번 놀랐다. 그들에게 잉가의 불안과 환상을 조작하는 건 쉬운 일이었다. 잉가는 그리 까다로운 대상이 아니었으니까. 잉가가 가진 모든 약점이 그녀에게 불리하게 이용됐다. 잉가는 늘 열망하던 것을 받았지만 그들에게 훨씬 더 많은 것을 내주고 말았다. 잉가는 그들에게 에이미를 내주었다.

좀 걷자 발가락에 감각이 돌아왔다. 발 전체에 온기가 번지면서 발가락이 붓는 것 같았다.

몇 시간 쉬니 정신이 맑아졌다. 가장 중요한 일은 옷을 갈아입는 것이었다. 그녀는 여전히 사건 당시의 옷을 입고 있었다. 그녀를 찾는 사람은 즉시 그녀를 알아볼 수 있을 터였다. 잉가와 소형 아파트 사이에는 6.5킬로미터가 남아 있었다. 뒷골목과 으슥한 거리를 지나 아파트에 들어가기만 하면 옷을 갈아입을 수 있을 것이다.

그 아이디어를 토대로 계획이 서자 잉가의 발걸음이 빨라졌다. 아파트에 돌아가 옷을 갈아입고 여권을 챙길 수 있을 만큼만 시간이 있다면 잉가는 공항으로 가서 돈을 찾아 비행기를 탈 수 있었다.

물론 체크 카드를 쓰면 수사망에 걸려들 것이다. 하지만 그때쯤 잉가는 붐비는 공항 한가운데에 안전하게 있게 된다. 아무도 그녀를 모르는 곳에. 그리고 독일에 착륙하는 순간 경찰에 전화를 걸어 자신이 아는 것을 알려 줄 것이다.

잉가는 크래들리히스 버스 정류장에 다가가며 핸드백 안을 살펴보았다. 계획에 좀 더 확신이 서자 잉가는 남은 돈을 버스 타는 데 쓰기로 했다. 그녀는 불쑥 도로로 나가 버스 앞을 가로막았다. 버스 기사가 끼익 하며 버스를 세우더니 고약한 눈으로 그녀를 보았다. 잉가는 서둘러 버스에 탔다. 새로운 한 주를 시작하는 노동자 계급의 비참함에 함께할 수 있어서 고마운 마음이었다. 정말이지, 그들과 같은 고민만 할 수 있으면 얼마나 좋을까.

12분 뒤 잉가는 버스에서 내려 도버 가로 향했다. 잉가가 사는 거리와 평행을 이루고 있는 주요 도로였다. 도버 가가 끝나는 곳에서 모퉁이를 돌면 누가 집 주변에 머물고 있는지 재빨리 살펴볼 수 있을 터였다.

잉가가 찾는 사람은 뻔했다. 그는 놓치기 쉬운 사람이 아니었다.

잉가는 길모퉁이에 서서 눈으로 사방을 훑었다. 아무것도 보이지 않았다. 그녀는 앞으로 몇 걸음 나아가며 모든 건물을 살폈다.

잉가는 웬 소리에 놀라 펄쩍 뛰었다. 바퀴 달린 쓰레기통에 1주일 분량의 쓰레기를 담아 정원으로 다시 끌고 들어가는 소리였다. 잉가는 빅토리아식 주택까지 안전하게 가는 데 성공했다.

잉가가 공용 현관을 열려고 하자 열쇠가 서로 부딪혀 짤그랑거리는 소리를 냈다. 잉가는 두 번이나 열쇠를 놓치면서 자신의 서툰 동작에 욕설을 퍼부었다. 마침내 그녀는 안으로 들어가 닫힌 문에 기댔다.

집에 돌아오자 따뜻하고 익숙한 기분이 느껴졌다. 문득 그녀는 따분하고 단조로운 일상이 못 견디게 그리워졌다. 그리 오래된 일상도 아니었다. 그녀는 매일 밤 일을 마치고 돌아와 고용주들이나 붐비는 버스, 식료품값에 대해 혼자 불평하던 일이 떠올랐다.

잉가는 자기 집 현관 자물쇠에 열쇠를 집어넣었다. 하지만 열쇠를 돌리기도 전에 문이 열렸다. 문이 열리고 방 안의 참극이 서서히 모습을 드러내자 잉가의 가슴이 세차게 뛰었다.

그녀가 가진 모든 가구가 산산이 조각나 있었다. 옷은 사방에 흩어져 있었다. 잉가는 문 앞에서부터 옷이 찢기고 잘린 것을 볼 수 있었다. 병원에서나 날 것 같은 표백제 냄새가 공기에 스며 있었다. 잉가는 눈앞의 망가진 살림살이를 보면서 그녀의 집을 망가뜨리며 미소 지었을 사임스를 상상했다.

집 안을 완전히 망가뜨린 것은 경고였다. 잉가는 그 경고를 분명히, 확실하게 알아들었다.

그녀는 뒤도 돌아보지 않고 도망쳤다.

25

킴이 들어가 보니 캐런이 주방에 혼자 있었다.

캐런은 청소를 하다 말고 돌아서서 미소 비슷한 것을 지어 보였다. 캐런은 어제 착용하고 있던 장신구를 빼 버린 뒤였다. 그녀는 장신구를 바꿔서 착용하지 않았다. 화장기도 없었다.

"안녕, 킴. 어젯밤엔 너무…."

"밖에서 좀 걸을까?" 킴이 물었다.

캐런은 행주질을 하다 말고 멈췄다. "혹시 무슨 일이라도 있어? 새로운 소식이 있는 거야?"

킴은 고개를 젓고 유리문으로 향했다. 캐런은 두 손을 닦고 다용도실 안에 걸어 둔 검은 숄로 손을 뻗었다. 그녀는 킴에게도 빨간색 숄을 내밀었다.

"난 됐어." 킴이 말했다.

거의 9시였다. 기온은 영상 1도가 되었다.

캐런은 주방 문을 닫고 숄로 몸을 꼭 감쌌다. "무슨…."

"로버트 얘기 좀 해 봐." 킴은 뒷문에서 멀어지며 말했다. 캐런이 어리둥절한 표정으로 따라왔다.

"정말 멋진 사람이야. 처음 만났을 때부터 그렇게 생각한 건 아니었지만 로버트는 원하는 게 있으면 끈질기게 이뤄내는 사람이거든."

킴은 고개를 끄덕였다. 이번이 캐런에게는 속마음을 털어놓을 마지막 기회였다.

"난 고급 승용차 렌트 업체에서 오후 근무를 하고 있었어. 로버트는 몇 주에 한 번씩 가게에 와서 주말에 쓸 자동차를 빌려 갔고. 로버트는 여러 차를 모는 걸 좋아했지만. 어차피 탈 사람이 자기뿐인데 온갖 자동차를 다 가질 필요는 없다고 생각했대.

우리는 몇 번 짧은 대화를 나눴어. 나는 스물두 살이고 로버트는 마흔

한 살이었지. 다섯 번째로 가게에 왔을 때 로버트가 나한테 아주 커다란 꽃다발을 줬어. 처음에 난 받지 않으려고 했어. 그랬더니 로버트가 뭐랬는 줄 알아?"

킴은 고개를 저었다.

캐런이 미소 지었다. "'나이 차이가 많이 나기는 하지만, 내 관심을 소름 끼친다고 생각하지는 말아 주세요. 나는 너저분한 늙은이가 아닙니다. 아내가 되어 주었으면 하는 여자에게 구애하고 있는 거고요.'"

"자연스럽네." 킴이 말했다.

"영리한 말이었어. 주말 내내 로버트가 한 말을 머리에서 떨칠 수 없었거든. 그랬으니 로버트 생각도 멈출 수가 없었고. 다음번에 만나면 로버트에 대해서 좀 더 생각해 보기로 했는데 거의 한 달 동안 로버트가 나타나지 않는 거야. 그때 나는 로버트가 가게에 와 주기를 바란다는 걸 깨달았어.

가게에 나타났을 때 로버트는 턱시도를 입고 있었어. 너무 잘생기고 신사적인 모습이어서 거절할 수가 없더라. 로버트는 아무 일도 없었다는 것처럼 굴면서 가게에서 가장 비싼 자동차를 달라고 했어. 벤틀리 컨버터블이었지. 난 로버트한테 특별한 일이라도 있느냐고 물었고 로버트는 오늘이 아주 중요한 첫 데이트 날이라고 했어. 우리 데이트 말이야."

캐런은 그게 로맨틱 코미디에서나 볼 법한 행동이었지만 효과가 있었다고 했다. 게다가 로버트는 아주 멋진 남자로 보였다.

"우린 정확히 1년 뒤에 결혼했어. 아름다운 결혼식이었지."

대화는 킴이 원하는 만큼 빠르게 진행되지 않았다. 킴은 지름길을 택했다.

"로버트도 찰리가 자기 아이가 아니라는 걸 알아?"

캐런의 동화 어딘가에는 속임수가 숨어 있었고 킴은 더 이상 검열된 이야기를 들어 줄 수 없었다.

캐런은 구름 속에서 날아다니다가 떨어진 듯 휙 킴을 돌아보았다.

"도대체 어떻게…?"

"네가 준 사진을 살펴봤는데 네 남편과 조금이라도 닮은 구석이 하나도 없었으니까. 특히 입술 말이야."

캐런이 흐느끼며 주저앉았다. 킴은 계속 앞을 보았다.

"아, 세상에, 킴. 이제라도 털어놓게 돼서 너무 마음이 놓여…."

"나한테서 위로받으려고 하지 마. 나는 신부님도 아니고 착한 사마리아인이나 상담가도 아냐. 나는 경찰관이고 내가 확인하고 싶은 건 한 가지뿐이야."

"리였어." 캐런은 아래를 보며 웅얼거렸다.

킴은 고개를 끄덕였다. 그럴 거라고 생각했다. 입술을 보니 알 수 있었다. 성질 더럽고 공격적인 개자식치고, 리의 입은 매우 여성스러웠다.

"딱 한 번이었어. 정말이야. 난 그냥…."

"캐런, 집어치워. 내가 화나는 건 네가 나한테 즉시 진실을 말하지 않아서야. 모든 정보가 엄청나게 중요하다는 거 모르겠어? 진심으로 이런 정보를 감추는 게 네 딸을 되찾아 오는 데 도움이 될 거라고 생각해?"

캐런이 손으로 입을 틀어막았다. "아, 세상에, 킴. 난 너무…."

"로버트는 찰리에 대해서 알아?"

캐런의 얼굴이 즉시 창백해졌다. "너 설마…."

"나로서는 그런 추측을 안 해 볼 수 없어, 캐런. 로버트를 용의선상에서 배제하기 위해서라도."

캐런은 격렬히 고개를 저었다. "로버트는 찰리에 관해서 몰라. 난 걜 다시 만나지 않았어⋯. 걔가 찰리의 아빠라고 생각하지도 않아. 나한테 찰리의 아빠는 늘⋯."

"로버트한테 말할 거야?" 킴이 날카롭게 물었다. 가정사 때문에 수사 동력이 분산될 가능성이 있는지 알아야만 했다.

캐런은 경악한 표정이었다. "세상에, 말도 안 돼. 이제 와서 로버트한테 말할 수는 없어. 너도 말하면 안 돼."

킴은 로버트에게 진실을 말해 줄 생각이 없었다. 그건 주제넘는 일이었다. 하지만 찰리의 생물학적 아버지가 사건에 연루되었을 가능성은 살펴보아야 했다.

킴은 캐런이 왜 진실을 털어놓지 않으려 드는지 이해할 수 있었다. 찰리의 몸값을 지불할 수 있는 사람, 돈줄을 쥐고 있는 사람은 로버트였으니까. 대체 누가 자기 자식도 아닌 아이를 위해서 신세를 망치려 들겠는가?

캐런이 킴에게 한 발짝 다가왔다. "있잖아, 킴. 정말로 그때 딱 한 번⋯."

킴은 돌아서서 그 자리를 떠났다. 좋은 말을 할 수가 없으면 아주 못된 말을 하기 전에 자리를 떠나라는 격언이 있다. 아무튼 비슷한 격언이었다. 귀 기울이지 않았기에 정확한 단어는 기억나지 않았지만. 개인적으로 킴은 모든 종류의 거짓말을 싫어했다. 하지만 사랑하는 사람 사이에서의 거짓말은 특히 용서할 수 없었다. 더 이상 사랑하지 않게 되면 관계를 끝내고 떠나면 된다. 하지만 한때 사랑했던 사람을 바보로 만들지는 말아야 한다.

킴은 상황실로 들어가 두 손을 비볐다.

"스테이시, 리 다비를 찾아봐. 경찰 시스템에 등록돼 있을 거야. 추적하기도 그리 어렵지 않을 거고."

"알겠습니다, 대장." 스테이시가 말했다.

"음…. 대장, 그냥 기운을 북돋워 드리려고 하는 말인데요. 경감님이 전화했어요." 브라이언트가 말했다. "잠깐 들르라는데요."

끝내주네. 킴은 재킷으로 손을 뻗으며 생각했다.

일진이 좋지 않았다. 킴은 오늘 하루 상황이 점점 더 나빠질 것만 같았다.

26

"대체 뭘 어쩌라는 걸까요?" 킴이 투덜거렸다. 브라이언트는 헤일조 웬 근처 중심가의 도로를 헤치고 나아가고 있었다. "우리가 무슨 일을 하고 있는지 뻔히 알면서 망할 놈의 회의에 불러들이다니."

"그런 걸 보면 중요한 일이겠죠." 브라이언트의 말에도 킴은 선뜻 이해되지 않았다.

브라이언트가 주차장에 접어들었다. 킴은 이미 안전벨트를 풀고 있었다.

"여기서 시동 끄지 말고 기다리십시오. 오래 있지는 않을 겁니다."

킴은 건물로 뛰어 들어가 빠르게 계단을 올랐다. 그녀는 문을 두드리고 1초쯤 기다렸다가 들어갔다.

우디는 혼자였다.

"경감님, 부르셨습니까?"

킴은 문간에 발을 걸친 채 섰다.

"스톤, 앉아." 우디가 안경을 벗으며 말했다.

"제가 좀 바쁘…."

"앉으라고."

킴은 앞으로 세 걸음 걸어가 앉았다.

"현재 상황은?"

우디가 진행 상황 보고나 듣자고 킴을 불러들였을 리는 없었다. 그건 전화로도 충분했다. 하지만 킴은 장단을 맞춰 주었다.

"팀원들이 티민스 집에 자리 잡았습니다. 핸슨 부부도 들어왔고요. 어젯밤에 부부에게 오늘 게임이 시작될 거라는 두 번째 메시지가 왔습니다. 헬렌도 참여하고 있습니다. 저희는 문화 센터 CCTV 영상을 살펴봤습니다. 납치범이 경찰관으로 가장하고 있었습니다. 아시겠지만, 브래드 에번스는 죽었습니다."

우디의 오른손이 들고 있던 펜을 꽉 쥐었다.

"우리가 대체 뭘 더 해야 했단 말인가, 스톤?" 그가 조용히 물었다.

킴도 우디의 말이 맞는다는 건 알았다. 그래도 브래드가 죽었다는 사실은 달라지지 않았다. "모르겠습니다. 전 그냥 브래드를 어떻게든 지켜 주고 싶었습니다, 경감님. 그게 우리 일이니까요."

"나도 자네가 나름대로 최선을 다했다는 건 알아. 하지만 브래드가 죽은 건 순전히 브래드의 머리를 걷어차며 거리를 돌아다닌 놈의 탓이야. 우리는 찰리와 에이미에게 집중해야 해."

우디는 펜을 내려놓고 스트레스 볼로 손을 뻗었다.

아, 젠장.

"스톤, 내가 이제부터 할 말에는 타협의 여지가 전혀 없다는 걸 기억해야 해. 자네가 아무리 소리치고 고함지르고 발을 굴러 대고 시무룩하게 굴어도 달라지는 건 없어."

"뭐, 좋은 소식입니까?"

"전문가 두 명이 이 사건과 관련해 자네를 도와줄 거야. 한 명은 오늘, 또 한 명은 내일 도착할 테고."

"찰스 디킨스 소설에서나 나올 법한 말이네요." 킴이 말했다.

"첫 번째는 행동 분석가로…."

"프로파일러 말입니까, 경감님?"

"아니, 행동 분석가야."

킴은 '그거나 그거나'라고 생각했다. 프로파일링에 대해서라면 킴도 나름의 의견이 있었다. '행동 분석가'와도 얼마든지 나누고 싶은 의견이었다.

"뭐, 문자 메시지 두 개라는 엄청난 단서를 분석해 준다니 경청하겠습니다."

"두 번째는 협상 전문가인데…."

킴이 고개를 푹 숙였다. "이거, 저보고 손 떼라고 그러시는 겁니까?"

"…범인들과 연락할 수단이 정립되고 나면 협상 전문가가 쓸모 있을 거야."

"협상은 저도 할 수 있습니다. 이렇게 하면 어떨까요? 그 개자식들을 잡는 순간 제가 협상 조건으로 가석방 불가능한 무기징역을 제안하는 겁니다. 옆방에 변태들도 붙여 주고요."

"협상 전문가를 쓰자는 건 내 생각이었어, 스톤."

"아…. 왜 그러셨습니까, 경감님?"

"그냥, 자네 특기가 협상은 아니라는 느낌이 들었다고만 해 두지."

킴은 우디의 판단을 존중했다. 킴이 한쪽 눈썹을 치켜올렸다.

"이건 어떨까요? 제가 협상 전문가를 데려가고 크래커(영국 범죄 드라마 〈크래커〉의 주인공 프로파일러를 말한다—옮긴이 주)는 경감님이 맡는 겁니다."

우디의 입꼬리가 말려 올라가며 살짝 미소를 지었다.

"난 자네가 모든 순간에 예의를 지키며 전문적인 태도를 보일 거라고 믿겠네."

우디는 스트레스 볼을 다시 책상에 내려놓았다. 킴은 싸울 때 싸우더라도 상황을 가려서 싸웠다. "그럼요. 경감님도 저를 잘 아시잖습니까."

우디의 우울한 표정이 모든 것을 말해 주었다.

킴이 푹 한숨을 쉬었다. "다른 건요?"

"없어. 이 정도면 충분히 자네의 하루를 기분 좋게 만들어 준 것 같군."

"네, 경감님." 킴은 그렇게만 말했다. 더 이상 입을 열었다가는 무슨 말을 하게 될지 알 수 없었다.

킴은 우디의 사무실에서 나와 서둘러 계단을 내려갔다. 그녀는 2초 정도 멈춰 서서 빠르게 고민했다. 잠깐 사무실에 들른다고 해도 5분 이상은 걸리지 않을 터였다.

"우리 팀 전부 월급이라도 올려 준대요?" 킴이 뒷좌석에 파일을 던지자 브라이언트가 물었다.

"아뇨. 그것보다 더 좋은 일입니다. 프로파일러와 협상 전문가가 온다네요."

"우와. 양초 제작 전문가는요?"

"지금은 안 오는데, 나중에는 어떨지 누가 알겠습니까?"

브라이언트가 낄낄댔다. "음…. 그래서 전문가들이 오는 게 정확히 무슨 소용이랍니까?"

"높으신 분들 기분이 나아지는 거죠. 그래야 이 사건이 끔찍하게 잘못되면 나를 팽하고 할 수 있는 지원은 다 해 줬다고 말할 수 있으니까요."

"하지만 끔찍하게 잘못되지 않을 거잖아요, 대장?"

"당연하죠."

브라이언트가 미소 지었다. "그럼 페더하우스(페더스톤 교도소를 말한다—옮긴이 주)로 가도 될까요?"

킴과 브라이언트가 티민스 집의 진입로에서 나오자마자 스테이시는 리 다비가 있는 곳을 추적했다. 지금 리 다비는 여왕 폐하께서 제공하시는 무료 주택, 그러니까 감옥에 있었다.

"물론입니다." 킴이 말했다. 킴은 이번 만남을 고대하고 있었다.

27

캐런 자신도 놀랐지만, 그녀는 신경 써야 하는 일을 할 때는 오히려 정상적으로 활동할 수 있었다. 캐런의 마음 한편에는 평소처럼 지내기만 하면 찰리가 어느새 집으로 돌아올 거라는 믿음이 있었다. 이런 생각이 논리적인 것인지는 중요하지 않았다. 캐런은 아이가 인질로 잡혀 있다는 것도, 그냥 나타나지는 않으리라는 것도 알았다. 하지만 일상적인 일을 하고 있자면 그렇게 될 것만 같았다.

캐런은 몇 분에 한 번씩 염원이 담긴 눈으로 현관문을 보았다. 그냥 달려 나가고 싶은 마음이 굴뚝같았다. 그녀는 고함치고 비명을 지르며 아이를 찾아다니고 싶었다. 찰리가 그녀의 목소리를 듣고 나타날 것만 같았다. 문자 메시지는 전부 장난이고 두 아이는 내내 안전하게 지내고 있었다는 사실을 알게 될 것만 같았다.

캐런은 눈을 깜빡여 눈물을 삼켰다. 힘없는 소망은 현실에 길을 내주고 말았다. 공상이 지속되는 몇 초는 천국처럼 느껴졌지만 그녀는 늘 현실로 돌아왔다. 24시간이 지났는데 아이는 아직 집에 돌아오지 않았다.

점심을 준비하고 요리하자 잠시 머리를 쉴 수 있었다. 계속해서 떠오르는 한 가지 생각을 피할 수 있었다. 그 생각은 하면 안 됐다. 생각하지 않을 것이다. 그렇게 하면 캐런은 망가질 터였다. 찰리는 살아 있었다. 캐런은 확실히 알고 있었다.

캐런은 설거지를 하며 일부러 바쁜 시간을 보냈다. 만들어 놓은 음식 중 네 가지는 아무도 건드리지 않았지만 괜찮았다. 목적은 음식을 만드는 것이지 먹는 게 아니었으니까.

캐런은 식기세척기를 쓰지 않고 뜨거운 물로 싱크대를 채웠다. 몇 분만에 설거지 작업이 끝나는 건 바라지 않았다. 설거지로 몇 시간을 보내고 싶었다. 찰리가 돌아오는 바로 그 순간까지.

캐런은 자기만 알고 로버트는 모르는 사실 때문에 점점 로버트를 마주 보기가 힘들어졌다. 그녀는 킴에게 꾸지람을 들은 것 같았다. 킴은 틀린 말을 한 게 아니었다. 이 사실이 딸의 안전에 조금이나마 도움이 될 줄 알았다면 캐런은 동네방네 그 사실을 떠들고 다녔을 것이다. 하지만 도움이 될 리 없었다. 그럴 리가.

"도와줄까?" 엘리자베스가 주방에 들어오며 물었다.

캐런은 싫다는 말이 목구멍 끝까지 차올랐다. 일을 같이 하면 설거지가 더 빨리 끝나게 될 테고 캐런은 다시 한번 생각 속에 홀로 남게 될 터였다. 하지만 친구의 얼굴을 보니 생각이 바뀌었다.

캐런은 최소한 자기 집에서 머무는 호사라도 누릴 수 있었다. 그녀는 요리하고 청소하고 대체로 이것저것 바쁘게 지낼 수 있었다.

"저기 행주 있어." 캐런이 말했다. "남자애들은 뭐 해?" 그녀가 물었다. 남자 '애'라고 하기는 어려웠지만 캐런과 엘리자베스는 남편들을 그렇게 불렀다.

"둘 다 노트북으로 뭘 하고 있어. 로버트는 이메일을 보는 척하지만 10분 동안 버튼 하나 누르지 않더라."

"스티븐은?"

"두어 군데 전화를 걸었어. 다른 사람한테 맡길 수 없는 일이 좀 있나 봐. 스티븐 잘못은 아니지. 스티븐이 하는 일은 내 일처럼 쉽게 넘길 수 없는 거니까." 엘리자베스가 불편한 듯 말했다.

"정말?" 캐런이 물었다.

"그럼. 나야 남편하고 비교도 할 수 없을 만큼 갈아치우기 쉬운 사람 인걸. 내가 아프면 다음 문의는 그냥 가장 가까운 법무사 사무소의 다른 직원한테 가. 스티븐은 안 그래. 심각한 식중독으로도 사건 관련 문의를 막을 수 없어."

캐런은 엘리자베스의 말투에 배어 있는 씁쓸함을 못 들은 척했다. 캐 런은 친구가 로스쿨에서 스티븐을 만났다는 사실을 알고 있었다. 엘리 자베스와 스티븐은 둘 다 법학 학위를 따려고 애썼지만 관계가 악화하 자 엘리자베스가 경력 쌓기를 잠시 미루고 스티븐을 내조했다. 둘은 스 티븐이 자리를 잡으면 엘리자베스가 공부를 다시 시작한다는 대략적인 계획을 세웠다. 그런데 에이미가 깜짝 선물로 태어났고 니콜라스가 그 뒤를 따랐다.

캐런이라면 딸이 하나 더 태어나거나 심지어 아들이 태어났어도 좋았 을 것이다. 그녀는 언젠가 로버트의 아이를 가질 수 있으리라는 희망을 아직 버리지 않았다. 그녀는 한 번도 피임을 하지 않았고 로버트는 자신 이 불임이라고 의심할 만한 이유가 전혀 없었다. 그는 자기가 찰리를 낳 았다고 생각했으니까.

캐런은 엘리자베스도 경력보다는 아이들을 돌보는 걸 중요하게 여긴 다는 걸 알고 있었다. 엘리자베스는 훌륭한 어머니였다. 하지만 엘리자 베스가 남편에게 남몰래 적대감을 품고 있다는 건 다른 얘기였다.

캐런과 엘리자베스는 유치원에서 학부모로 만났다. 하지만 아이들이 서로에게 품은 애정 때문이 아니라도 둘의 관계는 깊은 우정으로 발전했다. 80년대 음악과 중국 음식을 좋아한다는 공통점이 금요일 밤을 재미있게 보내는 토대가 되었다. 남편들은 서로 별로 친하지 않았지만 아내와 아이들을 위해서라도 함께 보내는 시간을 견뎌 냈다.

스티븐과 엘리자베스, 로버트는 직장에도, 회의에도, 사교 모임에도 가지 못하는 이유를 설명하느라 사장과 동료 직원, 친구들에게 수없이 전화를 걸었다. 알겠다는 답장과 빨리 나으라는 메시지들이 계속 오며 핸드폰을 울려 댔다.

캐런은 전화를 걸지 않았다. 그녀가 속한 사회는 아주 작았다. 불만은 없었다. 엘리자베스는 이렇게 큰 집을 관리하는 가정부가 없다는 사실에 놀랐다. 로버트가 가정부를 두자고 여러 번 제안했지만 캐런은 늘 거절했다.

"니콜라스는 잘 있는지 확인했어?"

엘리자베스가 고개를 끄덕였다. "아주 잘 지내고 있어. 오래는 얘기 못 하겠더라. 더 얘기하다간 못 참을 것 같았어."

캐런은 엘리자베스의 심정을 이해했다. 캐런도 왠지 더 많은 사람이 알수록 좋을 것 같다는 생각이 들었다. 군대를 모집하는 것 같달까. 누가 뭐라도 내놓으면 그걸로 아이들을 되찾을 수 있을 것만 같았다.

"이런 식으로 언론 보도를 통제하는 게 잘하는 일일까? 혹시 사람들을 참여시키는 게 나을지도 모르잖아." 엘리자베스가 캐런의 생각을 읽기라도 하듯 말했다.

캐런의 일부는 아이들이 납치당했다는 사실을 온 세상에 소리쳐 알리고 싶어 했다. 그녀는 수백 명의 사람들이 아이들을 찾아다니기를 원했다. 그렇게 해서 아이를 되찾을 수 있다고 진심으로 생각했다면 당장이라도 그렇게 했을 것이다.

하지만 가족과 친구들, 동료들이 그녀의 집을 드나들며 좋은 뜻으로 뻔한 위로를 건넨다니 그보다 나쁜 상황은 생각할 수도 없었다. 캐런은 찰리가 실종됐는데도 사람들에게 친절하고 예의 바르게 굴어야 한다는 압박감을 감당할 수 없었다. 찰리가 집에 돌아오기만 하면 그때는 파티를 열고 온 세상 사람들을 초대할 생각이었다.

캐런은 주방 기구에 온 정신을 쏟으며 모든 표면을 세 번씩 닦았는지 확인했다.

"있잖아, 캐런." 엘리자베스가 떨리는 목소리로 말했다. "아이들이 어디 있는지는 모르겠지만 둘이 꼭 같이 있었으면 좋겠어."

캐런은 북받치는 감정에 목구멍이 막히는 것을 느꼈다. 가끔은 더 이상 울 수 없을 것만 같은 기분이 들었다. 하지만 친구의 눈에서 눈물이 떨어지는 것을 보자 캐런은 눈물이 마를 때라는 건 존재하지 않는다는 걸 깨달았다. 둘은 서로를 부둥켜안고 그렇게 우는 일에 목숨이라도 달린 것처럼 울었다. 둘은 오직 서로만이 이해하는 고통을 나누었다.

캐런은 친구의 어깨에 얼굴을 묻은 채 속삭였다. "나도 그랬으면 좋겠어."

잠시 후, 엘리자베스가 물러나 눈가를 훔쳤다.

"넌 그 여자 믿어?" 엘리자베스가 물었다.

캐런은 아무 망설임 없이 고개를 끄덕였다. 그녀는 엘리자베스가 말하는 사람이 킴이라는 사실을 알았다.

캐런과 킴의 인생은 어린 시절에 몇 번 교차되었다. 처음에 캐런은 그 아이의 검은 머리카락에 흥미를 느꼈다. 킴의 외모에는 어딘가 이국적인 구석이 있었다.

킴은 늘 외톨이였다. 그래서 더 흥미로웠다. 캐런은 킴의 친구가 한 명도 기억나지 않았다. 킴은 가까운 관계를 맺으려 들지 않았고 그녀와 친구가 되려는 사람들의 모든 시도를 차단했다. 킴은 어디에도 속하고 싶어 하지 않았고 관계를 쌓아 좀 더 쉽게 인생을 살아가려 하지도 않았다. 킴은 그저 생존 자체만을 원했다.

일레인은 캐런의 가장 친한 친구였다. 그녀는 진심을 담아 킴을 증오했다. 일레인은 킴을 자기들 무리에 끼워 주려다가 실패했다. 그 이후 일레인은 킴을 노려보거나 가끔 밀치고 떠밀어 조종하려 들었다.

캐런은 일레인이 잔인할 정도로 그림자놀이를 했던 날을 떠올렸다. 일레인은 킴의 등 뒤, 겨우 두 발 떨어진 곳에서 그녀의 모든 동작을 따라 하며 하루를 보냈다. 많은 아이들이 그걸 훌륭한 놀이라고 생각했다. 티타임쯤에는 이 장난질을 구경하는 아이들이 점점 늘어나 보육원 아이들 거의 대부분이 동참하게 되었다.

캐런도 그 흐름을 따랐다. 일레인이 무서워서가 아니었다. 캐런은 오히려 킴의 강철 같은 태도에 매료됐다. 킴은 자신을 따라 하는 멍청한 여자애 스무 명이 존재하지 않는다는 것처럼 자기 일만 계속했다.

킴은 잘 시간이 될 때까지 기다렸다. 그녀는 모두의 앞에서 옷을 벗고 이를 닦고 세수를 했다. 자기 등 뒤에서 벌어지는 장난질에는 아무런 영향을 받지 않았다.

킴은 칫솔을 챙기면서 일레인을 돌아보고 기분 좋은 듯 미소 지었다. "아, 미안, 일레인. 거기 있는 줄 몰랐네."

킴이 화장실을 나서자 모여 있던 아이들이 조용해졌다. 킴은 잠시 발

걸음을 멈추고 돌아보았다.

"너희들을 한 번도 떠올리지 않는 사람을 그렇게 오래 생각한다는 게 좀 처량하지 않아?"

킴은 5초 동안 아이들이 대답하기를 기다렸다가 조용한 아이들 사이를 헤치고 곧장 침대로 갔다.

당시 킴은 열세 살이었다. 그녀는 캐런이 본 사람 중 유일하게 일레인에게 겁을 먹지 않는 사람이었다.

"난 킴에게 목숨이라도 맡길 거야." 캐런이 솔직하게 말했다. 하지만 캐런이 킴 스톤 형사에게 맡긴 목숨은 그녀의 것이 아니었다.

28

"음, 무슨 생각 하세요, 대장?" 더들리를 가로질러 가던 중 브라이언트가 물었다.

"아무 생각 안 합니다. 괜찮아요."

"아니, 안 괜찮으신 것 같은데요. 저더러 운전하라고 하셨잖아요. 대장은 생각할 시간이 필요할 때만 저한테 운전을 시키시죠."

"별거 아닙니다. 제가 해결하면 돼요."

"그야 당연히 그렇겠지만 저한테 이 얘기, 저 얘기 하다 보면 더 빨리 해결될지도 몰라요."

"그게 도움이 될까요?"

"직접적으로 도움이 되지는 않겠죠. 저는 대장을 잘 아니까 뭐든 유용한 조언은 절대 하지 않겠다고 약속합니다. 그냥 무슨 문제인지만 소리 내서 말해 보세요."

"드웨인 라이트가 죽은 건 트레이시 프로스트 때문이 아닙니다." 킴이 말했다. 말을 뱉고 보니 실제로 약간 안도감이 들었다. "어젯밤에 트레이시가 티민스의 집을 찾아왔습니다. 그건 그것대로 심각한 문제죠. 아무튼, 트레이시가 드웨인에 관해서 우겨 대길래 경찰서에서 사건 자료를 가져다 자세히 살펴봤습니다."

"하지만 언론에 드웨인 이야기를 흘린 건 트레이시가 맞잖아요?"

"시간이 맞지 않았습니다. 우리가…. 아니, 내가 트레이시를 지목했던 건 모든 일이 너무 빠르게 일어났기 때문이었습니다. 오해하지는 마세요. 트레이시는 분명 기사를 내려 했습니다. 하지만 드웨인 라이트는 첫 신문이 매대에 깔리기 10분 전에 사망했습니다."

"제기랄, 그럼 다른 사람이 리런에게 드웨인이 아직 살아 있다고 알린 건가요?"

킴은 고개를 끄덕이고 창밖을 내다보았다.

버밍엄 신시가지의 무수히 많은 신호등이 계속 꺼졌다가 켜지기를 반복하는 모습에 슬슬 짜증이 났다. 브라이언트가 한 번이라도 노란불을 무시했다면 나머지 신호등을 빠르게 지나칠 수 있을 텐데.

"그 녀석이 정말 마음에 드셨나 봐요." 브라이언트가 말했다.

킴은 브라이언트 쪽을 보지 않았다. 맞는 말이었다. 킴은 드웨인 라이트가 마음에 들었다. 그는 킴이 만나 본 사람 중 가장 용감한 청년이었으니까. 드웨인은 조직을 떠나려 들면 목숨이 위험하다는 걸 알았지만 생각을 바꾸지 않았다.

"그럼 어쩌실 거예요?" 브라이언트가 물었다. "뭔가 석연치 않은 걸 싫어하시잖아요. 이번 경우에는⋯."

"다른 사건을 맡는다는 건 생각조차 할 수 없습니다. 캐런에게 약속했기 때문만은 아니에요. 우리는 찰리와 에이미를 되찾는 데 집중해야 합니다."

브라이언트가 고개를 끄덕였다. "그럼 그 사건은 우리가 맡을 수 없겠네요."

"압니다. 하지만 누군가 드웨인이 아직 살아 있다는 정보를 흘려서 그 친구가 죽었다는 사실을 그냥 무시할 수는 없어요. 드웨인은 그런 취급을 받으면 안 됩니다."

"대장은 맡은 사건에서 실오라기 하나라도 삐져나오는 꼴을 도저히 못 보시는군요." 브라이언트가 혀를 찼다. "하지만 대장이 티민스 집에서 빠져나오실 수가 없잖아요."

킴은 브라이언트를 흘겨보았다. "내가 하는 말을 전부 따라 하고 추가 수당이라도 받는 겁니까?"

"에이, 그냥 하고 싶어서 하는 거예요."

"아아." 킴이 말했다. 이제야 이해가 갔다. "무슨 생각인지 알겠습니다. 마음에 드네요."

"저는 아무 생각도 안 하고 있는데요. 그냥 듣고 있을 뿐이에요, 그러겠다고 했잖아요."

이제 킴은 무엇을 해야 할지 정확히 알았다. 돌아가면 그 계획을 밝힐 생각이었다.

자동차가 교도소 부지에 접어들자 킴이 브라이언트를 돌아보았다.
"늘 그렇지만, 아무 쓸모도 없는 사람이 돼 줘서 고맙습니다."

"얼마든지요, 대장."

*

킴은 촘촘한 벽돌 담에 박혀 있는 페더스톤 교도소의 조그만 문을 볼
때마다 만화 속 한 장면이 생각났다. 교도소의 모든 문은 장벽을 쌓은
뒤에야 깜빡했던 문을 뒤늦게 덧붙인 것처럼 보였다. 킴은 교도소를 지
은 사람이 장벽을 높고 튼튼하게 지은 다음, 한번 살펴본 뒤에야 '젠장,
사람들이 안으로 들어가야 한다는 걸 잊어버렸네.'라고 툴툴거렸을 거
라고 생각하곤 했다.

울버햄튼의 페더스톤 교도소는 효율적 수감 시설이라고 하기 어려웠
다. 새천년이 밝아 오면서 영국에서는 수용 인원의 34퍼센트가 마약 투
약 혐의로 수감되게 되었다. 페더스톤 교도소는 그 시작을 기념하는 건
물이었다. 투약 사실을 인정하지 않는 사람을 포함하면 전체 수감자의
최소 3분의 2는 약쟁이일 터였다. 이 교도소는 2007년에 경쟁자들을 모
두 따돌리고 영국에서 헤로인 등 아편계 마약 검사에서 양성 반응을 보
인 수감자의 비율이 가장 높은 감옥이 되었다.

최근에는 페더스톤에 반짝반짝한 새 건물이 추가되었다. 덕분에 페
더스톤은 슈퍼 감옥이라는 이름을 얻었고 C급 범죄자 수용 능력이 두
배로 증가했다.

킴과 브라이언트는 초소형 문을 지나 코스프레라도 하는 것처럼 보이는 제복 경찰관을 만났다. 킴은 그 여자가 기껏해야 스물한 살쯤 됐을 거라고 생각했다. 경찰관은 체구도 작았고 표정도 천진난만했다.

킴은 겉모습이 가끔 사람을 속이긴 해도 노골적인 거짓말쟁이는 아니라는 걸 알았다. 킴은 이 여자가 모든 죄수는 오해를 당하고 있을 뿐 착한 사람들이며 존중하는 마음으로 그들을 대하면 그들도 똑같이 보답해 줄 거라는 생각을 가지지 않았기를 빌었다. 범죄자들은 그런 존재가 아니었다. 앞으로도 그럴 테고.

브라이언트가 배지를 보여 주자 경찰관은 배지를 자세히 살펴보았다.

경찰관이 고개를 저었다. "오늘은 면회가 안 돼요. 월요일이거든요."

요일을 알려 주다니 정말 고마운 일이었다. 킴이 입을 열었지만 다행히 브라이언트가 좀 더 빨랐다.

"아까 전화했는데요."

"무슨 문제라도 있어, 데이지?" 교도소의 다른 구역으로 들어가는 문 앞에서 한 남자가 물었다.

브라이언트가 재빨리 배지를 내보였다. "허가를 받았습니다. 전화해 보시면…."

"얘기 들었습니다." 남자가 무뚝뚝하게 말했다.

브라이언트가 말을 이었다. "수감자 중 한 명과 이야기를 해야 합니다. 중요한 일입니다."

킴은 남자가 50대 초반일 거라고 생각했다. 그는 빳빳하게 다린 흰 셔츠를 입고 있었다. 목 단추가 풀려 있어서 면도하다가 피부가 심하게 빨개진 것이 보였다.

"저리로 지나 오세요." 그가 금속탐지기를 가리키며 말했다.

킴과 브라이언트는 주머니를 비우고 열쇠와 핸드폰, 잔돈을 트레이에 올려놓았다. 킴은 아무 문제 없이 통과했지만 브라이언트는 안주머니에 들어 있던 펜을 잊었다. 그 바람에 금속탐지기가 비명을 질러 댔다.

"리 다비를 만나야 합니다." 킴이 소지품을 찾으며 말했다.

"소지품은 여기 두고 가셔야 합니다." 교도관이 트레이를 데이지에게 건네주며 말했다.

킴은 트레이가 책상 밑으로 사라지는 모습을 보고 항의했다. 킴은 남자의 이름표를 자세히 보았다. "버튼 교도관님. 저는 소지품을…."

"열쇠와 핸드폰, 신분증을 가지고 여길 지날 수는 없습니다."

"착하게 구세요, 대장." 브라이언트가 기침하는 척하며 말했다.

킴은 못마땅했지만 이곳이 자기가 아닌 교도관의 구역이라는 걸 받아들이고 깊이 한숨 쉬었다.

교도관은 책상 너머로 몸을 숙였다가 면회객용 통행증 두 개를 내밀었다.

"마지막으로, 혹시 날카로운 물건이 있습니까?"

브라이언트가 앞으로 나섰다. "저 여자분 혀에 가시가 달렸는데 뽑아 주실 수 있나요?"

"방문 목적은요?" 버튼은 브라이언트의 말을 무시하고 물었다.

"기밀 사항입니다." 킴이 대답했다.

버튼은 5초를 꽉 채워 킴을 보았다. 킴은 눈 하나 꿈쩍하지 않았다.

버튼이 시선을 돌렸다. "면회실로 안내하겠습니다."

"리 다비를 직접 만나러 갔으면 하는데요." 킴이 말했다.

버튼 교도관이 걸음을 멈추었다. "그건 심각한 규정 위반입니다."

"압니다." 킴이 말했다. 이번 면회를 미리 계획한 티를 내서는 안 됐다. 킴이 면회를 온 유일한 목적은 리 다비가 자기 딸을 납치하는 데 관여했는지 확인하는 것이었다. 일단은 리가 찰리에 대해 알고 있는지 확인해야 했다. "하지만 규정 위반이라도 어쩔 수 없습니다. 매우 긴급한 일이라서요."

킴은 그대로 움직이려 했다.

버튼 교도관은 전혀 서두르지 않았다. 그는 손목시계를 확인하고 잠시 생각했다.

"체육관에 있을 겁니다. 농구 연습 중일 거예요. 다른 수감자들도 많을 겁니다."

"브라이언트는 걱정하지 마십시오." 킴이 말했다. "제가 지켜 줄 테니까요."

"경위님, 저한테는 경위님의 안전을 지켜야 할 책임이 있습니다."

"알겠습니다, 교도관님." 킴이 한 발 물러났다. "교도관님한테서 떨어지지 않겠다고 약속드리죠. 그럼 됩니까?"

킴의 계획이 통한다면 굳이 교도관에게서 떨어질 필요도 없었다. 교도관은 잠시 생각하더니 고개를 끄덕였다.

"다비는 어떤 사람입니까?" 복도를 따라 걸어가며 브라이언트가 물었다. 똑같이 생긴 복도들이 이어지는 가운데 교도관은 연달아 자물쇠를 잠그고 풀었다.

이 건물 어딘가에서는 소수의 사람들이 수감자들의 정보를 일일이 수집하고 있었다. 그들은 수감자들이 누구와 이야기를 하는지, 누구와는 이야기를 하지 않는지, 누가 원수 관계인지, 더 중요하게는 누가 친구 관계인지 알고 있었다.

"출세 지향적인 놈 중 하나죠." 버튼이 말했다.

"예?" 킴이 물었다.

"우린 수감자들을 성격 유형으로 나눕니다. 우리 리 다비님께서는 자기 위치보다 높은 사람들과 어울리는 걸 좋아하시더군요."

"어떻게요?" 브라이언트가 물었다.

"어디든 그렇지만 교도소에도 위계질서라는 게 있습니다. 등급이 있는 거죠. 가장 많은 사람이 속하는 최하층은 경범죄자들로 이루어져 있습니다. 반복적으로 좀도둑질이나 차량 절도 같은 걸 해서 들어온 사람들입니다. 수감될 때마다 비교적 단기간만 이곳에 머물죠. 그 사람들은 자기들끼리만 어울리고 교도소 내의 정치와는 거리를 두려 합니다. 여기에 오래 머물지 않는다는 게 가장 큰 이유죠.

다음 등급은 직업적인 절도범들, 중상해로 수감된 자들이 있습니다. 이들의 수감 기간은 중간 정도입니다. 우리 리 다비님은 거물들과 어울리고 싶어 해요. 그래봐야 거물들에게 오래 말을 붙이지는 못하지만요. 꺼지라는 소리를 들을 정도나 될까요."

"그럼 인기가 없는 거네요?"

버튼이 어깨를 으쓱했다. "가장 거친 녀석들과 어울리려 들지만 않았어도 인기가 많았을지 모릅니다. 하지만 자기 여자를 두들겨 패서 들어온 놈은 결코 거물급이 될 수 없죠. 다비는 특히 그렇고요."

"왜죠?"

"여자가 법정에서 불리한 증언을 해서 다비를 교도소에 집어넣은 거거든요. 그러니까 다비의 여자조차 다비를 두려워하지 않는 거죠. 소아성애자만큼 낮은 지위는 아니지만 얼추 비슷합니다."

"그런데도 계속 시도한다는 겁니까?"

버튼은 고개를 끄덕였다. "그렇게라도 시간을 보내는 거죠."

"다른 문제는요?" 킴이 물었다.

"드물게 싸움을 하지만 심각한 건 아닙니다. 그 쌈박질로 형기가 몇 달 늘었습니다만 올해 말에 처음으로 가석방 심사를 받게 됩니다."

버튼은 열쇠로 문을 열고 체육관 문이 있는 로비로 그들을 들여보냈다. 킴은 교도소에서 배드민턴, 볼링, 배구, 축구 등 여러 가지 스포츠 활동을 제공한다는 걸 알고 있었다. 페더스톤의 수감자들이 매일 약 열 시간 정도 감방에서 나와 시간을 보낸다는 것도.

빌어먹을, 세상을 다스리는 사람이 킴 자신이었다면 참 좋을 텐데.

버튼이 킴을 돌아보았다. "음…. 혹시 경위님은 잠깐 물러나시고 동료 형사분이…."

"브라이언트, 저기 키 작은 남자한테 가서 말을 거세요. 아는 사람인 척하십시오." 킴이 문으로 불쑥 머리를 들이밀며 말했다.

브라이언트는 킴에게 이상하다는 표정을 지어 보였지만 그녀가 시키는 대로 했다.

킴은 체육관으로 들어가 벽에 기대섰다. 딱히 어디를 보는 것은 아니었다. 버튼은 깊은 한숨을 쉬었지만 킴 옆에 섰다.

수감자들은 마약 탐지견이 코카인 냄새를 맡듯 새로운 여자의 냄새를 맡았다. 킴은 수감자 절반이 그녀에게 달려와 엉덩이를 깔고 앉을 거라고 생각했다. 예상대로 체육관의 모든 시선이 그녀에게로 향했다.

그들은 약 4초 만에 킴이 경찰관이라는 것을 알아보았다. 그러자 관심도 사그라들었다. 단 한 명만이 예외였다.

킴은 그쪽으로 시선을 돌리는 대신 곁눈으로 그가 고개를 갸웃하며 다가오는 것을 보았다. 그는 킴을 위해 일요일에만 보여 주는 최고의 갱스터 걸음걸이를 취하는 듯했다. 살짝 튀어 오르듯 한 발을 내딛고 다리를 질질 끄는 것이다. 킴이 며칠 동안 본 것 중 가장 웃기는 광경이었다.

버튼이 바싹 다가왔다.

리가 두 손을 들었다. "괜찮아요, 아재. 아는 년이에요."

"야, 말조심….."

"킴?" 마침내 그가 킴 앞에 서며 말했다. "맞네, 킴 스톤?"

킴은 시선이 그에게 향하도록 놔두었다. 그녀의 눈빛에는 여전히 아무 감정이 없었다.

"나라고, 리. 리 다비야. 우린 함께 자랐잖아. 친구였다고."

세상에. 리 다비는 썩은 주둥이에서 나오는 개소리를 진심으로 믿는 듯했다. 킴의 기억은 조금 달랐는데.

킴은 고개를 살짝 기울이며 인상을 썼다. 약한 미소가 그녀의 입술에 맴돌았다. 아, 그러라지. 킴은 조금쯤 리 다비의 장단을 맞춰 주기로 했다.

"아, 그래. 기억나네. 굿햄튼에서 함께 있었지."

리 다비가 활짝 웃었다. 그렇다고 심술궂은 인상이 바뀐 것은 아니었지만. "맞아. 네가 돼지가 됐단 얘기를 들었는데, 난 솔직히 안 믿었어."

킴은 그때야 이 대화가 벌어지는 장소가 어딘지 알아챘다는 듯 주위를 둘러보았다.

"넌 어쩌다 여기 온 거야? 잘 지내는 줄 알았는데." 킴이 짧게 말했다.

"별거 아니야. 너희들이 늘 같잖은 문제로 엉뚱한 사람을 잡아넣잖아. 난 아무 짓도 안 했어. 그냥 잘못된 시간에, 잘못된 장소에 갔을 뿐이야."

아하. 그러니까 여자친구를 중환자실에 보낼 정도로 두들겨 팰 때 리 다비가 우연히 문제의 주먹을 달고 있었다는 얘기구나. 참 운도 없었네.

"그럼 제대로 된 시간에, 제대로 된 장소에 있을 땐 뭘 하고 지내?"

"이것저것 사고팔고 해."

킴은 고개를 끄덕였다. 누구든 리 다비의 말을 믿는 사람은 킴을 만나러 와야 했다. 킴도 멋진 런던 다리를 팔고 싶었으니까.

"아내나 애들은?"

리 다비는 고개를 저었다. "없어. 그런 좆같은 것들은 도저히 못 참아주겠거든. 하는 일도 없이 피만 말리지. 난 자유로운 영혼이야."

리 다비가 킴을 보며 윙크했다. 킴은 목구멍에 정말로 신물이 차올랐다. 그녀는 입을 가리고 기침했다. 브라이언트에게 보내는 신호였다. 그때야 킴은 가면이 벗겨지도록 놔두었다. 그녀가 느끼는 모든 혐오감이 눈에서 드러났다.

"리, 나이가 들어도 나아지는 게 없네. 넌 네가 여기에 오게 될 줄 몰랐겠지만 나는 알고 있었어."

브라이언트가 킴 옆에 다가왔다. 킴은 돌아서서 떠났다.

리 다비에게서는 속임수를 쓰려는 기색이 전혀 느껴지지 않았다. 이중 납치 같은 복잡한 작전에 참여했다면 리 다비는 좀 더 허세를 부렸을 것이다. 잘난 체하는 만족감이, 자신의 영리함을 기뻐하는 낌새가 있었을 것이다. 킴은 리 다비가 찰리의 존재에 대해 아무것도 모른다고 확신했다. 아이 얘기를 하는데도 그의 얼굴에는 그림자 한 점 스치지 않았다.

물론 쉬운 방법을 택해 리 다비에게 직접 질문을 던질 수도 있었다. 하지만 그렇게 하면 리 다비에게 딸이 있다는 사실을 알려 주는 셈이었다. 리는 언제라도 한 번쯤 그 사실을 이용하려 들 게 뻔했다.

솔직히 말해 킴은 캐런이 자기 가족 주위에 세워 둔 약하디약한 장벽 따위야 어찌 되든 상관없었다. 그건 캐런이 언젠가 마주해야만 하는, 거짓말로 이루어진 그물이었다.

킴이 이 방법을 택한 것은 찰리를 위해서였다. 리 다비는 아이에게 필요 없는 아버지였다. 찰리에게는 로버트가 있었다. 지금 당장은.

"어디로 갈까요, 대장?" 상쾌한 바깥으로 나오자 브라이언트가 물었다.

"티민스 집으로 돌아갑시다." 킴이 말했다.

벽돌이 촘촘히 쌓여 있는 막다른 길에 이르렀을 때 킴은 수사 자료에 뭔가 있기를 기도했다.

29

"케빈, 뭐라도 나왔어?" 킴이 물었다. 킴은 프로파일러가 도착하기 전에 수사 진행 상황을 파악하려고 케빈을 다시 불러들였다.

케빈의 얼굴에서 답답함이 드러났다. "제가 새로 사귄 아래층 절친 말로는 잉가가 몇 달 동안 아무도 집에 데려오지 않았답니다. 이웃 중 잉가와 이야기를 나누고 지내는 사람도 없고요. 다들 잉가가 혼자 있는 모습밖에 못 봤다네요.

동네 가게를 돌아다니면서 잉가의 사진을 보여 주기도 했어요. 잉가는 머리를 자르려고 몇 번 미용실에 간 적이 있고 중국 음식점에서 음식을 두어 번 포장해 간 적이 있습니다. 하지만 대화를 한 적은 없대요. 무단침입 사건 수사를 맡은 브라이얼리힐 팀과 우연히 마주쳤는데 왜 신고가 없었는지 모르겠다더군요."

경찰을 상대로 비밀을 유지하는 것은 언론 통제만큼이나 까다로운 일이었다.

잉가를 추적하는 건 불가능해 보였다. 킴은 잉가를 위해서라도 납치범들 또한 그 일을 어렵다고 느끼기를 바랐다. 여자가 구급차에서 뛰쳐나간 이유는 오직 두려움으로만 설명할 수 있었다. 잉가는 중간에 납치극을 그만두었다. 처음부터 그럴 계획이었다고는 도저히 생각할 수 없었다. 납치범들 입장에서는 잉가가 병원에 가 있고 범인들이 찾으러 오든지, 그냥 나중에 잉가가 떠나는 것이 더 말이 됐다. 잉가가 병원 앞에서 구경거리가 되는 편을 선택했다는 건 겁을 먹고 도망쳤다는 뜻이었다.

"스테이시?" 킴이 고개를 돌리며 말했다.

"통신사마다 구걸하다시피 메일을 보냈어요. 알겠다고는 하는데 예의 때문에 웃음이 터지는 걸 최대한 참는 눈치더라고요. 지난번 사건 피해자 중 한 가족의 주소를 받아 두긴 했는데 다른 피해자의 가족은 좀 더 어려워요. 아마 이름을 바꾸고 이사 간 것 같아요.

찰리와 에이미의 부모가 내놓은 명단에는 가벼운 절도 전과가 있는 사람이 한 명 있었어요. 로버트가 그 사람을 고용할 때부터 전과 사실을 알고 있었다고 말해 줬어요. 나머지 사람들은 깨끗해요. 스티븐이 제출한 명단의 사람들 대부분은 아직 확인하지 못했어요. 이제 그 명단을 확인할 생각입니다."

"놈들이 사용한 핸드폰 두 개에는 유용한 정보가 없고?"

"여러 통신사에서 구입한 선불 핸드폰이에요. 둘 다 맨체스터에서 발행된 복제 신용 카드로 사서 일링에 있는 우편 사서함으로 받았어요."

"뭐, 그럼 우리가….'"

"그게 11개월 전이에요, 대장." 스테이시가 말했다.

"젠장." 킴이 짓씹어 뱉었다. 어차피 큰 기대를 했던 건 아니지만 그렇게 오래전에 사서함을 빌린 인물을 기억할 사람은 아무도 없었다.

"그걸 보면 놈들이 찰리와 에이미를 납치할 계획을 얼마나 오랫동안 세워 왔는지 알 수 있네요." 브라이언트가 말했다.

"찰리와 에이미라고는 할 수 없습니다." 킴이 말했다. "납치 계획 자체가 얼마나 오랫동안 세워졌는지는 알 수 있지만 구체적으로 납치 대상을 정해 놓았을지는 확실하지 않습니다. 찰리네 가족이나 에이미네 가족, 혹은 두 가족 모두에게 어떤 연결 고리가 있을 겁니다. 이 두 아이가 납치범의 눈길을 끈 데는 무슨 이유가 있을 게 틀림없어요. 자, 모두 서류 챙기십시오." 킴은 가장 가까운 상자에서 서류 뭉치를 챙기며 말했다. "이전 사건의 아이들이 선택된 이유가 있는지 알아야겠습니다."

모두 고개를 끄덕이고 과거 수사 자료로 손을 뻗었다.

"저기요, 대장. 그 박사라는 사람이 대장을 프로파일링한다고 상상해 보세요." 케빈이 미소 지으며 말했다.

브라이언트가 코웃음 쳤다. "그렇게만 해 주면 내가 긍휼히 여겨 주고 집까지 내줘야지."

"월급도 올려 줘야죠." 케빈이 덧붙였다.

킴은 둘을 보며 미소 지었다.

"이럴 수가, 케빈. 대장이 미소 짓고 있어." 브라이언트가 말했다.

"그럼 제가 닥칠게요."

"그거 좋은 생각이네." 킴이 말했다.

킴은 자료를 휙휙 넘겨보았다. 목격자 진술과 통화 기록, 납치를 목격했을지 모르는 사람들에게서 따온 진술과 사방의 핫라인을 통해 들어온 제보 전화가 섞여 있었다.

"젠장." 킴이 신음했다. 어떤 그림이 떠올랐다.

킴은 방에서 달려 나갔다가 2분 뒤 찰리의 침대 옆에 있던 액자를 가지고 돌아왔다.

"수영 대회였어." 킴이 액자에서 기사를 꺼내며 말했다.

킴은 빠르게 기사를 읽었다. 한 문장 한 문장을 읽을 때마다 가슴이 철렁했다. 킴은 기사를 다 읽고 식탁 너머 브라이언트에게 밀어 놓았다.

"둘이 친한 친구라는 얘기가 아주 많이 나옵니다. '저명한 검사인'에 이미의 아버지가 한 말이 '지역의 기업인'인 로버트 티민스의 말과 함께 인용됐어요."

식탁에 둘러앉은 사람들이 기사를 돌려 읽는 동안 킴은 이렇게 드러난 비밀에 놀랐다. 아이들은 둘 다 수영을 좋아했고 부유한 부모를 두고 있었다. 아무 도움 없이도 올드힐 문화 센터까지 아이들을 추적하는 데는 오랜 시간이 걸리지 않았을 것이다. 게다가 아이들이 메달을 들고 있는 사랑스러운 사진 덕분에 아이들을 찾기도 쉬웠을 것이다.

브라이언트가 한숨을 내쉬었다. "나쁜 의도라고는 전혀 없는 기사가 거의 모든 정보를 줬네요." 브라이언트는 신문 맨 위를 자세히 보았다. "이 신문은 6월에 발행된 겁니다."

그랬다. 킴도 이미 나름대로 역산해 보았다. 이 사진이 납치의 계기가 되었다면 범인들은 납치 계획에 9개월을 쓴 셈이었다.

"이걸로 뭘 알 수 있죠, 대장?" 케빈이 물었다. "이제는 원한 관계나 가족들을 빼도 되는 건가요? 이 정보로 수색 대상이 줄어든 거예요?"

"아니, 케빈. 수색 범위가 훨씬 넓어진 거야."

킴은 더 이상 가족들의 지인이 범죄에 연루됐을 거라는 가정만으로 수사를 진행할 수 없었다. 그 가정에는 최소한 추적의 시작점이 감춰져 있었다. 킴은 그 출발점을 찾아내기만 하면 될 터였다.

하지만 이제 그녀는 아이들이 무작위로 선택되었으며 신문 기사 때문에 납치되었다는 사실을 마주해야 했다. 가족과 관련된 사람이 납치범일 가능성이 줄어들었으니 킴은 범인이 지난번과 똑같은 놈이기만을 빌어야 했다. 킴은 놈들이 어딘가에 자기도 모르게 단서를 흘렸기를 기대하며 이전 사건 당시에 기록된 모든 문장과 사실, 연락처, 목격자 진술을 다시 살펴보아야 했다.

"좋아. 다들 다시 사건 자료를 살펴본다."

킴이 지시했다.

서류를 파헤칠 시간이었다.

30

월은 3번 핸드폰의 배터리를 확인했다. 처음 핸드폰 두 개는 전원을 꺼서 탁자 왼쪽 구석에 두었다. 그는 답장을 기대하지 않았다. 아직은. 답장은 나중에, 다음 메시지를 보낸 뒤에 올 것이다.

월은 남아 있는 핸드폰들을 줄 세우며 위쪽 모서리 높이가 맞는지 확인했다. 모든 핸드폰은 서로 5센티미터 간격을 두고 있었다. 월은 장비가 가지런히 정리된 모습에 만족감을 느끼며 다시 대본을 보았다. 그는 이미 이 메시지를 백 번쯤 읽어 보았다. 메시지는 완벽해야 했다.

지난번에는 충분히 시간을 들여 단어를 고르지 못했다. 머릿속으로 충분히 음미하지 못했다. 게다가 지난번에는 여러 가지 실수가 있었다. 그때는 모든 것을 혼자 할 수 있을 줄 알았다.

하지만 이번에는 두 가지 도움을 받았다. 첫 번째 도움은 기대도 안 했는데 제 발로 그를 찾아왔다. 두 번째 도움은 그가 구애하듯 얻어 낸 것이었다.

월은 부부를 고르기 전에 사임스를 찾았다. 처음 만났을 때부터 그가 적임자라는 것을 알았다. 이 작전에는 꼭 필요한 여러 단계가 있었고, 월은 마지막 단계를 위해 사임스가 필요했다. 월은 사임스의 냉혹하고 무자비한 성격 덕분에 자기가 맡은 역할을 즐길 수 있었다.

그는 메시지를 다시 읽었다. 이번에는 단어 하나하나로 최대한의 충격을 전달하고 싶었다. 그가 정말로 원하는 것은 부부가 메시지를 읽을 때 그 자리에 함께하는 것이었다.

월은 흥분해서 가슴이 벅차올랐다. 크리스마스 전날 밤에도 그런 흥분은 느껴본 적이 없었다.

일곱 남매 중 중간으로 태어난 그는 세상에 별로 기대할 게 없었다. 그의 가장 오래된 기억은 지친 어머니가 그에게 아고스*의 상품 목록을 건네주며 했던 말이었다.

10파운드 안 되는 것 중에 하나 골라서, 옆에 네 이름을 써 놔.

어머니는 그렇게 말했다. 시킨 대로 하자 어머니는 그 묵직한 상품 목록을 다음 아이에게 내밀었다.

그다음 날 학교에 갔는데 다른 모든 아이들이 산타가 가져다준 선물을 하나하나 자랑해 댔다. 마음속에서 시기심이 차오르는 것이 느껴졌다.

선물만 부러운 게 아니었다. 그는 아이들이 그 동화 같은 이야기를 믿는다는 것이 부러웠다. 그는 눈에 띄는 모든 아이에게 산타 할아버지는 존재하지 않는다고 말했다. 그 모든 게 말도 안 되는 거짓말이라고 설명했다. 아이들은 남자, 여자 가릴 것 없이 울며 항의하고 반박하다가 결국은 그의 말을 받아들이고 더 울었다. 그러면 월은 웃었다. 이제는 그가 중요한 존재가 됐으니까.

월의 부모는 아무것도 믿지 않았다. 월은 베개 밑에 빠진 이를 두고 자면 요정이 와서 새 이를 나게 해 준다는 이야기를 듣고 베개 밑에 이를 두었지만 치아는 아침까지도 가만히 있었다. 부활절 달걀은 아스다(월마트 산하의 영국 소매업체─옮긴이 주)에서 1파운드에 세 개씩 사 왔다.

월은 돈을 원했다. 남의 돈을 원했다. 모든 것을 가진 사람들에게서

● 영국과 아일랜드에 있는 체인형 소매상점

무언가를 빼앗고 싶었다. 윌은 인생이 찢겨 나갈 때 피해자의 가족들이 어떤 표정을 지을지 상상해 보았다. 정말이지, 그 모습을 직접 볼 수 있으면 얼마나 좋을까? 하지만 그럴 수 없었다. 그냥 이 자리에 앉아서 상상이나 해야 할 것이다. 그들의 인생을 영영 바꿔 놓을 문자 메시지를 보내기까지 겨우 한 시간이 남아 있었다.

월의 생각은 동료에게로 향했다. 윌은 지금쯤 사임스가 임무를 마치고 돌아올 거라고 생각했다.

잉가의 처분에 관해서는 선택의 여지가 없었다. 그녀는 멍청하게 행동했으니 그만한 대가를 치러야 했다. 살려 두기엔 잉가가 너무 많은 것을 알았다. 그녀는 두려움에 굴복한 멍청한 년이었고 윌은 그녀의 두려움에 전혀 공감할 수 없었다. 처음에는 그녀의 감정이 유용했지만 이제는 그 감정 때문에 이번 프로젝트 전체가 망가질 위험이 있었다.

잉가는 죽어야 했다. 빠르게.

윌은 사임스가 정말로 가뿐하게 일을 처리한 것이기를 바랐다.

31

"누군지 몰라도 이 기록들을 정리한 사람을 만나면 걷어차 줘야겠어요."

"징징대지마, 케빈. 받아들여."

킴이 쏘아붙였다. 하지만 킴도 케빈과 전적으로 같은 생각이었다. 하루 종일 수사에 매달린 첫날이 거의 저물어 가고 있었다. 찰리와 에이미는 거의 36시간째 실종 상태였다. 그런데도 수사는 지지부진했다. 더욱 걱정스러운 점은 보면 볼수록 수사 자료가 엉망진창이라는 것이었다. 실제 수사도 이렇게 비효율적이었다면 일이 왜 그렇게까지 잘못되었는지 알 수 있을 것만 같았다.

"왜 아이들 중 한 명만 돌아왔을까요?"

브라이언트가 물었다.

"모릅니다. 하지만 여기 어딘가에 해답이 있기를 바랍니다."

누군가 문을 조용히 두드렸다. 헬렌이 고개를 내밀었지만 문지방을 넘지는 않았다.

"경위님, 어떤 분이 찾아오셨어요. 로 박사님이라고 하시네요."

킴은 의자를 뒤로 밀어 놓고 현관으로 향했다. 주방에서 맛있는 냄새가 아른아른 풍겨왔다.

킴 앞에 서 있는 사람은 날씬하고 키가 컸으며 펜슬 스커트 차림에 하이힐을 신고 재킷을 걸치고 있었다. 머리는 앞머리를 일자로 자른 밤색 단발이었다. 그녀는 딱딱한 미소를 짓고 있었지만 눈가에는 웃음기가 미치지 못했다. 그녀가 킴을 돌아보았다.

"앨리슨 로 박사입니다." 그녀가 부드럽게 말했다. "제가 올 거라는 얘긴 들으셨죠?"

"프로파일러이십니까?" 킴이 확인했다. 그녀는 흰 가운이나 수술복을 입지 않은 사람들을 '박사'라고 부르는 게 어색했다.

"행동 분석가라고 불러주시면 더 좋겠네요." 로는 목소리에 살짝 조바심을 담아 말했다.

"그러죠."

킴은 미소 지으며 대답했다. 우디는 수사를 지원하러 온 전문가들에게 착하게 굴어야 한다고 분명히 말했다. 하지만 킴의 얼굴에는 정말이지 미소가 어울리지 않았다. 킴이 한 손을 내밀자 앨리슨은 놀란 듯했다. 어쩌면 너무 빨리 악수를 청한 걸지도 몰랐다. 솔직히, 킴은 낯선 사람과의 신체 접촉을 혐오했다. 그 사람들을 땅에 메다꽂을 때라면 모를까.

"만나서 반갑습니다." 킴은 손바닥이 아주 잠깐 닿았을 때 말했다.

"여기 수사 책임자이신가요?"

킴은 담당 형사라고 불러 주는 편이 더 좋았지만 그냥 놔두었다. 그녀는 여자의 복장을 살펴보고 미소 지었다.

"곧장 와 주신 건 감사하지만 원하신다면 가서 호텔을 잡고 짐을 푼 다음 돌아오시는 게…."

"이미 다녀왔어요, 경위님."

"아, 그럼 됐네요." 킴이 말했다. 대체 누가 저녁 6시 30분에 저런 옷을 입고 다니는지 궁금했다. "따라오시죠. 팀원들을 소개해 드리겠습니다. 다들 그쪽을 만나고 싶어 안달이 났습니다."

킴은 말을 하자마자 자신의 친절이 도를 넘은 걸지도 모른다고 생각했다. 하지만 킴이 천성대로 하면 이 여자가 킴을 마음에 들어 할 가능성은 더 낮아질 게 뻔했다.

"자, 이쪽은 우리 행동 분석 자문 위원인 앨리슨 로 박사님입니다."

로 박사는 사뿐사뿐 식탁 상석까지 걸어갔다.

"그냥 앨리슨이라고 불러 주세요."

그녀는 대중연설에서나 쓸 법한 완벽한 목소리로 말하며 방 안 사람들에게 고루 미소를 보여 주더니 서류 가방을 식탁에 올려놓다가 커피잔을 팔꿈치로 쳤다. 스테이시가 아슬아슬하게 잔을 잡았다.

"이게 제 이력서입니다. 제 자격 사항에 대해서 조금 알려 드리려고요."

앨리슨은 식탁 주변에 앉은 사람들에게 이력서를 돌렸다. 킴은 이력서를 힐끗 보고 무심코 앨리슨이 어렸을 때 신동이었나 보다고 생각했다. 열두 살쯤 의대를 졸업하는 그런 아이 말이다. 사회학 학위와 심리학 학위가 보였고 굵직한 글자들이 엄청나게 많았다. 다만 실제 작업에 참여했다는 증거는 뚜렷하게 보이지 않았다.

"그럼, 뭐든 질문하세요."

브라이언트가 헛기침했다.

"과거에 어떤 사건을 맡으셨는지 알려 주실 수 있을까요?"

과연 브라이언트는 믿을 만했다. 그에게는 킴이 생각하는 것을 알고 킴보다 훨씬 나은 표현으로 질문을 던지는 능력이 있었다. 앨리슨은 그 질문을 예상했다는 듯 브라이언트를 보며 미소 지었다.

"에든버러에서 삼중 살인 사건 수사를 보조했고 허트포드서에서 연쇄 강간범 사건 수사에 도움을 주었습니다."

킴은 앨리슨의 참여가 어느 정도로 '도움'이 되었는지 알 수 없었다. 하지만 이 자리에서 취업 면접을 할 생각은 없었으므로 굳이 밀어붙이지 않기로 했다. 우디는 앨리슨의 판단력을 믿는 게 확실했고 킴은 우디의 판단력을 믿었다.

"그럼 어디서부터 시작하는 게 좋겠습니까?" 킴이 물었다.

앨리슨은 안락의자에서 멀리 떨어진 식탁 자리에 앉았다.

"지금까지 수사 개요를 알고 싶어요. 작년에 비슷한 사건이 있었다는 건 알고 있습니다."

"맞습니다." 킴이 말했다.

"그때 수사 자료가 있다면 그것도 부탁드려요."

킴은 엄청나게 쌓여 있는 서류를 가리켰다.

"얼마든지요."

앨리슨은 식탁을 둘러보았다.

"체계적으로 정리되어 있지는 않은 것 같네요."

킴이 대답하려는데 누군가 문을 두드렸다. 가장 가까운 곳에 있던 케빈이 자리에서 일어나 문을 열어 주었다. 킴은 의자 등받이에 기댄 채 캐런을 보았다. 캐런은 케빈 너머의 킴을 보았다.

"시간이 있을지 모르겠는데, 저녁 준비됐어."

팀원 세 명이 간절한 눈으로 킴을 보았다.

"가서 드세요."

킴은 눈알을 굴려대며 말했다. 킴은 캐런에게 한마디해줘야겠다고 생각했다. 수사 팀원들의 식사를 챙겨 주는 것은 캐런의 일이 아니었다. 식사를 챙기면서 캐런도 뭔가 하고 있다는 기분을 느낀다는 건 알고 있었지만 그만두게 해야 했다. 식사를 함께하면 친분이 생긴다. 저녁을 먹으러 식탁에 둘러앉아 하루 있었던 일을 이야기하는 가족처럼 되고 만다. 팀원들은 뭔가를 이야기할 정도로 마음을 놓아서는 안 됐다.

"박사님도요." 킴이 앨리슨에게 말했다.

"전 이미 식사했어요. 말씀 감사합니다. 저는 바로 시작하고 싶어요."

킴은 문이 닫히기를 기다렸다.

"알겠습니다. 아홉 살짜리 여자아이 두 명이 지역 스포츠센터에서 납치당했습니다. 원래는 엄마가 아이들을 데리러 가기로 했는데 누가 자동차를 건드려서 제시간에 오지 못하도록 막았어요. 저희가 처음으로 찾은 납치범은 경찰관 옷을 입고 있었습니다. 센터 직원이 그자에게 말을 걸었었는데 어젯밤 살해당했습니다. 납치범들은 의사소통 방법으로 문자 메시지를 선택했습니다. 지금까지 두 통이 왔습니다. 내용은 칠판에 적어 두었고요. 아이들은 친한 친구이고 둘 다 몇 달 전 신문 기사에 실렸습니다. 그 기사에서 아이들의 아버지 직업이 언급됐습니다. 박사님이 처음으로 던지고 싶어 하실 만한 질문에 답하자면, 아직 몸값 요구는 없었습니다."

앨리슨은 칠판을 보며 턱을 문질렀다. 킴은 여태까지 알아낸 것을 간단히 설명하면서 정말이지 정보가 없다는 걸 새삼 느꼈다. 킴이 말을 이었다.

"지금은 두 가족과 원한 관계가 있을 만한 사람들의 명단을 살펴보고 있습니다만 아이들이 신문 기사 때문에 선택되었을 가능성도 생각해 봐야 합니다."

"흠…. 저 마지막 문자 메시지가 좀 걱정스럽네요."

킴도 동의한다는 뜻으로 고개를 끄덕였다.

"네, 사이코패스가 걸린 것 같습니다."

32

사임스는 두 잔째 맥주를 들이켰지만 기분은 전혀 나아지지 않았다. 하루 종일 그 걸레 년을 쫓아다녔는데 냄새조차 맡지 못했다.

그는 맥주를 한 잔 더 마시려고 손을 들었다. 할 일이 없다면 독주를 들이켜고 있었을 테지만 지금은 분노를 조금 삭이고 싶을 뿐이었다. 그냥 곤두선 신경을 조금이나마 무디게 하고 싶었다.

사임스는 처음부터 그 여자를 끌어들이면 안 된다고 했다. 그런 멍청한 년은 필요 없다고. 그리고 사임스의 생각이 맞았다. 하지만 빌어먹을 윌이 우겨 댔다.

불쑥 한 가지 재미있는 생각이 났다. 그는 주머니를 톡톡 두드렸다. 여권이 없으니 잉가는 아무 데도 가지 못할 것이다.

사임스가 잉가의 집을 난장판으로 만든 건 부분적으로 잉가를 옭아맬 서류를 찾다가 일어난 부작용이었다. 하지만 그게 전부는 아니었다. 사임스는 잉가에게 잡히면 무슨 일이 일어날지 알려 주고 싶었다. 그는 반드시 잉가를 잡을 테니까.

문제는 윌이 사임스의 지능을 심각하게 저평가했다는 점이었다. 사임스가 보이는 것만큼 멍청했다면 아프가니스탄에서 두 번이나 살아남을 수는 없었을 것이다.

사임스는 일단 잉가를 조사했다. 그는 살아 있는 모든 것을 본능적으로 불신했기에 상대가 누구인지 알아야만 했다. 사임스는 잉가가 커피를 마시러 가는 곳, 머리를 하는 곳, 쇼핑을 하는 곳을 파악했다. 사임스는 그녀의 모든 것을 알았다. 인간은 심한 스트레스를 받으면 자신만의 피난처를 찾는다는 것도.

잉가는 멀지 않은 곳에 있을 터였다. 그녀는 거의 30시간째 살려고 발버둥치는 중이었다. 이제 그녀에게는 시간이 없었다.

하지만 사임스는 일단 돌아가서, 빌어먹을 월에게 아직 잉가를 찾지 못했다고 말해야 하는 냉정한 현실을 떠올렸다. 월이 고개를 돌려 그 아끼는 화면들을 들여다보기 전에 어떤 표정을 지을지 상상이 됐다.

다 안다는 듯한 그 표정.

역겨움과 혐오감이 살짝 깃들어 있는 표정.

사임스는 잠시 월의 얼굴을 두들겨 패서 그 표정을 뭉그러뜨리고 싶다는 충동을 느꼈다. 하지만 그럴 수는 없었다. 둘에게는 서로가 필요했다, 당분간은.

월은 어렸을 때부터 재수 없는 놈이었다. 온갖 병이며 알레르기를 달고 살았다. 사임스는 월의 형, 래리와 같은 반이었다. 래리는 사임스와 싸워도 밀리지 않았다. 매우 거친 놈이었다. 래리는 어린 월을 재미 삼아 패 주곤 했다. 래리는 사임스에게도 몇 번 함께하자고 했고 멍청한 월은 때리는 대로 얻어맞았다.

래리는 십 대 후반에 장물을 팔다가 감옥에 갔다. 누가 래리를 밀고해 처넣은 것이다. 사임스는 그게 누구일지 알 것만 같았다. 3년의 형기 중 2년이 지났을 때 교도소에 폭동에 일어나 래리가 칼에 찔렸다. 월은 장례식에도 가지 않았다. 콩가루 집안이었다.

그걸 생각하면, 사임스가 열두 살 때 개같은 아버지를 잃은 건 차라리 잘된 일이었다. 아쉬운 건 그 자식을 죽인 게 사임스 자신이 아니라는 것뿐이었다.

11개월 전 사임스는 고널 선술집에서 월을 보고 그의 친절한 인사와 바에서 보여 준 통 큰 씀씀이에 놀랐다. 그들은 2주쯤 뒤에 다시 만났다. 월은 재미있는 일을 꾸미고 있다는 냄새를 풍겼다. 사임스의 레이더에 뭔가 큰 것이 걸렸다.

동료로서 월은 같이 일하기 편한 사람이 아니었다. 월의 얼굴에는 언제나 비웃는 표정이 걸려 있었다. 그의 계속되는 조롱을 생각하기만 해도 사임스는 피가 끓었다.

사임스는 이 일이 어떻게 진행될지 알았다. 돌아가기 전에 진정하지 않으면 그는 결국 월을 때리게 될 것이다. 시야가 흐려지고 시간이 흐른 뒤에야 자기가 무슨 짓을 저질렀는지 기억하게 될 것이다.

경험상 사임스의 몸에 흘러넘치는 긴장감을 누그러뜨리는 것은 두 가지밖에 없었다. 그는 둘을 모두 손에 넣을 방법을 생각하며 세 잔째 맥주를 단번에 들이켰다.

사임스는 선술집에서 나와 테스코에 주차된 자동차로 갔다. 그는 씩 웃으며 스타워브리지까지 차를 몰아갔다. 중심가에 차를 대고 몇 주 전 친구 몇 명과 함께 들렀던 바에 들어갔다. 그때는 사람들의 눈길을 받고도 관심 없는 척했지만 지금은 달랐다. 그는 바(bar)로 다가가 스카치 한 잔을 주문했다. 앞에 앉은 사람의 눈에서 그를 알아보는 빛이 떠올랐다.

"와, 안녕하세요, 형. 잘 지내세요?"

목소리는 작고 부드러웠다. 스튜어트라는 남자의 목소리였다. 노동자 계급 남자들이 드나드는 선술집에는 좀 어울리지 않게 생긴 사람이었다.

"나야 잘 지내지. 넌?"

"형을 보니 더 좋네요."

"시간 좀 있나?"

스튜어트는 손목시계를 확인했다.

"원하시면 지금도 괜찮아요."

사임스가 미소 지었다.

"그래, 지금 좋지. 뒤쪽에서 보자."

그는 선술집에서 나와 건물 옆쪽으로 돌아갔다. 생선 가게와 선술집 사이로 비좁고 어두운 골목이 나 있었다. 사임스는 벽에 기대 기다렸다. 왼편에 있는 묵직한 금속 문이 열리더니 스튜어트가 수줍은 미소를 지으며 나왔다. 스튜어트는 머리부터 발끝까지 검은 셔츠와 바지로 이루어진 유니폼을 걸치고 있었다. 사임스는 그가 잘생긴 청년이라고 생각했다. 거의 예쁘게 보였다.

"무슨 얘기 하시려고요, 형?"

스튜어트가 사임스의 아래팔을 손가락으로 쓸며 물었다. 사임스는 그를 떨쳐 내고 자기 지퍼를 내렸다.

"세상에."

스튜어트는 둘 사이를 내려다보며 속삭였다. 그의 손이 아래로 내려가 발기한 사임스의 성기를 어루만졌다. 사임스의 물건은 더 단단해졌다. 스튜어트는 성기를 애무하며 신음했다. 그는 더 가까이 다가가 사임스와 눈을 맞추려 했지만 사임스는 스튜어트의 머리 너머를 뚫어지게 바라보았다. 스튜어트의 어깨에 오른손을 대고 그를 주저앉혔다. 스튜어트는 성기 전체를 입 속에 집어넣으며 사임스의 고환을 감쌌다.

168

사임스는 미소 지었다. 게이처럼 잘 빠는 것들은 없었다.

몸속에서 열기가 차올랐다. 그는 덥수룩한 금발을 손가락으로 움켜쥐고 스튜어트의 머리를 앞뒤로 움직이며 성기를 넣었다 뺐다. 사임스는 아래를 내려다보지 않았지만 스튜어트도 쾌락을 느끼고 있다는 걸 알았다.

그는 차마 아래를 볼 용기가 나지 않았다. 자신의 성기 끝에 다른 남자가 있는 모습을 보면 역겨울 테니까. 몸속에서 열기가 차오르면서 다른 모든 것은 멀찍이 물러났다. 중요한 것은 목적지에 다다르는 것뿐이었다.

그는 스튜어트의 입 속에 몸을 더 세게 밀어 넣으며 그의 머리를 세게 당겼다. 땀방울이 이마에 맺혔다. 목적지가 가까워지는 게 보였다. 그는 오직 결승선을 넘는 데만 집중하며 내달렸다.

사임스는 폭발적으로 결승선을 끊으며 신음했다.

효과는 즉각적이었다. 스트레스 수준은 양동이에서 물 새듯 낮아졌지만 아직 사라지지는 않았다.

"세상에, 좀 기다리…."

사임스가 스튜어트의 머리를 후려갈기자 스튜어트의 말이 끊기고 말았다. 녀석이 옆으로 쓰러졌다. 사임스는 지퍼를 빠르게 채운 다음 스튜어트의 등을 걷어찼다. 스튜어트는 고통 속에 비명을 질렀다.

"씨발, 뭘 기다려? 이 호모 새끼야." 사임스가 물었다. "너희 호모 새끼들은 다 똑같아." 사임스가 스튜어트의 배를 걷어찼다. "좆같은 게이 새끼들. 토 나와."

스튜어트는 신음하며 바닥을 굴러다녔다. 두 손으로 배를 움켜쥐고 있었다. 그 배 바로 아래에서 축 늘어진 성기가 땅에 이리저리 쓸렸다.

사임스는 그 모습에 역겨움을 느꼈다. 뱃속에서부터 치밀어 오른 구역질이 분노에 불을 붙였다. 그는 스튜어트의 허벅지 뒤를 세게 걷어찼다.

"쌍, 넌 폐기물이야. 방금 네가 한 짓이 좆같은 죄악이라는 걸 몰라? 다른 남자 물건을 빠는 건 더러운 짓이라고."

사임스는 그를 다시 걷어찼다. 스튜어트는 신음하며 도망치려고 골목 저쪽으로 몸을 굴렸다. 사임스가 뒤를 따랐다.

"부탁이에요…. 이제 그만…."

스튜어트가 빌었다. 사임스는 다시 그를 걷어찼다.

"씨발, 내가 그 시궁창 인생에서 너를 구해 줘야겠어."

"제발…. 그러지 말아요…."

사임스는 꿈틀대는 몸을 넘어가 두 발을 스튜어트의 상체 양옆에 디뎠다. 그는 겁에 질린 스튜어트의 얼굴을 내려다보았다.

"좋아, 죄송하다고 하면 한번 봐주지."

"무…. 무슨…."

사임스는 오른발로 그의 옆구리를 쿡 찔렀다.

"죄송하다고 하라고. 더럽고 추잡한 게이인 걸 사죄해. 방금 내가 너한테 할 수밖에 없었던 일에 대해 죄송하다고 하란 말이야." 그는 스튜어트를 다시 쿡 찔렀다. "씨발, 말해!"

사임스는 자신의 지시를 한마디, 한마디 따라 하는 소년의 눈에서 눈물이 흘러나오는 것을 보고 흡족하게 미소 지었다. 이 녀석은 자기 행동에 책임을 졌다. 그러니 살려 줄 것이다. 사임스 자신은 모든 책임을 사면받았으니 정화되었다.

사임스는 옷매무새를 정리하고 골목에서 빠져나갔다.

이제는 돌아갈 준비가 됐다.

33

킴은 '세 번째 문자 메시지'라는 제목이 붙어 있는 종이를 보고 잠시 멈추었다.

페이지가 비어 있었다. 킴은 여기저기 쌓여 있는 서류들을 둘러보았다. 건초 더미에서 바늘을 찾는 기분이었다. 킴의 시선이 식탁 맞은편에 앉아 있는 앨리슨에게 닿았다. 앨리슨은 반쯤 미소 지으며 그녀를 보고 있었다. 킴도 똑같은 표정을 지어 보려 했지만 꼭 유령의 집 거울을 쳐다보는 느낌이었다.

"왜 저한테 잘해 주려 하세요?" 앨리슨은 어리둥절한 듯 물었다.

"딱히 뭘 하려는 건 아닌데요." 킴은 거짓말했다.

"아니, 맞아요. 이젠 거짓말까지 하시네요." 앨리슨이 미간을 좁혔다. "그냥 이유가 궁금해서 그래요."

"왜 제가 가식적으로 군다고 생각하는 겁니까?" 킴이 물었다.

"저는 행동 분석가니까요, 경위님. 어색한 태도는 1킬로미터 떨어진 곳에서도 알아챌 수 있어요. 왜 그러시는 거예요?"

킴은 이 여자를 만난 이후 처음으로 진정성 있는 표정을 지었다.

"제 상관이 저더러 같이 일하기 좋은 사람은 아니라고 하더군요."

앨리슨은 안심한 표정이었다.

"아아. 그러니까 저를 특별히 싫어하시는 건 아니군요. 그냥 대부분의 사람을 싫어하시는 편인 거였어요."

킴은 앨리슨의 눈치가 너무 빨라 감탄스러울 지경이었다.

"비슷합니다만, 이번만큼은 거짓말하지 않겠습니다. 보통 프로파일링은 제 체질에 맞지 않습니다."

킴이 행동 분석이라는 표현 대신 프로파일링이라는 단어를 썼지만 앨리슨은 굳이 지적하지 않았다.

"범죄자의 심리를 파악해 그들의 정체를 밝히는 게 경찰에 별 도움이 안 된다고 생각하세요?"

"얼마 전까지만 해도 범죄자 프로파일링이란 신체 부위의 크기를 재는 방식으로 진행됐죠. 강간범들은 손이 작고 이마가 좁고 머리카락 색깔이 밝다는 식으로 말입니다. 절도범들은 두개골에 이상이 있고 숱이 많다고 했고요."

앨리슨은 미소 지었다.

"그것보다는 진전이 있었던 것 같아요. 요즘은 과학적으로 개발된 탄탄한 프로파일링이 많이 활용되고 있는걸요. 마이어스-브릭스 심리 검사라든가, 길퍼드-짐머맨 기질 검사라든가, 에드워즈 성격 프로파일 척도라든가."

킴은 들고 있던 종이를 내려놓았다. 그녀는 앨리슨이 말한 모든 검사를 알고 있었다.

"그 검사들은 대상자가 질문에 사실대로 대답한다는 전제를 깔고 있죠. 범죄자가 전적으로 정직하고 자신을 잘 안다고 말입니다. 그게 첫 번째 문제입니다. 두 번째 문제는 이미 잡힌 범죄자들에게만 검사를 할 수 있다는 겁니다. 그러니 잡히지 않고 빠져나간 자들은 전부 제외되죠. 자료가 불완전합니다."

"저도 경위님 말씀이….."

"세 번째 문제는, 당신들이 사용하는 자료가 과거에 관한 자료라는 겁니다. 당신들은 이미 일어난 일을 근거로 앞으로 일어날 일을 예측합니다. 이런 유형의 사람은 이런 식으로 행동할 거라는 거죠. 당신들이 쓰는 시스템은 인간을 예측 가능한 기계로 전락시키는데 인간은 그런 존재가 아닙니다."

"하지만 사람들은 보통 일관적으로 행동해요. 성격 특성은 뿌리 깊게 배어 있죠."

"사람은 스트레스를 경험하면 그때그때 다르게 반응합니다. 모두가 자유롭게 선택하죠. 그런 선택은 예측할 수 없습니다."

앨리슨은 앞으로 나와 앉았다.

"하지만 행동 프로파일링에서 뭔가를 비교한다는 건 패턴을 비교한다는 뜻이에요. 패턴은 중요하고요."

킴이 입을 열었지만 브라이언트가 문 너머로 고개를 내밀었다.

"커피 새로 드릴까요?"

"브라이언트, 차를 한 잔 주면 좋겠습니다."

브라이언트의 눈이 휘둥그레졌다.

"대장, 차는 절대 안 드시잖아요?"

킴이 앨리슨을 돌아보았다.

"내 말이 그 말입니다. 내가 보통 커피를 마신다는 사실이 내가 절대로 변화를 주고 싶어 하지 않을 거라는 뜻은 아니라고요."

"하지만 대부분의 경우에는 커피를 드시죠. 뻔한 일이 뻔한 일이 된 데는 이유가 있는 거예요."

"어떤 규칙에든 예외는 있습니다." 킴이 반박했다. "모든 사건과 범죄자는 독특하기에 다른 범죄자가 과거에 저지른 행동을 통해서 예측해서는 안 됩니다."

"그러니까 행동 분석에는 아무 장점이 없다고 생각하시는 거예요?"

킴은 잠시 생각했다.

"저는 훌륭한 수사란 관찰과 추리, 지식의 혼합이라고 굳게 믿습니다."

"아아, 셜록 홈스식 접근이군요."

"뭐, 딱히 그렇지는 않습니다. 셜록 홈스는 실제 인물이 아니니까요. 하지만 제가 확신하는 것도 몇 가지 있습니다. 그 어떤 범죄자도 동기 없이 행동하지는 않는다는 것. 다양한 범죄자들이 완전히 다른 이유로 비슷한 행동을 보인다는 것. 인간의 행동은 환경과 생물학적 특징에 대한 반응으로 독특하게 발전한다는 것.

솔직히, 저는 우리가 잡으려는 납치범이 어머니에 대한 프로이트적 집착을 하든, 시간이 날 때마다 뜨개질을 하는 반사회적인 외톨이든 관심 없습니다. 박사님이 놈의 주소를 알려 주지 않는 한 별 도움은 되지 않을 테니까요."

앨리슨은 크게 웃어 킴을 놀라게 했다.

"숨이라도 좀 쉬면서 말씀하세요."

어쩌면 킴이 너무 세게 몰아붙인 걸지도 몰랐다. 이 여자가 선택한 직업을 비난할 생각은 아니었는데.

"아니 뭐, 이미 범인이 보인 행동에 근거해서 놈의 행동을 추측하는
데 도움을 주신다면 뭐든 고맙게 생각하겠습니다."

"얼마든지요, 경위님."

킴은 그녀를 위아래로 훑어보았다.

"그리고 부탁인데, 내일은 제대로 된 옷을 입고 오세요. 그렇게 과한
옷차림을 하고 오면 가족들이 불안해합니다. 박사님은 꼭, 망할 장의사
처럼 보입니다."

킴은 앨리슨을 찬찬히 살폈다.

"그건 그렇고, 도대체 왜 파워 드레싱*입니까? 약간 80년대 후반 스타
일 같은데요."

"전 여자라서 다른 사람들한테 진지하게 받아들여지려면 노력을 해야
해요. 이런 옷을 입어야 다른 사람들이 절 존중하고 무시하지 않거든요."

킴은 팀원들에게 존경심을 끌어내는 것은 옷차림이 아니라는 걸 알고
있었다. 존경심은 올바른 판단에서 비롯했다.

"뭐, 하나는 확실히 말씀드리죠, 박사님. 우리 팀원들은 박사님이 여자
라는 이유만으로 무시하지 않을 겁니다. 개소리를 하면 무시하겠지만."

앨리슨은 킴을 차갑게 쏘아보았다.

"음, 방금 건 농담이었습니다."

"아, 그렇군요. 버밍엄에서 유행하는 농담인가 봐요?"

"아닙니다. 그럴 리가요. 하지만 그런 식으로 말하면 살해당할 겁니

---

* 위엄과 권위를 표현하기 위해 격식을 갖춘 커리어 우먼의 패션 스타일

다. 블랙컨트리는 버밍엄이 아니니까요."

이건 농담이 아니었다.

"경위님, 제 생각에…."

거실에서 날카로운 비명이 들려와 앨리슨의 말이 끊겼다. 킴은 종이
더미를 밟고 문으로 달려가 복도를 빠르게 가로질렀다.

"문자 메시지입니다."

케빈이 킴에게 캐런의 핸드폰을 건네며 말했다. 킴은 가족들에게 다
음번 메시지를 읽지 말라고 했지만 엘리자베스의 핸드폰은 이미 스티븐
의 손에 꽉 쥐어져 있었다. 킴은 스티븐에게 손을 내밀었다.

"핸슨 씨, 저한테…."

"내가 읽겠습니다, 경위님."

스티븐은 엄지로 화면을 쓸며 말했다. 킴은 그에게 한발 다가갔다.

"핸슨 씨, 부탁이니 이리 주시면…."

스티븐이 물러났다.

"얘는 내 딸이지 당신 딸이 아닙니다." 그가 고집을 부렸다. 스티븐이
엘리자베스의 핸드폰 메시지를 열자 소파에 앉아 있던 두 아이의 어머
니가 서로에게 다가갔다. 둘은 손을 맞잡았다. 앨리슨을 포함한 킴의 팀
원들은 거실 여기저기에 흩어져 있었다.

킴은 자신이 메시지 내용을 파악하기 전에 스티븐이 메시지를 읽는
걸 바라지 않았지만 그에게서 강제로 소지품을 빼앗을 수는 없었다. 스
티븐은 문자 메시지를 읽기 시작했고 한마디 한마디 읽어 나갈 때마다
안색을 잃었다.

딸을 얼마나 사랑하나? 돈으로 그 사랑을 재보지. 건강한 경쟁은 사람들에게서 최선의 모습을 끌어내는 법이거든. 가장 높은 몸값을 제안하는 부부는 다시 딸을 만나게 될 거다. 지는 부부는 만나지 못할 것이다. 이 규칙은 변하지 않는다. 연락하겠다. 실수하지 말도록. 한 아이는 죽는다.

비명과 한숨의 불협화음이 거실에 울려 퍼졌다.

킴은 괴로워하는 두 어머니에게로 시선을 돌렸다. 두 여자가 마주 잡은 손을 떼는 모습이 보였다.

34

킴은 가족 연락 담당관에게 고개를 돌렸다.

"헬렌, 얘기 좀 하죠."

킴은 거실에서 성큼성큼 걸어 나가 복도를 지나 현관을 나선 다음 차량 진입로로 10미터쯤 더 걸어갔다. 이번 이야기는 단둘이 해야 하는 이야기였다. 헬렌이 킴을 따라잡았다.

"네, 경위님."

킴이 그녀를 돌아보았다.

"지난번에도 이런 일이 있었던 거죠? 염병할 시합 말입니다. 왜 얘기 안 했습니까?"

킴은 주머니 속에서 주먹을 꽉 쥐었다.

"이번에도 똑같은 일이 일어날 줄은 몰랐어요. 저는…. 전 그냥…."

헬렌은 괴로운 듯했지만 킴은 관심 없었다.

"수사 자료에는 이런 얘기가 전혀 없습니다. 세 번째 문자 메시지 기록이 없어요."

헬렌은 고통스러워했다.

"잘 들으십시오. 이제부터는 정직하게 말하는 게 좋을 겁니다. 그게 아니라면 나도 도저히 참을 수가…."

"수사 자료에는 없어요."

헬렌이 결국 입을 열었다. 킴은 주먹을 폈다.

"대체 왜 없는 겁니까?"

"세 번째 문자 메시지에 대해 아는 사람은 저희 중에서도 두어 명밖에 없었거든요. 저희는 비밀 유지 서약을 했고요. 아이가 한 명만 돌아오리라는 것을 알고서도 범인을 잡을 엄두조차 내지 못했다는 게 알려져서 좋을 게 없었어요. 아이는 처음부터 한 명만 돌아올 예정이었고 우리 수사는 아무 소득이 없었던 거예요."

"어떻게 이런 일이 전혀 공개되지 않은 겁니까?"

"생각해 보세요, 경위님. 경위님도 정보를 공개하는 것이 공공의 이익이 되지 않는 사건들을 맡아 보신 적 있지 않나요?"

킴은 열을 냈다.

"우리는 공공의 이익을 이야기하는 게 아니라 이 빌어먹을 사건에 필수적인 정보를 이야기하는 겁니다."

"잊지 마셔야 하는 게, 저는 지금도 선임 수사관님의 말에 따라 활동하고 있다는 점이에요."

헬렌이 마주 쏘아붙였다. 킴은 머리를 쓸어 넘겼다.

"제기랄, 점점 좋아지는군요. 제가 알아야 할 게 더 있습니까?"

헬렌은 고개를 저었다. 킴에게는 두 가지 선택지가 있었다. 헬렌을 사건에서 빼거나, 어떻게든 이용하거나.

"경위님, 정말 죄송해요. 말씀드렸어야 했는데. 여론의 관심도 피해야겠지만 그건 변명거리가 못 돼요. 앞으로 닥칠지 모르는 일을 경위님께 미리 알려 드렸어야 했어요."

"네, 당연히 그랬어야 합니다." 킴은 화를 냈다.

헬렌은 귀 뒤로 머리를 쓸어 넘겼다. 그녀의 손가락이 떨렸다.

"당신을 이 사건에서 빼지 않으려면 당신이 나한테 숨기는 게 아무것도 없다는 걸 확인해야겠습니다. 아이들을 집으로 데려오는 것이 무엇보다 중요하니까요."

"경위님, 약속할게요. 저는 꼭⋯."

"들어가세요, 헬렌. 그리고⋯. 차를 좀 내오십시오."

헬렌은 고개를 끄덕이고 집으로 달려갔다.

킴은 분노를 삭이려고 좀 더 서성였다. 이전 수사의 잘못된 점을 꼽으려면 손발이 더 필요할 지경이었다. 이제는 지난번 수사의 오류들이 찰리와 에이미에게까지 영향을 끼치고 있었다. 전혀 마음에 들지 않는 일이었다.

킴은 내일 우디에게 수사 자료가 빠져 있다는 사실을 알릴 생각이었다. 이건 우디가 해야 할 싸움이었다.

킴의 유일한 관심사는 두 아이의 안전한 귀환뿐이었다.

35

킴은 상황실로 돌아갔다. 분위기가 어두웠다.

"자, 다들 집에 연락해. 철야 근무다."

"이미 전화했습니다, 대장."

브라이언트가 말했다. 케빈과 스테이시도 킴을 보며 고개를 끄덕였다. 제길, 팀원들은 킴을 너무 잘 알았다. 본격적인 수사 첫날이 길어지고 있었지만, 킴은 오늘로서 아이들이 집 밖에서 두 번째 밤을 보내야 한다는 사실을 잊을 수 없었다. 사건이 워낙 강렬했기에 오늘은 월요일 밤이 아닌 훨씬 늦은 날처럼 느껴졌다.

"가장 중요한 건 이 수사 자료에서 뭐든 건지는 거다. 완전한 자료는 아니지만 이제는 우리 상대가 지난번과 같은 놈들일 가능성이 훨씬 커졌으니 뭘 찾든 도움이 될 거야."

킴은 손목시계를 확인했다. 거의 9시였다.

"앨리슨, 언제든 퇴근해도 됩니다. 아침에 새 소식을 알려 드리죠."

"저도 눈이 있어요, 경위님. 글도 읽을 줄 알고요."

킴은 반박하지 않았다.

"자, 휴식은 안락의자에서 두 시간씩 번갈아 취한다. 두 번째로 중요한 문제는 커피를 계속 채워 놓는 거다."

"알겠습니다, 대장." 브라이언트가 말했다.

"그럼, 나는 가족들한테 이야기하러 가지." 킴은 자리에서 일어나며 말했다.

캐런은 남편의 가슴에 머리를 묻고 있었다. 로버트가 그녀의 머리카락을 쓰다듬었다. 엘리자베스는 스티븐이 앉은 의자의 팔걸이에 걸터앉아 먼 곳을 응시했다. 스티븐에게서는 만질 수도 있을 것 같은 분노가 뿜어 나왔다. 킴이 들어가자 헬렌이 주방으로 재빨리 사라졌다. 두 부부가 이처럼 소원해 보인 적은 없었다. 킴은 두 여자가 손을 잡고 있는 모습을 떠올리기가 힘들었다. 킴은 의자에 앉아 모두를 마주 보았다.

"여러분, 이런 사건 진행은 제게도 그렇지만 여러분에게도 충격적일…."

"지난번에도 이랬습니까?" 스티븐이 물었다.

"지난번 사건의 자세한 내용은 이야기할 수 없…."

"그 말은 긍정으로 받아들이겠습니다. 아이가 한 명만 돌아왔으니까."

"핸슨 씨, 일단 이야기를 좀 해 봐야…."

"우리한테 필요한 건 이번 수사를 지휘할 괜찮은 형사요."

세 사람이 스티븐을 돌아보았다. 스티븐이 두 팔을 벌렸다.

"왜요? 나는 그냥 모두가 하는 생각을 입 밖으로 꺼냈을 뿐입니다."

캐런이 입을 열었지만 로버트가 더 빨랐다. 그의 목소리는 조용하면서도 단호했다.

"스티븐, 나 대신 의견을 밝히지 말았으면 합니다. 경위님, 저는 절대로 스티븐처럼 생각하지 않습니다."

캐런도 동의한다는 뜻으로 고개를 끄덕였다.

"계속 맡아 주세요, 경위님." 엘리자베스가 말했다.

"감사합니다. 신문 기사도 도움이 되긴 하지만 저는 지금도 여러분의 삶에 관계된 사람이 이번 사건에 연루되어 있을 가능성을 배제할 수 없습니다. 아직 언급하지 않은 사람이 있는지 생각해 주십시오. 사소하다고 생각하는 문제라도 알려 주세요."

킴은 거실에서 나가다 말고 잠시 멈추어 그들을 돌아보았다.

"문자 메시지에는 답장하지 마시기 바랍니다. 힘든 일이라는 건 알지만 우리가 바라는 것이 두 아이 중 한 명을 고르는 상황은 아닙니다. 아시겠죠?"

부모들의 반응은 킴이 원한 것보다 뜨뜻미지근했다. 킴은 캐런을 돌아보았다.

"오늘은 모두가 집에 머물겠지만 최대한 조용히 할게."

킴은 상황실로 돌아갔다.

반격할 차례였다.

36

임시 상황실은 문자 메시지의 충격으로 여전히 조용했다. 하지만 이대로 가만히 있을 수는 없었다. 킴은 여기에 와 있는 이유에 다시 집중해야 했다.

"자, 이 문자 메시지 하나로 멈출 수는 없다. 납치범들은 추잡한 게임을 원할지 모르지만 우린 아니야. 바뀐 건 아무것도 없어. 우린 두 아이 모두 집으로 데려와야 한다."

"그래도 끔찍하잖아요, 대장." 스테이시가 숨죽여 말했다.

브라이언트는 고통스러운 표정이었다. "몸값을 제시하기만 해도 다른 아이는 확실히 죽을 겁니다."

킴은 고개를 끄덕였다. 생각만 해도 구역질이 났지만 그렇다고 사실이 달라지는 건 아니었다.

"그 문자 메시지 한 통이 끼친 파장을 보십시오. 가족들의 화합이 깨졌습니다. 이제는 모두가 따로입니다. 분열시켜서 하나씩 파괴하겠다는 거죠. 가족들이 한 팀이 되어 협동할 가능성은 사라졌습니다. 같은 입장이라고 생각해 보십시오. 정말로 다른 사람의 아이에게 자기 자식만큼 관심을 가질 수 있겠습니까?"

"상상도 안 돼요…." 브라이언트는 말꼬리를 흐렸다. 하고 싶은 행동과 실제로 하게 될 행동 사이의 부조화를 실감한 것이다.

"아시겠지만, 부모들은 아마 연락을 할 거예요." 앨리슨이 조용히 말했다.

킴도 동의한다는 뜻으로 고개를 끄덕였다.

과연 두 부부 중 누가 먼저 무너질까.

"대장, 아이들이 이미 사망했을 가능성도 생각해 봐야…."

"브라이언트, 그런 생각은 절대 하지 마십시오. 내가 고려하는 유일한 가능성은 찰리와 에이미가 집에 돌아오는 것뿐입니다. 당연히 살아서요."

킴은 이 수사가 다른 방향으로 향하도록 놔두지 않을 생각이었다. 그녀는 핸드폰을 꺼내 지금까지 사용된 전화번호 셋을 입력했다. 이젠 놈들이 킴의 전화번호를 알게 되겠지만 상관없었다.

"뭐 하세요?" 브라이언트가 물었다.

"우리 친구에게 메시지를 보냅니다."

"놈이 이미 사용한 일회용 핸드폰을 확인할 거라고 생각하세요?"

"확인할 거예요." 앨리슨이 말했다. "이젠 게임이 시작됐어요. 놈은 피해자들을 마주 보면서 만족감을 느낄 수 없으니 어떻게든 만족감을 얻으려 할 거예요. 언론 보도가 없으니까 놈이 자신의 행동을 인정받을 방법에는 한계가 있습니다."

스테이시가 앨리슨을 돌아보았다. "놈이 언론에 정보를 흘릴 가능성이 있을까요? 그런 식으로 관심받고 싶어 한다면 정보가 새는 것도 시간문제 아니에요?"

앨리슨은 잠시 생각하더니 고개를 저었다. "그렇지는 않을 거예요. 놈에게는 계획을 철저히 지키는 게 가장 중요한 문제일 겁니다. 관심받고 싶은 욕구는 나중 문제예요. 결과가 어떻게 되든 이 사건은 신문에 나고 엄청난 관심을 끌 테죠. 놈은 이미 강한 인내심과 절제력을 보여 주었어요. 기다릴 줄 아는 놈이에요."

킴은 앨리슨이 말을 하는 동안에도 눈을 떼지 않고 핸드폰 번호에 차례차례 KN1, KN2, KN3이라는 이름을 붙였다. KN은 납치(kidnap)의 약자였다. 상황실이 조용해졌다. 킴이 버튼을 누를 때마다 나는 나직한 삐 소리가 날 뿐이었다. 킴이 전송 버튼을 눌렀다.

"뭐라고 보냈어요, 대장?" 세 사람의 시선이 킴에게 향하는 순간 브라이언트가 물었다.

"그 망할 자식에게 아이들이 살아 있다는 증거를 보여 달라고 했습니다."

37

찰리는 에이미의 앞머리에서 빼낸 머리핀을 씹어 댔다. 왼쪽을 보니 에이미가 손으로 아래팔을 쓸어내리고 있었다.

"그만 긁어, 에이미." 그녀가 속삭였다.

전날 밤 남자가 다녀간 뒤로 둘은 오직 귓속말만 했다. 이유는 알 수 없었지만 그래야 할 것 같았다.

"못 참겠어." 에이미는 조용히 대답하면서도 손을 무릎 밑으로 집어넣었다.

찰리는 에이미도 어쩔 수 없어서 그런다는 걸 알고 있었다. 에이미는 긴장할 때마다 늘 팔을 긁었다. 찰리는 여섯 살 때 받아쓰기 시험을 보면서 에이미가 그러는 것을 처음 보았다.

"난 지금도 네가 뭘 하는 건지 모르겠어." 에이미가 옆에서 속삭였다.

그때 머리핀을 덮고 있던 플라스틱 커버가 찰리의 입속으로 떨어져나오며 가늘고 날카로운 금속 조각이 드러났다. 찰리는 벽 쪽으로 재빨리 움직였다. 배낭을 치우고 금속의 뾰족한 부분을 벽돌에 문지르자 흠집이 생기기 시작했다. 찰리는 친구를 돌아보았다.

"그 사람이 와서 쓰레기를 가져갔잖아. 난 우리가 샌드위치를 몇 개나 먹었는지 세어 보려는 거야. 이 지하실에 얼마나 있었는지 알아내는 데 도움이 될지도 몰라."

에이미가 다시 팔을 긁었다. 이번에는 오래 긁었다.

"에이미, 우리가 무슨 샌드위치를 먹었는지 기억해 봐. 넌 정말로 기억력이 좋잖아. 해 줄 수 있어?"

손가락으로 샌드위치를 세느라 에이미의 손이 바빠졌다.

"치즈 샌드위치 하나, 햄 샌드위치 하나, 또 치즈 샌드위치 하나였어."

에이미가 잠시 말을 멈추었다. 그래, 그건 찰리도 기억할 수 있었다. 비록 바싹 마르고 맛이 없는 샌드위치였지만.

"아…. 그리고 첫 번째 샌드위치는 달걀 샌드위치였어. 그 냄새 기억나?"

찰리는 에이미가 코를 찡그리자 미소 지었다. 둘이 그 샌드위치를 먹은 것은 배가 몹시 고팠기 때문이었다. 그 샌드위치는 잊고 있었는데.

"잘했어, 에이미. 그러니까 저 사람들이 우리한테 음식을 네 번 준 거네. 아마 하루에 두 번씩 줬을 거야." 찰리는 벽에 표시를 남기며 말했다. "오늘은 아마 월요일 밤인 것 같아. 왜냐하면…."

찰리는 계단에서 발소리가 나자 말을 멈췄다. 마지막으로 맛이 간 샌드위치를 먹은 지 얼마 되지도 않았다. 남자가 다시 밥을 주러 올 리는 없었다.

"안녕, 예쁜이들. 나 보고 싶었어?"

찰리는 에이미를 끌어당겼다. 아이들은 서로를 지켜 주려고 부둥켜안았다.

"괜찮아, 에이미. 그냥 듣지 마." 찰리가 속삭였다. 목소리가 떨렸다. 다시 뱃속이 울렁거렸다.

"오늘은 어떤 남자를 시켜서 내 물건을 빨게 했어. 우리 아가씨들은 그게 얼마나 역겨운 일인지 알려나?"

찰리는 남자의 말이 무슨 뜻인지 몰랐지만 좋게 들리지는 않았다. 곁에서 에이미가 몸을 떨기 시작했다.

"그런 다음 난 놈의 얼굴을 쳤어. 왠지 말해 줄까? 슬슬 조바심이 나기 때문이야. 내가 패고 싶은 건 너희들이거든."

찰리는 남자의 말을 듣고 싶지 않았다. 에이미의 훌쩍이는 소리가 귀에 들어왔다. 피가 온몸을 돌았다. 찰리 자신의 심장 소리가 들렸다.

남자가 문 밖에서 말을 거는 동안 둘은 무사했다. 안전했다.

하지만 그때 열쇠가 돌아갔다.

문이 열렸다.

남자가 웃는 소리가 들렸다. 그는 거인처럼 문을 막고 서서 그들을 내려다보며 미소 지었다. 그의 시선이 두 아이에게 닿았다. 잔인한 눈빛이 번뜩였다. 남자의 다음 말에 찰리는 몸이 차게 식었다.

"아가씨들, 옷을 벗어 줘야겠어."

38

킴은 세 번째 서류 더미를 밀쳤다. 이 종이를 만들기 위해 죽어 나간 나무에게 미안할 지경이었다. 이 서류에는 쓸모 있는 정보가 단 하나도 없었으니까.

킴은 수사의 틀과 전략에 이어 개요와 목표를 읽었다. 수사 초반 기록은 그게 전부였다. 실제로 펼친 수사 내용은 하나도 없었다. 심문 방식과 자세한 취조 관련 메모가 심하게 부족했다. 활동 일지나 일관적인 논리도.

거의 12시가 되었지만 지난 한 시간 동안 킴과 팀원들 사이에는 한마디도 오가지 않았다. 그들은 상황실의 모든 파일을 펼쳐 읽었다. 예외는 하나, 드웨인 라이트 파일뿐이었다.

킴은 의자를 뒤로 밀었다. 그 바람에 네 사람이 그녀에게 고개를 돌렸다.

"자, 브라이언트, 스테이시. 두 시간씩 쉬도록. 교대합니다."

스테이시는 고개를 끄덕이고 구석의 안락의자에 몸을 기댔다. 브라이언트는 스테이시가 앉았던 의자를 자기 쪽으로 가져와 발을 얹었다. 그는 팔짱을 끼고 고개를 한쪽으로 기울였다. 앨리슨은 겨우 한 시간 전에 설득에 못 이겨 호텔로 돌아갔다. 케빈은 부러운 듯 두 사람을 보더니 문 쪽을 고갯짓했다.

"대장, 저 잠깐…."

"케빈, 여긴 학교가 아니야. 허락받지 않아도 돼."

킴은 자리에서 일어나 기지개를 켰다. 날갯죽지 사이의 뭔가가 뚝 소리를 내며 풀어졌다. 도로에 얼음이 끼지만 않았어도 킴은 닌자를 타고 기름을 태우며 머리를 비웠을 것이다.

이런 사건에서는 밤이라는 시간이 가장 큰 적이었다. 보통 때 킴이 다루는 피해자는 이미 죽어 있었다. 그들은 더 이상 위험에 노출되어 있지도 않았고 해를 입을 수도 없었다. 하지만 찰리와 에이미는 아직 살아 있었다. 아이들의 목숨이 킴에게 달려 있었다.

과연 문자 메시지를 받은 부부들은 위층 침실에서 숨죽인 목소리로 무슨 대화를 나누고 있을까?

문이 천천히 열렸다. 킴은 케빈이 들어올 줄 알았지만 대신 헬렌이 열린 틈으로 고개를 내밀었다.

"저기, 지금 가려고요."

제기랄. 킴은 헬렌이 아직 있다는 걸 잊고 있었다.

"헬렌, 가셔도…."

킴의 말은 현관을 두드리는 조용하지만 단호한 소리에 끊겼다. 킴은 헬렌을 보며 인상을 썼고 헬렌은 복도로 물러났다. 킴이 자리에서 일어나 따라갔다. 루카스가 문 앞에서 킴을 보았다. 킴은 고개를 끄덕이고 다가갔다. 헬렌은 한 걸음 뒤에 서 있었다.

문이 열리자 킴은 시선을 아래로 향했다. 그녀의 눈이 약간 뚱뚱한 여자에게로 향했다. 여자는 아주 긴 재킷을 입고 있어서 키가 더 작아 보였다. 니트 모자를 쓰고 두꺼운 모직 스카프를 겹겹이 감고 있었다. 그 사이로 둥글고 주름진 얼굴이 비어져 나왔다. 길을 잘못 든 듯했다.

"경찰이신가요?" 여자가 경계하는 표정으로 물었다.

길을 잘못 든 게 아닌가? 킴은 아주 살짝 고개를 끄덕였다. 여자는 자정을 지난 시간이라는 걸 모르는 듯 악수를 청했다. 킴은 그 손을 무시하고 팔짱을 꼈다. 여자는 손을 거두었다.

"제 이름은 엘로이즈 오스틴이에요. 제보할 게 있어요."

"무슨 제보입니까?" 킴이 쏘아붙였다.

이번 사건은 언론에 공개되지 않았다. 이 집에 있는 사람들을 제외하면 사건에 대해 아는 사람의 숫자는 한 손으로도 꼽을 수 있었다. 그러고도 손가락이 하나 남았다.

"그…. 그 아이들이요…. 납치된…."

"잘 들으십시오." 킴이 앞으로 나서며 말했다. "어떻게 정보를 얻었는지, 당신 정체가 뭔지는 모르겠지만…."

"제가 알아요." 헬렌이 킴의 뒤에서 말했다.

킴은 가족 연락 담당관을 보았다. 헬렌의 표정에는 혐오가 어려 있었다. 도저히 삼킬 수 없지만 예의 때문에 차마 뱉지는 못하는 뭔가를 먹은 표정이었다.

"시민 회관에 매달 나타나는 사람이에요. 심령술사라죠."

"염병, 장난합니까?"

헬렌은 고개를 저었다.

"지난번에도 나타나서 집에 들어오는 데 성공했어요. 부모님들에게 트라우마를 안기고 온갖 얘기를 하면서…."

"아뇨, 제 말 들으셔야 해요." 여자는 킴과 헬렌을 번갈아 보며 말했다. "저는 많은 걸 알고 있어요. 아이들이…. 그 아이들은…. 그 애들은 살아 있지만 지하에 있어요. 추워해요…. 겁먹고 있어요…."

"아, 씨발." 킴은 고개를 저으며 말했다. "내가 모르는 얘기를 좀 해 보시죠." 킴은 매 순간 아이들이 겪고 있을 두려움을 배 속 깊은 곳에서 느꼈다.

"비밀과 거짓말과 속임수와 278이라는 숫자가 보여요. 278이라는 숫자를 기억하세요. 놈은 아직 끝내지 않았어요." 그녀가 긴급하게 말했다.

킴이 인상을 썼다. "끝내지 않았다?"

"지난번 일 말이에요. 그자에게는 계획이 있어요…. 원한과…. 분노…."

"자, 엘로이즈." 헬렌이 부드럽게 여자를 돌려세우며 말했다. "이젠 집에 갈 시간이에요."

헬렌이 자신을 앞으로 미는데도 엘로이즈는 뒤를 돌아보았다. 그녀는 킴과 눈을 맞추려 했다.

"제발요…. 꼭 들으셔야 해요…."

"아니, 그럴 필요 없겠습니다." 킴이 돌아서며 말했다. 괴짜와 약쟁이들은 필요하지 않았다.

"그 애는 알고 있어요, 킴. 그 애는 당신이 자기를 구할 수 없었다는 걸 알고…."

킴이 확 고개를 돌렸다. 그녀는 다시 엘로이즈에게 갔다.

"뭐라고 했습니까? 누가 뭘 안다고요?"

엘로이즈는 빠르게 눈을 깜빡였다.

"그 애는 당신이 노력했다는 걸 알고 있고, 당신을 무척 사랑했…."

"헬렌, 이 여자 좀 치워 주세요." 킴이 소리쳤다.

"가까운 곳을 살펴보세요, 경위님. 누군가가…."

"자, 엘로이즈. 정말로 잘 시간이 지났어요." 헬렌은 여자의 팔을 잡으며 그녀를 얼렀다.

킴은 돌아섰지만 등 뒤에서는 계속 목소리가 들려왔다. 엘로이즈가 나무 노즐이 어쩌고저쩌고 하며 소리치고 있었다. 하지만 저 여자의 입에서 나오는 말은 한마디도 더 듣고 싶지 않았다. 킴은 성큼성큼 집으로 돌아가 문을 닫았다.

"저건 대체 누굽니까?" 스티븐 핸슨이 계단 가운데에서 위협적으로 말했다.

잘됐네, 또 필요 없는 사람이 나타나다니.

"신경 쓸 필요 없는 사람입니다." 킴이 문에서 물러나며 말했다.

"제보할 게 있다던데요." 스티븐은 킴 너머를 보려고 했지만 문은 닫혀 있었고 루카스가 킴의 옆에 서 있었다. 스티븐에게는 별 도리가 없었다.

"침실로 돌아가십시오, 핸슨 씨."

"가서 뭘 할까요?" 그가 내뱉었다. "정말로 위층에 잠든 사람이 있을 거라 생각하는 건 아니죠?"

스티븐의 목소리가 높아졌다. 킴은 누가 실제로 간신히 잠들었다 하더라도 더 이상은 잘 수 없을 거라 생각했다.

"핸슨 씨." 킴은 속삭이듯 목소리를 낮추며 말했다. 스티븐도 그녀처럼 해 주기를 바랐다. "위층으로 돌아가 주십시오. 수사는 제게 맡겨 주세요."

스티븐은 다시 집에 들어오는 헬렌을 보았다. 그의 눈은 차가웠으며 물러서려는 기색이 없었다.

"수사를 해야 말이죠, 경위님."

킴은 심호흡하고, 대체 저 여자가 어떻게 그 사실을 알아냈는지 고민하며 주방으로 갔다. 아침이 되면 우디에게 전화를 걸어 그쪽에서 정보가 새고 있다고 말해 줄 생각이었다.

"실수해서 미안합니다, 헬렌. 집에 가신 줄 알았습니다." 킴은 주전자를 채우며 말했다. 지금은 인스턴트커피로 만족해야 했다.

헬렌은 아일랜드 식탁에 앉아 손을 비볐다.

"가족들이 겨우 잠자리에 든 다음에 이것저것 정리하고 있었어요. 조금 있다가 소파에서 잠깐 자려고요."

킴은 찬장에서 두 번째 머그잔을 꺼냈다.

"우유나 설탕 넣으십니까?"

"둘 다요." 헬렌이 말했다.

"메시지를 받은 다음 가족들 상태는 어떻습니까?" 킴이 물었다.

이 정도의 공포와 두려움을 곁에서 지켜보며 그런 감정에 물들지 않는 건 특별한 사람만 할 수 있는 일이었다. 가족 연락 담당관은 감정적으로 개입하지 않으면서도 가족들에게 도움과 힘, 용기를 주어야 했다. 그러면서도 수사에 도움이 될 만한 것을 모두 포착할 수 있을 만큼 정신을 유지해야 했다.

"문자 메시지가 온 이후로는 부부끼리 거의 대화하지 않았어요. 차를 마시겠느냐고 어색하게 몇 마디 주고받기는 했지만 두 팀이 전략을 짜려고 거리를 두는 것 같았어요."

"심령술사는요?" 킴이 물었다.

"수사 자료 어딘가에 있을 거예요. 제가 직접 그 사람에 대한 보고서를 썼거든요. 뭐랄까, 긴 문서는 아니었어요. 아무튼 제가 미리 말씀드렸어야…."

킴은 손을 들었다. 지난번 수사의 실패를 모두 헬렌의 탓으로 돌릴 수는 없었다. 헬렌에게는 매우 구체적인 역할이 맡겨져 있었고 그 역할에 외부 수사나 수사 자료 정리는 포함되지 않았으니까.

"저라도 심령술사가 찾아왔다는 얘기는 하지 않았을 겁니다." 킴이 헬렌을 편하게 해 주려고 말했다. 괴짜의 헛소리에 가치를 둘 경찰관은 많지 않았다. "지난번에는 그 여자의 말에 귀 기울인 사람이 있었습니까?"

"딱히요. 엘로이즈는 구체적인 정보를 내놓지도 못하면서 부모님들을 엄청나게 불안하게 했죠. 계속 코튼 부인의 손을 잡고 미안하다고 했어요."

킴이 인상을 썼다.

"코튼 부인이라면, 돌아오지 않은 아이의 어머니 말입니까?"

헬렌은 고개를 끄덕이고 몸을 떨었다. "끔찍했어요."

"초자연적인 힘을 믿으시는 건 아니죠?"

"저는 약해진 사람들의 마음을 이용하는 사람을 싫어해요. 엘로이즈가 무대에서 하는 쇼는 죽은 친척들을 주로 다루죠."

"영매라는 겁니까?"

"강령술사라네요." 헬렌이 미소 지었다. "어쨌든 초자연적인 현상을 믿느냐는 경위님의 질문에 답하자면, 믿지 않아요. 저는 할머니 손에서 자랐는데 할머니는 1910년 파업에 참여했던 분이었어요."

"정말입니까?" 킴이 물었다.

그 시절 크래들리히스에서는 쇠사슬을 만들던 여성 노동자들이 이 지역의 가장 가난한 계급이었다. 그들이 한 시간에 빵 한 덩이를 살 돈도 못 벌었다는 건 잘 알려진 사실이었다. 1910년 8월에는 그중 몇 명이 차마 생각할 수 없었던 일을 해냈다. 파업을 벌인 것이다. 이 사건으로 전세계의 관심이 블랙컨트리에 집중됐다. 시위는 10주간 진행됐다. 그 결과 역사상 최초의 최저임금이 보장됐다.

"그런 시절을 거친 분이 눈으로 확인할 수 없는 것을 믿을 리 없죠. 저희 할머니도 예외는 아니었고요. 할머니는 아이는 때려서 키우는 게 아니라고 생각하던 분이셨어요." 헬렌의 입가에서는 더 이상 미소가 보이지 않았다. "경위님을 키워 주신 분은 신앙이 있으셨어요?" 그녀가 물었다.

킴은 고개를 저었다. 킴은 키워 준 사람이 없는 것이나 마찬가지였다.

"부모님은요?" 헬렌이 물었다.

"죽었습니다." 킴은 거짓말했다.

킴이 아는 한, 얼굴도 모르는 아버지는 실제로 죽었을지 몰랐다. 하지만 어머니는 불행히도 살아 있었다. 그랜틀리 요양 병원이라는, 범죄 혐의가 있는 정신 질환자들이 사는 폐쇄 정신 병동에.

킴은 커피를 한 모금 마셨다. 대화를 자신이 아니라 현재에 관한 것으로 돌려놓고 싶었다.

"담당관님은 아이가 있습니까?" 킴이 헬렌에게 물었다.

헬렌은 아쉽다는 듯 고개를 저었다.

"늘 아이를 갖고 싶긴 했어요. 하지만 잘 안 되더군요. 저는 제가 하는 일을 무척 좋아했어요. 잘하기도 했고요. 기회가 있을 때마다 가정보다는 승진을 선택했죠. 경감까지 달았었답니다."

킴은 놀란 기색을 감추었다.

"하지만 4년 전 경찰 구조 조정 때 선택을 하라더군요." 헬렌은 의미심장하게 두 손을 펼쳤다. "집 대출금은 남았지, 청구서도 밀렸지, 그런 부담을 나눠질 사람은 없었지. 그런 걸 생각하면 사실 정말로 선택할 수 있었던 건 아니에요. 저는 필요한 훈련을 받았어요. 상담과 심리학 과정은 따로 더 밟았고요. 사람들을 도와야 한다면 그 사람들이 어떤 감정을 느낄지 이해해야 했으니까요. 더 중요하게는 그 사람들이 어떤 반응을 보일지 알아야 했고요." 헬렌은 미안하다는 듯 미소 지었다. "미안해요, 경위님 시간을 너무…."

"아뇨, 계속 얘기해 주십시오." 킴이 말했다. 다른 사람들의 비극을 빨아들이며 인생을 보낸 여자에게서는 외로움이 느껴졌다.

"정작 세월이 빠르게 흐를 때는 시간 가는 걸 눈치채지 못하기 마련이에요. 남자들이야 쉽죠. 가정을 꾸린다고 해도 승진에 방해될 게 없으니까요. 하지만 경위님이나 저 같은 여자들은 달라요. 당국에서는 경찰이 평등해졌다고들 하지만 여러 달 육아 휴직을 하다 보면 그 결과가 누적돼요. 저야 자식이 없으니 육아 휴직은 할 필요가 없었지만요." 헬렌이 어깨를 으쓱했다. "저한테는 그런 특별한 사람이 없었어요. 그런데 지금은…."

"후회하십니까?" 킴이 물었다.

헬렌은 잠시 생각하더니 고개를 저었다. "아뇨, 제가 선택한 거니까 제가 책임져야죠." 그녀는 미소 지었다. "아마 이번 사건이 제가 맡는 마지막 중요 사건이 될 거예요. 저는 A19호 규정에 따라 은퇴했으니까요."

킴도 그 규정을 알고 있었다. 규정에 따르면, 30년 동안 근무하고도 지휘관이 되지 못한 경찰은 퇴직해야 했다. 정부 재정을 축소하던 시기에 만들어진 이 논쟁적인 규정은 2010년 이후 '보편적 효율성'을 높이는 데 활용됐다. 많은 경찰관들은 오랫동안 복무한 만큼 55세에는 은퇴할 준비가 되어 있었다. 하지만 모두가 그런 것은 아니었다.

"이의 신청은 하셨습니까?" 킴이 물었다.

헬렌은 어깨를 으쓱했다. "별 소용이 없었어요." 헬렌은 머그잔을 비웠다. "그런 의미에서, 이제 잠깐 눈을 붙여야겠네요."

킴은 헬렌에게 다시 고맙다고 인사한 다음 커피 머신에 부을 물을 주전자에 채웠다. 당분간은 잠잘 일이 없을 것 같았다.

39

킴은 상황실로 돌아가 문을 닫았다. 스테이시가 눈을 감은 채 눈알을 빠르게 굴려 대고 있었다. 구석에서 조용히 코 고는 소리가 들리는 걸 보니 브라이언트는 깊이 잠든 모양이었다. 케빈이 눈을 비비며 서류를 한 장 넘겼다. 킴은 잠시 그를 지켜보다가 결정했다.

"케빈, 잠깐 서류 좀 치워 봐." 킴은 바닥으로 손을 뻗으며 말했다.

케빈의 얼굴에 포기했다는 빛이 스쳤다. 너무 지쳐서 자신이 뭘 잘못했는지 머릿속을 뒤져볼 수도 없는 모양이었다.

킴은 식탁에 서류를 올려놓았다. "긴장 풀어, 케빈. 그냥 얘기할 게 있어서 그래."

케빈은 눈에 띄게 한숨을 내쉬더니 서류를 힐끗 보았다.

"드웨인 라이트 사건에 관해서야." 킴이 말했다.

케빈이 눈을 살짝 가늘게 떴다. 눈가의 가느다란 주름이 아주 조금 보였다. "그 사건은 끝내신 줄 알았⋯."

"나도 그런 줄 알았는데, 내가 뭔가 잘못 안 것 같아."

케빈이 앞으로 나와 앉았다. 케빈에게 사건을 설명할 필요는 없었다. 겨우 며칠 전에 종결된 사건이었으니까.

킴의 팀원들이 다룬 갱단 관련 사망사건은 드웨인 라이트 사건 말고도 많았다. 버밍엄은 런던, 맨체스터, 리버풀과 함께 심각한 갱 문제가 있는 네 도시 중 하나였으니까. 런던과 맨체스터의 일부 지역에서는 갱단들이 영국판 크립스와 블러드*처럼 변해 가고 있었으며, 유명한 갱단으로는 브러머점 보이즈, 버거 바 보이즈, 존슨즈 등이 있었다. 얼마 전에는 TV 다큐멘터리에서 버거 바 보이즈와 존슨즈의 격렬한 갈등과 그이후의 휴전 상황을 다루었다. 휴전이 맺어진 뒤에는 몇몇 지역에서 폭력 범죄가 유의미하게 감소했다.

홀리트리 후드는 인종이 아니라 지역에 뿌리를 둔 갱단이었다. 브러머점 보이즈나 존슨즈, 버거 바 보이즈와 같은 급은 아니었지만 그래도 위세가 대단했다. 그들은 대략 4천 명의 주민들이 사는 공공주택 지구의 성매매와 마약 관련 활동을 전부 통제하고 있었다.

"경위님이 그 녀석을 만나러 가셨죠?" 케빈이 물었다.

킴은 토요일 오전에야 드웨인의 침대 곁을 떠났다. 그런데 점심시간에 그가 죽어 버렸다.

갱단 두목인 리런이 두 시간 뒤 체포됐다. 병원 CCTV에 리런이 자동차에서 드웨인의 숨통을 끊는 모습이 찍혔던 것이다. 갱단은 주차장 진입로를 찍는 카메라가 있는 줄 몰랐다.

킴은 고개를 끄덕였다. "파일 열어서, 처음 두 자료를 확인해 봐."

케빈은 두 자료를 꺼내 읽었다.

첫 번째 자료는 〈더들리 스타〉의 편집자인 콘로이 블런트가 제출한 진술서였다. 트레이시 프로스트가 제출한 기사가 데스크에서 통과돼 인쇄됐다는 내용이었다. 두 번째 자료는 드웨인 라이트의 사망 증명서였다. 케빈은 두 자료를 번갈아 보고, 다시 킴을 보았다. 그의 얼굴에 뭔

●둘 다 미국의 갱단이다.

가 깨달은 기색이 떠올랐다.

"그 여자가 아니었네요. 트레이시 프로스트가 아니었어요. 신문이 나왔을 때는 드웨인 라이트가 이미 죽어 있었군요."

킴이 고개를 끄덕였다.

"오해하지는 마. 트레이시 프로스트는 드웨인이 아직 살아 있다는 기사를 낼 생각이었어. 단지 갱단이 먼저 알고 있었던 것뿐이야."

드웨인은 어머니가 없었다. 여동생 셋이 있었을 뿐이다. 그래서인지 그는 홀리트리 갱단에서 가장 자주 쓰는 유혹의 기술에 넘어갔다.

갱단은 공공 주택 지구에 사는 열두 살, 열세 살짜리 아이들을 모두 초대해 정기적으로 파티를 열었다. 그들에게 돈과 섹스, 신나는 일을 약속했다. 청소년들이 원할 만한 모든 것을 말이다.

이런 파티가 통하지 않으면 다른 방법을 썼다. 아이들에게 갱단이란 적들로부터 친구를 보호해 주는 단체라고 설득하는 것이었다. 갱단은 부모가 집을 비우고 혼자 지내는 아이들을 찾아내 아무도 그들을 사랑하지 않는다고 말했다.

또 다른 아이들은 의무감 때문에 갱단에 들어갔다. 갱단은 그들의 부탁을 들어주거나 청구서를 대신 내주거나 누군가를 두들겨 패 준 다음 그 보답으로 충성할 것을 요구했다.

물론 물리적인 폭력을 쓰거나 가족들을 위협해 자신들이 원하는 것을 얻어내기도 했다.

갱단에 들어가는 건 쉬운 일이었다. 갱단에서 빠져나오는 건 그렇지 않았지만.

케빈은 머리를 쓸어 넘겼다. "젠장."

"그럼, 케빈. 이게 무슨 뜻일까?"

"갱단에게 정보를 흘린 사람이 저 바깥 어딘가에 있다는 뜻이죠. 세상에, 대장. 누군지 알아내야 해요. 드웨인은 살해당했다고요."

킴은 미소 지었다. 이게 바로 눈앞의 경사에게서 원했던 반응이었다. 알아내고 해결하고 종결하고 싶어 하는 저 욕구.

"그럼 바로 시작해, 케빈. 누구였는지 알아내."

케빈이 코웃음 쳤다. "농담하세요? 이 건을 저한테 넘기신다고요?"

킴은 고개를 끄덕였다. "파일 가져가. 나가서 돌아다녀. 뭘 알아낼 수 있는지 찾아봐. 간섭하지는 않겠지만 소식은 계속 알려 줘."

케빈이 몸을 세워 앉았다. "실망시키지 않겠습니다, 대장."

킴은 문을 고갯짓했다. "거실에 남는 소파가 있어. 가서 좀 쉬어."

케빈은 명령에 따르면서도 파일을 챙겨 갔다.

킴의 시선은 찰리와 에이미의 사진으로 향했다. 지친 눈이 속임수를 쓰는 모양인지 다른 두 아이의 얼굴이 사진에 겹쳤다.

여자아이 한 명, 남자아이 한 명.

그 둘은 찰리나 에이미보다 훨씬 어렸다.

킴은 시야가 흐려지는 걸 느끼고 눈을 깜빡여 그 모습을 밀어냈다. 그녀는 저 아이들을 집으로 데려와야만 했다.

둘 모두.

40

"자, 어젯밤의 잠자리가 아주 훌륭하지는 않았겠지만 빠르게 정리하고 앨리슨의 이야기를 들어 보자. 내가 먼저 하지." 킴은 상황실을 둘러보며 말했다.

팀원들은 모두 기운을 차리고 정신이 맑은 상태였다. 거의. 어쨌든 오늘은 본격적인 수사 둘째 날이었고, 새로운 에너지가 필요했다.

"어제 손님이 왔다. 엘로이즈 헌터라는 여자였어. 심령술사라나, 영매라나. 스테이시, 그 여자에 대해서 좀 조사해 봤으면 좋겠어. 지난번 사건에도 나타났다고 하니까."

"얘기는 즐거우셨어요?" 브라이언트가 물었다.

"딱히 재미는 없었습니다." 킴이 말했다.

브라이언트가 끙 소리를 냈다. "정말 실력이 있는 심령술사였다면 대장하고 얘기가 잘 풀릴 리 없다는 걸 알았을 텐데요."

킴은 그 말을 무시했다. "스테이시, 새로운 소식은?"

"가족들의 배경을 조사해 봤지만 딱히 나온 게 없어요, 대장. 캐런은 과거가 좀 불분명하지만 전과 기록은 없습니다. 계속 조사하고는 있는데 핸슨 가족의 재정 상황은 케빈의 지갑보다 더 꼭꼭 숨겨져 있어요."

"계속 알아봐." 킴이 지시했다. "다른 건?"

"통신사에서도 아직 답장이 없어요. 하지만 지난번 사건에서 돌아오지 않은 아이의 주소는 찾아냈습니다. 다른 아이의 주소를 알아내는 건 더 어렵네요."

"아마 이사 갔을 거야. 이름도 바꿨을 테고. 그래도 계속 찾아봐. 케빈, 네가 뭘 해야 하는지는 알지?"

"네, 대장." 그가 말했다.

"잠깐만요, 경위님." 헬렌이 문 앞에서 말했다. "매트 워드라는 사람이 와 있어요. 경위님을 만나기로 했다는데요."

"여기로 안내해 주세요, 헬렌. 감사합니다." 킴은 문이 닫히기를 기다렸다. "하, 대단하네. 두 번째 전문가가 도와주러 오다니." 킴은 앨리슨을 힐끗 보았다. "기분 나빠하지 마세요."

이로써 이 집에 머무는 사람은 부모 네 명, 형사 네 명, 전문가 두 명, 문지기 한 명, 연락 담당관 한 명이 되었다. 킴은 집이 크고 이웃과 멀리 떨어져 있다는 점이 다행스러웠다. 방 세 칸짜리 집이 한창 붐빌 때의 뉴스트리트 경찰서처럼 북적거렸다면 숨기기 어려웠을 테니까.

문 앞에 나타난 남자는 시무룩하고 미소를 지을 줄 모르는 인상이었다. 무늬 없는 검은 바지에 하늘색 셔츠를 입고 있었다. 그가 목에 감았던 회색 스카프를 풀자 풀려 있는 맨 위 단추가 드러났다. 그는 무거운 검은색 코트를 이미 벗은 뒤였다. 킴은 그가 30대 후반일 거라고 추측했다. 인상을 쓰고 있었기에 실제 나이보다 10년은 더 고생한 것처럼 보였지만 말이다. 킴은 손짓으로 그를 안으로 들인 뒤 일어서서 자신과 팀원들을 소개했다.

"이쪽은 행동 분석 자문 위원 앨리슨 로입니다."

매트는 딱히 누구에게랄 것도 없이 짧게 고개를 끄덕이며 방 안으로 들어왔다. 킴은 자리에 앉으며 식탁 맞은편의 의자를 가리켰다. 매트는 바닥에 흩어져 있는 서류 더미를 가로질렀다. 어찌나 날렵하게 움직이는지 죽은 운동선수 같았다.

매트 워드는 머리카락이 검은색이었지만 관자놀이 부분이 희끗했다. 드러난 살갗은 황갈색으로 그을려 있었다.

"협상 전문가 매트 워드입니다. 방금 열네 시간 동안 비행기를 타고 와서요. 어떤 사건이죠?"

킴은 그의 무례한 태도에 한쪽 눈썹을 치켜올리며 입을 열었다. 무슨 말이 나올지 조마조마할 찰나에 스테이시가 빠르게 자리에서 일어났다.

"커피 좀 드릴까요, 매트?"

매트는 스테이시를 돌아보고 표정이 바뀌었다. 미소라고 할 수는 없을 것 같았다. 아마 낮은 등급의 인상 쓰기라고 할 수 있을 듯했다.

"더블 위스키가 없다면야 커피도 괜찮죠."

매트가 다시 킴을 돌아보자 브라이언트가 헛기침을 했다.

킴은 매트의 직설적인 태도를 높이 샀지만 예의가 조금 있었다면 훨씬 좋을 것 같았다.

킴은 여태까지 벌어진 사건들을 짧은 문장으로 요약해 주었다. 그런 다음 세 번째 메시지가 도착했으며 자신은 아이들이 살아 있다는 증거를 대라고 요구했다고 말했다.

매트가 자리에서 일어나 칠판을 보았다. 칠판에는 비교적 짧은 이전 메시지들이 적혀 있었고 그 밑에 세 번째 메시지가 인쇄되어 붙어 있었다.

"흐음…." 매트는 다시 자리에 앉았다. 그는 아이들의 사진에 한 번도 눈길을 주지 않았다.

"전에 이런 사건을 다뤄 보신 적 있습니까?" 킴이 물었다.

매트는 고개를 저었다. "쓸 만한 말이 생각나면 말하겠습니다. 그때까지는 납치범들하고 더 이상 연락하지 마세요. 그게 제 요구 사항입니다."

킴은 반박하려고 입을 열었다가 생각을 고쳐먹었다. 말싸움으로 아이들을 되찾을 수는 없었다.

첫인상을 남길 기회는 한 번뿐이라는 격언이 지금처럼 와닿은 적도 없었다. 이 남자는 확실히 무례하고 오만했으며 불쾌했다. 킴은 이런 의견이 바뀔 거라는 생각이 전혀 들지 않았다.

"자, 앨리슨. 당신 차례입니다." 킴은 식탁 건너편을 힐끗 보며 말했다.

행동 분석가가 자리에서 일어나 이젤을 세웠다.

킴은 가장 최근에 들어온 팀원을 잠깐 보았다. 매트는 킴의 머리 너머를 응시하고 있었다. 정말이지, 잊지 말고 우디에게 전화해서 이토록 냉혹하고 감정 없는 선물을 보내 준 것에 감사 인사를 전해야 할 것 같았다.

브라이언트가 킴 쪽으로 허리를 숙이고 속삭였다. "꼭 거울을 보는 것 같으시죠?"

"브라이언트, 빌어먹을 주둥아리 좀 닥치세요. 아니면⋯."

"절 해치실 순 없을걸요. 여긴 목격자들이 있으니까." 브라이언트는 귓속말할 수 없는 곳으로 도망치며 히죽거렸다. 저 말을 한 대가로, 킴은 기꺼이 브라이언트를 죽이고 형을 살 생각이었다.

41

앨리슨은 손에 마커펜을 들고 차트 옆에 섰다.

"주목해 주시겠어요?"

그녀는 학교 과제 발표에나 어울릴 것 같은 목소리로 물었다. 킴은 주위를 둘러보았다. 글쎄, 여긴 응접실인 것 같은데.

"좋아요, 기본적인 사실 몇 가지부터 확인하겠습니다. 저는 범인의 머리카락 색깔이나 신발 사이즈를 말해드리지 않을 거예요. 우리 중에 행동 분석에 의구심을 품은 사람이 있다는 것도 알지만 어쨌든 과거의 행적은 미래 행동을 가장 잘 예견하는 지표입니다."

킴은 앨리슨이 '의구심을 품은 사람'이라는 말을 할 때 자신을 똑바로 봤다고 확신했다.

"그러니까, 우리는 성격 특성을 찾아냄으로써 그걸 어떤 유형으로 분류할 수 있고 그 유형으로 프로파일링을 할 수 있어요. 저는 문자 메시지를 보낸 범인을 1호라고 부르고 먼저 다루도록 하겠습니다."

"흠." 킴은 노트를 보았다. "잉가 얘기부터 할 수는 없습니까? 잉가는 범죄에 가담했다는 게 확인된 사람이니 잉가에 관한 추론이 도움이 될지 모릅니다."

킴은 앨리슨의 눈에 가벼운 짜증이 스치는 것을 보았다. 하지만 정체가 드러난 단서는 잉가뿐이었다.

앨리슨은 잠시 생각하더니, 말을 하면서 펜으로 손바닥을 톡톡 치기 시작했다. '즉석에서 생각하기'를 나타내는 그녀만의 동작이 분명했다.

"아이들, 특히 혼자 있는 아이를 돌보는 사람은 보통 대리적인 엄마-아이 관계를 형성합니다. 그 사람들은 아이의 여러 가지 '첫 순간'을 함께하죠. 그래서 모성애와 유사한 연대감이 생겨나요. 잉가는 핸슨 가족에게 해고당한 것이 아니었습니다. 겨우 두 달 전 자기가 원해서 떠났어요. 그러니 잉가가 에이미를 잘 대해 주고 훌륭하게 돌보았다고 추론할 수 있습니다. 잉가는 납치범 중 한 명에게 설득당해서 이런 연대감에 반하는 행동을 하게 된 거예요."

"돈 때문일까요?" 케빈이 물었다.

앨리슨은 고개를 저었다. "돈이 동기였을 가능성은 별로 없어요. 아이를 위험에 빠뜨리지 않고도 돈을 벌 방법은 있으니까요."

"사랑은 어떻습니까?" 킴이 물었다.

앨리슨이 고개를 끄덕였다. "그럴 가능성이 크죠. 사랑은 정말 이기기 힘들거든요. 돈으로는 사랑을 살 수 없지만…."

"한 사랑이 다른 사랑을 짓밟을 수는 있다?" 킴이 물었다.

"네." 앨리슨이 대답했다. "납치범 중 한 명이 잉가를 유혹했을지 몰라요. 그 사람이 잉가에게 사랑과 애정을 퍼부었을 가능성이 있어요. 잉가에게 특별한 사람이 된 느낌, 사랑받는 느낌을 준 거죠. 그런 사랑은 정말로 꺾기 어려워요. 에이미는 늘 다른 사람의 아이였어요. 한 발 떨어진 관계인 거죠."

킴은 노트 패드에 메모를 남겼다. 킴이 보기에 사랑이 사랑을 짓밟는다는 이론은 말이 되는 것 같았다. 하지만 납치범 중 누가 그런 다정함을 갖추고 있을지는 불분명했다.

"계속하세요, 앨리슨." 킴이 지시했다. 흥미롭게도 행동 분석가가 그녀에게 생각 거리를 던져 주었다.

앨리슨은 지나치게 큰 스케치 패드의 표지를 넘겼다. 차트에는 '1호'라는 제목이 붙어 있고 요점이 항목별로 정리되어 있었다. 앨리슨은 마커펜을 사용해 각 항목을 가리켰다.

"우리가 상대하는 납치범은 두 명이 틀림없어요. 문자를 보내는 1호는 이미 높은 지능을 보여 줬습니다. 냉정하고 꼼꼼할 가능성이 커요. 이자는 극단적인 통제력을 행사합니다. 계획을 철저히 지킨다는 게 그 증거죠. 이자의 문자 메시지는 미리 계획된 시간에 정확히 도착해요. 어린 여자아이 둘을 인질로 잡아 두고 있으면서도 서두르지 않고 작전에 따르죠. 다른 사람이라면 서둘러 해치워 버렸을지도 모르는데 문자를 보내는 범인은 그렇지 않아요. 이자는 최대한 극적인 효과를 내기 위해 타이밍을 맞춰 의사소통을 진행합니다. 교육 수준이 꽤 높을 거예요. 이자는 그 사실을 숨기려 들지 않아요. 문자 메시지를 보내면서도 올바른 문법을 사용하는 데다 문장 부호도 정확히 찍죠. 이자는 게임을 즐깁니다. 메시지를 보내면서 사람들이 그 메시지를 받는 장면을 상상할 거예요. 통제력을 행사하는 짜릿함을 즐기는 겁니다. 변수가 발생할 때 대처하는 능력은 좀 떨어지는 걸로 보여요. 스트레스를 받으면 평소 성격과는 상당히 다르게 행동할 수 있어요."

"잉가의 돌발 행동에는 어떻게 반응했을까요?" 킴이 물었다.

킴이 끼어들자 앨리슨은 인상을 썼다. 하지만 킴은 그녀에게서 눈을 떼지 않았다. "잉가를 죽여 침묵시키려 할 거예요. 눈에 보이지 않는 곳으로 치우고 싶겠죠. 실패에 대해서 생각할 필요가 없도록 말이에요. 하지만 직접 그 일을 하지 않을 건 확실해요."

킴은 계속하라고 고개를 끄덕였다.

"경찰이 이자를 알고 있다면, 그건 돈과 관련된 범죄 때문일 가능성이 커요. 횡령이나 화이트칼라 범죄 같은 것 말이죠. 지능을 시험할 기회가 되면서도 금전적 보상이라는 최종적인 목표가 있는 범죄였을 겁니다. 대체로 폭력적이지 않은 사람이에요. 그래서 전 2호를 생각하게 됐습니다."

"잠깐." 킴이 끼어들었다. "왜 폭력적이지 않다는 겁니까? 계획이 바뀌면 이자가 자기 성격과는 다르게 행동할 가능성이 있다고 이미 말했잖습니까?"

앨리슨은 심호흡을 한 뒤 대답했다. "'대체로' 폭력적이지 않다고 했어요. 폭력이 이자가 취할 첫 번째 행동은 아니라는 뜻이에요."

킴은 자신의 주장을 밀어붙였다. "하지만 폭력을 저지를 능력은 있는 것 아닙니까? 우리가 상대하는 자들에 대해 아무런 오해가 없었으면 해서 말하는 겁니다."

앨리슨의 시선은 방 안의 여러 사람을 둘러보는 대신 킴에게만 똑바로 박혀 있었다. "좋아요, 다르게 표현하죠. 이자는 2호에 비해 폭력성을 보일 가능성이 낮습니다."

킴은 만족스럽게 고개를 끄덕였다.

앨리슨은 페이지를 넘겼다. "공범에 대해 우리가 가지고 있는 제한적인 정보로 미루어 보건대, 2호는 동료와 극과 극이에요. 브래들리 에번스의 머리에서 보이는 손상의 정도나 잉가의 집을 찍은 사진을 보면 2호는 불필요한 폭력을 즐기는 남자일 겁니다. 브래들리 에번스 폭행의 동기가 오직 그를 죽이는 것뿐이었다면…."

"브래드입니다." 킴이 끼어들었다. "브래드라고 불러 주세요." 브래드가 차고 있던 배지는 그가 가장 좋아하는 이름이 브래드였다는 걸 알려 주었다.

"알겠어요. 그 폭행의 유일한 동기가 브래드를 죽이는 것뿐이었다면 사람의 머리를 축구공처럼 차고 돌아다니는 것보다 훨씬 더 효율적인 방법들이 얼마든지 있었을 거예요. 범인이 브래드의 머리를 찬 건 그러고 싶었기 때문입니다. 그렇게 하면 위험 수준이 올라가지만 쾌감의 수준도 올라가는 거예요. 이런 행동 전체가 필요 이상의 소음을 만들어 냈을 겁니다. 브래드 에번스는…."

"다음으로 넘어가죠." 킴이 날카롭게 말했다.

킴은 자신을 보는 브라이언트의 시선을 느낄 수 있었다. 킴과 브라이언트는 둘 다 브래드가 죽어 가는 장면을 상상하고 싶지 않았다.

"마찬가지로, 잉가의 집에 있는 모든 것을 망가뜨릴 필요도 사실은 없었어요. 이자는 가구를 박살 내면서 누가 듣더라도 상관하지 않았습니다. 아무도 자기를 막지 못할 거라는 자신감이 있었어요. 아마 평소에도 그렇게 살 거예요. 지금 시점에서는 이자가 느끼는 분노의 근원을 말씀드리기 어렵지만 잉가가 계획을 따르지 않았다는 것만이 이유는 아니에요."

"1호와 협상할 가능성은 얼마나 됩니까?" 킴이 물었다.

"협상은 어려울 거예요. 이자가 전화를 걸도록 만들 가능성은 별로 없어요. 문자 메시지를 보낼 때는 늘 표현을 고민해야 하고요. 이자가 통제력을 잃어 간다는 느낌을 받지 않도록 말이죠. 그리고…."

"의견은 감사합니다. 박사님 주장을 기억하도록 하죠." 매트는 전문가적인 태도로 예의 바르게 고개를 끄덕이며 말했다. 하지만 그는 앨리슨이 뭐라 조언하든 자기 방식대로 문제를 처리할 것 같았다.

킴은 노트를 보았다. 놓친 건 별로 없었다.

그녀는 자리에서 일어났다. "다른 게 있습니다." 킴이 툭 던지듯 말했다.

앨리슨은 인내심이 담긴 미소를 지으며 그녀를 보았다.

킴이 말을 이었다. "접착제는 어디 있습니까?"

"다시 말씀해 주시겠어요, 경위님?"

"접착제라고요, 대장?" 브라이언트가 뒤에서 물었다.

킴은 차트로 다가가 1페이지를 뜯어서 2페이지 옆에 들어 보였다. 매트가 흥미로운 듯 그녀를 보았다.

"여기 두 가지 극단적인 성격의 사람들이 있습니다. 둘 중 누가 주도권을 쥐고 있을까요? 아무리 작은 팀이라도 모든 팀에는 리더가 있습니다. 더 지배적인 사람 말이죠. 저는 둘 중 누가 리더인지 잘 모르겠습니다. 둘의 성격이 너무 심하게 달라요. 폭력적인 자와 폭력적이지 않은 자. 철저한 자와 위험을 감수하는 자. 시소를 상상해 보십시오. 앉는 자리는 시소의 양 끝에서 움직이지만 가운데에 고정점이 있죠. 그 고정점 덕분에 양극단은 너무 높아지지도, 너무 낮아지지도 않습니다. 저는 이 두 가지 성격이 공존할 수 있으리라고는 생각하지 않습니다. 세 번째의 더 지배적인 힘, 어떤 권위가 없다면 말이죠."

앨리슨이 고개를 저었다. "저는 문자를 보내는 사람이 주도권을 쥐고 있고 2호는 그자에게 고용되어 돕는 사람이 틀림없다고 생각해요. 둘 사이에는 명백한 위계질서가 있어요." 앨리슨은 어깨를 으쓱하며 상황실을 돌아보았다.

"하지만 2호는 멍청이가 아닙니다." 킴이 말했다. "이자는 브래드 에번스를 찾는 데 성공했어요. 한 번도 만나 본 적 없는 사람을 찾아서 들키지 않고 살해했습니다. 물론 이자는 폭력적이고 예측 불가능합니다. 하지만 머리가 좋고 쉽게 통제되지 않는 놈이기도 합니다." 킴은 차트를 넘겼다. 다음 페이지는 비어 있었다. 킴은 손가락으로 그 페이지를 톡톡 두드렸다. "여기에 새로운 이름표를 붙이셔야겠습니다. 제목은 3호로 합시다."

42

엘리자베스는 머리를 뒤로 묶었다. 방금 샤워를 하긴 했지만 그냥 몸을 물에 담갔다 뺀 것이나 다름없었다. 뭐든 하면 1~2분쯤 정신을 딴 데 돌릴 수 있을 것만 같았다. 그녀는 잠이라는 호사를 너무도 누리고 싶었다. 잠들어 있을 때만큼은 머릿속의 상상도 잠시 멈출 테니.

어젯밤이 아니라도 다른 사람의 집에서 지내는 건 불편한 일이었다. 하지만 마지막 메시지가 온 다음부터는 그야말로 견디기 힘들었다. 엘리자베스는 그 문자 메시지를 받은 이후로 스티븐과 이야기하려 노력했다. 그들은 이야기를 나눠야 했다. 어떤 선택지가 있는지 의논해야 했다. 계획이 필요했다.

엘리자베스는 자정이 될 때까지 집안을 헤매고 돌아다니며 스티븐을 찾아보았지만 스티븐은 이 거대한 집에서 어떻게든 그녀를 따돌리는 데 성공했다.

엘리자베스는 온 가족이 사라진 것만 같았다. 아름다운 딸은 겁에 질린 채 오직 신만이 아는 곳에 있었다. 아들도 그녀의 곁에 없었고, 이제는 남편까지 그녀를 피했다. 그녀는 가장 친한 친구의 집에 있었지만 이제는 그 친구와 아이들의 목숨을 놓고 경쟁을 벌여야 하는 처지였다.

가끔 엘리자베스는 웃음을 참을 수 없었다. 상황이 너무 터무니없었다. 악몽 속에 갇혀 있는 것만 같았다. 눈만 뜨면 딸, 아들과 함께 집에서 평범한 삶을 살고 있을 것만 같았다. 그러다가 엘리자베스는 이 상황이 악몽이 아니라는 것을 깨닫곤 했다. 이제는 딸이 없는 지금이 그녀의 인생이었다. 그전의 인생은 상상도 되지 않았다.

엘리자베스는 계단을 내려간 다음 버릇처럼 응접실 밖에 서서 귀를 기울였다. 아직 형사들이 이야기하는 소리를 들어 본 적은 없었지만 뭐든 시도해서 잃을 건 없었다.

그녀는 그릇 치우는 소리를 듣고 캐런이 주방에 있다는 걸 알아차렸다.

어제까지만 해도 둘은 이 끔찍한 일을 함께 겪으며 깨지지 않을 것만 같은 깊은 연대를 맺었다. 둘은 오직 엄마만이 이해할 수 있는 일을 경험하고 있었다. 둘은 서로에게서 지지와 이해를 얻었다. 그런데 이제는 서로를 보는 것조차 힘들었다. 엘리자베스는 이제 친구에게 말을 걸 방법조차 떠오르지 않았다. 그들은 구역질 나는 사악한 게임에 참여한 경쟁자였다.

그 어느 때보다도 남편이 필요했다.

엘리자베스는 깊이 숨을 들이쉬고 문 쪽으로 움직였다. 캐런이 싱크대 위로 허리를 숙이고 서 있었다.

"너 혹시 스티븐 봤어?"

캐런의 핸드폰에서 땡 소리가 났다. 엘리자베스와 캐런은 둘 다 핸드폰을 보았다. 엘리자베스는 앞으로 몸을 날려 두 손으로 핸드폰을 가로채고 싶은 충동을 느꼈다. 캐런이 핸드폰을 들었고 엘리자베스는 숨을 참았다. 캐런의 두 눈이 화면을 훑었다.

캐런은 큰 소리로 메시지를 다시 읽으며 인상을 썼다.

내가 보낸 선물을 잘 찾아봐라. 아이를 상상하면서 깊이 파헤쳐 봐.

캐런은 답을 구하느라 엘리자베스를 보았다.

"이게 무슨…." 캐런은 자신이 누구에게 말을 걸었는지 방금 깨달은 것처럼 말을 멈추었다. 캐런은 핸드폰을 쥐고 주방에서 뛰쳐나갔다. 엘리자베스는 머릿속에 흘러넘치는 수많은 질문으로 멍해졌다.

대체 저 문자 메시지는 무슨 뜻일까?

엘리자베스는 핸드폰을 꺼냈다. 반짝이는 빛도, 작은 봉투 아이콘도 없었다. 메시지는 확실히 오지 않았다.

어째서 캐런에게만 메시지가 간 걸까?

대체 남편은 어디에 있고?

43

"이 집에 뭔가 있습니다." 킴은 캐런을 상황실에서 조심스레 내보낸 다음 말했다. "1호는 단어를 허투루 사용하지 않습니다. 이자는 '내가 보낸'이라는 표현을 썼습니다. 그 말은 여기 어딘가에 뭔가 있다는 뜻입니다."

핸드폰은 캐런이 가져갔지만 킴의 머릿속에는 메시지가 뚜렷이 새겨져 있었다. 킴은 식탁 상석에서 일어섰다. "바깥에 있을 겁니다. 놈들 중 하나가 집 안에 들어왔을 리는 없습니다."

킴은 상황실을 둘러보았다. "브라이언트, 케빈, 스테이시는 나랑 함께 합니다. 앨리슨, 헬렌을 도와서 부모들이 집을 떠나지 않게 해 주세요."

킴의 시선이 신참에게 향했다. "워드 씨, 집 좀 봐주십시오. 여기는 아무도 들어오면 안 됩니다."

매트 워드는 알았다는 뜻으로 고개를 끄덕였고 킴은 상황실에서 나가 오른쪽으로 돈 다음 다용도실을 통해 뒤뜰로 나갔다.

이른 아침의 안개는 우중충한 부슬비로 변해 빠르게 피부에 스며들었다. 찾아봐야 할 범위는 축구 경기장만 했다. 이곳을 네 구역으로 나누면 더 효과적으로 수색할 수 있을 터였다.

드넓은 풀밭은 갈색 나무껍질로 뒤덮인 길을 중심으로 정확히 반으로 나뉘어 있었다. 한쪽 잔디밭에는 그네와 모래 놀이터가 있었다. 다른 잔디밭에는 단을 높여 놓은 허브 정원이 있었다. 잔디밭 주변에는 오래되고 울퉁불퉁한 참나무들이 심겨 있었다. 나무 앞에는 실외용 공구가 들어 있는 통이 놓여 있었다. 오른쪽에는 장식용 석재 앞에 놀이용 집이 있었다. 놀이용 집 양옆에는 자갈이 깔려 있었으며 그 주변에는 통과 상자들이 흩어져 있었다.

킴은 눈가에서 빗물을 닦아 냈다. "좋아, 스테이시. 집 왼쪽을 맡아. 케빈은 오른쪽. 브라이언트, 정원 오른쪽을 맡으십시오. 내가 왼쪽을 맡겠습니다."

그들은 모두 각자 맡은 구역으로 흩어져 땅을 수색했다. 킴은 아무것도 발견하지 못하고 공구 보관용 상자에 이르렀다. 가느다란 빗방울이 점점 더 굵어져 세게 떨어지기 시작했다.

"대장, 재킷을 찾았어요." 스테이시가 나무 사이에서 소리쳤다.

"집 모퉁이에 가져다 둬. 부모들이 보지 못하는 곳에." 킴이 지시했다. "더 있을 거다."

팀원 중 외출복을 입은 사람은 아무도 없었다. 비가 피부에 스며들었다.

킴은 첫 번째 보관용 통 뚜껑을 열었다. 안에는 대형 잔디깎이와 스트리머●가 들어 있었다. 킴은 두 가지 물건을 꺼낸 뒤 이 통에는 아무 수상한 점이 없다는 것을 확인했다.

무릎 높이까지 오는 두 번째 통에는 더 많은 원예 도구들이 들어 있었다. 킴은 뚜껑을 열고 낙엽 청소기를 집어 들었다.

"여기 바지가 한 벌 있습니다." 케빈이 모퉁이 너머 옆쪽에서 소리쳤다.

"여기도." 킴은 공구 밑에서 레깅스를 꺼내며 소리쳤다.

브라이언트가 티셔츠를 한 벌 가지고 달려왔다. 킴과 브라이언트는 둘 다 그 옷이 에이미의 것이라는 걸 알고 있었다. 브라이언트의 하늘색

● 큰 기계로 깎기 힘든 부분의 잔디를 깎는 공구.

셔츠는 빗물에 어두운색으로 변한 채 그의 피부에 녹아들었다.

"대장…."

"압니다, 브라이언트."

둘의 머릿속에 같은 그림이 그려지고 있었다.

"놀이용 집에 스웨터가 한 벌 있어요."

스테이시가 모퉁이로 다시 뛰어가며 말했다.

케빈이 두 번째 재킷을 들고 돌아오자 다들 쌓여 있는 옷더미를 보았다.

"이 집에 있는 사람 중 뭔가를 보거나 들은 사람이 아무도 없는데, 놈들이 어떻게 빌어먹을 숨바꼭질을 할 수 있었을까요?" 킴이 주위를 둘러보며 물었다.

아무도 대답하지 않았다.

킴은 옷가지의 수를 헤아리고 CCTV에서 본 내용을 바탕으로 머릿속에서 두 아이에게 각기 옷을 입혔다. 그녀는 정원을 둘러보았다. 역겨운 상황이 떠올랐다.

"누가 장식용 석재를 살펴봤습니까?" 킴은 누군가 살펴봤다고 대답하기를 기도하며 물었다.

"제가 가 보겠습니다, 대장." 케빈은 그렇게 말하며 뛰어갔다.

"CCTV로 봤을 때 아이들이 입고 있던 옷은 이게 전부인데요." 브라이언트가 눈에서 빗물을 닦아 내며 말했다.

킴은 대답하지 않았다. 그녀는 케빈의 축 처진 어깨를 보느라 정신이 팔려 있었다.

케빈은 벽돌 쪽을 보며 꼼짝도 하지 않았다. 세 사람은 제자리에 서서 동료를 기다렸다.

"씨발." 킴이 말했다. 속에서 분노가 차올랐다. 킴은 케빈이 무엇을 발견했는지 알았다.

케빈은 그들이 서 있는 곳으로 천천히 돌아와 두 손을 펼쳤다. 손바닥에는 팬티 두 장이 놓여 있었다.

그들은 옷가지를 내려다보았다. 놈들이 보낸 메시지는 분명했다.

찰리와 에이미는 이제 완전히 벌거벗고 있었다.

44

잉가는 기진맥진했다. 온몸이 쑤셨다. 금방이라도 산산조각 날 것 같았다. 그나마 때가 잔뜩 끼어 움직이기도 불편했다. 마지막으로 샤워를 한 게 언제인지 기억조차 나지 않았다. 공중화장실에서 대충 씻긴 했지만 오히려 더러워진 기분만 들었다.

일요일 이전의 평범한 일상은 어떤 것도 떠올리기 힘들었다. 누가 말하는 소리를 듣지 못했다면 오늘이 화요일인 줄도 몰랐을 것이다.

어떤 날에는 몇 킬로미터를 연달아 걸었다. 아마 어제인 것 같았다. 걸음을 멈추었을 때는 시장 가판대에서 싸구려 차를 샀을 때뿐이었다. 덕분에 잠깐 앉아서 쉴 수 있었다. 아마 오늘은 꼬질꼬질한 모습 때문에 그처럼 작은 호사조차 누릴 수 없을 것이다.

잉가는 손으로 머리를 정리해 보려 했지만 머리가 잔뜩 뭉쳐 있었다. 얼굴에는 더 이상 물로 지울 수 없는 땟자국이 묻어 있었다. 누런 바지에는 최근 여정이 남긴 얼룩이 묻어 있었다.

그녀는 울고 싶은 충동에 휩쓸렸지만 눈물이 나지 않았다.

어디를 보든 사임스가 보였다. 사임스보다 키가 작거나 뚱뚱하거나 큰 사람들 모두가 잉가를 지나쳐 가기 전까지는 사임스로 보였다.

그들은 계획을 망친 잉가를 결코 용서하지 않을 것이다.

잉가는 병원에 입원해 '남편'이 데리러 올 때까지 기다리기로 되어 있었다. 그런 다음에는 그들이 잉가를 안전 가옥으로 데려갈 거라고 했다. 거기서 몸값을 받을 때까지 아이들을 돌봐 주면 된다고 했다.

하지만 잉가는 그럴 수 없었다. 에이미라면 자신과 찰리를 겁에 질리게 했던 이 사건에 잉가가 가담했다는 걸 알아챌 테니까. 에이미는 눈치채지 못하더라도 찰리는 알았을 것이다. 그러면 잉가의 눈앞에서 에이미의 안도감과 행복감이 불신으로 바뀌고 말았겠지. 잉가는 아이가 자신을 영원히 증오하리라는 것을 알고 있었다.

잉가는 지난 며칠이 지금까지의 모든 인생보다 길게 느껴졌다. 더는 두려움 없이 살아가는 순간이 없었다. 조금만 움직여도 몸이 떨렸다. 그녀는 더 이상 도망치지 못하면 무슨 일이 일어날지 알고 있었다. 그녀는 사임스를 단 한 번밖에 만나 보지 못했지만 그걸로 충분했다.

사임스의 태도는 왠지 사람보다는 로봇에 가까워 보였다. 사임스는 잉가에게 온기가 아니라 악의가 담긴 미소를 짓곤 했다. 잉가가 모르는 무언가를 알고 있다는 표정이었다. 사임스가 눈으로 카페를 훑는 동안 잉가는 그가 탁자 아래에서 손마디를 뚝뚝 꺾는 소리를 들었다. 잉가는 사임스를 만난 순간부터 그가 두 손으로 자신의 목을 조르고 싶어 한다는 것을 느꼈다. 하지만 잉가가 쓸모 있는 한 그 두 손은 묶여 있는 것이나 다름없었다.

문제는 이제 그녀에게 더 이상 쓸모가 없다는 점이었다. 이제 잉가는 위협이자 매듭지어야 할 꼬투리였다. 그녀를 지켜 주던 모든 것이 사라졌다.

텅 빈 배 속이 두려움으로 울렁거렸다.

사임스에게 잡히면 죽음이 오히려 반가운 선물이 될 것이다. 사임스는 그녀에게 자비를 베풀어 줄 만한 남자가 아니었다. 그는 잉가를 고문할 것이고 그녀가 믿었던 사람은 아무런 도움도 주지 않을 것이다.

잉가는 몇 년째 홀로 지냈지만 이렇게까지 외로운 건 처음이었다. 잉가의 몸은 지칠 대로 지쳐 있었고 그녀의 정신은 무너져 내리고 있었다.

잉가는 이제 자신이 무엇을 해야 할지 깨달았다.

45

월은 주먹을 휘두르고 싶은 충동을 느꼈다.

아주 어렸을 때부터 그는 머릿속 질서가 깨지면 기억을 잃곤 했다. 일이 계획대로 진행되면 정신도 침착하고 차분해졌다. 배경에서 연주되는 부드러운 리듬이 있었다. 하지만 예상치 못한 사건은 머릿속의 합주를 흐트러뜨렸다. 박자가 맞지 않는 악기들이 크게 울려 댔고 현악기가 고통스럽게 비명을 지르며 불협화음을 만들어 냈다. 월은 그 소리에서 벗어날 수 없었다.

그는 의자를 밀어젖혔다. 의자의 금속 다리가 돌바닥을 긁었다. 그 소음이 월의 마음속 한가운데를 칼처럼 찔렀다. 그는 방을 한쪽 구석에서 다른 구석까지 걸어다녔다. 양방향으로 열 걸음씩.

방을 네 번 가로지르자 소음이 잦아들기 시작했다. 여섯 번 더 걷고 나자 의식과 마음속 소음 사이가 더 벌어졌다.

다른 사람들을 참여시키겠다는 주장에는 절대로 동의하지 말았어야 했다. 그는 남의 지시를 듣는 것을 몹시 싫어했다. 혼자서 활동하는 게 늘 더 나았다.

피해자 가족을 선택한 것도 그였고 그들의 사업에 대해 조사한 것도 그였다. 경쟁을 붙여서 찢어발길 수 있는 부유한 가족들을 찾느라 얼마나 오랜 시간이 걸렸는데. 그런 후보를 찾는 게 얼마나 힘든 일인지 아무도 모른단 말인가?

첫 번째 작전이 통했어야 했다. 그의 통제를 완전히 벗어난 사건이 벌어지지만 않았더라도 통했을 텐데.

사임스를 참여시킨 것은 월의 선택이었다. 월은 그자의 기술이 필요하다는 것을 알고 있었다. 하지만 월은 다른 도움도 받았다. 이제는 그 도움이 오히려 골치아팠다.

스트레스의 원인은 월이 이 상황을 완전히 통제하지 못한다는 데 있었다. 그 점이 월의 성질을 긁기 시작했다. 발을 담근 사람이 너무 많았다.

그는 형제 중 딱 중간이었다. 형제들은 자연스레 그를 빼놓고 무리 지었다. 그는 첫째와 막내 사이의 경계선과 같았다. 그래서 어디에도 속하지 못했다. 그는 형제들의 농담거리이자 샌드백이었다.

월은 달리 의지할 곳이 없어서 그런 처지를 받아들였다. 어머니는 '남자애들은 원래 그래'라고만 말했다.

월은 위안을 얻고자 복수를 계획했다. 그때만 위로받고 해방감을 느꼈다.

누구보다 악랄하게 그를 괴롭히던 형, 래리도 결국 그 사실을 깨닫게 되었다.

월과 사임스는 인정하기 싫을 만큼 닮아 있었다. 월은 어린 시절의 사임스를 보고 그 사실을 알게 되었다. 사임스는 어머니에게서 버림받은 뒤 잔인하고 무감정한 남자가 된 군인 아버지에게 늘 매를 맞았다. 월은 형제들에게 둘러싸여 있었지만 사임스만큼 혼자라고 느꼈다. 둘 다 복수에서 탈출구를 찾았다. 월은 심리적 고문을 통해서, 사임스는 타인의 육체적 고통을 통해서. 월은 사임스를 좋아하지는 않았지만 그를 이해했다.

다섯 번을 더 걷자 긴장감이 풀리기 시작했다.

옷은 정확히 예정된 시간에 보내졌다. 옷을 보내는 작전은 계획대로 완벽하게 실행됐다. 이제 부모들은 딸들이 벌거벗은 모습을 상상해야 했다. 그게 그들의 행동을 촉발할 첫 번째 신호였다.

어서 통장을 비워.

그런데 웬 망할 년이 아이들이 살아 있다는 증거를 대라고 했다.

월은 그 문자 메시지를 무시하기로 했다. 부모가 아닌 사람이 보낸 메시지에 답장을 보낼 생각은 전혀 없었다.

그게 계획이었다.

그런데 이제는 계획을 바꿔야 했다.

대장이 그러라고 했으니까.

46

"내비에서 2킬로미터 남았다네요, 대장." 브라이언트가 옆에서 말했다.

킴은 급격하게 왼쪽으로 방향을 바꿔 주택 지구를 가로질렀다. 그쪽 지름길로 가면 거리가 거의 절반으로 줄었다.

브라이언트는 내비게이션을 얼굴 가까이 들어 올리고 말했다. "기분 나빠하지 마. 원래 남 말 안 들어."

킴은 브라이언트를 무시했다.

"대장이 놈들에게 아이들이 살아 있다는 증거를 대라고 해서 그 옷을 보낸 걸까요?"

킴이 작은 교통섬에 접근하자 브라이언트가 말했다. 그 교통섬을 우회할 방법은 없었다.

"아뇨. 옷을 보낸 건 처음부터 계획된 일이었습니다. 그걸로 아이들이 살아 있다는 게 증명되는 것도 아니고요." 킴은 곧장 교통섬을 가로질러 가며 말했다. "옷을 보낸 건 부모들을 자극하기 위해서였습니다. 놈은 부모들이 가서 찾아보기를 바랐어요. 부모들이 옷을 발견하기를 원했습니다. 아이들이 벌거벗고 있는 모습을 상상하길 바랐던 거죠."

"뭐, 놈들 의도대로는 안 됐네요. 그런데 왜 문자를 한쪽 부모에게만 보냈을까요?"

"게임입니다, 브라이언트. 1호는 이 모든 일의 심리적인 측면을 즐기고 있어요. 이 역겨운 게임을 통해 부모들을 마지막 한 방울까지 짜내고 싶은 겁니다."

"아아. 대장이 나설 줄은 몰랐나 보네요. 그렇죠?"

킴도 그러기를 바랐다. 킴은 옷을 챙겨 가방에 넣고 케빈을 시켜 법의학실로 보냈다. 뭔가 발견되더라도 그것들을 법정에서 사용할 희망은 전혀 없었다. 그 옷들은 흙과 풀밭, 정체를 알 수 없는 여러 곳을 뒹굴었으니까.

"가족들한테 사실대로 말했어야 할까요?" 브라이언트가 물었다.

그는 킴의 걸어 다니는 양심이었다. 킴은 이번에 처음으로 부모들에게 거짓말을 했다. 이번 거짓말이 마지막이었으면 좋겠지만 장담할 수는 없었다. 바니의 다음번 식사를 걸 만큼 확신이 생기지 않았달까.

킴은 부모들에게 재킷만 발견됐다고 말했다. 그것만으로도 충분히 트라우마를 일으켰다. 부모들은 나머지 내용을 알고 싶어 하지 않았다. 스티븐은 확실하냐며 에이미의 코트를 확인해 봐야겠다고 우겼다. 하지만 케빈이 이미 떠난 뒤였다. 킴은 스티븐에게 CCTV로 확인했다고 설명했다.

"말해 뭐 합니까? 부모들은 지금 이대로도 끔찍한 상상에 시달리고 있을 텐데요."

킴은 어느 집 문에서 찾던 번지수를 보고 말을 멈추었다. 그녀는 빨리 차를 세우고 문을 두드렸다.

문을 열어 준 여자는 험한 세월을 보낸 듯했다. 킴은 제니 코튼이 36세라는 것을 알고 있었다. 그녀의 인생 마지막 1년이 이전 35년보다 불친절했다는 사실도.

그녀는 엷은 갈색 머리카락을 뒤로 너저분하게 돌려 묶고 있었다. 영원히 흰머리로 남아 있을 것 같은 관자놀이가 드러났다. 아래쪽으로 처진 입가에는 희미한 주름이 몇 줄 보였다.

"코튼 부인, 저희는 스톤과 브라이언트 형사입니다. 잠깐 이야기할 수 있을까요?"

지친 눈에 잠깐 희망이 떠올랐다.

킴은 고개를 저었다. "수지에 관한 소식은 없습니다."

그녀는 거짓 희망을 즉시 쫓아 버리려고 빠르게 말했다. 수지 코튼 사건은 경찰이 아이를 집으로 데려올 때까지 종결되지 않을 것이다.

코튼 부인은 옆으로 비켜서며 두 사람이 들어올 수 있도록 해 주었다.

킴은 집을 가로질러 작은 주방 겸 응접실에 들어섰다. 이 집에 아무런 생기가 없다는 것이 바로 느껴졌다. 이 공간에서는 아무런 특징도, 개성도 드러나지 않았다. 그저 깨끗하고 기능적이었다. 창밖으로는 회색 돌판이 덮인 작은 정원이 보였다. 나무도, 꽃도, 화분도 없었다.

어느 순간 완전히 멈춰 버린 인생.

제니 코튼은 문 앞에 서 있었다. 그녀는 작은 체구에 엷은 색 청바지를 헐렁하게 걸치고 있었다. 회색 운동복은 목 부분이 늘어져 있었고 어깨솔기는 위팔 가운데까지 내려와 있었다. 끈 샌들이 그녀의 발을 감싸고 있었다.

킴은 제니가 옷을 입은 것 자체가 대단하다고 생각했다.

문득 이번 방문의 비정함이 마음에 걸렸다. 킴은 이 여자에게 사라진 딸에 관한 정보를 조금도 줄 수 없었다. 그러면서도 그녀에게서 정보를 얻어 내야 했다. 그러기 위해서 이 여자에게 인생의 가장 끔찍한 시간을 기억하라고 강요해야 할지라도 말이다.

지금 킴에게는 실종된 두 아이가 있었다. 그게 가장 중요한 문제였다.

킴은 자신이 하는 일을 사랑했지만, 가끔은 이 직업이 별로 마음에 들지 않았다.

"코튼 부인, 어려운 일이라는 건 알지만 작년에 일어난 일에 관해 몇 가지 여쭤보겠습니다."

영민한 두 눈이 킴을 관통했다. "왜요?"

"그건 말씀드릴 수…."

"당연히 아무것도 말할 수 없겠죠." 그녀가 씁쓸하게 짓씹어 뱉었다. "나한테 알 권리가 있는 것도 아니고. 그렇죠?"

킴은 잠시 침묵을 지켰다. 이 여자에게는 분노할 권리가 있었다. 그녀의 아이가 집에 돌아오지 않았으니까.

킴은 자세한 수사 상황을 공유할 수 없었지만 제니 코튼의 슬프고도 황폐한 눈을 보며 그녀가 이해해 주기를 바랐다.

여자는 짧게 숨을 들이쉬더니 눈을 감고 입을 꾹 다물었다. 그녀는 이해했다. "뭐든 물어보세요. 하지만 날 이해하는 척하지는 마세요. 그럴 수는 없으니까."

"네, 저는 이해할 수 없습니다." 킴이 나지막하게 말했다. "하지만 저희에게 경험하신 내용을 처음부터 말씀해 주실 수 있다면 감사하겠습니다."

제니 코튼은 둥근 나무 식탁에 앉아 고개를 끄덕였다. 킴과 브라이언트에게도 앉으라는 신호였다. "날짜별로 무슨 일이 일어났는지는 기억 못 해요. 이제는 그 모든 일이 눈물 어린 뿌연 모습으로만 생각나요. 움직이는 모습으로든, 정지된 모습으로든. 내가 확실히 기억하는 건 두 아이가 모두 월요일 아침에 사라졌고 에밀리가 수요일 오후에 발견됐다는 것뿐이에요. 세상에, 이틀보다는 훨씬 길었던 것 같은데."

킴은 이 여자에게 그 시간을 다시 겪어 내도록 하는 모든 순간이 꺼려졌지만 이번에 상대할 납치범도 같은 놈들이라면 그녀가 줄 정보가 더할 나위 없이 소중했다. 첫 번째 납치 시도를 조사하다 보면 중요한 단서가 나올지도 몰랐다. 물론 놈들의 범죄 수법은 시간이 지난 만큼 다듬어졌을 것이다. 여러 요소들이 정교해졌으리라. 놈들이 교훈을 얻었을 테니까. 하지만 첫 번째 사건에서 있었을지 모르는 실수들을 찾아내면 어떤 실마리를 얻을 수 있을지도 몰랐다.

"수지는 우리 집과 학교 중간에 있는 가게에서 납치당했어요. 에밀리는 자기 집에서 50미터 떨어진 곳에서 잡혀갔고요. 난 열한 시에 문자 메시지를 받았어요. 줄리아도 마찬가지고."

"놈들이 아이들을 어떻게 알아봤는지 아십니까?"

제니는 고개를 끄덕였다. "수지와 에밀리는 〈칠드런 인 니드〉* 라디오 방송에 함께 출연해 모금 홍보를 했어요. 세차를 해서 500파운드도 넘는 돈을 모았죠. 우리 남편이 그 기사에 언급됐어요. 남편은 리무진 대여 사업을 했고요. 뭐, 제가 아는 게 맞는다면 지금도 그 사업을 하고 있을

---

* 영국 BBC에서 주관하는 장애 아동을 위한 모금 프로그램

거예요." 제니는 슬프게 미소 지었다. "꼭 다른 인생처럼 느껴지네요. 전생처럼요. 줄리아의 남편인 앨런은 부동산 중개소를 여러 곳 운영했어요. 공정한 경쟁이 아니었죠. 난 즉시 경찰에 전화했고 경찰에서는 우리 집에서 두 가족을 모두 조사했어요. 우린 정말로 좋은 친구였어요. 무척 친했어요. 거의 매주 주말을 함께 보냈죠. 휴가도 함께 보내고요. 줄리아와 나는 죽어라 하고 서로에게 매달렸어요. 세 번째 메시지가 도착할 때까지는요."

"납치범들과 연락하지 말라는 조언을 받으셨습니까?" 킴이 물었다.

"네."

"그 조언대로 하셨나요?"

"형사님, 형사님도 자식이 있다면 그런 질문은 입에 담지도 않았을 거예요. 당연히 연락했죠. 그 문자를 받은 순간부터는 모든 사람이 비밀 얘기를 하는 것 같았어요. 경찰까지도 구석에 서서 귓속말하더군요."

"놈들이 말한 제한 시간이 언제였습니까?" 킴이 물었다.

"수요일 오후요."

납치 후 48시간이 지난 시점이었다. 이번 사건에서도 똑같은 시점까지 딱 한 시간이 남아 있었다.

"어떻게 하셨죠?"

"금액을 제안했어요. 우리가 모을 수 있었던 돈 전부였죠. 저금한 돈에 집을 담보로 돈을 빌렸어요. 가족들의 도움을 받기도 하고. 다른 가족이 더 많은 돈을 제시했다는 답장이 즉시 돌아왔고요. 그런 식으로 수요일 아침까지 제안이 오갔어요. 우린 절대 구할 수 없을 만큼 많은 돈을 제시했지만 아이 목숨이 걸린 경매를 하는데 선택의 여지가 없었죠."

킴은 앞으로 나와 앉았다. 이 잔인한 상황이 거북했다. 보통 몸값 요구 상황에서는 온갖 종류의 감정이 들기 마련이지만 이런 거래 전략은 부모들에게 뭔가를 통제할 수 있다는 환상을 심어 주었다. 돈만 충분히 구하면 결과에 영향을 미칠 수 있을 거라는 생각이 들도록 한 것이다. 하지만 만일 돈을 구할 수 없다면….

"수지가 집에 돌아오지 않자 나는 망가졌어요. 난 모든 걸 잃었어요. 남편을 볼 수가 없었죠. 남편 직업이 좀 더 좋았다면 우리 딸을 되찾을 수 있었을 거라는 생각밖에 들지 않았으니까."

킴은 여자가 말하게 두었다. 그게 킴이 해 줄 수 있는 최소한이었다.

"사람들은 저마다 다른 속도로 애도한답니다. 그 일이 있고 나서 피트가 웃는 소리를 처음으로 들었을 때 난 피트를 향한 얼마 안 되는 감정마저 잃었어요. 몸이 멋대로 반응을 보인다는 건 알아요. 누구에게나 방어기제가 있다는 것도요. 하지만 난 그렇지 않았어요."

킴은 제니가 아직도 기다리고 있다는 생각이 들었다. 이 여자는 시간을 넘나드는 그림자였다. 그녀는 앞으로 나아갈 길을 찾지 못했지만 주변 사람들은 달랐다.

킴은 문득 한 가지 생각이 들었다. "코튼 부인, 지금도 핸드폰을 가지고 계십니까?"

제니 코튼은 의자를 밀어젖히고 주전자로 걸어갔다. "아뇨, 형사님. 당신 쪽 사람들이 증거라고 가져갔어요."

킴은 브라이언트를 보았다. 브라이언트가 메모를 남겼다. 핸드폰이 아직 증거로 보관되고 있다면 쓸 만한 무언가가 나올지도 몰랐다.

코튼 부인은 창밖을 내다보았다. 물이 주전자 주둥이에서 흘러넘쳤다.

"예전에는 휴가 생각을 하거나 아이를 한 명 더 낳을까 생각하곤 했어요." 그녀는 잠시 말을 멈추었다. 수도꼭지를 잠그다 말고 가만히 있었다. "하지만 지금은 그저 내 딸을 묻어 줄 수 있으면 좋겠다는 생각뿐이에요." 제니는 고개를 돌려 킴을 쏘아보았다. "도와줄 수 있나요, 형사님?"

킴은 제니와 눈을 마주쳤지만 아무 말도 하지 않았다. 지킬 수 없는 약속은 하지 않을 생각이었다.

"코튼 부인, 에밀리가 일찍 풀려난 건 무엇 때문이라고 생각하십니까?"

"그야 물어볼 것도 없죠. 줄리아와 앨런이 몸값을 치른 거예요."

47

킴은 차에 타기 전에 이미 손가락으로 통화 버튼을 누르고 있었다. "스테이시, 빌링엄 가족 찾는 일에 좀 더 집중해. 우리가 생각했던 것보다 훨씬 더 중요한 사람들일지 몰라."

"이미 찾고 있어요, 대장." 스테이시가 대답했다. "하지만 이 가족들은 사람들 눈에 띄고 싶지 않은가 봐요."

킴은 놀라지 않았다. "계속해, 스테이시. 확실하지는 않지만, 그 사람들이 몸값을 냈을 가능성이 있어."

킴은 수화기 반대편에서 스테이시가 숨을 들이켜는 소리를 들었다. "수사 자료에는 그런 내용이 없…."

"그 수사 자료에는 뭐에 대해서든 별 내용이 없어, 스테이시."

"지금 시작하겠습니다, 대장."

킴은 전화를 끊었다. "지금까지 우리는 언론에 납치 소식이 보도되는 바람에 납치범들이 당황했다고 생각했습니다. 한 가족이 실제로 몸값을 지불했을 거라고는 생각하지 않았어요."

브라이언트가 고개를 끄덕였다. "만일 그 가족이 몸값을 지불했다면 납치범들과 좀 더 연락했겠죠. 지시도 받았을 테고 몸값을 어디에 둬야 하는지도 들었을 테니까요."

끔찍한 생각이기는 했지만 킴은 다른 가족이 한 행동이 수지 코튼을 죽음으로 몰아넣었을 경우를 고려할 수밖에 없었다.

48

사임스는 미소 지었다. 오늘은 무엇도 그의 기분을 망칠 수 없었다. 이제는 단서를 찾았다. 이제는 느슨한 매듭을 마무리 짓게 될 것이다.

동네를 들쑤시며 잉가를 뒤쫓을 수도 있었다. 잉가의 발자국을 다시 밟으며 아무 의미 없이 에너지를 쏟을 수도 있었다.

아니면 지금 있는 자리에서 가만히 잉가가 오기를 기다릴 수도 있었다.

그러면 잉가가 나타날 것이다.

그 멍청한 년은 거의 48시간 동안 도주 중이었다. 지치고 더럽고, 존나게 겁에 질려 있을 터였다. 위험을 피해 계속 움직이느라 기진맥진했을 것이다. 합리적인 생각을 할 수 없을 만큼 정신력이 고갈됐을 것이다. 자기 보존 욕구도 낮아졌을 테고.

잉가를 잡으려면 공포를 이해해야 했다.

사임스는 아프가니스탄으로 두 차례 파병되고 나서 인간이 깊은 두려움에 따라 선택을 내린다는 사실을 깨달았다. 이때의 두려움은 일상적인 세상의 두려움이 아니었다. 목숨을 잃을 수 있는 상황에서만 존재하는 두려움이었다.

물론 번지 점프를 하기 전에도 두려움이 솟구쳐 몸을 감싸기 마련이다. 하지만 그런 두려움에는 흥분이나 아드레날린이 뒤섞인다.

진짜 두려움은 다른 감정이 생겨날 공간을 전혀 남겨 주지 않았다. 그 두려움은 피부 밑에서 일어나 근육을 뚫고 뼛속까지 파고들었다.

그런 두려움은 사람의 일부가 되는 게 아니었다. 그 사람 자체가 되었다. 모든 숨결, 모든 눈길, 모든 동작이 두려움으로 가득 찼다. 아무리 심호흡을 해도 그런 두려움은 사라지지 않았다.

군대에서는 그런 두려움을 매일 겪어야 했다. 그리고 사임스는 자신의 무의식을 속이는 방법을 선택했다. 살아남기 위해 매일 애쓰는 대신 매일 아침 1분을 죽음을 준비하며 보냈다. 매일 진지를 나설 때마다 그는 오늘이 자신이 죽는 날이라고 생각했다. 아침마다 자신의 죽음을 그렸고 밤마다 이를 닦고 있다는 사실에 감사했다.

잉가가 사임스와 경찰을 두려워한다면 문제는 그녀가 덜 무서워하는 게 무엇이냐는 것뿐이었다.

사임스는 이미 그 답을 알고 있었다.

그는 미소 지으며 손마디를 꺾었다.

49

잉가는 한 걸음 내디딜 때마다 행운이 따르기를 빌었다. 두려움이 살을 갉아먹는 듯했다. 어디를 보든 사람들이 그녀를 쳐다보는 것 같았다. 그녀가 보는 모든 남자는 월 아니면 사임스처럼 보였다. 모든 그림자가 공포를 안기기 위해 전략적으로 배치된 것만 같았다. 온 세상이 거리를 좁혀 왔다. 주변은 직각과 위험한 도형들로 가득했다. 그것들이 언제든 잉가에게 달려들 준비를 하고 있었다.

지난 이틀은 평생처럼 느껴졌다. 그 전의 몇 주, 몇 달, 몇 년은 기억나지 않았다. 온몸의 모든 세포가 공포로 축 가라앉지 않던 시절도 더 이상 생각나지 않았다.

사방에 악의가 있었다.

잉가는 지난 48시간째 도망치고 있었지만 지금 겪고 있는 이 순간이 가장 위험천만하게 느껴졌다.

목적지가 겨우 30미터 떨어진 곳에 있었다. 눈으로 보였다.

잉가와 정상적인 세상 사이에 가로놓인 것은 점심을 먹으러 몰려나온 사람들과 횡단보도, 그리고 붐비는 교차로뿐이었다. 잉가는 바삐 움직이는 사람들의 행렬에 몸을 맡기고 도로를 건넜다.

20미터.

잉가는 건물이 사라질까 봐 두려워 그 건물에서 눈을 떼지 않았다.

모든 것을 말할 생각이었다. 그녀가 저지른 짓부터 말할 것이다. 경찰을 아이들이 있는 곳으로 데려갈 것이다. 차 마실 시간쯤에는 아이들이 안전하게 집에 돌아가겠지. 다시 가족과 함께하게 되겠지. 잉가는 기꺼이 벌을 받을 생각이었다.

10미터 떨어진 곳에서, 잉가는 불쑥 튀어나온 도로 경계석에 발이 걸려 비틀거렸다. 그녀는 간신히 자세를 바로잡았다. 남자 두어 명이 등 뒤에서 낄낄거렸다. 상관없었다. 5미터만 더 가면 잉가도 그들과 함께 웃을 것이다.

경찰서의 안전한 유치장이 그녀를 소리쳐 부르는 듯했다. 잉가는 어떤 벌이든 받을 준비가 되어 있었다. 그 무엇도 이보다 나쁠 수는 없었다.

입구에서 2미터 떨어진 곳에 이르자 긴장이 풀리기 시작했다.

그때, 목 뒷덜미에 강하고 억센 손이 닿았다. 그 손이 잉가를 코앞의 경찰서 문에서 돌려세웠다.

"노력이 가상하네, 씨발년. 근데 그걸로는 부족하지." 잉가는 그의 손아귀에 잡혀 끌려갔다. 두 발은 거의 땅에 닿지 않았다. "한 번이라도 소리를 내면 바로 여기서 네 목을 비틀어 버릴 거야."

잉가는 근육질의 팔이 어깨를 감싸 오자 아무 말도 할 수 없었다. 비명을 지르려 해도 입이 바짝 말라 버렸다.

사임스는 잉가가 겁에 질려 말을 못 하는 틈을 타 그녀를 경찰서 뒤의 골목으로 몰아갔다.

너무도 아까웠다!

구경꾼들에게는 이 모습이 연인의 포옹으로 보였을 것이다. 그들은 사임스가 어깨뼈를 부술 듯한 힘으로 잉가를 누르고 있다는 사실이나 잉가의 두 발이 땅에 거의 닿지 않는다는 사실을 몰랐으니까.

잉가의 귓속에서 중심가의 소음이 잦아들었다.

"가서 수다나 좀 떨자고. 네가 정신을 차릴 수 있게."

"안 돼, 안 돼요." 잉가는 두 발을 땅에 디디려고 애쓰며 소리쳤다. 그녀는 마지막으로 남은 에너지를 끌어모아 두 팔을 버둥거렸다.

사임스의 손아귀가 그녀의 목덜미로 움직였다. 고통이 잉가의 머리까지 뜨겁게 번졌다. 잉가는 사임스가 단번에 목을 부러뜨릴 수 있다는 걸 알고 있었다.

"제발…. 해치지 말아요…."

"그런 소리는 네가 이딴 일을 저지르기 전에 했어야지."

잉가는 기꺼이 구걸이라도 하고 싶었다. 이제는 애원하는 것만이 살수 있는 유일한 방법이었다. "사임스, 미안해요. 그러지 말았어야 하는데…. 저는 그냥…. 겁이 나서…."

사임스는 밴의 문을 열면서 낄낄거렸다. "앞으로는 더 겁이 날 거야."

사임스는 문을 쾅 닫고 반대편으로 달려갔다. 그는 버튼을 눌러 양쪽 문을 모두 잠갔다.

잉가는 울고 싶은 충동을 눌러 참았다. 얼마 남지 않은 순간들이 갑자기 소중하게 느껴졌다. 그녀는 자신이 죽으리라는 것을 알았다. 이제 중요한 것은 한 가지뿐이었다.

"아이들은요?"

사임스가 그녀를 돌아보았다. 사임스의 눈은 흥분에 젖어 생생하게 빛났다. 기대감에 그의 입이 일그러졌다. 거의 홀린 듯한 눈빛이었다. 그의 몸 전체가 고양되어 잉가의 목숨을 빼앗기만을 기다리고 있었다.

"아, 아이들이요." 잉가가 말을 더듬었다.

사임스는 고개를 젖히며 웃음을 터뜨렸다. "네 덕에 죽었어."

50

홀리트리에는 스산한 정적이 흘렀다.

케빈은 상가들 앞에 차를 댔다. 그 상가들이 점점 뻗어가는 공공 주택 지구의 경계를 이루고 있었다. 상가를 지나면 주택 지구 '안에' 들어가게 된다는 건 상식이었다. 마치 국경선을 지나는 것과 같았다. 다만 통행증으로 여권 대신 반사회적 행동 금지 명령을 받은 이력이나 교도소 복역 경험, 혹은 불법 약물이 필요했다.

블랙컨트리의 다른 공영 주택 단지들은 홀리트리 덕분에 더 깨끗하고 건강하고 살기 좋은 곳이 됐다. 문제 있는 가정이 쫓겨나면서 다른 공동체들은 안도의 한숨을 내쉬었다. 하지만 쫓겨난 가족들도 어딘가에 살아야 했다. 그리고 그들을 한데 모아 두는 것은 결코 좋은 생각이 아니었다. 결국 공권력이 닿지 않아 갱단이 통제하는 공동체가 출현했다.

드웨인 라이트는 어느 상가건물 2층 주택에 살았다. 공교로운 일이었다. 그곳은 공영 주택 지구의 가장자리였다. 탈출과 가장 가까운 곳. 그

가엾은 녀석이 바라던 것도 바로 탈출이었다.

갱단의 문법은 케빈에게도 낯설지 않았다. 인정하고 싶지는 않았지만 케빈은 그들의 생리를 잘 알았다. 홀리트리 수준의 갱 문화는 아니었지만.

어린 시절의 케빈은 뚱뚱했다. 호르몬 이상이나 정체불명의 의학적인 질환이 있었던 건 아니었다. 그가 과체중이었던 이유는 어머니가 직장을 다니며 홀로 케빈을 키웠기 때문이었다. 어머니는 손쉬운 프라이팬 요리에만 지나치게 의존했다. 15세가 되었을 때, 케빈은 어디에라도 소속될 수 있다면 무슨 짓이든 할 생각이었다. 거의 성공하기도 했다.

가끔 십 대 시절을 떠올리면 지금도 부끄러움에 얼굴이 달아올랐다. 케빈은 언제까지나 그날을 부끄러워할 터였다. 하지만 그날은 케빈이 절대로 잊지 않을 날이기도 했다.

16세가 되었을 때, 그는 헬스장에 등록하고 음식을 전부 직접 준비했다. 그렇게 넘쳐나는 지방을 관리했다. 다시는 예전으로 돌아가지 않을 생각이었다.

케빈은 뒤쪽 계단을 활용해 부지에 접근했다. 아파트로 분류되기는 했지만 이 부지는 두 구역으로 나뉘어 있었다. 베란다는 서로 이어져 있고 집마다 금속 난간으로 나뉘어 있을 뿐이었다. 거기에 서서 보면 임대용 차고로 이루어진 미로가 내려다보였다. 그중 실제로 자동차를 보관하는 데 쓰이는 곳은 극히 적었다.

케빈은 녹슨 바비큐 장치 두 대와 서로 어울리지 않는 실외용 의자가 여기저기 흩어져 있는 바깥 공간을 살폈다. 버려진 인형 유모차가 문 오른쪽에 놓여 있었다.

케빈은 두 차례 문을 두드렸다. 즉시 누군가가 다가왔다. 무늬가 들어간 유리창에 그림자가 드리우는 것이 보였다.

문을 열어 준 것은 여자애였다. 케빈은 그 애가 십 대 후반일 거라고 생각했다. 드웨인의 누나인 쇼나였다. 케빈은 사진을 보았기에 그녀를 즉시 알아볼 수 있었다. 촘촘하고 윤기 나는 쇼나의 곱슬머리가 그녀의 매력적인 얼굴로 흘러내렸다. 그 얼굴이 케빈을 노려보고 있었다.

"뭔데요?" 쇼나가 물었다. 케빈을 반갑게 맞이하지 않기로 한 게 틀림없었다.

"난 케빈 도슨 경사라고 해." 케빈은 그렇게 말하며 신분증을 보여 주었다. 쇼나는 케빈의 얼굴에서 시선을 떼지 않았다. 케빈은 홀리트리에 돌아다니는 가짜 신분증을 본 적이 있었다. 그중 대부분이 케빈의 것보다 더 진짜처럼 보였다. "아버지와 얘기를 좀 할 수 있을까?"

"왜요?" 쇼나가 물었다.

"동생 일이야." 케빈이 인내심을 발휘해 말했다. 쇼나의 태도가 짜증스럽기는 했지만, 케빈은 참기로 했다. 경찰이 이 가족의 상실을 막아 주지 못한 것은 사실이었으니까. "수사에 진전이 있었어."

"뭐, 드웨인이 더 이상 안 죽어 있대요?"

"아버지는 집에 계시니, 쇼나?" 케빈이 단호하게 물었다.

"잠깐, 확인해 볼게요." 쇼나는 케빈의 눈앞에서 문을 닫으며 말했다. 이 아파트들은 방 두 개와 거실 하나, 주방 하나, 화장실 하나로 이루어져 있었다. 아버지가 집에 있다면 쇼나도 알 텐데.

몇 초 뒤에 문이 열렸다.

케빈은 빈 라이트의 얼굴을 올려다보았다. 그의 표정은 상냥하지도,

적대적이지도 않았다. 그냥 굳어 있었다.

"무슨 일이냐, 아들아?"

'아들'이라는 호칭에 케빈은 기분이 나빠졌다. 케빈의 아버지도 케빈을 그렇게 부른 적이 없었다. 자아를 찾겠다며 스코틀랜드 하일랜드로 떠난 그날 밤에도. 케빈이 아는 한 아버지는 지금까지도 자아를 찾아다니고 있었다.

하지만 아들이라는 호칭이 싫었던 건 그 이유 때문만은 아니었다. 케빈은 경찰관이었다. 영국 경찰청 범죄 수사과의 일원이지 이 남자의 아들이 아니었다.

"라이트 씨, 드웨인과 관련된 수사 진척 상황을 알려 드리러 왔습니다. 들어가도 되겠습니까?"

빈 라이트는 잠시 망설이더니 한발 물러섰다.

케빈은 라이트 부인이 없다는 것을 알고 있었다. 빈 라이트는 아내가 넷째를 낳다가 합병증으로 죽고 난 뒤 12년 동안 홀로 지내 왔다.

케빈은 식탁이 없는 비좁은 주방으로 들어갔다. 쇼나가 유리병과 시리얼 상자 같은 것을 찬장에 다시 집어넣고 있었다. 옆에는 음식 담는 비닐봉지가 둘둘 말려 놓여 있었다. 여동생 두 명의 점심 도시락을 싸주고 있던 모양이었다. 묘비와 꽃이 그려져 있는 전단지가 주전자 앞에 흩어져 있었다. 이 남자는 아들의 장례를 준비하고 있었다.

빈은 케빈과 오래 이야기를 이어 갈 생각이 없는 듯 문 앞에 계속 서 있었다. 케빈은 빨리 이야기를 끝내야겠다고 생각했다. 케빈도 이 남자의 고통을 필요 이상으로 연장하고 싶지는 않았으니까.

"라이트 씨, 아들이 아직 살아 있다는 정보를 흘린 사람은 그 기자가 아니었습니다."

접시가 싱크대에서 쨍그랑 소리를 내는 바람에 케빈과 빈은 둘 다 쇼나 쪽을 보았다. 쇼나는 즉시 돌아보는 대신 손에서 미끄러진 물건을 계속 내려다보았다. 빈의 눈은 몇 초 동안 쇼나에게 머물더니 다시 케빈에게로 향했다.

"이해가 안 되는데. 분명…."

"시간이 안 맞아요. 드웨인이 사망했을 때는 신문이 아직 인쇄되고 있었다는 사실이 확인됐습니다. 저희는 모든 일이 너무 빠르게 일어났기에…." 케빈은 자기 목소리에 미안한 기색이 끼어드는 것을 느끼고 말꼬리를 흐렸다.

빈도 눈치챘다. 그의 눈에는 비난하는 기색이 없었다. 그저 깊은 슬픔이 고여 있을 뿐이었다. "그야 우리 모두가 그랬지, 아들아."

"그 말은 다른 사람이 정보를 흘렸다는 뜻입니다."

빈은 알았다는 뜻으로 고개를 끄덕였다. 빈도 이미 아는 듯했다.

"드웨인이 아직 살아 있다는 사실을 가족 말고 또 누가 알았는지 여쭤보려고요."

빈은 짧고 뻣뻣한 머리카락을 문질러댔다. "모르겠다. 모든 게 가물가물해. 지난주 이맘때는 내 아들이…. 모든 일이 너무 빠르게 일어났어. 직장에 있을 때 전화가 왔지. 애들한테 전화했는데…."

"로렌이요." 쇼나가 조용히 말했다.

케빈은 기다렸다. 마침내 쇼나가 뒤를 돌아보았다.

"내가 로렌한테 연락했어요. 로렌은…. 드웨인의 여자친구였어요. 내가 로렌한테 메시지를 남겼는데 로렌은 다시 전화를 걸지 않았어요." 쇼나는 아버지를 보았다. "기억나죠, 아빠? 걘 병원에도 안 나타났어요."

케빈은 배 속에 흥분감이 휘몰아치는 것을 느꼈다. 경찰은 오직 드웨인의 가족들에게만 전화를 걸었다. 그리고 드웨인의 가족은 그의 상태가 안정될 때까지 그 애가 살아 있다는 사실을 누구에게도 말해서는 안 된다는 지시를 받았다.

"혹시 어디 가면 로렌을…?"

"적어 드릴게요." 쇼나가 주방에서 뛰쳐나가다시피 하며 말했다.

케빈은 빈을 돌아보았다. 빈의 눈길은 맏딸을 따라 주방을 나선 뒤였다.

"드웨인이 죽은 뒤로 갱단이 괴롭히지는 않았습니까?"

빈은 고개를 저었다. "너희들이 살인죄로 리런을 체포한 뒤에 카이가 리런의 자리를 차지했어. 리런만큼 나쁜 놈은 아닌가 봐. 우리를 가만히 놔두라고 한 것 같더구나."

케빈은 그 말이 곧이곧대로 믿기지 않았다. 갱단의 손에 가족 한 명이 죽었다고 해서 그 가족의 세 딸들이 안전해지는 건 아니었다. 갱들은 그런 식으로 활동하지 않았다. 빈 라이트는 딸들이 홀리트리 주택 지구를 떠나는 순간까지 그 애들을 지켜야 할 것이다.

쇼나는 주방으로 돌아와 케빈의 손에 종잇조각을 밀어 넣었다. "로렌의 주소예요."

"고마워. 난…."

핸드폰이 울리는 소리에 케빈의 말이 끊겼다.

"죄송합니다." 케빈은 돌아서며 말했다. 신고 센터였다.

"이제야 형사를 찾았네요." 전화 건 사람이 말했다. "경사님의 상관도, 브라이언트 경사도 연락이 안 되더군요. 그러니 경사님한테 넘겨야겠어요."

케빈은 자신의 팀 서열이 네 명 중 세 번째라는 것을 알고 있었지만, 누군가 다시 그 사실을 일깨워 주는 건 고까웠다.

"잠깐만요." 케빈은 핸드폰을 손으로 가리며 말했다. 그는 빈 라이트를 돌아보았다. "시간 내주셔서 감사합니다. 연락드리겠습니다."

빈은 슬프게 고개를 끄덕이고 케빈이 나갈 수 있도록 문을 열어주었다.

"무슨 일입니까?" 케빈은 버려진 정원을 돌아 나오며 신고 센터에 물었다가 지난 6년 동안 너무도 듣고 싶었던 말에 우뚝 멈추고 말았다.

"시신이 발견됐습니다. 경사님 상관에게 연락이 될 때까지는 경사님이 맡으셔야 할 것 같은데요."

오랜 기다림 끝에 케빈은 잠깐이지만 수사 책임자가 되었다.

51

"말해 봐, 케빈." 킴이 전화를 받으며 말했다.

"대장, 2미터 앞에 20대 중반 여성의 시신이 있어요. 이게 우리 사건인지는 모르겠는데….."

"바지 색깔은?"

"어…. 노란색이요."

"그럼 맞아." 킴은 눈을 감으며 나직하게 씹어 뱉었다. 킴은 케빈이 전달해 주는 자세한 내용에 귀 기울였다. "지금 간다." 킴은 전화를 끊으며 말했다.

그녀는 브라이언트를 돌아보았다. "빌어먹을, 너무 늦었습니다."

CCTV를 본 이후로 킴은 그 여자에게 전혀 동정심이 들지 않았다. 그러나 잉가는 유일하게 확실한 단서였다. 아이들은 둘 다 잉가를 알았다. 특히 에이미가 그랬다. 그런데도 잉가는 최악의 방법으로 그 아이들을 배신했다. 이제 잉가는 목숨으로 그 대가를 치렀다. 킴은 그 여자가 증인석에서 당황하는 모습을 봤으면 했지만 말이다. 잉가가 죽었다고 해서 연민 따위가 느껴지지는 않았다.

"어쩌면 잉가한테도 선택의 여지가 없었을지 몰라요, 대장." 브라이언트가 말했다.

킴은 브라이언트의 너그러운 마음을 높이 샀지만 그의 생각에 동의할 수는 없었다. "선택의 여지는 언제나 있습니다. 잉가는 아이들과 친했는데도 그 애들을 속였어요."

"그래도 무슨 이유에서인지 도망쳤죠. 어쩌면 양심상…."

"브라이언트, 철 좀 들어요." 킴이 쏘아붙였다. 아주 가끔은 브라이언트의 긍정적인 태도가 신경에 거슬렸다. "양심 때문이었다면 계획에 틈이 생기는 순간 아이들을 빼냈을 겁니다. 잉가가 그런 일을 한 건 자기보호 본능 때문이에요. 겁을 먹은 겁니다."

"그런데 이제 죽었죠." 브라이언트가 말했다. 그 말에 무슨 의미가 있는 것처럼, 그걸로 모든 죄가 지워지는 것처럼.

킴이 보기에는 그렇지 않았다. 에이미와 찰리는 아무리 좋게 봐줘도 끔찍한 시련을 겪고 있었다. 최악의 경우에는 비참하게 죽을 터였다.

"브라이언트, 부탁이니 운전에나 집중하세요."

킴의 눈물샘은 제대로, 정말로 말라 있었다.

52

킴은 폴리스 라인으로 뛰어가 배지를 휙 보여 주고 범죄 현장에 들어갔다.

브라이얼리힐 중심가의 가장자리에 있는 철물점과 슈퍼마켓 사이로 좁은 골목이 나 있었다. 거기가 현장이었다.

케빈이 킴을 가로막았다. 얼굴에 핏기 하나 없었다.

"대장, 저 안은 엉망이에요."

"와, 무섭네."

킴은 그렇게 쏘아붙인 다음 케빈을 밀치고 지나갔다.

"아, 스톤 경위. 자네의 부드럽고 따뜻한 목소리가 들린다고 생각했는데."

키츠는 키가 킴의 어깨에 닿을락 말락 하는 상근 법의학자였다. 머리카락을 잃은 대신 깔끔한 콧수염과 뾰족한 턱수염을 얻은 것 같은 모습이었다.

킴은 키츠가 내민 파란색 라텍스 장갑을 받았다. 키츠 자신도 같은 장갑을 끼고 있었다.

"키츠, 미리 말씀드리는데 전 장난칠 기분이 아닙니다."

"아, 이런. 혹시 브라이언트가…."

"키츠, 진짜예요." 브라이언트가 킴 옆에 나타나며 말했다. "대장은 정말 장난칠 기분이 아니에요."

킴은 이미 눈앞의 현장을 살피고 있었다. 그녀는 시신을 좀 더 자세히 살피려고 법의학 사진기사를 빙 돌아갔다.

시신은 불가능한 각도로 놓여 있는 것처럼 보였다. 킴은 주말 살인 추리극에서 피해자를 표시하기 위해 활용하는 흰색 테이프 형상이 떠올랐다. 시신은 오른팔을 머리 위로 들고 있었지만 손목은 엉뚱한 방향을 가리켰다. 왼팔은 상체 옆에 놓여 있었다. 어깨가 훨씬 낮아 보였고 손은 위쪽을 향하고 있었다. 잉가의 얼굴은 잔뜩 부풀어 있었다. 왼쪽 눈은 뺨과 이마의 부어오른 살에 완전히 가려져 있었다. 오른쪽 눈은 멀거니 하늘을 바라보았다. 핏자국이 얼굴 가운데에서 턱 아래까지 이어졌다. 킴은 부러진 코가 저 안 어딘가에 숨겨져 있을 거라고 생각했다. 금발 뭉치가 주변에 흩어져 있었다. 잉가가 털갈이하는 개라도 된 것 같았다.

"스톤 경위." 키츠가 시신 발치에서 손짓했다. 사진기사가 잉가의 얼굴을 가까이에서 찍으려고 무릎을 꿇자 킴은 그에게 자리를 비켜 주었다. "내가 잠깐 살펴본 바로는 다발성 골절이 일어났어. 최소 네 군데가 부러진 걸로 보이는군."

"팔다리가 전부 부러졌다는 겁니까?" 킴이 물었다.

그는 고개를 끄덕이고 잉가의 오른쪽 다리를 가리켰다. 발목이 180도 완전히 돌아가 있었다. 킴은 한 발 가까이 다가가 코피가 멎은 자리를 들여다보았다. 잉가의 한쪽 귀에서 다른 쪽 귀까지 목을 가로지르는 가느다란 선이 있었다. 상처의 두께로 볼 때 일종의 원예용 노끈이 쓰인 것 같았다.

킴은 자신이 보고 있는 이곳이 사망 현장이 아니라는 것을 즉시 알아차렸다. 잉가는 고문을 당했다. 만일 이곳에서 범행이 일어났다면 비명을 들은 누군가가 경계심을 품었을 법했다. 범인은 다른 곳에서 범행한 뒤 자동차에 잉가의 시신을 싣고 와 이곳에 유기했다.

"사인은요?" 킴이 물었다.

키츠는 어깨를 으쓱했다. "데려가서 자세히 살펴보기 전까지는 알기 어렵지만 자네한테 이걸 보여 주면 좋아할 거라고 생각했어."

키츠는 시신을 따라 두 발짝을 걸어갔다. 그는 조심스럽게 잉가의 목을 덮은 재킷 목깃을 당겼다.

"제기랄." 킴은 고개를 저으며 말했다. 킴은 앞으로 가서 숫자를 세어 보았다. 잉가의 목 둘레에는 일고여덟 개쯤 되는 고리 모양의 흔적이 더 나 있었다.

브라이언트가 킴의 옆으로 다가와 그녀의 시선을 좇았다.

"몸싸움이 있었던 걸까요, 대장?"

킴은 고개를 저었다. 그렇다기에는 흔적이 지나치게 두드러졌다. 몸싸움을 했다면 잉가가 몸부림쳤을 테니 노끈이 오히려 피부에 덜 파고들었을 것이다.

케빈이 시신 반대편으로 다가왔다.

"어떻게 생각해, 케빈?" 킴이 물었다.

케빈은 고리 모양 상처들을 살핀 다음 시신의 다른 부분을 보았다. "놈이 잉가를 고문한 것 같습니다, 대장. 의식을 잃을 때까지 목을 졸랐다가 두들겨 패서 깨운 거예요."

킴도 같은 생각이라는 뜻으로 고개를 끄덕였다. "죽을 때까지 모든 상처에서 고통을 느꼈을 거야."

"악마 같은 자식." 브라이언트는 그렇게 중얼거리고 자리를 떠났다.

킴도 그 말에는 동의할 수밖에 없었다. 그러나 이 범죄 현장을 보고도 별다른 감정이 들지 않았다.

잉가는 선택을 했다. 아무 죄 없는 아이들의 납치에 가담했다. 이 딱한 형체는 두려움을 느꼈겠지만 이제는 그 두려움에서 벗어나 있었다. 그러나 어린 여자아이 둘에게 상황은 여전히 진행 중이었다. 킴은 그러기를 바랐다.

아이들은 저 바깥 어딘가에 있었다. 혼란스럽고 겁에 질린 채, 외롭게.

네 명의 부모는 아이의 목숨을 걸고 입찰을 하라는 잔인한 게임을 강요받았다. 그들은 제정신을 유지하려고 애쓰고 있었다.

이 여자가 그 모든 사태의 중요한 원인이었다.

킴은 마지막으로 시신을 한 번 보고 그 모습을 수많은 사진들과 함께 기억 속에 집어넣었다.

킴의 시선이 비틀린 발목에 잠시 머물렀다. 노란 바짓부리가 다른 다리보다 2~3센티미터쯤 올라와 있었다. 킴은 허리를 숙이고 조심스럽게 그 바짓자락을 좀 더 걷어 올렸다. 검은 잉크가 눈에 들어왔다. 킴은 데님 천을 더 밀어젖혔다. 직사각형을 직선이 관통하는 모양의 문신이 보였다. 선의 양옆에는 점이 하나씩 찍혀 있었다.

킴이 사진기사에게 손짓했다. "이걸 클로즈업으로 찍으십시오." 그녀는 자리에서 일어나며 말했다.

"솜씨가 별로인데. 직접 새긴 모양이야." 키츠가 말했다.

킴은 고개를 끄덕였다. 브라이언트도 허리를 숙여 그 무늬를 살폈다.

"신고는 누가 했어?" 킴이 물었다.

"주점에 간식을 배달하는 배송 기사입니다." 케빈이 소리쳤다. "다음번 배달 호출이 들어오기 전에 소변을 보려고 여기 들어왔대요. 아마 방금 토하는 걸 멈췄을 거예요. 더 이상 배 속에 뭐가 남아 있을 리 없거든요."

"다른 사항은?"

"제가 마지막으로 알아낼 수 있었던 건 주점 주인이 열한 시경에 쓰레기통을 비웠는데 그때는 이 여자가 없었다는 겁니다."

"평소처럼 사망 시간을 말하라고 날 괴롭히진 않을 건가?" 키츠가 물었다.

"뭐, 제가 방금 알아낸 두 시간보다 짧은 오차 범위를 내놓으실 수 있다면야 얼마든지요."

"내 생각에는 그 두 시간이 거의 끝나 갈 때쯤에 죽었을 거야." 키츠가 말했다.

킴은 고개를 끄덕였다. 주머니에서 핸드폰이 진동했다. 아는 번호였다.

"스톤입니다." 킴이 전화를 받았다.

"그 여자인가?"

지금 이 순간만큼은 우디의 사교성도 킴에게 필적할 만했다.

"네, 경감님. 맞습니다."

"그럼 둘이 죽은 건가, 스톤?"

킴은 잉가의 시신을 둘러싸고 있는 사람들로부터 천천히 멀어졌다.

"저희는 계속 이 여자를 찾으려고…."

"하지만 찾지 못했지. 안 그런가, 스톤? 수색 작업은 누가 맡았나?"

킴은 케빈이 잉가를 추적하기 위해 인간으로서 할 수 있는 모든 일을 다 했다는 걸 알았다. 우디는 절대 케빈을 사자 소굴로 던져 버리지 못할 것이다. 결코 그렇게 놔둘 수는 없었다.

"경감님, 잉가는 우리에게도, 납치범들에게도 잡히고 싶어 하지 않았습니다. 아이들의 납치에 가담했고요. 누가 죽어야 할지를 제가 선택할 수만 있다면 저는 어느 순간에든 찰리나 에이미보다는 잉가를 선택할 겁니다."

킴은 우디가 헛숨을 들이켜는 소리를 들었다.

"스톤, 사건 수사에서 잉가를 맡았던 사람이 누구야?"

젠장, 우디는 뼈다귀라도 얻은 개처럼 굴고 있었다. 책임자의 이름을 대지 않는 한 그만두지 않을 모양이었다.

"접니다, 경감님. 제가 수사 책임자로서 잉가를 찾고 있었습니다."

킴은 우디가 왼손에 스트레스 볼을 쥐고 있는 것을 느꼈다.

"그러시겠지."

킴은 전화가 끊기자 낮게 신음했다.

그녀는 잉가의 시신으로 돌아갔다.

키츠가 대화 일부를 들은 모양이었다. "이 여자를 찾고 있었나?" 그가 물었다.

킴은 고개를 끄덕였다. "수사가 진행 중입니다."

키츠는 킴이 더 설명해 주기를 기다렸다. 그러나 킴은 시신을 그저 내려다볼 뿐 아무 말도 하지 않았다.

이렇게까지 잔인한 공격은 보통 정신병적 분노를 의미했다. 살인자가 통제할 수 없는 화를 쏟아 냈다는 뜻이었다. 하지만 킴은 범인이 재미 삼아 이런 짓을 했다는 느낌을 부정하기 힘들었다.

그들은 차로 돌아갔다.

"아, 브라이언트. 저기 있는 게 설마 아우디는 아니겠죠." 킴이 말했다.

"거참, 사냥개가 나타났네요."

개와 관련된 아주 많은 말이 떠올랐지만, 킴은 입을 굳게 다물었다.

"꿈도 꾸지 마십시오." 트레이시가 다가오자 킴은 손을 들며 말했다.

"저도 인내심이 많은 편은 아니라서요, 경위님." 트레이시가 긴 금발을 휙 젖히며 말했다.

"나도 마찬가지입니다, 트레이시. 그리고 당신은 내 인내심을 심각하게 시험하고 있습니다."

"경위님이 협박해도 나를 이 이상 잡아 둘 수는 없어요." 트레이시가 경고했다.

"어떤 협박 말입니까?" 킴이 솔직하게 묻고 어깨를 으쓱했다. "뭐, 분명히 말하지만 나는 다른 협박도 생각할 수 있습니다."

트레이시는 차까지 그들을 따라왔다. "다른 경찰관들은 언론에 훨씬 더 협조적이라는 거, 알고는 계시죠? 우리도 도움이 될 수 있다고요."

그것 참 재미있는 농담이었다. 킴으로서도 지나칠 수 없었다.

"지금 당장 도움이 되는 기자를 한 명 데려오면 한번 이야기를 나눠 보겠습니다. 근데 당신뿐이라면, 미안하지만 사양하죠."

"두 아이가 사라진 지는 얼마나 됐나요?" 트레이시가 물었다.

킴은 휙 돌아서서 트레이시 바로 앞에 섰다.

"대장⋯." 브라이언트가 경고했다.

킴은 그 말을 무시했다.

"다른 누구에게든 그 질문을 던졌다간, 장담하는데 공사 구분을 하지 않을 겁니다. 당신 입을 닥치게만 할 수 있으면 내 직업을 잃는 것도 그만한 가치가 있으니까."

킴은 어떤 식으로든 트레이시를 건드리지 않으려고 조심했다. 하지만 이 여자가 찰리와 에이미의 안전에 조금이라도 방해가 된다면 1분이라도 이 여자와 평화롭게 지내는 일은 없을 터였다. 킴은 물러나 차로 향했다.

"대장, 방금은 좀…."

"브라이언트, 사건 얘기를 할 게 아니라면 입 다무십시오."

킴은 방금 행동에 대한 평가를 들을 기분이 아니었다. 브라이언트는 깊이 한숨을 쉬더니 폴리스 라인을 힐끗 돌아보았다.

"범인이 근처에 있다면, 아이들은…."

"됐습니다. 아예 말을 안 하시는 게 좋겠네요." 킴은 자동차에 타며 쏘아붙였다.

그 모습은 이미 킴의 머릿속에 그려져 있었다.

53

"찰리." 에이미가 옆에서 말했다. "너 엄청 떨어."

찰리는 자기 몸에게 떨지 말라고 간절히 말하는 중이었다. 이제는 몸이 떨리는 게 두려움 때문인지, 추위 때문인지 알 수 없었다. 그녀가 아는 것이라고는 이가 때때로 서로 부딪힌다는 것과 그걸 멈추기 위해서 할 수 있는 일은 아무것도 없다는 것뿐이었다.

"난 괜찮아, 에이미. 그냥 좀 추워서 그래." 찰리는 맨 허벅지가 에이미의 맨살에 닿도록 재빨리 움직이며 말했다.

어젯밤 찰리의 몸에 달라붙었던 젖은 수영복이 마르면서 뼛속까지 한기가 스몄다. 둘은 비교적 작은 에이미의 수건을 깔고 앉아 있었지만 한기는 매트리스와 천을 뚫고 위로 올라왔다. 찰리 자신의 수건은 펼쳐서 커다란 망토처럼 둘이 함께 덮었다. 에이미가 한쪽 끝을 잡았고 찰리가 다른 쪽 끝을 잡았다.

찰리는 자물쇠에서 열쇠 돌아가는 소리에 깜짝 놀랐다. 경고가 될 만한 소리는 듣지 못했는데. 찰리는 점점 주변에서 벌어지는 일에 집중하지 못하고 있었다. 그녀는 에이미의 손을 꼭 잡고 벽으로 더 물러나려 했다. 에이미는 문을 빤히 보았다.

그 형체가 열린 문으로 들어왔다.

찰리는 문 너머의 더 밝은 빛을 보고 눈을 가렸다. 이번에도 덩치가 큰 남자였다. 옷을 빼앗아 간 남자.

에이미가 가까이 다가왔다.

"찰리, 저 사람 무슨…."

"쉿…." 찰리가 말했다.

남자는 한 손을 등 뒤로 돌린 채 두 다리를 벌리고 섰다. 그가 왼손을 내밀었다. 손에는 검은색과 흰색이 섞인 작은 새끼 고양이 한 마리가 들려 있었다. 눈이 졸린 듯했고 순해 보였다.

찰리가 처음 느낀 감정은 따스함이었다. 그녀의 시선이 눈을 뜨고 주위를 둘러보려는 털 뭉치에게 붙박였다.

배 속에서 어떤 감각이 느껴졌다.

찰리는 눈을 들어 남자의 몸 중에서 유일하게 보이는 부분을 쳐다보았다. 남자의 눈가에는 주름이 져 있었다. 그는 미소 짓고 있었지만 찰리는 온기를 전혀 느낄 수 없었다. 그의 눈은 새끼 고양이를 보고 있지 않았다. 찰리를 보고 있었다.

배 속에서 공포가 계속해서 치솟았다. 치과에 가기 전에 느껴지는 기분이었다. 하지만 정도가 더 심했다.

찰리는 가슴 속에서 뛰는 심장 소리를 들을 수 있었다. 벌떡 일어나 남자의 손에서 새끼 고양이를 낚아채고 싶었지만 머리끝에서 발끝까지 온몸이 떨렸다. 찰리는 침을 꿀꺽 삼키며 원치 않는 떨림을 참으려고 애썼다. 입이 말랐다. 너무 두려워서 차마 나오지 못한 말이 목구멍에 틀어박혔다.

찰리는 남자가 오른손을 들어 새끼 고양이의 목을 감싸는 모습을 지켜보았다.

그는 단번에 고양이의 목을 완전히 비틀었다.

찰리와 에이미는 비명을 질렀다.

54

킴은 두 번째로 녹음 파일을 재생했다. 상황실의 모든 행동이 멈추었다. 모두가 핸드폰을 보고 있었다. 비명은 끔찍했다. 토할 것만 같았다.

킴은 핸드폰을 식탁 저편으로 던져 버리고 상황실에서 뛰쳐나갔다.

스무 걸음을 걷고 나자 밤의 서늘한 공기가 킴을 후려쳤다. 킴은 주먹을 꽉 쥔 채 인공 폭포 주변을 서성였다.

킴은 문득 자기 머리를 내리쳐서 몸속으로 집어넣고 싶다는 충동을 느꼈다. 아이들이 살아 있다는 증거를 요구한 것이 아이들에게 고통을 주었다. 킴이 맡은 일은 그게 아니었다. 킴은 이 아이들을 지켜 주어야 했다. 지금쯤은 아이들을 집으로 데려왔어야 했다.

두 아이는 그냥 아이였다. 겁에 질려 있고 벌거벗고 있으며 이제는 고통까지 받는 아이들.

"씨발." 킴이 발길질을 하며 짓씹어 뱉었다.

"불공평한데요. 나무는 경위님한테 아무 짓도 하지 않았으니까."

돌아보니 매트 워드가 집 옆에 기대어 있었다.

"뭡니까?"

그가 어깨를 으쓱했다. "그냥 경위님은 얼마나 심통을 잘 내나 보고 싶어서요. 1등은 아니네요."

"나는 팀원들 앞에서 답답해하는 모습을 보이지 않는 편입니다. 그러면 사기가 떨어지니까."

"아, 저 안에서 다들 폭죽이라도 터뜨리고 있는 줄 아시나 보네요. 다들 경위님이 들은 것과 똑같은 소리를 들었는데 말이죠."

"다시 생각나게 해 줘서 고맙습니다."

"하지만 팀원들은 버릇 나쁜 어린애처럼 상황실을 뛰쳐나가지 않았어요. 참으로 팀원들에게 힘이 되어 주는 훌륭한 방법을 쓰셨네요, 경위님. 다들 지금도 저 안에서 핸드폰을 쳐다보고 있는데."

킴은 그를 돌아보았다. 모든 분노가 매트 워드에게로 향했다.

"당신이 우리 팀에 대해 뭘 안다는 겁니까? 꺼져요."

그의 표정은 변하지 않았다.

"뭐가 문제죠?"

킴은 매트의 반응에서 아무런 감정이 드러나지 않자 놀랐다.

"아까 그 소리 못 들었습니까? 이 냉정한 개자…."

"들었죠. 그다음에 한 번 더 들었고."

"그럼 내가 아이들이 살아 있다는 증거를 달라고 해서 아이들이 해를 입었다는 것도 알겠군요."

매트는 눈알을 굴려 댔다. "아, 오버 좀 하지 마시죠. 경위님이 순교자 흉내를 낼 줄은 몰랐는데. 경위님이야 당연히 아이들이 살아 있다는 증거를 달라고 해야죠. 제가 더 일찍 도착했어도 똑같은 요구를 했을 겁니다. 쓸데없는 죄책감은 내려놓고 잘 들으세요. 사람들 기분을 좋게 만드는 건 제 성품에 어울리는 일이 아니지만 놈들은 아이들을 해치지 않았어요."

"무슨 말입니까?"

"아이들은 두려워서 비명을 지른 거지 아파서 지른 게 아니에요. 차이가 있습니다."

254

"그걸 어떻게 압니까?"

매트는 전혀 움츠러들지 않았다. "그냥 아는데요."

킴은 벽을 밀치며 일어나는 매트를 의심스러운 눈으로 보았다.

"하지만 경위님은 가장 중요한 걸 잊고 있습니다."

킴은 그게 뭔지 굳이 묻지 않았다. 어차피 말해 줄 테니까.

"이제는 아이들이 살아 있다는 게 확실해졌습니다. 둘 다 말이죠."

매트는 돌아서서 집으로 돌아갔다. 킴은 그가 떠나는 모습을 지켜보았다.

킴은 진작부터 매트 워드가 마음에 들지 않았다. 그에게서 느껴지는 정서적 거리감이 불안하게 느껴졌다. 대화를 나누는 동안에도 매트의 표정은 단 한 번도 달라지지 않았다. 킴은 매트가 마음에 들지 않았고, 그를 믿지도 않았다. 하지만….

젠장, 그의 말만은 맞기를 바랐다.

55

제니 코튼은 먹다 남은 인스턴트 라자냐를 긁어내 쓰레기통에 버린 다음 습관처럼 단 하나 있는 접시를 싱크대로 가져가 바로 헹궜다.

슬픈 미소가 떠올랐다. 혼자서 끼니를 때운 다음에는 설거지를 할 필요가 없었다. 더 이상은. 하지만 제니의 손은 행주로 향했다. 이런 행동이 지난 13개월을 상징하는 듯했다. 그 무엇에도 별다른 의미가 없었지만 제니의 몸은 어쨌든 문제없이 움직였다.

제니는 매일 의지를 쏟아부어야만 몸을 움직일 수 있었다. 매일 아침 희망을 느끼려고 노력했다. *어쩌면 오늘은 돌아올지도 몰라.* 제니는 그렇게 자신을 타이르며 뇌를 속여 팔다리에 명령을 내렸다.

제니는 거실로 들어가 아까 무릎에 펼쳐 놓았던 잡지들을 정리했다. 보지도 않지만 켜 두었던 텔레비전도 껐다.

몇 주 동안 울린 적 없는 핸드폰을 집어 들었다. 그 옆에는 다른 핸드폰이 있었다. 딸과의 마지막 연결 고리로 보관한 핸드폰이었다. 형사에게는 더 이상 가지고 있지 않다고 말했던 핸드폰.

당연히 경찰은 당시에 핸드폰을 제출해 달라고 했다. 제니가 핸드폰을 잃어버렸다며 반박할 수 없게 억지를 부리자 험악하게 변하기도 했다.

제니는 그들에게 집을 뒤져도 좋다고 했다. 핸드폰이 발견되지 않으리라는 걸 알았으니까. 핸드폰은 건물 외벽에 붙어 있는 새장 안에 있었다. 그리고 메시지는 여전히 핸드폰에 있었다.

제니는 그 메시지들을 자주 읽었다. 지금도 단서를 찾고 있었다. 하지만 그 단어들은 바뀌지 않았고 수지는 아직 집에 돌아오지 않았다. 이런 연극을 더 이상 계속할 필요가 없다고 생각하자 일종의 해방감이 느껴졌다. 매일 아침 침대에서 몸을 끌고 나올 필요도 없고 남들 사는 세상에 합류해야 할 필요도 없었다. 몸뚱이에 옷을 입히고 머리를 빗을 필요도 없었다. 계속 살아가야 할 이유가 없었다.

이제는 확실히 알았으니까.

경찰이 방문한 덕분에 제니는 품고 있던 최악의 두려움을 확인했다.

같은 일이 또 일어났다.

제니는 여자 경찰의 눈을 보고 그 사실을 알아차렸다. 같은 자들이 다른 여자아이 두 명을 납치했다면 진실은 뻔했다. 수지는 절대 돌아오지 않을 것이다.

제니는 천천히 계단을 올랐다. 집 안에서 들리는 것은 그녀의 발소리뿐이었다.

이번만큼은 제니도 신경 쓰지 않았다. 주변을 감싸는 평화가 그녀의 몸을 가득 채웠다.

제니는 받아들였다. 끝이었다. 이 순간만큼은 아무것도 느껴지지 않았다. 얼마 남지 않은 시간에서 즐거움을 짜내고 싶다는 욕망은 전혀 없었다. 기쁨은 이 시간의 끝에 놓여 있었다.

제니는 옷을 벗어 침대에 개어 놓았다. 그녀는 잠시 멈추었다. 설명하는 편지를 써야 할까? 누구에게? 제니를 아는 사람 중 놀랄 사람은 아무도 없었다. 친구와 가족들이 보여 주던 관심은 이따금 죄책감과 책임감에 거는 전화로 전락하고 말았다. 그들은 제니를 부추기고 자극하고 찔러 대며 미련을 버리라고 했다. 제니가 그 말을 듣지 않더라도 자기들은 노력한 셈이 될 테니까.

제니는 자신이 어딘가로부터 도망치는 것이 아니라 어딘가를 향해 달려간다는 것을 그들이 이해하기를 바랐다. 그녀의 마음속에 남아 있던 마지막 희망 전부가 이제는 사라졌다.

그녀는 물이 담긴 욕조에 들어가며 눈을 감았다. 잠깐 의구심이 들어서 망설였다. 죽은 뒤에도 수지를 찾을 수 없으면 어쩌지? 이런 행동 때문에 더 어두운 곳으로 가게 되어 영원히 수지를 찾아다니는 처지로 전락하고 만다면?

두려움이 찾아왔을 때처럼 빠르게 잦아들자 제니는 고개를 저었다. 그런 생각을 하려면 높은 분을 믿는 수밖에 없었다. 하지만 제니는 그분을 믿지 않았다. 더 이상은.

제니는 면도칼을 가져와 제 위치에 두었다. 그녀는 칼을 세로로 그어야지 가로로 그어서는 안 된다는 걸 알고 있었다. 입가에 미소가 떠올랐다. 딸에게로 이끌려 가는 것이 느껴졌다.

"엄마가 갈게, 수지. 엄마가 곧 갈게."

칼날이 내려가는 순간 그녀가 속삭였다.

그때 핸드폰에서 수신음이 울렸다.

다른 핸드폰에서.

56

"좋아, 다들. 집에 갈 시간이다." 몇 사람이 투덜거렸지만 킴은 손을 들어 그들을 막았다. "아니, 난 모두가 휴식하기를 바란다. 아침에 해결할 우선 과제 목록을 작성해 둘 테니 여섯 시에 모두 이리로 돌아오도록."

팀원들은 한 명씩 응접실에서 줄지어 나갔다.

"당신도 마찬가지입니다, 워드 씨." 킴은 머리를 푹 숙이고 있는 협상 전문가에게 말했다.

"네, 이것만 끝내고요." 매트 워드는 고개도 들지 않고 말했다. 상황실이 비자마자 킴은 매트를 피해 돌아다니며 의자를 집어넣고 파일을 정리했다.

킴은 의자 밑에서 야근용 가방을 꺼냈다. "흠, 뭔지는 몰라도 다 읽었을 것 같으니 이젠…."

"아뇨, 안 갑니다. 그냥 팀원들 앞에서 경위님과 말다툼하고 싶지 않았을 뿐이에요."

킴이 길게 한숨을 쉬었다. "꼭 지금 이래야 합니까? 싸우고 싶은 거라면…."

"아뇨, 그냥 내 일을 하려는 겁니다."

킴은 주먹으로 책상을 내리쳤다. 그래도 매트는 쳐다보지 않았다.

"이 팀의 책임자로서 명령하는데…."

"아아, 그렇구나. 그게 경위님 문제였군요." 매트는 마침내 킴을 보며 말했다. "저는 이 팀의 일원이 아닙니다. 심지어 경찰 소속도 아니죠. 그러니까 '내 상관더러 당신네 상관한테 전화하라고 하겠어!' 같은 소리는 그만두세요. 제 상관은 저니까요."

킴은 얼굴이 붉어지는 것을 느꼈다. "미안하지만, 난 싸울 일이 있으면 직접 싸웁니다. 그리고 이 상황실은 웨스트미들랜드 경찰이 마련한 것이니 내 팀의 일원이 아니라면 나가서…."

"저를 물리적으로 내보낼 생각입니까?" 매트 워드가 말했다. 그의 얼굴에 미소가 어렴풋이 떠올라 있었다. 킴으로서는 그날 처음 본 미소였다.

"꼭 그래야 한다면요." 킴이 마주 쏘아붙였다.

둘은 임시 책상 맞은편에서 서로를 노려보았다. 킴은 물러서지 않을 생각이었다.

매트 워드가 두 손을 들었다. "하, 진짜 그럴 거 같네요." 매트 워드는
자리에서 일어나더니 파일 세 개를 신중히 골라 챙겼다. "예. 주방으로
가죠. 하지만 아이들이 안전하게 돌아오기 전까지는 이 집을 떠나지 않
을 겁니다."

킴은 고개를 끄덕이고 두 팔을 내렸다. 좋아, 이젠 비스킷을 먹으면서
서로 손톱을 다듬어 주면 되겠네. 매트는 킴이 여태 만나 본 남자 중에서
가장 성질을 돋우는 남자였다. 오만한 것도 오만한 거지만 고집도 장난
아니었다. 그 고집조차 심각한 공감 능력 부족에는 상대도 되지 않았고.

매트는 문 앞에서 잠시 멈춰 뒤를 돌아보았다. "늘 자기 뜻대로 하는
데 익숙하신가요, 경위님?"

킴은 잠시 생각하고 고개를 끄덕였다. "대체로 그렇습니다."

"뭐, 이젠 그만 그러실 때도 된 것 같아서요."

"워드 씨, 나도 당신이 나에 대해 어떤 의견을 갖고 있는지 수다나 떨
고 싶은 마음은 굴뚝같지만 정중하게 부탁드리는데 나가 주시죠. 여긴
이제 내 침실이 됐으니까."

"어이구, 그러죠." 매트는 문을 나서며 말했다.

긴장해서 굳어 있던 킴의 턱이 풀어졌다. 누군가 조용히 문을 두드렸다.

"염병, 대체…."

"경위님, 지금 퇴근한다고 말씀드리려고요."

킴은 바로 미안해졌다. 그녀는 헬렌을 종종 잊곤 했다. "죄송합니다.
오늘은 보고를 들을 시간이 없었네요."

"보고할 것도 거의 없어요, 경위님. 부부는 계속 거리를 유지하면서

서로 모르는 척하고 있어요."

킴은 고개를 끄덕였다. 부부의 우정은 관심사가 아니었다.

"둘 중 어느 한쪽이라도 연락을 했다고 보십니까?"

헬렌은 고개를 저었다. "아직은요. 다들 아직 경위님이 어떤 마법을 부려서 아이들을 되찾아 오기만을 바라고 있어요."

그건 킴도 마찬가지였다.

킴은 고개를 한쪽으로 기울였다. "지난번에는 몸값이 지불됐다는 걸 알고 계십니까?"

헬렌은 고개를 저었다. "그렇지는 않을 것 같은데요. 두 가족 모두 가격을 부르면서 납치범들과 연락을 주고받았지만 돈이 전달된 것 같지는 않아요. 에밀리가 발견됐을 때는 양쪽 부모가 모두 충격을 받았거든요."

킴도 그럴 거라고 생각했다. 하지만 다른 가족을 통해 확실히 확인받고 싶었다. 직감적으로 사건이 그쯤에서 마무리된 데에는 뭔가 다른 이유가 있을 거라는 느낌이 들었다.

"제니 코튼은 다른 가족이 몸값을 지불했을 거라고 확신하더군요." 킴이 말했다. 킴도 그 이유를 이해할 수 있었다. 다른 가족의 딸은 살아남았지만 제니 코튼의 딸은 그러지 못했으니까.

헬렌은 믿지 않는 듯했다. "그랬다면 제가 알았을 거예요. 태도가 눈에 띄게 변했을 테니까요. 그렇게까지 희망을 숨기는 건 불가능해요."

킴은 의자에 앉은 채 돌아보았다. "한 아이를 풀어 준 계기는 뭐였다고 생각하십니까?"

헬렌은 잠시 망설인 끝에 대답했다. "선임 수사관님은…."

"헬렌." 킴이 눈을 가늘게 뜨며 말했다. "선임 수사관에게 묻는 게 아닙니다. 그 사람이 제가 여자라고 말했으면 저는 화장실로 가서 그 말이 맞는지 몇 번이고 확인해 봤을 겁니다. 저는 당신 의견을 묻는 겁니다."

"저는 범인들 쪽에서 뭔가 잘못됐을 거라고 생각해요. 집에서 무슨 일이 일어났는지 한참 생각해 봤는데 아무것도 없었거든요."

"알겠습니다. 고마워요, 헬렌. 내일 좀 더 이야기 나누죠. 쉬세요."

하루에 열여섯 시간씩 일하는 날이 며칠 이어지자 푸른 눈 아래에 그림자가 드리워졌다.

"네, 경위님. 경위님도 쉬세요." 헬렌은 상황실에서 물러나며 말했다.

"저기요, 헬렌. 그냥 관심이 생겨서 묻는 겁니다만 두 부부 중 누가 먼저 무너질 거라고 생각하십니까?"

헬렌이 다시 나타났다. "엘리자베스와 스티븐이요." 그녀는 망설임 없이 말했다.

킴은 왜 그렇게 확신하는지 설명해 달라고 요구하지 않았다. 그럴 필요가 없었다. 킴의 직감도 같은 의견이었으니까. 킴은 손짓으로 헬렌을 내보냈다. "아침에 뵙겠…."

핸드폰이 울리며 킴의 말이 끊겼다. 모르는 번호였다.

헬렌은 아직 문 앞에 있었다.

"스톤 경위입니다."

아무 소리도 들리지 않았다. 킴은 헬렌에게 나가 보라고 손짓했다.

"여보세요. 누구십니까?" 킴이 말했다.

침묵.

제기랄, 킴은 장난 전화를 거는 인간들이 싫었다.

"시간이 남아돌면 차라리…."

"경위님."

익숙하지만 누구의 목소리인지 기억나지 않는 작은 목소리가 들렸다.

"누구시죠?" 킴은 눈을 가늘게 뜨며 물었다.

"전⋯. 저는 제니 코튼이에요. 제가⋯. 어⋯. 제 생각에는⋯."

킴은 이미 자리에서 일어나 있었다. "코튼 부인, 무슨 일이 있었습니까?"

"핸드폰이요. 다른 핸드폰⋯. 메시지가 왔어요⋯."

"코튼 부인, 아무것도 하지 마십시오. 제가 가겠습니다."

57

엘리자베스는 기진맥진한 채 침대 가장자리에 앉았다. 그날 하루의 긴장감이 머리끝부터 발끝까지 매달려 있었다. 하지만 정신은 미친 듯이 내달렸다. 감정이 개조된 경주용 차량처럼 미끄러지고 충돌해댔다.

엘리자베스는 아이들이 몹시도 그리웠다. 따뜻하고 상냥한 에이미와 장난꾸러기 니콜라스가 못 견디게 보고 싶었다. 엘리자베스는 두 아이를 모두 빼앗긴 기분이었다.

스티븐이 거실에서 들어왔다. 그는 여행 가방 바로 옆에 놓인 의자에 옷을 내려놓았다. 엘리자베스는 침대를 돌아가서 스티븐의 청바지를 집어 들었다.

"최소한 의논은 해 봐야지." 엘리자베스가 조용히 말했다.

스티븐은 손목시계만 만지작거릴 뿐 아무 말도 하지 않았다. 엘리자베스는 하늘색 셔츠로 손을 뻗었다.

"스티븐, 아무 일도 없었던 것처럼 굴 수는 없어. 하루 종일 외면했지만 이제는 얘기해 봐야 해." 엘리자베스는 셔츠를 개려고 자기 몸에 댔다. 입에서 한마디 한마디가 나올 때마다 자신이 친구를 배신했다는 생각이 몸을 타고 솟구쳤다.

스티븐은 한숨을 쉬었다. "그 사람들 집에 살고 그 사람들이 주는 음식을 먹고 그 사람들 침대에 자면서 그 사람들 딸을 죽이는 데 돈을 얼마나 낼 수 있는지 의논하고 싶다는 거야?"

엘리자베스가 셔츠를 꽉 잡았다. "당신도 메시지 읽었잖아. 그 집 딸이 아니면 우리 딸이 죽어."

엘리자베스는 찰리를 네 살 때부터 알았고 그 아이를 조카처럼 사랑했다. 하지만 딸처럼 사랑한 것은 아니었다. 찰리에 대한 사랑은 한 발짝 떨어진 애정이었다.

엘리자베스의 아이는 약간 덜 활달한 성격이었다. 에이미의 사랑스러움은 침착하고 차분한 성격에서 나왔다. 엘리자베스는 찰리가 모든 면에서 에이미를 앞서도 별로 신경 쓰지 않았다. 두 아이가 함께라는 것만으로 만족했다. 엘리자베스는 아이들이 어디에 있든 여전히 함께이기를 기도했다. 그녀는 찰리가 두 아이 중 더 강한 아이임을 인정했다. 엘리자베스도 그만큼은 정직한 사람이었다.

겨우 지난주의 일이었다. 볼 풀장에서 큰 남자아이가 에이미에게 부딪히는 바람에 에이미가 튕겨져 땅에 처박혔다. 엘리자베스는 에이미의 팔꿈치에 난 작은 상처를 살피느라 바빴지만 찰리가 그다음에 한 일은 볼 수 있었다. 찰리는 남자아이가 미끄럼틀 꼭대기에 서기를 기다렸다. 아이가 타잔처럼 가슴을 두드리자 찰리는 온 힘을 다해 그 녀석에게 몸을 날렸다. 그 애는 머리부터 미끄럼틀 아래로 굴러떨어졌다. 그런 다음 찰리는 소리쳤다. "미안."

신께 용서를 구해야 할지 모르지만 엘리자베스는 찰리가 늘 그랬듯 에이미를 보호해 주고 있기를 바랐다. 그러면서도 이렇게 말했다.

"최소한 의논은 해 봐야 해, 스티븐."

엘리자베스는 자기 입에서 나오는 소리 하나하나가 거북했지만 그렇게 속삭였다. 그녀는 다른 아이의 목숨을 끊자고 말하고 있었다. 자신의 아이를 풀어 주기 위해서. 선택이랄 게 없었다.

"우리가 얼마나 제시할 수 있는지 알아야겠어."

엘리자베스의 목구멍에 뭉쳐 있던 단어가 마침내 풀려났다. 엘리자베스는 다시는 그 말을 주워 담을 수 없다는 걸 알았다.

"진심이야? 정말 그런 짓을 하겠다고? 저 사람들한테?"

"당신은 에이미를 되찾고 싶지 않은 거야?"

스티븐이 다른 아이의 안전을 우선하는 모습이 엘리자베스를 불안하게 했다. 엘리자베스는 남편을 사랑했지만 그의 결점을 모르지는 않았다.

왜 아직 입찰하지 않은 걸까?

엘리자베스는 스티븐을 돌아보았다. "우리 딸이 죽게 놔둘 각오는 돼 있나 보지?"

스티븐은 침을 삼키고 눈을 돌렸다. 엘리자베스는 셔츠를 내동댕이치고 그에게 다가갔다.

"지금 이 순간 저 사람들도 복도 저편에서 같은 대화를 하고 있을 거라는 생각은 안 해?"

스티븐은 두 손에 얼굴을 묻었다. 엘리자베스는 갑자기 혼자가 된 기분이었다. 그들은 한 팀이어야 했다. 둘 다 딸의 목숨을 구하기 위해 싸워야 했다. 하지만 남편은 이미 경기장을 떠나 버렸다. 엘리자베스는 스티븐의 머리를 내려다보며 말했다.

"로버트는 아마 은행 지점장과 회계사, 생각나는 모든 사람에게 전화를 걸었을 거야. 혹시 모르지, 이미 입찰했을지도."

스티븐은 침대를 짚고 일어나 멀어져 갔다. 엘리자베스는 그를 따라갔다.

"스티븐, 당신 대체 왜 그래? 우리 아이를 구할 노력은 해 봐야지."

스티븐은 그녀를 돌아보았다. "다른 사람의 아이를 죽여서?"

엘리자베스는 한 걸음 물러났다. 일단 말을 뱉기는 했지만 스티븐의 눈에서는 아무 감정이 드러나지 않았다. "스티븐, 나는…. 내 말은, 무슨….."

스티븐이 다시 그녀를 외면했다. "난 그냥 우리가 그런 일을 해야 한다고는 생각할 수 없을 뿐이야. 그건 야만적인 짓이라고." 스티븐의 목소리에는 영혼이 없었다. 그가 내뱉은 말의 내용과는 딴판이었다.

"얼마나 있어, 스티븐?" 그녀가 물었다. "우리 딸 목숨을 구하기 위해서 끌어모을 수 있는 돈이 얼마야?"

스티븐이 빠져나가려 해 봐야 소용없었다. 그는 다시 침대에 앉았다. 짜증이 날 때면 늘 그렇듯 스티븐의 두 눈이 방 안을 빠르게 훑었다.

"스티븐, 대답해. 당신한테 에이미의 목숨값은 얼마야?"

스티븐의 눈이 번뜩였다. 잘 됐다. 엘리자베스는 뭐든 진실한 감정적

반응을 원했다. 스티븐다운 반응을.

"모르겠어. 복잡해."

"아니, 그렇지 않아. 당신은 우리 자산이 얼만지 알고 있어."

"엘리자베스, 시간이 늦었어." 스티븐은 그녀의 시선을 피하며 말했다.

"어서, 스티븐. 저금해 둔 돈이 있잖아."

"엘리자베스, 그만. 부탁이야. 당신은 금융을 잘 몰라." 스티븐이 쏘아붙였다.

엘리자베스가 다가갔다. "날 가르치려 들지 마. 우리 집을 담보로 추가 대출을 받는 데는 얼마나 걸려?"

"엘리자베스, 그만. 이건 미친 짓이야."

"자동차들이랑 보석까지 팔면, 거의….."

"엘리자베스, 마지막 부탁이야. 제발 그만해."

엘리자베스는 스티븐이 납득할 만한 대답을 한마디도 내놓지 않았다는 것을 깨닫고 얼어붙었다. 스티븐이 창가에 서자 엘리자베스는 그의 어깨가 긴장감으로 굳은 것을 볼 수 있었다. 스티븐을 혼자 놔두는 것이 합리적인 일이었다. 하지만 엘리자베스는 그럴 수 없었다.

그녀는 스티븐 앞으로 나서 그가 억지로 자신을 보게 했다. 스티븐의 눈에는 분노가 가득했다.

"말해, 스티븐. 당신한테 우리 자식의 가치는 얼마인지."

엘리자베스는 스티븐의 눈에서 이성의 끈이 끊어지는 것을 보았다. 다음 순간, 스티븐이 주먹으로 그녀의 입을 후려쳤다.

58

킴은 페드모어에서 네더튼까지 오토바이를 타고 이동했다. 8킬로미터의 길 여기저기에 얼음이 얼어 있었다. 뒷바퀴가 한 번 이상 킴의 통제력을 거의 벗어날 정도로 흔들렸다. 그 집까지 이어지는 언덕은 스키장 같았다. 하지만 킴은 전화를 받은 지 정확히 9분 만에 제니 코튼의 집에 도착해 오토바이 시동을 껐다.

킴은 제니에게 연락처를 남기면서도 그녀가 전화를 걸어올 거라고는 기대하지 않았다. 제니는 이미 흰색 목욕 가운을 걸치고 손에는 핸드폰을 쥔 채 문 앞에 서 있었다. 제니의 얼굴에 떠오른 굳은 표정은 기온와는 아무 상관이 없었다. 킴은 헬멧을 벗고 그녀와 함께 집 안으로 들어간 다음 문을 닫았다.

"와 줘서 고마워요. 달리 뭘 해야 할지 몰라서….."

"괜찮습니다. 잘하신 겁니다."

킴은 제니가 아직 핸드폰을 가지고 있는 것을 보고도 놀라지 않았다. 솔직히 말해, 킴이라도 핸드폰을 넘겨주지는 않았을 것이다.

제니는 기계처럼 움직였다. 충격을 받아 멍해진 듯했다. 그녀는 응접실 의자에 걸려 비틀거렸다. 킴은 손을 내밀어 제니를 부축해 주고 그녀를 의자에 앉혔다.

킴에게도 따뜻하고 달콤한 음료가 필요했다. 하지만 눈앞의 여자에게 더 필요할 것 같았다. 킴은 주방으로 들어가 커피포트를 채웠고 여기저기 뒤진 끝에 머그잔과 커피, 설탕과 우유를 찾았다.

"너무 아슬아슬했어요."

커피포트 전원이 꺼지자 여자가 속삭였다. 킴이 그녀를 돌아보았다. 손에 쥔 핸드폰을 내려다보는 제니의 뺨으로 조용히 눈물이 흘렀다.

"뭐가 말입니까?" 킴이 물었다. 하지만 킴은 제니가 대답하기도 전에 직감적으로 답을 알았다.

"평화로워질 수 있었어요." 제니가 고개를 들며 말했다.

킴은 커피 잔을 식탁에 내려놓고 자리에 앉았다.

"그건 답이 아닙니다." 킴이 조용히 말했다.

제니 코튼은 고개를 저었다. "더 이상 무슨 질문을 던져야 할지조차 모를 때는 그게 답이 돼요."

아인슈타인이었던가? '다른 사람을 위해 살지 않는 한 인생에는 살아갈 가치가 없다'는 말을 한 사람이. 그 말의 중요 사례가 킴의 눈앞에 앉아 있었다. 가엾고 무기력한 이 여자는 아이 없이 살아 보려 노력했지만 어느 방향으로도 나아갈 수 없었다.

킴은 식탁 너머로 손을 뻗어 그녀의 손을 가만히 토닥였다.

"문자 메시지는 읽으셨습니까?"

여자는 고개를 끄덕이고 가슴에 핸드폰을 꽉 끌어안았다.

킴이 손을 내밀었다. "봐도 될까요?"

여자는 아무 말도 하지 않고 핸드폰을 내밀었다. 킴은 여자의 손에서 핸드폰을 건네받고 최근 메시지까지 화면을 내렸다. 이미 사용한 번호로 보낸 문자가 아니었다. 킴은 상황실 칠판에 협박 문자와 해당 문자를 보낸 전화번호를 써 두었다. 그 모두가 킴의 기억에 새겨져 있었다. 메시지는 짧고 간단했다.

다시 게임을 하고 싶어?

킴은 눈을 감았다. 나쁘게 보면 이건 세상에서 가장 잔인한 농담이었다. 아직 슬픔에서 벗어나지 못한 여자에게서 돈을 뜯어내려는 시도였다. 좋게 보면 놈들은 아이의 시신을 되찾으려면 거래에 참여하라고 아이 어머니를 괴롭히는 것이었다.

심령술사 엘로이즈가 티민스의 정원에서 끌려 나가던 모습이 킴의 머릿속에 떠올랐다. 엘로이즈는 범인이 다른 아이들 일을 마무리하지 못했다고 말했다. 그 여자가 했던 말이 이런 뜻일까?

킴은 바로 그 생각을 밀어냈다. 아무리 괴짜의 예언이라도 가끔 운이 좋으면 맞을 수 있었다. 킴은 경찰이었고 사실만을 다루었다. 킴은 자리에서 일어나 식탁 밑으로 의자를 밀어넣었다.

"죄송하지만, 핸드폰을 주실 수 있을까요?"

제니 코튼은 겁에 질린 표정이었다. 그녀의 시선이 순간 핸드폰으로 향했다. 킴은 그녀가 다시 핸드폰을 움켜쥐고 끌어안고 싶어 하는 것을 느꼈다. 제니 코튼은 오른손으로 왼손 손가락을 꽉 쥐었다.

"제 딸의 시신을 되찾아 올 가능성이 조금이라도 있나요?"

킴은 지킬 수 없는 약속을 무척 싫어했지만 한계까지 내몰린 제니 코튼의 표정은 배 속 깊은 곳까지 들어와 킴을 쥐어짜는 듯했다.

"놈들이 수지를 데리고 있다면 제가 찾아오겠습니다."

59

킴은 궁지에서 벗어날 방법이 없다는 것을 깨달았다. 그녀는 추웠고 커피포트는 비어 있었다. 생각할 것도 아주 많았다. 물이 필요했는데 주방에는 그 망할 자식이 있었다.

또 한 번 전투를 해야 한다는 생각이 달갑지 않았지만 커피 없는 인생을 선택할 수는 없었다. 자정이 지난 시간에는 특히 그랬다.

킴은 많은 것이 없어도 활동할 수 있었다. 사랑은 없어도 괜찮았고 섹스도 보통은 필요 없었다. 음식 없이 괜찮은 경우도 많았다. 하지만 커피만은 안 됐다.

킴은 커피포트를 꽉 움켜쥐고 상황실을 성큼성큼 나섰다.

빌어먹을, 아무도 두렵지 않았다.

킴은 굳은 표정으로 주방에 들어갔으나 멈춰서고 말았다. 매트는 두 손에 얼굴을 묻고 있었으며 깊고 고르게 숨을 쉬고 있었다.

싱크대로 향하는 킴의 발걸음은 가벼웠다. 그녀는 수도꼭지를 최소한으로 틀고 물이 흘러들도록 커피포트를 들고 있었다.

"배려 고맙군요. 하지만 안 자고 있습니다."

킴은 속으로 신음하며 매트를 돌아보았다. "그렇습니까? 코 고는 소리를 들으니 아닌 것 같던데."

"깊은 명상이라는 기술을 연습한 거예요. 무의식이 휴식을 취하는 동안 의식은 경계심을 유지하는 거죠. 까다로운 사람들을 상대할 때 특히 도움이 됩니다."

"네, 당신 자신과 함께 살아가려면 꽤 심한 트라우마를 겪을 수밖에 없을 테니."

"하, 괜찮은 대답인데요, 경위님."

김은 주방에서 나왔다.

"지난번 사건에서 협상을 맡았던 머저리는 밖으로 끌고 나가 쏴 버려야겠더군요."

매트가 김의 등 뒤에 대고 소리쳤다. 김은 다시 주방으로 들어갔다.

"왜요?"

"장사꾼처럼 접근했으니까요. 아무 전략도 없이, 그냥 폼만 잡았어요."

김은 두 발 더 다가갔다. "계속해 보십시오."

매트는 한숨을 쉬더니 콧등을 문질렀다. "몇 년 전에, 볼리비아에 어떤 위력 납치 사건이 있었습니다."

"위력 납치요?"

"아, 미안해요. 위력 납치란, 사랑하는 사람이나 가족에게 뭔가 시키기 위해서 인질을 잡는 경우를 말합니다."

김은 자리에 앉았다.

"다섯 살짜리 소년이 납치됐어요. 그 애의 아버지인 판사를 설득해 교도소에 있는 납치범의 형을 풀어 주게 하려는 것이었죠. 납치범의 형은 정치 활동가였고 시내버스에서 열일곱 명을 살해한 자였어요. 목숨의 대가를 돈이 아니라 목숨으로 바꾸려 한 거죠. 말도 안 되는 얘기죠. 당연히, 판사에게는 그런 선택을 할 권한이 없었습니다."

"어떻게 됐습니까?"

"소년의 시신이 나흘 후 강둑에서 발견됐어요. 협상 전문가가 절차를 완전히 무시할 경우에 벌어지는 일이죠. 그게 만약 급행 사건이었다면….”

“급행 사건이요?”

전에는 한 번도 들어 본 적 없는 용어였다.

“가족이 쉽게 지불할 수 있는 소액의 몸값이 요구되는 경우입니다. 이럴 때는 처음부터 몸값이 지불될 것이고 아이는 풀려나리라는 걸 양쪽이 인지하고 있죠. 협상할 것이라고는 몸값의 액수뿐입니다.”

“범인이 잡히는 경우도 있습니까?”

매트는 고개를 저었다. “거의 없습니다. 노련한 놈들이에요. 협상만 제대로 하면 모두가 이기는 거죠.”

킴은 매트의 목소리에서 어떤 낌새를 느꼈다. 관심이 생겼다.

“협상이 잘못되기도 합니까?”

매트는 자리에서 일어나 싱크대 쪽을 돌아보았다.

“가끔요.”

킴이 매트에게서 잠깐이나마 감정을 목격한 것은 그때가 처음이었다. 하지만 더 마음에 걸리는 건 이번 사건이었다.

“우리 납치범들은 몸값을 요구하지 않았습니다. 그런데 어떻게 협상을 시작할 생각입니까?”

매트는 물 한 잔을 들고 돌아섰다. “이번에는 돈을 두고 흥정하지 않을 겁니다. 저는 누가 얼마를 내든 눈곱만큼도 관심 없어요. 저는 목숨을 구하기 위해 협상하는 겁니다. 문자 메시지는 한 사람의 목숨만 살려 준다고 하지만 저는 두 아이를 다 구하고 싶군요.”

“전에도 이런 경우를 본 적이 있습니까? 경매를 붙이는 상황 말입니다.”

매트는 고개를 저었다. "아뇨. 이중 납치 사건이 벌어진 적은 있었죠. 형제 둘이 납치당했습니다. 하지만 그때는 범인들이 노골적으로 몸값을 요구했어요."

딱히 기운 나는 소식은 아니었다.

"그럼, 워드 씨 제안은…?"

"가장 먼저 해야 하는 일은 놈들이 기대하는 액수를 추정하는 겁니다. 실제로 몸값을 요구하지는 않더라도 놈들이 얻어 내고 싶어 하는 금액이 틀림없이 있을 거예요. 놈들이 선호하는 가족이 있는지도 살펴볼 생각입니다. 놈들은 핸슨 가족에게 더 관심이 있고 티민스 가족은 순전히 값을 높이기 위해 끌어들인 것일지도 모릅니다. 그 반대일지도 모르고요. 저는 놈들에게서 반응을 얻어 낼 때마다 뭔가 알아내고 그걸 활용해다음 행동의 방향을 잡을 겁니다."

"계획이 유동적이라는 겁니까?"

"놈들이 어떤 반응을 보이기 전까지는 그럴 수밖에 없어요."

"와, 방금 거의 미소를 지었네요." 킴이 말했다. "조심하십시오. 그러다가 내가 매트 씨한테도 어느 정도는 감정이 있다고 생각하게 될지 모릅니다."

매트의 얼굴은 다시 무표정으로 돌아왔다.

"경위님 의견은 귓등으로도 안 들으니 그렇게 말해 봐야 제가 잠을 설칠 일은 없습니다. 하지만 경위님 말에 답하자면, 제가 감정을 품을 경우 아이들이 죽을 수도 있어요."

"가끔 미소를 지으며 일을 할 수는 있는 것 아닙니까?" 킴이 물었다.

"그럴지도 모르죠. 하지만 기분이 좋으면 저는 양보해서는 안 되는 것을 양보하게 될지 모릅니다. 해가 밝다거나 밤에 즐거운 외출을 했다거나 하는 이유로요. 마찬가지로 제가 기분이 나쁠 때면…. 예를 들어서, 편의상 경위님이 근처에 있어서라고 해 보죠. 그러면 쓸데없이 짜증스러운 행동을 하게 될지도 몰라요. 화가 난 협상 전문가들이 좀 더 경쟁적인 전략을 사용하고 비협조적으로 변한다는 건 틀림없는 사실입니다." 매트는 양쪽 눈썹을 치켜 올렸다. "그러니 좀 비켜 주세요."

킴은 자리에서 일어났다. "솔직히, 내가 하고 싶은 말입니다."

킴은 문으로 걸어갔다. "아, 그리고 워드 씨한테 스트레스를 좀 더 주려고 하는 말인데요. 제니 코튼이…. 그러니까, 지난번 사건의…."

"누군지 알죠." 매트가 짧게 말했다.

"제니 코튼이 문자 메시지를 받았습니다. 다시 게임을 하고 싶으냐고 묻더군요."

매트는 의자에 기대앉아 턱을 문질렀다. "농담이죠?"

킴은 고개를 저었다. "내가 그 핸드폰을 가지고 있습니다."

"진심으로 그 애가 아직 살아 있을 거라고 생각하시는 건 아니죠?"

킴은 심호흡을 하고 고개를 저었다. 아직도 구역질이 날 것 같았다. 제니 코튼이 받은 연락이 아직 살아 있는 두 아이를 찾는 데 도움을 줄지도 모른다는 생각을 하다니. 킴은 한 가족의 죽음과 불행을 이용해 다른 두 가족을 구하려 하고 있었다.

"답장하시죠." 매트가 말했다.

킴은 대답하려고 입을 열었다.

"그냥 알겠다고 하고, 어떤 답장이 오는지 보세요."

킴도 바로 그렇게 할 생각이었다.

킴은 커피포트를 들고 주방을 나섰다가 문 앞에서 멈춰 섰다.

"그냥 흥미가 생겨서 하는 말인데, 워드 씨라면 처음에 얼마를 부르겠습니까?"

"경위님이 제 침실에 들어왔을 때 제가 고민하던 게 바로 그거였습니다."

"뭐, 편할 대로 하세요. 부디 두 아이가 실종됐다는 사실 때문에 서두르지는 마시고요."

"경위님, 분명히 말씀드리지만 저는 절대 서두르지 않습니다. 아무튼 저도 그냥 흥미가 생겨서 하는 말인데 납치범들의 두목과 통화할 수 있다면 경위님은 처음에 얼마를 부를 건가요?"

킴은 아주 잠깐만 고민했다.

"아이들을 다치지 않게 지금 당장 데려오면 살려 주겠다."

매트는 10초를 꽉 채워 킴을 바라보았고 킴은 움찔거리지도 않은 채 그 시선을 맞받았다.

"네, 왜 위에서 저를 보냈는지 알겠네요."

60

"찰리, 나 아파…." 에이미가 배를 움켜쥐며 말했다.

찰리는 에이미의 말이 무슨 뜻인지 알았다. 아까 먹은 샌드위치는 뜨뜻했고 이상한 냄새가 났다. 둘 다 샌드위치를 전부 먹지는 않았지만.

남자는 문을 닫고 나가기 전에 새끼 고양이를 목매달아 놓았다. 그 늘어진 모습을 생각하자 너무 역겨웠다.

찰리는 눈을 감을 때마다 자신을 마주 보는 그 아름다운 점박이 얼굴이 보였다. 졸음에 겨운 그 얼굴은 무척이나 따뜻했고 믿음이 가득했다.

찰리는 갑자기 스튜가 너무도 먹고 싶었다. 예전에 엄마가 스튜를 만들어 주었는데 그때마다 찰리는 스튜가 싫다고 말했다. 채소와 고기 조각을 마구 섞은 뒤 그레이비소스에 집어넣은 음식. 엄마는 거기에 정백맥이라나 뭐라나 하는 희고 동글동글한 작은 알갱이들을 잔뜩 넣었다. 스튜는 겨울이 끝날 때마다 기뻤던 이유 중 하나이기도 했다. 더 이상 스튜를 먹지 않아도 되니까. 하지만 지금은 스튜를 생각만 해도 눈물이 났다.

"내 새, 생각에는 우리가 여기에 사, 사흘 동안 있었던 것 같아." 찰리는 벽에 그어 놓은 자국을 헤아리며 말했다. "그러니까 화, 화요…."

"찰리, 너 또 말 더듬어." 에이미가 찰리의 팔에 손을 얹으며 말했다.

"그, 그냥…. 추, 추워서 그래, 에이미." 찰리가 말했다.

에이미는 걸치고 있던 수건을 찰리에게 둘러 준 다음 두 손으로 빠르게 찰리의 두 팔을 비볐다. 그 단순한 동작이 찰리의 눈 저편에 고여 있던 눈물을 자극했다.

"난 무, 무서워, 에이미." 찰리가 수건 모서리로 얼굴을 닦으며 말했다.

"나도야, 찰리. 하지만 내가 그 무엇도 널 해치지 못하게 할게. 약속해."

찰리는 두 뺨으로 흘러넘치는 눈물을 막을 수 없었다. 흐느낌이 배 속에서 목구멍까지 올라왔다. 찰리는 친구를 위해서라도 강해지려 애썼다. 하지만 지금은 친구를 실망시켰다.

에이미가 찰리의 다리를 문질러 조금 따뜻하게 해 주었다. "우린 괜찮을 거야, 찰리. 함께 있는 한은 괜찮아. 부모님이 지금 이 순간에도 우리를 찾고 있어. 우리를 찾아내실 거야. 틀림없어."

"너도 이, 이리 들어와." 찰리가 목메는 소리로 말했다. 에이미도 아무것도 두르지 않은 채 오래 있을 수는 없었다. 수영복은 축축하고 차가운 방에서 그들을 지켜 주지 못했다.

에이미는 찰리와 더욱 밀착했다. 둘은 수건 밑에서 서로를 끌어안았다.

"부모님이 우, 우리를 찾으실까, 에이미?"

에이미는 킥킥댔다. 그 소리에 찰리가 막 흘린 눈물이 말랐다.

"그레이트야머스에 갔던 것 기억 안 나?"

찰리는 잠시 생각했다. 에이미가 그녀의 옆구리를 쿡 찔렀다.

"거기서 광대를 봤잖아. 그 사람이 올라프 풍선을 들고 있어서 따라가다가 길을 잃었고. 우린 부모님을 찾아서 한참을 돌아다니다가 결국엔 앉아서 기다리기로 했지. 축제가 거의 끝나 갔고 주변은 어두워졌지만 부모님은 우리를 찾아내셨어."

찰리는 그때와 지금은 상황이 다르다는 걸 알았다. "하, 하지만 그때는 부모님이 우리가 어디에 있는지 아셨어. 어디에 가야 우리를 찾을지 아, 아셨어."

에이미는 어깨를 으쓱했다. "하지만 우릴 찾기 전까지는 집에 가지 않으셨을 거야." 그녀가 딱 잘라 말했다.

찰리는 둘의 역할이 바뀌었다는 것을 에이미도 알아차렸는지 궁금했다. 이제는 에이미가 강한 쪽이었다.

찰리는 대답하려고 입을 열었다가 익숙한 발소리를 들었다.

"찰리…. 안 돼…. 또…."

"즐거운 저녁이구나, 예쁜이들아." 남자가 말했다.

둘 다 아무 말도 하지 않았다. 그들은 자물쇠에 열쇠가 꽂히는 소리에 귀를 기울였다.

"오늘 너희 친구를 봤어. 둘 다 잉가 기억하지?"

에이미는 몸이 뻣뻣해져 문 쪽을 보며 고개를 끄덕였다.

"대답…."

"네." 찰리가 소리쳤다.

저 남자가 가엾은 새끼 고양이에게 저지른 짓을 본 지금 찰리는 그를 화나게 하고 싶지 않았다.

에이미는 손을 찰리의 아래팔이 있는 수건 옆으로 내렸다. 찰리도 그 쪽에 손을 두었다.

"귀 막아."

찰리가 속삭였지만, 에이미는 고개를 저으며 문 쪽을 노려보았다.

"그게 말이지, 예쁜이들아. 잉가가 죽었다는 걸 알면 너희도 기쁠…."

에이미의 비명이 남자의 말을 끊었다. 찰리는 남자가 문 반대편에서 미소 지었을 거라 생각했다.

"에이미, 듣지 마." 찰리가 다시 말했다.

그녀는 자기 손을 에이미의 귀 쪽으로 움직였지만 에이미가 그 손을 밀어 냈다.

"맞아. 잉가는 한심한 년이었어. 그래서 브래드보다 훨씬 더 고통스럽게 만들어 줬지. 정말로 심하게 해쳤단다, 예쁜이들아. 그런 다음에 결국 잉가의 목을 부러뜨렸어."

에이미가 고개를 젓기 시작했다.

"잉가는 울면서 애걸했어. 내가 후려칠 때마다 비명을 질렀지. 한심했어. 그런데 왜 잉가가 죽어야 했는지는 알지, 얘들아?"

둘은 아무 소리도 내지 않았다. 그저 에이미가 손톱으로 자기 팔 피부를 긁는 소리뿐이었다.

"잉가가 죽어야 했던 건 우리를 실망시켰기 때문이야. 그게 말이지, 잉가도 이번 일에 참여했거든. 우리가 너희 둘을 잡을 수 있게 도와줬어. 너희들에 대해 모든 걸 말해 줬지. 너희가 어디에 있을지도. 잉가는 단 한 순간도 너희를 사랑하지 않았으니까.

찰리는 어슴푸레한 빛으로도 에이미의 두 뺨에서 핏기가 완전히 빠진 것을 볼 수 있었다. 에이미는 찰리가 잡지 않은 손으로 배를 문질렀다. 그녀는 휘둥그레진 눈으로 계속 문을 빤히 바라보았다.

"거짓말이야, 에이미. 듣지 마." 찰리가 말했다.

찰리는 다섯 살 때부터 잉가를 알았다. 믿고 싶지 않았다. 하지만 잉가가 아니라면, 놈들이 찰리와 에이미에 대해서 어떻게 알았을까?

"잉가가 내 손에 죽기 전에 뭐라고 했는지 알아? 너희 둘을 한 번도 좋아한 적이 없다고, 너희가 죽었으면 좋겠다고 했어."

바로 그때, 에이미가 토했다.

61

팀원들이 상황실에 들어오자 차가운 공기도 함께 들어왔다. 간밤의 싸락눈이 얼어 얇고 버석거리는 카펫이 되었다.

"이제야 제대로 추운데요." 브라이언트가 킴 뒤를 지나가며 큰 소리로 말했다. 이제 그들은 평균보다 따뜻했던 2월의 대가를 치르고 있었다.

"커피 가져오세요. 시작합시다." 킴은 사람들이 외투를 구석의 안락의자에 내려놓자 마자 말했다.

스테이시는 커피 머신 앞에 섰다. "매트, 혹시…."

"전 괜찮습니다. 고마워요, 스테이시." 그는 머그잔을 고갯짓하며 말했다. 킴이 방에 들어와도 좋다고 한 이래 15분 동안 만지작거리던 머그잔이었다.

킴과 매트는 한마디도 나누지 않았다.

"자, 그럼. 새 날이 밝았으니 새로 기운을 냅시다." 킴은 팀원들이 식탁에 둘러앉자 말했다.

이제 수요일이었다. 일요일 납치 시점으로부터 경과 시간이 점점 길어지고 있었다. 모두 그 사실을 마음에 담고 있을 게 분명했다.

"스테이시, 너부터."

스테이시는 입을 열었지만 응접실 문이 열리자 말을 멈추었다. 킴은 즉시 자리에서 일어났다. 킴의 허락 없이는 누구도 이 방에 들어올 수 없었다.

180센티미터가 넘는 우디 경감이 문 앞에 서 있었다. 킴은 피가 식는 듯했다. 그녀는 몸을 지탱하느라고 손으로 식탁을 짚었다. 제발, 시신을 발견한 건 아니기를.

"그냥 보고를 들으러 온 거야, 스톤. 자네처럼."

킴은 안도감에 하마터면 주저앉을 뻔했지만 간신히 서서 상관을 매트와 앨리슨에게 소개했다. 둘 다 우디와 악수하고 고개를 끄덕였다.

우디는 방 한쪽 구석으로 물러나 문에 기대섰다. 그는 체형이 대나무처럼 곧았다. 두 팔로 가슴에 팔짱을 낀 채 하늘색 티셔츠의 스포츠팀 로고를 가리고 있었다. 우디가 제복을 입고 오지 않은 게 천만다행이었다. 평상복은 우디에게 어울리지 않았지만 지금 상황에는 잘 어울렸다. 킴은 우디가 경찰서로 돌아가기 전에 틀림없이 집으로 돌아가 옷을 갈아입을 거라고 생각했다. 킴은 우디를 등지고 스테이시에게 다시 시작하라고 고갯짓했다.

"다른 가족의 주소를 찾았어요, 대장. 쉽지는 않았지만요."

"브라이언트 핸드폰에 보내." 킴이 말했다.

스테이시는 말을 이었다. "통신사에서는 여전히 아무 소식도 없어요. 제가 보낸 이메일에 스팸 차단을 걸어놓은 통신사까지 있으니 아마 우리한테 줄 게 없나 봐요.

심령술사에 관해서는 알아낼 수 있는 게 별로 없었어요. 서비스 불만족 리뷰가 두어 건 나왔지만 그런 건 롤링스톤즈*한테도 달리는걸요. 심령술사가 문화 센터에서 하는 쇼를 지역 주민들이 좋아하긴 하지만 그것 말고 돈벌이 수작을 벌인 건 못 찾았어요. 아마존에서도 책이나 오

● 영국의 인기 록밴드.

디오 북, CD, 아무것도 검색되지 않아요. 입장료로 5파운드를 받고 그 중 절반을 영국 왕립동물학대방지협회에 기부해요. 페이스북도, 트위터도, 아무것도 없어요. 제가 찾을 수 있는 것 중에는 악의적인 것이…."

"잠깐." 핸드폰이 진동하자 킴이 말했다. 키츠가 보낸 이메일이었다. 키츠도 일찍 일어난 새가 되어 일찍 일어난 벌레를 잡아먹은 모양이었다. 잉가의 시신이 발견된 현장을 방문한 게 겨우 어제라니 믿을 수 없었다.

"케빈, 부검은 아홉 시다."

케빈은 고개를 끄덕였다. 케빈이 부검을 참관할 것이다.

"스테이시, 다른 건?"

스테이시는 고개를 저었다.

이메일에는 범죄 현장 사진이 첨부되어 있었다. 킴은 첫 번째 사진을 열고 핸드폰을 앨리슨에게 건넸다. "문신 사진이 나올 때까지 내려 보세요."

상황실에 있는 사람 중 누군가는 그 문신의 의미를 알 터였다.

킴은 팀원들에게로 다시 관심을 돌렸다.

"어젯밤에 제니 코튼에게서 전화가 왔다. 제니 코튼도 메시지를 받았어."

놀라움이 물결처럼 상황실을 쓸고 지나갔다.

"핸드폰은 다른 메시지가 올 경우에 대비해 워드 씨가 보관하고 있다. 제니 코튼에게 다시 게임에 참여할 것인지 물어보는 짧고 직접적인 메시지였어."

"잔인하네요." 브라이언트가 고개를 저으며 말했다.

"장난일까요?" 케빈이 물었다.

킴은 어깨를 으쓱했다. "알 수 없지. 그 메시지는 우리가 번호를 적어 놓은 핸드폰으로 보낸 게 아니야. 하지만 놈이 매번 다른 핸드폰을 사용했으니 별로 도움이 되는 정보는 아니지."

스테이시가 몸을 앞으로 숙였다. "우리 상대가 그때와 똑같은 놈들이라고 생각하세요?"

킴은 한숨을 쉬었다. "제니 코튼은 혹시 다시 울릴지도 모른다는 희망만으로 그 핸드폰을 13개월 동안 보관했어. 우리가 맡은 두 아이가 실종된 바로 이 시점에 핸드폰이 울렸다는 건 우연이 아니야. 장난 문자가 우연히 지금 왔을 리가 없지. 찰리와 에이미에 대해서 아는 사람은 아무도 없으니까."

케빈이 킴과 눈을 마주쳤다. "대장, 혹시 그 말씀은…."

"아니, 케빈. 그건 아니야. 수지 코튼을 이번 사건에서도 고려해야 한다면 우리가 기대할 수 있는 최선은 시신을 수습하는 거다."

상황실은 조용해졌다. 다들 킴의 말이 무슨 뜻인지 알고 있었다. 제니 코튼에게는 그것조차 일종의 마무리가 될 것이다.

"끔찍하네요." 앨리슨이 킴에게 핸드폰을 돌려주며 말했다.

킴도 고개를 끄덕였다. "내 생각에, 이번 일을 2호의 소행이라고 추정해도 무리는 없을 것 같습니다. 더 보탤 말이 있습니까?" 킴은 행동 분석가에게 물었다.

"만약 2호가 경찰 데이터베이스에 올라 있다면 잔혹하고 폭력적인 범죄 때문일 거예요. 도축업자이거나 뭔가를 죽이는 일과 연관된 직업에 종사할 수 있습니다. 전쟁에서 트라우마를 겪은 군인일지도 모르고요."

"군인이요?" 브라이언트가 물었다.

"계속하세요." 킴이 앨리슨에게 말했다.

앨리슨은 고개를 끄덕였다.

"일반적인 군인이라기보다는 살상을 목적으로 특수 훈련을 받은 사람일 거예요. 최근까지 군대에서 가장 효율적인 무기가 다름 아닌 증오였다는 사실은 잘 알려져 있습니다. 군인들은 적에 대한 증오심을 주입받죠. 목숨을 빼앗을 때 느껴지는 본능적 거리낌을 없애려는 거예요. 누군가를 증오하면 그의 생명을 파괴하기가 더 쉽거든요. 분노와 공격성은 군대의 기본값입니다. 하지만 효율적인 살인 기계를 만들려면 인간성을 제거해야 해요. 공감 능력과 이해력, 용서하는 마음을 없애야 하죠. 그렇지 않으면 목숨을 구걸하는 적의 간청에 잠깐 망설일 수도 있고 그 정도의 시간이면 적이 무기를 손에 넣고 소대 전체를 죽여버릴 수 있으니까요.

참전했던 군인이 사회로 복귀하기 전까지는 모든 일이 명료합니다. 군인에게 주입된 정신 상태는 일시적인 게 아니에요. 군인의 신념 체계가 아예 바뀌어 버리죠. 하지만 퇴역하고 나면 갑자기 적은 어디에도 없게 됩니다. 누가 지시하나요? 단 하나의 선명한 목표 아래 단합했던 다른 부대원들은 어디로 간 거죠?

그때, 사회는 군인들에게 그들이 지금껏 해 온 일이 틀린 것이었다고 말합니다. 폭력도, 살상도 틀린 것이라고요. 어떤 사람이 이제부터는 '정상적인' 사회에서 살아가기를 원한다는 이유로 그 사람의 머릿속을 갑자기 하얗게 지워 버릴 수는 없어요. 증오는 사라지지 않습니다. 그냥 명확한 목표가 없어질 뿐이죠."

킴은 상황실을 둘러보았다. 이번만큼은 모두가 앨리슨에게 집중하고 있었다.

"이런 가정을 이어 나가 볼게요." 앨리슨이 말했다. "이 남자는 살상을 즐겼어요. 브래드와 잉가의 시신을 보면 알 수 있죠. 아마 어딘가에서 그 기술을 배웠을 겁니다. 2호가 군대에서 복무한 적이 있다면 군대를 자기 집 앞마당처럼 느꼈을 거예요. 제대한 것도 자기 뜻에 따라서 한 일이 아닐 겁니다."

"제기랄, 상대가 망할 살인 병기라니." 케빈이 말했다.

앨리슨이 어깨를 으쓱했다. "꼭 나쁜 것만은 아니에요. 그놈에게도 약점이 있겠죠. 다만 그 약점은 깊이 숨겨 놨을 테고 오직 그 자신의 기분과만 관계됐을 거예요. 일반 사회로 돌아온 이 사람은 지금 익숙하지 않은 영역에 들어온 셈이에요. 아마 버려진 기분에 혼란스럽고 당황하고 있을 겁니다. 불행히도 이런 감정이 놈의 화를 부추길 테고요."

앨리슨은 킴을 돌아보았다. "제 생각이 맞는다면, 아이들에게는 이 사람이 더 두려운 사람일 거예요."

앨리슨이 굳이 확인해 주지 않아도 킴은 그 사실을 알았다.

"하지만 그 사람이라고 아무것도 느끼지 못할까요? 아무 죄 없는 아이들을 해치는데."

하아. 브라이언트의 끝없는 낙관주의에 복 있으라. 브라이언트는 모두에게 차마 넘지 못할 선이 있다고 생각했다. 경찰이라는 직업을 가지고 있으면서도 그 순진함을 유지할 수 있다는 게 킴에게는 늘 수수께끼였다.

앨리슨이 고개를 저었다. "이제는 아무것도 못 느낄 거예요."

킴은 케빈을 돌아보았다. "부검 끝나면 다른 수사 계속해."

케빈은 고개를 끄덕이더니 재킷을 집어 들고 문으로 향했다. 우디는 옆으로 비켜 주었을 뿐 문은 열어 두었다.

"스톤, 잠깐 얘기 좀 하지." 우디가 방에서 나서며 말했다.

킴이 방을 나서려는데 브라이언트가 목소리를 낮추고 장송곡 음을 읊조렸다.

우디는 인공 폭포 반대편에 차를 세워 두었다. 킴은 그곳에서 우디를 따라잡았다.

"자네도 알겠지만, 볼드윈이 거의 매시간 나한테 전화를 걸어서 수사 상황을 전해 달라고 하고 있어."

킴은 그 전화를 납치범들에게 전해 주고 싶다고 말하려 했지만 아슬아슬하게 입을 다물었다.

"지금 뭐가 걸려 있는지는 알고 있지?"

"찰리와 에이미라는 아홉 살짜리 여자아이 두 명의 목숨입니다."

"그리고?"

"경감님, 모든 예의를 갖춰서 드리는 말씀입니다만 경감님은 지금 소중한 시간을 낭비하고 계십니다. 제 시간까지도요. 제게는 그 아이들이 무사한 모습을 보고 싶다는 것보다 더 대단한 동기가 없습니다. 다른 무엇도 제가 지금보다 더 빠르게, 열심히, 혹은 더 철저하게 일하도록 할 수 없습니다. 그리고 만일⋯."

"그건 나도 알아, 스톤. 방금 자네가 얼마나 바쁘게 일하는지 봤고 자네가 이 수사를 진행하는 방식에는 더할 말이 없어."

킴은 우디에게 화해의 제스처로 미소를 지어 보였다. "경감님, 정치적인 문제는 경감님이 고민하십시오. 저는 아이들을 걱정하겠습니다."

우디는 잠시 망설이더니 운전석 문을 열었다. "아이들만 집에 데려오게, 스톤." 그는 문을 닫으며 말했다.

킴은 돌아서서 상황실로 돌아가 방 안 사람들이 모두 돌려본 핸드폰을 집어 들었다. 킴이 엄지로 화면을 넘기자 범죄 현장에서 찍은 마지막 사진이 떴다. 킴은 사진을 전체화면 크기로 확대하며 고개를 살짝 기울였다. 그녀는 잠시 멈추었다.

"스테이시, 이 이메일은 키츠한테서 받은 거야?"

"네, 그냥 핸드폰 소리가 나서…."

"모니터에 사진 띄워. 전체 화면 크기로."

스테이시가 키보드를 두드리는 동안 킴은 스테이시 뒤쪽으로 가서 섰다.

"마지막 사진으로 내려 봐."

스테이시는 시키는 대로 했다. 킴은 한자가 화면을 가득 채운 지점을 가리켰다.

"저거 보여?"

스테이시는 사진을 가까이 들여다보고 고개를 저었다.

"확대해."

한자의 크기가 커졌다.

"한쪽에서 다른 쪽으로 이어지는 선들이 있네요."

스테이시는 더 자세히 살펴보며 말했다.

"세상에, 엄청 많아요."

"오른쪽 위를 봐."

이제는 브라이언트가 킴의 뒤로 와서 화면을 보고 있었다.

"말라붙은 핏자국이군요." 브라이언트가 머리를 긁으며 말했다.

"이해가 안 되는데…."

"저건 어머니를 뜻하는 한자입니다." 매트가 킴 왼쪽에서 말했다.

킴은 매트가 그 한자를 안다는 사실에 놀랐지만, 그런 기색을 감추었다. 그녀는 화면을 더 가까이 들여다보았다.

"핏자국이 말라붙어 있다는 건, 잉가가 최근에 이 한자를 파내 버리려 했다는 뜻일까요?"

그들은 모두 물러선 채 화면을 들여다보며 생각에 잠겼다. 마침내 킴이 그 정적을 깼다.

"스테이시, 잉가에게 모든 에너지를 집중해. 잉가에 관해 모든 걸 알아냈으면 한다. 이 죽은 여자한테 아직 할 말이 남아 있는 것 같아."

62

캐런은 갈색 곰 인형을 집어 들었다. 찰리가 태어난 날 로버트가 병원으로 가져온 인형이었다.

봉제 인형은 세월이 지나는 동안 온갖 수난을 겪었다. 토사물 범벅이 되기도 하고 귀를 잡힌 채 끌려다니기도 했으며 솜이 완전히 삐져나오기도 했다.

최근에 그 곰 인형은 아홉 살짜리 주인이 좀 더 중요하게 생각하는 물건들에 자리를 내주고 책장 맨 위로 밀려났다. 하지만 아직 눈에 보이는 곳에 있었다.

3주 전, 찰리는 몸이 좋지 않았다. 목감기에 걸려 기침을 했다. 그때 어찌 된 일인지 곰 인형이 책장에서 베개 옆으로 내려왔다.

이제 캐런은 침대 가장자리에 앉아 곰을 꼭 끌어안았다. 이 방은 그녀의 피난처였다. 찰리와 찰리의 모든 보물들에 둘러싸일 수 있는 곳.

이 방의 모든 것에는 기억이 깃들어 있었다. 조개껍데기로 뒤덮인, 자메이카에서 가져온 액자. 찰리의 서랍장 위에 있는, 배터리로 불이 켜지는 거울. 런던으로 하루 놀러 갔을 때 사 온 빗 세트.

캐런은 이 방에서 딸의 존재를 느꼈다. 찰리가 복도 바로 저편, 샤워실에 있을 것만 같았다.

이곳은 집에서 낯선 사람들이 침입하지 않은 유일한 공간이기도 했다.

캐런은 집이 더 이상 집처럼 느껴지지 않았다. 이곳은 전쟁터이자 호텔, 요새였다. 하지만 이런 낯선 느낌은 집에서 평소와 다른 활동이 벌어지기 때문만은 아니었다. 그보다는 이 집에 없는 딸 때문이었다.

신체적인 고통이 온몸을 휩쓸자 캐런은 곰 인형을 더욱 꽉 끌어안았다. 마음의 고통이 몸의 통증으로 바뀔 수 있다는 것을 캐런은 처음 알았다. 어린 시절 내내 겪었던 위탁 가정과 보육원, 구타와 학대에도 지금 온몸을 휩쓰는 것 같은 고통은 느껴 본 적이 없었다.

"사랑해, 내 천사." 캐런은 속삭였다. "굳세게 버텨. 엄마가 널 되찾을 거야."

눈물은 캐런의 눈을 따갑게 찌르며 흘러내렸다. 하지만 어째서인지 고통이 조금 누그러졌다. 아주 조금, 찰리에게 큰 소리로 말을 걸 수 있을 정도로.

"여보, 여기 있을지도 모른다고 생각했어."

캐런이 이 방을 유일하게 공유하는 사람이 문 앞에 서 있었다. 캐런은 침대 옆자리를 톡톡 두드렸다. 로버트가 그 자리에 앉아 캐런을 끌어안았다.

캐런은 다른 사람들이 남편을 보고 뭐라고 생각할지 알았다. 그는 키가 크고 건장하며 흰머리가 꽤 나 있는 남자였다. 코는 인상에 비해 날카로워 보였고 귀는 다소 지나치게 뻗어 있었다. 사람들은 로버트의 손에 이제 막 생겨난 검버섯들을 볼 것이다. 깨끗한 캐런의 손도.

하지만 사람들은 캐런이 보는 것을 보지 못했다. 만일 그들이 로버트의 눈에 좀 더 관심을 기울였다면 그들도 알았을 것이다. 로버트의 눈에는 사랑과 힘, 연민과 너그러운 품성이 깃들어 있었다. 캐런은 매일 그 모습을 보았다.

"우린 찰리를 되찾을 거야, 여보. 내가 약속할게. 매시간 수사팀이 진전을 보이고 있어."

로버트의 목소리는 부드럽고 따뜻했으며 확신에 차 있었다. 캐런은 그의 가슴에 기댄 채 눈을 감았다. 잠깐이지만 그 안전한 공간에 머물렀다.

"불쌍한 곰돌이." 로버트는 곰 인형의 귀를 잡아 올리며 말했다. "찰리가 이 녀석에게 잼 샌드위치를 먹였을 때 기억나? 그때 이 녀석을 빨았었는데."

캐런은 따뜻한 로버트의 가슴에 기대 고개를 끄덕였다.

"우린 찰리한테서 이 녀석을 떼어 놓느라 씨름을 해야 했어. 우리가 뭘 하려는지 알고 나서는 찰리가 더욱 작정하고 이 녀석한테 매달렸지."

캐런은 미소 지었다.

"결국은 트위스터 게임*을 했었지. 그러면 찰리가 이 녀석을 계속 붙잡고 있지 못할 테니까. 당신이 게임을 하다가 몰래 빠져나가서 곰 인형을 세탁기에 집어넣었어. 30분 뒤에 찰리가 주방으로 들어오더니 세탁기 문 너머로 곰 인형이 오르락내리락하는 걸 보고 비명을 질렀지. 찰리는 우리가 이 녀석을 죽이려 한다고 생각했어."

"나도 기억나."

로버트가 한숨 쉬었다. "그날 밤에 난 잠을 설쳤어. 찰리한테 곰 인형이 그런 취급을 받는 모습을 보여 준 게 영구적인 심리적 트라우마를 준 게 아닌가 고민됐거든."

늘 그렇듯 남편은 캐런의 아픔을 누그러뜨렸다. "그런 사람이 나더러 아이를 과잉보호한다는 거야?"

"당신은 내 가족이고 난 당신을 사랑해."

캐런은 자신을 안은 로버트의 몸이 뻣뻣해지는 것을 느꼈다.

로버트는 전통적인 가치관을 가진 사람이었다. 그는 캐런과 찰리를 모두 보호하는 것이 자신의 임무라고 느꼈다. 그리고 로버트는 자기가 실패했다고 느꼈다.

캐런이 그의 손을 잡았다. "당신이 막을 수 없는 일이었어, 로버트. 우리 둘 다."

캐런의 엄지가 로버트의 손바닥을 쓰다듬었다. 로버트가 그녀의 머

● 바닥에 여러 가지 색깔이 칠해진 원을 그려 놓고 정해진 규칙에 따라 손발로 그 원을 짚는 놀이.

리카락을 쓰다듬었다. "우린 찰리를 되찾아야 해, 캐런."

캐런은 고개를 끄덕였다. 그녀는 로버트가 무슨 말을 할지 알았다.

그들은 밤이 깊을 때까지 이야기를 나누었다. 생각이 빙빙 돌았다. 둘은 입이 마를 때까지 이야기했다. 상실감이 배신과, 우정이 우선 순위와, 생존이 인간 존엄성과 싸웠다.

그리고 4시 10분에 그들은 결정을 내렸다.

문자를 보낼 시간이었다.

63

킴은 이동하는 시간 내내 언론 통제 결정에 대해서 생각했다. 킴은 언론을 상대로 사건을 영원히 숨길 수 없다는 걸 알았다. 아이들이 약속과 달리 학교를 며칠씩 빠지면 곧 사람들이 관심을 가질 터였다. 트레이시 프로스트의 협박은 문제도 아니었다. 사람들이 알아서 떠들어 댈 테니까. 친구들의 전화를 시작으로 친척들이 나설 테고 가족들은 알지도 못하는 사이에 스카이뉴스의 머리기사가 될 터였다.

언론 통제는 킴이 사건을 맡기 전부터 진행되고 있었다. 하지만 킴은 이런 결정이 잘못된 것으로 드러날 경우 자신이 희생양이 되리라는 걸 알았다. 자신의 경력이 끝나 버리리라는 사실도.

대부분의 형사들은 레슬리 위틀 사건을 기억하고 있었다. 17세 소녀

레슬리에게 일어났던 일이 끔찍했기 때문만은 아니었다. 그 사건은 잘못된 판단을 내린 경찰에게 무슨 일이 일어나는지를 보여 주기도 했다.

레슬리는 1975년 슈롭셔에 있는 자기 집에서 납치당했다. 납치범은 우체국을 털 때마다 검은색 방한모를 쓰고 다녔기에 이미 경찰에 블랙팬서라는 이름으로 알려져 있었다. 블랙팬서 닐슨은 400건의 빈집 털이와 세 차례의 총격 살해 사건을 일으킨 뒤 레슬리를 납치해 스태퍼드셔의 공원에 있는 배수 시설에 가두었다.

처음에는 언론 통제가 진행됐지만 수사는 초기부터 엉망이었다. 닐슨이 요구한 5만 파운드를 놓고 벌이던 두 번의 협상 시도는 실패로 돌아갔다. 결국 레슬리는 시신으로 발견됐다. 배수로 옆에 두건을 쓰고 철사로 묶인 채였다. 레슬리가 배수로 깊은 곳으로 빠진 것인지, 닐슨이 레슬리를 빠뜨린 것인지는 밝혀지지 않았다. 당시 레슬리의 몸무게는 겨우 44킬로그램이었고 그녀의 위와 창자는 완전히 비어 있었다.

수사를 이끌던 총경은 순경으로 강등되었다. 총경이 그런 대접을 받는다면 킴은 고철 처리장 야간 경비 임무만 받아도 다행일 터였다.

언론 통제 결정은 대중에게 사건이 공개될 때의 이득과 거짓 정보가 가져올 해악의 균형에 근거를 두고 내려졌다. 만일 사건이 공개되면 언론은 버거울 정도로 관심을 쏟아부을 것이다. 어린 여자아이 둘이 납치당했다는 건 군침 도는 기삿감이었으니까. 무수히 많은 기자들이 이야깃거리와 부모 인터뷰, 가족의 배경과 과거사를 찾아다닐 터였다. 두 가족 모두가 지금까지 살아온 인생을 온 세상에 드러내게 된다. 그러면 온 세상이 그들의 인생을 보고 소비하고 판단할 것이다. 킴은 그런 상황이 다른 사람들보다 캐런에게 유난히 불쾌하리라는 것을 알았다.

반면, 사건을 대중에게 공개하고 얻는 이득은 거의 없었다. 언론의 개입으로 나아질 수사 분야는 하나도 없었다.

"얼마나 남았습니까?" 킴은 초조해져 물었다. 자동차에서 보내는 시간이 사건을 해결해 주진 않으니까.

브라이언트가 내비게이션을 힐끗 보았다. "이제 3킬로미터도 안 남았습니다."

두 사람은 건물로 가득한 산업 도시의 중심지를 오래전에 벗어나 그린벨트의 초입을 지나고 있었다. 이곳에는 줄지어 늘어선 집들이 옹기종기 모여 있었다. 간간이 특이한 가게나 술집이 그 사이로 보였다. 주택의 뒤쪽은 허허벌판이었다.

지금 두 사람은 킴의 최악의 악몽으로 들어가는 중이었다. 길 양옆은 벌판이었고 핸드폰 신호는 드문드문 잡혔다.

킴은 배 속이 불편해지기 시작했다. 문명사회에서 이 정도로 멀어지자 초조해졌다. 킴은 멀리까지 뻗어 나가는 공영 주택 단지와 황폐한 철공소 사이에 있을 때 편안했다. 뒤섞인 오염 물질을 들이마시는 게 좋았다. 그 냄새를 맡으면 지금 이 순간도 수천 명이 같은 공간을 차지하기 위해 싸우고 있다는 게 실감 났다. 킴은 새 소리보다 자동차 경적과 우르릉대는 엔진 소리를 듣고 깨는 데 익숙했다. 나무가 아니라 고층 건물이 드리운 그림자가 눈에 익었다.

내비게이션은 목적지가 오른쪽에 있다고 알렸다.

"이 기계가 지금 농담하는 겁니까?" 킴이 물었다.

일반적으로는 집 열두 채에 같은 우편번호가 붙었다. 그러나 이곳에서 열두 집을 묶으려면 몇 킬로미터는 가야 할 것 같았다.

"락스포드가 4번지로 가야 합니다." 브라이언트가 말했다. 그들은 5라는 숫자가 붙어 있는 대문을 지나쳤다. "번지수가 어느 쪽으로 갈수록 커지는지 모르니 계속 가 봐야겠네요."

500미터쯤 가니 6이라는 숫자가 보였다. 브라이언트는 그곳을 지나친 다음 후진을 해서 포장된 진입로로 들어갔다. 서두르지는 않았다. 몇 킬로미터를 달리는 동안 다른 자동차는 한 대도 마주치지 않았으니까. 브라이언트는 다시 5번지로 차를 몰아간 다음 속도를 시속 20킬로미터로 낮추었다. 포장도로 양옆에는 2미터짜리 산울타리가 쳐져 있었다.

결국 그들은 이중 대문이 달린 집에 이르렀다. 대문에는 자랑스러운 듯 이 집이 3번지라고 뚜렷이 적혀 있었다.

"좋네요. 이 방법을 쓰면 살짝 기분 좋던 사람을 10분 만에 열받게 만들 수 있겠습니다." 브라이언트가 다시 자동차 방향을 틀자 킴이 말했다.

이번에는 길을 가는 내내 아주 천천히 움직였다. 킴은 산울타리의 모든 부분을 살폈다.

킴은 지금 찾는 것이 남의 눈에 띄기를 원하지 않는 가족들이 사는 집이라는 사실을 알고 있었다. 그들은 집을 옮기고 성까지 빌링엄에서 트루먼으로 바꾸었다.

"저쪽." 킴이 가리켰다.

폭이 겨우 2미터쯤 되는 허리 높이의 대문이 산울타리의 네모난 모서리를 둘로 나눠 놓고 있었다. 우편함도, 번지수도 없었다. 브라이언트는 자동차 일부를 포장도로에 걸치듯 주차했다. 쥐똥나무 산울타리는 대문 너머에서도 계속해서 위압적으로 그들을 감쌌다. 킴은 미로에 들어온 기분이었다.

3미터쯤 들어가자 무쇠 대문이 그들을 맞이했다. 그 대문이 벽돌로 된 담벼락을 둘로 갈라놓았다. 각 담장 위에는 알록달록한 깨진 유리가 박혀 있었다. 이 담을 넘어가기보다는 앵글 그라인더°의 날 부분을 잡는 게 나을 것 같았다. 무쇠 대문도 30센티미터짜리 담장 못으로 마감돼 있었다. 장식처럼 만들어 대문의 디자인과 어울리기는 했지만 어쨌든 못이었다.

"사교성이 뛰어난 사람들이네요." 브라이언트는 오른쪽 벽에 붙어 있는 초인종을 누르며 말했다.

"트루먼 부인?" 잡음 가득한 목소리가 호출에 응답하자 브라이언트가 말했다.

"누구시죠?" 상대는 브라이언트의 말에 긍정도, 부정도 하지 않고 말했다.

"저는 브라이언트 경사입니다. 스톤 경위님과 함께 왔습니다."

"신분증을 카메라에 대 보세요."

브라이언트는 주머니에서 신분증을 꺼내며 카메라가 어디 있는지 살폈다.

"빌어먹을 게 어디 있는 거야?" 그가 투덜거렸다.

목소리가 소름 끼치게도 답했다. "인터폰에, 초인종 옆에 있어요."

브라이언트는 인터폰을 자세히 살폈다. "세상에, 엄청 작네요."

킴도 브라이언트의 시선을 좇았다. 초소형 CCTV 카메라는 꼭 나사

° 전동 모터로 톱니가 달린 원판을 빠르게 회전시켜 석재나 금속 등을 연마할 수 있도록 한 도구.

구멍처럼 보였다.

"다른 분도요." 목소리가 들렸다.

킴이 신분증을 건네주자 브라이언트가 카메라로 신분증을 들어 올렸다.

"됐습니다. 왜 오셨죠?"

"들어가서 이야기를 좀 나누고 싶은데요." 브라이언트가 짧게 대답했다.

킴이 그랬듯 브라이언트도 숨바꼭질에 인내심을 잃어 갔다.

"무슨 일로 오셨는지 먼저 말해 주세요, 경위님."

킴은 몸을 앞으로 숙였다. "따님과 관련된 문제입니다, 트루먼 부인. 자세히 이야기할 수 있도록 문을 열어 주세요."

대문 가운데에서 확실히 철컥 소리가 났다. 브라이언트가 손잡이를 돌렸지만 대문은 꿈쩍하지 않았다. "대장, 정말이지 인내심의 한계…."

두 번째 둔탁한 소리가 대문 위쪽에서, 세 번째 소리가 아래쪽에서 들렸다.

"삼중 전동 잠금장치라니?" 브라이언트가 말했다. "여기다 뭘 숨겨 놓은 걸까요? 루칸 백작이 호프 다이아몬드를 목에 걸고 서가라도 타고 돌아다니는 걸까요?"•

킴은 대문을 굳게 닫고 들어가며 한숨을 쉬었다. "아뇨, 브라이언트. 저 사람은 그냥 자식이 있을 뿐입니다."

세 개의 잠금장치가 철컥하며 다시 잠겼다.

• 루칸 백작은 영국의 귀족으로, 아내와 양육권 다툼을 벌이던 중 수상한 정황 속에 실종됐다. 호프 다이아몬드는 세계 최대의 인도산 블루다이아몬드다. 서가는 영국 더비 경마의 우승마로, 복면을 쓴 무장 강도들에게 도난당했다.

그들은 거의 2,500평에 달하는 부지에 접어들었다. 대문에서 이어지는 오솔길은 대칭을 이루는 두 잔디밭 사이로 뻗어갔다. 왼쪽으로는 주방 창문 앞에 그네가 하나 놓여 있었다. 담이 부지 전체를 둘러싸고 있고 그 위에는 마찬가지로 유리가 박혀 있었다.

브라이언트와 킴이 집 현관에 가까워지자 청바지에 남자 티셔츠를 입은 왜소한 갈색 머리 여자가 묵직한 참나무 문을 당겨 열었다. 그녀의 옷에는 연두색 페인트가 튀어 있었다.

"트루먼 부인이십니까?" 브라이언트가 손을 내밀며 물었다.

여자는 손을 맞잡았지만 미소를 짓지는 않았다. 그녀는 뒤로 물러나 두 사람을 들여보낸 다음 밖을 조심스럽게 살피고 문을 닫았다. 문 다섯 개와 계단 하나가 보였지만, 여자는 그중 어느 쪽으로도 그들을 안내하지 않았다.

"제 딸 얘기라고 하셨나요?"

킴은 앞으로 나섰다. "트루먼 부인, 에밀리의 납치에 관해 할 이야기가 있습니다."

"놈들을 잡았어요?" 여자는 두 손을 맞잡으며 물었다.

킴은 고개를 저었다. 여자의 어깨가 축 늘어졌다. 그녀의 두 손이 서로를 붙들고 비틀어 댔다.

"그럼 뭐죠?"

"트루먼 부인, 저희는 사건을 다시 살펴보고 있습니다. 도움을 주셨으면 좋겠습니다."

킴은 이 여자가 같은 일이 다시 일어났다는 의심을 품도록 놔둘 수 없었다. 줄리아 트루먼에게서 뿜어져 나오는 불안감이 그녀를 산산조각

낼 수도 있을 테니까.

에밀리의 어머니는 한쪽 문을 가리켰다.

그들의 발소리가 복도에 메아리쳤다. 집에서 으레 날 법한 소리는 전혀 들리지 않았다. 텔레비전 소리, 라디오 소리, 떠드는 소리. 이 집의 정적은 두텁고도 위압적이었다.

문은 작은 거실로 이어졌다. 폭신한 소파 여러 개가 난로를 마주 보고 있었다. 난로 쪽 벽은 바닥부터 천장까지 책으로 가득했다. 부지 뒤쪽으로 커다란 전망용 창이 나 있었다. 자갈길이 깔린 진입로가 담만큼이나 높이 솟은 두꺼운 나무 대문 앞에서 끝났다. 그 진입로를 타고 몇 킬로미터는 내려가야 문명사회와 만나는 길이 나올 것 같았다.

트루먼 부인은 1인용 의자에 걸터앉았다. 킴과 브라이언트는 소파에 앉았다.

"어제 코튼 부인과 이야기를 나눴습니다. 그분은….."

"어떻게 지내나요?" 여자가 빠르게 물었다.

"두 분이 더 이상 연락하지 않고 지낸다는 말씀이신가요?"

"어떻게 연락하겠어요?" 여자가 되물었다. "저는 딸을 지켰고 제니는 딸을 잃었어요. 제가 감히 제니를 볼 수나 있겠어요? 우린 자매나 마찬가지였어요. 제니가 보고 싶어요. 제니도, 수지도."

여자는 킴과 브라이언트의 뒤쪽, 문이 있는 벽을 보았다. 1인용 의자와 마주 보는 벽이었다. 킴의 눈이 액자 속 확대 사진에 머물렀다. 사진 속에서는 그들 여섯 사람이 커다란 빠에야 접시를 둘러싸고 식탁에 앉아 있었다. 햇볕에 얼굴이 붉어진 모습이었다.

"함께 보낸 마지막 휴가예요." 트루먼 부인이 조용히 말했다. "수지는 참 예쁜 아이였어요. 저는 그 애의 대모였죠. 제니와 저는 학창 시절부터 친구였어요. 하지만 단 며칠 만에 모든 게 망가졌어요."

킴은 몸값에 대해 물으려 했지만 여자가 킴을 가만히 바라보았다.

"경위님, 경위님은 자신이 어떤 사람인지 아시나요? 그러니까, 정말로 아시냐고요?"

"그렇다고 생각하고 싶습니다."

"저도 그랬어요. 그러다가 단 한 통의 문자 메시지가 모든 것을 의심하게 했죠. 저는 그 사람들이 한 짓을 용서할 수 없어요. 우리는 각자 최악의 악몽 속에서 다른 무언가로 변했어요. 절망과 공포는 인간에게 끔찍한 짓을 저지르거든요."

킴은 자신에게 중요한 유일한 질문을 던지고 싶었지만 어차피 이야기가 그쪽으로 이어질 거라고 생각했다.

"아이들 목숨에 비하면 우리 우정은 아무것도 아니었어요. 가장 친한 친구가 갑자기 적이 됐죠. 우리는 이 비현실적인 싸움에서 빠져나갈 수 없었어요. 둘 중 하나만 이길 수 있었고."

"몸값을 치르셨습니까?" 킴이 조용히 물었다.

여자는 킴을 보았다. 그녀의 민낯이 드러났다. 그녀의 눈에는 당시의 공포가 담겨 있었다. 그때의 수치심도.

"아뇨, 그러진 않았어요. 하지만 그러려고 했어요." 여자는 정직하게 말했다.

킴과 브라이언트는 시선을 주고받았다.

"그럼 왜 에밀리는 풀려나고 수지는 풀려나지 않았을까요?"

트루먼 부인은 어깨를 으쓱했다. "모르겠어요. 우리도 백만 번은 그 질문을 던져 봤어요."

킴은 대체 누가 그런 결정을 내렸으며 그 이유는 무엇이었을지 궁금했다.

방문이 가만히 열리더니 누군가가 고개를 내밀었다. 아이는 벽에 걸려 있는 사진보다 약간 나이가 많았고 그보다 훨씬 창백했지만 킴은 그 애가 에밀리라는 것을 알아보았다.

에밀리는 낯선 사람들이 있는 것을 보고 입을 다물었다. 어머니를 보는 아이의 눈에 즉시 곤란한 기색이 비쳤다.

트루먼 부인이 일어섰다.

"괜찮아, 에밀리. 역사 공부는 끝났니?"

아이는 고개를 끄덕였지만 눈길은 다시 킴에게로 향했다. 트루먼 부인은 딸을 막으려 했지만 에밀리가 어머니를 지나쳐서 방으로 들어왔다.

"에밀리, 걱정할 것 없어. 다시 위층으로 올라가서…."

"수지를 찾으셨어요?" 아이가 희망을 갖고 물었다.

킴은 침을 삼키고 고개를 저었다. 아이의 눈가에 눈물이 고였다. 하지만 에밀리는 용감하게 눈물을 삼켰다. 시련을 겪은 지 13개월이 지났지만 에밀리의 머릿속에서는 가장 친한 친구가 사라진 적이 없는 게 분명했다.

"에밀리, 올라가렴. 엄마가 금방 올라가서 채점해 줄게."

에밀리는 망설였지만 어머니가 그녀의 아래팔을 끌어당기며 재촉했다.

"학교에 안 다니나요?" 브라이언트가 물었다.

트루먼 부인은 문을 닫고 고개를 끄덕였다. "네, 에밀리는 재택 교육을 받고 있어요. 그게 더 안전하니까요."

"에밀리와 잠시 이야기해도 되겠습니까?" 킴이 조용히 물었다.

트루먼 부인은 거세게 고개를 저었다. "아뇨, 그건 안 돼요. 우린 그 얘기는 하지 않아요. 에밀리한테든, 누구한테든. 에밀리한테는 그 일을 잊어버리는 게 최선이에요."

글쎄, 그 방법은 별로 신통치 않아 보였다. 아무와도 상호 작용하지 않고 깨어 있는 순간 내내 요새에 갇혀서 지내다 보면 이렇게 된 이유를 끝없이 떠올리게 될 테니까.

"에밀리는 심리 치료를 받았습니까?"

트루먼 부인은 고개를 저었다. "아뇨, 그냥 다 잊어버리기로 했어요. 아이들은 회복력이 뛰어나서 원래대로 돌아오니까요. 웬 심리 치료사가 아이 머릿속에 죄책감을 심어 주거나 이런저런 기분을 느껴야 한다고 말해 주는 건 싫었어요. 그건 누구에게도 도움이 되지 않았을 거예요."

부질없지만, 킴은 이 여자가 묻어 버리려는 것이 누구의 죄책감인지 생각했다.

"그래서 죄송하지만 에밀리한테 접근하시게 할 수는 없어요. 형사님들이 그 일을 전부 다시 생각나게 할 테니까요."

킴이 보기에는 아무도 그 사건을 한 번도 잊은 적 없는 듯했다.

트루먼 부인은 문 옆에 계속 서 있었다.

"실례가 안 된다면, 전 가 봐야 할 것 같네요."

킴은 일어서다가 문득 한 가지 생각을 떠올렸다.

"놈들이 몸값을 어디에 두라고 했습니까?"

몸값을 준비했다면 이 가족은 그 값을 치를 방법을 알았을 것이다.

트루먼 부인은 망설였다.

"부탁입니다. 지금 당장 부인의 도움이 필요하다는 걸 이해해 주셨으면 합니다."

"형사님이야말로 제 입장을 이해해 주세요. 전 놈들이 아직도 저기 어딘가에 있다는 걸 알아요."

"하지만 놈들은 에밀리를 잡으러 돌아오지 않을 겁니다."

"형사님이야 그렇게 말씀하시겠죠. 하지만 전 그놈들을 믿지 않아요. 형사님이 뭐라고 장담하시든 전 받아들일 수 없어요."

킴이 무겁게 한숨 쉬었다.

"하지만 지금부터 우리를 가만히 놔두겠다고 해 주시면 말씀드릴게요."

킴은 에밀리를 따로 만날 가능성이 전혀 없으니 얻을 수 있는 것을 얻어야 했다. 그녀는 고개를 끄덕였다.

"몸값은 우즐리 대로에 있는 쓰레기통에, 수요일 열두 시에 넣어 두라고 했어요." 트루먼 부인이 인상을 썼다. "하지만 그건 이미 아시겠죠. 지금도 제가 쓰던 핸드폰을 가지고 계시니까요."

제기랄. 킴은 실수를 너무 늦게 깨달았다. 트루먼 부인에게 말한 대로 옛 사건을 수사하고 있는 것이라면 킴은 이미 증거를 확인했을 터였다. 사건이 해결되지 않았으니 그 증거는 지금도 보관되고 있을 테고.

"그게 마지막으로 범인과 주고받은 연락인지 확인했을 뿐입니다." 킴이 재빨리 말했다.

트루먼 부인은 고개를 끄덕였다.

킴은 이 집에서 나가는 순간 케빈에게 핸드폰을 가져오라고 지시하기로 했다. 그녀는 명함을 꺼내 복도 탁자에 놓았다. "도움이 될 만한 게 생각나면 전화해 주십시오."

제니 코튼이 딸의 시신을 간절히 찾고 있다는 말이 목 끝까지 차올랐다.

하지만 킴은 그 말을 하지 않았다.

브라이언트는 자동차 쪽으로 향했지만, 킴은 돌아왔다.

"저기, 아이를 보호하고 싶으신 건 알겠지만 이건 지나칩니다. 에밀리가 숨 막혀 할 겁니다. 에밀리는 다른 사람들을 만나야 해요. 자기 또래의 아이들과 뛰어다니고 웃어야 합니다. 긍정적인 기억을 쌓아야 나쁜 기억을 놓을 수 있는 겁니다."

여자는 무표정했다.

"고맙지만, 제 딸한테 뭐가 좋은지는 제가 알아요."

킴은 고개를 저었다. "아뇨, 지금 쓰시는 방법은 부인에게만 좋은 방법입니다. 에밀리는 만나는 사람 모두를 두려워하는 신경질적이고 불안한 아이가 될 거예요."

"경위님, 저는 제 아이를 살려 두려는 거예요."

킴은 아무 기쁨이 없는 곳을 둘러보았다. "네, 하지만 이걸 산다고 할 수는 없잖습니까?"

킴의 코앞에서 묵직한 참나무 문이 닫혔다. 하지만 그 전에 킴은 계단 맨 위에서 누군가의 그림자가 스치는 것을 보았다.

64

에밀리는 침실 문을 조용히 닫고 침대에 앉았다. 이제 지리학 책을 펼쳐야 했지만 차마 그럴 수가 없었다.

에밀리는 재택 교육을 받고 있었지만 엄마는 학교에서처럼 수업시간을 엄격하게 지켰다. 에밀리는 9시 정각이면 책상에 앉았고 온종일 시간에 딱 맞춰 네 번의 수업을 받았다.

학교가 그리운 건 그 소란스러움 때문이었다. 수다와 웃음, 고함치기.

여기, 새로운 집에는 아무것도 없었다.

담과 산울타리 때문에 도로 소음은 들리지 않았다. 걸어서 10분 거리의 이웃집 소리도 당연히 들리지 않았다. 가까운 곳에 자신과 비슷한 또래의 아이가 있는지조차 알 수 없었다.

집 안도 조용했다. 평일이면 엄마가 아래층을 돌아다니며 물건을 정리하고 청소를 했지만 배경에서는 아무 소리도 들리지 않았다. 라디오도, 텔레비전도 없었다. 엄마는 뭐든 이상한 소리가 들릴 것처럼 집에서 나는 소리에 끊임없이 귀 기울이는 듯했다.

집에 생기가 도는 건 자갈길을 밟아 오는 타이어의 시끄러운 소리가 들릴 때뿐이었다. 아빠가 직장에서 돌아올 때면 엄마의 불안감이 누그러졌다. 매일 저녁 몇 시간 동안은 그들도 정상인 것처럼 굴었다.

에밀리는 지난 인생의 많은 부분이 그리웠다. 하지만 가장 그리운 건 친구 수지였다.

에밀리는 침대 밑으로 손을 뻗어 반쯤 채워진 스크랩북을 꺼냈다. 첫 페이지에는 에밀리와 수지가 활짝 미소 짓는 사진이 인쇄돼 있고 그 밑에 〈우리의 여행〉이라는 제목이 쓰여 있었다. 스크랩북에는 둘의 사진이 여러 페이지 들어 있었다. 휴가를 가고 고카트를 타고 놀이공원에 가거나 바다에 가고. 마지막 사진은 저스틴 비버 콘서트에서 찍은 것이었다.

에밀리는 옆의 텅 빈 페이지를 보았다. 앞으로는 더 이상 사진을 채울 수 없다니 아직도 믿을 수 없었다. 지금까지 쌓은 추억 외에는 아무 추억도 쌓을 수 없다니.

에밀리는 둘이서 찍은 마지막 사진을 골똘히 바라보았다. 수지는 '저스틴 빌리버*' 티셔츠를 무척 자랑스러워했다. 버밍엄에 있는 내셔널 엑시비션 센터에서 돌아오는 내내 그들은 함께 웃었다. 황홀했다. 수지와 에밀리는 자기들 중 그 아이돌과 결혼하게 될 사람은 누구인지에 대해 말다툼을 벌였다. 마지막에 둘은 저스틴 비버를 나눠 갖기로 했다. 앞자리에 앉은 엄마들은 이 결정에 매우 즐거워했다.

사흘 후, 둘은 납치됐다.

에밀리는 친구의 눈을 들여다보았다. 장난기와 웃음으로 가득한 눈이었다. 마지막으로 서로에게서 떨어질 수밖에 없었을 때와는 너무도 달랐다. 에밀리의 손가락이 수지의 얼굴을 스쳤다.

아직도 꿈속에 살고 있는 수지. 수지의 얼굴도 눈물로 흐려졌다.

에밀리는 그때의 시련이 계속 떠올랐다. 꼭 지난주에 일어난 일인 것만 같았다. 낮이면 수지가 죽었는데 자신은 살아남았다는 사실에 죄책감을 느꼈다. 밤이면 꿈속에서 그때의 공포를 다시 느꼈다. 특히 마지막

● 저스틴 비버의 팬클럽

날의 공포를.

에밀리는 자신의 배를 감았던 남자의 팔을 떠올렸다. 남자는 그렇게 에밀리를 친구에게서 떼어 냈다. 깡마른 그의 가슴이 뒤통수에 닿았다. 그렇게 남자는 그녀를 방 맞은편으로 끌고 갔다.

수지의 차가운 손을 잡으려 했을 때의 촉감도 떠올랐다. 에밀리는 둘이 서로를 꽉 잡고 있기만 하면 아무도 둘을 억지로 떼어 놓을 수 없을 거라고 생각했다. 하지만 에밀리의 생각이 틀렸다. 남자가 수지의 관자놀이를 후려치자 수지는 비틀거리며 쓰러졌고 에밀리는 수지에게 계속 매달려 있을 수 없었다.

그녀는 순식간에 남자가 자신의 허리를 잡고 들어 올리는 것을 느꼈다. 에밀리는 수지를 보며 일어나라고 소리 질렀지만 수지는 일어서지 않았다. 그 이후로 에밀리는 수지를 다시 보지 못했다.

그때 기억이 다시 한 번 배를 힘껏 치는 듯했다. 눈물이 흐르기 시작했다. 에밀리는 친구의 얼굴에 떨어진 눈물방울을 닦아 내고 스크랩북을 꽉 끌어안았다. 흐느끼느라 온몸이 떨렸다.

"수지, 미안해. 미안해. 미안해."

65

"뭐가 신경 쓰이세요, 대장?" 브라이언트는 트루먼의 집을 떠나 다시 차에 오르면서 물었다.

"닥쳐요." 킴은 브라이언트가 자신을 너무 잘 아는 것이 짜증나서 말했다.

"크리스마스 아침에 석탄이 가득 들어 있는 양말을 선물로 받은 어린애 같은 표정인데요. 사실, 그건 아마⋯." 브라이언트는 자동차에 시동을 걸며 뒷말을 흐렸다.

"문제는 논리입니다." 킴이 말했다. "논리적으로 이해되기만 하면 난 기꺼이 문제를 잊습니다. 그런데 뭔가가 사라지지 않고 있어요."

"예를 들면요?" 브라이언트가 물었다.

"어쩌면 그 말에 귀를 기울였어야 하는지도 모르겠습니다." 킴은 창밖을 내다보며 말했다.

"음, 일단 입을 여신 건 좋은데 너무 애매하네요."

"엘로이즈요."

브라이언트는 시동을 껐다. "농담이죠? 점쟁이, 심령술사, 영매⋯. 뭔지는 모르지만, 그런 사람들에 대해 평생 품어 왔던 태도를 버리시겠다는 겁니까?"

킴은 이게 얼마나 우스운 소리로 들릴지 알고 있었다. 하지만 스테이시가 알아낸 내용은 예상과 달랐다. 킴은 그 여자가 이기적이고 남을 조종하기 좋아하는데다 다른 사람들의 약점을 뜯어먹고 사는 사기꾼일 거라고 생각했다. 최소한 책이라도 한두 권 팔아먹었을 거라고 말이다.

"엘로이즈는 범인이 다른 아이들 일을 마무리한 게 아니라고 했습니다. 그런데 어제 제니 코튼이 다시 게임에 참여하고 싶은지 묻는 문자를 받았어요."

"우연이죠." 브라이언트가 별것 아니라는 듯 말했다. "다른 소리는 안 했습니까?"

"했어요. 278이라는 숫자를 말했습니다. 그 숫자를 반복해서 말하면서 기억하라고 하더군요."

"딴 건요?"

킴은 고개를 저었다. 엘로이즈의 마지막 말은 마이키에 관한 것이었다. 그리고 킴은 그 말을 다른 사람에게 전할 생각이 없었다.

킴은 엘로이즈가 헬렌에게 끌려가며 했던 말을 떠올렸다. "그러고 보니 무슨 말을 하기는 했어요. 가까운 곳의 누군가가⋯."

"너무 깊게 생각하시는 것 같은데요. 그 여자는 사기꾼이에요. 우린 그냥 그 여자가 무슨 대단한 말을 하지 않을까 싶어서 이러는 거고요."

"하지만 그런 짓을 해서 그 여자가 얻을 게 뭡니까?"

브라이언트가 어깨를 으쓱했다. "유명한 사건에 끼어들면 입장권 판매량이 훨씬 늘겠죠. 〈생방송 오늘〉에 가끔 나올 수도 있고요. 누가 아나요?"

"그게 문제라는 겁니다. 왜 신문사나 라디오 방송국으로 가서 이 사건을 이용하려 들지 않았을까요? 왜 돈을 벌려는 수작이 전혀 보이지 않는 겁니까? 납득이 될 때까지는 잊어버릴 수가 없어요."

브라이언트는 옆을 힐끗 보았다. "표정이 하나도 안 변하셨네요." 브라이언트는 한숨을 쉬었다. "진심으로 그 여자한테 찰리와 에이미를 찾는 데 도움이 될 만한 정보가 있을 거라고 생각하시는 건 아니죠? 그 여자가 실제로 무슨 제보를 한다 쳐도 진심으로 그 여자 말을 믿으세요? 그 제보를 활용하는 건 둘째치더라도요."

브라이언트의 말에는 세 가지 질문이 있었고 킴은 그 모든 질문에 대한 답이 '아니오'라는 것을 알고 있었다. 하지만 엘로이즈는 다른 게임이 끝나지 않았다고 했다. 게다가 엘로이즈가 마이키에 대해 했던 말은….

제기랄. 누구도 그 일은 알 리 없었다.

66

케빈은 종이에 적힌 주소를 확인했다. 로즈메리 가든 42번지가 확실했다. 지금 케빈이 보고 있는 집이 바로 그곳이었다. 브라이얼리힐의 앰블코트 가에서 갈라져 나온 막다른 길의 집.

이 집과 홀리트리에 있는 집들은 겨우 1.5킬로미터 떨어져 있었지만 차원이 달랐다. 거의 다른 행성에 있는 것이나 마찬가지였다.

케빈은 쇼나가 자신을 놀린 건지 궁금해졌다. 똥개 훈련시키듯 그를 이리저리 내돌린 걸까? 로즈마리 가든에 사는 여자아이들은 자발적으로 홀리트리 공영 주택 지구에 갈 리 없었다. 만일 그런다면 방에 가둬야 할 일이었다.

드웨인 가족과 대화를 나눈 후 케빈이 논리적으로 밟아온 다음 단계가 이 집을 찾아오는 것이었다. 케빈은 누가 드웨인이 아직 살아 있다는 정보를 리런에게 알려 줬는지 알아낸 뒤 이곳을 떠나고 싶었다.

누군가가 갱단 두목에게 그 정보를 흘렸다. 그리고 대장은 케빈에게 그 사람이 누군지 알아내는 임무를 맡겼다.

케빈도 전에 사건을 도맡아 수사한 적이 있었다. 하지만 이번 사건은 주유소 습격 사건이나 마약 사건, 가정 폭력 사건이 아니었다.

이 사건은 대장에게 큰 영향을 준 사건이었다. 케빈은 대장이 어느 헬스장에서 트레이시 프로스트를 벽에 대고 밀쳤다는 얘기를 들었다. 그게 사실인지는 알 수 없었다. 대장한테 물어봐도 알려 주지 않을 것이다. 하지만 대장이 그렇게 했다 해도 놀랄 일은 아니었다. 드웨인에게는 대장을 떠올리게 하는 뭔가가 있었다. 그게 뭔지는 도저히 모르겠지만.

케빈은 대장과 함께 드웨인의 침대 곁을 지켰다. 인공적으로 움직이는 그의 가슴을 지켜보았다. 그때 케빈은 대장의 손이 빳빳한 흰 이불 위에 가만히 놓여 있는 그 녀석의 손목을 가볍게 어루만지는 것을 보았다.

이건 에이미와 찰리의 목숨이 위험하지만 않았어도 대장이 직접 맡았을 사건이었다. 그런 사건을 대장이 그에게 넘겼다. 대장을 실망시킬 수는 없었다. 대장을 실망시키지는 않을 것이다.

케빈은 잎사귀가 풍성한 초록색 식물 화분들이 놓인 널찍한 현관으로 다가갔다. 초인종 소리가 노랫소리처럼 들렸다.

현관문이 열리더니 십 대 후반의 소녀가 나왔다. 페어아일식 레깅스에 짧고 검은 치마를 입고 있었다. 무늬 없는 핑크색 티셔츠가 왼쪽 어깨에서 흘러내렸다. 로자 퍼퓸의 레클레스 향수 냄새가 풍겼다. 케빈이 그 향수를 즉시 알아차린 건 약혼자의 생일 선물로 사 준 적이 있기 때문이었다. 약혼자는 케빈이 뭔가 잘못했을 때만 비싼 선물을 사 준다고 농담했었다. 그랬다. 저 향수는 실제로 비쌌다. 십 대가 쓰기에는 지나칠 정도로.

"로렌 케인이니?" 케빈은 배지를 들어 보이며 물었다.

로렌은 케빈의 신분증을 확인하지도 않고 계속 그의 얼굴만 쳐다보며 문을 열었다. 그냥 뒤로 물러선 채 문 앞에 서 있었다.

"들어오세요." 로렌은 미소 지으며 고개를 살짝 기울였다.

케빈은 로렌과 스치지 않으려고 조심하며 안으로 들어가 복도 바로 안쪽에 섰다.

로렌은 문을 닫았다. 케빈은 갑자기 다시 문을 열고 싶다는 설명할 수 없는 충동을 느꼈다.

"이쪽." 로렌은 오른쪽을 가리키며 말했다.

예의 한 번 바르네. 케빈은 집 전체와 이어진 거실로 들어갔다. 널찍한 정원 너머로 라이 지역과 그 뒤의 클렌트힐이 보였다.

"앉아요, 형사 오빠." 로렌은 고개를 한쪽으로 기울이며 말했다. 케빈이 자리에 앉자 로렌은 숨기는 기색도 없이 그를 위아래로 훑어보았다.

케빈은 빠르게 그녀를 살폈다. 코가 각져서 예쁘다고는 할 수 없었다. 하지만 로렌은 가진 것을 최대한 활용하는 아이였다. 머리카락은 매력적인 금발로 염색했고 화장도 완벽했다. 그보다 더 분명한 것은 향수 냄새보다 먼저 훅 끼쳐 오는 성적 매력이었다. 의자가 많았는데도 로렌은 굳이 케빈 옆 소파에 앉았다. 로렌의 무릎이 케빈의 무릎에 닿았다. 케빈은 무릎을 치웠다.

"드웨인 얘기를 하려고 왔어."

로렌은 잠깐 눈을 가늘게 떴다. 모르는 척 간 보는 표정이었다.

케빈은 짜증이 났다. "드웨인 라이트 말이야. 네 전 남자친구. 저번 주에 죽은."

케빈의 목소리에서 날 선 느낌을 받았는지는 모르겠지만 로렌은 전혀 내색하지 않았다. 로렌은 케빈이 처음 보는 장난감이라도 되는 듯 그의 위팔을 꽉 잡았다.

"몸 좋다." 로렌은 한쪽으로 고개를 기울이며 말했다.

"고맙다." 케빈은 팔을 치우고 최대한 떨어졌다. "드웨인이 죽은 날에 관해서 기억나는 걸 얘기해 줄 수 있을까?"

케빈은 일부러 답이 정해지지 않은 질문을 던졌다. 로렌이 쇼나에게서 문자 메시지를 받았다는 사실을 인정하는지 보고 싶었다.

로렌은 소파에 기대더니 다리를 꼬았다. 로렌의 발목이 케빈의 정강이에 스쳤다.

케빈은 자리에서 일어나 벽난로로 향했다. 이놈의 계집애, 말귀를 못 알아듣네.

"잘 기억 안 나요. 미안. 근데 오빠 결혼했어요?"

"그건 네가 알 바 아니고." 케빈이 딱 잘라 대답했다. 그는 질문을 마치고 십 대 아이가 혼자 장난질을 하도록 이 집을 떠나야 했다. "드웨인이 공격당했다는 건 어떻게 알았어?" 케빈이 밀어붙였다.

로렌은 어깨를 으쓱했다. "정말 기억이 안 나요."

케빈은 로렌의 표정을 보고 그녀가 별 관심도 없다는 것을 알아차렸다. "로렌, 난 네가 꼭 말해 주었으면…."

로렌이 자리에서 일어났다. "근데, 나 남자친구 없어요."

"드웨인이 갱단에 속해 있었다는 건 알았어?" 케빈은 로렌의 목소리에 깃든 기색을 무시하고 물었다.

로렌은 케빈에게 한 발짝 다가오며 눈알을 굴려 댔다. "에이, 당연히 알죠."

케빈은 한 걸음 물러났다. "그게 드웨인의 매력이었니?" 케빈은 대놓고 물었다.

로렌은 어깨를 으쓱했다. "난 정말로…."

"기억이 안 나겠지." 케빈이 로렌 대신 그 말을 마쳤다.

로렌은 표정이 변하지 않았다. 그녀는 내숭 떨듯 케빈을 보더니 술래 잡기하는 아이처럼 고개를 갸웃했다.

"드웨인이 칼에 찔려서 죽었다는 얘기는 들었어?"

"그런 것도 같고." 로렌이 고개를 끄덕였다. "네, 드웨인이 죽었다는 얘기는 확실히 들었어요."

뭐라도 기억해 내다니 다행이었다.

"그러고 나서 쇼나한테 메시지를 받았지?"

"네, 뭘 보냈더라고요. 한두 시간 뒤였던 것 같아요." 로렌은 한 발짝 더 다가오며 머리카락을 꼬아댔다. "앞으로 몇 시간 동안은 부모님이 안 오시는데."

케빈도 얼마 전까지는 혈기왕성한 십 대였다. 하지만 여자애들이 이런 식으로 구는 건 본 적도 없었다. 예전에는 케빈도 이런 적극적인 행동을 좋아했지만 지금은 오히려 거부감이 느껴질 뿐이었다. 지나치게 성적인 수작을 걸어오는 이 여자애는 케빈에게 그저 증인일 뿐이었다. 그가 해결해야 하는 범죄의 참고인.

"로렌, 난 약혼자도 있고 아이도 있어. 내가 너한테 원하는 건 답변이야."

"난 상관없는데." 로렌이 어깨를 으쓱했다.

케빈은 뒤늦게 로렌에게 틈새를 보였다는 것을 깨달았다. 대화가 드웨인의 죽음에서 멀어지고 말았다. 이 여자애의 눈에 깃든 어떤 결심에 불안해지기 시작했다.

"문자 메시지에 드웨인이 아직 살아 있다는 내용이 있었니?"

로렌은 어깨를 으쓱했다. "그런 것 같아요. 나, 피임약 먹어요." 로렌이 케빈에게 몸을 기울이며 불쑥 내뱉었다.

이만하면 참을 만큼 참았다. 자칫하다가는 경력까지 위험에 빠질 수 있었다. 케빈의 머릿속에서 경고음이 울려댔다. 케빈은 로렌을 지나쳐 현관으로 갔다.

로렌이 바짝 뒤쫓았다. "음, 부모님한테는 형사님이 해 버렸다고 말할 수도 있어요." 로렌이 낮게 속삭였다.

로렌은 이제야 케빈의 거절을 알아들은 모양이었다. 갑자기 태도를 바꾸는 모습이 사탕을 달라고 했다가 거절당한 유아에게나 어울릴 것 같았다.

케빈은 이 상황의 위험성을 잊지 않았다. 그는 자신을 바닥에 눕히기 직전까지 갔던 어린애와 단둘이 집에 있었다. 모든 것을 교과서적으로 처리하긴 했다. 로렌이 열아홉 살이었으므로 그 애에게 질문을 던지는 데는 부모의 동의가 필요 없었다. 그러나 증인은 확실히 필요했다. 케빈 자신의 안전을 위해서 말이다. 케빈은 문밖으로 나간 뒤 돌아서서 유일하게 중요한 질문을 던졌다.

"말해 봐, 로렌. 드웨인이 아직 살아 있다는 말을 누구에게든 했어?"

로렌은 내숭 떨 듯 그에게 미소 지었고 케빈은 로렌이 입을 열기 전부터 그녀가 할 말을 따라 할 수 있었다.

기억이 안 나요.

67

캐런은 싱크대에서 물을 비우고 주방 세제로 손을 뻗었다. 그녀의 근사한 주방은 늘 실험실처럼 깨끗했다. 특히 지금은 조리대 위에서 흉곽 절제 심장 수술을 해도 감염 위험이 없을 것 같았다.

오후의 일상은 빠르게 자리 잡았다. 보초 서는 경찰은 할 일 없이 현관 앞에 앉았다. 헬렌은 누가 손가락이라도 까딱하면 이것저것 가져다 주고 싶어 안달 난 사람처럼 돌아다녔다. 한때는 헬렌이 짜증스럽게 느껴졌다. 헬렌 자체보다는 그녀가 끊임없이 모두의 삶을 편안하게 하려는 태도가 거슬렸다.

캐런은 정신없이 움직이고 싶었다. 접시와 머그잔, 유리잔들을 치우고 싶었다. 뭐든 정신이나 체력을 소모할 일이 있었으면 했다. 잠깐이라도 말이다. 머릿속에 떠오르는 질문들을 잠깐이라도 외면할 수 있다면 고맙게도 안도감이 들었다.

캐런은 스티븐뿐 아니라 엘리자베스도 언론 통제가 잘못된 결정이라고 생각한다는 것을 알고 있었다. 아직 캐런은 그 두 사람에게 킴을 믿어 보자고 설득할 수 있었다. 하지만 얼마나 더 그럴 수 있을지는 알 수 없었다. 스티븐은 설득하기 쉬운 사람이 아니었다.

캐런은 지금도 킴의 판단을 믿은 것이 잘한 일이라고 생각했다. 캐런은 어린 시절 몇 차례 킴과 인생이 엇갈렸다. 그때마다 검은 머리의 시무룩한 여자애는 모두에게 수수께끼였다. 그 애는 친구를 원하지 않았다. 사실, 킴은 어떤 식으로든 관계 맺는 것을 적극적으로 피했다. 교도소와 마찬가지로 보육원에 들어온 사람들도 그곳에 들어오게 된 개인적 상황과 이유를 다른 사람에게 이야기하는 경우는 별로 없었다. 그런 만큼 캐런은 킴의 비극적인 과거를 한참 뒤에야 알았다. 어린 킴이 그 모든 짐을 지고 제대로 살아갈 수 있었다는 것 자체가 놀라운 일이었다.

하지만 캐런이 그 솔직담백한 여자를 신뢰하는 이유는 따로 있었다. 킴은 알지도 못하는 이유였다.

*

12년 전, 캐런은 울버햄튼 외곽의 불법 건물에 살았다. 2년 동안 직업이 없어서 아파트에서 쫓겨났기 때문이다.

어느 날, 경찰관 열두 명과 사회 복지사 세 명이 그녀가 살던 주점을 급습했다. 그 안에 살던 일곱 명의 아이들을 구조하러 온 것이다.

캐런은 킴을 즉시 알아보고 손을 들어 얼굴을 가렸다.

린다라는 여자가 침실 문을 쾅 닫더니 나가지 않겠다고 버텼다. 누구든 방에 들어오면 두 살짜리 아들을 창밖으로 던져 버리겠다고 위협했다. 다른 경찰관들은 건물에서 나갔지만 킴은 문 앞에 서서 린다에게 계속 말을 걸었다. 킴은 린다에게 아무도 그녀의 아들을 건드리지 않을 것이라고 약속했다. 아들의 건강 상태를 검사할 때까지 린다가 그 애와 함께 지내게 될 거라고 말이다.

결국 건물이 비워진 뒤 출동 대원 모두가 린다의 방 앞에 모였다. 캐런은 다른 대원들이 거듭 킴에게 문을 부수게 해 달라고 재촉하는 소리를 들었다.

그러나 킴은 비키지 않았다.

그로부터 40분 동안 설득이 이어진 끝에 린다가 문을 열었다.

사회 복지사 두 명이 달려가 아이를 받으려 했지만 킴이 그들을 막아섰다.

"린다와 약속했습니다."

킴이 한 말은 그게 전부였다.

캐런은 그 모든 것을 보고 들었다. 린다가 문을 잠갔을 때 캐런도 그 방 안에 있었기 때문이다.

캐런은 그곳에서 풀려난 뒤 누구의 눈에도 띄지 않게 서둘러 나갔다. 캐런은 킴이 거둔 성공에 비추어 자기 자신을 돌아보았다.

굴욕적이었다.

킴은 빌어먹을 경찰이 되었는데 그녀는 불법 건물에 사는 쓰레기라니.

다음 날 아침, 캐런은 구직 센터로 갔다. 그곳에서 일자리를 구해 주기 전까지는 나가지 않겠다고 했다.

*

"아, 미안. 여기 있는 줄 몰랐어."

캐런이 아는 목소리였다. 그녀가 돌아보자 엘리자베스가 돌아서서 나가려 했다.

"이제 우린 같은 방에 있지도 못하는 거야?" 캐런이 서글프게 물었다.

캐런과 엘리자베스가 이 방에 서서 서로를 끌어안고 위로하던 것이 겨우 얼마 전이었다. 그때 둘은 오직 둘만이 이해하는 고통을 나누었다.

"난 그냥⋯." 엘리자베스가 말을 흐렸다. 그냥 뭐? 며칠 전까지만 해도 둘이 자매보다 가까웠다고? 그런데 지금은 아이들의 목숨을 놓고 경쟁하고 있다고?

이 상황의 비현실적인 면이 새삼스럽게 느껴졌다. 결과가 어떻든 둘의 관계는 회복하지 못할 것이다. 이번 일은 아늑한 토요일에 저녁 식사를 하며 애틋하게 떠올릴 기억이 될 수 없었다.

둘은 주방의 양쪽 끝에 서 있었다. 둘 사이를 가로막는 것은 아일랜드 식탁만이 아니었다.

캐런은 뭔가 말하고 싶었다. 한때 엘리자베스는 그 어떤 비밀도 털어놓을 수 있는 절친한 친구였다. 그날 밤으로 돌아갈 수만 있다면. 로버트가 찰리의 아빠가 아니라는 것을 아는 사람은 엘리자베스뿐이었다.

캐런은 오랜만에 친구를 자세히 바라보았다.

"입술이 부었네." 캐런은 엘리자베스를 더 잘 보려고 고개를 틀며 말했다.

엘리자베스가 살짝 고개를 돌렸다. "아, 화장실에서 넘어졌어."

"화장실 어디에서?" 캐런이 물었다. 못 믿겠다는 기색을 숨기지도 않았다. 둘은 서로를 무척 오래 알아 왔다.

"그냥 미끄러져서⋯."

"넌 전에도 화장실에서 미끄러진 적이 있었잖아, 엘리자베스. 난 잊지 않았어."

엘리자베스가 한 발 물러났다. "아니⋯. 난 그게 아니라⋯."

"그 사람이 다신 너한테 이런 짓 못하게 하겠다고 했잖아."

"상황이 이래서 그런 거야. 내가 너무 밀어붙여서⋯."

"로버트는 날 때리지 않았어. 우리도 너만큼 이 상황을 실감하고 있는데."

그렇게 말할 생각은 아니었다. 머릿속에서 떠올렸을 때는 완전히 다른 말 같았는데 입 밖으로 내고 보니 누가 더 고통스럽고 압박을 느끼는지 경쟁하는 것만 같았다.

마침내 둘은 눈을 마주쳤다. 엘리자베스가 조심스레 입술을 건드리자 그녀의 눈에 눈물이 어리는 것이 보였다.

보통 때라면, 캐런은 둘 사이를 가로질러 가 엘리자베스를 위로했을 것이다. 하지만 지금은 그것조차 딸을 배신하는 것처럼 느껴졌다.

어떻게 적과 어울릴 수 있겠는가?

그 생각에 캐런은 가슴을 칼로 찔리는 것 같았다.

하지만 서로를 마주 보는 한 둘은 각자의 가장 깊은 생각을 숨길 수 없었다. 각자의 아이를 지키기 위해 무엇을 기꺼이 희생할 수 있는지를.

사랑하는 찰리는 캐런의 세상 전부였다. 캐런은 아이를 구하기 위해서라면 자신의 목숨은 물론 그 누구의 목숨이라도 바칠 생각이었다.

에이미의 목숨을 포함해서.

그리고 캐런은 엘리자베스도 똑같이 생각한다는 걸 알았다. 그걸 알면서도 이어질 수 있는 우정은 없었다. 주방 식탁을 사이에 두고 서로를 바라보며 두 사람은 그 사실을 확인했다.

캐런은 다시 싱크대로 돌아섰다.

더는 할 말이 없었다.

68

킴은 우즐리 대로를 이리저리 훑어보았다. 쓰레기통은 구석에 있었다.

"지금 몇 시입니까?" 킴이 물었다.

"열한 시 오십오 분이요."

킴은 거리를 따라 걸었다. 왼쪽에는 카페, 정육점, 금은방, 작은 슈퍼마켓을 포함한 가게들이 늘어서 있었다. 길 반대편에는 새로 지은 타운하우스가 줄지어 있었다. 킴은 도로 중간까지 다시 걸어가며 계속 양옆을 살폈다. 가게를 드나드는 사람들이 그녀에게 떠밀렸다.

납치범들은 왜 이 거리를 택했을까?

"브라이언트, 저 집들이 언제 지어진 건지 압니까?"

"최근일 겁니다. 대부분 원룸이에요."

킴의 머릿속에 그림이 그려지기 시작했다.

"그럼 예전에는 공터였겠군요?"

"그럴걸요. 뭐가 보여요, 대장?"

"저쪽 거리에는 경찰관들이 잠복할 만한 곳이 전혀 보이지 않습니다. 아무것도 없으니 경찰이 서성거리고 있다면 뻔히 보였을 거예요. 그렇다면 잠복할 만한 지점은 여기뿐입니다. 내가 뭘 놓치고 있는 것 같은데…."

킴이 말꼬리를 흐렸다. 마지막 퍼즐 조각을 발견한 것이다.

"저기 오네요."

브라이언트가 왼쪽을 돌아보았다. 이층 버스가 느릿느릿 거리를 따라오다가 쓰레기통 바로 앞에서 멈추었다.

322

"세상에, 아무것도 안 보였겠네요. 놈은 그냥 모퉁이 바로 뒤에서 기다리고 있었을지도 몰라요. 버스가 서는 소리를 듣고 움직였을 겁니다."

킴은 고개를 끄덕였다.

"쇼핑객만 몇 명 내리면 쓰레기통을 뒤져서 뭔가를 가져갈 시간이 최소 1분은 생깁니다."

"단순하지만 영리한 작전이네요."

킴은 거리 저편으로 6미터를 달려갔다. 그녀는 모퉁이를 도는 버스 번호를 확인했다.

"아니, 대장 왜 그러시는 거예요?" 브라이언트가 킴을 따라잡으며 물었다.

"버스 앞을 보세요. 젠장, 노선 번호가 278번입니다."

69

"염병할, 사임스. 꼭 이렇게까지 해야 해?"

월은 신문 기사를 두 번 읽었다. 그 기사에는 텔레비전 보도보다 훨씬 많은 내용이 담겨 있었다. 사임스는 어깨를 으쓱하고 미소 지었다.

"일은 처리했고 난 만족해. 쌍, 뭐가 문제야? 그 년은 뒈졌잖아?"

월은 고개를 저으며 돌아섰다. 저 머저리에게 지금처럼 굴면 괜한 위험을 무릅써야 한다고 설명해 봐야 아무 의미가 없었다. 범죄 현장이 잔인하면 잔인할수록 사임스가 단서를 흘릴 가능성도 커졌다. 저 멍청이가 여자를 강간하지 않은 것만으로도 감사할 지경이었다.

인터넷 기사를 보니 사임스는 문화 센터의 그 녀석을 처리할 때 발만을 쓴 듯했다. 다행히 사임스의 테스코 운동화는 흔한 것이라 추적할 수 없었다. 그렇더라도 불필요한 짓이었다.

월은 바퀴 달린 의자에 앉은 채 핸드폰이 놓인 테이블로 갔다. 그는 1번 핸드폰을 켰다. 부재중 전화가 와 있었다. 놀랄 일은 아니었다. 그는 2번 핸드폰을 켰다. 같은 번호에서 부재중 전화가 한 통 더 와 있었다. 그는 3번 핸드폰을 켰다. 음성 메시지와 문자 메시지가 와 있었다. 그는 핸드폰을 스피커폰으로 돌려놓고 재생 버튼을 눌렀다. 목소리는 침착하고 상냥했다.

"협상 전문가 매트 워드입니다. 저한테 전화 주시면 이 일을 해결할 수 있습니다. 당신들이 원하는 걸 얻을 수 있도록 돕겠습니다."

월은 메시지를 삭제했다. 협상 전문가와는 얘기할 필요가 없었다. 그는 이미 거래 조건을 밝혔다. 거기에 따라야 할 의무는 저들에게 있었다.

"설마 아니지?" 사임스가 물었다.

"뭐가?"

"계획을 바꿔서 거래할 생각은 하지 말라고. 우리도 거래를 했으니까. 기억하지?"

당연히 기억했다. 월은 사임스를 아이들에게서 떼어 놓느라 그 조건에 동의했다. 당분간은 말이다. 월은 돈을 받기 전에 저 멍청이가 상품을 망가뜨리는 위험을 감수할 수 없었다. 돈을 얻은 다음에야, 뭐….

"우리도 거래했지." 월은 확인해 주었다.

그는 화면을 내리며 유일하게 흥미가 간 메시지를 보았다. 한쪽 부모가 보낸 것이었다.

마침내 게임이 시작되었다.

그는 미소 지으며 문자 메시지를 열고 읽었다. 메시지를 다시 읽는 그의 눈이 놀라서 휘둥그레졌다. 그는 잔뜩 기대하며 기다리던 사임스를 돌아보았다. 윌은 그에게 핸드폰을 건네주며 말했다.

"흠, 이건 뜻밖인데."

70

"이게 정말 도움이 될까요, 대장?" 브라이언트가 자동차를 세우며 말했다.

"브라이언트, 나도 모릅니다." 킴이 솔직하게 말했다.

그녀가 아는 것은 무슨 이유에서인지 그 여자와 이야기를 해 봐야겠다는 강박이 생겼다는 것뿐이었다.

엘로이즈의 집은 작은 주택 단지 내 언덕 꼭대기에 있는 소박한 단층집이었다. 10년 된 파란색 피에스타가 잘 정돈된 진입로에 세워져 있었다.

"가기 싫으면 여기서 기다리세요." 킴은 차 문을 열며 말했다.

오후 세네 시쯤이었다. 여자는 수요일 장터에서 이것저것 물건을 쓸어 담고 있을지 몰랐다.

대체 엘로이즈에게 무슨 말을 해야 할까?

킴은 브라이언트의 의견에 전적으로 동의했다. 엘로이즈의 입에서 나오는 말은 한마디도 믿을 수 없었다. 그런데도 킴은 이곳에 왔다.

"하극상은 아닌데요, 대장. 저번에도 저더러 차에서 기다리라고 하셨죠. 그때는 대장이 문화 센터에 불법 침입을 하려고 하셨고요. 그러니 딱 붙어 다니겠습니다."

둘은 피에스타 옆을 일렬로 지나 문을 두드렸다.

"공손하게 물어보면 이번 주 로또 당첨 번호를 알려 줄까요?"

"닥칩시다, 좀." 킴이 쏘아붙였다.

킴은 인기척이 있는지 귀 기울였다. 아무 소리도 나지 않았다. 킴은 다시 문을 두드리고 허리를 숙여 우편물 투입구를 열어 보았다. 현관문은 좁은 복도로 이어졌다. 흰색 문 두 개가 보였지만 그 너머로는 아무것도 보이지 않았다. 킴은 집에서 무슨 소리가 들리는지 집중해서 들어 보았다. 정적뿐이었다. 킴은 다시, 좀 더 세게 문을 두드리고 왼편으로 움직였다. 그녀는 창문에 얼굴을 바짝 댔지만 묵직한 그물 커튼 너머로는 아무것도 보이지 않았다.

"계속 두드려 보십시오, 브라이언트." 킴이 물러나며 말했다. 문의 반대쪽 창문도 똑같이 가려져 있었다.

킴이 브라이언트를 보았다. 둘은 자동차를 보았다.

"난 집 뒤쪽으로 돌아가겠습니다. 옆집 문을 두드려 보세요." 킴은 옆집을 고갯짓하며 말했다.

"대장….."

"시키는 대로 합시다, 브라이언트." 킴이 사납게 말했다.

집의 옆면을 가로막는 것은 아무것도 없었다. 통나무들이 땅에서 30센티미터 정도 솟아 집의 왼쪽 경계선을 이루고 있었다. 뒷문은 무늬 유리 한 장으로 이루어져 있었다. 문 너머로 이런저런 형태가 보이긴 했지만 그뿐이었다. 창문은 가려져 있지 않았다. 작은 주방에 불이 켜진 것이 보였다. 킴은 배 속에서부터 답답함이 차오르는 것을 느꼈다.

"나와요, 엘로이즈. 대체 어디 있는 겁니까?"

"대장, 옆집 사람이 어제 오후에 엘로이즈를 마지막으로 봤다는데요. 알디* 쇼핑백을 두어 개 들고 왔더랍니다."

"저쪽 창문을 들여다보세요." 킴이 물러나며 말했다. 브라이언트는 그녀보다 조금 더 컸으니 좀 더 안쪽까지 볼 수 있을지 몰랐다.

브라이언트는 창문을 들여다보았다. 그는 고개를 저으려다가 멈추었다. 그가 자세를 바꾸고 유리에 얼굴을 바짝 댔다. "잠깐만요. 저거 혹시…."

"뭡니까?" 킴이 말했다.

브라이언트가 킴에게 가까이 오라고 손짓했다. "제가 대장을 들어 올려야겠네요. 유리에 얼굴을 바짝 대고 왼쪽 먼 곳을 보세요."

킴은 밟고 설 만한 것을 찾아보았지만 마땅한 것이 없었다.

"그럽시다." 킴이 말했다.

브라이언트가 킴의 허벅지를 두 팔로 끌어안고 킴이 자기 머리보다 30센티미터는 족히 높아지도록 그녀를 들어 올렸다.

킴은 브라이언트가 말했던 곳을 보았다. 윙백 의자가 살짝 보였다. 의

---

* 독일에 본사가 있는 할인 체인점.

자 등받이 위로 회색의 뭔가가 보였다.

"됐습니다." 킴이 말했다. 킴은 곧장 문으로 다가가 거칠게 두드렸다. "계속 보세요. 움직이는지 살피십시오."

킴은 다시 유리문을 두드렸다. 브라이언트는 고개를 저었다.

"좋습니다. 들어가죠." 킴은 묵직한 것을 찾아 정원을 둘러보며 말했다.

"잠깐만요, 대장." 브라이언트가 주머니에서 손수건을 꺼내며 말했다. 브라이언트는 문손잡이를 돌려보았다. 문이 열렸다.

브라이언트는 킴을 보며 어깨를 으쓱했다. 어째 거만한데.

"입도 벙끗하지 마십시오." 킴은 짧게 말하고 그를 지나쳐갔다.

킴은 세 걸음에 작은 주방을 가로질렀다. 윙백 의자는 작고 둥근 탁자 옆에 놓여 있었다. 차가운 무언가가 담긴 머그잔과 〈오만과 편견〉 한 권이 그 위에 놓여 있었다. 머그잔 옆에는 형형색색의 수정이 그릇에 담겨 있었다.

킴은 의자 앞에 섰다. 여자의 눈은 감겨 있었고 입은 살짝 벌어져 있었다. 두꺼운 카디건을 걸치고 다리에 숄을 덮은 엘로이즈는 더 뚱뚱해 보였다. 킴은 엘로이즈를 살며시 건드려보았다.

"엘로이즈." 킴이 말했다.

답이 없었다.

킴은 좀 더 세게 엘로이즈를 흔들며 큰소리로 그녀를 불렀지만 엘로이즈의 머리는 그냥 옆으로 쳐졌다.

"자는 게 아닌데요, 대장." 브라이언트가 등 뒤에서 말했다.

"빌어먹을." 킴이 물러서며 말했다.

"평화로워 보이네요." 브라이언트가 고개를 기울이며 말했다.

"자다가 뇌졸중 같은 게 왔을지도 모르겠습니다." 킴은 고개를 저었다. "망할, 이 여자 말을 들었어야 했어요. 그런다고 잃을 것도 없었는데." 킴은 물러서서 깊이 한숨을 쉬었다.

이 여자는 겨우 이틀 전에 킴에게 무언가를 말해 주려 했다. 그러나 킴은 너무 고집스러워서 그 말에 귀를 기울이지 않았다.

킴은 시신을 돌아보았다. "구급차를 부르는 게 좋겠습니다."

킴의 말에 브라이언트가 핸드폰을 꺼냈다.

킴은 쓸쓸히 죽어 간 가엾은 여자를 보았다. 시신 뒤편의 책장을 보니 책이 엘로이즈의 친구였던 듯했다. 고전 문학을 좋아한 게 틀림없었다. 톨스토이, 제인 오스틴의 다양한 장편소설 몇 권과 디킨스 전집이 엘로이즈의 책장에 꽂혀 있었다. 개 두 마리의 사진이 창틀에 놓여 있었지만 그것 말고는 개가 있다는 다른 증거가 보이지 않았다.

"보니까 꼭…." 킴의 말이 흐려졌다. 그녀는 코앞의 사진을 자세히 살폈다. 뭔가 이상했다.

브라이언트가 통화를 끝냈다. 구급차가 출동했다.

"여기 와서 서 보세요." 킴은 고개를 살짝 기울이며 말했다.

브라이언트는 시키는 대로 했다.

"뭔가 좀 이상하다는 생각 안 듭니까?"

브라이언트는 곱슬곱슬한 회색 머리카락에서 이불 아래로 비어져 나온 꽃무늬 슬리퍼까지 여자를 훑어보았다. 브라이언트는 고개를 저었다. "편안하고 아늑해 보이는데요."

"바로 그겁니다." 킴이 앞으로 나서며 말했다. 킴은 여자의 오른쪽을 보고 다시 왼쪽을 보았다. "숄을 보세요, 브라이언트. 숄이 손을 덮고 있습니다."

브라이언트는 두 손이 이불 밑으로 사라진 지점을 보았다. 그는 잘 모르겠다는 듯 킴을 보다가 다시 늙은 여자의 손을 보았다.

"무슨 말씀이신지…." 브라이언트는 킴이 무슨 말을 하려는지 깨닫고 말을 멈추었다. "이럴 수가, 그러네요. 무슨 말씀이신지 알겠습니다. 꼭 누가 엘로이즈한테 숄을 덮어준 것 같은데요."

킴이 보기에도 그랬다. 숄은 엘로이즈의 몸을 덮은 다음 양쪽 엉덩이 밑으로 쑤셔 넣어져 있었다. 엘로이즈가 직접 한 것일 수도 있었다. 자기 엉덩이 밑에 숄을 집어넣고 손을 넣으면 됐으니까. 하지만 머그잔을 들어야 하고 책을 읽어야 하는 상황에서 그럴 가능성은 별로 없었다.

킴은 앞으로 나서 두 손을 안락의자 양옆에 대고 가까이 몸을 숙였다.

"젠장." 킴이 말했다. 여자의 입에 남아 있던 얼룩이 눈에 들어왔다. "브라이언트, 엘로이즈의 입술에 짙은 파란색 섬유가 있습니다."

숄은 빨간색과 남색이었다. 킴은 앞으로 손을 뻗어 아랫입술을 가만히 움직였다.

"세상에." 킴은 뒤로 펄쩍 뛰며 소리쳤다.

"이럴 수가, 대장…."

킴은 충격에서 빠르게 회복했다. 머릿속이 마구 내달렸다. 킴은 다시 팔을 뻗어 엘로이즈의 부드러운 목 피부에 두 손가락을 댔다. 킴은 놀라워하며 동료를 돌아보았다.

"브라이언트, 구급차에 연락해서 서두르라고 하십시오. 피해자가 아직 살아 있습니다."

브라이언트는 잠시 망설였지만 핸드폰을 꺼냈다.

"엘로이즈, 제 말이 들리십니까? 괜찮을 겁니다. 구급차가 오고 있어요. 우린 떠나지 않을 겁니다."

대답이 없었다. 킴은 엘로이즈의 어깨에 가만히 손을 얹었다. 아직도 심장이 빠르게 뛰고 있었다.

브라이언트가 전화를 끊었다.

"2분 뒤면 도착한답니다." 브라이언트가 고개를 저으며 말했다.

직접 본 적은 없었지만 킴은 질식 피해자들이 죽기 전에 혼수상태에 빠지곤 한다는 것을 알았다. 엘로이즈의 숨통을 틀어막은 자는 이 정도면 충분할 거라고 생각했다. 하지만 엘로이즈는 실낱같은 삶에 매달렸다.

"우리의 살인 기계가 엘로이즈에 대해서 알게 돼서 엘로이즈가 뭔가 말할까 봐 걱정한 걸까요?"

"그럴 리 없습니다, 브라이언트. 2호는 사람을 죽이러 돌아다니느라 바빴고 1호는 찰리, 에이미와 함께 있어야 했을 겁니다. 이건 3호의 짓입니다."

멀리서 사이렌 소리가 들렸다. 킴은 엘로이즈가 '나무 노즐'에 대해 얘기한 게 아니라는 것을 깨달았다. 엘로이즈는 킴이 '너무 늦을' 거라는 경고를 전하려고 했다. 킴은 그 말이 엘로이즈 자신에 관한 것이었는지, 아니면 아이들에 관한 것이었는지 궁금해질 수밖에 없었다.

71

그들은 멀어져 가는 구급차를 지켜보았다.

킴은 자동차에 시동을 걸고 쫓아가고 싶은 충동을 느꼈다. 킴이 아니면 엘로이즈를 따라가 줄 사람이 없었으니까.

구급차가 도로를 빠져나가자 순찰차가 도착했다. 경찰관들이 현장을 확보하면 킴과 브라이언트는 떠날 수 있었다.

킴은 이미 우디에게 상황을 보고했다. 우디는 소규모 과학수사팀을 이 집으로 보내겠다고 했다. 킴은 우디에게 최신 수사 상황을 알렸다. 보고를 마친 뒤 핸드폰 저편에는 무거운 침묵이 내려앉았다. 우디도 실망했겠지만 킴 자신의 실망에 비하면 아무것도 아니었다.

이웃들이 두 무리로 나뉘어 좁은 거리에 모습을 드러냈지만 굳이 다가오는 사람은 없었다.

"저 사람들 좀 보세요." 브라이언트가 말했다. "다들 강 건너 불구경이네요."

엘로이즈는 집을 떠날 때와 똑같은 모습으로 병원에 도착할 것이다. 혼자서, 쓸쓸하게.

"우디가 뭔가 쓸 만한 정보를 줬나요?" 브라이언트가 도로 경계석에서 차를 돌리며 물었다.

킴은 고개를 저었다.

"우디를 탓할 수는 없습니다." 킴이 말했다. "찰리와 에이미는 지금쯤 집에 돌아왔어야 합니다."

"제발, 대장. 그만 좀 안달복달하세요. 모두가 그 애들을 되찾으려고 최선을 다하고 있습니다. 대장은 살아 숨 쉬는 매 순간이…."

"찰리와 에이미는 그냥 어린애입니다, 브라이언트. 어린 여자아이라고요. 어디 있는지는 몰라도 겁에 질려 있고 혼란스러울 겁니다. 다쳤을 수도 있죠. 제발 그보다 나쁜 일은 벌어지지 말았으면 합니다." 아이들의 옷이 생각났다. "그 아이들을 되찾아야겠습니다. 그 애들을 계속 살려 둬야 해요."

"계속 살려 둔다고요, 대장?"

킴은 자기가 그런 말을 한 줄도 몰랐다. 갑자기 마이키가 떠올랐다.

"구해 줘야 한다는 뜻이었습니다." 킴은 눈을 깜빡여 마이키를 지우며 말했다.

"우린 그 애들을 찾아낼 거예요." 브라이언트가 앞을 보며 말했다.

"왜 확신합니까?"

"애들을 찾을 때까지 대장이 쉬지 않을 테니까요."

킴은 저절로 떠오르는 미소를 지울 수 없었다. 이거였다. 모든 의구심을 지우는 단순한 사실.

"좋습니다, 브라이언트. 찰리의 집으로 돌아가죠, 당장."

72

"그럼 이걸로 뭘 알 수 있습니까, 박사님?" 킴이 앨리슨을 바라보며 말했다.

블랙컨트리의 항공 사진이 벽에 붙어 있었다. 지도에는 납치 지점과 버스 노선의 시작점과 종점, 범인들이 몸값을 놔두라고 했던 자리가 모두 **빨간색** 핀으로 표시되어 있었다.

킴이 조바심을 내며 말한 건 아이들이 오늘 밤 집에 돌아오지 못할 것을 알기 때문이었다.

시간 감각이 무뎌지기 시작했다. 마지막 브리핑을 오늘 아침이 아니라 사흘 전에 한 것만 같았다. 킴은 오늘이 아직 수요일이라는 사실을 떠올렸다.

자기 집에서 실려 나가는 엘로이즈의 모습이 머릿속을 떠나지 않았다. 킴은 그 여자에게 1분도 내주지 않은 자신의 궁둥이를 차 주고 싶었다. 나중에 병원에 전화해 보기로 했다. 킴 자신의 심신 안정을 위해서라도. 엘로이즈에게 말할 기회를 주었다면 어떻게든 이번 사태를 막을 수 있었을지 몰랐다.

팀원들은 각양각색으로 무질서하게 식탁에 둘러앉아 있었다. 모두들 사건에 영향을 받는 듯했다. 브라이언트의 넥타이는 한참 내려와 있었다. 케빈의 셔츠는 구겨져 있었고 스테이시의 눈에는 꼭 토지 측량 지도 같은 핏발이 서 있었다.

하지만 오늘 밤은 아직 끝나지 않았다.

파란색 핀은 수지와 에밀리가 각기 납치된 지점과 에밀리가 발견된 지점을 표시했다. 노란색 핀은 잉가가 발견된 지점이었다.

앨리슨은 자리에서 일어나 잠시 지도를 살펴보았다.

"지리적 프로파일링은 제 전문 분야가 아니에요. 살인자가 범죄 현장과 어떤 식으로 상호 작용하는지, 혹은 시신이 어디에 어떤 식으로 유기되었는지를 가지고 얻을 수 있는 데이터는 무척 많습니다. 시신이 살해 장소와 다른 곳에서 발견된다면 살인자가 주로 사는 지역이 바로 살해 장소일 것으로 추정되죠. 반면 시신이 살해 장소에 그대로 방치됐다면 살인자는 지역 주민이 아닐 수 있고요."

앨리슨은 하품을 참느라 입을 잠시 가렸다. 늦은 시각이 그녀에게도 영향을 끼치는 듯했다.

"범죄 현장이 주요 도로와 가까우면 살인자가 해당 지역에 익숙하지 않다는 뜻일 수 있어요. 범죄 현장이 주요 도로에서 1킬로미터 이상 떨어져 있다면 살인자가 지역 주민일 수 있고요."

앨리슨은 지도상의 지점들을 바라보며 말을 이었다.

"하지만 몇 가지 가정에는 확실히 무게를 둘 수 있습니다. 그중 한 가지는 모든 범죄자에게 자신만의 구역이 있다는 거예요. 체계적인 살인자들은 좁은 공간에 머물지만 그렇지 않은 놈들은 더 넓은 범위를 돌아다닙니다. 대부분의 사람에게는 '고정점'이라는 게 있고요."

앨리슨은 돌아서서 킴을 마주 보았다. '제가 아는 건 이게 전부예요'라는 표정이었다.

"고맙습니다, 박사님." 킴이 말했다. 대단한 정보는 아니었지만 그게 앨리슨의 잘못은 아니었다. 저기 어딘가에 패턴이 있을 터였다. 그걸 찾아내기만 하면 됐다. "매트, 납치범들과 연락했습니까?"

"애쓰고 있죠." 매트는 킴을 보지도 않고 대답했다. 그는 지도 위의 점들에 집중하고 있었다.

"좀 자세히 설명하시죠?"

"싫은데요."

킴은 속에서 짜증이 솟구쳤다. 킴이 생각하는 팀에 '나'는 존재하지 않았다. 매트는 다르게 생각하는 듯했다.

"스테이시, 각 점 주변에 원을 그리고 해당 구역에 최근 범죄 활동이 있었는지 알아봐. 뭐가 나올지도 몰라." 킴은 팀원들에게 말했다. "지난번 사건이 왜 종결됐는지 알아야겠어. 몸값을 지불하지 않았는데도 왜 수지가 아닌 에밀리가 풀려났을까? 현재까지 두 건의 살인 사건이 발생했고 한 건의 살인 미수가 발생했어. 살인 미수를 저지른 건 분명 다른 놈이고. 대체 3호는 누구지?"

모두가 고개를 끄덕였다.

"다들 이 세 번째 인물이 누구일지 생각해 봤으면 한다."

"처음 두 범인이 누군지 모르면 어렵죠." 브라이언트가 말했다.

킴도 매번 그 점이 걸렸다. 납치범 중 한 명의 정체라도 알면 알려진 자와의 관계를 이용해 수사를 진행할 수 있었다. 하지만 지금은 그조차도 몰랐다.

"케빈, 잉가 부검 결과에서는 도움이 될 만한 게 나왔나?"

"잉가의 옷이 잉가가 지나온 길을 알려 주는 것 같았습니다. 엔진오일과 목재 보존제, 설치류의 배설물 흔적이 나왔어요. 다 합쳐서 열일곱 군데에 골절이 있었고 발이나 주먹에 맞은 지점이 서른여덟 군데입니다. 목에는 아홉 번 조른 흔적이 있고요."

킴은 케빈이 메모를 보지 않고도 이런 숫자들을 줄줄 읊는 모습을 눈여겨보았다. 그 숫자는 잉가가 피할 수 없는 일을 피하기 위해 발버둥 쳤다는 뜻이었다.

잉가를 죽인 자는 타인의 고통에 전혀 공감하지 못하는 괴물이었다. 인간의 생명을 전혀 존중하지 않는 다혈질의 소유자.

그는 필요 이상으로 위험을 감수하고 있었다. 그런 자를 팀원으로 둘 이유는 한 가지뿐이었다. 그 생각에 킴은 명치를 얻어맞은 것 같았다.

"아이들은 돌아오지 않아." 킴은 방을 돌아보며 나직이 말했다. "2호가 존재하는 이유가 그래서야. 놈의 임무가 아이들을 죽이는 거다."

모두의 시선이 킴에게 향했다. 킴은 직감적으로 그 말이 사실이라는 것을 알았다. 팀에 그런 골칫거리를 둘 이유는 그것뿐이었다. 2호가 존재하는 데는 필수적인 목표가 있을 수밖에 없었다. 더러운 일을 처리하는 것이 놈의 임무였다.

"같은 생각입니다." 매트가 말했다.

"그럼 경매는 왜 하는 거예요?" 브라이언트가 물었다.

"몸값을 올리려는 겁니다." 킴이 말했다.

매트가 브라이언트를 돌아보았다. "아이를 구하려고 혼자 싸우는 것과 경쟁하는 건 다릅니다. 경쟁을 붙이면 마음이 급해지고 절박해지죠. 1,000미터짜리 경주를 혼자 뛰는 사람이 있다고 합시다. 그 사람은 자신이 무조건 1등을 할 거라는 걸 알고 안정감을 느낍니다. 그래도 경주에 참여하기는 하겠지만요. 그러나 승리에 굶주린 다른 선수 여덟 명을 트랙에 세워 놓으면 처음의 그 선수는 더욱 집중력을 발휘할 겁니다. 자기한테 있는 줄도 몰랐던 힘의 원천을 찾게 되는 겁니다."

"그러니까 이 모든 짓거리가 그냥 몸값을 높이려는 수작이라는 거예요?" 스테이시가 물었다.

"그런 다음 둘 다 죽이려는 거야." 킴이 말했다. "부모들한테는 서로 다른 몸값 전달 장소와 시간을 알려 주겠지. 그런 다음 놈들이 그걸 가져가는 거야."

매트가 고개를 끄덕였다.

"그건 비약 같은데요." 앨리슨이 의심스럽다는 듯 말했다.

"프로파일러님이 비약이라는 말씀을 하시다니." 킴이 말했다.

그때, 경찰 측이 지급한 매트의 핸드폰에서 메시지 수신음이 났다. 상황실은 고요해졌다. 모두의 시선이 그에게 향했다.

"놈들입니다." 매트가 말했다.

킴은 메시지를 읽는 매트의 시선을 좇았다. 매트가 고개를 들어 킴과 눈을 맞추었다.

"이거 안 좋은데요."

73

킴은 화를 참으며 모든 부모를 거실로 불러 모았다. 헬렌은 창가에 섰다. 매트는 문틀에 기대섰다. 나머지 팀원들은 상황실에 남았다. 킴은 모두를 차례차례 눈으로 훑었다. 그녀의 시선이 엘리자베스의 입술에 몇 초간 머물렀다. 엘리자베스는 바닥을 보았다.

"납치범과 연락한 게 누굽니까?"

엘리자베스와 스티븐의 어깨가 축 처졌다. 그들은 서로를 보더니 비난하듯 친구들에게로 시선을 돌렸다.

"접니다." 로버트가 침착하게 말했다. 목소리에는 미안한 기색이 없었다. 당연하다는 듯했다.

"어쩜 그럴 수 있죠?" 엘리자베스가 울부짖었다.

로버트는 그녀를 돌아보며 그녀와 눈을 마주쳤다. "어떻게 안 그럴 수가 있습니까?"

스티븐은 로버트를 향해 빠르게 거실을 가로질렀지만 매트가 그보다 빨리 둘 사이를 막아섰다. 로버트는 물러서지 않았다.

"이 교활한 개자식." 스티븐이 매트의 어깨 너머로 내뱉었다. "대체 어떻게 그딴 짓을 할 수가 있어? 씨발, 당신도 알잖아⋯."

"스티븐, 진정해요." 로버트가 그의 말을 자르며 말했다.

로버트가 뭘 알았다는 걸까? 킴은 궁금했다. 엘리자베스의 얼굴에 떠오른 아리송한 표정을 보면 그녀도 똑같은 것이 궁금한 듯했다.

스티븐은 매트가 자신을 거실 반대편으로 떠밀어도 가만히 있었다. 캐런이 스티븐을 돌아보더니 충혈된 눈으로 말했다. "화를 참을 수가 없다면 저희 집을 떠나 주세요."

스티븐의 분노는 아직 사그라지지 않았다. 킴이 서둘러 끼어들었다.

"모두 진정하십시오. 지금 우리 문제는 납치범들이 협상 전문가를 상대하지 않으려 한다는 겁니다. 우린 그저 놈들이 부모와 직접 이야기하는 편을 더 좋아한다는 내용의 문자 메시지를 받았을 뿐입니다."

로버트가 알겠다는 뜻으로 고개를 끄덕였다. "죄송합니다. 하지만 전 그냥…."

킴은 손을 들었다. 진정 어린 사과였지만 도움은 되지 않았다. 그들은 현재 상황을 받아들이고 앞으로 나아가는 수밖에 없었다. 킴이 놀란 건 단지 먼저 무너져 내린 사람이 스티븐이 아니라 로버트였기 때문이었다. 킴은 그렇게 된 데 이유가 있으리라고 직감했지만, 일단은 그 문제를 내버려 두었다.

"답장을 받았습니까?"

로버트는 고개를 끄덕였다. "15분 전에요."

"뭐라고 합니까?"

"그럴 수는 없다더군요."

킴은 혼란스러웠다. 그녀는 로버트가 몸값을 제시했을 거라고 생각했다.

"뭐라고 하신 겁니까?"

로버트는 킴을 똑바로 마주 보았다. "둘 다 되찾으려면 얼마냐고 물었습니다."

엘리자베스의 입술에서 작은 흐느낌이 새어 나왔다. 스티븐은 머리를 홱 돌렸다. 캐런은 아무 반응 없이 앞만 바라보았다. 그녀는 알고 있었다.

모두가 잠시 서로의 눈치를 살폈다.

"알겠습니다." 킴이 말했다. "매트가 두 분이 놈들과 소통하도록 도와드릴 겁니다. 이제 우린 두 분을 통해서 협상을 진행할 계획입니다."

"여태 들은 것 중 가장 어처구니없는 소리요." 스티븐이 소리를 질렀다. 짜증 섞인 한숨이 거실 전체로 번졌다. "왜 우리한테 이 모든 일이 닥치는 겁니까? 우리 딸들을 되찾기 위해 정확히 무슨 일을 하는 거요?"

킴은 이제 스티븐의 질문에 피로가 느껴졌다. 이렇게 징징대면 상대가 우디라도 참아 주지 않을 생각이었다.

"핸슨 씨, 저희 팀원들과 저는…."

"난 당신네 팀이 얼마나 열심히 일하는지 관심 없어요. 수사 진행 상황이 알고 싶은 것뿐입니다. 언제쯤 실패를 인정하고 언론에 달려갈지 알고 싶단 말입니다. 애들이 시체 가방에 담겨서 돌아오고 나서야…."

"따라 나오십시오, 당장." 킴이 나지막하게 말했다.

모두가 고개를 홱 돌려 킴을 보았다. 바람이 훅 끼치는 게 느껴질 정도였다.

킴은 쿵쿵거리며 루카스를 지나 문을 벌컥 열었다. 스티븐이 킴에게 지지 않고 바짝 뒤를 따라왔다. 스티븐은 킴이 걸음을 멈추기 전부터 입을 열었다. 킴은 집에서 더 멀어진 다음에 목소리를 내고 싶었지만 멈춰 섰다. 여기서 해야 하나.

"스톤 경위, 난 당신의 이런 태도가…."

"저는 핸슨 씨가 뭘 어떻게 여기든 아무 관심이 없습니다. 하지만 핸슨 씨 딸에 대해서든, 저분들 딸에 대해서든 다시는 그렇게 말하지 마십시오."

"내 생각은…."

"그 생각은 핸슨 씨 머릿속에 남겨 놓는 게 좋겠습니다. 잘 들으십시오. 제가 이 사건에서 하는 모든 행동에 대해 핸슨 씨가 제멋대로 추측하는 건 이제 사양하겠습니다. 그딴 의견은 제 집중력에 방해만 됩니다. 저는 어떤 여자들과는 달리 줏대 없는 사람이 아니니까요. 아시겠습니까?"

스티븐은 불만 가득한 표정이었다. "아니, 모르겠는데."

킴은 스티븐에게 한 발 더 다가가 그의 면상을 쏘아보았다.

"그럼 자세히 설명해 드리죠. 저는 핸슨 씨 아내가 아니고 그 잘난 개짓거리를 참아 주지 않을 겁니다. 핸슨 씨가 아내를 폭행하는 것을 비롯해 이번 수사에 방해가 되는 일을 하나라도 더 한다면 핸슨 씨에게 이 집에서 나가라고 요구할 사람은 캐런만이 아니게 될 겁니다." 킴은 더 바짝 다가갔다. "다만, 저는 수갑과 경찰 병력을 대동하겠죠." 킴은 스티븐에게서 겨우 몇 센티미터 떨어진 채 잠시 말을 멈췄다. "아시겠습니까?"

스티븐은 물러섰다. 대답한 셈이었다.

킴은 스티븐의 고통에 공감하고자 했지만, 무작정 괴롭힘을 참아 줄 수는 없었다.

"스톤 경위, 나는 당신이 이 수사를 맡을 능력이 없다고 생각한다는 점을 명심하시오."

킴은 입술을 꽉 깨물고 그를 따라 현관 쪽으로 갔다. 스티븐은 다시 거실로 사라졌다.

브라이언트는 킴이 들어오지 못하게 저택 입구를 막았다.

"대장, 잠시만요." 브라이언트는 문을 닫고 나오며 말했다.

"브라이언트, 뭔지는 몰라도 좀 이따 하십시오."

"아뇨, 그럴 수가 없습니다."

"뭡니까?" 킴은 얼른 상황실로 돌아가고 싶어서 쏘아붙였다.

"대장은 지금 제정신이 아니에요." 브라이언트가 돌아서서 그녀를 마주 보며 말했다.

"대체 지금 누구한테….."

"알았어요, 달리 말하죠. 킴, 정신 차려요. 친구로서 말하는 겁니다. 대장은 지금 먹지도 않고, 자지도 않고 있어요. 모두에게 소리를 질러대고 한 아이의 아버지를 집 밖으로 끌어내 폭언을 퍼부었어요. 저랑 얘기해요."

킴은 그를 쏘아보며 말했다. "세상에는 정도라는 게 있습니다. 경사님이 지금 심각하게 그 정도를 넘으려는 참이라는 거 알고 있습니까?"

브라이언트는 어깨를 으쓱했다. "네, 제 문제는 나중에 처리하시고요. 지금은 부탁이니까, 짐 좀 내려놓으실래요?"

"내려놓을 건 아무것도 없습니다. 염병할, 비켜요. 감히 사람들 앞에서 나를 깎아내리려 들면….."

"그런 일은 절대 없어요. 대장도 아시잖아요. 하지만 저한테 쏟아내는 게 도움이 된다면 그렇게 하세요. 저는 받아들일 수 있으니까요. 어떤 식으로든 짐을 나눠야죠."

"나눌 만한 건….."

"에이 쌍, 킴." 브라이언트가 나직하게 내뱉었다.

킴은 충격을 받았다. 브라이언트는 거의 욕을 하지 않았고 고함치는 경우도 거의 없었다. 킴에게는 단 한 번도 없었고.

"지금 대장이 뭘 하는 건지 알아요. 대장은 모두의 좌절감을 가져다가 자기 자신한테 쏟아 내고 있어요. 아이들이 아직 돌아오지 않고 있으니까 모든 부정적인 감정이 대장의 책임이라는 거죠. 대장은 열 명도 넘는 사람들의 두려움을 대신 지려고 하고 있다고요. 대장이 제아무리 강해도 그럴 수는 없는 겁니다."

킴은 친숙한 분노가 치미는 것을 느꼈다. "그딴 분석질은 접어 두십시오. 어떻게 감히…."

"저 말고는 아무도 안 할 말이니까요. 누군가는 대장한테 이 모든 게 대장 잘못이 아니라고 말해 줘야죠."

킴은 지금이 브라이언트에게 자신의 감정을 말할 기회라는 것을 알았다. 그리고 나면 브라이언트는 킴의 기분을 나아지게 할 무슨 방법을 찾아낼 것이다. 늘 그랬듯이.

하지만 브라이언트는 킴의 친구인 동시에 팀원이었다. 킴은 팀원 누구에게도 두려움을 드러낼 수 없었다.

두 사람이 죽었고, 세 번째 사람은 목숨이 경각에 달려 있었다. 찰리와 에이미는 아직 붙잡혀 있었다. 겁에 질린 채, 위험에 빠진 채.

킴은 감히 기분이 나아질 수 없었다.

아이들을 집에 데려오기 전까지는.

74

엘리자베스는 침실 문이 닫힐 때까지 기다렸다.

"방금 그건 다 뭐였어?"

스티븐은 엘리자베스의 시선을 외면하며 그녀를 지나쳤다.

"그냥, 스톤 경위가 조용히 한마디 하자고….”

"그거 말고, 스티븐. 그건 무슨 일이었는지 알아. 스톤 경위가 한 방 먹이려고 당신을 데리고 나간 거겠지. 그럴 만했고. 내 말은 그게 아니야.”

스티븐은 고개를 저었다. "그럼 당신 말이 무슨 뜻인지 모르겠는데.”

엘리자베스는 침대 맞은편에 앉았다. 남편을 등지고 있는 것이 편했다.

"왜 우리는 몸값을 부르지 않은 거야, 스티븐?”

가슴 속에서 심장이 두방망이질 쳤다. 하지만 엘리자베스는 이번 대화를 피하지 않을 생각이었다. 스티븐이 다시 주먹을 휘두른대도 겁나지 않았다. 진짜 공포는 머릿속 한구석에서 떠오른 처절한 깨달음에서 나왔다.

"결론을 내린 게 아니잖아. 우린 상의를 했을 뿐이고….”

"로버트와 캐런은 이야기하고 상의하고 실제로 행동했어. 에이미와 찰리를 구하려고 했어. 왜 우리는 그러지 못한 거야?”

"로버트는 시늉만 한 거야. 놈들이 제안을 받아들이지 않을 걸 알고….”

"어떻게 그렇게 말할 수 있어, 스티븐? 당신 기분을 이유로 감히 로버트가 하려 했던 일을 폄하하지 마. 로버트는 최소한 노력은 했어.”

"제기랄, 엘리자베스. 메시지는 누구나 보낼 수 있는 거야.”

"그럼 우린 왜 안 보냈는데?” 엘리자베스가 딱 잘라 물었다. 스티븐이 대답할 때마다 가슴에 못이 박히는 것 같았다. 엘리자베스는 이 대화의 끝이 어디인지 알았다. 그 대답을 듣고 싶지는 않았지만 들어야만 했다. "우리 계좌에 얼마나 있어, 스티븐?”

"엘리자베스, 난 몰라. 인터넷으로 확인해 봐야….”

"에이미가 납치되고 사흘이 지났는데 계좌를 한 번도 확인 안 해 봤네.”

엘리자베스는 침대 맞은편에 있는 스티븐이 불안해하는 것을 느꼈다.

"한 푼도 없는 거지?"

"그럴 리가! 당연히⋯."

"거짓말하지 마, 스티븐. 아무것도 없는 거 아니까. 집은?"

스티븐은 아무 말도 하지 않았다.

"집을 담보로 또 대출을 받은 거야?"

"엘리자베스, 설명할게⋯."

엘리자베스는 자리에서 일어났다. 더는 화가 나지 않았다. 마음이 죽어 버린 것만 같았다.

"그럼 우린 파산이라는 거네. 돈이 한 푼도 없는 거야. 당신은 돈이 없어서 몸값을 제시할 수 없다고 말할 배짱조차 없고."

"엘리자베스, 잠깐 앉아 봐."

"로버트는 알고 있었던 거야. 그렇지? 로버트는 우리가 딸의 목숨을 구하는 게임에 참가할 수 없다는 걸 알고 있었어. 그래서 두 아이를 다 구하려고 한 거야."

스티븐은 자리에서 일어나 그녀에게 다가갔다. 절망에 빠진 표정이었다.

엘리자베스가 손을 들었다.

"나한테 손대지 마."

"해결할 수 있어."

엘리자베스는 그에게서 멀어지며 슬프게 미소 지었다. 그 순간 엘리자베스는 자신이 더 이상 남편을 사랑하지 않는다는 것을 깨달았다.

그러나 그녀의 마음속에는 그를 증오할 힘이 남아 있지 않았다. 잃어

버린 아이를 애도하는 것만으로도 벅찼으니까.

함께한 세월 내내 엘리자베스는 스티븐의 뜻에 따랐다. 법학 학위도 미뤘다. 스티븐이 승진하도록 지원을 아끼지 않았다. 밤늦게까지 스티븐 없이 지냈다. 스티븐이 처음 이런 짓을 했을 때도 넘어갔다.

스티븐의 도박 빚으로 저금한 돈은 전부 날아갔다. 엘리자베스는 스티븐이 다시는 그러지 않겠다고 했을 때도 그 말을 믿었다. 결혼 생활 내내 엘리자베스는 부부 관계란 모두 대차대조표라고 자신을 위로해 왔다. 양측 모두에게 자산과 부채가 있다고 말이다. 하지만 손익 계산을 마친 지금 엘리자베스는 이 회사가 파산했다는 것을 깨달았다.

"아니, 스티븐. 당신 생각이 틀렸어. 이번 일은 도저히 극복할 수 없어. 우리 결혼 생활은 끝났어, 앞으로 무슨 일이 벌어지든."

스티븐은 엘리자베스에게 한 발 더 다가왔다. 엘리자베스는 두 손을 들고 그를 마주 보았다. 그녀는 끓어오르는 혐오감을 전혀 감추지 않았다.

스티븐이 한 발 물러섰다.

"이 집에는 얼마든지 머물러도 돼. 에이미는 아직 당신 딸이니까. 하지만 잠은 소파에서 자."

스티븐은 처량한 유기견처럼 고개를 축 늘어뜨렸다. 엘리자베스는 동정심조차 생기지 않았다.

그녀는 오른손을 내밀었다.

"차 키 내놔. 내 아들을 데려와야겠어."

75

줄리아 트루먼은 식기세척기에 그릇을 채웠다. 남편 앨런은 저녁을 먹으러 와서 샤워하고 옷을 갈아입더니 부동산 회사 임원들과 만나는 월례 회의에 참석하러 나갔다. 요즘 앨런은 오직 그때만 저녁에 집을 비웠다.

저녁 식사는 우울했다. 에밀리는 말도 없이 멍했다. 말을 걸어도 대답을 하는 둥 마는 둥 했다. 앨런은 아내에게 눈짓했지만 그녀는 대답 대신 어깨를 으쓱했다.

그녀는 경찰이 찾아왔다는 이야기를 하지 않기로 했다. 끝난 일이었다. 납치는 이미 지나간 일이었고 줄리아는 그 일을 다시 꺼낼 생각이 전혀 없었다.

에밀리는 그런 시련을 겪었는데도 침울해지지 않았다. 의외로 차분했고 기분이 들쑥날쑥한 것 같지도 않았다.

줄리아는 에밀리가 지금도 옛 친구를 그리워한다는 것을 알았다. 두 아이가 함께 만든 앨범은 에밀리의 침대 곁을 떠난 적이 없었다.

게다가 에밀리에게는 새로운 친구를 사귈 기회도 별로 없었다. 줄리아는 자신과 앨런이 딸의 사회생활을 방해하고 있다는 걸 잘 알았다. 에밀리는 학교에 다니지도 않았고 어떤 SNS에도 가입하지 못했다. 그런 사이트를 통해 누군가가 에밀리를 추적할 수 있으니까. 줄리아는 그 사실을 명확히 알았다. 직접 검증까지 해 보았다.

줄리아는 여자 경찰의 의견을 들었지만, 완전히 무시하기로 했다.

앨런이 집을 나서자 줄리아는 텔레비전을 끄고 주방 경보 장치를 확인하러 갔다. 네 구역의 조명이 모두 그녀를 향해 깜빡였다. 사분할 화면에는 아무 행동도 잡히지 않았다. 줄리아는 안도의 한숨을 내쉬고 작은 방으로 향했다. 이 집을 통틀어서 가장 마음에 드는 곳이었다. 현관을 감시할 수 있다는 것이 주된 이유였다.

줄리아는 책장을 훑어보다가 밸 맥더미드의 소설에 시선이 닿았다. 그녀는 에밀리를 다시 한번 확인해 봐야 할지 고민하다가 자리에 앉았다. 에밀리는 머리가 아프다며 일찍 잠자리에 들겠다고 했다.

줄리아는 앨런이 집을 나선 뒤 이미 에밀리를 한 차례 확인했다. 에밀리의 방은 어두웠지만 나지막한 음악 소리 덕분에 아이가 아이팟에 담긴 2,000곡의 노래를 들으며 잠들었다는 것을 알 수 있었다. 줄리아는 아이팟을 아이 귀에서 굳이 빼 주지 않았다. 노래는 다 떨어지지 않아도 배터리는 닳을 테니까.

'됐어.'

줄리아는 결정했다. 딸에게도 혼자만의 시간을 좀 주어야 했다.

납치 후 첫 몇 주간 줄리아는 에밀리와 한 방에서 잤다. 집은 싼값에 급매로 내놓았다. 지금 사는 집은 앨런이 꽤 오랫동안 보유하고 있던 매물이었다. 앨런이 그 집을 줄리아에게 보여 주었다. 외진 곳에 있다는 점도, 프라이버시가 보장된다는 점도, 새 CCTV 시스템도 마음에 들었다. 부부는 이 집을 선택했다.

이사 후 줄리아는 다시 딸과 따로 잤다. 하지만 거의 한 시간에 한 번씩 깨어 딸과 CCTV를 확인했다. 이 집으로 이사 온 이래로 오후 내내 모니터 앞에 앉아 있는 것은 일종의 중독이 되었다. 초기 강박 증세였다.

요즘 줄리아는 자제력을 발휘해 두 시간에 한 번만 CCTV를 확인했다.

그녀는 자리에 앉아 책을 펼쳤다. 배 속 깊은 곳에서 불안감이 기어올라 목구멍으로 치밀었다. 줄리아는 몇 쪽이라도 읽어 보려 했지만 단어들이 마구 뒤섞여 외국어처럼 보였다. 문장을 이해할 수 없었다. 줄리아는 그 이유가 아까 왔던 경찰 탓이라고 자신을 타일렀다. 그녀는 책을 덮었다.

문제가 그게 아니라는 건 알고 있었다. 생각이 에밀리에게 미칠 때마다 불안감은 들쑤신 말벌집처럼 반응했다.

줄리아는 일어섰다.

뭔가 잘못됐다. 가서 한 번 더 확인해 봐야 했다. 아이의 얼굴에 지친 듯한 표정이, 참아 주는 듯한 표정이 또다시 떠오르게 된다 해도 어쩔 수 없었다.

줄리아는 계단을 오르며 억지로 마음을 가라앉혔다. 내일은 나아질 것이다. 담배 끊을 때가 생각났다. 다음번 담배는 포기할 수 있을지 몰라도 이번 담배는 포기할 수 없었다.

에밀리의 방문은 줄리아가 나왔을 때 그대로였다. 줄리아는 가만히 문을 밀어젖혔다. 눈앞의 증거만 보면 모든 것이 제자리에 있었다. 하지만 배 속의 말벌들은 그게 아니라고 했다.

복도에서 들어온 빛이 잠들어 있는 딸을 비추었다. 베개에서 저스틴 비버 노래가 흘러나왔다. 줄리아는 침대로 다가가 아이의 엉덩이를 가볍게 토닥였다. 손이 플러시 천 속으로 푹 가라앉았다. 줄리아의 심장이 마구 뛰었다. 희미한 음악 소리는 멀리 사그라졌다. 줄리아가 손을 뻗어 침대 옆 탁자의 램프를 켰다. 방이 즉시 밝아졌다. 줄리아의 눈은 그녀의 심장이 이미 알아차린 것을 말해 주었다.

에밀리가 사라졌다.

줄리아의 비명이 집에 메아리쳤다.

76

"좋아, 거의 열 시다. 우린 열다섯 시간 동안 일에 매달렸어. 이제 정리한다."

킴이 이마를 문질렀다. 지금 단계에서는 할 수 있는 일이 거의 없었다. 모두가 상황실을 정리하기 시작했다.

"놔두세요. 내가 나중에 할 테니까."

브라이언트가 킴에게 눈길을 주었지만 킴은 무시했다. 지난 몇 시간 동안 그들은 과거 수사 자료를 살폈다. 목격자 진술을 다시 읽고, 어떤 지리적 연관성을 찾아보았다.

"가실 거예요, 매트?" 브라이언트가 문 앞에서 물었다.

"아뇨, 방과 후 징계를 받아서 남아야 합니다." 그가 말했다.

브라이언트는 미소 짓더니 잠시 망설였다. 킴은 브라이언트가 자기쪽을 보는 것을 알았지만 그를 돌아보지는 않았다.

모두가 잠시 짬을 내어 매트에게 저녁 인사를 건넸다. 빌어먹을 배신자들.

매트는 비위를 맞춰 가며 천천히 팀에 섞이고 있었다. 누구한테는 커피를 새로 타 주고 누구한테는 테이크아웃 음료를 가져다주면서. 의리를 모르는 팀원들에게는 통할지 몰라도 킴에게는 통하지 않을 방법이었다.

"그래서, 작전이 뭡니까?" 킴은 식탁을 사이에 두고 매트를 마주 보며 물었다. "내가 신경 쓸 일이 아니라고는 하지 마십시오. 염병할 신경 쓸 일이 맞으니까."

"뭐, 그토록 친절하게 물으시니 말씀드리죠."

"정말입니까?"

"네, 도움 될 만한 정보는 전부 아셔야 할 것 같아서요. 저는 날이 밝자마자 스티븐에게 몸값을 제안하라고 할 생각입니다."

"그 부부한테 돈이 없다는 건 알고 있죠?"

"경위님도 눈치채셨군요?"

"모를 리가요. 로버트도 아는 게 분명합니다. 그래서 두 아이의 몸값을 다 내겠다는 제안을 한 거예요. 로버트가 한 일이 멍청하게 워드 씨의 작전을 망쳐 놓은 걸지는 몰라도 그걸 나쁘게 볼 수는 없겠습니다."

"거봐요, 이번에도 경위님은 논리가 아니라 감정을 활용하고 있습니다."

킴은 익숙한 짜증이 치밀었다. "난 로버트가 통이 크다는 걸 인정하는 겁니다. 대단한 칭찬을 하는 게 아니고요."

매트는 어깨를 으쓱했다. "경위님이 지나치게 이입한 겁니다. 과몰입이랄까요."

"개소리 마십시오." 킴이 쏘아붙였다.

"그래요? 그럼 스티븐 핸슨은 왜 밖으로 데려간 거죠?"

"듣는 사람들이 있는데 시체가 담긴 가방이 어쩌고 하는 게 마음에 안 들었습니다."

"스티븐이 아내를 때린 것과는 상관없죠?" 매트가 물었다.

"부부 사이에는 관심 없습니다."

매트가 혀를 찼다. "글쎄요. 말은 그렇게 하시는데 진심이 안 느껴지는군요. 경위님은 이 가족들에게 애착을 느끼기 시작했어요."

"아닙니다. 하지만 설령 그렇더라도 그게 뭐 나쁩니까?"

매트는 잠시 생각하더니 고개를 끄덕였다.

"네. 경위님은 스티븐이 그런 말을 했다는 이유로 그를 밖으로 데려가셨죠. 스티븐은 갈등을 일으키기 쉬운 사람입니다. 재수 없죠. 당연히 경위님은 그 사람을 싫어하고요. 하지만 만일 그런 말을 한 사람이 로버트였어도 똑같이 대하셨겠습니까?"

"네." 킴은 즉시 말했다.

이 말은 사실이었다. 그녀는 누구와도 지나치게 가까워지지 않았다. 킴의 핸드폰 주소록을 보면 알 수 있었다.

"흠…. 이 문제에 대해서는 의견이 다르지만, 일단 놔두죠."

킴은 일부러 하품했다. "이제 자야겠습니다." 그녀는 문 쪽을 휙 돌아보았다.

매트는 별말 없이 파일을 챙겨 방을 나섰다.

킴은 매트가 한 말이 마음에 들지 않았다. 대체로는 그가 한 말이 앞서 브라이언트가 했던 말과 비슷했기 때문이었다. 킴은 이 사건에 감정적으로 개입하지 않았다. 찰리와 에이미를 되찾을 생각뿐이었다. 다른 방향은 차마 생각할 수 없었다.

식탁은 인쇄소에서 폭발 사고라도 난 모습이었다. 킴은 브라이언트의 서류 더미부터 정리하기 시작했다.

"어…. 문제가 생긴 것 같은데요."

매트가 상황실로 돌아오며 말했다. 킴이 눈알을 굴려댔다.

"분명히 말했을 텐데요…."

"제 침대에 웬 남자가 있어요."

"그게 무슨…." 매트는 문을 닫은 뒤 파일들을 다시 식탁에 내려놓으며 조용히 말했다.

"스티븐 핸슨이 소파에서 자고 있습니다. 아내가 돈에 대해서 알게 된 것 같군요."

킴은 파일들을 보고 다시 매트를 보았다.

"소파가 최소 네 개, 안락의자가 다섯 개, 커다란 빈백도 하나 있던데요. 자리가 여기만 있는 것도 아니고…."

킴의 핸드폰이 울리는 바람에 매트는 말꼬리를 흐렸다. 모르는 번호였다. 킴이 처음으로 한 생각은 납치범들이 새로운 핸드폰으로 전화를 걸었다는 것이었다. 하지만 이번 전화번호에는 지역 번호가 붙어 있었다.

"스톤입니다."

킴은 전화를 받았다. 핸드폰 너머에서는 정적만이 흘렀다. 킴은 매트를 힐끗 보았다. 그는 더 이상 종이를 만지작거리지 않았다.

"스톤입니다." 킴이 다시 말했다. 여전히 아무 소리도 들리지 않았다. 그러나 통화는 연결 중이었다. 침묵 너머로 자동차 오가는 소리가 들렸다.

"여보세요." 킴이 조용히 말했다.

"그 여자 경찰분이신가요?"

목소리는 작고 앳되고 겁에 질려 있었다.

"킴 스톤입니다."

"전 에밀리예요…. 에밀리 트루먼이요. 저 가출했어요."

"세상에." 킴이 말했다.

매트가 유심히 그녀를 보고 있었다.

"에밀리, 어디야?"

"버스를 탔어요. 라이에 있는 것 같아요."

"주변에 뭐가 있는지 말해 줘. 뭐가 보여?"

"레일웨이라는 술집이 있어요. 밖에서 남자 세 명이 담배를 피우고 있고요. 모퉁이에 인도 식당이 있고 테이크아웃 전문 피자 가게도…."

"알았어, 에밀리. 일단 피자 가게에 들어가 있어."

킴은 그 가게를 잘 알았다. 사거리 모퉁이에 있고 환하니 밝으며 사람도 많은 곳이었다. 레일웨이 술집도 규모는 작지만 그럭저럭 괜찮았다.

"돈이 없는데요." 에밀리가 말했다.

"그냥 길을 잃어버렸다고 해. 경찰이 데리러 오고 있다고. 그렇게 할 수 있지, 에밀리?"

"그, 그럴 것 같아요."

"잘 들어, 내가 시키는 대로 해야 돼. 그 가게에서 나오지 마. 내가 데리러 갈 테니까 거기 있어. 알았지?"

"네."

작고 겁먹은 목소리였다. 킴은 에밀리가 그 모든 일을 겪기는 했지만, 원래 나이는 겨우 열 살이라는 사실을 문득 실감했다. 하긴, 홀리트리 주택 지구에는 에밀리 정도 나이에 반사회적 행위 금지 명령을 받았다고 자랑하는 애들이 얼마든지 있었다. 킴이 아는 애들만 해도 다섯 명은 됐다. 그러나 지금은 해가 진 늦은 시각이었으며, 에밀리는 몇 달 만에 처음으로 엄마와 떨어져 있었다.

"걱정하지 마, 에밀리. 다 괜찮을 거야. 내가 도착하면 전부 해결해 줄게. 이제 피자 가게에 들어가. 몇 분 뒤면 도착해."

"네." 에밀리가 말했다.

킴은 전화를 끊고 매트를 돌아보았다. 선택지가 별로 없었다.

"차 있습니까? 나랑 같이 가야겠는데요."

77

케빈은 자동차를 타고서 주택 지구를 가로질렀다. 젊은 사람 패거리 중 최소 일곱이 그를 주시했다. 마침내 그는 홀리트리 중심부를 위압적으로 내려다보는 탑에 도착했다. 카이는 분명 그가 온다는 것을 알 터였다.

케빈은 하일랜드 코트 입구로 걸어갔다. 건물에서 삐죽 튀어나와 있는 카메라가 언뜻 보였다. 홀리트리에는 전략적으로 배치된 CCTV가 27군데 있었다. 그 CCTV들은 전부 기물 파손과 낙서를 당하고 셀 수도 없을 만큼 여러 번 박살 났다. 그 결과 시의회에서는 패배를 인정하고 더 이상 CCTV를 수리하거나 교체하지 않았다.

케빈은 티민스의 집을 떠나기 전에 아무 망설임 없이 방탄조끼를 걸쳤다. 누가 작정하고 달려들면 이 묵직한 옷도 별 효과가 없었다. 목이

나 허벅지를 찔리면 방탄조끼를 입었든, 안 입었든 사실상 죽게 될 것이다. 하지만 방탄조끼를 입으면 왠지 기분이 나아졌다.

케빈은 엘리베이터 버튼을 눌렀다. 작동했으면 했지만 실제로 작동할 거라는 기대는 없었다. 카이 로드는 14층에 살았다. 꼭대기 층이었다. 엘리베이터 문이 열리자 케빈은 안도의 한숨을 내쉬었다. 안 그래도 힘든 하루였으니까.

케빈은 엘리베이터에서 내리자마자 청년 한 패거리가 또 모여 있는 것을 보고도 놀라지 않았다. 하지만 그들이 양옆으로 물러나며 길을 열어 준 것은 충격이었다.

이곳까지 오면서 본 소규모 갱단들이 그랬듯 이 갱단도 인종 구성이 다양했다. 홀리트리 후드는 인종을 기반으로 하는 갱단이 아니라 지역을 기반으로 만들어진 갱단이었다. 그들은 홀리트리 주택 지구와 그 인근을 통제했다.

그들 사이를 지나가자 갱단원들의 공통점이 눈에 띄었다. 다들 갱단을 상징하는 색깔의 뭔가를 지니고 있었다. 몇몇은 머리에 두건을 썼고 몇몇은 손목에 그 두건을 묶었다. 한 녀석은 청바지의 벨트 고리에 두건을 꿰어 놓기도 했다.

케빈이 문을 두드리는데 웬 놈이 계속 잇소리를 냈다. 돌아보니 진짜 갱이라기에는 너무 과장된 갱스터 자세로 서 있는 녀석이 보였다. 키가 작고 머리는 붉었다. 잘난 척 히죽거리는 표정을 보니 모욕적인 소리를 낸 게 바로 그라는 걸 알 수 있었다.

케빈은 고개를 젓고 다시 문을 돌아보았다. 문이 열렸다.

카이 로드의 표정에서는 놀란 기색이 전혀 보이지 않았다. 케빈이 예상한 그대로였다.

케빈은 눈앞의 남자를 빠르게 살펴보면서 자기도 모르게 스태퍼드셔 불테리어를 떠올렸다. 카이는 키가 크지는 않았으나 다부졌다. 청바지는 팬티의 아르마니 상표가 드러날 만큼 아래로 처져 있었으며 웃통은 벗고 있었다. 케빈은 이유를 알 것 같았다. 갈색 피부 덕에 그의 선명한 식스팩과 가슴 근육이 강조되어 보였다.

카이는 문에서 물러나며 인상을 찡그리지도 않았고 미소 짓지도 않았다.

복도는 창문도 없이 좁았지만, 거실에서 들어온 빛이 길을 밝혔다. 케빈은 거실로 들어갔다. 기괴할 정도로 커다란 텔레비전이 자리 잡은 공간이었다. 케빈은 게임기 세 대가 텔레비전 밑에 쌓여 있는 것을 보았다. 조이스틱과 컨트롤러가 바닥에 흩어져 있었다. 카이는 일반적인 3인용 소파 대신 가죽 리클라이너 다섯 개를 거대한 화면 주위에 놔두었다. 대마초 냄새가 났지만 못 견딜 정도는 아니었다.

카이는 가운데 의자에 깊숙이 앉았다.

"뭐요, 형씨?"

케빈은 앉지 않았다. 그는 이 갱단 두목의 친구가 아니었으니까.

"드웨인 라이트와는 얼마나 잘 아는 사이였지?"

"우리 가족이었지."

"드웨인이 갱단을 떠나고 싶어 한다는 것도 알고 있었어?"

"그럭저럭."

"드웨인이 나가겠다고 하던가?"

케빈은 갱 문화에서 벗어날 방법이 거의 없다는 걸 알고 있었다. 그나

마 성공률 높은 방법은 "나이가 들어서" 빠져나가는 것뿐이었다. 일자리를 구하고 여자친구를 사귀고 결혼을 하고 아이를 낳는 것이다. 핵심 단원들보다는 말단들에게 잘 통하는 방법이었다. 하지만 드웨인은 십 대였고 "나이가 들어서" 빠져나오기에는 너무 어렸다.

"아니, 그 녀석이 최근에 좀 수상하게 굴었어."

"수상했다고?"

카이는 뻔하다는 듯 허공에 손을 내저었다.

"이상했다고. 두건도 잃어버리고, 잘 안 나오고, 낌새가 보였다는 거야."

카이는 다 안다는 듯 말했다.

"어떤 낌새?" 케빈이 물었다.

"팀을 떠나고 싶어 하는 낌새. 천천히, 남의 눈에 띄지 않게."

케빈이 아는 방법이었다. 하지만 이 방법을 쓰려면 미리 계획해야 했고 천천히 단계를 밟아야 했다. 아주 천천히.

"그런데 리런이 알아챈 거야?"

"모르면 병신이지. 리런은 뱅으로는 안 되고 섕크를 놔야겠다고 생각했어."

케빈은 '뱅'이 구타를, '섕크'가 칼로 찌르는 것을 의미한다는 것을 알고 있었다. 그는 카이의 솔직한 태도에 놀랐다. 아마 리런이 살인죄로 체포당한 만큼 당분간 돌아오지 않기 때문인 듯했다.

"드웨인이 아직 살아 있다는 건 언제 알았지?"

카이는 어깨를 으쓱했다. "모르겠는데."

"너도 병원에 갔었어?" 케빈이 압박했다.

카이는 다시 어깨를 으쓱했다.

"그럼, 너도 살인 공범인가?" 케빈이 다시 물었다. "너희 '형님'이 안에 들어가서 일을 마칠 수 있도록 복도에서 싸움을 일으키는 데 동참했지?"

카이는 꼼짝하지 않고 다시 어깨를 으쓱했다.

"야이씨, 너희들은 모두…."

"아니, 그건 형씨 생각이 틀린 거고." 카이는 처음으로 감정을 내비치며 말했다. "리런은 들어오는 단원한테든, 나가는 단원한테든 피를 보게 하는 빡대가리지만 난 아니라고."

그 말은 갱단에 가입하기 위해서도, 탈퇴하기 위해서도 범죄를 저질러야 한다는 뜻이었다. 드웨인도 엄청난 피의 대가를 치른 것이다.

"넌 드웨인이 죽어서 재미 좀 본 것 같은데?" 케빈이 물었다.

카이는 여전히 사근사근한 태도였지만 가느다란 눈에 짜증이 스쳤다.

"그거 아니면 할 일이 없는 줄 아나."

"리런에게 말해 준 게 누구지, 카이?" 케빈이 물었다. "누가 리런한테 드웨인이 아직 살아 있다고 말해준 거야?"

카이는 침묵을 지켰다. 어깨를 으쓱하지도 않았고 대답하지도 않았다.

케빈은 무겁게 한숨을 쉬고 고개를 저었다. 더 이상 얻을 게 없었다. 케빈은 창밖을 내다보았다. 세 패거리가 그의 자동차 바로 옆 가로등에 모여 있는 게 보였다.

케빈은 갱단 두목을 돌아보았다. "근데, 난 여기서 살아나갈 수 있으려나?"

카이는 미소 지으며 어깨를 으쓱했다. "날 잡으러 온 게 아니니까 나도 형씨를 잡지는 않지. 알아듣나?"

케빈은 고개를 끄덕이고 복도로 향했다. 대마초의 악취가 희미해지며 그가 아는 더 강한 냄새로 바뀌었다.

'아, 그러네.'

왜 몰랐을까?

케빈은 멍청한 자신을 욕했다. 그는 복도에서 유일하게 닫힌 문을 세 번 두드렸다.

"로렌, 이제 나와도 돼. 난 볼 일 다 끝났으니까."

케빈은 머리를 비우려고 계단을 내려갔다.

태도만 보면 카이는 별문제가 없어 보였다. 그러나 누군가가 리런에 게 드웨인이 아직 살아 있다는 소식을 전한 건 분명했다. 그래서 리런은 일을 마무리했고 오랫동안 감옥에 갇히게 되었다. 덕분에 이제는 카이 가 이 성의 왕이 됐다. 대단한 승진이었다.

카이의 방 앞에 서 있던 패거리 네 명이 이제는 케빈의 자동차 옆에 서 있었다. 들썩이는 에너지가 그들에게서 뿜어져 나왔다. 방금까지 느껴 지지 않던 기운이었다. 케빈은 그들을 노려본 다음에야 팽팽해진 분위 기를 알아차렸다.

케빈은 고개를 돌려 14층을 올려다보았다. 그림자가 돌아서서 사라 졌다.

바로 그때, 첫 타격이 케빈의 뒤통수를 강타했다.

78

케빈은 크게 헛숨을 들이키고 자동차 문으로 손을 뻗으려 했다. 두 번째 타격이 오른쪽 관자놀이에 꽂혔다. 뒤이어 웬 천이 그의 시야를 가렸다. 밤하늘이 드리워지는 것만 같았다. 별도 보였고.

케빈은 오른쪽 콩팥에 쿡 찔리는 듯한 통증을 느꼈다. 그냥 주먹이 아니었다. 맞은 네 부위에서 온몸으로 통증이 번졌다. 브라스 너클•에 맞은 것 같았다.

케빈은 입술 사이로 신음을 흘렸다. 고통에 몸이 구부러졌다. 똑바로 서 있으려고 애썼다. 계속해서 구타가 이어졌다. 본능적으로 허리를 굽히면 습격한 놈들의 일이 더 쉬워질 게 분명했다. 케빈은 두 팔을 들어 머리를 가렸다. 귀 뒤로 또 한 번 주먹이 날아들었다.

"개새끼들아, 꺼져." 케빈은 간신히 내뱉었다. 그는 몸을 비틀며 구타를 피하려고 애썼다.

"닥쳐, 돼지 새끼야."

"카이가 너희들한테…."

"카이는 니미. 이건 우리 구역에 들어온 대가야."

오금에 발길질이 날아들었다. 케빈은 땅에 쓰러졌다. 이번에도 그는 머리를 보호하려 애썼다. 케빈의 갈비뼈 근처에 신발이 날아들었다. 하지만 조끼가 공격을 막아 주었다.

• 손가락 관절에 씌워 무기로 쓰는 금속.

"이 새끼 조끼를 입고 있어." 발길질을 한 놈이 소리쳤다.

"쑤셔. 칼침을 꽂으라고." 다른 놈이 소리쳤다.

케빈은 고개를 들었다가 누군가의 손에 들려 있는 칼을 보았다. 진짜 공포가 배 속에 스며들었다.

몸 어디를 보호해야 할까? 케빈은 무기력하게 당하는 자신에게 점점 더 화가 났다. 그는 패싸움이 싫었다. 한 명씩 상대한다면 이 중 누구라도 쓰러뜨릴 수 있었지만 이건 길거리 싸움이었다.

놈들이 케빈을 둘러싸고 돌았다. 신발 끄는 소리가 났다.

"염병들 한다. 비켜."

누군가의 목소리가 들렸다.

칼 든 놈이 케빈에게 다가오려 했지만 주먹질하는 놈들이 하도 빽빽이 서 있어서 그러지 못했다.

케빈은 몸을 이리저리 비틀며 버둥거렸다. 칼날이 날아들 거라는 생각에 몸을 가만히 둘 수 없었다. 팔다리가 칼에 닿지 않으려고 몸부림쳤다. 머릿속에 이게 마지막일지 모른다는 생각이 메아리쳤다. 당장이라도 칼날이 살을 가를 것 같았다.

"양아치들. 좀 놔 주지 그래?"

웬 여자의 목소리가 들렸다.

"넌 뭐야, 미쳤나?"

놈들 중 하나가 비웃었다.

익숙한 목소리였다. 하지만 케빈은 그 목소리의 주인이 누군지 떠오르지 않았다.

어쨌거나 몇 초 동안 발길질이 멈추었고 케빈은 고마웠다. 잠깐의 휴식에 몸이 훨씬 가벼워졌다.

누가 케빈과 깡패들이 있는 쪽으로 빛을 비추었다. 여자가 다시 말했다.

"3초면 너희들 신원 다 파악할 수 있어." 강하고 자신감 있는 목소리였다. "대박인데. 뒤쪽에 있는 너, 네가 주동자지?"

놈들은 모두 뒤돌아 달아났다.

케빈은 옷자락이 스치는 소리를 들었다. 누군가의 길 잃은 발이 케빈의 손을 밟았다. 케빈은 입술 사이로 빠져나오는 비명을 참을 수 없었다. 누군가의 손이 팔꿈치를 받쳐 주는 것이 느껴졌다.

"괜찮아요?"

케빈의 시선이 하이힐을 따라 딱 달라붙는 바지와 잘 빠진 종아리를 지나서 두꺼운 재킷까지 올라갔다.

"세상에, 하필 당신이." 케빈은 무심결에 말했다.

트레이시 프로스트는 고개를 기울이며 한쪽 눈썹을 치켜올렸다.

"고맙다는 인사로 받아 두죠." 그녀는 케빈을 일으켜 세우며 말했다.

케빈은 자신의 반응이 어떻게 들렸을지 즉시 깨달았다. 사실은 그녀가 지금 나타나 준 것이 고마웠는데.

"미안합니다. 재수 없게 굴려던 건 아니었어요. 놈들을 쫓아 줘서 고맙습니다."

"뭐, 은혜는 갚아야죠. 이젠 우리 서로 빚진 거 없는 거예요."

"방금 제 목숨을 구해 주신 것 같은데요."

트레이시는 혀를 찼다.

"바보 같은 소리 말아요. 저놈들이 형사님을 정말로 죽이려 했으면 전 지금쯤 구급차를 부르고 있었을 거예요." 트레이시는 케빈을 자기 쪽으로 돌려놓고 위아래로 훑어보았다. "어쨌든 죽지는 않을 것 같네요."

온몸으로 통증이 번졌지만 케빈의 두뇌는 완벽하게 작동했다. 이 빌어먹을 기자는 자신을 미행해 이곳까지 온 것이다. 트레이시가 나타나 준 게 고맙기는 했지만 이 여자에게 어떤 것도 내줄 수는 없었다.

"이봐요, 트레이시. 당신이 아무리 도와줘도 상관없습니다. 난 한마디도 하지 않을 겁니다."

트레이시는 이 말에 허를 찔린 듯했지만 금세 회복했다.

"잘됐네요. 그럼 형사님을 밤새 따라다닌 게 시간 낭비인가 봐요?"

"나를 구하려고 여기 온 건 아니잖아요?" 케빈이 물었다. 그는 미소를 지으려다가 아래턱이 아파서 그만두었다. 그가 오른손으로 아픈 자리를 즉시 문질렀다.

트레이시가 말했다. "네. 진주조개보다는 형사님 쪽을 찔러보는 게 쉽겠다고 생각했어요."

케빈이 인상을 썼다. "진주조개요?"

트레이시는 어깨를 으쓱했다. "회사에서 당신네 대장을 그렇게 불러요. 뭐랄까, 침착하고 꽉 닫혀 있고 도저히 뚫을 수 없으니까. 솔직히 말하면 이것보다 나쁜 별명도 있지만요."

"아니, 잠깐만요." 케빈은 발끈하며 말했다. "그건 대장을 잘 모르고 하는 소리죠. 대장은⋯."

"됐어요." 트레이시가 손을 들며 말했다. "형사님 말은 한마디도 믿지 않을 테니까, 숨이나 고르시는 게 좋겠네요." 트레이시는 돌아서며 말했다.

케빈은 트레이시의 말을 인정할 수밖에 없었다. 하지만 그때 문득 한 가지 생각이 들었다.

"알겠어요, 비밀은 지켜 드리겠습니다."

"무슨 비밀이요?"

"당신은 나를 쫓아 홀리트리에 온 게 아니죠." 케빈이 말했다. "드웨인한테 무슨 일이 일어났는지 알고 싶었던 거예요. 실제로 이 사건이 신경 쓰이니까."

트레이시가 깊이 한숨을 쉬었다. "그래요, 반쯤은 형사님 생각이 맞아요. 난 드웨인한테 무슨 일이 일어났는지 알고 싶어요. 근데 오해는 마세요. 난 그냥 기삿거리가 필요할 뿐이니까."

목소리에 너무 힘이 들어가 있었다. 케빈의 주의를 돌리려고 일부러 냉정하게 날을 세운 것이다. 케빈은 다시 미소를 지어 보려 했지만, 턱이 아팠다.

트레이시는 어둠 속으로 향했다.

케빈은 트레이시에게 들릴 만큼 큰 소리로 외쳤다.

"말했잖아요, 트레이시. 비밀은 지켜 드리겠습니다."

트레이시가 이곳에 온 이유는 중요하지 않았다. 케빈은 그녀가 와 준 것이 고마웠다. 방금 죽음의 아가리에서 가까스로 벗어났으니까.

79

킴이 에밀리에게서 전화를 받은 지 6분 뒤 매트는 피자 가게 앞의 주정차 금지선에 차를 댔다. 킴은 자동차가 완전히 멈춰서기도 전에 조수석에서 뛰어내렸다.

계산대에는 세 사람이 줄을 서 있었고, 이미 음식을 받은 사람들은 도너 케밥*을 먹으며 어정거리고 있었다. 킴은 그들을 밀치고 맨 앞으로 갔다. 사람들이 항의하며 고함쳤지만 무시했다.

"경찰입니다. 아이는요?" 킴이 매니저에게 물었다.

"저쪽이요." 매니저는 슬롯머신 쪽을 고갯짓하며 말했다.

킴은 그가 가리킨 곳을 보았다. 기계에서 1파운드짜리 동전 두 개가 나오자 여자아이 둘이 꺅 소리를 질렀다. 에밀리는 없었다.

"어디요?" 킴이 소리쳤다. 모두가 돌아보았다. 매니저는 음식 대기줄 너머를 보더니 어깨를 으쓱했다.

"제기랄, 사라졌습니다." 킴은 매트를 빠르게 스쳐 지나가며 말했다. 매트는 가게 앞에서야 킴을 따라잡았다.

"쌍, 어디 갔지?" 킴은 좌우를 살피며 소리쳤다.

피자 가게는 라이 중심가의 가장 아래쪽에 있었다. 페드모어에서부터 킴 일행이 타고 온 길이 보였다. 에밀리가 그쪽으로 갔다면 당연히 킴의 눈에 띄었을 것이다.

아니, 아닐지도 몰랐다. 킴은 제대로 주변을 살피지 않았다. 에밀리가 피자 가게에 있을 거라고 생각했으니까.

다른 길은 메리힐 쇼핑센터로 향했다. 맞은편 길은 스타워브리지 외곽 순환도로로 곧장 이어졌다.

---

* 고기를 익혀 얇게 저민 뒤 피타 빵과 함께 먹는 음식.

"젠장, 어딜 찾아봐야 해?" 킴은 혼잣말했다. 갈 수 있는 길이 네 갈래였다.

"진정해요." 매트가 말했다.

"열 살짜리 아이가 없어졌는데 어떻게 진정합니까? 아이 엄마에게 연락해야 합니다. 만일 아이가 납치된 거라면…?"

"논리적으로 생각합시다. 에밀리는 여기까지 올 수 있는 나이예요. 경위님한테 전화도 했죠. 자기 스스로 움직였다면 어디로 갔을까요?"

킴은 가만히 서서 각 방향을 살폈다.

에밀리는 피자 가게에 왔다. 매니저가 에밀리를 보았다. 에밀리는 왜 떠났으며, 어디로 갔을까?

킴은 길 건너편의 레일웨이 술집을 보았다. 두 남자가 입구 앞에 서서 담배를 피우고 있었다. 다른 길은 그저 가로등과 동물병원 바로 옆 주유소 불빛으로만 밝혀져 있었다. 길 저편에는 어슴푸레하게 밝혀진 인도 식당이 있었다. 그 너머로는 불빛이 전혀 보이지 않았다. 에밀리가 그쪽으로 갔을 리는 없었다. 라이 중심가에는 불 켜진 가게가 두어 군데 있었다.

"워드 씨는 주유소를 확인하십시오. 난 이쪽으로 가겠습니다." 킴이 말했다.

다행히 매트는 킴에게 말대꾸하지 않고 멀어져 갔다.

킴은 천천히 대로를 따라가며 가게들을 확인했다. 걸음을 옮길 때마다 심장이 점점 더 크게 뛰었다.

킴은 전화를 끊자마자 에밀리의 어머니에게 전화를 걸었어야 했다. 하지만 몇 분 뒤면 에밀리와 함께하게 될 줄 알았다. 이번 일로 에밀리가 다친다면 킴은 결코 자신을 용서하지 않을 생각이었다.

킴은 길을 건너 그쪽 가게들을 확인한 다음 가게 뒤 주차장으로 이어지는 어두운 거리를 따라 걸었다. 에밀리가 이쪽으로 왔을 것 같지는 않았다. 킴 자신이라도 망설일 만한 곳이었으니까.

편의점에서 누군가 나왔는지 킴에게 그림자가 드리워졌다. 킴은 뒤를 돌아보았다. 편의점 주인이 문을 닫고 있었다.

"어린 여자애 못 봤습니까?" 킴은 주인의 어깨 너머로 가게를 들여다보며 물었다.

그는 고개를 젓고 멀어져 갔다.

두 남자가 현금 인출기에서 욕을 하고 있었다. 킴은 그들에게 다가갔다.

"저기요. 이 근처를 돌아다니는 어린 여자애 못 봤습니까?"

킴은 그들이 겨우 십 대 후반이라는 것을 알아보았다. 한 녀석이 킴을 위아래로 훑어보았고 다른 아이는 고개를 저었다.

주정차 금지선 안쪽의 자동차에 한 커플이 앉아 있었다. 말싸움을 하는 것 같았다. 킴이 창문을 세게 두드렸다. 둘 다 죽을 만큼 놀란 듯했다. 운전석에 앉아 있던 여자가 창문을 내렸다. 욕설을 퍼부을 기세였다.

"아이씨, 무슨….."

"어린 여자애가 혼자 돌아다니는 거 못 봤습니까?" 킴이 물었다.

여자는 화난 것을 잊고 고개를 저었다.

젠장! 겨우 몇 분 전에 일어난 일이었다. 어떻게 열 살짜리 여자애가 밤늦은 시간에 혼자 돌아다니는데 아무도 못 본 걸까?

'에밀리, 도대체 어디야?' 킴은 마음속으로 소리쳤다.

그녀는 심호흡하고 계속 걸었다. 몇 발짝 더 걸어가자 길 저편에서 밝은 빛이 흘러나와 그녀의 부츠를 비추었다. 한 줄기 희망이 샘솟았다. 작은 슈퍼마켓의 이중 유리문에서 어서 들어오라는 듯한 밝은 빛이 흘러나왔다. 돌아다니는 것이 킴 자신이었다면 바로 저곳에 갔을 것이다.

킴은 서둘러 길을 건넌 뒤 유리문 안을 들여다보았다. 계산대에는 직원이 없었다.

'꼭 여기 있어야 해, 에밀리.' 킴은 문을 열며 기도했다.

가게 뒤쪽 어디에선가 벨이 울렸다. 50대 초반의 여자가 나타났다. 그녀는 남색 바지와 지퍼가 달린 검은색 플리스 재킷을 입고 있었다.

"어린 여자애 못 봤습니까?" 킴이 불쑥 말했다.

"누구시죠?" 여자가 물었다.

킴은 안도감에 울음이라도 터뜨릴 것 같았다. 에밀리는 여기 있는 게 틀림없었다. 그게 아니라면 여자는 그냥 '아뇨'라고 대답했을 것이다. 지금처럼 신분증을 내보이는 게 기쁜 적이 없었다.

"스톤 경위입니다. 아까 그 아이가 저한테 데리러 와 달라고 전화했습니다."

"이쪽으로 오세요." 여자가 말했다.

킴은 가게 뒤쪽으로 가서 '직원 전용'이라 적힌 문을 지났다. 에밀리는 사물함 몇 개가 있고 차와 커피가 구비된 작은 탕비실 구석에 앉아 있었다. 킴은 달려가 아이의 두 손을 꼭 잡았다.

"에밀리, 왜 피자 가게를 떠난 거야?"

가엾은 아이는 창백해져 주체할 수 없이 떨고 있었다. 손바닥이 얼음처럼 차가웠다.

"그럴 수밖에 없었어요." 에밀리는 겁에 질린 눈으로 킴을 보며 말했다.

킴은 몸을 낮춰 에밀리와 눈높이를 맞추었다. 전화를 걸 때만 해도 에밀리의 목소리는 이렇게 떨리지 않았다.

"에밀리, 무슨 일이야?"

"그 사람이었어요." 에밀리가 말했다. 참았던 눈물이 흘러내렸다. "그 사람을 봤어요. 저를 납치한 사람이요."

80

킴은 에밀리의 어깨에 손을 얹은 채 피자 가게에 들어갔다. 손님이 줄어 계산대에는 겨우 두 명만이 서 있었다. 매트는 '트렁크가 초록색인 자동차'를 찾아 근처를 뒤지고 있었다. 에밀리가 해 준 설명은 그게 전부였다. 킴은 그럴 가능성이 낮다고 생각했지만 에밀리는 자기가 본 사람이 틀림없이 그 납치범이며 그와 눈을 마주쳤다고 거듭 말했다. 에밀리는 놈도 자기를 봤다고 확신했다. 그래서 도망친 것이다.

킴은 놈이 아직 근처에 있다면 매트에게 발견되기를 바랐다. 그녀는 이 아이를 잠시라도 혼자 내버려 두지 않을 생각이었으니까. 그러나 킴은 수색해 봐야 아무 성과가 없을 거라고 생각했다. 에밀리가 본 남자는 최소 10분에서 15분 먼저 떠났다. 에밀리가 짚은 이동 경로가 맞는다면 놈은 신호등을 지나 스타워브리지 외곽 순환 도로로 향한 셈이었다. 그 길은 어디로든 이어질 수 있었다.

킴은 피자 가게 매니저와 눈을 마주치고 밤에는 막아 놓는 식사 구역을 고갯짓했다.

"써도 됩니까?"

매니저는 마주 고개를 끄덕이고 불을 켰다. 식사 구역이 구석구석 밝아졌다.

"감사합니다." 킴은 검은색 통제선을 제치고 에밀리를 들여보내며 말했다.

킴은 슈퍼마켓 탕비실에 머무는 게 더 낫다고 생각했지만 가게 주인이 문을 닫고 건물 출입구를 잠가야 한다고 고집을 부렸다. 킴은 에밀리를 자리에 앉히고 맞은편에 앉았다.

"집에서는 왜 도망쳤어?"

에밀리가 식탁을 내려다보았다. "더는 버틸 수가 없었어요. 감옥 같아서요. 조금이라도 움직이려 하면 엄마가 뭘 하는 거냐고 물어보거든요. 지난 열세 달 동안 집에서 나가본 건 겨우 여섯 번이에요. 한 번은 병원에 갔었고 두 번은 치과에 갔어요. 몇 번은 새 옷을 사러 간 거고요."

킴은 에밀리의 말에 공감했다. 페더스톤 교도소의 수감자 중에도 이 아이보다 더 큰 자유를 누리는 사람들이 있었다.

에밀리는 불안한 듯 창문을 힐끗거렸다.

"그놈은 돌아오지 않을 거야, 에밀리." 킴이 말했다. "내가 여기 있는 동안은 아무도 널 해치지 못해. 약속할게."

에밀리는 미소 지으며 고개를 끄덕였다. "알아요. 하지만 계속 그 사람 얼굴이 보여요."

킴은 부모가 와서 데려가기 전까지는 에밀리가 계속 불안해할 거라고 생각했다. 킴은 몸을 앞으로 속이고 조용히 말했다.

"왜 나한테 전화했어?"

"형사님이 엄마한테 하는 말을 들어서요. 그래 봤자 달라질 건 없겠지만 형사님한테 뭔가 있다고 느꼈어요. 형사님이 엄마한테 저와 이야기를 할 수 있느냐고 물은 것도 알고요. 그래서 형사님이 탁자에 놔둔 명함을 가져갔어요."

킴은 이 아이의 슬픔에 이끌렸다. 하지만 킴이 할 말은 정해져 있었다.

"에밀리, 너도 알겠지만 엄마한테 연락해야 해."

에밀리는 고개를 끄덕였다. 아이의 아랫입술이 떨렸다.

"화내지 않으실 거야. 아마 지금은 무척 두려워하고 계시겠지."

"제 인생은 절대 바뀌지 않겠죠?" 에밀리가 슬프게 물었다.

킴은 아무 말도 하지 않았다. 아이의 생각이 맞을 것 같았다. 킴은 손을 내밀었다.

"네 핸드폰 번호를 주면…."

에밀리는 고개를 저었다.

"없어요. 엄마가 핸드폰은 쓰면 안 된대요. 인터넷을 할 수 있으니까."

킴은 자기 핸드폰을 꺼냈다.

"집 번호는 뭐야?"

에밀리가 번호를 불러 주었고 킴은 바로 전화를 걸었다. 통화 중이었다. 킴은 통화 버튼을 계속 눌렀다. 다섯 번째로 전화를 걸었을 때 잠깐 신호음이 울렸다.

"여보세요?"

그 한마디에서부터 불안감과 두려움이 느껴졌다.

"트루먼 부인, 킴 스톤 경위입니다. 전에 만난⋯."

"전화 끊어 주세요. 제 딸이⋯."

"저와 함께 있습니다." 킴이 재빨리 말했다.

"뭐, 뭐라고요?"

"아이는 안전합니다, 트루먼 부인. 무사합니다."

"세상에⋯. 아, 세상에⋯. 고맙습니다⋯. 아아⋯."

킴은 에밀리에게 핸드폰을 건넸다. 핸드폰 너머로 트루먼 부인이 흐느끼는 소리가 들리는 듯했다. 에밀리의 두 뺨에 눈물이 흘러내리기 시작했다.

"엄마, 미안해요. 그러려던 건 아닌데⋯."

에밀리는 고개를 끄덕이며 귀 기울이고, 다시 고개를 끄덕였다.

"알아요, 엄마. 나도 사랑해요."

에밀리는 킴에게 핸드폰을 돌려주었다.

"형사님, 지금 갈게요. 에밀리를 지켜 주세요."

"물론입니다, 트루먼 부인."

킴은 지금 있는 곳을 정확히 설명해 준 다음 전화를 끊었다.

매트가 에밀리 뒤에 나타나 고개를 저었다. 킴이 예상했던 대로 에밀리가 본 남자는 더 이상 근처에 없었다. 매트는 의자를 하나 가져와 탁자에서 1미터쯤 떨어진 곳에 앉았다.

킴은 다시 에밀리를 보았다.

"엄마는 너를 아주, 아주 많이 사랑해서. 그냥 엄마가 옳다고 생각하는 일을 하시는 것뿐이야."

"알아요. 그래서 엄마한테 화를 못 내는 거예요. 엄마 잘못이 아니잖아요."

킴은 분노로 속이 쓰렸다. 그랬다. 이건 과거에 두 아이를 납치했고 아마도 다른 두 아이를 더 납치했을 개자식들의 잘못이었다.

"뭐든 물어보셔도 돼요." 에밀리가 조용히 말했다. "엄마가 도착할 때까지 시간이 좀 걸릴 테니까요."

킴은 정말로 그러고 싶었지만 그럴 수 없었다. 그녀는 아이를 보며 미소 지었다.

"그건 안 돼. 너희 부모님에게 너한테 질문해도 좋다는 허락을 받지 못했거든."

"하지만 난 질문할 수 있지." 매트가 의자를 당겨 앉으며 말했다.

"아뇨, 매트. 내가 허락 못…."

"허락받을 생각도 없었어요. 저는 경찰 규칙에 따라야 하는 사람이 아니니까요. 너무 예민한 성격이라서 도저히 못 봐주겠다면 경위님은 물러나시죠."

킴은 자기가 뭘 하든 이 남자가 명령에 따르지 않으리라 직감했다. 에밀리는 두 사람의 대화를 지켜보았다.

"에밀리, 귀 막아." 킴은 그렇게 말하고 매트 쪽으로 몸을 기울였다. "에밀리에게 말을 거는 것까지 막을 수는 없지만, 아이를 조금이라도 불안하게 하면 내가 거시기를…."

"그럴 생각은 없네요." 매트가 목소리를 낮추어 대꾸했다. "경위님이 위협해서가 아니라, 나도 둔탱이는 아니니까요."

킴은 매트에게서 물러났다. 뭐, 말귀만 알아들었다면야. 킴은 에밀리에게 손을 떼도 된다고 손짓했다.

매트는 몸을 앞으로 숙이고 조용히 말했다. 킴은 그의 달라진 말투에 놀랐지만, 그런 기색을 감췄다.

"에밀리, 내가 어떤 사람을 그린 그림을 보여 줄 거야. 난 이 사람이 너를 납치한 사람일지도 모른다고 생각해. 봐줄 수 있겠니?"

그건 브래드가 설명한 가짜 경찰관의 인상착의를 토대로 그린 스케치였다. 킴은 탁자 너머로 손을 뻗어 에밀리의 팔을 쓰다듬었다.

"꼭 봐야 하는 건 아니야, 에밀리."

"제가 그 그림을 보면 수지를 찾는 데 도움이 될까요?"

킴은 침을 꿀꺽 삼키고 시선을 돌렸다. 이 아이는 친구가 살아 있을지 모른다는 희망을 지금까지 품고 있는 걸까?

"걱정하지 마세요. 저도 수지가 죽었다는 건 알아요. 그래도 수지를 찾아올 수는 있잖아요."

킴은 감정이 북받쳐 목구멍이 막혔지만 간신히 고개를 끄덕였다.

"도움이 될 수도 있어, 에밀리."

"그럼 보여 주세요. 수지도 저를 위해서 똑같이 해 줬을 거예요."

에밀리는 킴이 생각했던 것만큼 어리지 않았다.

매트가 주머니에서 스케치를 꺼내 펼쳤다. 에밀리는 그 그림을 보더니 숨을 들이쉬고 고개를 돌렸다.

"아까 본 사람과 같은 사람이니?"

에밀리는 고개를 끄덕였지만 다시 그림을 보지는 않으려 했다. 가만히 킴의 손을 잡을 뿐이었다. 매트는 종이를 접어서 치웠다.

"괜찮아, 에밀리. 이 그림은 다시 꺼내지 않을게. 이 사람이 널 납치한 사람이니?"

"네. 그 사람은 황갈색 새끼 고양이를 데리고 있었어요. 가엾은 고양이라 누가 안아 줘야 한다고 했어요. 제가 고양이를 안아 주니까 그 사람이 테이프로 입을 막고 저를 밴에 태웠어요. 고양이를 빼앗아 문밖으로 던져 버리더니 저를 묶었어요. 잠시 운전하다가 수지도 태웠고요."

에밀리는 눈을 감았다. "수지를 봐서 다행이었어요. 수지는 저랑 제일 친한 친구였고, 수지를 보니까 더 이상 겁이 나지 않았거든요."

킴은 등받이에 기대앉아 귀 기울였다. 매트가 조용히 질문할 때마다 에밀리의 손가락에 힘이 들어가는 것이 느껴졌다. 에밀리는 납치 당시의 상황을 놀라울 정도로 자세히 기억했다.

"마지막 날에는 무슨 일이 있었니?" 매트가 물었다.

킴은 매트가 무엇을 노리고 있는지 알았다.

"덩치 큰 남자가 들어와서 제 머리카락을 잡았어요. 수지는 매달리려고 했고요. 수지가 비명을 질렀어요…. 우리 둘 다 비명을 질렀죠. 하지만 그 남자가 수지를 때렸고 수지는 뒤로 넘어졌어요. 전 뒤를 돌아봤어요. 수지를 소리쳐 불렀지만 수지는 움직이지 않았어요."

킴은 덜 닦인 탁자의 빵 부스러기를 내려다보았다.

"그 남자가 저를 밴에 태우고 잠시 차를 몰더니 저를 끄집어냈어요. 저를 몇 번 빙빙 돌린 다음 바닥으로 밀쳤어요. 밴이 떠나는 소리가 들렸어요. 하지만 밴을 보지는 못했어요. 안대를 쓰고 있었던 데다가 어지러웠거든요."

매트가 앞으로 몸을 숙였다.

"에밀리, 그날에 대해서 또 기억나는 건 없니? 어떤 소리가 들렸다거나, 네 위치를 알 만한 뭔가가 보였다거나?"

에밀리는 고개를 저었다.

"너무 무서웠어요. 그 사람들이 저한테 무슨 짓을 할지 몰랐으니까요. 울음이 나서…."

"괜찮아, 에밀리."

킴이 아이를 위로했다. 이 아이는 너무 많은 것을 기억해 냈다. 불행히도 도움이 될 만한 정보는 별로 없었지만.

갑자기 바람이 불어, 킴은 그쪽을 보았다.

줄리아 트루먼이 빠르게 다가왔다. 창백한 얼굴에 두 눈이 빨간 원반처럼 보였다. 그녀의 시선은 오직 딸에게만 머물렀다.

킴은 자리를 비켰다. 매트도 그 뒤를 따랐다.

짧은 금발의 매력적인 남자가 바싹 뒤따랐다. 아내처럼 고통스러워하는 얼굴은 아니었지만 표정에 걱정이 새겨져 있는 것만은 틀림없었다. 다시 만난 가족은 서로를 끌어안고 울고 또 끌어안았다.

"뭔가 더 있어요." 매트가 킴에게 조용히 말했다. "시간만 더 있으면…."

"경위님, 정말 감사합니다."

트루먼 씨가 가족들과 포옹을 풀며 말했다. 킴이 손을 내밀었다.

"에밀리가 제게 전화했습니다, 트루먼 씨. 수사에 도움을 주고 싶어서요."

트루먼 부인이 허리를 폈다. 그녀의 눈은 두려움으로 가득했지만 입은 꽉 다물려 있었다. 줄리아는 에밀리가 도망친 것이 킴 탓이라고 생각하는 듯했다. 킴이 찾아와 질문을 던지지 않았다면 이런 일이 일어나지 않았을 거라고 말이다. 유감이지만, 킴도 트루먼 부인의 생각이 맞을지 모른다고 생각했다.

킴은 이번이 마지막으로 협조를 부탁할 기회라 생각했다. 그녀는 눈짓으로 두 사람을 따로 불러냈다. 매트는 남아서 에밀리를 안정시키기로 했다.

"이 일이 두 분께 얼마나 힘든 것인지 잘 알고 있습니다. 하지만 에밀리가 저희에게 좀 더 이야기해 줄 수 있다면 도움이 될 겁니다. 에밀리는 꼭 협조하고 싶다고 했어요. 제 생각에 에밀리는 유용한 정보들을 기억하고 있는 것 같습니다. 지금 당장은 떠오르지 않지만요." 킴은 심호흡했다. "최면 수사를 시도할 수 있다면…."

트루먼 부인이 작게 비명을 질렀다. 트루먼 씨가 아내를 안심시키려고 그녀의 팔을 쓰다듬었다.

"경위님, 저희는 에밀리가 지난 일을 잊을 수 있도록 애써 왔습니다. 그건 좀…."

"두 분 보시기에는 그 방법이 잘 통한 것 같습니까?" 킴이 조용히 물었다. "무례하게 굴려는 건 아닙니다. 하지만 에밀리에게는 납치가 바로 지난주에 일어난 것이나 마찬가지입니다. 에밀리는 두 분을 무척 사랑하지만 행복한 아이라고는 할 수 없어요."

"하지만 에밀리가 수사를 돕다가 놈들이 에밀리를 잡으러 돌아오면요? 결국 놈들은 잡히지 않았잖아요."

킴은 트루먼 부인의 목소리에서 비난하는 기색을 느꼈지만 그냥 놔두었다. 줄리아는 그럴 자격이 있었다. 킴에게 남은 선택지는 하나뿐이었다.

"놈들이 또 같은 범행을 저질러서 드리는 말씀입니다, 트루먼 부인."

"아, 세상에. 그럴 수가."

트루먼 부인은 입을 가리며 말했다. 그녀의 남편이 나직하게 욕설을 내뱉었다.

"자세한 내용은 말씀드릴 수 없습니다. 언론을 통제하고 있으니 두 분께도 이 일을 비밀로 해 달라고 부탁드리려 합니다. 지난 일요일에 여자아이 두 명이 납치당했습니다."

"그놈들이 에밀리를 납치했던 자들이라고 생각하십니까?" 트루먼 씨가 물었다.

"저희는 확신하고 있습니다." 킴은 트루먼 씨에게 말한 다음, 줄리아에게 시선을 돌렸다. "저희가 에밀리와 협조하게 해 주시면 반드시 놈들을 잡겠습니다."

킴이 눈치채지 못한 사이 에밀리가 부모 사이에 불쑥 나타났다.

"부탁이에요, 엄마. 돕게 해 주세요. 수지를 데려올 수만 있다면 뭐든지 할 거예요."

트루먼 부부가 시선을 주고받았다. 동의하는 것 같았다. 킴은 이 용감한 아이를 숨 막힐 정도로 끌어안고 싶었다.

트루먼 부인이 고개를 끄덕였다.

"알겠어요. 뭘 해야 하는지 연락해 주세요."

킴은 둘에게 고맙다고 인사했고 그들은 문을 나섰다.

킴은 식사 구역 구석으로 가서 우디의 핸드폰에 전화를 걸었다. 우디는 아침이 밝는 대로 관련 자격을 갖춘 전문가를 보내겠다고 약속했다.

"음, 방금 일로 커피 한 잔 마실 자격은 생긴 것 같은데요. 경위님도 한 잔 드시죠?" 매트가 물었다.

킴은 망설였지만 고개를 끄덕였다. 매트와 커피를 마셔도 체할 것 같지는 않았다.

다만, 킴이 지금 하고 싶은 일은 그게 아니었다. 킴은 에밀리가 본 남자를 찾으러 나가고 싶었다. 이미 놈을 잡기엔 늦어 버렸지만.

더 중요한 문제도 있었다.

과연 놈도 에밀리를 보았을까?

81

킴은 매트에게 시선을 돌렸다. "그럼, 이제 우리가 살아온 이야기를 주고받으며 친분을 쌓고 서로를 존중하게 되는 겁니까?"

"에이, 그건 커피 한 잔으로 안 되죠." 킴은 커피를 홀짝였다. 테이크 아웃 전문 피자 가게에서 파는 것치고는 맛이 괜찮았다.

"봤습니다." 킴은 반쯤 미소 지으며 말했다.

"뭘요?"

"감정이요. 워드 씨가 에밀리한테 말을 걸 때 감정이 조금 새어 나오더군요. 걱정하지 마세요, 겨우 눈에 띄는 정도였으니까."

"이 봐, 이 봐. 도저히 못 참죠? 제가 경위님에게 커피를 사 드린 건 그냥 10분 동안 휴전하자는 것뿐이었어요. 그런데 경위님은 그 틈을 못 참는군요."

정당한 불만이었다.

"뭐, 좋습니다. 워드 씨의 과거는 어땠습니까? 경찰에 있었습니까?"

매트는 고개를 끄덕였다. "네, 런던 경찰청에 있었죠."

"지금은 아니고요?"

"네."

"와, 이렇게 단답하는 사람도 있는데 난 내가 사교성이 떨어지는 줄 알았네."

"미안해요. 제가 말주변이 없어서."

킴은 매트가 자신과 너무 닮아 소름이 끼쳤다. 제기랄, 킴은 브라이언트 말이 맞을 때가 참 싫었다.

킴은 매트가 일에 대해 이야기할 때 가장 생기 넘친다는 것을 알았다. 매트가 오래 말하게 하려면 일에 대해 물어야 했다. 킴도 그게 편했다.

"경찰청에서 워드 씨를 해외로 파견한 겁니까?"

그는 고개를 끄덕였다.

"멕시코에 가라는 임무였습니다. 어떤 상원 의원의 손녀가 납치당했거든요. 그 애는 48시간 후에 돌아왔습니다."

"모든 사건이 그렇게 매끄럽게 진행됩니까?"

매트는 고개를 저었다. "납치단은 전부 다릅니다. 남아메리카에서 아동 납치의 주된 원인은 테러 단체의 기금을 확보하는 것이죠. 사실상 기업입니다. 그렇다고 절대로 상대의 특이성을 놓쳐서는 안 되지만요."

"그렇군요." 킴은 흥미를 느꼈다. 10분이라도 사건에서 관심을 돌리고 싶었다. "그냥 계속 얘기하세요."

매트는 커피를 홀짝였다. "일단은 적으로서 접근할 건지, 동반자로 접근할 건지 정해야 합니다. 싸울 건지, 협조할 건지 결정해야 해요. 전에도 말씀드렸지만 아이의 목숨을 놓고 협상할 때 적대적인 전략을 쓰고 싶어 하는 부모는 많지 않습니다. 납치범들은 보통 요구 사항을 직접적으로 밝힙니다. 우리는 활용할 수 있는 정보에 근거해서 기술을 선택하게 되죠."

"예를 들면?"

"방법은 많습니다. 우리 납치범들은 경매라는 방법을 사용했죠. 경쟁을 일으키려고 입찰이라는 제도를 끌어들인 겁니다. 위기 정책이라는 방법은 한쪽에서 절대 양보할 수 없는 조건을 내세우는 겁니다. 속임수를 쓸 수도 있죠. 당장의 문제는 별로 중요하지 않다면서 나중에 협상할 수 있는 것처럼 구는 거죠. 플린치라는 방법은 숨을 거칠게 들이쉬는 등의 강한 신체적 반응을 보이는 겁니다. 전화로 쓸 때는 효과적이지만 문자 메시지를 활용할 때는 별로 소용이 없습니다. 하이볼 작전, 로우볼 작전, 야금야금 작전, 아부 작전, 오래전부터 자주 써 온 착한 경찰, 나쁜 경찰 작전 등도 있습니다."

"뭐가 가장 잘 통합니까?"

매트는 잠시 생각했다. "원칙만 지키면 별 차이는 없어요. 납치범들은 우리보다 협상 기술을 더 잘 압니다. 으레 경찰이 그런 방법을 쓸 거라고 예상하죠. 모두가 적절하게 게임에 참여하면 양측이 모두 승리를 거둘 거라는 이면의 협약이 있는 겁니다."

"그러니까 납치범이 워드 씨가 쓸 전략을 예측할 수 있다는 겁니까?"

매트는 고개를 끄덕였다. "핵심은 전략에 충실하게 따르는 겁니다. 납치범들은 놀라는 걸 좋아하지 않아요. 전략을 쓰다가 중간에 바꾸면 놈들이 긴장하게 됩니다. 좋은 일이 아니죠."

"그게 늘 계획대로 돼요?"

매트는 고개를 저었다. "아뇨. 파나마에서 한 사건이 있었습니다. 우리 팀원 두 명이 정부 고위 관료의 다섯 살짜리 아들을 풀어 주려고 애쓰고 있었죠. 불행히도 그 관료가 최근에 상속받은 재산이 심하게 과장광고 당했거든요.

우리는 착한 경찰, 나쁜 경찰 작전을 썼습니다. 이틀 만에 몸값을 3분의 1로 줄였죠. 작전이 잘 통하고 있었어요. 나는 놈들에게 거의 아무것도 내주지 않는 나쁜 경찰 역할을 맡았고 그 지역 경찰인 미겔은 더 많은 부분을 양보했습니다. 우리는 번갈아 가면서 전화를 받았고 계속해서 놈들이 요구하는 액수를 낮추었습니다.

우린 아이가 안전하다는 걸 알고 있었어요. 아이가 팬티만 입고 닭을 쫓아다니는 사진이 담긴 이메일을 부모가 받았더군요. 그게 놈들 수법이에요. 놈들은 아이를 멀리 떨어진 마을로 데려가서 범인의 가족들과 함께 지내게 합니다. 그 가족들이 아이에게 먹을 것을 주고 놀아 줍니다. 놈들의 사업은 아이들을 살해하는 게 아닙니다. 보통은 자신들이 믿는 이념에 필요한 돈을 모으려는 거예요."

"그래서 어떻게 됐습니까?" 킴이 물었다.

"사건이 거의 마무리 단계였습니다. 우리도, 놈들도 알고 있었어요. 하루만 더 있었다면 협의가 이루어졌을 겁니다. 내가 방을 비웠을 때 미겔이 전화를 받았어요. 미겔은 계획을 바꿔서 놈들에게 양보할 수 없는 제안을 내놓았습니다."

"왜죠?"

매트는 깊이 한숨을 쉬고 어깨를 으쓱했다. "예상치 못한 요소를 집어

넣으면 놈들이 불안해져서 숙이고 들어올 줄 알았던 거죠. 가족들에게 깊은 인상을 남기고 돈도 아껴 줄 생각에서요."

"그래서요?" 킴이 물었다. 배 속에는 이미 두려움이 맺혀 가고 있었다.

"놈들은 전화를 끊었고 다시 전화하지 않았습니다. 아이의 시신은 여섯 시간 뒤에 발견됐어요."

"젠장."

매트는 왼손으로 빈 커피 잔을 돌려 댔다. 오른손은 주먹을 쥐고 있었다.

"그게 얼마 전입니까?"

"나흘하고 열두 시간 전이요."

"이런, 매트. 난…."

"됐습니다." 그가 손을 들며 말했다. "동정심은 가엾은 아이를 위해 남겨 두세요."

킴은 고개를 끄덕였다.

"놈들을 잡으려는 시도는 없었습니까?"

"몸값을 전달하는 지점에 경찰이 몇 번 성의 없이 잠복했습니다. 하지만 파나마는 인구의 24퍼센트가 극빈층이에요. 범죄를 막으려는 사람들에 비해 범죄자들의 수가 터무니없이 많습니다."

킴은 잠시 침묵을 지켰다.

"그럼, 앞으로 우리는 뭘 예상해야 합니까?"

"놈들이 재촉해 올 겁니다. 부모에게 뭘 잃을 수 있는지 다시 일깨워 주고 싶어 할 테니까요. 조금이라도 더 짜내려는 거죠. 부모에게 아이들 비명이 담긴 음성 메시지를 보내거나 아이들이 직접 애원하는 소리를 보낼 수도 있습니다. 그래서 아직 아이들을 살려 두는 거예요."

킴은 이해했다.

"일단 그런 재촉 메시지가 오면 아이들이 언제 목숨을 잃을지 모릅니다. 아이들은 더 이상 쓸모가 없으니까요. 잉가가 그랬듯이." 매트는 잠시 말을 멈추었다. "경위님도 아시죠? 이번 게임은 끝까지 끌고 가면 안 됩니다. 아이들을 돌려주겠다는 날에는 그 애들이 이미 죽어 있을 거예요."

킴은 침을 삼키고 고개를 끄덕였다.

킴도 알고 있었다.

82

킴은 응접실로 들어가 식탁에 앉았다. 식탁에는 낮에 작업했던 서류들이 흩어져 있었다. 매트는 메모를 정리하려고 주방에 들어갔다. 킴은 매트가 새로운 수사에 이렇게 빨리 적응하는 것을 보고 놀랐다. 그가 맡았던 마지막 사건이 한 아이의 죽음으로 이어졌다. 그런데도 매트는 겨우 며칠 뒤 이곳에 와서 다른 수사에 참여하고 있었다. 그녀는 찰리와 에이미의 사진을 보았다. 자신도 그렇게 빨리 적응할 수 있을지 확신이 서지 않았다. 킴은 지금도 매트가 마음에 들지 않았다. 하지만 매트가 감탄스럽게 느껴졌다. 표현하지는 않겠지만, 인정할 수밖에 없는 존경심이 느껴졌달까.

킴은 자리에서 일어나 지도를 보았다. 이 지도가 핵심이었다. 그럴 수밖에 없었다. 그들이 발견한 다른 모든 것은 아무 의미가 없었다. 중요한 건 아이들이 어디에 있느냐는 것뿐이었다.

협상은 통하지 않을 것이다. 최선의 희망은 시간을 끄는 것이었다. 아이들을 살리려면 놈들이 몸값을 요구한 날짜보다 앞서 아이들의 위치를 알아내야 했다.

킴은 아래층 화장실에 가서 세수를 하고 커피를 타고 다시 지도를 살펴보기로 했다.

식탁에 둔 핸드폰에서 신호음이 울렸다. 살펴보니 새로운 메시지가 하나 와 있었다. 킴은 그게 브라이언트가 보낸 메시지라는 것을 알고 인상을 찌푸렸다. 내용을 보자 얼굴이 더 구겨졌다.

나오세요

지금은 자정이었다. 앞서 했던 말을 이어서 할 시간이 아니었다. 그건 사건이 끝난 뒤에 하면 될 테니까. 그럼 대체 브라이언트는 무슨 생각으로 이런 장난질을 하는 걸까? 킴은 재킷을 집어 들고 복도로 향했다.

"괜찮으십니까, 경위님?" 루카스가 자기 자리에서 물었다.

킴은 고개를 끄덕이고 문을 열었다.

브라이언트가 6미터쯤 떨어진 인공 폭포 오른쪽에 서 있었다. 킴의 시선이 브라이언트의 손으로 향했다. 그는 개줄을 잡고 있었고 개줄 끝에는 바니가 있었다. 브라이언트가 목줄을 놓자 바니가 킴에게 달려왔다. 킴은 무릎을 꿇고 두 팔을 활짝 벌렸다. 따뜻하고 북슬북슬한 바니가 그녀에게 안기더니 킴의 품 안에서 빙글 돌았다.

"안녕, 바니. 잘 지냈어?" 킴이 바니에게 얼굴을 묻으며 물었다. 킴은 두 손으로 바니의 얼굴을 감싸고 신이 나서 반짝거리는 녀석의 눈을 들여다보았다. 바니의 머리에 입을 맞추고 녀석을 끌어안았다. "보니까 참 좋다." 킴은 바니의 등을 긁어 주었다. 바니가 작게 그르렁댔다.

브라이언트가 다가왔다. "저한테 말하는 게 싫으시면 바니한테 말하세요." 브라이언트는 킴에게 개줄을 넘겨주며 말했다.

킴은 고개를 저었다. 킴에게는 개줄이 필요 없었다. 바니는 한 번도 킴의 곁을 떠난 적이 없었으니까. 킴은 건물 옆쪽으로 돌아갔다. 바니가 깡충깡충 뛰며 킴의 곁을 따랐다. 녀석은 코로 킴의 늘어뜨린 손을 쿡쿡 찔러 댔다.

킴은 자세를 낮추고 집 옆을 따라 나 있는 오솔길에 앉았다. 바니가 즉시 몸을 기대고 킴의 팔에 코를 파묻었다. 바니는 한 바퀴 돌아서 킴의 얼굴 옆쪽을 한 번 크게 핥았다. 킴은 큰소리로 웃고 녀석을 꽉 끌어안았다.

"나도 보고 싶었어."

킴이 "신체검사"라고 말하자 바니는 한 뼘쯤 떨어져 앉았다. 킴은 바니에게 명령에 따라 가만히 앉아 있는 방법을 가르쳤다. 킴은 바니의 머리부터 시작해 녀석의 온몸을 쓰다듬어 보았다. 바니는 털이 두껍고 윤이 나서 체중이 늘거나 빠져도 티가 나지 않았다. 바니의 몸을 쓰다듬으면서 킴은 보더콜리라면 피할 수 없는 뭉친 털이 생기지 않았는지 확인했다. 바니는 킴이 건강을 확인하는 동안 똑바로 앞을 보았다. 킴은 보상으로 녀석의 머리를 쓰다듬었다.

"착한 녀석. 괜찮네." 펫시터가 바니를 제대로 돌봐 주는 건 분명했다. 바니는 다시 킴에게 기댔다. 킴이 한 팔로 바니를 감쌌다. "나도 알아, 바니. 나도 네가 그리워."

잠깐이지만, 킴은 바닥의 한기와 딱딱함이 바지로 스며드는 것을 잊었다. 목덜미를 물어뜯는 찬 바람도 느껴지지 않았다. 그저 바니와 바니가 가져다주는 편안함이 있을 뿐이었다.

"괜찮은 사람이야." 킴은 바니의 귀에 속삭였다. 그녀가 집 앞쪽을 고갯짓했다. 거기에서 킴의 유일한 인간 친구가 기다리고 있었다. "저 사람한테는 절대로 말하지 않겠지만 난 진짜로 겁이 나. 아이들을 살려서 데려올 수 없을지도 몰라. 그게 두려워."

바람은 그녀가 이미 늦었을지도 모른다고 속삭이는 듯했다. 킴이 늦지 않았다 한들 개자식들이 두 아이에게 무슨 짓을 저질렀을지는 알 길이 없었다. 킴은 아이들이 겁에 질려 있을 뿐 아니라 벌거벗고 있다는 것을 알았다. 놈들이 저지른 모든 짓 중에서도, 킴은 그 짓거리에 피가 끓었다. 염병할 몸값을 높이겠다고 아이들에게 발가벗는 치욕을 주다니. 킴이 여태껏 맡았던 그 어느 사건보다도 악랄했다.

킴은 벽에 머리를 기대고 눈을 감았다. 겨우 몇 분이지만 가까이에 있는 바니의 온기로 위안을 얻었다. 절망감이 몸에서 빠져나가 차가운 땅으로 흘러드는 것이 느껴지는 듯했다.

킴은 몇 번 녀석을 쓰다듬다가 털 깊이 손을 넣었다. 바니의 온기가 킴의 몸을 감싸고 돌았다. 킴은 바니와 함께 마음을 치유할 시간 10분을 자신에게 허락했다. 소중한 10분이었다. 킴은 눈을 뜨고 앞으로 나와 앉으며 바니의 코에 입을 맞추었다.

"고맙다, 멋진 녀석."

킴은 자리에서 일어나 엉덩이에서 흙을 털었다. 바니는 킴을 따라 집 앞까지 갔다.

브라이언트가 인공 폭포 주변을 서성이고 있었다. 브라이언트가 앞서 소신 발언을 한 것은 올바른 일이었다. 이제 킴은 자신이 주변 모든 사람에게 화를 내고 고함을 지르고 있었다는 걸 깨달았다. 심지어 아이들의 부모에게까지 말이다. 스티븐 핸슨은 여태 킴이 만나본 사람 중 가장 심한 진상에 속했다. 하지만 스티븐은 납치된 아이의 아버지였다. 킴은 그 사실을 잊고 있었다. 그래서는 안 됐는데. 오직 브라이언트만이 킴에게 그 말을 해 줄 배짱이 있었다.

바니는 킴과 브라이언트 사이에 서서 둘을 번갈아 보았다. 킴이 헛기침했다.

"뭐, 지난번 일은….”

"됐어요, 킴." 브라이언트가 삐딱한 미소를 지으며 말했다. "이젠 바니 왕자님을 집에 데려다줄게요. 몇 시간 뒤에 뵙겠습니다."

킴은 미소 짓고 고개를 끄덕인 다음 세상에 단 둘밖에 없는 친구들이 사라지는 모습을 지켜보았다.

킴은 다시 집으로 돌아왔다. 며칠 만에 희망이 느껴졌다.

킴은 아이들을 되찾을 의지를 다졌다. 그러다가 죽는 한이 있더라도 아이들을 찾을 것이다.

83

"에이미, 그만해. 팔에서 피가 나잖아." 찰리가 말했다.

에이미 팔에 난 긁은 자국에서 피가 흐르기 시작했다.

"못 참겠어, 찰리. 계속 너무 가려워. 긁을 수밖에 없어."

"그래도 참아 봐. 상처 덧나겠어."

그건 찰리가 피딱지를 뜯거나 상처를 만지작거릴 때마다 아빠가 늘 하던 말이었다. '덧나는' 모습을 한 번도 본 적은 없었지만 왠지 나쁠 것 같았다.

찰리는 에이미에게 함께 방 안을 돌자고 말했다. 에이미의 생각을 딴 데로 돌리기 위해서였다. 둘은 이제 쉰내가 나는 수건으로 몸을 감싼 채 비좁은 공간을 함께 어슬렁거렸다. 이가 딱딱 부딪히고 한기가 뼛속까지 파고드는 것을 막을 유일한 방법이었다.

찰리는 마지막 식사까지 포함해 여덟 개의 막대를 벽돌에 새겨 넣었다. 밥 한 번에 막대 하나였다. 그렇게 식사의 횟수를 세는 데는 처음보다 오랜 시간이 걸렸다. 예전처럼 손아귀에 힘이 들어가지 않았다. 셌던 숫자를 잊기도 했다. 한 번은 자기가 뭘 하려고 했는지조차 잊었다. 손에 핀을 들고 있었는데도.

하지만 그건 에이미의 팔에 생긴 흔적에 비하면 아무것도 아니었다. 찰리는 에이미가 겨우 잠들 때마다 자기도 모르게 피부를 긁어 대는 게 틀림없다고 생각했다. 희미한 빨간색 선들은 더 깊고 붉은 상처로 변했다. 그 흉터가 에이미의 아래팔 전체로 번졌다. 이제는 손톱 때문에 피부가 찢어지고 있었다. 찰리는 친구의 자해를 막고 싶었지만 어찌할 바를 몰랐다.

방 안을 돌아다니면 몸이 지쳤다. 찰리는 그렇게 몸을 지치게 해서라도 쉬고 싶었다. 그래서 계속 돌아다녔다.

"찰리, 언젠가는 여기서 나가게 될까?"

찰리는 에이미가 언젠가 나가게 될 거라고 확신했던 날을 떠올렸다. 이제는 에이미가 그 믿음을 잃었다.

"그럼, 에이미. 당연히 나가게 될 거야." 찰리가 말했다.

에이미가 그녀에게 바싹 파고들었다. 에이미는 찰리의 어깨에 머리를 기댔고 찰리는 친구의 머리 위에 고개를 얹었다.

찰리는 피로에 몸이 축 늘어지는 것을 느꼈다. 그녀는 조용히 기도했다. 눈을 감을 때마다 하는 기도였다. *엄마 아빠가 곧 우리를 찾아서 집으로 데려가게 해 주세요. 엄마 아빠가 우리를 따뜻하게 해 주면 좋겠어요. 그리고 하느님, 제발 에이미가 팔을 긁지 않게 해 주세요. 아멘.*

몸에 잠기운이 돌면서 두려움도 약간이지만 잦아들기 시작했다. 평화로운 어둠이 찾아왔다. 옆에서 들려오는 에이미의 규칙적인 숨소리가 들렸다. 찰리 자신의 몸도 그 리듬에 따르기 시작했다.

갑자기 문을 쾅쾅 두드리는 소리에 두 아이는 일어나 앉았다. 에이미가 두 손을 꽉 잡았다.

찰리는 몇 시간 동안 잠들었던 건지, 아예 잠들지 않았던 건지 알 수 없었다. 그저 두려움이 돌아와 뱃속을 헤집어 놓을 뿐이었다.

"그냥 인사하러 왔어, 예쁜이들. 그동안 늦은 밤마다 수다 떠는 게 즐거웠는데 이번이 마지막이네. 내일 너희들을 볼 순간이 참 기다려진다.

그때는 너희들이 비명을 지르게 만들 거거든."

에이미가 울음을 터뜨렸고 찰리는 아무 말도 못하고 에이미를 끌어안았다.

두려움에 목이 메었다. 마음속 깊이 진실을 깨달았던 것이다.

내일은 둘이 죽는 날이었다.

84

팀원들이 한 명씩 줄지어 들어왔다. 5시 59분에는 상황실에 팀원 중 다섯이 모였다.

킴이 스테이시 뒤쪽을 보았다. "케빈은?"

스테이시는 고개를 저었다.

킴은 메시지가 오지 않았다는 걸 알면서도 핸드폰을 확인했다. 케빈의 번호가 나올 때까지 화면을 내린 다음 통화 버튼을 눌렀다. 이런 사건에서는 케빈도 킴을 실망시키지 않을 테니까.

복도에서 케빈의 핸드폰이 울렸다. 잠시 뒤, 케빈이 문 앞으로 달려왔다.

킴은 전화를 끊었다.

"세상에." 브라이언트와 스테이시가 케빈의 얼굴을 보고 동시에 말했다.

앨리슨과 매트는 아무 말도 하지 않았지만, 그들의 얼굴에 떠오른 놀란 표정은 킴의 표정과 판박이였다.

"대체 무슨 일을 당한 거야?" 킴이 물었다.

케빈의 왼쪽 눈은 멍들어 부어 있었고 아랫입술은 가운데가 찢어져 있었다. 턱 오른쪽에도 멍이 번져 있었다. 케빈은 조심스레 자리에 앉았다. 킴은 그 모습을 보고 얼굴 상처가 전부는 아니라는 걸 알았다.

"카이의 친구들이 절 보고 별로 반갑지 않았나 봐요."

"그놈들 신원은 확인했어?" 킴이 물었다. 직접 가서 개자식들을 잡아올 생각이었다.

케빈은 고개를 저었다. "너무 어두웠어요." 케빈은 손을 들었다. "전 괜찮아요. 예상치 못한 사람에게서 도움을 받았거든요. 그 얘기는 다음에 해 드릴게요."

케빈은 표정으로 킴에게 이 문제는 더 이상 추궁하지 말아 달라고 간청했다.

"케빈, 너 혹시…."

"대장, 진짜예요. 전 괜찮아요."

킴은 케빈이 저렇게까지 나오는 건 자존심 때문이라는 걸 알았다. 동료들과 낯선 사람들이 함께 있는 자리에서 흠씬 두들겨 맞은 이야기를 하고 싶어 할 남자는 별로 없었다. 하지만 킴은 케빈이 압도적인 수적 열세에 당했을 거라고 짐작했다. 킴은 나중에 케빈의 상태를 확인하기로 했다. 지금은 케빈의 뜻을 존중해 일단 회의를 진행하기로 했다.

"좋아, 시작하자."

스테이시가 컴퓨터 화면 오른쪽으로 고개를 내밀었다. "대장, 시작하기 전에 말씀드릴 게 있어요. 잉가한테서 뭐가 나왔거든요. 도움이 될지는 모르겠지만 잉가의 가족은 동유럽 출신이에요. 잉가의 아버지는 서유럽으로 이주하려다가 총을 맞은 유일한 사람이자 마지막 사람이래요. 베를린 장벽이 무너지기 2년 전 일이었다네요. 잉가의 어머니는 영국인 혼혈이고 부부는 91년에 영국에 왔어요. 2년 동안은 아무 기록이 없다가 잉가 바우어가 여덟 살이 된 93년에 어머니가 직접 아이를 보육원에 맡겼어요. 잉가는 성인이 될 때까지 보육원에서 생활했고요."

"어머니에게 무슨 일이 있었어?" 킴이 물었다.

스테이시는 어깨를 으쓱했다. "아무것도 안 나와요. 혼인 증명서도 없고 사망 증명서도 없고 개명 기록도 없어요."

"그러니까 잉가를 그냥 보육원에 놔두고 갔다는 거야?" 브라이언트가 물었다. "그거 너무한데. 아이는 엄마랑 같이 있어야…."

"알았어." 킴이 말을 잘랐다. "지금 당장은 별 도움이 되지 않지만…. 어쨌든 고마워, 스테이시."

스테이시는 고개를 끄덕였다.

"케빈, 증거물이던 핸드폰은 가져왔어?"

케빈은 고개를 저으며 두 손을 들었다. "없던데요, 대장."

킴이 홱 고개를 돌렸다. "무슨 뜻이야? 없다니?"

"증거물 목록에도 없었어요."

킴은 줄리아 트루먼이 애초에 핸드폰을 넘겨준 적이 없고 킴에게는 그냥 거짓말했을 가능성을 생각해 보았다. 제니 코튼처럼 말이다. 지금은 오랫동안 그 생각을 할 여유가 없었다.

킴은 말을 이었다. "워드 씨는 놈들이 몸값을 올리려고 오늘쯤 연락해 올 것 같다는데. 일단 그런 메시지가 오면 모래시계가 뒤집힌 셈이다.

그때부터 찰리와 에이미가 살해당하는 건 시간문제일 뿐이야."

"정말요?" 스테이시가 물었다.

브라이언트가 나지막하게 욕설했다. 매트가 앞으로 나와 앉았다.

"결국 놈들에게 아이들이 쓸모없는 짐이 되는 시점이 옵니다. 협상 결과가 어떻든 말이죠."

모두가 고개를 끄덕였다. 그들도 알았다.

"열쇠는 이 지도에 있어." 킴이 이어받아 말했다. "우리가 지리 프로파일러가 될 필요는 없다. 우리는 모두 이 지역을 알고 있으니 상식을 활용하면 돼. 이 지도는 어느 위치를 특정하는 데 도움을 줄 거야. 말이 나와서 말인데, 어젯밤 에밀리 트루먼이 가출했다."

킴은 두 손을 들어 팀원들의 걱정 어린 표정을 누그러뜨렸다.

"괜찮아, 지금은 안전하게 귀가했어. 하지만 에밀리는 집으로 돌아가기 전에 중요한 정보를 줬어. 우리를 기다리다가 지난번에 자기를 납치했던 남자를 봤다고 했다."

"우연이라기엔 좀 이상한데요, 대장." 브라이언트가 말했다. "13개월 만에 처음으로 밖에 나왔는데 납치범을 봤다고요?"

그런 식으로 표현하고 보니 브라이언트의 말에도 일리가 있었다. 킴 자신도 에밀리의 말을 완전히 믿는 건 아니었다. 그러나 에밀리는 너무도 확신에 차 있었다.

"지도에서 단서를 찾는 동안 에밀리의 말이 사실일 가능성도 염두에 두는 정도로만 생각하십시오." 킴이 조언했다.

케빈이 물었다. "대장, 지난번 사건 관련 지점들이 수사를 더 혼란스럽게 하는 건 아닐까요? 놈들이 같은 장소를 다시 활용할 거라는 단서는 없잖아요?"

"그러지 않으리라는 보장도 없지. 놈들이 잡히지 않았으니 더더욱 그렇고. 스테이시, 지난번 사건이 끝난 계기를 알아내는 데 도움이 될 만한 정보는 좀 찾았어?"

"대장, 제가 찾아낸 건 키더민스터 고속도로의 교통사고, 손즈 가에서 발생한 신호 위반, 새로운 슈퍼마켓의 대대적인 개업식뿐이에요."

"좋아, 그 걱정은 나중에 하도록 하고 지금은 지도에 집중한다. 답이 여기에 있어. 각자가 납치범이라고 생각해 봐."

모두 고개를 끄덕이고 지도를 보았다. 킴 자신은 더 이상 그 점들을 보지 않아도 됐다. 이미 모든 게 머릿속에 들어 있었으니까. 그녀는 팀원들이 출근할 때 이미 비어 있던 커피포트를 집어 들고 지나가면서 브라이언트를 쿡 찔렀다. 브라이언트가 헛기침했다. 그는 킴이 전날 밤 일에 대해 나름대로 고마움을 표현했다는 것을 알고 있었다.

"케빈." 킴이 문 쪽을 보며 말했다. 케빈은 종이를 내려놓고 킴을 따라왔다. "그래서, 드웨인 라이트 사건은 어떻게 되어 가는 거야?"

케빈은 곤란한 표정이었다. "어젯밤엔 별로 잠을 못 잤어요."

킴은 커피포트를 옆에 내려놓고 싱크대에 기댔다. "얘기해 봐."

킴이 가만히 서서 귀 기울이는 동안 케빈은 지금까지의 수사 내용을 전해 주었다. 킴은 끼어들지 않고 끝까지 들었다. 케빈이 말을 마칠 때쯤에는 위층에서 누군가 움직이는 소리가 났다.

"다음으로 뭘 해야 할지 모르겠어요. 대장 생각은 어떠세요?"

킴은 케빈의 말 한마디 한마디에 귀 기울인 만큼 다음으로 누구와 이야기해 봐야 할지 정확히 알고 알았다. 하지만 훈수나 두자고 케빈에게

이 수사를 맡긴 건 아니었다.

"좀 여유를 두고 살펴보는 게 좋아. 답을 찾으려고 억지로 사건을 긁어대 봐야 가시가 점점 더 깊이 살을 파고들 뿐이니까." 킴이 이마를 톡톡 건드렸다. "이 안에서 잠깐 사건을 묵혀. 그럼 답이 나올 거야."

"정말요?" 케빈이 물었다. 문득 그가 실제 나이보다 어수룩하게 보였다.

킴이 고개를 끄덕였다. "확실해."

"있잖아요, 대장. 전 대장한테 말하지 않은 과거가 있어요. 자랑스러운 일은 아닌데…."

"케빈, 과거 없는 사람은 없어." 킴이 말했다.

케빈은 한숨을 쉬었다. "무슨 과거인지는 말하지 않을게요. 하지만 제가 그런 일을 한 건 다른 사람들과 어울리기 위해서였어요. 저는 왜 이 아이들이 결국 갱단에 들어가게 되는지 알아요. 마음에는 안 들지만 이해는 돼요. 아이들도 갱단이 사람을 끌어들이는 온갖 방법을 다 알지만 그래도 넘어가는 거예요. 그냥 어딘가에 소속되고 싶은 거죠."

케빈은 절망감에 고개를 저었다. 케빈은 곁가지로 이 수사를 진행하면서 원치 않는 곳으로 끌려가는 기분인 듯했다.

킴이 조심스럽게 다음 말을 생각하고 있을 때 매트가 갑자기 문을 열고 들어왔다. 킴은 매트에게 관심을 돌리며 말하라고 고개를 끄덕였다.

"경위님, 이제 문자 보내시죠."

85

부부들이 계단을 내려왔다.

킴은 계단 끝 작은 기둥에 기대 서 있었다.

"모두 거실로 와 주시겠습니까?"

엘리자베스는 니콜라스를 무릎에 앉히고 소파 한쪽 끝에 앉았다. 스티븐은 창문 옆 벽에 기댔다. 캐런은 남편이 앉아 있는 의자의 팔걸이에 걸터앉았다. 두 사람은 말을 하지도 않았고 서로를 보지도 않았지만 어떻게 그랬는지 두 손은 맞잡고 있었다.

매트는 메모장을 빤히 들여다보았다. 그때 니콜라스가 울기 시작했다. 절대 놓지 않겠다는 듯 꽉 잡고 있는 엄마의 손길이 싫은 듯했다. 매트가 킴을 힐끗 보았다. 킴은 그의 의도를 읽었다. 매트는 모두가 집중하기를 바랐다.

"엘리자베스, 헬렌한테 니콜라스를 주방에서 봐 달라고 해도 될까요?"

엘리자베스는 망설이다가 고개를 끄덕였다. 헬렌이 급히 들어와 아이를 안아 들었다. 그 모습을 보니 타고난 사람이라는 생각이 들었다. 어떤 면에서는 킴 자신과 비슷했다. 헬렌은 자신의 역할을 제대로 파악하고 있었다.

모두가 집중하자 매트가 입을 열었다. "좋습니다. 우린 이 망할 놈들과 협상을 시작할 겁니다."

로버트는 고개를 끄덕였지만 스티븐은 충격을 받은 표정이었다.

"뭔가를 넘겨주지는 않을 겁니다. 시간을 벌기 위해서 장단을 맞추는 거죠."

스티븐의 얼굴에 안도감이 떠올랐다. 그 꼴을 본 킴은 그가 더 오래 고통받았으면 좋겠다는 생각이 들었다. 조금만 말이다.

"따님들을 되찾을 가능성은 점점 커지고 있습니다. 하지만 우리가 장단을 맞춰 주지 않으면 놈들이 눈치챌 겁니다." 매트는 스티븐을 돌아보았다. "핸슨 씨가 먼저 시작해 주시죠. 상대적으로 낮은 몸값을 부르시면 됩니다. 액수는….."

"잘됐네요. 사실대로 말하면 되니까." 엘리자베스가 가시 돋친 목소리로 말했다. 매트는 그 말을 무시했다.

"최초 제안 금액은 89만 4천 파운드여야 합니다. 놈이 핸슨 씨에게 어떤 답장을 보내는지 알고 싶습니다. 그런 다음, 로버트 씨가 훨씬 더 큰 금액으로 175만 파운드를 부르세요."

킴은 매트가 한 말의 의미를 알아들었다. 매트의 전략은 납치범들이 두 가지 제안에 똑같이 반응하는지 확인하는 것이었다. 만일 놈들이 똑같은 반응을 보인다면 두 가족 모두 놈들에게 속아 넘어간 것이다. 아이들의 귀환 가능성에 대한 그들의 가설이 맞는다는 뜻이었다.

두 가족은 매트의 말에 열심히 귀 기울였다. 매트는 두 문자 메시지에 쓸 단어가 어떻게 달라야 하는지 설명했다.

"그래서, 전략이 정확히 뭐요?" 스티븐이 물었다.

매트는 그의 말을 무시하고 엘리자베스에게 종이 한 장을 건넸다. "제가 보내고 싶은 메시지입니다. 정확히 똑같이 보내세요."

스티븐은 아내 뒤로 가서 그녀의 어깨 너머로 메시지를 읽었다. 엘리자베스 역시 스티븐을 무시하고 계속 읽어 나갔다.

"대체 뭘 하려는 건지 누가 좀 말해 주겠습니까?" 스티븐이 열을 냈다.

"그만 좀 해." 엘리자베스가 쏘아붙였다.

"나한테도 알 권리가 있어. 에이미는 내 딸이야."

캐런이 일어나서 스티븐에게 다가갔다. "스티븐, 부탁이니까 진정하세요."

스티븐은 한발 물러서서 그녀를 보았다. "아뇨, 나도 권리가 있습니다. 이런 대접은 못 참아요."

킴이 일어나 팔짱을 꼈다. 모두의 시선이 스티븐에게 향해 있었다. 지금은 스티븐의 자존심보다 훨씬 중요한 상황이었다. 이런 때조차 관심의 중심이 되는 그의 능력이 경이로울 지경이었다.

"스티븐, 주둥이 좀 다물어요."

로버트는 고함을 친 것도 아니었고, 화가 나 있지도 않았다. 그는 차분하면서 단호했다. 그 말투가 스티븐의 주의를 끌었다.

킴이 앞으로 나섰다. "자, 이런 일은⋯."

"로버트, 방금 뭐라고 했소?" 스티븐이 말했다. 분노에 얼굴빛이 붉으락푸르락했다.

"하, 또 시작이네." 매트가 조용히 말했다.

로버트가 한숨을 내쉬었다. "스티븐, 이건 경쟁이 아닙니다. 딸들을 위해서라도 우리는 강해져야 해요."

킴은 엘리자베스가 남편에게 경고의 눈빛을 보내는 것을 보았다. 그녀의 등이 잔뜩 긴장돼 있었다. 네 사람을 보니 앞으로 무슨 일이 닥칠지 알 것 같았다.

빌어먹을.

킴은 두 남자 사이를 가로막았다. "잠깐 진정하시고…."

"당신, 아직 모르지?" 스티븐은 킴 너머로 로버트를 보며 화를 냈다.

"스티븐." 두 여자가 동시에 소리쳤다.

스티븐은 화나 낼 줄 알았지 다른 모든 것에는 둔감한 사람이었다.

"씨발, 찰리는 당신 애가 아니야." 그가 불쑥 내뱉었다. "당신 아내가 옛 남자친구랑 바람이 났다고. 그런데 당신 핏줄도 아닌 애 때문에 인생을 망치겠다는 거야?"

캐런의 입술에서 울음이 새어 나왔다. 매트조차 고개를 들었다.

로버트는 얼굴이 굳었다.

잠시 후, 그의 시선이 아내에게 향했다.

거실은 조용해졌다. 엘리자베스의 얼굴은 두려움으로 가득했다. 그녀의 시선은 친구에게 머물렀다.

"캐런…?" 로버트가 물었다.

모두의 눈길이 캐런에게 향했다. 캐런의 얼굴이 창백하게 질렸다. 그녀는 두 손을 맞잡았다. 그녀의 망설임이 로버트의 눈에 떠오른 질문에 대한 답이 되었다. 캐런이 한 발 앞으로 나섰다.

"로버트…. 난…."

로버트는 뒤돌아 집을 나갔다.

86

거실은 10여 초 정도 조용했다.

매트가 침묵을 깼다.

"핸드폰 주세요." 그가 쏘아붙였다. 모두가 그를 보았다. "여러분의 아이들한테는 이런 막장 드라마로 빼앗길 시간이 없습니다. 핸드폰 주세요."

캐런은 복도를 처다보았고 엘리자베스는 그녀를 보았다. 킴은 고개를 끄덕였다. 분위기는 매트가 임무를 해낼 수 없을 만큼 경직되었다.

"매트한테 핸드폰을 넘기고 협상을 맡기세요."

킴은 엘리자베스의 손에서 핸드폰을 받아 들고 커피 테이블에 놓인 캐런의 핸드폰도 매트에게 건네주었다. 매트는 아무 말 없이 거실을 나섰다.

"아니 무슨…. 난 진실을 말했을 뿐이야." 스티븐은 딱히 누구에게랄 것도 없이 말했다.

"당신이 말할 진실이 아니었어요." 캐런이 어색하게 말하더니 돌아서서 거실을 나섰다.

제기랄.

킴은 속으로 이딴 일을 겪어야 한다면 월급을 더 받아야겠다고 생각했다. 이번만큼은 킴도 매트와 같은 의견이었다. 이런 막장 드라마는 에이미와 찰리를 되찾는 데 아무 도움이 되지 않을 터였다.

킴은 캐런이 가장 가까운 친구를 믿고 이 사실을 털어놓았으며 엘리자베스가 그 정보를 남편에게 알려 주었을 거라고 짐작했다. 그리고 스티븐은 최악의 순간을 선택해 모두와 이 정보를 나눈 것이다. 그것도 자신에게는 아이를 확실히 풀어 줄 방법이 없다는 이유만으로. 스티븐에게는 이런 폭로가 화풀이였다.

비밀은 이래서 문제였다. 다들 누군가를 믿을 수 있다고 생각한다는 것. 킴이 그 누구에게도 비밀을 털어놓지 않는 이유였다.

헬렌이 다시 거실에 들어와 구석에 섰다. 스티븐은 반성하는 기미가 전혀 없었다. 헬렌이 말해 봐야 헛수고였다.

킴은 주방 문 쪽으로 성큼성큼 걸어가다가 엘리자베스의 목소리에 발걸음을 멈추었다.

"정말 미안해, 캐런. 스티븐이 그럴 줄은 몰랐어…."

"어떻게 그럴 수가 있어?" 캐런이 소리 질렀다. "넌 내가 유일하게 믿고 비밀을 털어놓은 사람이었어. 그런데 저 사람한테 말하다니. 어떻게 나한테 그럴 수가 있어, 엘리자베스? 도대체 어떻게…."

킴은 둘의 눈에 띄지 않고 문 앞을 지났다. 굳이 말릴 생각도 없었다. 이딴 말싸움은 아이들을 찾는 데 아무 도움이 되지 않으니까.

87

킴과 브라이언트는 스타워브리지 중심가의 최면 연구소 건물 앞에 앉아 있었다. 킴의 예상과는 다른 곳이었다. 이 연구소의 주인은 유리창에 자신감 회복이나 금연, 체중 감량과 관련된 스티커 글자를 붙여 두지 않았다. 그저 창문에 블라인드가 쳐져 있고 놋쇠로 된 명패가 붙어 있을 뿐이었다.

트루먼 가족이 곧 도착할 예정이었다. 킴은 조수석 사이드 미러로 다가오는 자동차들을 지켜보았다.

"왔습니다." 킴이 조수석 문을 열며 말했다.

흰색 레인지로버가 머뭇거리며 천천히 거리를 따라와 킴과 브라이언트의 자동차에서 세 칸 떨어진 곳에 주차했다. 킴은 그 차로 다가가 안에 타고 있던 사람에게 미소를 지어 보였다. 안도감을 주는 미소였으면 좋겠는데.

"허락해 주셔서 감사합니다." 킴이 줄리아와 앨런 트루먼에게 말했다. "용기 내 줘서 고마워." 그녀는 에밀리에게도 말했다.

"아플까요?"

킴은 미소 지으며 고개를 저었다. "아니. 하지만 최면 치료사한테 앞으로 받을 요법에 대해서 잘 설명해 주라고 할게. 불편하지 않게."

킴은 앞장서서 건물로 들어갔고 가족이 그 뒤를 따랐다. 가족들이 불안해하는 것이 느껴졌다.

로비는 작은 사무실로 이어졌다. 책상 뒤에 50대 후반의 한 여성이 앉아 있었다. 여자는 희끗희끗해져 가는 머리카락을 뒤로 말아 올려 연필을 꽂아 두었다. 맑은 파란색 눈동자가 지나치게 큰 안경 너머에서 그들을 바라보았다. 그녀는 손목에 커다란 남성용 손목시계를 차고 있었다. 목에 걸고 있는 섬세한 크리스털과는 어울리지 않았다.

"앳킨스 박사님을 만나러 왔습니다." 킴이 말했다.

여자가 따뜻하게 미소 지었다. "잘 찾아오셨어요. 하지만 바버라라고 불러 주시면 더 좋겠네요."

킴은 그녀와 악수하고 모두를 소개했다. "저희를 기다리고 계셨습니까?"

"이렇게 많이 오실 줄은 몰랐어요, 경위님. 하지만 기다리고 있었죠."

"여러 명이 온 게 문제가 됩니까?"

"밖에서 만났다면 문제 될 것 없는데 여긴 좁으니까요. 하지만 그 문제는 곧 처리하죠."

바버라는 자리에서 일어나 책상을 돌아 나왔다. 그녀의 시선은 에밀리에게 향해 있었다.

"오늘 저와 함께 할 꼬마 아가씨 맞죠?" 바버라는 에밀리의 손을 잡고 소파로 이끌었다. "무섭니, 애야?"

에밀리는 고개를 끄덕였다. "조금요."

킴은 바버라가 아이의 손을 계속 잡고 있는 것을 보았다.

"두려워할 건 없어. 아프지도 않고 네가 원하지 않는 곳으로 널 데려가지도 않을 테니까. 알았지? 이렇게 생각해 보렴. 제목이나 가수가 기억나지 않는 노래의 첫 소절을 들었다고 말이야. 머릿속 어딘가에는 분명히 정보가 있는데 그냥 그 정보를 끄집어낼 수가 없는 거야."

에밀리는 고개를 끄덕였다.

"우리가 하려는 일은 그게 전부란다. 너는 완전히 긴장이 풀리고 편안해진 느낌만을 받게 될 거야. 그다음에는 한잠 푹 잔 느낌이 들 테고." 바버라는 다른 사람들을 돌아보았다. "질문 있으신가요?"

트루먼 씨가 앞으로 나섰다. "전에도 이런 일을 하신 적이 있습니까?

그러니까, 피해자들을 상대로요."

킴은 줄리아가 남편에게 눈치를 주는 것을 보았다. 그가 말한 '피해자'가 모든 말에 귀 기울이고 있었으니까.

바버라는 고개를 끄덕였다.

킴은 그녀가 에밀리의 손을 놓지 않는 모습을 주의 깊게 보았다. 신뢰를 쌓으려고 접촉을 유지하는 것이었다. 바버라가 손가락 하나를 에밀리의 손목에 대고 있는 것도 보였다. 에밀리 모르게 그 애의 심장 박동을 살피는 것이다. 킴은 바버라의 스타일이 즉시 마음에 들었다. 겁에 질린 환자는 치료법에 긍정적인 반응을 보일 가능성이 낮았다. 에밀리의 자세를 보니 아이는 긴장을 풀기 시작한 듯했다. 에밀리는 어깨 힘을 풀고 소파에 파고들었다.

"네, 트루먼 씨. 여러 번 해 봤어요. 범죄 피해자들이 잊어버린 정보를 떠올리도록 도움을 주었죠. 그런 정보 중에는 수십 년을 거슬러 올라가는 것도 있었답니다."

"최면에 영구적인 부작용도 있나요?" 줄리아가 물었다.

바버라는 고개를 저었다. "이건 무대에서 하는 쇼가 아니에요. 저희가 하려는 건 머릿속 돌을 몇 개 뒤집어서 그 아래에 숨겨진 게 있는지 살펴보는 것뿐이랍니다. 최면의 지속적인 효과라고 해 봐야 끄집어낸 기억이 그대로 남아 있을 가능성이 크다는 것뿐이에요." 바버라가 에밀리를 돌아보았다. "이 점은 이해해 주면 좋겠구나. 괜찮니?"

에밀리는 엄마를 보았고 줄리아는 경계하는 표정으로 킴을 보았다.

킴은 앞으로 나섰다. "에밀리는 이미 그때 경험 전체를 정확하게 기억합니다. 우린 그저 잊어버렸거나 억압된 자세한 정보만을 찾는 것이고요."

트루먼 부인은 고개를 끄덕였다. 약간 마음이 놓인 듯했다.

바버라는 몇 초를 기다린 다음, 더 이상 질문이 나오지 않자 에밀리의 손을 꽉 잡고 자리에서 일어났다.

"좋아요, 전 시작할 준비가 됐습니다. 하지만 여러분 모두가 이 방에 계실 수는 없어요. 에밀리한테 너무 큰 부담이 되거든요. 두 분만 계시죠."

브라이언트가 뒤로 물러나는 동시에 줄리아가 앞으로 나섰다.

킴은 트루먼 씨를 힐끗 보았다. 그의 얼굴에서 아이를 향한 보호 본능이 드러났다. 그러나 그는 킴 쪽을 손짓했다. 킴은 고맙다는 뜻으로 고개를 끄덕였다.

바버라가 치료실 문을 열고 줄리아와 에밀리에게 들어가라고 손짓했다. 바버라는 잠시 남아 킴에게만 들리도록 말을 걸었다.

"구체적으로 뭘 찾아야 하나요, 경위님? 가해자의 인상착의인가요, 아니면….."

"장소입니다." 킴이 말했다. "에밀리가 잡혀 있던 곳이 어딘지 알 수 있을 만한 단서는 뭐든 좋습니다."

바버라는 고개를 끄덕이고 치료실로 들어갔다. 킴이 뒤를 따랐다.

"자, 에밀리. 저기 큰 의자에 앉아 주겠니? 트루먼 부인, 에밀리 옆에 자유롭게 앉아 주세요."

킴은 문을 닫고 구석에 서서 핸드폰을 꺼내 들었다.

"녹음해도 됩니까?" 킴은 줄리아와 바버라를 번갈아 보며 물었다.

둘 다 고개를 끄덕였다.

에밀리가 푹 파묻힌 커다란 의자는 부드러운 황갈색 가죽으로 만들어져 있었고 눕힌 것과 세워진 것 사이의 각도로 맞춰져 있었다. 줄리아는 에밀리 오른쪽에 앉았고 바버라는 왼쪽에 앉았다.

"자, 에밀리. 네가 편안했으면 좋겠구나. 긴장이 풀리는 자세로 앉아 보렴."

에밀리는 자세를 바꾸고 고개를 끄덕였다.

외부 빛은 블라인드로 차단했다. 의자 맞은편에는 한 줄로 늘어선 흑백 인쇄 사진들이 걸려 있었다. 다양한 도시의 스카이라인을 보여 주는 사진이었다.

"잘했어. 이제는 벽에 걸린 저 그림 중 하나를 봐주기만 하면 돼. 아무 사진이나 상관없어. 그냥 가장 마음에 드는 사진을 골라서 집중하렴."

에밀리는 고개를 끄덕이고 뉴욕을 쳐다보았다.

"자, 심호흡을 해 봐. 천천히, 고르게. 코로 들이쉬는 거야. 하나, 둘, 셋, 넷, 다섯. 그런 다음, 공기가 입을 통해 빠져나가도록 놔두렴. 잘하는구나. 코로 들이마시고, 하나, 둘, 셋…."

킴은 바버라의 목소리가 부드럽게 노래하는 듯한 목소리로 잦아든 것을 알아차렸다. 거의 귓속말에 가까운 목소리였다. 킴은 줄리아의 왼손이 떨리는 것을 보았다. 킴은 그녀와 눈을 마주치고 미소 지었다. 그녀가 협조해 준 것이 고마웠다.

킴은 다시 에밀리를 돌아보았다. 바로 그때 에밀리의 눈꺼풀이 파르르 떨리다가 감겼다.

"좋아, 에밀리. 네가 납치당했던 그날을 떠올려 주었으면 좋겠구나. 그 사람들은 너를 밴 뒤에 태웠어. 이동한 이야기를 쭉 해 주렴."

"저랑 수지는…. 울고 있었어요…. 무서워서…."

"뭐가 보이지는 않았니?"

에밀리는 고개를 저었다. "어두웠어요."

"가는 길은 매끄러웠니, 울퉁불퉁했니?"

"매끄럽다가 울퉁불퉁해졌어요. 붙들 곳이 없어서 몸이 이리저리 튀었어요. 수지는 머리를 부딪혔고요."

킴은 머릿속으로 메모를 남기기 시작했다. 놈들은 시골 도로로 아이들을 데려간 듯했다.

"계속해 보렴, 에밀리. 밴의 문이 열렸던 때로 가 보자."

"머리를…. 머리에 가방을 뒤집어씌우고…."

에밀리의 눈꺼풀이 떨렸다. 줄리아는 입을 꽉 다물었다.

"그 사람들이 네 얼굴을 가렸어?"

에밀리는 고개를 끄덕였다.

"무슨 소리가 들리지는 않니, 에밀리?"

"아뇨…. 조용해요…."

"냄새는 안 나고?"

"뭐가 철벅거리고…. 발이…."

"발에 진흙이 묻었니, 에밀리?"

에밀리는 고개를 끄덕였다. "많이 묻었어요."

"그 사람들이 너를 어떤 건물로 데려가고 있니?"

에밀리는 고개를 끄덕였다. "추워요…. 계단이…. 벽에…. 차갑고…."

"지하로 끌려가고 있어?"

"손이…. 여기에…." 에밀리는 뒷덜미를 만졌다. "아래로 눌렀어요."

줄리아는 눈을 감고 아랫입술을 깨물었다.

"벽이…. 젖어 있고…. 차갑고…."

"좋아, 에밀리. 너랑 수지가 어떤 방에 있는 거니?"

에밀리는 고개를 끄덕였다.

"창문은 없고?"

에밀리는 고개를 젓더니 코에 주름을 잡았다. "냄새가…."

"더러운 화장실에서 나는 냄새야?"

에밀리는 고개를 저었다. "오래된…."

"좋아, 에밀리. 좀 더 시간을 돌려서, 그 사람들이 너를 방에서 끌어냈을 때를 떠올릴 수 있을까?"

에밀리는 고개를 끄덕였지만 숨이 가빠졌다.

"제 머리카락을 움켜쥐었어요…. 수지가…. 비명을 지르고…. 매달리고…."

킴은 줄리아가 오른손으로 입을 틀어막고 목소리를 삼키는 것을 보았다.

킴은 줄리아가 소리를 내지 않으려고 안간힘을 쓰고 있다는 걸 알았다. 킴은 조용히 방을 가로질러 가 오른손을 줄리아의 어깨에 얹었다.

"계속해 보렴, 에밀리." 바버라가 조용히 말했다.

"놨어요…. 놓을 수밖에 없었어요…. 수지가 얼굴을 맞아서…. 그 남자가…. 뒤로 넘어졌어…. 안 움직여요…."

바버라는 침을 삼켰다.

"너는 다시 계단을 올라가고 있니?"

에밀리가 고개를 끄덕였다. "빠르게요…. 밀쳐서…. 발을 헛디뎠어요…."

"너를 다시 밖으로 데려가고 있어?"

"네…. 밀치고…. 비틀거리고…."

"철벅거리는 게 느껴지니, 에밀리?"

에밀리는 고개를 저었다. "아뇨…. 풀밭이에요…."

"무슨 소리는 안 들리고?"

"들려요…. 기계 소리가…. 고함치는 소리랑…. 멀리서…."

바버라가 킴을 돌아보았다. 킴은 고개를 끄덕였다.

"무슨 소리 같아?" 바버라가 물었다.

"고함이긴 한데, 멀어서…."

"기계 소리는 가까이서 들리니?"

킴은 고개를 숙여 핸드폰이 여전히 녹음 중인지 확인했다.

에밀리가 눈을 꽉 감고 고개를 저었다.

"더 멀어?" 바버라가 물었다.

에밀리는 고개를 끄덕였다.

"그 사람들이 너를 다시 밴에 태우고 있니?"

"내동댕이쳤어요…. 빠르게…. 울퉁불퉁하고…. 매달릴 수가 없어요…. 차가 멈췄어요…. 더 빨리 움직이다가…. 뭐가 밴에 부딪혔어요…. 차 옆에 내팽개쳐졌어요…."

"에밀리…."

"왼쪽…. 왼쪽…. 오른쪽…. 왼쪽…."

"지금은 어디니, 에밀리?"

"그 사람들이 저를 밴에서 끌어냈어요…. 저를 계속 빙글빙글 돌려서…."

에밀리는 왼손으로 위팔을 문질렀다. "아파요…. 꽉 잡고 있어요…."

그 고통스러운 기억에 에밀리가 얼굴을 구겼다.

바버라가 킴을 보았다.

얻어 낼 수 있는 정보는 이게 전부였다. 그들은 장소에 관한 정보를 찾고 있었고 바버라는 에밀리에게 감금 장소에 도착할 때부터 그곳을 떠날 때까지의 일들을 경험하게 했으니까. 킴은 바버라에게 아이를 깨워도 된다는 신호로 고갯짓했다.

"잘했어, 에밀리. 이제…."

"그 사람이 말을 해요…. 뭔가…. 빙글 돌고…. 뒤집어지고…. 떠밀리고…. 그리고…. 다시 보자, 아가야…."

줄리아가 울음을 터뜨렸고 킴은 눈을 감았다.

킴은 이제야 왜 놈들이 에밀리를 살려 두었는지 깨달았다.

놈들은 에밀리를 다시 납치할 계획이었다.

88

"그럴 줄 알았어. 그럴 줄 알았다고요." 줄리아는 건물 앞 인도에서 소리 질렀다. "다들 내가 너무 예민하게 군다고 생각했죠." 줄리아는 남편을 돌아보았다. "당신까지도 그랬잖아. 하지만 나는 그게 끝이 아니라는 걸 알았어. 놈들이 저 바깥 어딘가에 있는 한 에밀리가 위험하다는 걸 알았다고."

브라이언트는 아직도 새로운 소식의 충격에서 벗어나지 못했는지 고개를 저었다.

에밀리는 엄마와 아빠 사이에 서 있었다. 새로운 깨달음에 불안해진 듯했다. 에밀리는 멍하니 땅바닥을 보았다.

킴은 할 말이 없었다. 이사하고 이름을 바꾸고 에밀리를 학교에 보내지 않고 집에 잡아 두고, 줄리아가 한 이 모든 행동이 딸의 목숨을 지킨 것일지 몰랐다. 그런 줄리아에게 아이를 숨 막히게 한다는 비난을 했다니 찌릿한 통증이 느껴졌다. 줄리아는 실제로 필요한 행동을 했을 뿐인데.

부모는 둘 다 아이를 보호하려는 듯 꽉 끌어안았다.

"전부 포기할 겁니다." 앨런이 조용히 말했다. "가족을 보호할 수만 있다면 사업도 전부 포기하고 판잣집에서 살 거예요."

앨런 트루먼은 책임감을 느끼는 게 분명했다. 납치범들이 에밀리에게 관심을 가진 건 그가 경제적으로 성공한 사람이었기 때문이니까. 놈들은 트루먼의 아이를 납치하면 돈을 벌 수 있을 거라고 생각했고 다시 한 번 그 짓을 할 계획을 세워 두었다.

킴은 에밀리가 정말로 또다시 납치당했다면 이 가족에게 무슨 일이 일어났을지 상상조차 할 수 없었다.

"트루먼 씨 잘못이 아닙니다." 킴이 말했다. "잘못은 납치범들이 저지른 겁니다." 그녀는 진심을 담아 말했다. "두 분이 에밀리를 잘 보호해 오셨다는 건 알지만 댁에 경찰을 배치하도록 허락해 주시면 더 좋겠습니다. 잠시만이라도요."

트루먼 부부는 서로를 보고 고개를 끄덕였다. 브라이언트가 물러나서 핸드폰을 꺼내 전화를 걸었다.

"놈들을 잡는 데 도움이 될 만한 정보가 있었습니까?"

킴은 트루먼 가족에게서 불안이 뿜어져 나오는 것을 느꼈다. 아무리

많은 경찰을 배치하더라도 납치범들이 잡히지 않는 한 이들은 안전하다고 느끼지 못할 터였다. 설령 범인들을 잡더라도 다시는 세상을 예전과 같은 방식으로 볼 수 없을 테고. 킴은 앨런에게 고개를 끄덕이고 에밀리를 내려다보았다. 아이의 눈에서 새로운 두려움이 읽혔다.

"네, 트루먼 씨. 따님은 매우 용감했습니다. 덕분에 추가로 정보를 얻었습니다." 킴은 에밀리의 어깨를 쓸어주었다. 에밀리가 그녀를 올려다보았다. "약속할게. 내가 놈들을 잡아서, 다시는 너를 해치지 못하게 할 거야. 알겠지?"

에밀리는 고개를 끄덕이며 아빠에게 더 바싹 다가갔다. "수지도 집으로 데려와 주실 거죠?"

킴은 용감한 소녀와 눈을 마주쳤다. 에밀리의 친구가 지금까지 살아 있으리라는 건 거짓된 희망이었고 아이의 눈에는 그런 희망이 담겨 있지 않았다. 수지의 엄마가 그랬듯 에밀리는 그저 수지를 쉽게 해 주고 싶을 뿐이었다.

킴은 고개를 끄덕였다. "최선을 다할게."

킴은 모두에게 고맙다고 인사한 뒤 브라이언트에게 갔다.

자동차 옆에는 이미 다른 사람이 서 있었다.

이번에는 킴이 곤경에 빠질 차례였다.

89

"오늘은 터뜨릴 거예요, 경위님." 트레이시가 다가오며 말했다.

"트레이시, 이런 씨…."

"어디 보자…. 내 생각이 맞는다면 방금 그 아이는 경찰이 망친 지난번 납치 사건의 생존자네요." 트레이시가 잘난 체하며 말했다.

킴에게 신체적 폭행이 합법이기를 바란 경우가 딱 한 번 있다면 지금이 바로 그 순간이었다.

트레이시의 금발이 비니 모자에서 흘러나왔다. 귀처럼 윗부분 두 군데가 뾰족하게 튀어나온 모자였다. 킴은 저렇게까지 비정한 여자가 어떻게 귀 달린 모자를 쓸 수 있는 건지 궁금했다.

"이 이야기에 발이라도 달린 건지…."

"발로 차이기 전에 꺼지십시오."

"대장, 진정하세요." 브라이언트가 말했다.

트레이시는 킴의 빈정거림을 무시했다. 트레이시에게는 익숙한 일이었으니까.

"첫 번째 특집 기사에서는 경찰이 지난번 사건을 얼마나 조져 놨는지 다뤄야겠어요. 그런 다음 이번 사건을 망친 얘기를 다루고 이 쇼의 스타인 경위님에 대한 특집 기사로 마무리하는 거죠." 트레이시가 비아냥댔다.

킴은 부정적인 기사가 난다고 해도 개의치 않았다. 아이들에게 나쁜일이 일어난다면 자기가 직접 그 기사를 쓸 생각이었다.

"인간으로서 이 일은 내버려 두는 게 어떻습니까?"

416

"에이, 기자로서 그러면 안 되죠."

브라이언트가 킴 옆에서 웃음을 터뜨렸다.

"말장난은 집어치우죠." 킴이 대꾸했다.

"그거 알아요? 경위님 때문에 저도 잠깐은 착한 마음을 먹었어요. 며칠 동안은 말이죠. 하지만 이젠 아니에요."

"착한 마음 같은 소리. 당신은 그저 당신 정체를 까발리겠다는 내 협박에 쫄았을 뿐입니다. 그리고 그 협박은 지금도 유효합니다."

"하, 어디 해 보세요. 이번 특종만 따면 편집장은 제가 살인을 한대도 용서할걸요."

킴은 협박의 유효 기간이 다했다는 걸 깨달았다. 그녀는 뭔가 말하려고 입을 열었지만 트레이시가 장갑 낀 손을 들었다.

"경위님한테 제 계획을 알려 드리는 것만도 호의인 줄 아세요. 최소한 싸워 볼 기회라도 있잖아요."

"고마워서 눈물이 납니다." 킴이 식식댔다.

"시간은 충분히 드렸어요, 스톤. 난 그냥 내 일을 하는 것뿐이에요."

"언론 통제에 따르지 않겠다는 겁니까?" 브라이언트가 물었다.

트레이시는 고개를 끄덕이더니 다시 킴을 보았다. "고생해요, 스톤. 그러는 동안 우리는 신문을 끝없이 팔아 볼게요."

킴은 차마 입을 열지 못했다. 자신이 하는 모든 말이 왜곡되고 뒤집히고 과장되어 인용되리라는 것을 알았으니까. 트레이시가 킴을 자극하는 이유가 바로 그것이었다.

"그럼, '노 코멘트'로 알게요, 경위님." 트레이시는 그렇게 말하더니 성큼성큼 멀어져갔다.

킴은 아우디가 출발하는 모습을 무력하게 지켜보았다.

"진심일까요?" 브라이언트가 물었다.

드웨인 라이트가 죽은 건 트레이시 프로스트 탓이 아니었다. 하지만 그렇다고 트레이시가 비밀을 지키려 했던 것도 아니었다. 10분만 더 있었다면 비밀은 결국 트레이시의 기사로 폭로됐을 테니까.

킴은 심호흡했다. "그럼요. 진심입니다."

트레이시가 진실을 폭로하는 순간 아이들은 살해당한다.

납치범들은 언론의 관심을 끌 만한 행동은 전혀 하지 않았다. 킴이 그렇듯 그들도 언론의 관심을 환영하지 않는 것이다.

코튼 가족은 딸인 수지를 잃고 망가졌다. 그리고 킴에게는 똑같은 운명을 눈앞에 둔 두 가족이 더 맡겨져 있었다.

90

윌은 핸드폰을 다시 주머니에 집어넣고 마음을 가라앉히려 애썼다. 사임스가 소파에서 졸고 있지만 않았다면 여기저기 서성였을 것이다. 분노가 뼛속에서 빠져나갈 때까지 이 방을 여러 번 빙빙 돌았을 것이다.

쌍, 계획을 세워 두었는데 게임에 변화가 일어나고 있었다.

이건 체스 같은 게임이었다. 전략과 인내심, 타이밍, 모든 수에 대한 예측이 필요한 게임. 한 수를 둘 때마다 세 수 앞을 내다보아야 하는 게임.

감탄의 대상이 되는 기보에는 기교가 있기 마련이다. 체스를 반쯤 두다가 갑자기 게임을 체커로 바꿀 수는 없었다. 갑자기 상대 기물에 덤벼들어서도 안 되고, 체스보드 저 끝으로 가 왕관을 따서도 안 된다. 그런 건 기교 없는 방법이었다.

월이 방금 받은 지시도 전혀 아름답지 않았다.

씨발, 마음에 안 들었다.

월은 지난 밤 일로 흥분이 가시지 않았다. 그는 신호가 바뀌기를 기다리다가 고개를 돌려 그 아이를 보았다. 놔준 뒤 계속 찾고 있던 그 아이.

월은 잠시 머릿속이 흐려졌다. 피자 가게에 느긋하게 서 있는 다른 아이에게 그 애의 얼굴을 투사한 건가 싶었다.

그때 월은 아이의 눈에 떠오른 두려움을 읽었다. 그래서 알아차렸다.

월은 신호를 무시하고 자동차를 주유소에 댔지만 돌아와 보니 아이가 사라지고 없었다. 아이를 찾아다니려 했는데 그 순간 은색 아스트라 한 대가 끼익 소리를 내며 주정차 금지선에 멈춰 섰다.

월은 위험을 무릅쓰더라도 더 찾아볼 만한 가치가 있다고 생각했다. 하지만 확신이 서지는 않았다.

그 아이는 월에게 황금알을 낳는 거위였다. 이제는 그 거위의 배를 가를 때가 됐다. 에밀리의 가족에게서 돈을 뜯어낼 수 있었다면 이미 수백만 파운드를 챙겼을 것이다.

하지만 그들은 꼭꼭 숨어 버렸다. 그들의 새 집을 찾는 건 그리 어렵지 않았다. 월에게는 도움을 주는 사람이 있었으니까. 하지만 아이에게 접근하는 것은 어려운 일이었다.

월은 아직 다른 게임이 진행 중이지 않냐고 자신을 달랬다. 그래봐야 에밀리 빌링엄을 통해 벌 수 있는 돈에 비하면 점심값 정도였지만.

에밀리를 다시 봤을 때 느낀 초조함이 뼛속 깊이 느껴졌다.

"사임스, 일어나." 그가 돌아보며 말했다.

얼간이는 입을 쩍 벌린 채 계속 시끄럽게 코를 골아 댔다. 윌은 바퀴 의자에 앉은 채 방을 가로질러 사임스의 팔을 쳤다. 사임스는 2초도 안 되어 똑바로 일어나 앉았다.

"부모들을 재촉해야겠어."

사임스는 혼란스러워했다. "그건 더 나중에 할 줄 알았는데."

이 덩치 큰 놈이 예상 외로 계획에 관심을 기울인 모양이었다.

"변수가 생겼어. 부모들에게 저 작은 천사들을 사랑하는 마음을 다시 일깨워 줘야 해."

사임스의 얼굴이 밝아졌다.

윌은 고개를 저었다. "아니, 아직 너한테 넘겨줄 수는 없어."

계획에 따르면 부모들을 자극할 방법은 심리적인 것이어야 했다. 그렇게 해야 지갑이 열리는 것이다. 계획에 따르면 아이들의 목소리로 부모에게 뭐든 납치범들이 요구하는 것을 해 달라고 애걸하게 해야 했다.

하지만 계획이 바뀌었다.

윌은 마음속으로 한숨을 쉬었다. 처음 작전이 훨씬 더 간단했다. 그때는 이 계획에 참여한 사람이 윌 자신뿐이었다. 돈을 벌겠다는 단순한 동기만이 있었다.

하지만 지금은 달랐다.

사임스는 아이들을 죽이고 싶어 했다. 대장은 아이들을 살려 두고 싶어 했다. 윌은 이제 아무래도 상관없었다.

사임스는 두 손을 모아 손마디를 꺾었다.

월은 최종 계획이 변경되는 것이 싫었다. 이제는 월도 자기만의 비밀 게임을 시작해야 했으니까.

그는 사임스를 돌아보며 나직하게 말했다. "아이들이 비명을 지르게 할 시간이야."

91

킴은 에밀리의 최면 요법을 마치고 티민스의 집으로 돌아오던 중 헬렌과 부딪힐 뻔했다. 헬렌은 컵 여러 개가 담긴 쟁반을 주방으로 가져가는 중이었다.

"별일 없었습니까?" 킴은 헬렌과 함께 걸어가며 물었다.

"캐런은 쓰러져도 이상하지 않을 정도로 간신히 버티고 있어요. 엘리자베스는 일부러 니콜라스를 돌보는 데 열중하고 있고요. 스티븐은 아침 내내 보이지 않았어요."

그야 그렇겠지. 킴은 캐런이 문자 그대로 스티븐을 걷어차서 내보냈다 해도 놀라지 않았을 것이다. 하지만 스티븐과 달리, 캐런의 주된 관심사는 여전히 자신과 그들의 딸을 집으로 데려오는 것이었다.

"로버트한테서는 소식 없습니까?"

헬렌이 고개를 저었다.

"캐런이 로버트의 사무실에 전화를 걸었는데, 로버트가 자리에 없었대요. 비서 말로는요." 헬렌이 말했다.

놀랄 일도 아니었다. 자신이 찰리의 생부가 아니라는 것만도 나쁜 일이었는데 하필 사람들로 가득한 방에서 그 사실을 알게 되었으니 얼마나 끔찍하겠는가. 게다가 그중 대부분이 낯선 사람들이었는데.

킴은 상황실에 들어갔다. 침묵의 벽이 그녀를 맞이했다.

"뭡니까?" 킴이 문을 닫으며 물었다. 모두의 눈이 매트에게 향했다.

"놈들이 재촉하는 문자를 보냈습니다. 좋지 않아요."

킴은 자리에 앉았다. 입이 바싹 말랐다. 핸드폰이 식탁에 놓여 있었다.

"어디 봅시다."

매트는 메시지를 찾아서 재생했다. 킴은 벽만 뚫어지게 바라보며, 반복적으로 "안 돼"라고 소리치는 아이의 목소리를 들었다. 아이는 흐느끼기 시작했다. 그다음에는 비명이 들렸다. 이제야 킴은 매트가 했던 말이 이해됐다. 이건 다른 비명이었다. 고통에 찬 비명. 매트가 엘리자베스와 캐런에게서 핸드폰을 빼앗아 온 것이 다행이었다.

"다른 핸드폰에 온 메시지도 같습니까?"

매트는 고개를 젓더니 캐런의 핸드폰으로 손을 뻗었다. 그가 메시지를 재생했다. 찰리의 목소리가 즉시 상황실을 가득 채웠다.

"저리 가…. 만지지 마…."

목소리에는 두려움이 깃들어 있었지만, 찰리는 울지 않았다. 그런 다음 비명이 들렸다.

두 메시지 다 킴의 명치를 주먹으로 때리는 것 같았다. 하지만 굳이 따지자면 두 번째 메시지의 힘이 더 강했다.

캐런의 딸은 투사였다. 눈물을 참고 있었다. 납치범에게 만족감을 주지 않으려고. 킴은 자신도 그렇게 했을 거라고 생각했다.

"다른 것도 있습니다. 핸드폰 두 대에 똑같은 두 번째 문자 메시지가 도착했습니다. 2백만 파운드에서 한 푼도 깎아 주지 않겠다는군요."

킴은 눈썹을 치켜올리며 매트를 보았다. "왜죠?"

"전략에 변화가 일어났다는 건 불안한 일입니다. 무슨 일이 일어나서 놈들이 작전을 바꾼 거예요. 좋은 징조가 아닙니다."

킴도 같은 생각에 뱃속이 뒤틀렸다.

"아이들을 가둔 곳에 무슨 문제가 생긴 건 아닐까요?" 스테이시가 물었다.

킴은 고개를 저었다. "놈들도 그런 상황은 미리 고려했을 거야. 그보다는 여기에서 무슨 일이 일어났을 가능성이 커." 킴이 생각에 잠겨 말했다.

정신없는 아침이었다. 스티븐이 멍청하게 굴었다. 로버트가 집을 떠나 버렸다. 에밀리는 최면 치료사를 방문했다. 킴은 이중 어떤 일이 납치범들을 당황하게 만들었는지 알 수 없었다.

하지만 한 가지는 분명했다.

모래시계가 뒤집혔다.

92

"자, 에밀리에게서 얻은 정보를 정리해 보자. 아이들이 밴에서 끌려 나왔을 때 주변은 진흙투성이였고 조용했어. 건물에서는 고약한 냄새가 났고. 내 생각에는 곰팡내였을 거야. 풀려난 날, 에밀리는 멀리서 고함과 기계 소음을 들었어. 밴은 풀밭을 가로질러 그 건물을 떠났고. 에밀리가 설명한 대로라면 놈들은 자동차 한 대가 겨우 지나갈 수 있는 흙길을 지난 것 같아. 에밀리는 뭔가가 밴에 부딪히는 소리를 들었어. 아마 나뭇가지였을 거야."

킴은 모두의 얼굴을 둘러보았다.

"결정적인 정보가 아니라는 건 알지만 에밀리가 풀려난 지점에서부터 거꾸로 생각해 봤으면 좋겠다."

케빈이 헛기침했다.

"뭐야?"

"대장, 아이들이 지난번과 같은 장소에 잡혀 있다고 생각하는 건 지나친 도박 아닐까요?"

킴이 입을 열었지만 매트가 한발 빨랐다.

"놈들 입장에서는 처음에 활용한 장소에 별문제가 없었는데 굳이 다른 장소를 찾을 이유가 없었을 겁니다. 놈들은 그 지역을 잘 알고 있어요. 같은 곳을 또 쓰는 게 합리적이죠."

킴은 지도상의 점들이 흐릿하게 보일 때까지 그것들을 뚫어지게 응시했다. 그녀는 단서가 머릿속 실타래 어딘가에 잠들어 있다는 걸 알고 있었다. 그걸 찾아서 꺼내 놓기만 하면 됐다. 직감적으로 킴은 납치범들이 절박해져서 새로운 전략을 세웠다는 것을 알았다. 놈들은 티민스의 집에서 벌어진 최근의 사건 때문에 새 작전을 쓰는 것이다.

하지만 지난번에는 에밀리를 놔줄 만한 극적 변화가 전혀 일어나지 않았는데…. 킴의 머릿속에서 생각이 꼬리에 꼬리를 물었다.

그녀는 상황실 어딘가에서 들려온 문자 메시지 수신음에 정신을 차렸다.

모두가 잠시 멈추고 고개를 들었다.

"접니다." 매트가 핸드폰을 들어 올리며 말했다.

킴은 그 핸드폰이 수지의 어머니가 가지고 있던 오래된 노키아 핸드폰이라는 것을 알아보았다. 매트가 눈으로 메시지를 훑는 동안 아무도 꼼짝하지 않았다.

"5만 파운드를 달라는군요. 지난번과 같은 장소에 갖다 놓으랍니다. 오늘밤 여섯 시예요." 매트는 킴을 똑바로 보며 말했다.

"당연히 좋은 소식이죠?" 케빈이 킴과 매트를 번갈아 보며 물었다.

"우리한테는 별 쓸모가 없어." 킴이 대답했다. "문자 메시지는 속임수일지도 몰라. 우리 인원을 나누려는 양동 작전일 수도 있고. 놈들은 몸값으로 2백만 파운드를 불렀어. 이미 말했지만 우린 수지 코튼이 사망했다고 봐야 해. 그 점은 바뀌지 않는다."

"대장, 정말로 이 문자 메시지를 무시해야 한다는 말씀이세요?" 케빈이 물었다.

킴은 크게 한숨을 쉬었다. 제니 코튼의 모습이 눈앞에 어른거렸다.

그랬다. 신에게 용서를 구해야 할 일일지도 모르지만, 킴은 그 문자를 무시했다.

93

킴은 팀원들이 그녀의 의견에 반발하는 것을 느꼈다. 식탁 너머로 사람들이 비밀스럽게 눈짓을 주고받았다.

"부탁이니까, 지도에 집중해." 킴은 고개를 들지 않고 말했다. "시간이 없어."

지도를 볼 때마다 킴의 머리는 오직 한 가지 질문만을 외쳐 댔다. 놈들이 한 아이를 놔줄 수밖에 없었던 이유는 대체 뭐였을까? 아이들이 잡혀 있던 곳에서 무슨 일이 일어난 게 틀림없었다.

"스테이시, 과거 신문에 대한 정보를 좀더…."

"경위님, 잠깐 이야기할 수 있을까요?" 헬렌이 문 너머로 고개를 내밀었다.

"들어오세요, 헬렌." 킴이 말했다.

헬렌에게는 상황실에 들어올 자격이 있었다. 다른 상황이었다면 킴이 헬렌을 경감님이라고 부르고 있었을 테니까.

헬렌은 식탁으로 다가왔다. 긴가민가하는 표정이었다.

"에밀리가 풀려난 날에 대해서 뭐라도 생각나면 말해 달라고 하셨죠? 방금 떠오른 게 한 가지 있어서요. 별건 아닐 수도 있는데…."

"말씀하세요, 헬렌."

"그게, 바람을 쐬러 나갔는데 바깥에 경찰관이 서 있었어요. 무전기를 들고요. 무슨 사고가 있다고 했어요. 키더민스터 쪽이었던 것 같아요. 웨스트머시아에서 발생한 사고였는데 꽤 컸던 게 틀림없어요. 자동차가 라이까지 밀려 있었거든요. 별 상관은 없을지도 모르지만…."

헬렌은 말꼬리를 흐렸다. 킴은 헬렌의 꽉 다물린 입에서 불안감을 느꼈다. 시간이 없다는 걸 모두가 알고 있었다.

"고맙습니다, 헬렌." 킴이 말하자 헬렌은 방에서 나갔다. 킴은 스테이시를 보았다.

"교통사고 기록을 찾아봐."

스테이시가 키보드를 두드리기 시작했다. 킴이 스테이시의 뒤로 가서 섰을 때 기사가 떴다. 처음 뜬 화면에서는 기본적인 내용을 다루고 있었다. 한 남자가 부상을 입었다는 등등의 이야기.

"기사 전체를 띄워 봐." 킴은 밀려드는 흥분감을 느끼며 말했다.

스테이시가 기사를 열자 킴은 빠르게 내용을 읽었다. 픽업트럭 한 대가 전속력으로 달리다가 중앙분리대가 있는 도로에서 차선을 이탈했다. 그 바람에 분리대가 망가졌다.

"아, 이럴 수가." 킴과 함께 기사를 읽던 스테이시가 말했다.

"항공 지도 띄워."

스테이시가 다시 키보드를 두드렸다. 해당 지역이 확대됐다.

킴은 화면을 톡톡 쳤다.

"여기, 이쪽 지형을 봐. 이쪽 땅에 비탈이 져서, 들판에서 도랑으로 이어지고 있어. 그 말은 들판에서 차량을 꺼내기 위해 크레인을 동원해야 했다는 뜻이야. 그러자면 엄청나게 많은…."

"사이렌 소리가 들렸겠죠." 브라이언트가 다가오며 대답했다.

"소방차, 구급차, 경찰차가 모여들었을 거예요. 꽤 소란스러웠을 겁니다." 앨리슨이 킴 왼쪽으로 다가가 화면을 보았다. "2호는 그 정도 소음에 별로 놀라지 않았을 거예요. 하지만 1호는 분명 놀랐겠죠. 이런 일은 계획에 없었을 테니까요. 몸값을 전달받는 시점이 코앞이었으니 엄청나게 당황했을 거예요."

킴도 행동 분석 전문가와 같은 의견이었다. 하지만 그렇다고 해도 놈들이 돈을 받기 전에 에밀리를 풀어 준 이유나 수지가 아예 풀려나지 않은 이유는 설명되지 않았다.

스테이시는 분주하게 키보드를 두드리며 지도를 확대하거나 축소했다. "가장 가까운 건물은 왕복 분리 도로 양옆에 있어요. 소리는 더 멀리서도 들렸겠지만, 여기서 가장 크게 들렸을 거예요."

킴은 수사망이 좁혀지고 있다는 것을 깨달았다. 그토록 많은 사람들이 활동하고 있었으니 납치범들은 누군가가 찾아오는 위험을 감수할 수 없었을 것이다.

"스테이시, 계속 단서를 찾아봐. 이 두 건물에서도 아무 단서가 발견되지 않으면 골치 아파지겠지만 여기가 틀림없어. 확실해."

"알겠습니다, 대장."

누군가가 아드레날린을 상황실에 주사한 것만 같았다.

"좋습니다. 브라이언트, 케빈은 나랑 같이 가죠. 아이들을 되찾을 시간입니다."

94

쿵쿵거리는 발소리가 들리자 캐런은 남편을 꼭 붙들었다. 로버트는 30분 전에 집에 돌아왔다. 캐런은 그를 놓아줄 수 없었다. 그가 돌아왔다는 사실을 아는 사람은 아무도 없었다. 로버트는 주방 문을 돌아보면서도 캐런과 떨어지지 않았다. 캐런은 돌아서서 로버트를 보았다.

"로버트…."

로버트는 고개를 저었다. "아무 의미 없는 소리일지도 몰라, 여보. 저 사람들이 바쁘게 집을 들락거리는 걸 여러 번 봤잖아?" 로버트는 캐런의 머리카락을 가만히 쓰다듬었다. "이렇게 할 수밖에 없어. 우린 무슨 일이 벌어지는 건지 알아야만 해. 그러려면 핸드폰이 필요하고. 우리 딸을 구해야지."

캐런은 로버트의 말을 듣고 깊이 안도했다.

로버트가 집을 비운 몇 시간 동안 캐런에게 세상은 아무 의미가 없었다. 사랑스러운 딸은 실종됐고 남편도 그녀를 떠나 버렸다. 마음 깊은 곳에서는 캐런도 로버트가 돌아오리라는 것을 알고 있었다. 로버트라면 그녀가 무슨 짓을 했든 용서해 줄 터였다. 당장은 아니겠지만.

캐런도 염치는 있었다. 눈물을 흘리며 로버트에게 변명과 사과를 해야 했을 것이다. 그에게는 캐런의 기만을 이해할 시간이 필요할 테고. 하지만 캐런과 찰리에 대한 그의 사랑은 깨지지 않았으리라.

로버트가 돌아오자 캐런의 두려움은 조금 잦아들었다. 로버트의 제안에도 불구하고 말이다.

"하지만…."

"그게 유일한 방법이야, 캐런." 로버트가 조용히 말했다. "당신이 도와 줘야 해."

캐런은 심호흡하고 고개를 끄덕였다. 로버트는 그녀에게서 멀어져 접시 두 개를 집어 들더니 캐런에게 옆으로 다가오라고 손짓했다.

캐런은 귀를 막았다. 로버트가 접시를 바닥에 집어던졌다.

95

스테이시는 놀라서 펄쩍 뛰었다.

"저게 무슨…?"

스테이시가 즉시 자리에서 일어났지만 먼저 문으로 향한 사람은 매트였다. 앨리슨도 의자를 밀고 일어났다. 스테이시는 매트를 문 앞에서 밀쳤다.

"여기 계세요."

스테이시는 문을 열면서 두 사람에게 말했다. 이 방에서 경찰관은 자신뿐이라는 말은 굳이 할 필요가 없었다.

"당신은 좆같은 사기꾼이야, 캐런. 대체 날 뭘로 보는 거야?"

로버트의 목소리가 복도에 울려 퍼졌다. 스테이시는 주방으로 향했다. 두 사람은 아일랜드 식탁을 사이에 두고 서 있었다. 깨진 그릇 파편이 바닥에 흩어져 있었다. 로버트는 화가 나서 얼굴이 붉게 달아올라 있었다. 캐런은 얼굴을 두 손으로 감싸고 흐느꼈다.

"거짓말한 건 미, 미안해…."

"미안하다고?" 로버트가 소리쳤다. "뭐, 미안? 거짓말로 내 인생 10년을 훔쳐 가 놓고…. 미안해? 남의 자식을 내 애라고 믿게 만들다니…."

"티민스 씨." 스테이시가 주방으로 들어가며 말했다. "진정하세요."

로버트의 얼굴에는 혐오감이 가득했다.

"진정 같은 소리 하네."

그는 아일랜드 식탁을 팔로 쓸어 버리며 소리쳤다. 주방 기구와 커피 잔이 바닥에 떨어져 박살 났다.

"씨발, 그 이기적인 개새끼는 또 어디 있는 거야?"

로버트는 문 앞에 서 있는 스테이시에게 성큼성큼 다가갔다. 스테이시는 로버트의 덩치에 위압 당해 물러나면서도 두 팔을 들어 그를 막았다. 로버트는 손을 휘둘러 스테이시의 팔을 쳐 버리고 그녀의 머리 너머로 고함쳤다.

"스티븐 핸슨, 그만 나와. 남자답게 나오라고."

매트가 스테이시 뒤로 다가왔다.

"티민스 씨, 진정하십시오." 그가 말했다.

"부탁인데, 다들 진정하라는 말 좀 그만할 수 없습니까? 그 개새끼는 어디 있는 거요?"

엘리자베스가 계단 위에서 모습을 드러냈다. 로버트는 그녀에게로 갔다.

"그 겁쟁이, 당신과 함께 있습니까?"

매트는 로버트를 지나쳐 계단을 막아서려 했지만 로버트가 계속 그를 밀쳤다.

헬렌이 거실에서 들어와 스테이시를 보았다.

"핸슨 씨는 밖에 계신가요?" 스테이시가 물었다.

로버트는 계속 계단을 올랐다. 헬렌은 고개를 저었다.

"어서요, 엘리자베스. 그 새끼 어디 있느냐고! 그 개자식을 걷어차 쫓아내는 재미라도 느껴야겠습니다."

"정말이에요, 스티븐은 여기 없어요. 니콜라스가….."

"나 여기 있습니다." 스티븐이 엘리자베스 뒤에서 말했다.

스테이시가 보기에는 엘리자베스도 놀란 듯했다. 어디에 있었는지는 모르지만 스티븐이 엘리자베스와 함께 있지 않았던 것만은 분명해 보였다.

"로버트…. 부탁이니까….." 엘리자베스가 말했다.

모두가 계단 쪽으로 몰려들었다. 로버트는 거의 계단 끝에 이르렀고 매트가 그를 막아서려고 애썼다.

"어떻게 그딴 짓을 하지? 이 비겁한 새끼. 아내도 모르게 파산한 건 네 놈이잖아. 아무리 그 사실을 모두가 알게 되는 게 싫어도 그렇지!"

스티븐은 아내 옆을 지나 앞으로 나왔다. 둘 사이 거리는 계단 세 칸 뿐이었다.

"나한테 화를 내는 건 좀 아니지. 당신한테 거짓말을 한 건 저 걸레 같은 마누라인데."

로버트가 주먹을 날렸다. 주먹은 엘리자베스를 간신히 스쳐 스티븐의 코를 뭉개 버렸다. 스티븐은 비틀거리며 물러났다. 온순한 로버트가 정말로 자신을 때리리라고는 생각하지 못한 게 분명했다. 결국 매트가 둘 사이에 간신히 끼어들어 둘 사이를 벌려놓았다.

스테이시는 반쯤 계단을 올라오다가 앨리슨이 조심하라고 말하는 소리를 들었다. 스테이시는 우뚝 멈춰서 뒤를 돌아보았다. 루카스와 헬렌이 현관에 있었다. 로버트, 스티븐, 엘리자베스, 매트는 계단 위에 있었다. 스테이시가 중간에, 앨리슨이 가장 아래에 있었다.

스테이시의 머릿속에는 즉시 두 가지 의문이 떠올랐다.

누가 상황실을 지키는 거지?

또, 캐런은 대체 어디에 간 걸까?

96

1킬로미터도 채 이동하지 않았는데 킴의 핸드폰이 울렸다. 킴은 브라이언트에게 핸드폰을 넘겼다.

"스피커폰으로 받으세요."

"대장, 문제가 생겼어요." 스테이시가 숨 가쁘게 말했다.

그것 참 잘 됐다. 안 그래도 문제가 너무 없어서 고민이었는데.

"뭐야?" 킴이 소리쳤다.

케빈이 통화 내용을 들으려고 앞으로 몸을 기울였다.

"완전히 난리가 났어요. 로버트가 돌아와서 접시를 박살 냈어요. 캐런

433

한테 소리를 치더니 스티븐의 얼굴에 주먹을 날렸고요."

킴은 아직 진짜 문제 얘기는 나오지 않았다는 걸 깨달았다. 지금 하는 얘기는 그냥 분위기를 까는 것이었다. 결정적인 한 방이 기다리고 있었다.

"제가 무슨 일이 벌어지는지 보려고 가장 먼저 상황실에서 나왔는데 일이 완전히 엉망진창이 되어 버려서…."

"스테이시, 요점만 말해." 킴이 말했다. 하지만 이미 스테이시가 무슨 말을 할지 알 것 같았다.

"핸드폰이 사라졌어요. 소동이 벌어지는 동안 캐런이 사라졌고요. 지금은 헬렌이 캐런을 찾고 있어요. 아무튼, 상황실에서 핸드폰 두 대가 사라졌어요."

"제기랄." 킴이 소리쳤다. 핸드폰을 가져가려고 빌어먹을 양동 작전을 벌인 것이다. 그럴 이유는 한 가지뿐이었다. "자기들이 나서야겠다고 생각한 거야. 2백만 파운드를 요구하는 문자 메시지를 보게 되겠지." 킴이 말했다.

"아마 그 몸값을 제시할 테고요." 케빈도 덧붙였다.

"그걸로 아이들의 운명은 결정되는 겁니다." 브라이언트가 말했다.

부모들은 킴이 공유하지 않으려 했던 아이들의 비명도 듣게 될 것이다.

이제 그들은 심각한 곤경에 빠졌다.

"하지만 안 그럴 수도 있잖아요, 대장?" 스테이시가 되물었다. "놈들이 거래를 존중해서…."

"스테이시, 부모들이 몸값을 지불하고 나면 납치범들에게는 더 이상 아이들이 필요 없어져."

97

윌은 문자 메시지를 보았다. 천천히 미소가 번졌다. 그와 사임스를 이 순간까지 끌고 온 계획도, 실천도 그럴 만한 가치가 있었다. 이제는 보상을 받을 참이었다. 둘 모두가.

부모들이 거래를 받아들였으니, 이제는 아이들을 내려 주기만 하면 됐다. 굳이 지난번의 인질 교환 계획을 바꿔야 할 이유는 없었다.

윌은 게임에서 이겼다는 쾌감에 온몸이 떨렸다. 2백만 파운드를 벌어 들였다. 게다가 동업자 둘은 이 돈을 나누고 싶어 하지도 않았다. 둘은 원하는 것이 달랐으니까.

사임스의 동기는 분명했다. 사임스는 그저 누군가를 해치고 싶어 했다. 고통을 주고, 그 결과로 사람을 죽이기를 원했다. 사임스는 두 아이의 목숨을 끊는 순간만 기대하며 한 주를 버텼다.

대장의 동기는 확실하지 않았다.

윌은 이중 거래를 했다. 한 명은 배신해야만 했다. 사임스에게는 아이들을 죽이겠다고, 대장에게는 그 애들을 살려 놓겠다고 약속했으니까. 윌은 누구를 배신하는 것이 더 이득이 될지 판단해야 했다.

사임스는 지금 여기에, 그와 함께 있었다. 대장은 아니었다.

"이제 보상을 받을 시간인가?"

사임스는 방을 이리저리 어슬렁거리며 말했다. 윌은 아주 잠깐 망설였다.

"그래. 이젠 네가 원하는 걸 가질 시간이야."

98

"어…. 혹시나 해서 하는 말인데요, 대장. 이쪽은 키더민스터 방향이 아닙니다."

"브라이언트, 알려줘서 고맙지만 항공 사진을 봤을 텐데요. 교통사고로 발생한 소음은 사방 1킬로미터 이상에서 들렸을 겁니다. 우린 그 범위를 좁혀야 합니다. 에밀리는 소리가 멀리서 들렸다고 했어요. 그러니 사고 지점에서부터 조사를 시작하는 건 좋은 방법이 아닙니다. 게다가 에밀리는 다른 말도 했습니다."

킴은 차를 세우며 말했다.

"무슨 말인지 모르겠어요." 케빈이 뒷자리에서 말했다.

브라이언트는 주위를 둘러보았다.

"여기가 에밀리가 발견된 곳이야." 그가 말했다. 이 도로는 하빙튼 외곽 그린벨트 가장자리에 지어진 새 주택으로 들어가는 입구였다.

"에밀리가 한 말은 왼쪽, 왼쪽, 오른쪽, 왼쪽이었습니다."

"확실한 건가요?" 브라이언트가 물었다.

킴은 핸드폰을 꺼내 녹음을 재생하고 거의 끝나는 부분까지 빨리 감았다. 10초 뒤, 에밀리의 목소리로 킴의 말이 확인되었다. 브라이언트의 얼굴에 알았다는 기색이 떠올랐다.

"놈들이 에밀리를 내려 준 곳에서부터 거슬러 가는 거군요."

킴은 고개를 끄덕였다.

"케빈, 스테이시한테 다시 전화해. 이동할 테니까 스테이시한테 계속 우리 위치를 알려. 스테이시가 목적지로 잘 가고 있는지 알려 줄 수 있을 거야."

케빈은 핸드폰을 꺼냈다. 킴은 천천히 차를 몰기 시작했다.

"뭘 하려는 건지 알겠어요." 브라이언트가 말했다. "오른쪽, 왼쪽, 오른쪽, 오른쪽으로 이동하는 거죠? 에밀리의 기억을 뒤집어서요. 하지만 우회전을 하는 지점이 첫 번째 교차로인지, 두 번째 교차로인지, 세 번째 교차로인지 모르잖아요."

킴은 케빈이 스테이시에게 계획을 설명하는 소리를 들었다.

"놈들이 에밀리를 내려 준 지점이 중요합니다." 킴이 설명했다. "가장 중요한 건 남들 눈에 띄지 않는 것이었습니다. 주요 도로나 주택가를 이용하지는 않았을 거예요. 그러니 그런 길은 제외할 수 있습니다."

"아아, 그렇겠네요."

"준비됐어, 케빈?" 킴이 물었다.

"준비됐습니다, 대장."

킴은 계속해서 차를 몰아간 끝에 오른쪽의 좁은 골목을 발견했다. 킴은 그리로 방향을 틀었다. 이제는 왼쪽으로 시골길이 보여야 했다. 다음 네 번의 교차로는 주택가로 이어졌다. 다섯 번째 길은 양옆에 덤불이 있었다. 킴은 그 길로 접어들었다. 길은 500미터쯤 이어지다가 벨브러튼 마을에 닿았다.

"사람이 너무 많이 사는 곳입니다." 킴이 말했다. "이쪽이 아니에요."

킴은 어느 선술집 주차장에서 차를 돌린 다음 좌회전을 할 수 있는 다른 길을 찾았다. 그녀는 계속해서 400미터쯤 이동했지만 직감적으로 뭔가 잘못됐다는 것을 알았다.

"대장, 스테이시 말로는 우리가 교통사고 지점에서 거의 5킬로미터 떨어진 곳에 있다는데요. 점점 멀어지고 있고요."

"젠장." 킴은 차를 세우며 말했다.

실수했다. 엘로이즈의 경고가 귓속에 울렸다. 빌어먹을.

너무 늦은 걸까.

99

"이, 이리 와, 에이미. 나랑 가, 같이 있어야 해. 자, 잠시 후면 그 사람이 돌아올 거야."

에이미는 오른손으로 찰리의 왼손을 잡았다. 에이미의 두 뺨에 눈물이 흘렀다.

"너무 아파."

"알아, 에이미. 그, 그래도 힘을 내야 해."

찰리는 에이미의 새끼손가락이 부러졌다는 걸 알았다. 찰리가 네트볼*을 하다가 새끼손가락을 부러뜨렸을 때와 똑같아 보였다. 남자가 짓밟은 오른발에서 통증이 번졌다. 고통스러운 와중에도 찰리는 무거운 군홧발에 뼈가 으스러지는 소리를 들었지만 비명을 지르지 않았다. 눈

* 농구를 변형시켜 만든 구기 종목.

438

물을 참느라 죽을 만큼 힘들었지만 말이다.

지금은 발이 너무 아팠다. 하지만 계획에 집중해야 했다.

"에이미, 시간이 지날수록 나, 나빠질 거야. 우린 해내, 해내야 해."

에이미의 눈에서 새로 눈물이 흘렀다.

"못하겠어, 찰리. 난 못하겠어…."

"하, 할 수 있어. 난 못해도 너, 넌 할 수 있어."

어쨌든 시도는 해 봐야 했다.

"네 손이 아픈 건 알아. 하지만 저, 저 사람들이 우리를 더 아프, 아프게 할 거야."

에이미는 더 심하게 울었다. 찰리가 그녀에게 다가갔다.

"자, 봐 봐. 소풍을 가면, 사과가 있고." 찰리가 말했다.

이 게임을 할 때마다 에이미는 침착해졌다.

"바나나가 있고."

"체, 체리도 있고."

"도넛도 있고."

"달걀도 있고."

"어…. 소시지도 있고." 에이미가 말했다.

"새, 생강빵도 있고."

"핫도그도 있고."

눈물방울이 하나둘 마르기 시작했다.

찰리는 발소리에 귀 기울이며 게임을 이어 나갔다.

"아이스크림도 있고."

"젤리도 있고."

"키, 킷캣도 있고."

"레모네이드도 있고."

"초코바도 있고."

"땅콩도 있고."

"오, 오렌지도 있고."

에이미의 답이 훨씬 더 빨라졌다.

"파파담•도 있고."

"이제 Q로 시작하는 걸 말해야 하는데···. 꼭 나한테 Q가 걸리더라."

찰리가 말했다.

"항상 네가 게임을 시작하니까 그렇지, 바보야."

에이미가 움찔하며 말했다. 찰리는 웃으려다가 멀리서 문 열리는 소리를 듣고 말을 멈췄다. 에이미도 그 소리를 들었다. 에이미의 눈이 휘둥그레졌다. 에이미가 손으로 피부를 긁기 시작했다. 찰리가 에이미의 팔에 손을 얹었다. 시간이 없었다.

"에이미, 요, 용기를 내서 내, 내가 말한 대로 해야 해."

에이미는 고개를 저으며 찰리의 손을 꽉 잡았다.

"난 못해···."

"해, 해야만 해."

찰리가 에이미의 손을 꽉 쥐었다.

"약속해, 에이미. 하겠다고 약속, 약속해."

에이미의 눈에서 눈물이 흘렀다.

• 질감이 바삭한 인도와 파키스탄의 납작한 빵.

"하지만 넌….."

"난 바로 따라갈게. 아, 아무튼 내가 말한 대로 해 줘."

찰리는 목소리에서 거짓말이 들통나지 않도록 애썼다. 자신이 달릴 수 없다는 걸 알면 에이미는 절대로 찰리의 부탁을 들어주지 않을 테니까. 하지만 이 방법을 쓰면 둘 중 한 명은 살 수 있었다.

100

킴은 잠시 생각했다.

그녀는 에밀리의 기억을 믿었다. 킴 자신이 중요한 퍼즐 조각을 놓치고 있는 게 분명했다.

"그럼 그렇지." 킴이 소리쳤다. 그녀는 시동을 걸고 정차했던 진입로에서 후진으로 돌아나갔다.

"왜 그러세요?" 브라이언트가 물었다.

"난 에밀리가 운전자와 같은 방향을 봤을 거라고 생각했습니다." 킴은 시작 지점까지 길을 되돌아가며 말했다. "그 가엾은 아이는 밴 뒷좌석에 내팽개쳐졌어요. 이동하는 내내 사방에 부딪히기도 했고요. 그래서 우리가 목표 지점과 멀어져 가는 겁니다. 에밀리는 진행 방향의 반대편을 보고 있던 게 틀림없습니다."

브라이언트는 인상을 썼고 케빈은 킴이 방금 한 말을 스테이시에게 전해 주었다.

"제가 잘 이해했는지 모르겠는데, 에밀리의 왼쪽이 우리의 오른쪽이니까 방금 한 일을 거꾸로 해야 한다는 건가요?"

"바로 그겁니다."

킴은 시간을 낭비한 자신을 저주하며 말했다. 몇 분 뒤, 킴은 시작점에 돌아와 있었다.

"자, 똑같이 한번 더 하는 겁니다." 킴이 말했다.

킴은 브라이언트가 무엇이 보이는지 크게 말해 주는 가운데 앞으로 나아갔다.

"주택, 주택, 사설 도로, 교차로입니다."

킴은 왼쪽으로 방향을 틀었다. 도로의 한쪽 모퉁이에는 선술집이 있었고 다른 쪽 모퉁이에는 테라스가 있는 집이 두 채 있었다. 그 너머로는 길 양옆에 산울타리가 솟아 있었다. 킴은 브라이언트가 계속 외치는 소리를 들으며 천천히 차를 몰았다.

"교차로요." 브라이언트가 소리쳤다.

킴은 가파르게 오른쪽으로 방향을 틀었다. 도로가 좁아졌다. 이제 킴 일행은 차선 하나짜리 도로에 접어들었다. 희망이 보이기 시작했다. 이쪽이 좀 더 가능성 있었다.

"케빈, 제대로 가는 거 맞아?"

"네, 스테이시 말로는 우리가 사고 지점 방향으로….."

"교차로요." 브라이언트가 소리쳤다.

킴은 왼쪽으로 방향을 틀어 차선 하나짜리 도로에 접어들었다. 군데군데 아스팔트가 끊기고 풀이 드러나 있었다. 얼마 가지도 않았는데 아스팔트가 푹 파인 지점을 두 번이나 지났다. 운전석 문에 나뭇가지가 걸렸다.

"대장, 가까워지는 것 같습니다." 브라이언트가 말했다.

그래, 킴도 눈치챘다. 에밀리의 말에 따르면 도로는 13개월 전에도 움 푹움푹 파여 있었을 것이다.

"케빈, 사고 지점과의 거리는?"

"500미터 조금 넘습니다."

킴은 계속해서 다음 교차로를 찾았다.

"대장!" 브라이언트가 소리쳤다.

킴은 브라이언트의 경고에 급히 차를 세웠다. 베어낸 통나무가 길을 막고 있었다. 킴은 브라이언트를 보았다.

"이제 코앞입니다."

101

사임스는 사람을 죽일 때 망설인 적이 없었다. 하지만 이번은 달랐다. 그는 지난 한 주 내내 아이들의 순수하고 작은 몸뚱이가 그의 잔인한 의 지에 굴복하는 모습을 상상했다. 길고도 괴로운 한 주였다. 하지만 사임 스는 왠지 그 고통스러운 기대감을 즐겼다.

그가 걱정한 것은 한 가지뿐이었다. 월이 거래를 취소할지 모른다는 점 말이다. 하지만 어제는 월이 보상을 가져가도 좋다고 했다. 이제는 사임스 자신이 주도권을 쥐고 있었다.

그는 오늘의 행사를 위해 몸을 씻고 수염을 깎았다. 지하실에 들어가면 당분간 올라오지 않을 테니까. 사임스는 맨손으로 아이들의 작은 뼈를 부러뜨리면 어떤 기분이 들지 오랫동안 상상해 왔다. 닭 날개를 꺾을 때와 비슷하지 않을까. 물론, 그가 열망해 오던 대로 격렬한 발길질과 주먹질도 할 수 있을 것이다.

하지만 사임스는 자제력을 발휘해야 한다는 걸 알고 있었다. 너무 오래 기다려 온 쾌락을 몇 분 만에 끝내 버릴 수는 없었다. 몇 시간, 며칠이라도 들일 생각이었다. 사임스는 상대방의 고통과 자신의 쾌감을 연장하는 방법을 잘 알고 있었다. 누군가를 죽기 직전까지 몰아갔다가 되살려 내는 방법이었다. 그는 지루해질 때까지 그 방법을 쓸 생각이었다.

사임스는 지하실 계단으로 이어지는 문을 열었다. 아이들의 방으로 들어갈 생각에 몸이 근질거렸다.

아이들이 살아서 볼 마지막 사람은 사임스가 될 것이다.

102

"좋아, 가자."

모두 자동차에서 내렸다. 길 한쪽은 산울타리가 쳐져 있었지만 평평

했다.

"케빈, 지금도 신호 잡혀?"

케빈은 고개를 끄덕였다.

"네가 들판을 맡아."

케빈은 산울타리를 뚫고 들어갔다. 킴과 브라이언트는 뒤에 남았다. 도로의 반대편은 이야기가 달랐다. 풀이 돋은 흙바닥이 길에서 비스듬하게 내려가다가 가파르게 올라가며 언덕으로 이어졌다.

"세상에, 대장! 전 베어 그릴스•가 아니라고요." 브라이언트는 킴을 따라잡으려고 애쓰며 말했다.

킴은 들은 체 만 체하며 발 디딜 곳에 집중했다. 풀밭이 무성하고 미끄러웠다. 태양은 떨어질 시간만 기다리고 있었고 그 뒤로는 곧 닥칠 어둠이 서성였다.

기다려, 얘들아. 킴은 조용히 기도했다. *조금만 더 기다려.*

103

찰리는 계단을 내려오는 발소리를 들었다.

"준비 됐어, 에이미?"

• 야생에서의 생존을 주제로 하는 방송인.

친구는 겁에 질린 듯했지만 고개를 끄덕였다. 찰리는 금속 열쇠가 자물쇠에 미끄러져 들어가는 소리를 들었다.

문이 열렸다.

찰리는 배 속이 뒤집히는 것 같았다. 에이미가 그녀의 옆에 웅크려 기다리고 있었다.

남자가 찰리 근처로 오른발을 내디뎠다.

"또 만났구나, 예쁜…."

찰리는 그 이상 듣지 않고 입을 크게 벌리며 앞으로 몸을 던졌다. 두 손으로 놈의 발목을 붙들고 종아리에 치아를 있는 힘껏 박아 넣었다.

"이런 씨발…."

찰리는 더 세게 남자를 물었다. 청바지 너머로 입에 꽉 차는 종아리 살이 느껴졌다. 놈은 시끄럽게 비명을 지르며 다리를 들었다.

"이 좆같은 년이…."

찰리는 곁눈으로 동태를 살폈다. 에이미가 꼼짝하지 않고 서 있었다.

부탁이야, 에이미. 해내야만 해. 찰리는 조용히 빌었다.

남자가 다리를 흔들어 댔지만 찰리는 놓지 않았다. 그는 몸을 숙이고 찰리의 머리끄덩이를 잡더니 그녀의 치아를 다리에서 떼어 냈다. 놈은 찰리를 홱 돌려 자기 앞으로 끌어왔다.

"지금이야, 에이미. 도망쳐!" 찰리가 소리쳤다.

에이미는 작게 울면서 천천히 옆을 지나갔다.

"가!" 찰리가 소리쳤다.

찰리는 격렬하게 몸부림쳤다. 남자가 자신에게 두 손을 모두 쓰게 해야 했다. 그래야 에이미에게 손을 뻗을 수 없을 테니까.

에이미는 흐느끼며 문으로 다가갔다.

"이 씨발 것들이…."

남자의 말이 낮은 신음으로 변했다. 찰리가 남자의 왼쪽 아래팔에 치아를 박아 넣은 것이다. 이번에는 살을 꿰뚫었다. 혀끝에서 피 맛이 느껴졌다.

"떨어져, 이…."

남자는 비명을 지르는 동시에 찰리를 잡으려 했지만 찰리는 끈질기게 매달렸다. 고통은 무시하고 다시 한번 에너지를 분출했다. 치아가 놈의 팔에 더 깊이 박혀 드는 것이 느껴졌다.

남자는 다시 비명을 지르며 찰리의 뺨을 주먹으로 후려쳤다. 머리가 울렸지만, 찰리는 친구의 그림자가 방에서 나가는 것을 보았다.

"씨발, 후회하게 해 주마, 이 미친개 같은 년."

찰리는 고개를 돌려 문을 보며 소리쳤다.

"도망쳐, 에이미. 도망쳐."

104

킴은 언덕 꼭대기에 이르러 욕설을 내뱉었다. 무릎 높이의 풀밭을 헤치고 오느라 양쪽 허벅지가 불타는 듯했다.

"제법이네요." 브라이언트가 헉헉대며 자신을 따라잡자 킴이 말했다.

킴은 풍경을 훑어보다가 항공 사진에서는 나무에 가려져 보이지 않던 것을 발견했다. 킴이 서 있는 곳에서는 동쪽, 북쪽, 서쪽으로 건물들이 늘어서 있었다. 모니터로는 앞쪽으로 이어지는 건물들만 보였는데.

"제기랄, 어느 쪽이죠, 대장?"

킴은 고개를 저었다. 킴이 아는 것이라고는 웃자란 풀밭을 벗어나는 순간 세 건물 모두에 위치가 노출된다는 것뿐이었다.

"빌어먹을, 엉뚱한 건물로 가기라도 하면…."

킴은 말을 맺지 않았다. 어차피 브라이언트도 알 테니까. 이 시점에서 멍청한 짓을 하나라도 하면 아이들이 살해당하거나 밴에 실려 다른 장소로 이동될 수 있었다. 그런 일이 벌어지면 아이들을 잃는 것이다. 브라이언트가 입술을 깨물었다.

킴은 심장 박동이 빨라지는 것을 느꼈다. 지금 이 순간에는 사소한 실수 한 번만으로 두 가족이 영원히 망가질 수 있었다. 그녀는 눈을 감고 모든 감각을 활용했다. 귓가에 바람 소리가 울렸다. 바람에 실린 가벼운 빗방울이 뺨에 닿았다.

시간이 다 가기 전에 아이들을 찾을 기회는 한 번뿐이었다.

킴은 선택했고, 그게 맞는 선택이기를 신에게 기도했다.

킴은 열심히 집중했다. *자, 얘들아. 뭐라도 보내 줘. 내가 너희들을 찾도록 도와줘.* 킴은 눈을 뜨고 두 발짝을 걷다가 멈춰 섰다.

"브라이언트, 저게 뭡니까?"

브라이언트가 킴의 시선을 좇았다.

300미터 떨어진 곳, 언덕 아래에 뭔가가 보였다. 풍경 속 점처럼 보이는 것이 오른쪽에서부터 움직이고 있었다. 그 점이 킴과 브라이언트가 있는 쪽으로 다가오고 있었다. 둘은 그 점을 열심히 바라보았다.

그 점이 250미터까지 다가왔을 때 킴과 브라이언트는 서로를 보았다.

브라이언트가 말했다. "대장, 어린애 같은데요."

킴도 정확히 같은 생각이었다.

브라이언트는 킴과 보조를 맞추어 앞으로 나아가기 시작했다. 킴이 브라이언트를 탁 잡았다. 그가 웃자란 풀밭이라는 안전한 공간을 떠나기 직전이었다.

"엎드려요." 킴이 브라이언트의 팔을 잡으며 말했다.

"대장, 이게 무슨⋯."

"쉿, 케빈을 호출하십시오."

브라이언트는 핸드폰을 꺼냈고 킴은 빠르게 살펴보려고 고개를 내밀었다. 형체는 200미터 떨어진 곳에서 그들이 있는 방향으로 곧장 달려오고 있었다.

"대체 뭘 하는 겁니까, 대장? 저 애는 우리가 찾던 아이들 중 한 명이라고요."

브라이언트는 정신 나간 사람 보듯 킴을 보았다.

킴이 고개를 내밀었다.

150미터.

킴은 다시 고개를 획 숙였다.

파란색 수영복만 입고 달려오는 아이의 긴 검은색 머리카락이 바람에 날렸다. 에이미였다.

"대장, 가서 데려와야죠."

"잠깐만요."

킴이 다시 고개를 내밀었다.

75미터.

마침내 킴은 찾던 것을 보았다.

"내가 가라고 하면 가세요." 킴이 브라이언트에게 말했다.

헐떡이며 흐느끼는 소리가 두 사람의 귀에 닿았다. 브라이언트는 풀
밭에서 앞으로 기어갔다. 킴이 그의 팔에 손을 얹었다.

"기다리십시오."

아이가 애쓰는 소리가 점점 더 가까워졌다. 에이미는 지쳐 가고 있었
다. 내내 오르막을 달려왔으니까.

"대장, 전…."

"기다려요."

킴은 귀를 기울이며 낮게 말했다. 이제는 풀을 밟는 발소리가 들렸다.

"돌아와, 이 좆같은…."

"지금입니다." 킴이 소리쳤다.

둘은 웃자란 풀밭에서 튀어 나갔다.

에이미는 두 사람으로부터 서쪽으로 20미터 떨어진 곳에 있었다. 에
이미를 따라오던 자는 겨우 3미터 뒤에 있었다. 둘 다 놀라서 우뚝 멈춰
섰다.

"아이를 구하십시오, 브라이언트." 킴이 소리쳤다.

남자는 이미 돌아섰지만 킴은 앞으로 몸을 날려 그자를 땅에 쓰러뜨
렸다. 놈은 킴에게 깔린 채 몸을 비틀어 댔다. 킴은 그의 오른쪽 관자놀
이를 후려쳤다. 놈은 몸부림치며 킴을 떼어 내려 했지만 킴은 말갈기라
도 되는 것처럼 그의 머리카락을 잡아당겼다. 그의 머리 전체가 뒤로 젖

혀졌다. 킴은 그의 오른쪽 턱을 다시 후려쳤다. 놈이 몸을 팅기자 킴은 왼쪽으로 넘어졌다. 놈은 탈출하고 싶은 절박한 마음에 더욱 세차게 버둥거렸지만 절박한 마음이야 킴도 놈에게 지지 않았다. 놈은 옆으로 굴렀고, 킴은 발을 내뻗어 놈의 사타구니를 세게 걷어찼다.

"이제 가만히 있어."

브라이언트가 킴 옆에 나타났다.

"됐어요, 대장 제가 하겠습니다."

킴은 브라이언트의 말을 못 들은 체하고 용의자를 돌아보았다. 킴은 아이와 함께 나타난 이자가 1호라는 것을 알아차렸다. 왜소한 키와 깡마른 상체를 보니 방금 쓰러뜨린 놈이 문자 메시지를 보낸 놈이 틀림없었다. 이 남자는 신체 조건상 브래드와 잉가에게 그 정도의 폭력을 저지를 능력이 없었다. 폭력을 저지른 자는 아직 아이를 데리고 있었다.

"다들 어디에 있어?" 킴이 남자의 얼굴에 대고 소리쳤다.

"좆까." 그가 내뱉었다.

킴은 잠시 여기서 이자를 고문하고 싶었지만 시간이 없었다. 찰리가 여전히 저 아래 어딘가에 있었다.

킴은 언덕 위를 보았다. 에이미가 혼자 서 있었다. 브라이언트의 코트를 걸치고 있으니 매우 작아 보였다.

"브라이언트. 이놈이 일어나지 못하게 하십시오."

킴은 빠르게 언덕을 달려 올라갔다.

1호를 잡기 전, 킴은 너무 서둘러 풀밭에서 나오면 아이를 쫓는 자가 그대로 도망칠 수 있다는 걸 알았다. 그리고 킴은 놈들을 둘 다 잡고 싶었다. 킴은 통제할 수 없이 떨고 있는 아이 앞에 무릎을 꿇었다.

"에이미, 괜찮아. 이제 안전해. 다시는 그 누구도 널 해치지 못해."

킴이 보니 아이는 최소한 오른손 손가락 하나가 부러진 상태였다.

"조금만 더 용기 내 줄 수 있겠니?"

에이미가 고개를 끄덕였다.

"그래, 에이미. 내가 가서 찰리를 데려올게. 그러려면 찰리가 어디 있는지 알아야 해."

"찰리가 그 남자를 물었어요. 남자가 오기를 기다렸다가 그 사람 다리를 물었어요. 저더러 도망치는 역할을 맡으라고 했어요. 자기는 발을 다쳤다고요. 전 그러기 싫었지만 찰리가 저한테 약속하라고 했어요."

"괜찮아, 에이미. 찰리 생각이 맞았어. 그 남자가 찰리 발을 다치게 했니?"

에이미는 고개를 끄덕였다.

"발을 밟았어요."

"그래, 에이미. 잘해 주고 있어. 네가 도망쳤을 때 찰리는 어디 있었어?"

"아래층에요…. 거기 방이 여러 개 있어요. …벽이 차가웠어요."

킴은 언덕 아래를 보았다. 서로 떨어진 건물 네 채가 있었다.

"에이미, 저 중에서 어느 건물에 있었는지 말해 줄 수 있을까?"

에이미는 킴이 가리킨 곳을 보더니 오른쪽 끝 건물을 고갯짓했다. 옆에서 보면 농가처럼 보였다.

"알았어, 에이미. 그 남자가 어떻게 생겼는지 말해 줄 수 있을까?"

"커요." 에이미는 고개를 들며 말했다. "형사님보다 커요. 머리카락이 없고 얼굴도 매끈해요."

에이미는 눈을 감고 심하게 떨었다. 킴은 에이미의 팔에 손을 얹었다.

"잘했어, 에이미. 너 정말 용감하구나."

케빈이 언덕을 넘어 빠르게 달려왔다.

"에이미한테서 눈을 떼지 마." 케빈이 다가오자 킴이 지시했다. "구급차를 부르고 소방서에도 연락해서 저 통나무를 치우도록 해. 하지만 티민스의 집에는 전화를 걸면 안 돼. 스테이시한테도."

케빈은 고개를 끄덕이고 에이미 옆에 무릎을 꿇고 앉았다.

"대장, 혼자 가는 건 위험합니다." 브라이언트가 말했다.

케빈은 에이미를 지켜 줘야 했고 브라이언트는 납치범을 감시해야 했다.

찰리는 혼자 있었다.

선택의 여지가 없었다.

킴은 케빈에게서 돌아섰다. 지원 병력을 마냥 기다릴 수는 없었다. 킴은 무장하지 않은 채였고 이곳 지리도 전혀 몰랐다. 하지만 저 건물 어딘가에는 아홉 살짜리 여자아이가 사이코에게 붙잡혀 있었다.

킴은 휙 돌아서 달려갔다.

105

킴이 가장 가까운 건물에 도착했을 때 어둠이 내리기 시작했다. 그곳은 창문 없는 평범한 건물이었다. 예전에 외양간으로 쓰던 건물을 개조

한 듯했다. 문은 금속 재질에 녹이 슬어 있었으며 맹꽁이자물쇠가 채워져 있었다.

킴은 건물 측면을 돌아갔다. 벽 없이 지붕만 있는 구조물 아래에 흰색 밴이 주차돼 있었다. 킴은 그 자동차를 지나 농가 중앙 건물에 다다랐다.

1호가 에이미를 쫓아가느라 문을 열어 두었다. 퀴퀴한 곰팡내가 즉시 덮쳐 왔다. 왼쪽의 문에는 아래위로 나뉘어서 윗부분만 따로 열 수 있는 문이 있었다. 그 문은 주방으로 이어졌다.

킴은 소리를 내지 않으려고 조심하며 주방으로 들어갔다. 아직 남아 있는 찬장은 문이 전부 떨어져 있었다. 한때 주방 도구들이 놓여 있던 자리는 텅 비어 있었다. 거미줄이 구석마다 가득했고 쥐똥이 쌓여 있었다. 벽은 검은색과 초록색 곰팡이 자국으로 벽화를 그려놓은 듯한 모습이었다.

킴은 천천히 밖으로 나가 다음 방으로 들어갔다. 한때는 거실로 쓰였지만 최근에는 통제실로 사용되는 공간인 듯했다. 창문은 위쪽 벽에 못 박혀 있는 남색 커튼으로 가려져 있었다. 왼쪽에는 탁자가 하나 놓여 있고 거기에 핸드폰 여러 대가 줄지어 늘어서 있었다. 창문이 있는 쪽 벽에는 컴퓨터 모니터 세 대가 설치된 책상이 있었다. 나머지 공간은 소파가 차지했다.

킴은 책상으로 한 걸음 다가갔다. 화면 세 개가 모두 백색 소음만을 보여 주었다.

제기랄, CCTV가 박살 나서 놈의 위치를 정확히 알 수 없었다.

아무것도 모르는 채 들어가야 했다.

킴은 거실에서 나왔다. 다음으로 나무 문이 하나 더 있었다. 킴은 그 문을 조심스럽게 열었지만 금속 손잡이가 빗장에서 미끄러지며 덜컥 소리가 났다. 어둠 속으로 이어지는 돌계단이 보였다.

킴은 양옆의 벽에 손을 대고 계단을 한 칸씩 내려갈 때마다 발꿈치로 단의 높이를 확인했다. 더 이상 계단이 느껴지지 않자 주머니에서 핸드폰을 꺼내고 화면을 건드렸다. 완전한 암흑 속에 핸드폰이 작은 빛을 비추었다. 킴은 핸드폰으로 왼쪽을 비추고 다시 오른쪽을 비추었다.

킴은 복도를 따라 나아갔다. 복도는 집 전체를 따라 이어진 듯했다. 왼쪽에는 벽돌 벽이 있었지만 오른쪽에서는 통로가 꺾어졌다. 킴은 오른쪽으로 돌아서 핸드폰으로 바닥을 비추었다.

바닥에는 깨진 전구가 흩어져 있었다. 킴은 조심스레 그 유리를 밟고 넘었다.

왼쪽에서 소리가 났다.

킴은 고개를 돌렸다. 핸드폰 빛으로는 아무것도 찾을 수 없었다. 쥐가 낸 소리일지도 모른다는 생각이 들었다.

킴은 열린 문을 지났다. 주위를 비추어보았다. 그 공간은 겨우 감방 정도 크기였다. 한쪽 구석에는 주스 팩과 샌드위치 통들이 모여 있었다. 다른 쪽 구석에는 매트리스와 양동이가 있었다. 악취가 복도에 서 있는 킴에게까지 풍겼다.

킴은 두 걸음 나아가며 핸드폰으로 앞을 비추었다. 50센티미터만 더 가면 모퉁이를 돌 수 있었다.

"한 걸음만 더 다가오면 이 좆같은 년 목을 그어 버리겠어."

킴은 멈춰 섰다. 아이의 입술에서 작은 울음소리가 새어 나왔다. 킴은 눈을 감았다.

하느님, 감사합니다.

찰리는 아직 살아 있었다. 킴은 놈을 한 번도 만나 본 적 없었지만 그가 아주 끔찍한 일도 저지를 수 있다는 것만은 알 수 있었다. 놈의 동정심에 호소하려는 노력은 통하지 않을 것이다. 놈에게는 공감 능력이 조금도 남아 있지 않았으니까.

이 남자는 사이코패스가 아니었다. 제품이었다. 살인을 위해 만들어지고 프로그램된 기계. 전쟁은 폭력적 성향이 있는 사람을 이용했고 그 성향을 강화했다. 그러면서 남아 있던 인간성의 흔적은 전부 말살해 버렸다.

킴은 어떤 선택지가 있는지 생각해 보았다. 지금 이 순간은 놈이 자기 상대가 여자라는 걸 모르고 있었다.

"냄새난다, 암캐야." 놈이 말했다.

잘됐네. 놈의 목소리는 겨우 5~60센티미터쯤 떨어진 곳에서 들려왔다. 즐거워하는 듯했다. 좋은 징조였다. 놈의 주의를 돌려 찰리를 해치지 못하게만 할 수 있다면.

놈이 빛 속으로 걸어 들어오자 킴은 놈의 덩치에 순간 놀랐다. 그는 193센티미터는 되어 보이는 몸에, 근육이 120킬로그램쯤 붙어 있는 듯했다.

찰리는 놈의 앞에 붙들려 있었다. 칼이 찰리의 목을 겨누었다. 아이는 왼쪽 눈이 부어올라 감겨 있었으며 아랫입술이 터져 있었다. 다른 눈은 두려움에 휘둥그레져 있었다.

사임스가 큰소리로 웃었다.

"날 잡겠다고 계집년을 보냈네. 씨발, 내가 우습나?"

놈은 재미있다는 듯 웃었지만, 킴은 놈이 모욕당했다고 생각하는 것을 느낄 수 있었다.

킴은 시선을 내렸다. "괜찮아, 찰리. 에이미는 우리가 데리고 있어. 내가 널 여기서 꺼내 줄 거야."

사임스가 다시 웃었다.

"아니, 저 씨발년은 그렇게 못해, 꼬맹아." 그가 찰리에게 말했다. "난 약속받은 대로 네 목을 딸 거야. 그런 다음 저년도 죽일 거고. 결론은 다 개소리란 거지."

사임스는 킴에게 한 발 더 다가왔다.

놈의 오른쪽 다리 움직임이 둔했다. 킴은 찰리가 문 자리가 바로 그 다리일 거라고 짐작했다. 놈의 아래팔에도 핏자국이 있었다.

덩치 차이가 있지만 킴은 일대일로 붙으면 자신이 사임스를 쓰러뜨릴 수 있다는 걸 알고 있었다. 둘 사이에 칼이 겨눠진 아이가 없었다면 말이다.

"난 혼자가 아니야." 킴이 말했다.

놈이 킴의 뒤를 보았다. "상상 속 친구라도 데려왔나 보지?"

킴은 목소리를 낮고 침착하게 유지했다. "지금 여기엔 사람들이 득실득실해. 다들 여기로 내려오는 건 시간문제야."

사임스는 걱정하지 않는 듯했다. "시간이 많이 필요한 건 아니라서."

킴은 주위가 어두워지지 않도록 핸드폰 화면에 엄지를 대고 있었다. 놈과 눈을 마주치고 싶었다. 하지만 놈은 분주하게 주위를 두리번거렸다.

킴은 둘 사이의 거리를 재 보았다. 놈의 주의를 딴 데로 돌리지 않는 한 찰리를 구하기 위해 몸을 날리는 모험은 해볼 수 없었다. 놈의 손은 안정적으로 자리 잡고 있었다. 언제든 아이의 목을 그어 버릴 수 있었다.

"뭘 얻고 싶은 거야?" 킴이 물었다. 킴은 놈을 설득해 아이를 돌려받을 수 없다는 걸 알고 있었다. 하지만 시간을 벌어야 했다. "너도 다 끝났다는 거 알잖아. 다른 놈은 우리가 잡았어. 이 사건을 계획한 놈 말이야."

"씨발, 그놈이 계획했다는 걸 네가 어떻게 알아?" 사임스가 찰리를 끌어당기며 물었다. 이 작전을 세운 전략가가 사임스일 리 없다는 킴의 생각이 마음에 들지 않는 듯했다.

"정보를 주면 거래를 해 볼 수 있어." 킴이 말했다. "그놈은 평생 감옥에 가겠지만, 넌 그럴 필요가 없어. 우린…."

"집어치워, 좆같은 년아. 감방 따위에 내가 겁먹을 것 같아? 처돌았나."

"하지만 네가 원하는 건…."

"약속은 약속이야. 모르겠냐, 멍청한 년아? 난 애를 죽이고 싶어. 애를 죽일 거야. 그리고…."

"대장, 안에 계세요?"

사임스는 브라이언트의 목소리가 들려온 방향으로 시선을 돌렸다.

킴에게 필요한 건 그뿐이었다.

킴은 핸드폰을 들어 놈의 눈을 똑바로 비추고 앞으로 몸을 날려 찰리의 팔을 잡았다. 아이를 등 뒤로 돌리고 앞으로 손을 뻗어 칼을 잡았다. 킴의 손이 손잡이에 닿는 순간 사임스가 칼날을 위로 당겨 올렸다. 킴의 오른손 살점이 베였다. 핸드폰 불빛이 꺼졌다.

계단에서 발소리가 들렸다.

킴은 자신이 뒤로 떠밀려 찰리에게 걸려 넘어지는 것을 느꼈다. 어둠 속에서 무슨 일이 벌어지는 건지 전혀 알 수 없었다.

그때 사임스가 문에 열쇠를 꽂더니 방을 잠가 버렸다.

106

사임스는 찰리를 반대쪽 구석에 던져 버렸다. 찰리는 신음하며 몸을 둥글게 말았다.

"이젠 네 친구들이 뭘 하려나?" 사임스가 비웃었다.

킴은 여전히 손에 핸드폰을 들고 있었다. 킴이 핸드폰을 건드리자 다시 불이 들어왔다.

밖에서 브라이언트가 강철 문을 두드리는 소리가 들렸다. 그 문을 뚫고 들어오려면 전문 장비가 있어야 할 것이다. 문이 열릴 때쯤에는 모두가 죽었을 테고. 그리고 킴 앞에 서 있는 남자는 그 사실을 알고 있었다.

사임스는 킴과 찰리를 번갈아 보았다.

"어느 것을 고를까요, 알아맞혀 보세요. …누구 먼저 요리할까?"

"처음부터 돈엔 관심도 없었던 거냐?" 킴이 물었다. 절박했다. 놈이 찰리에게 관심을 갖지 않도록 해야 했다. 베인 손에서 청바지로 핏방울이 떨어지는 것이 느껴졌다.

놈은 킴과 찰리가 떨어져 있게 하려고 둘 사이를 어슬렁거렸다.

"물론! 그 정도는 알았어야지, 개년아. 난 죽이는 걸 좋아해. 그게 즐겁다고. 격렬할수록 좋아. 그리고 이젠 결정했어."

놈이 다가와 킴 앞에 섰다.

킴은 브라이언트가 문을 두드리며 고함치는 소리를 들었다. 브라이언트는 킴과 겨우 열 발짝 떨어져 있었지만 그 거리를 좁힐 방법이 없었다. 참 가까우면서도 멀다고, 킴은 생각했다.

그때 사임스가 발을 들어 킴의 다친 손을 꽉 밟았다. 팔을 타고 통증이 솟구쳤다. 눈앞에서 어둠이 일렁이는 것 같았다. 다음 공격은 킴의 갈비뼈에 꽂혔다. 킴은 옆으로 쓰러졌고 핸드폰이 손에서 미끄러져 떨어졌다. 놈의 발이 킴의 아래턱에 명중했다. 고통으로 머리가 터질 것 같았다.

"일단은 너를 살려 두겠어. 네가 귀로 쇼를 즐길 수 있도록 말이지."

놈이 다시 발길질을 했다. 킴은 왼쪽 팔꿈치를 맞았다.

"그만해요!" 찰리가 소리 질렀다.

"걱정하지 마, 아가야. 다음은 네 차례니까."

킴은 어둠 속에서 놈의 손이 닿지 않는 곳으로 기어가려 애썼다. 그녀는 놈이 뭘 하려는지 알았다. 놈은 킴이 움직이지 못하도록 그녀의 사지를 무력화하는 중이었다. 잉가에게 했던 것처럼.

놈의 다음 공격이 킴의 왼쪽 허벅지에 꽂혔다. 살짝 몸을 굴린 덕분에 놈의 발에 무릎이 박살 나는 것은 피할 수 있었다. 킴은 사방에서 잠식해 오는 고통을 뚫고 생각하려고 애썼다. 또 한 번의 공격이 오른쪽 발목을 찍었다.

핸드폰 불빛에 눈을 희번덕거리며 기뻐하는 놈이 보였다. 놈은 그저 준비 운동을 하는 중이었다.

킴은 지금 이 건물 전체에 득실대고 있을 사람들을 생각했다. 그중 누구도 킴을 도울 수 없었다. 킴은 주요리가 나오기 전의 애피타이저나 마찬가지였다. 놈은 찰리를 끝장낸 다음 다시 그녀에게 돌아와 이번엔 디저트로 즐길 터였다.

놈은 뒤로 물러나 자신의 작품을 감상했다.

킴은 손가락 하나 까딱하기 힘들었다. 대항할 힘이 없었다. 온몸이 고통으로 터질 듯했지만 비명을 지를 수도 없었다. 그저 찰리가 구석에서 낮게 훌쩍거리는 소리를 듣고 억지로 의식을 붙들고 있을 뿐이었다.

욕지기가 치밀었다. 킴은 기침하며 구역질을 삼켰다. 그 동작에 온몸이 발작했다.

킴은 무기가 없었다. 놈에게는 칼이 있었고 킴은 조금도 움직일 수 없었다.

사임스가 반대쪽 구석으로 관심을 돌렸다. 놈은 배 속 깊은 곳에서부터 기대감에 찬 신음을 터뜨렸다.

킴은 눈을 깜빡여 위협적인 어둠을 털어 냈다.

1분이라도 고통에 굴복하면 아이는 죽는다.

사임스가 멀어져 갔다.

킴은 놈을 따라갈 수 없었다.

사임스가 보상물을 향해 다가갔다. 찰리가 바로 놈이 일을 제대로 처리하고 받은 보상이었다. 킴에게는 놈을 막을 힘이 없었다.

그때, 핸드폰 불빛이 나갔다.

107

문 반대편에서 고함이 들렸다. 아직 그들은 문을 뚫지 못했다. 찰리가 구석에서 비명을 질렀다. 킴은 집중하려 애썼다. 어떤 생각이 떠오르려 했다. 앨리슨이 했던 무슨 말이.

킴은 자신이 움직일 수 있는 유일한 부위, 그러니까 입에 온 힘을 쏟았다.

"훈련병, 지금 무슨 좆같은 짓을 하는 건가?" 킴은 방에 고요함이 내려앉는 것을 느꼈다. "이럴 시간이 있다고 생각하나?"

"이게 무슨….."

도박이 먹혔다. 갑작스러운 희망이 스며들자 고통이 무뎌졌다.

"겨우 이딴 일을 하려고 군에 들어온 건가, 훈련병?" 킴은 바닥을 가로질러 조금 움직였다. 온몸이 그만두라고 아우성이었지만 킴은 그 외침을 무시했다. "우리가 언제부터 어린 여자애들을 해쳤나, 훈련병?"

몇 센티미터 더.

"저는….. 난…."

"우리가 언제 이딴 훈련을 했었지?" 킴은 고함치듯 말했다. 바닥을 가로질러 천천히 움직이고 있다는 사실을 감추기 위해서였다. 고통이 목소리에까지 스며들었지만, 킴은 단호한 말투를 유지하려고 애썼다. 킴은 놈이 '훈련병'이라는 호칭에 계속 반응해 충분히 시간을 끌 수 있기를 바랐다. "이딴 짓을 한 병사를 전우들이 받아 줄 거라고 생각하나?"

"난….. 나는…."

"한 번 군인은 영원한 군인이다." 킴이 호령했다.

"나는….. 교관 같은 건 보이지 않는데…."

"그럴 리가 있나, 훈련병." 킴이 소리쳤다.

킴은 어둠에 눈이 익어 놈의 자세를 간신히 볼 수 있었다. 놈은 두 다리를 벌리고 찰리에게서 50센티미터쯤 떨어져 서 있었다.

몇 센티미터만 더.

"물러섯! 지금 즉시 병영으로 복귀한다. 실시!"

"하지만…. 당신은…. 넌 진짜가 아니야….."

킴은 왼쪽 다리를 최대한 뒤로 뺐다가 놈의 오른쪽 종아리를 세게 걸어찼다. 놈은 앞으로 넘어지며 바닥에 굴렀다. 찰리가 발을 끌며 비키는 소리가 났다.

놈은 넘어지자 즉시 정신을 차렸다. 다시 킴에게 집중하고 있었다.

"이 씨발년아!" 놈이 소리쳤다.

킴은 놈의 목소리에서 고통만이 아니라 분노를 느낄 수 있었다. 그녀의 공격으로 놈을 오랫동안 무력화할 수 없다는 건 분명했다. 킴은 놈에게서 먼 쪽으로 기어갔다. 놈이 바로 뒤에서 기어오는 소리가 들렸다. 킴은 무릎으로 박살 난 전구를 밟고 말았다. 깨진 유리가 와작 부스러졌다. 놈이 손을 뻗어 킴의 두 발목을 잡았다. 킴은 넘어지며 얼굴을 부딪혔다. 놈이 무릎으로 킴을 찍어 누르며 위에 걸터앉았다. 놈은 킴을 홱 눕혔다. 킴은 놈에게 깔린 채 몸을 비틀어 나오려고 했지만 놈의 몸무게 때문에 그럴 수 없었다. 킴이 다시 버둥거리자 그가 웃었다. 킴은 차가운 금속이 목에 닿는 것을 느꼈다.

"이거 매 순간이 재미있는데. 그다음은 저 아이 차례고."

킴은 오른손 밑에 피 웅덩이가 고이는 것이 느껴졌다. 킴은 바닥에서 손을 떼고 손바닥을 펼쳤다. 손가락을 쭉 뻗어 상처를 벌어지게 했다. 킴은 손바닥으로 땅을 후려쳤다. 전구에서 나온 유리 조각이 상처에 박히는 것이 느껴졌다. 금방이라도 토할 듯 역겨움이 치밀었다. 손바닥을 수백 개의 칼날이 찌르는 듯했다. 킴은 고통에 잠식당하지 않으려고 미친 듯이 침을 삼켰다. 눈에서 불꽃놀이가 일어나는 듯했다.

그때, 놈의 얼굴에 갑자기 빛이 들었다. 찰리가 핸드폰을 들고 조명을 비추어 놈의 시야를 가리고 있었다. 사임스는 적응하려고 눈을 크게 떴다. 킴은 바닥에서 오른손을 들어 올려 놈의 눈을 손바닥으로 후려쳤다. 킴의 손바닥에 박혀 있는 유리 파편이 놈의 눈알을 꿰뚫었다. 사임스는 상처 입은 짐승처럼 비명을 질렀다. 그가 두 손을 눈 쪽으로 들어 올리자 칼이 쨍그랑하며 바닥에 떨어졌다.

찰리가 킴보다 빨리 바닥에 떨어진 칼을 집어 들었다. 킴은 그리로 다가가 찰리를 꽉 끌어안았다. 조개껍데기처럼 아이의 몸을 자기 몸으로 감쌌다.

사임스는 비명을 지르며 바닥을 굴러다녔다.

갑자기 금속 문이 홱 열렸다. 그 순간 킴은 울 것만 같았다.

"세상에, 대장."

브라이언트가 킴에게 손전등을 비추며 말했다. 자물쇠에 여분 열쇠가 꽂혀 있었다.

킴은 손을 들어 눈을 가렸다. 유리 파편이 상처에서 떨어졌다.

브라이언트는 복도로 물러났다.

"구급대, 지금 이리로 내려오세요." 그가 소리쳤다.

킴의 손에서는 계속 핏방울이 떨어졌다.

가장 먼저 나타난 사람은 케빈이었다. 그는 즉시 사임스를 일으켜 세웠다. 브라이언트가 킴에게 손을 내밀었지만, 킴은 그 손을 무시하고 땅을 짚으며 일어섰다. 사임스가 킴에게 몸을 날리려 했지만 케빈이 그를 꽉 잡고 있었다. 킴은 사임스 쪽으로 비틀거리며 한 걸음 다가갔다.

"겨우 계집년 하나를 보냈는데 말이야. 그치?"

"너, 이 씨발년아. 기다려라." 사임스가 내뱉었다. 피와 안구 내의 체액이 뒤섞여 뺨으로 흘러내렸다. "넌 씨발, 내가 꼭 죽인다."

킴은 사임스의 멀쩡한 눈을 마지막으로 한번 보았다.

"케빈, 안 보이는 데로 치워."

케빈은 사임스를 벽에 거칠게 떠밀었다. 사임스가 괴로워 비명을 질렀다.

"앗, 실수." 케빈이 그를 복도로 밀치며 말했다.

킴은 벽에 기대앉아 떨고 있는 찰리를 돌아보았다.

"찰리, 괜찮아. 저 사람은 돌아오지 않을 거야. 약속할게."

아이는 고개를 끄덕였다. 눈에는 못 믿겠다는 기색이 배어 있었다. 지금 당장 킴이 아이를 안심시키기는 힘들었다. 하지만 시간이 지나면 찰리도 킴의 말을 믿게 될 것이다.

"방금은 정말 용감했어. 부모님이 무척 자랑스러워하시겠다."

"대장, 부모에게 전화해도 될까요?" 브라이언트가 물었다.

킴은 고개를 저었다. 3호를 잡기 전에는 전화할 수 없었다.

곧 구급대원이 들어왔다.

"아이 발을 살펴보세요." 킴이 찰리를 가리키며 말했다.

브라이언트가 두 번째 구급대원에게 손전등을 건네자 그가 아이를 비추었다. 브라이언트가 앞으로 나서 전혀 힘들이지 않고 찰리를 안아 들었다.

"위층에 구급차가 있습니다. 저분은 대장 손을 살펴봐야죠."

465

브라이언트는 아이를 위층으로 데려갔다. 구급대원이 킴의 손을 가만히 잡았다. 다른 구급대원은 손전등으로 상처를 비추었다.

"병원으로 모셔다드리겠습니다. 신경이 손상됐을지도 모릅니다."

킴은 고개를 저었다. "유리만 빼고 붕대를 감아 주세요."

"아뇨, 엑스레이를 찍어 보셔야 합니다. 부상이 심한데요."

킴은 손을 당겨 빼냈다.

"안 할 거면 내가 하겠습니다."

킴에게는 아직 답을 찾아야 할 의문들이 남아 있었다.

구급대원은 못마땅하다는 눈으로 킴을 보았다.

"그럼 저희에게 책임을 묻지 않겠다는 각서에 서명하셔야 합니다."

킴은 손을 내려다보며 한쪽 눈썹을 치켜올렸다. 이 손으로 어떻게 서명을 하겠느냐는 제스처였다. 구급대원이 미소 지었다.

"아, 그러네요. 알겠습니다."

킴은 구급대원이 핀셋으로 유리를 뽑는 동안 벽을 보고 있었다. 대부분의 파편은 사임스의 눈에 박혔다.

"좀 빨리 못합니까?" 킴이 물었다.

신체 일부에 감각이 돌아왔고, 킴에게는 여전히 해야 할 일이 있었다.

"살살 하려고 노력 중입니다." 구급대원이 쏘아붙였다.

"뭐, 그러지 마세요. 그냥 유리만 빼고 처치하면 됩니다." 킴이 마주 쏘아붙였다.

브라이언트가 돌아왔을 때쯤 킴의 손은 거즈와 붕대로 칭칭 감겨 원래 크기의 세 배가 되어 있었다.

"최대한 빨리 병원에 가셔야…."

"네, 네. 끝난 겁니까?"

구급대원은 의료함을 닫으며 고개를 저었다.

"데려가세요." 구급대원이 브라이언트에게 말했다.

"고생하십니다." 브라이언트가 대답했다.

킴은 천천히 일어섰다. 고통으로 온몸이 수십 번씩 찌릿했다.

"미라 같네요, 대장."

"살아 숨 쉬는 데는 문제 없습니다." 킴은 복도로 향하며 말했다.

"어…. 계단 올라가는 거 도와드릴까요?"

"와, 브라이언트. 부탁인데 그 질문 한 번만 더 해 보십시오."

"알겠습니다. 저 먼저 갈게요."

킴은 마음속으로 브라이언트에게 감사 인사를 전했다. 브라이언트가 앞장서 가면 낑낑대는 모습을 보이지 않을 수 있었으니까.

킴은 티민스의 집으로 돌아가야 했다. 하지만 이곳에 아직 해결되지 않은 마지막 퍼즐 조각이 남아 있었다. 그녀는 계단을 세 칸 올라가서 잠시 멈추었다.

"안 되겠네요." 킴이 말했다.

"제가 뭘랬…."

"그거 말고요." 킴은 고개를 저으며 말했다. "그냥 갈 수는 없겠습니다."

다른 아이의 유해가 여기 어딘가에 있었다. 바깥세상에는 그 유해가 돌아오기만 기다리는 어머니가 있었고.

킴은 다시 복도로 내려갔다. 브라이언트가 따라와서, 구급대원에게서 다시 받아온 손전등으로 그곳을 비추었다.

"대장, 뭘 찾으시는 거예요?"

"열쇠 가져오세요."

킴은 열린 문에 아직 꽂혀 있는 열쇠를 가리키며 말했다. 브라이언트가 열쇠를 가져오자 킴은 왼쪽의 막다른 길로 향했다. 그곳에 다른 금속 문이 있었다.

"여십시오." 킴이 말했다.

자물쇠에 꽂힌 열쇠가 돌아가자 킴의 배 속도 뒤틀리는 듯했다. 킴은 왼손으로 손전등을 받아들고 조용한 방을 비추었다. 빛 기둥이 오른쪽 구석에 머물렀다. 킴은 아주 잠깐 눈을 감았다가 무겁게 한숨을 쉬었다. 이제 어머니는 소원을 이룰 수 있게 되었다.

그들은 소녀의 시신을 찾았다.

제니 코튼은 딸을 묻어 줄 수 있게 되었다.

108

킴은 눈이 어둠에 익숙해지기를 기다렸다가 구석에 있는 형체로 다가갔다. 아주 잠깐, 심장이 멎는 듯했다.

"세상에, 이럴 리가 없어요, 대장."

브라이언트가 등 뒤에서 속삭였다.

그랬다. 킴도 보았다. 구석의 형체가 움직였다.

킴은 천천히 앞으로 나아갔다. 눈을 감지 않으려고 애썼다.

"괜찮아, 수지. 이제 안전해." 킴이 나직하게 말했다.

작디작은 형체는 애써 더 구석으로 물러났다. 아이는 벽 쪽으로 고개를 돌렸다. 킴은 수지가 있는 방향을 가리키되 아이를 곧장 비추지 못하도록 브라이언트의 손전등을 밀었다.

옹송그리고 있는 수지는 무척 어려 보였다. 실제로는 에이미나 찰리보다 한 살이 더 많았는데도. 아이는 검은색 레깅스에 지나치게 큰 셔츠를 걸치고 있었다. 그 때문에 상체가 더 왜소해 보였다. 엷은 갈색 머리카락은 짧게 잘려 있었다. 두피에 가깝도록 짧게 깎은 모습이었다.

옆방과 마찬가지로 구석에는 양동이가 놓여 있었다. 바닥에는 음료수 팩과 포장지들이 널려 있었다.

킴은 눈이 시큰했다. 아이는 이곳에 13개월이나 머물렀다. 킴은 목구멍에 걸린 감정을 삼켰다.

"수지, 나쁜 사람들은 떠났어. 잡혀갔어. 다시는 너를 해치지 못할 거야."

아무 대답이 없었다. 브라이언트가 들어와 킴의 뒤에 섰지만, 킴은 그에게 다시 나가라고 손짓했다. 킴은 아이에게 조금 더 다가갔다.

"더는 겁낼 필요 없어. 약속할게. 넌 안전해."

답이 없었다.

킴은 이 아이가 경험했을 공포에 마음이 아팠다. 수지가 조금이나마 친밀감을 느낄 수 있도록 해 주어야 했다.

킴은 다시 다가갔다.

"너희 엄마를 만났어, 수지. 엄마가 널 많이 그리워해서."

수지는 벽에 얼굴을 파묻은 채 고개를 저었다.

"엄마한테 화가 나니, 수지?"

아이는 다시 고개를 저었다.

킴은 조금 더 다가갔다. 아이가 자신을 보게 해야 했다. 안전하다는 것을 알려 주어야 했다. 하지만 수지는 구석에서 꼼짝도 하지 않았다.

킴은 자신의 어리석음을 저주했다. 아이가 저 문이 열리는 모습을 얼마나 많이 상상했겠는가? 얼마나 여러 번 이곳에서 풀려나기를 기도했겠는가?

"날 보는 게 무서워?"

킴은 침묵을 그렇다는 뜻으로 받아들였다.

"내가 사라질까 봐?"

답이 없었다.

킴은 수지가 이 모든 것을 상상이라고 생각한다는 것을 깨달았다. 눈을 뜨면 모든 것이 사라질 거라고 말이다.

킴은 눈물을 삼키려고 입술을 깨물었다. 당장이라도 구석에 달려가 두 팔로 아이를 끌어안고 싶었다. 하지만 아이에게 더 큰 공포를 안기는 위험을 감수할 수는 없었다.

"수지, 내가 손을 뻗어서 네 오른발을 만질 거야. 내 손이 닿는 게 느껴지면 내가 상상 속 사람이 아니라는 걸 알 수 있겠지. 내가 진짜라는 걸 말이야. 알겠지?"

대답이 없었다.

킴은 아이의 발목을 만졌다. 그 접촉이 도화선이라도 된 듯, 수지는 구석에서 달려나와 킴의 품에 안겼다.

킴은 그 작고 연약한 몸을 꼭 끌어안고 눈을 감았다.

아이는 시끄럽게, 괴롭게 울음을 터뜨렸다. 하지만 킴은 아이가 그렇게 울 수 있다는 것이 기뻤다.

"괜찮아, 수지. 그 남자들은 절대로 너를 다시 해칠 수 없어. 내가 약속할게."

수지는 킴의 품에 더욱 파고들었고 킴은 아이의 머리카락을 쓰다듬어 주었다. 속에서 분노가 타올랐다. 킴은 아이를 앞뒤로 흔들어 주며, 아이가 안심할 수 있도록 귓속말을 속삭여 주었다. 눈물이 마르기 시작했다.

"수지, 다친 곳 있니?" 킴이 부드럽게 물었다.

수지는 고개를 저었다. 품에 안긴 아이의 몸이 가슴 아플 만큼 깡마르게 느껴졌다.

놈들은 아이에게 겨우 살아남을 정도로만 음식을 주었다. 이 집에서 쓸 수 있는 설비를 볼 때 그런 음식 중에 식사다운 식사가 있었을 리는 없었다.

"그래, 수지. 얼른 여기서 나가자."

수지가 킴에게 더 파고들었다. 킴은 아이의 두 팔을 가만히 잡아서 떼어 놓았다.

"겁내지 마. 모든 게 괜찮아질 거야. 내가 약속할게, 수지. 하지만 난 저 계단을 올라가서 도와줄 사람을 불러야 해."

수지가 살짝 고개를 끄덕였다. 킴은 가만히 물러났다.

"좋아, 네가 내 손을 잡으면 할 수 있을 것 같아."

이번에도 아이는 고개를 끄덕였다. 킴은 수지가 여태 한마디도 하지 않았다는 것을 깨달았다. 지금 여기서 처리할 문제는 아니었다. 수지가 살아 있었으니 나머지 일은 이후에 해결하면 됐다.

브라이언트가 앞장서서 계단을 올랐다. 계단이 너무 좁아서 킴은 수지의 손을 놓지 않으려고 옆으로 걸었다.

"잘했어, 수지. 아주 잘하고 있어. 밖에 나가면 사람들이 아주 많을 텐데 걱정하지 마. 그중에 너를 못살게 굴 사람은 한 명도 없어."

킴은 수지가 손을 꽉 쥐는 것을 느꼈다. 킴은 아이가 의지할 수 있도록 계속 말을 걸었다.

킴은 여섯 살 때 아파트에서 구조되며 들었던 사이렌과 소음을 기억하고 있었다. 그때 킴은 마이키의 손을 잡고 싶었지만 그럴 수 없었다. 마이키는 죽었으니까.

킴은 그 생각을 머릿속 한구석으로 치우고 수지의 두려움을 누그러뜨리는 데 집중했다.

"거의 다 왔어, 수지." 킴이 말했다.

둘은 집을 가로질렀다. 통제실에서 여러 사람의 목소리가 들렸다. 증거 수집이 이미 진행되고 있었다. 킴은 아이의 손을 꽉 잡았다.

"내가 한 말 기억해. 아무도 널 못살게 굴지 않을 거야. 알았지?"

수지는 고개를 끄덕였다. 둘은 추운 바깥으로 나왔다. 어두워진 하늘은 불이라도 난 듯 파란색 경광등으로 번쩍였다. 수지는 사람들이 돌아다니는 것을 보고 눈을 휘둥그렇게 떴다. 구급차 두 대와 순찰차 두 대는 꽤 볼만한 구경거리였다. 킴은 수지를 돌아보고, 아이의 턱에 손을 대고 아이가 자기 얼굴을 올려다보게 했다.

"수지, 여기 이 아저씨는 내 친구야. 내가 목숨까지 맡길 친구. 이 아저씨가 너를 바로 엄마한테 데려다줄 거야."

아이는 킴의 손을 더욱 꼭 잡았다. 킴은 붕대를 감은 손으로 자기도 모르게 아이의 머리를 쓰다듬었다.

"약속할게. 넌 무사할 거야. 하지만 우린 널 집으로 데려다줘야 해."

아이는 곧 신체 검진을 받아야 할 것이다. 수지는 심각한 영양실조로 보였다. 정리가 되고 나면 아이에게 질문도 던져야 했다. 하지만 수지가 엄마를 만나는 것보다 급한 일은 없었다. 브라이언트가 수지를 집으로 데려갈 것이다.

수지는 쭈뼛거리면서도 브라이언트가 자기 손을 잡고 언덕을 오르는 내내 저항하지 않았다. 킴은 바로 그 언덕에 자동차를 세웠었다. 그때가 사흘 전처럼 느껴졌다.

케빈이 킴 옆에 나타나 킴의 시선을 좇더니 휙 고개를 돌렸다.

"말도 안 돼. 대장, 쟤 수지 코튼이죠?"

킴은 저절로 떠오르는 미소를 참지 않았다.

"맞아, 케빈. 수지야."

둘의 시선이 잠시 마주쳤다. 케빈이 고개를 저었다.

"대장, 저는⋯." 케빈이 턱을 문질렀다. "그러니까⋯. 도대체 어떻게 아셨어요?"

"살아 있는 줄은 몰랐어. 그래도 아이를 그냥 여기에 놔두고 갈 수는 없어서."

케빈의 미소가 더 밝아졌다.

"대장은 진짜⋯."

"지금 상황은?"

킴은 주위를 둘러보며 물었다. 케빈은 자동차들이 있는 쪽을 돌아보았다.

"납치범들에게 미란다 고지를 했습니다. 월 카터는 이미 경찰서로 이송됐고요. 사임스는 첫 번째 구급차에 있어요. 순경 셋이 함께 타고 있습니다. 아이들은 두 번째 구급차에 여성 순경과 함께 있고요. 이제 곧 출발할 겁니다."

킴은 브라이언트와 수지가 언덕을 올라 사라지는 모습을 지켜보았다.

킴은 곧 선물을 받게 될 제니 코튼을 떠올렸다. 그 여자의 인생은 수지가 실종되면서 멈춰 버렸다. 하지만 이제는 그 삶이 다시 시작될 것이다.

킴은 모녀가 둘 다 버텨 냈다는 사실에 경이감을 느꼈다. 그것이 엄마와 딸의 연대라는 걸까.

킴은 그 생각에 깜짝 놀랐다. 갑자기 모든 것이 맞아떨어졌다.

"케빈, 가서 순찰차를 한 대 가져와. 당장." 킴이 말했다.

드디어 3호를 체포할 순간이었다.

109

순찰차가 티민스 집의 진입로에 접어들었다. 킴은 모든 실타래를 엮어 내느라 이동하는 내내 한 마디도 하지 않았다.

"대장, 어떻게 된 건지 말 좀 해 주시면 안 돼요?" 케빈이 말했다.

킴은 고개를 저었다.

"네가 할 게 많아."

킴은 차에서 내렸고 현관이 열렸다.

티민스의 집에 돌아온 그들은 떠났을 때와는 전혀 다른 모습이었다. 떠날 때는 허둥대고 당황하고 두려움으로 가득 차 있었는데.

불안해하는 네 부모가 집에서 나왔다. 캐런과 로버트는 서로의 손을 꼭 쥐고 있었다. 엘리자베스는 한 발 뒤에서 니콜라스를 안고 있었다. 스티븐은 핸드폰을 들고 혼자 왼쪽으로 떨어져서 걸었다.

하지만 표정은 모두 똑같았다. 두려움과 희망이 뒤섞인 표정.

킴은 미소를 참지 않았다.

"둘 다 찾았습니다."

킴의 말에 비명과 울음이 이어졌다. 누가 무슨 소리를 내는 건지 알 수 없었다.

"에이미는 손가락이 부러졌고 찰리는 발과 얼굴에 부상을 입었습니다. 하지만 그걸 빼면 둘 다 무사합니다. 놀랍도록 용감한 아이들이에요."

킴은 말을 마치며 캐런과 눈을 마주쳤다.

"아이들은 러셀홀 병원으로 치료를 받으러 가는 중입니다. 여러분도 가시는 게 좋겠습니다."

킴은 케빈을 돌아보았다.

"제 동료가 순찰차로 길을 안내해 드릴 겁니다."

"다들 내 차를 타요."

스티븐이 검은색 레인지로버를 가리키며 말했다. 발작적인 황홀감이 당분간은 이들의 관계에 생겨난 틈을 메워 줄 것이다. 당분간은.

그들이 줄지어 지나갈 때, 킴은 참지 못하고 한 가지 질문을 던졌다.

"이봐요, 스티븐." 킴이 미소 지으며 말했다. "이젠 내가 마음에 듭니까?"

스티븐은 잠시 멈춰서 킴을 보았다. 분노와 적대감은 사라지고 없었다. 이제는 그 자리에 안도감과 기쁨이 자리 잡았다.

"아, 그럼요, 경위님. 무척 마음에 듭니다."

킴은 그들이 자동차에 오르는 모습을 지켜보았다. 스티븐과 로버트가 앞자리에 앉았고 엘리자베스는 니콜라스를 베이비시트에 앉혔다. 마지막 순간, 캐런은 잠시 망설이다가 엘리자베스 옆에 탔다. 그런 다음 그녀는 다시 내려 킴을 두 팔로 꽉 끌어안았다.

"너무 고마워, 킴. 너한테 목숨을 빚졌어."

킴은 짧게 캐런의 포옹에 보답하고 그녀를 밀어냈다.

"그냥 가서 딸이랑 있어 줘."

캐런은 그 말에 따랐다.

케빈이 킴 옆에 섰다.

"대장, 답을 알았어요. 누가 드웨인 소식을 흘렸는지 알아냈어요."

케빈이 짓는 슬픈 표정을 보고 킴은 케빈도 자신과 같은 결론에 이르렀다는 것을 알아차렸다.

"해낼 줄 알았어. 부모들을 병원에 데려다주고, 가서 체포해. 믿는다."

"고맙습니다, 대장." 케빈은 순찰차로 향하며 말했다.

"아, 케빈."

케빈이 자동차 문을 열었을 때 킴이 소리쳤다. 케빈이 돌아보았다.

"예전에 네가 무슨 짓을 했는지는 모르지만, 지금 너는 우리 팀이야. 알았어?"

케빈은 킴을 향해 장난스럽게 경례하며 활짝 미소 지었다.

킴은 두 자동차가 사라질 때까지 지켜보다가 집에 들어갔다.

매트가 주방에서 나왔다. 앨리슨은 계단 맨 아래에 서 있었다. 헬렌은 거실에서 나왔다.

킴은 돌아서서 현관을 닫았다.

아직 마무리해야 할 일이 한 가지 남아 있었다.

110

스테이시가 복도로 나와 킴을 위아래로 살펴보았다.

"이럴 수가, 대장. 괜찮으세요?"

킴은 멀쩡한 손을 들며 미소 지었다.

"난 괜찮아, 스테이시."

스테이시가 앞으로 나섰다.

"캐런을 찾았는데, 캐런이 이미…."

"스테이시, 걱정 마. 아이들을 모두 찾았어."

킴은 왼쪽으로 돌아서서 거실로 들어갔다. 헬렌이 손으로 목을 감싸
며 그녀를 따라왔다.

"아이들이 괜찮다고요? 아, 세상에. 너무 마음이 놓이네요."

"당연히 그러시겠죠." 킴은 고개를 한쪽으로 기울이며 말했다. "쭉 그
러기를 바라셨으니까요."

헬렌은 인상을 썼다. 킴은 그 상냥하고 가정적인 얼굴을 후려치고 싶
었다.

"다 끝났습니다, 헬렌. 난 당신이 뭘 원하는지 정확히 알고 있습니다. 빠져나가지 못할 겁니다."

어느새 매트가 문 앞에 서 있었다. 앨리슨과 스테이시가 바로 뒤에 섰다. 다들 혼란스러운 듯했다. 헬렌은 그들을 번갈아 보았다.

"킴, 대체 무슨 말이에요?"

"경위님이라고 부르는 게 좋을 겁니다, 헬렌. 연기는 집어치우고요."

헬렌은 무슨 말이냐고 묻는 듯 고개를 저었다. 하지만 킴은 헬렌의 눈에서 열심히 머리를 굴리는 기색을 읽었다. 헬렌은 일이 어디서부터 잘못됐는지 고민하는 중이었다. 킴은 기꺼이 답을 알려 주기로 했다.

"내가 보기에는 당신의 두 꼬마가 단독으로 행동하는 게 아니라는 점이 처음부터 명백했습니다. 힘 있는 권위자가 없는데 함께 일하기에는 둘의 성격이 너무 극단적으로 달랐으니까요. 하긴, 남자애들을 관리하는 데 어머니보다 나은 사람이 있을까요?

첫 번째 납치 사건은 윌이 혼자 계획한 것입니다. 윌이 직접 세운 계획이었지만 교통사고 때문에 엉망이 된 거죠. 그로부터 몇 달이 지난 뒤, 당신은 원치 않는 퇴직을 해야 한다는 소식을 들었습니다. 이의 신청을 했지만 실패했죠.

자, 옷 주머니를 비우세요."

헬렌은 킴에게서 문 앞에 서 있는 구경꾼들에게로 눈을 휙 돌렸다. 킴은 한 발을 내디뎠다. 그 바람에 온몸에 고통이 번졌다. 킴은 헬렌의 손에서 핸드폰을 억지로 빼앗고 싶지 않았지만 방법이 없다면 그렇게 할 생각이었다.

"킴, 머리가 어떻게 된 거예요? 난 가족 연락 담당관이에요." 헬렌이 항의했다.

"헬렌, 내가 대신 비워 줘야겠습니까?"

헬렌은 주머니에 손을 집어넣더니 아이폰을 꺼냈다.

"앞주머니요." 킴이 지친 듯 말했다.

헬렌은 천천히 오른쪽 주머니에 손을 집어넣어 두 번째 핸드폰을 꺼냈다. 노키아였다.

"핸드폰을 두 개 가지고 다니는 건…."

"당신 핸드폰이 아니잖아요. 그건 줄리아 트루먼, 다른 이름으로는 줄리아 빌링엄의 핸드폰입니다. 당신이 증거 보관실에서 훔친 거죠."

킴은 뒤를 돌아보았다.

"스테이시, 핸드폰 가져가."

스테이시가 성큼성큼 방을 가로질러 와 헬렌의 손에서 핸드폰을 낚아챘다. 스테이시는 버튼을 몇 개 누르더니 고개를 끄덕였다.

"윌이 트루먼 가족에게서 돈을 뜯어낼 때 사용했던 핸드폰에 연락한 건 당신입니다. 장담하는데, 당신이 윌에게 이번에는 제대로 할 수 있을 거라는 확신을 심어 줬을 겁니다. 당신이 그 무엇도 잘못되지 않도록 이곳을 지켜보겠다고 했겠죠. 나도 당신에게 놀아난 셈입니다. 새로운 납치 사건에 당신을 참여시켜 달라고 했으니까요. 하긴, 당신은 누가 이번 수사를 담당하든 똑같은 요청을 하리라는 걸 알았겠죠. 난 왜 두 번째 메시지가 올 때까지 그렇게 시간이 오래 걸렸는지 궁금했습니다. 아이들이 거의 열두 시간 동안 실종 상태였는데 말이죠. 그건 당신한테 이곳에 와서 상황을 파악할 시간이 필요했기 때문이었습니다."

"킴, 오해예요. 난 아무 짓도 하지 않았어요. 난 아무도 해치지…."

"잉가 바우어는 어떻습니까? 그게 말이죠, 난 대체 무슨 일이 일어났기에 잉가가 아이들을 배신한 건지 알 수 없었습니다. 처음에는 사랑 때문이라고 생각했어요. 어떤 면에서는 실제로 그랬죠. 아닙니까, 헬렌? 하지만 그 사랑은 연애 감정이 아니었습니다. 몇 달 동안 잉가에게 사랑을 준 건 당신이었어요. 당신은 잉가가 어린 시절 버림받아서 어머니의 사랑을 그리워한다는 걸 알아냈습니다. 그리고 바로 그런 사랑을 잉가에게 주었죠. 당신은 모성애에 대한 잉가의 욕구를 이용했습니다. 아무 조건 없이 사랑받고 싶다는 잉가의 욕심을요. 당신은 잉가에게 그런 사랑을 베푼 다음 잉가의 목숨을 빼앗은 겁니다."

헬렌의 표정은 바뀌지 않았다. 자기가 저지른 짓에 대한 일말의 후회도 없었다.

"엘로이즈는 당신을 두렵게 했죠. 당신은 엘로이즈가 무슨 말을 할지 몰랐고 그 말 때문에 당신에게 혐의가 돌아갈까 봐 겁이 났을 겁니다. 엘로이즈가 내게 가까운 곳을 찾아보라고 말하자마자 당신은 엘로이즈를 이 집에서 몰아내려 했습니다. 그런 뒤 엘로이즈를 찾아갔겠죠. 엘로이즈의 말에 귀 기울이겠다고만 하면 엘로이즈는 틀림없이 당신에게 문을 열어 주었을 테니까요. 그렇게 당신은 직접 더러운 일을 처리하고 엘로이즈가 자다가 죽은 것처럼 꾸미려 했습니다."

헬렌은 뒤로 물러섰다. 눈에 띄게 창백해진 얼굴이었다.

"그런데 엘로이즈는 죽지 않았습니다, 헬렌." 킴이 내뱉었다. "분명 당신을 지목할 겁니다."

헬렌이 천천히 고개를 젓기 시작했다. 자신이 얼마나 심하게 계산을 잘못했는지 너무 복잡해서 차마 따질 수 없는 듯했다.

"그리고 옷도 그렇습니다. 당신은 어떻게든 아이들의 옷을 이 집으로 가져와야 했습니다. 아닙니까?" 킴은 분노를 눌러 참았다. "당신은 이 집을 돌아다니면서 부모들이 발견하도록 아이들의 물건을 놔두었습니다. 대체 어떻게 그런 짓을 할 수 있는 겁니까?"

킴은 헬렌에게 대답할 시간을 줄 기분이 아니었다.

"한 가지 단서가 더 있습니다. 당신 관에 못을 박은 건 때마침 당신이 잊어버린 기억을 떠올렸다는 말 한마디였습니다. 처음부터 그럴 작정이었죠? 수사에 결정적인 공을 세우려고 했던 것 아닙니까? 당신이 문득 떠올린 기억이 아이들의 위치를 알아내는 데 핵심적인 단서가 된다면 당신이 영웅이 될 테니까요. 아닙니까, 헬렌? 두 아이를 안전하게 되찾는 데 그토록 큰 공을 세운 경찰관을 어느 경찰 조직이 퇴직시키겠습니까?

당신은 찰리와 에이미에게 일주일 내내 끔찍한 공포를 겪게 했습니다. 영웅이 되어서, 그 알량한 일자리를 지키겠다는 이유만으로요. 당신이 공범들에게 농가를 떠나라고 하면 그놈들이 그냥 시키는 대로 할 줄 알았습니까? 놈들에게 아이들을 살려 두고 떠나라고 할 생각이었습니까? 놈들이 잡혀서 당신을 지목하는 일이 없도록?"

킴이 믿을 수 없다는 듯 물었다.

"정말로 놈들이 그렇게 할 거라 생각했습니까?"

마침내 당황한 가면이 벗겨지고 헬렌의 진짜 얼굴이 드러났다. 그녀는 놀랍다는 표정이었다.

"아이들은 진짜로 위험했던 적이 한 번도 없어요." 헬렌은 항의했다.

"하하, 이해를 못 하는군요." 킴은 분노를 터뜨렸다. "놈들은 아이들을 죽이려고 했습니다. 윌의 유일한 동기는 돈이었습니다. 윌은 사임스에게 아이들을 죽이게 해 주겠다고 약속했고요."

이제 헬렌은 인상을 썼다. 또 계산을 잘못했다. 과연 그녀는 윌에게서 뭘 기대한 걸까? 충성심? 신뢰?

"아니…. 그럴 리가…. 아니에요…."

"왜 그런 겁니까, 헬렌?" 킴은 헬렌에게 한발 다가가 말했다. "이런 짓에 기대게 될 정도로 은퇴가 충격적이었던 겁니까?"

"당신도 알아야 해요, 킴." 헬렌이 조용히 말했다.

"뭘요?"

헬렌이 마침내 킴과 눈을 마주쳤다. 차갑고 비정한 눈이었다.

"난 이 직업에 모든 걸 바쳤어요. 내 인생을요. 깨어 있는 모든 순간 경찰에 헌신했다고요. 경찰이 시키는 건 뭐든지 다했어요. 난 남편도 없고 가족도 없어요. 나한테는 이 직업뿐이에요. 그런데 그 직업을 잃게 됐잖아요. 경찰은 나한테 빚이 있어요. 나는 경찰에 남게 해 달라고 했지만 거절당했죠. 그런데도 경찰에서는 매년 새 경찰관을 뽑겠다고 광고해 댔어요. 난 이제 다른 걸 아무것도 가질 수 없게 됐는데 버림받았어요. 난 아이를 낳기엔 너무 나이가 많아요. 미모도 잃었죠. 두 달만 지나면 아무것도 아닌 존재가 될 거였다고요. 슈퍼마켓을 배회하면서 들으려는 사람만 있으면 말을 걸고 싶어서 안달이 난, 그런 여자가 됐겠죠. 아이들이 살아 있다는 증거를 달라고 했죠? 하지만 내가 살아 있다는 증거는 어디에 있나요?"

헬렌이 반쯤 미소 지었다.

"당신도 깨닫게 될 거예요, 킴. 당신은 나랑 너무 비슷하니까. 당신은 당신이 가진 모든 것을 이 사건에 바쳤어요. 당신이 원래 어디에 사는지는 기억나나요? 사랑하는 사람이나 아이, 반려동물이라도 있어요? 아닐걸요. 당신은 이 직업이 당신을 삼키도록 내버려 두고 있으니까. 20년 뒤, 나와 같은 나이가 되면…."

킴은 헬렌의 코앞에 바싹 다가갔다.

"난 내 선택에 후회하거나 쓸쓸해하지 않을 겁니다. 내 뜻대로 일이 풀리지 않았다고 해서 아이들의 목숨을 위험에 빠뜨리거나 가족들을 고문하지도 않을 거고요. 이 정신 나간 년 같으니. 그리고." 킴이 말했다. "난 개 키워요."

헬렌의 얼굴에서 분노가 드러났다. 헬렌은 킴의 목을 움켜쥐려고 두 손을 앞으로 뻗고 몸을 날렸다. 킴은 옆으로 비켜서 그 공격을 쉽게 피했다. 헬렌은 땅에 처박혔다. 킴은 두 아이의 목숨을 앗아갈 뻔했던 한심한 인물을 내려다보았다.

"감옥에 가기 전에 더 연습하는 게 좋겠습니다. 그 안에 있는 사람들이 당신을 아주 좋아할 테니까."

111

케빈은 현관문 앞에 서서 잠시 망설인 끝에 문을 두드렸다. 그는 인정하기 싫을 정도로 갱단의 문화를 잘 알고 있었다. 그 탓에 결코 지워지지 않을 기억을 얻게 됐지만.

15세 생일이 지나고 이틀 뒤에 벌어졌던 일이다. 그때까지 케빈을 "오리 궁둥이"니, "호빵맨"이니 뚱뚱한 아이들에게 쓰는 별명으로 부르던 한 살 많은 녀석들이 갑자기 그 별명을 쓰지 않았다.

대신 그들은 휴게실에 자리를 내주고 미소를 지어 보이며 크래들리히스 고등학교에서 방과 후에 만나자고 했다.

그날은 케빈이 학교에 다니면서 경험했던 가장 행복한 오후였다. 그들은 마트 밖에서 그를 기다렸다. 얼굴 가득 미소를 짓고 케빈의 등을 두드려 댔다. 그들은 10분 내내 케빈 주위에서 수다를 떨었고, 케빈은 그들과 한 패거리, 한 팀이 된 것 같았다.

그때, 케빈은 문득 주동자인 앤서니가 지팡이 두 개를 짚고 걸어오는 할머니를 고갯짓하는 것을 보았다. 네 아이 중 둘이 그 여자에게 어슬렁거리며 다가가더니 지팡이를 걸어차 놓치게 했다. 할머니는 비틀거리며 균형을 잡으려고 했고 앤서니는 그리로 달려가 노인의 오른쪽 어깨에서 핸드백을 낚아챘다. 케빈은 본능적으로 그들과 함께 도망쳤다. 케빈이 노인이 있는 곳에 이르렀을 때 노인은 땅바닥에 쓰러져 있었다.

케빈은 뭔가에 이끌려 그녀의 얼굴을 내려다보았다. 여자가 머리를 부딪혀서 죽었을까 봐 두려웠다. 케빈은 두려움으로 가득한 노인의 눈을 내려다보았다. 그 짧은 순간, 케빈은 여자의 삶이 전과는 완전히 달라지리라는 것을 깨달았다.

케빈은 집이라는 안전한 공간에 도착한 다음에야 왜 그들이 함께하자고 했는지 알아차렸다.

케빈은 뚱뚱했다. 다른 아이들처럼 빠르게 뛸 수 없었다. 누구든 그들을 추격한다면 케빈이 가장 먼저 잡힐 터였다.

그때의 수치심은 몇 달 동안 케빈을 괴롭혔다. 하지만 BMI 지수가 떨어지면서 그 수치심도 잦아들었다.

단, 할머니의 두려운 눈빛을 본 기억은 사그라지지 않았다. 그 기억은 영원히 케빈에게 남았다.

그는 드웨인 라이트가 왜 갱단에 가입했는지 알 것 같았다. 그러나 드웨인은 최악의 방법으로 배신당했다.

케빈은 심호흡하고 세 번 문을 두드렸다. 문이 천천히 열렸다.

쇼나 라이트가 눈앞에 서 있었다. 그녀의 눈에서 정말로 두려워하는 기색이 보였다.

"너랑, 아버지랑 이야기 좀 할 수 있을까?"

이번에는 허세도, 으스대는 태도도 없었다. 케빈은 쇼나를 따라 거실로 들어갔다. 어린 여자아이 둘이 책상다리를 하고 바닥에 앉아 텔레비전을 보고 있었다. 바닥에는 소꿉놀이 장난감이 널브러져 있었다.

"로지, 마리샤, 방으로 가."

쇼나는 아이들을 거실에서 내보내며 말했다. 드웨인의 아버지, 빈은 소파 저쪽 끝에 앉아 있었다. 쇼나는 닫힌 문 앞에 섰다. 케빈은 둘을 번갈아 본 끝에 결국 빈에게 말을 걸었다.

"당신이 아들에게 무슨 짓을 했는지 알고 있습니다." 케빈은 가볍게 말했다.

빈은 아주 오랫동안 케빈을 쳐다보더니 두 손에 얼굴을 묻었다.

"아빠…?" 쇼나가 문 앞에서 말했다.

케빈은 쇼나의 아버지를 살펴보았다. 그가 변명하려 들지 알고 싶었다.

넓은 어깨가 가만히 떨렸다. 눈물이 바닥에 떨어졌다.

케빈은 쇼나를 돌아보았다. 쇼나가 머리로는 진실을 받아들였으나 마음으로는 아직 상황을 따라잡지 못했다는 것을 알 수 있었다.

케빈은 한숨을 쉬고 조용히 말했다. "쇼나, 리런에게 연락한 건 네 아버지야. 네 아버지가 드웨인이 아직 살아 있다는 말을 한 거야."

"말도 안 되는 소리 하지 마세요." 쇼나는 자기 관자놀이를 톡톡 두드렸다. "미친 거예요? 돌았어?"

케빈은 쇼나의 아버지를 보았다. 쇼나도 그의 시선을 좇았다 쇼나는 아버지의 축 처진 어깨를 빤히 보며 그가 반박하기를 기다렸다. 쇼나가 양옆으로 천천히 고개를 젓기 시작했다. 하지만 케빈은 쇼나도 상황을 이해했다는 것을 알 수 있었다. 케빈은 둘에게 자기가 한 말을 받아들일 시간을 주었다.

처음에 케빈은 드웨인이 아직 살아 있다는 정보를 전한 사람이 드웨인의 여자친구 로렌인 줄 알았다. 로렌이 지금 카이의 편이 되었다는 것을 알게 된 다음에는 더욱 그랬다.

하지만 로렌은 의도적으로 그런 짓을 했다기에는 머리가 나빴고, 실수로 말을 흘렸다기에는 드웨인에게 별 관심이 없었다. 로렌은 그냥 거친 세상에서 살아 보고 싶어 하는 어린애였다. 그녀는 홀리트리의 갱 문화를 체험함으로써 부자 동네에서 차고 다녀야 하는 족쇄를 잠깐 풀었던 것뿐이다. 싸구려 남자 친구를 사귀어 짜릿함을 맛보고, 그 짜릿함이 다하면 다른 싸구려를 구하는 식으로.

케빈은 아이들이 발견되고 나서 티민스의 집으로 돌아갔을 때 진짜 용의자가 누군지 깨달았다. 스티븐 핸슨은 아내가 차에 타려 하자 자기가 니콜라스를 안고 있겠다고 했다. 엘리자베스는 스티븐의 제안을 거절하고 아이를 꽉 끌어안았다. 아이 하나가 사라지자 어머니는 슬픔에 젖어 아직 남은 한 아이에게 더 매달렸던 것이다.

"너희들을 위해서 그런 거야, 쇼나." 케빈이 설명했다. "드웨인이 살아 있는 한은 너희들 모두가 위험하니까. 놈들은 절대 너희를 가만히 놔두지 않을 테니까. 너희들의 삶은 그 어느 때보다도 끔찍해질 테니까. 가족 전부가 놈들의 표적이 될 테니까. 너희 아버지는 그걸 아셨던 거야."

구석에서 들려오는 흐느끼는 소리가 점점 커졌다.

"드웨인은 절대 회복하지 못했을 거다, 쇼나." 빈은 고개를 들며 울었다. 콧물과 눈물이 뒤섞여 그의 얼굴에 흘러내렸다. 목소리는 괴로운 듯 쉬어 있었다. "내 아들이 떠나 버렸어. 몸에 관이 꽂혀서, 기계에 의존해 살아 있을 뿐이었어. 병원에서는 드웨인이 뇌사 상태라고 하더구나."

빈이 울부짖었다. 케빈은 그 소리가 바로 억장이 무너지는 소리라고 생각했다.

"난 이사를 가야 한다고 빌고 또 빌었지만, 시청에서는 우리를 이사시킬 수 없다고 했어, 쇼나. 우린 고위험군에 속하지도 않고 우리가 어디로 가든 리런이 우리를 찾아낼 건 뻔하다고 하더구나. 난 너희 모두를 잃을 위험을 무릅쓸 수는 없었다. 아, 내 아들. 내 용감한 아들이…."

쇼나는 몸속에 휘몰아치는 감정을 억눌렀다. 그녀는 아버지에게 달려가 바닥에 무릎을 꿇었다. 빈이 즉시 쇼나를 끌어안았다. 둘은 함께 흐느꼈다.

지금 이 순간, 케빈은 사건이 종결됐는데도 전혀 승리감이 느껴지지 않았다.

빈 라이트는 불가피한 선택을 해야만 했다. 아이들 모두를 지킬 수 없는 환경에 갇혀 있었기에 외아들을 희생했다.

케빈이 조용히 말했다.

"라이트 씨, 복도에서 잠깐 기다리겠습니다. 하지만 아시다시피 그 뒤에는 저도 다른 방법이 없습니다."

"안다…. 아들아. 나도 알아."

감정에 목이 멘 단어들이었다. 이번만큼은 케빈도 "아들"이라는 호칭에 움찔하지 않았다.

케빈은 내일이면 지금 이 연민이 자긍심으로 바뀌리라는 것을 알았다. 그는 자신을 잘 아는 사람이었으니까. 이건 사건이었고 케빈은 이 사건을 해결했다. 누군가 범죄를 저질렀고 범죄자는 처벌받을 것이다. 그러니 내일이면 기분이 훨씬 나아질 게 틀림없었다.

하지만 지금은 기분이 엿 같았다.

112

킴은 접시를 빤히 바라보았다. 동료 대부분을 복종하게 할 수 있는 눈빛이었다. 불행히도 비스킷에는 통하지 않았지만.

레시피와 조리법은 어린이용 웹사이트에서 가져온 것이었다. 킴은 그 모든 지시 사항을 문자 그대로 따랐다. 분명 그랬는데.

웹사이트에는 12살짜리 아이들이 결과물을 자랑하는 사진도 올라와 있었다. 킴은 자기 비스킷을 사진으로 남기고 싶지 않았다.

이 비스킷의 제목은 "록 케이크"였다. 바위 케이크라는 뜻이었다. 하지만 킴의 비스킷은 작은 바위가 아니라 지나치게 큰 원반처럼 보였다. 반죽을 방울방울 오븐에 집어넣었더니 다 퍼져 버렸다. 사방으로 기어서 탈출하려는 것처럼.

요리는 킴이 짊어진 천벌과도 같았다. 그녀는 멘사 테스트보다도 높은 집중력을 요구하는 복잡한 요리들을 시도해 보았지만 결과물은 묽은 죽처럼 접시 전체로 번져 나갔다. 대부분의 아이들이 학교를 다니면서 완벽하게 익히는 빅토리아 스펀지케이크 등의 간단한 요리도 해 보았다. 그것도 실패였다.

킴의 양어머니인 에리카는 요리 솜씨가 뛰어났다. 복잡한 요리들도 에리카가 만들 때는 단순해 보였다. 킴은 그와 정반대였다. 하지만 킴은 어머니로서 유일하게 사랑한 분을 기리며 계속해서 노력할 생각이었다.

우디는 킴에게 손이 나을 때까지 며칠 휴가를 내라고 강권했다. 다행히 신경은 손상되지 않았다. 열두 바늘을 꿰매는 것으로 다시 붙일 수 있었다.

"설마 또 요리하신 건 아니죠?" 브라이언트가 주방에 들어오며 말했다. "두 손을 다 쓸 수 있을 때도 인스턴트 음식조차 못 만들었잖아요? 지금은 쓸 수 있는 손이 50퍼센트밖에 없는데….."

"브라이언트." 킴이 어금니에 힘을 주었다.

브라이언트는 조리대에 피자 상자를 내려놓았다.

킴이 비스킷을 내밀었다. "하나 줄까요?"

"휴, 하마터면 받아 먹을 뻔했네요, 킴. 전 괜찮아요."

킴은 찬장에서 접시 두 개를 내렸다. 아직도 왼손 움직임이 서툴렀다.

브라이언트가 말했다. "저 진짜 자상하지 않아요? 한 손으로 먹을 수 있는 음식을 사 왔잖아요."

킴은 피자 한 조각을 가져다가 자기 접시에 놓았다.

"얘기 좀 해 보세요. 아무 얘기나. 가만히 있자니 돌아 버리겠습니다."

"사실, 우디가 전해 달라는 얘기가 있어요." 브라이언트가 미소 지으며 말했다.

"말하세요."

킴은 사건에 관한 소식을 간절히 듣고 싶었다.

"대장한테 상을 준대요."

킴은 눈알을 굴려 댔다.

"와. 너무. 좋다."

브라이언트가 노트를 꺼냈다.

"에이, 케빈이 이겼네요."

"뭘 이깁니까?"

"대장이 이 소식을 듣고 어떤 반응을 보일지 내기했거든요. 케빈이 모든 단어를 맞혔어요. 인정할 건 해야죠, 대장이 눈알을 굴려 댈 것까지 맞혔으니까. 보세요, 여기 적혀 있잖아요. '눈알을 굴린다.'"

킴은 큰소리로 웃고 말았다. 팀원들은 모두 킴의 반응을 짐작할 만큼 그녀를 잘 알았다. 킴은 윗사람들이 상을 준다고 밤잠을 편히 자는 성격이 아니었다. 상장은 단지 민원이 들어오거나 절차상 문제가 생길 때, 명령에 충실히 따르지 않을 때를 대비한 안전장치일 뿐이었다.

"그건 그렇고, 사무실은 첼시 꽃 박람회 같은 모습이에요. 아이들이 꽃바구니를 보냈거든요. 부모님들은 꽃다발을 보냈고요. 수지의 엄마는 간까지 보냈다니까요."

"뭘 보내요?"

"그냥 농담입니다. 하지만 대장이 달라고 하면 진짜로 간이라도 빼 줄 거예요." 브라이언트는 고개를 저으며 시선을 내리깔았다. "정말이지, 킴. 수지의 어머니가 문을 열었을 때 대장도 그 자리에 있었으면 좋았을 거예요. 그 표정은 영원히 못 잊을 겁니다. 눈물이 많이 흘렀어요. …그 중 몇 방울은 제 눈물이었다는 걸 남자답게 인정합니다."

킴은 미소 지었다. 그거면 밤잠을 편히 잘 수 있었다.

"수지는 전체적인 건강 검진을 받았어요. 시간이 좀 걸리긴 하겠지만, 완전히 회복할 거래요."

킴은 잠시 그 소식에 마음이 놓였다.

"대장이 그렇게 우기시지만 않았어도…."

"다른 사람들하고는 얘기해 봤습니까?"

브라이언트는 고개를 끄덕였다.

"캐런과 로버트는 입양 서류를 준비하고 있어요. 돈을 조금 주면 리 다비가 틀림없이 친권을 포기할 테니까요. 캐런과 로버트는 얼마든지 그 돈을 낼 생각이고요."

브라이언트가 미소 지었다.

"이겨 내겠죠. 겉으로 봐서는 부부 같지 않지만 캐런과 로버트는 서로를 사랑하니까요. 로버트는 찰리를 위해 목숨까지 바칠 테고요."

킴은 찰리의 얼굴을 떠올렸다. 사자 갈기 같은 금발의 용감한 아이를.

"둘 다 앞으로 자랑스러워할 일이 많을 겁니다."

"오늘 아침에는 엘리자베스와 이야기했어요. 스티븐에게 나가라고 했는데 나갈 날짜까지 정해 주지는 않았다고 하더군요. 스티븐이 진정성을 보이면 엘리자베스가 용서해 줄 것 같아요."

킴은 고개를 끄덕였다.

"아마 그럴 겁니다. 하지만 스티븐도 변해야 하겠죠. 엘리자베스도 열흘 전과는 다른 사람이 된 것 같으니까."

킴은 접시를 밀어 놓고 일어섰다. 그녀는 찬장에서 콜롬비아 골드를 한 팩 꺼냈다. 비어 있었다. 킴은 새로운 커피 팩으로 손을 뻗었다.

브라이언트가 일어섰다. "제가 도와…?"

킴은 그를 쏘아보았다. "브라이언트, 밤에 치실하는 게 좀 힘들던데요. 기다렸다가 그것 좀 도와주겠습니까?"

"우웩, 사양할게요. 알겠습니다. 그냥 여기 앉아서 지켜보죠."

킴은 가위를 가지고 온 다음 커피 팩을 팔꿈치 안쪽으로 잡았다. 왼손으로 세 번 시도한 끝에 팩을 열 수 있었다.

"있잖아요, 대장. 무인도에 혼자 떨어진다면 뭘 가장 가져가고 싶은지 아세요?" 브라이언트가 말했다.

"뭔데요?"

"대장이요."

킴은 커피를 필터에 부어 넣으며 웃었다. 그녀는 뒤로 돌아 브라이언트를 보았다.

"그래서, 지금 일부러 시간을 끄는 겁니까, 뭡니까?"

브라이언트가 히죽거렸다. 그는 킴이 무슨 말을 듣고 싶어 하는지 알고 있었다.

"알았어요. 사임스는 카나리아처럼 노래를 부르고 있습니다. 놈이 첫 번째 사건에 개입하지 않았을 거라는 대장의 생각이 맞았어요. 심지어 수지가 그 집에 있었다는 것조차 모르더라고요. 사임스가 알았다면 수지를 죽였겠죠. 대장이나 저나 확신하듯이 말입니다. 수지 건은 월 혼자만의 계획이었어요. 사임스는 변호사를 불러 달라고 하지도 않았어요. 징역을 살게 된 게 좋은가 봐요. 마음속 한구석에서 교도소에서의 삶을 열망했나 봅니다. 그런 통제와 조직이 좋은 거죠. 심각하게 정신이 망가진 사람입니다."

그럼, 그럼. 킴도 잘 알았다.

"아, 그리고 왼쪽 시력은 영구적으로 잃었대요."

"슬픈데 눈물이 안 나네요. 월 카터는요?"

"이 모든 일이 헬렌 탓이래요. 마지막 사건에 대해서는 한마디도 하지 않으려 합니다."

킴은 멀쩡한 손으로 주먹을 쥐었다.

"놈은 13개월이나 아이를 감금했습니다. 솔직히, 놈들 중 하나를 골라서 고문하라면 그놈을 고를 거예요. 어떻게 애를 그 상태로 그렇게 오래 놔둘 수가 있습니까?"

브라이언트도 격하게 고개를 끄덕였다.

월은 아마 에밀리를 풀어 주러 가면서 수지가 죽었다고 생각했을 것이다. 농가로 돌아오고 나서야 아이가 아직 살아 있다는 것을 깨달았겠지. 그리고 월이 직접 사람을 죽일 수 있는 인물이라는 증거는 없었다. 월은 나중에 에밀리를 납치할 의도를 갖고 있었다. 어쩌면 같은 부모들

을 상대로 다시 한번 게임을 하려고 수지를 살려 둔 게 아닐까. 그러다
가 에밀리를 다시 납치할 수 없게 되자 푼돈을 벌 또 다른 방법으로 수지
를 살려 둔 것이다.

월이 진술을 거부하는 만큼 앞으로도 진실은 영영 알 수 없겠지만.

"헬렌은요?"

브라이언트의 턱이 굳어졌다. 하지만 그는 경쾌한 목소리를 유지했다.

"아, 심신 미약을 주장하고 있어요. 외상 후 스트레스 장애라죠. 형량
을 깎아달래요. 경찰이라는 직업에 따르는 스트레스로 온갖 정신 장애
가 발생했다네요."

"정말입니까?"

"네에, 대단한 법정 변호사를 샀더군요. 우리 쪽 법률가가 더 낫겠지만."

킴은 그럴 수밖에 없을 거라고 생각했다. '우리 쪽 법률가'는 스티븐
핸슨 검사였으니까.

"이게 다예요."

브라이언트가 어깨를 으쓱했다. 그만하면 충분했다.

"아, 한 가지 더 있네요. 케빈은 드웨인 라이트 사건을 종결한 다음부
터 인생의 의미를 깨달은 것처럼 뽐내고 돌아다니고 있어요. 빈은 유죄
를 인정했고요. 재판은 없었습니다."

킴은 슬픈 마음으로 그 소식을 받아들였다. 빈을 증오할 수 있다면 좋
겠지만 그럴 수 없었다. 킴은 빈이 내린 선택을 혐오했으나 냉혹한 현실
을 보자면 그 선택이 이해되기도 했다. 빈 라이트는 시의회에 이사를 도
와달라는 요청을 일곱 번이나 했다. 하지만 괜찮은 집으로 이사하기에
는 복지 점수가 부족했다. 빈은 평생 그 결정을 마음에 묻고 살아가야

할 것이다.

킴과 브라이언트 사이에는 침묵이 내려앉았다.

"대장, 아시겠지만 그건 틀린 말이에요. 헬렌이 한 말이요. 스테이시한테 헬렌이 무슨 말을 했는지 들었습니다. 그건 틀린 말이에요."

킴은 고개를 끄덕였다.

헬렌이 진단한 킴과의 유사점은 킴의 머릿속에 남아 있었다. 마음에 들지 않았다.

킴은 왼손을 아래로 뻗어 바니의 따뜻하고 부드러운 머리를 쓰다듬었다.

킴은 헬렌의 말이 틀렸다는 걸 알고 있었다. 하지만 어쩌면 완전히 틀린 말은 아닐지도 몰랐다. 좀 더 생각해 볼 문제였다. 지금, 브라이언트와 함께 생각할 문제는 아니지만.

"아, 맞다. 수지더러 저한테 목숨까지 맡길 수 있다고 하신 얘기는 진심이었어요?"

킴은 크게 웃었다.

"애들은 참 잘 속죠. 무슨 말을 해도 믿는다니까요."

브라이언트는 미소 지었다.

"네, 저도 그럴 줄 알았어요."

브라이언트는 자리에서 일어섰다.

"잊을 뻔했네. 오늘 매트가 마지막으로 사건 보고를 들으러 왔어요. 대장한테 이걸 전해 주라더군요."

쪽지였다. 킴은 그것을 조리대에 올려놓고 브라이언트를 문 앞까지 배웅했다.

"며칠 뒤에 다시 와서, 대장이 직접 요리한 음식을 먹은 건 아닌지 확인할 겁니다."

"네에, 좋은 음식 좀 가져오세요."

브라이언트는 웃으며 집을 나섰다.

킴은 문을 닫고 주방으로 돌아갔다. 새로 내린 커피 향이 가득했다.

킴은 펼치지 않은 매트의 쪽지를 쪽지를 보았다. 좋은 것일 리 없었다. 둘 사이의 모든 대화는 전투나 다름없었다. 각자가 서로의 말꼬리를 잡고 늘어졌다. 이건 꼭 듀스 상태에서 벗어나지 못하는 테니스 시합 같았다.

매트 워드는 함께 지내기 편한 사람이 아니었다. 그와 함께 지내는 모든 시간은 도전이었다. 전쟁이었다.

그는 진 빠지는 사람, 까다로운 사람이었다. 킴이 그렇듯이.

킴은 쪽지를 펼쳐 읽었다.

여덟 시에 데리러 가겠습니다. 협상은 불가합니다. 준비하세요.

킴은 1분을 꽉 채워 쪽지를 바라보다가 시계를 힐끗 보았다. 나머지 커피를 마신 뒤 자리에서 일어나 샤워를 하러 가며 미소 지었다.

킴은 살면서 한 번도 도전을 피한 적이 없었다.

외출할 시간이었다.

113

킴이 조용히 방에 들어왔을 때 그녀의 오른손에는 쇼핑백이 들려 있었다. 조용한 가운데 규칙적인 삐- 소리가 들렸다. 환자의 검지에서 기계로 전달되는 신호였다. 링거액이 영양분을 공급했다. 킴은 쇼핑백을 침대 옆 의자에 내려놓고 환자에게 다가갔다.

"안녕하세요, 엘로이즈." 킴은 조용히 말했다.

킴은 침대에 누워있는 여자가 자기 말을 듣고 있는지 알 수 없었다. 엘로이즈의 몸은 아무 반응을 보이지 않았다.

엘로이즈는 정원에서 만났을 때보다 더 작아 보였다. 온화한 얼굴은 나이 탓에 거의 피폐해져 있었다. 평화롭고 차분한 얼굴을 덥수룩한 잿빛 곱슬머리가 둘러쌌다.

킴은 이 여자 곁에 아무도 없다는 사실이 이상하다고 느꼈다. 엘로이즈는 누군가의 엄마였어야 할 것 같은 모습이었다.

킴은 1주일 내내 모성애와 부성애의 다양한 모습에 둘러싸여 있었다. 제니 코튼은 아이를 잃고 마비되어 삶다운 삶을 잃어버렸다. 엘리자베스 핸슨은 자식들에게 안정적인 삶을 주려고 남편에게 무시당하면서도 가만히 있었다. 캐런 티민스는 자기 아이를 지키기 위해 온 세상을 상대로 거짓말했다. 빈 라이트조차 세 아이의 삶을 지키기 위해 한 아이의 목숨을 포기했다. 헬렌은 모성애라는 마법 같은 연대감을 이용해 한 젊은 여자가 자기 본능에 거스르는 행동을 하도록 만들었다. 경멸받아 마땅한 인간이 모성애에 대한 욕구를 악용하고 왜곡한 것이다.

킴이 보기에는 이것이, 세상에는 부모가 되어서는 안 되는 인간도 있다는 또 하나의 증거였다. 킴은 자신의 어머니를 그런 사람의 명단 맨 위에 올려 두었다.

킴은 1주일 내내 기억에 위협당했다. 하지만 단호히 그 기억들을 눌러 놓았다. 구태여 과거를 방문하지는 않을 것이다. 그곳은 킴을 갈가리 찢어 놓을 테니까.

킴은 언젠가, 어딘가에서는 과거가 자신을 잡고 말리라는 걸 알았다. 그때는 어른거리는 그림자가 온전한 형체를 갖출 것이다.

하지만 지금, 오늘은 아니었다.

"엘로이즈, 저는 늦지 않았습니다." 킴이 속삭였다. "아이들을 되찾았어요. 모두 다요."

킴은 잠시 조용히 서서 여자의 엄지손가락을 쓰다듬었다.

"혹시 마이키가 함께 있다면 말해 주세요. 마이키한테…. 제가 매일 그리워한다고요."

킴은 자리에 앉았다. 가방에 손을 넣어 책을 한 권 꺼내 잠시 무릎에 두었다.

킴은 다른 동료들이 모두 일을 제대로 마무리한 것을 기념하고 있을 거라고 생각했다. 킴은 조용히 그들의 노력에 박수를 보냈다. 팀원들은 승리의 순간을 즐길 자격이 있었다. 그들은 함께 어린아이 셋의 목숨을 구해 냈으니까.

킴은 입술에 스며드는 미소를 가만히 놔두었다. 아이들은 모두 집에 있었다. 안전하게 가족의 품에 안겨 있었다. 킴은 그걸 아는 것만으로 충분했다.

킴은 길고 만족스러운 한숨을 내쉬었다. 아직 미소가 입가에 맴돌고 있었다.

"자, 엘로이즈. 〈위대한 유산〉을 골랐습니다. 좋아하시는 책이었으면 좋겠네요."

킴은 책을 펼쳐 읽기 시작했다.

감사의 말

나는 상황이 행동에 미칠 수 있는 영향에 늘 관심을 가졌다. 극단적인 스트레스를 받으면 우리는 얼마나 다르게 행동할까? 우리가 생각하는 자신의 모습에 여전히 충실할까, 아니면 내면의 원초적 본능이 이길까?

나는 이 문제를 탐구할 수 있는 최고의 기반이 가장 강력한 보호 본능, 특히 어린이에 대한 보호 본능에 관해 글을 쓰는 것이라고 보았다. 내가 이 주제를 공정하게 다루었기를 바란다.

나의 배우자인 줄리에게는 고마운 마음을 충분히 전할 길이 없다. 줄리의 정직함과 믿음이 글을 쓰는 여정 내내 길잡이가 되어 주었다. 줄리는 내가 이야기를 구상할 수 있게 해 주는 사람이자 최초의 독자이고 가장 엄격한 비평가이자 누구보다 열성적인 지지자다. 나는 20년 동안 출판을 거절당했는데, 그때마다 줄리는 "그 사람들 손해야."라고 대답한 다음 어김없이 "다음 작품으로 돌파하면 돼."라고 응원해 주었다. 나는 모두에게 줄리 같은 사람이 필요하다고 생각한다.

늘 그렇듯, 킴 스톤 이야기에 계속해서 열정을 보여준 북쿠튀르 팀에게 감사하고 싶다. 올리버 로즈는 진짜 마법사다. 나의 책과 북쿠튀르 팀에 속한 작가들에게 보여 준 올리버와 클레어 보드의 열정은 마음을 따뜻하게 해 줄 뿐 아니라 용기를 불어넣어 준다.

편집자인 키시니 나이두는 놀랄 만큼 재능이 뛰어나고 박학다식한 사

500

람으로, 본인은 절대 알 수 없을 만큼 이 책들에 큰 기여를 했다. 킴 내시는 북쿠튀르 가족들을 끊임없이 안아 주고 쉬게 해 주고 보호해 주고 격려하고 응원해 주었다. 그녀는 이 세상에서 가장 따뜻한 어깨를 빌려주는 사람이다. 모든 분에게 모든 것에 대해 감사한다. 여러분은 내가 가장 좋은 내 모습을 찾도록 용기를 준다.

북쿠튀르의 동료 작가들에게도 감사를 전하고 싶다. 모두가 재능이 있고 개성적이며 서로를 응원하고 이해해 주는 재미있는 환경을 만드는 데 기여하고 있다. 동료 작가인 캐럴린 미첼은 나와 함께 이 여행을 시작했으며 늘 지혜로운 조언과 유용한 충고, 정말이지 웃긴 사진들을 언제든지 내놓았다. 린지 J. 프라이어는 뛰어난 재능을 가지고 있으며 온기로 가득한 사람이다. 레니타 드실바는 내가 만난 사람 중 가장 아름다운 영혼을 가진 사람이다. 이들 모두가 내게는 훌륭한 동료 작가이며 소중한 친구다.

상대방이 관심을 보이든 말든 만나는 모든 사람에게 내 책에 관해 이야기하는 엄마, 아빠에게도 진심으로 감사한다. 두 분의 열정과 격려는 놀라울 정도다.

킴 스톤을 알아 가고 그녀의 이야기를 따라갈 시간을 내준 훌륭한 블로거들과 리뷰어들에게도 한없이 감사한다. 이 분들이 킴 스톤에 관해

소리 높여 이야기하고 너그럽게 자신의 경험을 나눠 주는 이유는 의무 감이 아니라 즐거움 때문이다. 나와 내 책을 응원해 주는 이 공동체에 나는 언제까지나 지치지 않고 고마워할 것이다. 모두에게 정말 감사한다.

마지막으로, 필요할 때 나를 응원해 주고 우정을 베풀어 주는 나의 안전망, 사랑스러운 디 왓슨에게 따뜻한 감사의 말을 전한다.

사랑과 너그러움으로 나 자신을 포함한 수많은 사람에게 감동을 준 메리 포레스트에게 이 책을 바친다. 메리는 우리 모두에게 아주 많은 것을 가르쳐 주었으며 그 교훈은 우리의 마음속에 남아 있다.

먼저 〈킴 스톤: 사라진 소녀들〉을 읽어 주셔서 감사합니다. 킴 스톤의 세 번째 여행이 즐거우셨기를 바라며 저와 같은 감정을 느끼셨기를 바랍니다.

킴은 아주 따뜻한 사람은 아닐지 몰라도 열정과 추진력, 정의에 대한 진정한 갈망이 있는 사람입니다. 이야기가 마음에 드셨다면 리뷰를 남겨 주시면 무척 감사하겠습니다. 저는 여러분의 생각을 듣고 싶습니다. 또한 여러분의 리뷰는 다른 독자들이 처음으로 제 책을 접하는 계기가 될 수 있습니다. 친구나 가족들에게 이 책을 추천해 주셔도 좋습니다.

모든 이야기는 독자를 즐겁게 해 주고 독자가 흥미진진한 여행을 떠나게 해 줄 의도로 쓰입니다. 킴 스톤 시리즈에는 소화하기 어려운 주제들도 담겨 있지만 저는 모든 상황을 섬세하게 존중하면서도 선정적이지 않게 다루려고 노력했습니다. 어디로 이어질지는 모르지만 여러분이 저와 킴 스톤의 다음 여행에도 함께해 주시기 바랍니다.

여러분의 소식을 들려주세요. 페이스북이나 굿리즈, 트위터, 홈페이지를 통해 연락해 주시기 바랍니다. 최근작에 관한 소식을 알고 싶으시다면 아래 주소를 통해 웹사이트에 가입해 주세요.

응원해 주셔서 감사합니다.

앤절라 마슨즈

www.bookouture.com/angelamarsons

www.angelamarsons-books.com

www.facebook.com/angelamarsonsauthor

www.twitter.com/@WriteAngie

옮긴이 **강동혁**

서울대학교에서 사회학과 영문학을 전공하고 동대학원에서 영문학 석사학위를 받았다. 대중적으로 널리 읽히면서도 새로운 생각거리를 제공해주는 책들을 쓰거나 소개하겠다는 목표를 갖고 있다. 번역서로는 『해리 포터』(1-7권, 새번역) 등 다수의 대중소설 등이 있다.

킴 스톤3: 사라진 소녀들

초판 1쇄 발행 2023년 7월 3일

지은이   안젤라 마슨즈
옮긴이   강동혁
펴낸이   강동혁, 윤선영
편집   김은진
디자인   북디자인 경놈
펴낸곳   품스토리
출판등록 제409-2018-000044호
주소   경기도 김포시 걸포2로 74
전화   031-984-2016
이메일   poomstory@poomstory.com
ISBN   979-11-6761-236-6 03840

• 책값은 뒤표지에 있습니다.
• 잘못된 책은 구입하신 곳에서 바꿔드립니다.